秦始皇

胡高普 著

长江出版传媒　长江文艺出版社

图书在版编目（CIP）数据

秦始皇 / 胡高普著. -- 武汉：长江文艺出版社，
2022.4
ISBN 978-7-5702-2201-8

Ⅰ.①秦… Ⅱ.①胡… Ⅲ.①长篇历史小说－中国－
当代 Ⅳ.①I247.5

中国版本图书馆 CIP 数据核字(2021)第 105506 号

秦始皇
QIN SHIHUANG

责任编辑：田敦国　　　　　　　　　　责任校对：毛季慧
封面设计：颜森设计　　　　　　　　　责任印制：邱　莉　　王光兴

出版：长江出版传媒　长江文艺出版社
地址：武汉市雄楚大街 268 号　　　邮编：430070
发行：长江文艺出版社
http://www.cjlap.com
印刷：武汉市首壹印务有限公司

开本：730 毫米×1040 毫米　　　1/16　　印张：27.5　　插页：1 页
版次：2022 年 4 月第 1 版　　　2022 年 4 月第 1 次印刷
字数：405 千字

定价：56.00 元

目 录

引 子

中原大地烽火急 秦国血战并天下

寒风厉啸，卷起阵阵尘沙，弥漫在秦都咸阳的上空，整个咸阳城都陷在一片昏天暗地之中。

秦国宗庙中，头缠白巾、一身素服的秦昭襄王跪倒在列祖列宗的神位前，眼中流着痛苦的泪水。

陡然，他挺身而起，咬破手指，将鲜血洒向神位前的巨鼎中，放声高呼——

寡人要踏平六国，以雪今日之耻！

宗庙大殿中，顿时响起一片轰然的回声：踏平六国，以雪今日之耻！这声音冲出宗庙大殿，和着呼啸的寒风，久久回荡在咸阳上空，回荡在秦国每一个大臣、将军、士兵的心中。

此时正值战国末年，经过一百多年的争战，"战国七雄"中楚、韩、魏、赵、燕、齐已渐渐衰落，真正的"雄者"其实只剩下一国——秦国。

秦国凭借山川之险，国力之强，兵将之勇，伐楚楚败，攻赵赵恐，讨韩韩惧，击魏魏衰……

正当秦国战无不胜、攻无不克，踌躇满志的秦昭襄王傲然自称"西帝"，遣使命列国割地称臣之时，东方六国忽然联合起来，再行"合纵"

之举。

齐、楚、韩、魏、赵、燕六国推举齐闵王为盟主，燕国相邦苏秦挂六国相印，以"六国相邦"的名义主谋"合纵抗秦"大计。

周赧王二十八年（公元前287年），齐闵王率二十万齐军、二十万楚军、十五万赵军、十万韩军、十万魏军、十万燕军共八十五万大军，齐集成皋（今河南荥阳）之地，宰乌牛白马，祭祀上天，誓师共击秦国。

消息传至秦国，引起国中上下一片恐慌。

秦昭襄王当即招来丞相魏冉、大将白起等人商议。面对六国空前的团结，秦国君臣做出了自立国以来最痛苦、最无奈也是最屈辱的应对之策——

一、秦王自除"西帝"名号，退还近年侵占列国的二十多座城邑、千余里土地、数十万人口，让六国不战而胜。

二、送黄金美女给盟主齐闵王，并重金收买齐闵王的宠臣，劝齐王转攻宋国，满足齐王好大喜功的心理。

三、派遣勇士刺杀主谋"合纵抗秦"的六国相邦苏秦，破坏六国"合纵"之计。

……

六国闻秦不战而败，欣喜若狂，争先恐后从成皋撤军，将军队开往秦国所退之地接收失去的城邑。齐闵王的八十五万大军一日之内剩下不足一半。

苏秦在去劝阻齐闵王的途中身中十余剑，惨遭横死。

齐闵王见强大的秦国竟然不经一战就"威服"于己，不禁得意忘形，于是听从宠臣之言，率大军灭掉了只剩数百里土地、几座城邑、躲在诸大国夹缝中勉强求生的宋国。

六国为瓜分宋国的土地和城邑又争战起来。

合纵抗秦的六国联盟不攻自破。

一切都按秦国的既定之策进行，秦昭襄王却没有一点胜利的感觉。

堂堂大秦国竟然在六国的攻击下毫无反抗之力，自命不屑于等同列国称王，甚至要凌驾于周天子之上的"西帝"，竟然乖乖地自去帝号，回到王位上，要听命于昏蠢的齐王，退回了将士血战夺得的土地城邑。

秦昭襄王感到了深深的耻辱，他除去王冠、王袍，身着素服来到供奉列祖列宗的宗庙中，发出了血的誓言。

周赧王三十七年（公元前278年），秦昭襄王终于发出了反攻的诏令：拜白起为大将，发兵三十万攻击最大的邻国——楚国。

由于秦国收敛兵锋数年，列国似乎忘记了这个最危险的敌人。

自齐闵王灭宋后，先是燕国以乐毅为将伐齐，几乎灭亡了齐国。齐国在困守两座孤城即墨、莒城数年后，以"火牛阵"一役而尽灭燕国精锐兵卒二十万，收复齐国之地。只是此一战之后，齐燕两败俱伤，再也无力对付秦国了。

韩魏二国今日你伐我，明日我攻你，双方乐此不疲。

赵国则疲于应付来自北方匈奴的不断骚扰。

只有楚国似乎还算太平，但朝中王公大臣争权夺利斗得火热，国势一天天衰弱下去。

为防止列国出兵援楚，秦国先屯兵韩魏边境，做出大举进攻的样子，迫使韩魏求和。

秦昭襄王又拉拢实力较强的赵国，约赵惠文王相会，并结盟立誓，秦赵互为兄弟，永不相攻。为取信于对方，秦国送太子安国君到赵国为质，赵国亦送太子到咸阳为质。

秦将白起见无后顾之忧，便放心大胆地兵分两路，水陆并进，直捣楚国都城郢都。

楚军连战连败，时值江河汛期，白起掘开江堤，淹死楚国军民近百万。

楚顷襄王见不是秦国对手，只得放弃全部故土，将都城迁往陈邑（今河南淮阳）。

强大了数百年的楚国彻底衰落，从此以后，对秦国不再构成威胁。

秦昭襄王终于露出了笑脸，将楚国旧地设为秦国南郡，封白起为武安君，食邑万户，继续领兵，准备杀向刚刚结盟的兄弟之国——赵国。

赵国自赵武灵王"胡服骑射"之后，便组建了一支精于骑射的强大军队。

秦国决不容许天下还有比自己更强大的军队存在。

在秦攻楚之时，赵惠文王去世。赵国已从秦国迎回太子立为赵王，是为赵孝成王。

赵孝成王即位后为巩固与秦国的盟约，派出公子入秦继续为质，秦国亦迎回太子安国君，遣安国君之子异人代父至赵都邯郸为质，秦赵仍维持着"友好"关系。

周赧王五十三年（公元前262年），秦国首先撕毁秦赵之盟，秦将胡阳领兵二十万攻赵国阏与（今山西和顺）之地。

赵国名将赵奢亦领兵二十万迎敌，大破秦军。

恼怒中的秦军又攻赵国几邑（今河北大名），却被赵将廉颇击败。

秦昭襄王正束手无策时，客卿范雎献上了"远交近攻"之策——

秦国结好离得较远的齐国、燕国，对兵势较强的赵国和复仇心切的楚国采取守势，倾全力先灭邻秦的韩魏二国，然后再图他国。

秦昭襄王终于冷静下来，按捺住灭赵的欲望，采纳了范雎之策，并拜范雎为相，派其与齐燕结盟。

齐燕有心讨好秦国，纷纷出兵袭扰赵楚边邑，使赵楚无力反攻秦国。

秦国开始一心一意地对付韩国，仅在三年之内，秦国接连攻取了韩国的少曲（今河南济源）、高不（今河南孟州市）、陉城（今山西曲沃）、野王（今河南沁阳）等重要城邑，把韩国本土与韩国上党郡完全隔离开来，使上党郡成为一块孤地。

韩王恐惧之下，遣使至秦，愿将上党郡献给秦国求和。上党郡太守冯亭不愿降秦，抗拒前来接收的秦使，将上党郡十七县全部献给同为三晋之一的赵国。

赵孝成王大喜，封冯亭为华阳君，仍然官居上党太守，并增兵镇守上党郡。

秦昭襄王恼怒至极，赵国居然敢抢秦国到嘴的肥肉！秦国立即停止攻韩，征调四十万大军全力攻赵。

赵孝成王不甘示弱，仍以老将廉颇为大将，亦领军四十万在长平（今山西高平）之地抗击秦军。

秦赵以长平之战为始，开始了长达数十年的残酷血战。

在长平先后对峙的两年里，秦军数以百计的猛攻均无功而返，而赵军亦是一时无法彻底击退秦军。后赵孝成王听信谗言，以大言谈兵而无用的赵括为主将，临阵撤换廉颇。

秦将白起诈败引赵括中埋伏，乱箭射死赵括，俘获赵国军卒四十万。

白起为震骇赵国人心，残酷地将四十万战俘（除二百四十名年幼者外）全部活埋。

一时间，整个赵国几乎家家举丧，人人哀痛。

秦国则乘胜进军，克上党郡，陷太原郡，锋芒直逼赵都邯郸。

秦相范雎眼见白起将立下灭赵不世之功，嫉妒欲狂，便在秦昭襄王面前谗毁白起。

秦昭襄王听信范雎之言，赐死白起，改派大将王陵领精兵二十万，继续包围邯郸城。

赵孝成王这才从噩梦中惊醒，一边以平原君赵胜为使，前往魏、楚求救，一边倾全城之军民上阵，死守都城邯郸。

赵国军民从悲痛中恢复斗志，人人争先痛击攻城的秦兵。

秦昭襄王也发了狠，不断增兵围攻邯郸，同时，又遣使者威胁列国——

谁若救赵，克赵之后必先伐其国！

魏、楚之救兵本已驰近赵国，闻言慌忙将大军屯于边境，一时列国竟无一国敢于救赵。

邯郸城面临秦军的轮番猛攻，苦苦坚守长达三年之久。

赵国军民心恨秦军的残暴，他们要为死去的父兄复仇，他们要保卫自己的妻女，这些信念使每一个赵国人苦苦地支撑着，也使赵国人对秦国人恨到了极点。

于是，秦军俘虏被毫不留情地杀死，在赵国经商的秦人被愤怒的人群撕碎，路过赵国的秦使被仿佛从地下冒出的赵国流民劫杀，就连一些说话像秦人的列国亡民，也常常被误杀。这一切使留在邯郸为质的秦国公子异人仿佛处在地狱之中。

异人刚到赵国时，正值秦赵交好。他被赵王待若上宾，成天高车美酒、华服美女。随着秦赵交恶，他的日子一天比一天难过。开始时，只是赵王不再召见他，赵国宗室公子王孙、朝中大臣不再结交他。渐渐地，原来每月供给的黄金绢粮也停止了。

异人一下陷入衣食无着的窘境，往日朋友谁也不肯周济他，他只得靠典当服饰玉佩、转卖奴仆度日。不过，这时他的安全尚得到赵王保护，赵孝成王在长平之战时还期望能向秦国求和，虽然朝臣和大将们纷纷上奏，要求杀死异人来惩罚秦国的背盟和显示赵国抗秦的决心，但是赵孝成王犹豫再三，还是没杀异人。

异人是秦太子安国君之子，安国君尚无嫡子，若有朝一日安国君继位为秦王，异人则可能会被立为太子。此时杀了异人，只会更加激怒秦国。

在秦将白起坑杀四十万赵军后，异人的处境更加艰难。随着秦国大军围困邯郸年复一年，赵国人仇秦的怒火也一日比一日更盛，异人经常被愤怒的赵国人痛打唾骂，使得他白天几乎不敢出门。

就在他最为落魄之时，一位世代经商的赵国富商——吕不韦出现了。

吕不韦见到穷困潦倒的异人时，心中忽然一动，决定在他身上做一笔大买卖。但他不敢肯定这笔买卖是否能取得巨大收益，于是他回家问父亲："一个人耕田能有多少收益？"

其父答道："农夫用一生之力，估计可获得十倍之利。"

吕不韦又问："像我这样奔走列国经商可得多少利？"

其父答："饱尝风霜之苦、旅途之险，低买高卖，大约可获百倍之利。"

吕不韦再问:"若扶立一人为王,掌握天下一国,可得多少利?"

"若成,则利不止千万倍。"其父先笑答,说完又满脸严肃地警告道,"若不成,轻则倾家荡产,血本无归,重则杀头灭族。"

吕不韦思索再三,决定试一试这笔能获利千万倍、但是凶险无比的大买卖。

对吕不韦的结交,异人欣喜若狂,从此他不再为衣食无忧发愁了。不仅如此,吕不韦还拿出巨金收买赵王左右宠臣、朝中重臣,使异人一次又一次躲过了赵国人的诛杀。

只是好景不长,秦昭襄王见邯郸久攻不下,又派大将王龁领兵二十万替换无功的王陵。王龁一到前线,就传下将令,要秦军昼夜不息地强攻邯郸,他知道赵国之所以能坚守这么长时间,完全是一股抗秦的士气支撑着,只要不停地攻下去,赵国在外无救兵、内无粮草,又每天面临死亡的状况下,守城的意志必然崩溃,士气必将衰落。到那时,邯郸城就能拿下了。

事实也正是这样,赵国军民每天都伤亡惨重,邯郸城每天都有哀伤的痛哭声。

邯郸守军久不见列国来救,而秦军的攻势却越来越猛,渐渐地都有些绝望了,一股绝望的情绪开始在军民之中扩散,赵国军民的意志正渐渐崩溃。

赵孝成王的意志也在崩溃,平原君赵胜突围后毫无音信,秦王又拒绝了他一次次的求和,看来赵国宗祀将要绝于自己的手中了。只是就这样让秦国人杀进邯郸,他也太不甘心了。

赵孝成王决心拼死一搏,与秦国血战到底。为坚定赵国军民与邯郸城共存亡的信念,赵孝成王决定当众处死秦国公子异人。

杀死异人,可以向赵国人显示赵王决不降秦,誓与秦军血战到底的勇气。

早已满腔愤怒的赵国百姓不待捕杀异人的兵卒到来,就纷纷冲进他的宅院,他们要亲手撕碎这位秦国公子。但此时异人却失去了踪影,愤怒的人们只有把怒火发在宅院上，一把火将它焚毁了。

赵孝成王也恼怒了，异人竟然在他的眼皮底下躲了起来，他又一次传下诏令——

全城大搜捕，抓住异人立即处死！私藏者同罪！

本来死气沉沉的邯郸城变得躁动起来，赵国军民就像陷入了最后的狂欢，除了守城的士卒，不分男女老幼，人人都在搜捕异人。

一场空前的大搜捕在邯郸展开……

第一章

异人险中归大秦 嬴政艰难继王位

已至隆冬时节，邯郸城内外积雪盈尺。

秦军刚刚结束新一轮攻势，扔下几百具尸首退下去了。城上的赵国士卒松了口气，开始清理战场。

天色渐暗，疲惫的赵国士卒躲进城垣歇息。城内早已绝粮，百姓能吃的东西早已吃光，有的甚至开始吃死人。饥饿使得众人只想昏睡，什么也不想干了。

这时城内一阵骚动，守城的士卒被惊醒，拿起武器四处张望，以为是奸细混了进来。

城内，一群士卒冲进一座豪宅。过了一会儿，又毫无所获地退了出来。

城上观看的士卒纷纷议论起来——

"那不是吕不韦的宅子吗？听说吕不韦是异人的师傅。"

"看来异人又没抓住。"

"邯郸大贾吕不韦上通王室贵胄，下达市井豪侠，谁不让他三分？异人十有八九被他藏起来了。"

"以吕不韦的能耐，只怕师徒二人早已逃出邯郸城了。"

……

离邯郸的东城门不远有一家小院，这是邯郸最普通的民宅，从里面隐隐透出一丝灯光。

灯下坐着一对男女。男子二十出头，相貌清俊，身材瘦削。另一个是十七八岁的少女，容颜俏丽，却是一副妇人的装扮。

二人彼此久久地凝视着，一言不发。男子突然握住少妇的手轻声道："赵姬，我……"他的话刚出口，就被对方轻轻摇头打断。

赵姬叹了口气道："公子，你什么都不用说了。妾与公子一别，不知以后是否还能见面，妾只想再多看看公子！"

男子正是赵国到处捕杀的秦国公子异人，赵姬的话使他甚感痛苦。妻儿因自己所累到处躲藏度日，现在自己要逃回秦国，却将他们舍弃在这里受苦，自己又怎能放心？异人咬咬牙道："你带着政儿和成蛟跟我一起走吧！"

"那怎能行！有我们三人拖累，只怕谁也逃不出去。妾只希望公子回到秦国后，不要忘了我们三人。"赵姬说完，忍不住泪如雨下。

异人连忙表白："不会的，我不是那种人！只要我能成为秦国太子，你就是太子夫人，我一定会接你们回去的！"

"公子厚爱，只怕妾无福消受。妾出身卑微，怎配做太子夫人？只要公子心中有我们母子就够了……"赵姬说不下去了，忍不住伏在异人怀中嘤嘤哭泣起来。

异人也不禁哽咽道："不会的，我不会忘记是谁在我落魄无依时给我关怀，使我尝到了为人夫、为人父的快乐。我出去求求先生，带你一起走！"

"不行。公子爱护妾的一番心意，妾心领了。若是因为妾和孩子，使公子和先生不能安全逃出邯郸，妾就是万死也不能赎罪！先生和公子这些时日的努力也就白费了，这一切妾怎么担当得起！"

异人正欲再开口劝说，忽然听见敲门之声。赵姬忙离开异人的怀抱，走到门旁，低声问道："谁呀？"

"是我！夫人请开门。"门外传来低沉的回话。

"是先生来了。"异人站了起来，示意赵姬将门打开。

吕不韦闪身进来，又顺手关上门。他与异人身高相若，只是略胖，长眉深目，颧骨高耸，唇上生有一圈短髭，两腮垂着长髯，看上去四十余岁。

"先生这是……"异人望着吕不韦穿一身赵国士卒的衣服，手中拎着一个包裹，甚感奇怪。

"你赶快换上包中的衣服。我已买通东城门卒，趁今夜天黑秦军退走、守备松懈之时出城。"吕不韦将包裹递给异人，迫不及待地吩咐道。

"一定又花了先生不少钱吧？"异人问。

"只六百镒金而已。只要公子能回到秦国，这些钱又算什么！"

"如果没有先生，我只怕已是赵王刀下之鬼了。"异人感叹道。

"公子客气了。只怕时辰不多，公子还是快去换衣准备吧。"吕不韦催促道。

异人点了点头，对赵姬道："你陪一下先生。"

赵姬抬头望向吕不韦，眼中的爱恨之意令他不敢直视。

望着这个曾救她于娼门乐户，对她宠爱备至，后又把她轻许于人，一弃不顾的男人，赵姬心潮翻涌。她自负聪明美貌，多才多艺，可以让任何一个男人跪倒在她面前，却独独猜不透、摸不准眼前这个男人的心思。

吕不韦避开赵姬的目光，平静地说道："夫人放心，公子在秦国安顿下来后，我就会让他派人来接你。"

"一切都有劳先生了，政儿的一切就拜托给先生了！"赵姬缓缓道。

吕不韦闻言陡然怔了片刻，他盯了一眼赵姬，突然冷冷地低声道："政儿就请夫人善加照料了，如果他有什么事，就别怪我对不起夫人了。"

赵姬心中一寒，点头道："我知道了！"

哼！吕不韦，就算你奸狡似鬼，政儿的秘密你今生也休想知道！赵姬愤愤地在心中道。

不一会儿，异人一身赵国士卒的服饰从里屋出来道："都准备好了，只是赵姬和两个孩儿留在这里，我实在放心不下。"

"公子请放心。我已交代赵成了，我们走后，他接夫人到另一隐蔽之地藏身。有我在邯郸经商的积蓄和赵成的照顾，他们的生活不会有困难的。"

"有妻舅照顾,那我就放心了。赵姬,你和孩儿就多保重了!"异人深情地向赵姬道。

"公子、先生保重!"赵姬垂首拭泪,不敢再看他们。

异人和吕不韦走出屋门,很快便消失在浓浓的夜色之中。

赵姬倚着门扉,痴痴地望着他们远去的方向。突然,她感到有人在拉她的裙角,回头一看,一个三岁多的小孩站在身后:"娘,爹爹到哪儿去了呢?怎么又不带政儿和弟弟一起去?"

赵姬俯身抱起小孩,怜爱地亲抚道:"爹爹出远门去了,过段时日就会接你和弟弟的。你要听娘的话,好好和弟弟玩,不要吵闹。"

小孩懂事地点了点头,赵姬见此也心酸地流下了眼泪。从此她要独自照料这两个孩子了,这是她的希望,只要这两个孩子好好活着,她相信他们终有一天会回来找她的。

小孩擦去赵姬脸上的泪水:"政儿惹娘生气了。娘别哭!"

望着懂事的孩儿,赵姬强忍住悲伤,露出笑颜道:"政儿真乖!你快去和弟弟睡觉吧,娘在这坐一会儿。"

小孩离开赵姬的怀抱,跑进里屋。赵姬呆呆地坐着,守着那盏昏黄的灯,两行清泪有如泉涌。

吕不韦和异人安然逃出邯郸城,直奔秦军大营。

秦军主将王龁闻听公子异人逃出邯郸城,不禁大喜,一边派人将消息在军中广为传扬,鼓舞士气,一边派重兵将异人送回咸阳。

秦军仅有的一点顾虑也消除了,便对邯郸城发起更凶狠的攻击。

就在邯郸城即将被攻陷之时,从秦军身后突然杀来了魏军。赵国见援军到来,顿时士气高涨,同心协力地杀出城来。

胜券在握的秦军陡遭赵、魏二军的前后夹击,阵脚顿时大乱。王龁见势不妙,只得下令退兵。

魏军主将公子无忌见秦军败退,并不敢紧追。在赵人的欢呼声中,他进入邯郸,受到赵孝成王的隆重接待。

无忌是魏安釐王的同父异母弟,被封为信陵君,与齐国孟尝君田文、赵国平原君赵胜和楚国春申君黄歇，被尊称为战国四公子，四人俱以门下豪客贤士众多而名闻天下。

魏王受秦王威胁，命令魏军屯兵魏赵边境，迟迟不肯救赵。

平原君赵胜见此情景，不禁心急如焚，但又不敢责怪魏王，便听从门客之计，派一能说会道之人，责备素有贤名的公子无忌——听说公子是崇尚道义之人，时常急人危难。我们公子就是闻听公子这等贤名，才与魏国结为姻亲的。如今赵国危在旦夕，而魏军却屯兵不动，不救赵国，公子急人所难只怕是徒有虚名！即使公子看不起我家公子，难道也不为令姐的处境着想吗？

无忌的姐姐是平原君赵胜的夫人，眼下正在赵国。他听了此言，甚感愧疚，但是他心中也是有苦说不出。他屡屡劝说魏王出兵救赵，均被拒绝，后来魏王干脆对他避而不见。无忌手下门客得知其心意，便出谋划策，让他收买魏王宠姬窃取兵符。

无忌取得兵符后，又假传魏王之命要魏军主将晋鄙交出兵权。晋鄙不从，无忌随身武士朱亥锥杀了晋鄙，强夺兵权，便亲率大军前去救赵。

赵胜禀明了无忌救赵的前因后果。赵孝成王听了，沉默半晌后道："若不是公子及时来救，我赵氏宗祀将绝矣！公子之恩，寡人永记在心！只是公子日后作何打算？"

赵孝成王对无忌如此关切，是担心魏军留驻邯郸不走，那才是刚刚驱走秦国这只猛虎，又迎来魏国这头恶狼了。

无忌道："外臣窃符杀将，只怕再也难以见容于大王，如今只求赵王赐外臣一容身之地，外臣再别无所求。至于随行魏军，外臣将派人带回魏国。"他在领兵救赵之时，就已想到会有今日，他相信只要不对赵国构成威胁，赵王一定会善待他的。

赵孝成王心中一块石头落地，拉起无忌的手正色道："公子此言差矣！公子是赵国的大恩人，怎会只得一容身之地？只要公子开口，寡人绝不推辞！"

无忌遣走魏军，自己和门客留在赵国，享受赵王的盛情款待。

秦昭襄王五十年（公元前 257 年），十月。

异人望着远处咸阳巍峨的城墙，轻声叹道："八年了，整整八年了。我回来了！我又回来了！"

他想起八年前，母亲夏姬无奈地送走了他，那一年他刚刚十六岁。他不知道父亲有二十多个儿子，为什么偏偏送他去赵国？

八年颠沛流离、异国为质的生活，使他深感人世的艰险，也明白了父亲为何送他去赵国。因为母亲出身卑微，又得不到父亲的宠爱，而他在父亲的众多子嗣之中才智平庸，送他去赵国，即使秦赵开战，牺牲了也算不了什么。

"不知母亲现在怎么样了呢？"异人想起不得宠的母亲，不禁担心地轻声自语。

"公子放心，我已暗中派人通知华阳夫人了，相信夫人已经得到公子归来的消息。进城之后，希望公子谨慎自持，不要让人小看了。"吕不韦在身边小声提醒。

对异人激动的自语，吕不韦略感不满。回到咸阳，只是他谋划的开始。异人现在就有满足的感觉，这将会阻碍他的谋划，所以要不时地提醒异人，给他压力。

听了吕不韦的话，异人不禁在心中苦笑。是啊！我怎么忘了还有一位母亲——华阳夫人，她可是父亲最宠爱的正室啊！只有靠这位"母亲"，我才能在咸阳站稳脚跟，出人头地。

异人逃离赵国前，吕不韦已打听到华阳夫人没有亲生儿子，便使重金疏通华阳夫人，让其收异人为子。按身份，此时异人已是正室夫人之子。

异人的归来，在秦国宗室中引起的震动很大。安国君长子子傒更是着急，他素为安国君看重，又是长子，自视为嗣位的当然继承者。他曾闻听华阳夫人收异人为子，但并未放在心上，因为秦赵激战正酣，他不相信异人能逃脱赵王的杀戮。可是现在异人回来了，他已不是八年前那个稚气未脱的流涕少年，而成了嗣位的有力争夺者。

吕不韦精心策划，上结朝廷重臣，下收豪杰异士，为异人扩大名声。渐渐地，在安国君的诸多公子中，异人和子傒的势力超过众人，形成对立之势。

安国君对二子相争之事不动声色，暗中观察。他要选择其中最优秀者做他的继承人，因为这事关秦国的将来。

安国君不偏不倚的态度，使吕不韦和异人心中暗喜，这说明安国君已经默许他们与子傒一较长短了。

他们在秦国的根基远没有子傒深厚，能取得现在的地位已属不易。吕不韦并不就此罢休，他要彻底打败子傒，让异人夺取嗣位，否则他之前的投入将全部白费。目前异人与子傒已形成对峙之势，能改变这一形势的，只有华阳夫人了。

吕不韦探知华阳夫人经常感叹在楚国时的生活，便让异人身着楚服，带着从楚国购买的王室用品，前去晋见华阳夫人。

华阳夫人见异人一副楚国公子的打扮，不禁勾起对故国的情思，眼前浮现汉水边一群群公子王孙荡舟击水、嬉笑欢歌，云梦泽畔身披犀甲的父王手执金戈、驱车围猎的情景。

异人递上吕不韦准备的礼物——一面供楚国王室用的铜镜，几匹织有凤鸟图案的丝绢。

"这面铜镜和我在楚国时用的差不多，这楚绢的花纹多美啊！异人，你有如此孝心，以后就改名子楚吧。"华阳夫人见到这些曾经熟悉的东西，深感异人用心良苦。

异人恭敬地拜谢道："多谢母亲赐名，儿臣不胜感激！只怕儿臣才疏学浅，有负母亲的厚爱。"

"我儿不用担心。你父最重仁孝，你在这方面多用些心思，不要让子傒比了下去。你父面前自有我替你照应，你大可放心。吕不韦是一个不可多得的人才，有事你多与他商议。"

异人听了华阳夫人的话甚是高兴，这无疑是对他的允诺——华阳夫人将助他夺取嗣位。

异人改名子楚，再次引起宗室的轰动。随着吕不韦继续为其打点，子楚之名响遍秦国，逐渐传遍诸侯，世人都知晓秦国有一个以仁孝著称的公子——子楚。

在这期间，子楚又娶了几房姬妾，但他仍然最怀念远在赵国的赵姬母子，多次秘遣勇士到赵国打探。

秦赵虽已休战，但是双方敌意甚浓，大有随时开战之态，赵姬母子仍然无法来秦。吕不韦和子楚得知赵姬母子都很安全后，就不急着把他们接来，而是安心在咸阳培植势力，等待机会。

时间飞逝，转眼间五年过去了。赵姬望着院中的树黄了又绿，绿了又黄，却仍然没有一点异人和吕不韦的消息，不禁黯然神伤。难道他们把我们母子忘了？不，他们即便会忘了我，但也决不会忘了政儿和成蛟的！特别是吕不韦，他怎么会忘了政儿？赵姬每当感到无依无靠的时候，总是这样安慰自己。

这五年中，赵王倒没有为难她们母子。他心中有自己的打算，此时就算杀了赵姬，虽说出了恶气，却落下欺凌弱寡之名，而于秦国则毫无损伤。

异人逃回秦国、更名子楚后，名声传遍诸侯，大有继承嗣位之望。若是日后异人成为秦王，留下赵姬母子，就留下了一条与秦结交的退路。所以赵王只派人秘密监视赵姬母子，防止她们潜逃。

赵姬领着两个孩子过着深居简出的生活，由于吕不韦事先的安排和家人的照料，生活倒不太艰难。赵国百姓知道她与秦国的关系，自然对她恨之入骨。幸亏有赵王暗中保护，赵人只是辱骂她，并不敢伤害她性命。

但是每次外出，她们母子总是提心吊胆，小心翼翼。在赵人的心中，她是秦人的弃妇，儿子是秦人的杂种。为了避人耳目，不至于激起赵人的仇恨，她甚至不敢让两个孩子姓秦国的宗室之姓——嬴，而改姓赵。

令她欣慰的是两个孩子虽然年岁尚幼，但都很懂事。特别是长子赵政，不仅能照顾自己和弟弟成蛟，还能为她分忧，俨然一个小大人。

只是这个孩子的心思太深，他的冷静有时让赵姬感到害怕。每次碰到赵人辱骂，他既不像赵姬低头默忍，也不像成蛟那样害怕，只是面无表情，挺胸直立，用阴沉的目光盯着辱骂他的人。所以每次外出，他承受赵人的唾沫也最多。

赵姬多次劝说他暂时忍让，但赵政不肯听她的话。赵姬多次看到他站在门口，用极端仇视的、让人见了不寒而栗的目光看着门外来来往往的赵人，这不应该是一个九岁孩童的目光啊！

而赵政心中却充满了无法遏止的仇恨。他虽然是秦人的后代，却没有伤害过任何一个赵人，他们只是手无缚鸡之力的妇孺，这些赵人为什么要如此仇视欺侮他们呢？

他听母亲说过远在秦国的父亲，知道父亲是秦国的公子，为什么父亲还不来接他们去秦国？难道父亲把他们忘了吗？如果是这样，他们这种日子何时是个尽头啊！赵政小小的心中已有说不完的忧虑。

"哥，出去玩一会儿吧？"六岁的成蛟不知何时出现在赵政的身后，打断了他的忧思。

"娘不是说过不让我们出去吗？碰上了那些赵人的崽子难免与他们打架，这又要惹娘生气了。"赵政担心道。

他们已经好长时间没有出门了，赵政也很想出去玩，可每次出去就不可避免地遇见当地的小孩。兄弟俩不堪他们的欺侮，每次都少不了要打一架。对方人多势众，兄弟俩常常被打得鼻青脸肿。赵姬心疼他们，所以不许他们私自出门。

"娘睡着了，我们出去玩一会儿就回来。"成蛟望着赵政怯怯地求着。

"好吧，那就玩一会儿。"赵政很心疼弟弟成蛟，经不住他的一再请求。

兄弟俩像两只出笼的小鸟，到处戏耍。他们捉了两只鸟，准备带回家去，因为他们不知道下一次什么时候才能出来。

在回家的路上，兄弟俩又遇上了他们的冤家对头。六个小孩突然从路边的草丛中冒出，挡住了他们的去路，其中一个指着他们叫道："这不是那两个秦国小杂种吗？看，他们还捉了我们的鸟！"

"怎么是你们的鸟？这是我们捉的！"赵政并不害怕他们，他知道今天又免不了要打一架。

"在我们的地方就是我们的东西！不给就揍你们！"一个小孩威胁道。

赵政和成蛟互相对视了一眼，忽然将小鸟扔向空中放飞了。六个小孩见此情景，叫嚷着朝他们兄弟扑去。

兄弟俩背靠背站在一起，镇定地迎着对手。

一场混战，成蛟年小力弱，很快被压在地上不能动弹，赵政还在拼命抵挡。

"赵政，再不停手就打死你弟弟！"小孩见赵政不易制服，便威胁他，并且狠狠地搂成蛟，打得他嗷嗷直叫。

赵政略一犹豫，就被两个小孩抱住，压倒在地。

"看你们还敢反抗，搂死你们！"小孩们骑在兄弟俩身上，得意道。

他们不住地踢打兄弟俩，把泥土撒在他们身上，灌进他们衣服里面。成蛟忍不住哭了起来。

赵政愤怒地叫道："不要打我弟弟，要打就冲我来，我才不怕你们！"

"还敢嘴硬，用力搂他！"

赵姬醒来，没见兄弟俩，知道他们偷跑出去了，赶紧出来寻找。

没走多远，就看见一群小孩在欺负她的两个孩子。情急之下，她冲了过去把几个孩子扯开，其中一个被掀翻在地。

几个小孩见势不妙，便一哄而散。被掀翻在地的那个见伙伴丢下他跑了，吓得大哭起来。

赵政爬起来，欲搂那个小孩，被赵姬拉住。赵姬看着他们浑身沙土、鼻青脸肿的样子，心疼地责怪道："叫你们不要出来，为什么不听娘的话呢？"

兄弟俩见娘亲责怪，低头不语。母子三人正欲离开，逃走的几个小孩领着一群妇人过来了。其中一个妇人跑了过来，拉起地上哭泣的孩子，冲着赵姬大叫："你这个贱妇，领着两个小杂种竟然欺负到我们赵人头上来了。柱子，告诉娘，他们打你没有？"

那小孩见自家大人来了，哭得更加起劲。那妇人以为自己的孩子受了欺负，指着母子三人不依不饶地大骂："贱妇！秦人的杂种！秦人杀了我男人，你们又来欺负我们孤儿寡母，我跟你们拼了！"说完，便张牙舞爪地向赵姬扑去。

妇人的话也勾起了旁边几个人对秦人的仇恨。长平之战，秦国坑杀赵人四十万，后又围困邯郸三年，使赵国男丁损失大半，到处都是孤儿寡妇，她们便将仇恨撒向眼前这个与秦人有关的女人。

赵姬默不作声，只是紧紧地护着自己的孩子。赵政睁着血红的眼睛，几次欲挣脱母亲的怀抱，与眼前的赵人拼命，都被赵姬死死抱住。

看着母亲受这些赵人撕打辱骂，赵政心中在滴血。他不知道这些赵人为什么这么仇视他们，难道只因为他们是秦人的后代？他的心中只有恨，刻骨的仇恨，他发誓长大以后一定要用他们的血来洗刷今日的侮辱。

母亲痛苦的面容，弟弟惊恐的模样，使赵政恨自己为什么不赶快长大。现在，他们只有紧紧地拥抱在一起，默默地忍受这一切！

几个妇人撕打、辱骂了一阵，见他们毫不抵抗，也没有了兴趣，很快就散去了。

母子三人带着满身的伤痛、令人伤心的屈辱默默地往家走去。回到家中，赵姬这才忍不住放声痛哭起来。

赵政跪下哭道："都怪孩儿不好！您别怪弟弟，要罚就罚我吧！"

成蛟也跪下道："是我非要哥哥出去的，娘您就罚我吧！"

赵姬望着两个孩子，只是伤心地落泪。她多么希望身边能有个男人保护他们，安慰他们，可是这一切对她来说却是奢望。

从这以后，兄弟俩再也不出去了。他们宁愿忍受孤独，也不愿母亲为他们再受任何侮辱。他们心里在盼望着父亲早日来接他们，带他们离开这个切齿痛恨的地方。

公元前 250 年，一代霸主秦昭襄王去世，太子安国君即位，史称秦孝文王。

回秦后的几年，子楚苦习诗、书、礼、乐、射、御六艺，以博取安国君的欢心。吕不韦全权负责子楚的内外事务，府中门客越来越多，各种奇客异士相继投入门下。

子傒不甘心子楚占据上风，全力反击。无奈他内无华阳夫人做靠山，外无吕不韦这样的帮手，处境反而每况愈下，安国君越来越疏远他。

安国君即位后，子楚在吕不韦授意之下，趁机进言道："父王，您在赵国为质时，结识了许多赵国的权贵重臣，豪杰贤士，如今他们都在等待您的抚慰。父王若不派使臣前去慰问他们，他们则会生出怨心，两国边境必将又起烽火，不得安宁。"

安国君知道初登大位，一切需以安宁为重。他已五十三岁，年老力衰，只想平安地做几年秦王。子楚的一番话，深得他的赏识，他对华阳夫人道："寡人诸多儿子中，只怕没人能有子楚这般心思。"

华阳夫人则趁机进言："子楚知道为大王分忧了，他这份孝心和才识只怕没谁及得上。大王，您是不是把太子之位定下来，也好让子楚有个名正言顺的身份为您分忧啊？您若是过于操劳，妾怎能放心呢？"

安国君连连点头称是。

子楚强忍住内心的狂喜，平静地推辞道："父王和母后的厚爱，儿臣铭记在心。只怕儿臣难当此大任……"

华阳夫人立即打断道："这是你父王的赏识，你怎能推辞？难道你忍心让你父王这把年纪还为国事日夜操劳吗？"

子楚连称不敢。秦孝文王随即诏告天下，立子楚为太子。

秦国新君主动派使者到赵国言重修旧好。赵国在秦国屡屡攻击之下，国力大衰，对秦国此举求之不得。

赵人虽不忘国仇家恨，但赵王不想得罪秦国，只求能过上安逸的太平日子，当然乐意与秦结好。

秦使还负有太子之命，接回离别六年的妻儿。子楚的势力日盛一日，赵王正想借此机会讨好子楚，以消解昔日的仇怨。赵政和成蛟听说父亲派人来接他们，无不欢喜雀跃。

秦国庞大的车队载着赵姬母子从邯郸城穿过，两旁的赵人无不驻足观看。赵政从没有这么风光过，这一切改变只因为他的父亲是秦国太子。

虽然赵王对赵姬母子礼敬有加，但赵人并不因此而对他们友好。赵政不时看见有人对他们指指点点，冲他们吐口水，他在心里恨恨地想着："有朝一日，我若成为秦王，一定要杀死你们这些可恶的赵人！"

一家人重新团聚，兄弟俩对父亲很陌生，他们躲在母亲身后怯怯地看着子楚。他们想念父亲，见了却又不知如何面对。

子楚心潮澎湃，看着两个健壮的儿子，他想象着赵姬在邯郸的艰难。

"夫人，你受苦了。"子楚不知该说些什么。

"你们不要躲着了，快来拜见父亲。"

赵政跪下行礼道："孩儿拜见父亲。"成蛟却不肯拜见，抓着母亲的袖角，遮住自己。

赵姬正欲呵斥，子楚阻止道："不要责怪他们，当年我离赵时，成蛟才一岁多，政儿也只有三岁，要怪也只能怪我连累你们受苦。"他拉起赵政，又拉着成蛟，疼爱地抚摸着。对这两个儿子，他有一份愧疚。

吕不韦在一旁关注着，他见赵政举止庄重，言谈知礼，心中暗赞赵姬教子有方。他扫了一眼六年没见的赵姬，见她依然美艳不减，反添了一份成熟妩媚的风韵，令他怦然心动。

赵姬望着眼前这两位熟悉的男人，心中百感交集。吕不韦仍然丰采依旧，而且更见精明老练；子楚因为过着养尊处优的生活，比以前胖了不少，行动略显迟缓。

"好了，一家人有什么话以后慢慢再说。太子，众宾客还等着您为夫人、公子接风洗尘呢！"吕不韦提醒道。

他对赵政的关注，赵姬尽收眼中。她让两个孩儿拜见了吕不韦后，深施一礼道："妾能有今日，全靠先生帮助。妾心中感激不尽，请先生受妾一礼！"

吕不韦忙扶住赵姬，连称不敢。

秦孝文王由于服丧期间过度劳累，即位一月之后便病逝了。子楚继位，是为秦庄襄王。华阳夫人为华阳太后，生母夏姬被尊为夏太后。然后立赵姬为王后，封吕不韦为相邦，长子赵政认祖归宗，改名嬴政，立为太子。

庄襄王感激吕不韦相助之德，将朝政大权尽付吕不韦掌握。但吕不韦并不满足，他要扩张秦国的领土，征服天下。

孝文王丧期一过，吕不韦即向庄襄王提议灭掉东周国（周室东周公封地），这既可以震慑齐、楚、燕、赵、韩、魏六国诸侯，又可夺取河水（黄河）之南的洛阳等战略要地，为秦国攻伐六国打开通道。

　　这是庄襄王即位后第一次对外用兵，胜负至关重要，他心中犹豫不决。若是胜利，秦国名望大增，诸侯也不敢小视他，也可为日后争夺天下铺平道路；若是失败，不仅颜面大失，而且也无法向国人、宗室交代，这将有损他的威名。

　　虽然有些担心，但在吕不韦的一再要求下，庄襄王也只得同意出兵讨伐东周国。吕不韦为使庄襄王安心，决定亲率大军攻打东周国。

　　东周已无百乘之兵，如何能抵挡秦国的大军？东周君向诸侯求救，诸侯人人自危，无一国敢出兵相救，吕不韦没费什么气力就灭了东周国。庄襄王大喜，封吕不韦为文信侯，将洛阳十万户赐给他作为食邑。

　　第一次用兵的胜利，激起庄襄王对外用兵的野心。他决心像祖父昭襄王那样，做一个威震诸侯的霸主。

　　秦庄襄王二年（公元前248年），秦将蒙骜伐赵，他是继白起之后秦国又一名将。他不负庄襄王所望，先后攻取了赵的榆次（今山西榆次）、狼孟（今山西阳曲）等三十七城。次年，他又攻打魏国，占领了魏的高都（今山西晋城）、汲城（今河南汲县）。魏国在秦军连连进逼之下，节节败退，魏王派人去赵国请公子无忌回来对付秦军。

　　无忌自从杀了晋鄙，夺取兵权，解了赵国邯郸之围后，就一直留在赵国。如今魏王来请他，他虽有心回去，但仍然担心魏王会借机杀他。

　　无忌手下门客众多，有人看出了其中的利害，就劝解道："公子以急人之难而闻名诸侯，受各国尊重。如今秦军伐魏，魏国情势危急，公子若置之不理，公子高义又怎能让人信服呢？如果秦国灭了魏国，铲平了魏国的宗庙，公子又有何面目立足于天下？"无忌听了，立刻回奔魏国。魏王顾不得昔日恩怨，命他率魏军抵抗。

　　无忌派人向诸侯求救，诸侯佩服其高义，纷纷派军前来相助。于是无忌率领楚、燕、赵、韩、魏五国联军，在河水之南与秦军展开激战。

　　蒙骜虽是沙场老将，但也没想到敌人一下变得如此强大，便怯于应战。五国一直受秦国欺凌，如今在信陵君的统一指挥之下，同仇敌忾，格外勇猛，把秦军打得节节败退，一直追击至函谷关（今河南灵宝东北）。

　　庄襄王闻听秦军惨败，不禁急怒攻心，一病不起，眼看一日不如一日。吕不韦见此情形，心中暗喜：大王若死，太子将即位。但太子年幼，不足以担负起治国重任，必将委国事于我。那时我将独揽秦国大权，就可尽展胸中抱负，谋取天下了。

庄襄王弥留之际，将赵姬、太子、吕不韦以及一些宗室重臣召至榻前，交代后事：他让太子拜吕不韦为仲父，又向赵姬和嬴政交代了几句，便撒手人寰。

公元前 247 年，嬴政即位，尊母赵姬为太后，相邦吕不韦为仲父，国事皆托于二人。

秦王政元年（公元前 246 年），秦军刚败，国君又亡，少主即位，权臣掌国。各国认为有机可乘，都蠢蠢欲动。

晋阳首先传来反叛的消息。晋阳原是赵地，秦昭襄王四十八年（公元前 259 年），秦将司马梗攻占晋阳，置太原郡。此地离秦都咸阳较远，民风强悍，庄襄王二年曾反叛过一次，被蒙骜平定。赵国此时见秦国局势不稳，便挑唆晋阳之民反叛，试探秦国的动向。

秦国是兵马万乘之国，秦军是战无不胜、攻无不克的，但自从被五国联军打败，逼至函谷关内，秦国民心士气都受到极大的打击。

吕不韦知道这是对他掌政的一个考验，如果处理不慎，不仅六国会趁机共谋秦国，而更为不利的是朝中宗室贵胄会以此为攻击的口实，动摇他在国中的地位。

自掌政以来，吕不韦为巩固势力，大量安插亲信在朝中为官。宗室大臣都对他心怀不满，但惧其权势，只有暂时忍让。同时，他也注意拉拢一些失意旧臣。蒙骜败于五国联军，按律当以死罪论处，吕不韦力保蒙骜，并承担兵败之责，使他免于获罪。

为平定晋阳叛军，吕不韦决定重新起用蒙骜，秦军是他势力控制的薄弱之处，重用蒙骜可以收买一部分秦军之心。并且将来扫平天下，还要依赖这些人，因此他对秦军将领远比宗室大臣要宽厚得多。

于是，吕不韦招来蒙骜问道："将军对晋阳之事有何良策？"

蒙骜曾平定过晋阳之乱，对情况极为熟悉，他极有信心地道："相邦，只要您下令，末将立刻将晋阳踏平！"

"将军武略，天下闻名。平定晋阳，易如反掌。只是晋阳一反再反，需要一个妥善之策方可。"

"当地之民刁顽，不服管束，一是因秦法严厉，他们都不惯约束；二是因郡守为秦人，不熟当地民俗，极易引起冲突。所以末将认为平定晋阳之后，当以亲近我大秦之当地人为郡守，才可使晋阳不至复叛。"

吕不韦略一思索后道："将军之言甚有道理，只是以当地之人为郡守，易为亲情所累，难以公正执法。我看将军平定晋阳之后，可选派邻近之地的秦吏为晋阳郡守，只要其熟悉当地民俗即可。另外，将军除对贼首严惩之外，可将当地愚顽之人迁出，将大秦之民迁入，这样一来，不必大肆杀戮也可使其不再反叛。"

蒙骜本来心中对吕不韦极为不服，认为他原是一商贾，仅仅是因相助先王之功，才被拜为相邦，并无什么本事。现在见他处理晋阳之乱，有条不紊，心中甚是佩服。

之后，蒙骜率领秦军很快就平定了晋阳之乱。六国见秦国依然强大，便不敢轻举妄动。可吕不韦明白，只要五国联军还在，各国合纵之势不散，秦国的危机仍然存在。而五国合纵主要是因为无忌的威望，只要除去他，五国联军就不足为惧。魏王量小气窄，疑心甚重。吕不韦看准此点，立即派人去魏国行间。

秦间到了魏国，收买了被无忌矫杀的晋鄙门客，让他们四处传言无忌德高望重，应为魏王。谣言传至魏王耳中，果然引起了他的疑忌。他下令罢免了无忌的兵权，让其回朝。

无忌接到魏王命令，无可奈何。他知道自己一走，五国合纵之势必散，因为再没有第二个人有他这样的威望令五国信服。五国合纵离散，必给强秦可乘之机，所取得的大好形势也将付之东流。但他若不交出兵权，就将引起魏王的疑忌，那他的信义贤德之名将不复存在，魏国也将因此而起内乱。万般无奈之下，无忌只好回到魏国，成天与门客吃喝玩乐，纵情酒色，再也不想引起魏王的任何猜忌。

五国联军无核心之人领军，合纵自行离散。秦军趁机攻伐魏国，一战斩首三万。捷报传来，秦国上下一片欢腾。吕不韦的声威也随之大振，无人再怀疑他的掌政能力。

自消除五国威胁后，吕不韦便将精力用在嬴政的身上。每次坐在嬴政的身边，教他如何处理朝政，吕不韦都感到特别的温馨，有如平常人家灯下课子一般。嬴政聪颖好学，闻一知十，令他很欣慰。

但令他不安的是，每次他教嬴政，赵姬总是默默坐在一边注视着他们，当他与赵姬的眼光相遇时，那眼神中的幽怨之情让他感到心悸。

吕不韦知道赵姬眼中所诉说的内容。庄襄王已死两年，整个后宫中除了嬴政，再难见到一个真正的男人，而赵姬年不过三十，这后宫的寂寞清冷让她如何能够忍受？现在这种情形，让赵姬不由自主地想起与吕不韦相处的那段时日。如果不是吕不韦把她送给异人，这不就是一家人吗？

在邯郸时，赵姬独自抚养着两个孩儿，为生计所累，无暇顾及其他。如今在秦宫衣食无忧，一切有人侍候，反而令她感到寂寞难耐。如今她大权在握，再也不是邯郸那个任人摆布的弱女子了，就连眼前权倾朝野的相邦吕不韦都要听她的命令。她决心找回失去的一切，把吕不韦紧紧抓在手中。

这一日深夜，吕不韦刚刚从嬴政那里出来，就被太后派来的宦官叫去。

太后深夜相请，又没说明是何事，这令吕不韦心中有些不安。但是太后的命令不容推辞，虽然他曾经是赵姬的主人。

吕不韦一路跟随宦官到了高泉宫。

高泉宫曾是宣太后的寝宫，她曾亲掌秦国朝政，显赫一时，其寝宫在秦室宫殿中最是富丽豪华的。这里除了嬴政和成蛟，即使贵为王室公子也不能随便出入，除非是奉了太后之命。

到了高泉宫，一宫女将吕不韦引入内宫。此时已是深夜，宫女引着吕不韦在廊榭之中迂回转折，来到一座宫殿之前停下道："相邦请进，太后已经等候多时。"吕不韦点点头，只身进入殿中。

殿内灯火通明，越发显出其金碧辉煌。吕不韦略一打量，即看出此宫殿与秦国宫殿有些不同。秦国建筑粗朴豪放，以实用为主，甚少华丽的装饰，而这里却是赵国宫室的风格，赵姬是赵人，仍保留了一些赵人的习俗。

吕不韦往里走了几步，掀开一帘白纱缦，便看见赵姬一手扶头，斜靠在大殿正中的床榻上，心中暗赞——好一个妖媚的女人！

赵姬是经过一番刻意的修饰打扮后才召见吕不韦的。只见她头戴碧罗芙蓉冠，插上五色花饰，一袭五色花罗裙衬托出她娇柔的体态，整个人明艳多姿，散发出成熟女人的魅力。

殿中只有一个侍女，她见吕不韦进来，遂小声对闭目养神的赵姬道："太后，相邦来了。"

赵姬睁开眼睛，直起身子，望着缓步走来的吕不韦，心中怦怦直跳。

吕不韦步态沉稳，步伐有力，显得庄重而自信。

"臣吕不韦拜见太后，不知太后深夜相召有何要事？"吕不韦躬身行了一礼后问道。他身为秦王仲父，是朝中唯一可以不行下跪参拜之人。

"相邦劳累一天，我深夜相召，相邦不会怪罪吧？"赵姬笑道，示意吕不韦坐在左侧的案几之后。

"微臣不敢。"吕不韦见太后回避自己所问，便不再追问，默然坐到案几之后。他是一个懂得适可而止、适时发问的人。

"相邦白日忙于朝政，夜晚又要教导政儿，整日为社稷劳累，我一直想酬谢相邦，所以深夜冒昧请相邦前来。"赵姬话音刚落，一列宫女鱼贯而入，迅速在赵姬和吕不韦面前的案几上摆好酒菜。看来今晚无论如何都要陪太后一饮了，吕不韦在心中苦笑。

"此乃微臣分内之事。臣只有尽心尽力，方不负先王临终所托和太后垂爱之心。"

赵姬微笑道："既是如此，我就敬相邦一爵。"

"微臣不敢，还是臣敬太后一爵。"吕不韦端起酒爵，一饮而尽。

这时帷幔之中响起一片丝竹之声，吕不韦听了一会儿，感叹道："太后还没忘记赵乐啊！唉，这熟悉的乐曲已有好几年没有听到了。"

秦人先祖居住在偏远的夷狄之地，民风强悍尚武，其音乐也雄浑粗犷，多为鼓舞士卒冲阵搏杀之作。而六国之乐经过多年演变，已成为丝竹柔靡之声。

吕不韦早年出入各国,对各地音乐都有所了解,后来在邯郸居住多年,对赵乐更为熟悉喜爱。一曲听完,他赞道:"如此妙曲令人感动,使臣不禁想起往日邯郸之事。想不到太后离赵多年,还是如此喜爱赵乐。"

"我幼习赵乐,故国之声怎能忘记?唉,想起赵国之日,正如昨日之梦啊!"

赵姬的感慨神情也引得吕不韦不胜唏嘘,他听着熟悉的赵乐,在赵姬频频劝酒之下,仿佛又回到了过去纵情酒色、放荡不羁的日子。

赵姬饮下几爵酒后,玉面更是娇艳欲滴,举手投足也少了刚见面时的局促,更增添了一份娇媚迷人之态。她感受到了吕不韦灼人的目光,便低下头,显得更为娇羞。在两人的心中,仿佛又回到了在邯郸时的日子。

初见赵姬时,她是邯郸欢场中以歌、舞、琴三绝享誉的美人。而吕不韦是有名的大商贾,过着布衣王侯的生活,但他知道自己再有钱也只是贱民一个,富而不贵,他希望有朝一日富贵荣华加于一身。

异人最落魄无依的时候,吕不韦遇见了他。他知道这是一个绝好的机会,只要自己帮异人成为秦国之主,那就是一笔赢利无数的买卖。

异人此时年仅十六,尚未婚配。吕不韦为了更好地控制异人,便花重金买下了赵姬。但他并没有马上将赵姬送给异人,因为马上送去固然能赢得异人的欢心,但并不能达到长久控制异人的目的。他要训练赵姬,让她言听计从,然后通过赵姬去控制异人。

吕不韦知道赵姬家境贫寒,便送去大量钱财,还指点赵姬之兄赵成经商之道,使其家人再不用为衣食发愁。此举让赵姬感激不尽,她也因此深深地爱上了吕不韦。虽然吕不韦相貌平平,但他东奔西走,阅历丰富,待人和气,丝毫没有暴富之后的强横霸道,其成熟的男人气质让她深深迷醉。

但吕不韦却不为赵姬的柔情所动,他请来最好的礼仪师傅教她宫廷礼仪。赵姬虽有绝世容颜,但因在娼门乐户中长大,难脱浮华做作之气,这对异人来说,偶见或有新鲜之感,长久相处必会生厌。按照吕不韦的安排,她日后将被异人立后,岂能有这种贫贱气质?

当赵姬知道自己仅仅是吕不韦晋身的阶梯时，不禁肝肠寸断，珠泪涟涟，她决定试探一下吕不韦。她调好琴弦，低眉垂首而坐，其庄重典雅之姿博得吕不韦的赞赏。她轻抹慢捻，乐声随即轻柔地飘出。她轻启朱唇，缓缓唱道：

> 氓之蚩蚩，抱布贸丝。
> 匪来贸丝，来即我谋。
> 送子涉淇，至于顿丘。
> 匪我愆期，子无良媒。
> 将子无怒，秋以为期。
> ……
>
> 桑之未落，其叶沃若。
> 于嗟鸠兮，无食桑葚！
> 于嗟女兮，无与士耽！
> 士之耽兮，犹可说也，
> 女之耽兮，不可说也。
> 桑之落矣，其黄而陨。
> 自我徂尔，三岁食贫。
> 淇水汤汤，渐车帷裳。
> 女也不爽，士贰其行。
> 士也罔极，二三其德。
> ……

这是一首卫风《氓》，是一位妇人遇人不淑后的怨叹。赵姬心有同感，唱得动情至极。特别是唱到"于嗟女兮，无与士耽！士之耽兮，犹可说也，女之耽兮，不可说也"时，更是神情投入。吕不韦沉迷于赵姬的歌声之中，没有注意她的神情有异。

"好！简直是人间仙乐！只是明日见到异人，千万不可弹唱郑卫之音，让他小瞧于你！"吕不韦在赵姬唱完之后，不忘告诫道。郑卫之音被王室贵族和士大夫们视为淫乐，只在私下里演奏传唱，公开场合只弹唱雅乐。

"是，妾明白。不过妾有一事要告诉主人。"赵姬明白吕不韦的用意，但仍不忘自己的目的。

"有何事？"

"妾……妾上月已经停信，怕……已有身孕了。"

吕不韦听后颇为震惊，赵姬楚楚可怜之态又使他不忍责备。他阴沉着脸，皱着眉头在心中盘算这件事。

现在只有让异人尽快接受赵姬，拖得越久越难以掩盖，而再找一个赵姬这样的美女不仅难，而且也晚了。异人那小子倒好糊弄，只是将来赵姬生的是儿子，那我吕不韦的儿子不是成了异人的吗？异人尚无子……如果……他成为异人的嫡长子，则将来大有可能继承秦王之位，那么秦氏的江山不就被我吕氏取代了吗？吕不韦想到这里，不由心中暗喜。

他不动声色地吩咐赵姬："这事你不要再对任何人说，尤其是异人。你只需好好准备，明日我就要宴请他。若是出了什么差错，别怪我翻脸无情！赵姬，你是个聪明的女人，我就不与你细说其中的利害了。"

吕不韦阴冷的话语让赵姬心寒，她原希望吕不韦闻听她有身孕后能把她留下来，可这最后的试探竟也毫无作用。

我看错他了！他是一个只需权势和财富，不要儿女温情的人。我只是他的一颗棋子，一个取得权势的工具。赵姬的心在滴血，她的情意在被无情地践踏后又被残忍地抛弃了。她感到极度的伤心绝望，迎着吕不韦冷酷的目光，低头木然答道："妾知道了！"

第二天异人前来赴宴。他早听说吕不韦藏有一位绝色美女，但是对方不提，自己也不便相问，所以一直无缘与赵姬相见。此次一见赵姬，异人即为其倾倒。在他的一再要求下，吕不韦才将赵姬送给了异人。

九个月后，赵姬生下嬴政，吕不韦和异人都欣喜不已。只有赵姬在心中怨叹，不知道这孩子将给她带来什么。孩子的出生就酝酿着阴谋，他的一生又会怎样呢？

吕不韦和赵姬都沉浸在回忆之中。吕不韦感到得意，一切正如他所谋划的那样，他不仅成了诸侯中最强大的秦国之相，而且他的"儿子"也成了秦国之主。

　　二人已有些醉意，殿中的宫女乐师不知何时已退下去了。赵姬似乎被触动了心怀，低头坐在那里嘤嘤而泣。吕不韦早已忘了太后、相邦之分，他摇晃着站起来，走到赵姬身边喃喃道："赵姬！你不要伤心，我来了，没人敢欺负你！"

　　赵姬一头倒在吕不韦怀中，紧紧抱住了他。吕不韦有些晕眩，欲火上涌。他像一匹失去控制的烈马，紧紧地搂住赵姬。

第二章

吕相邦朝中弄权　少秦王恋爱受屈

上林苑在渭水之南，一直是秦王专用的狩猎之地，即使是宗室大臣也不能随意入内。嬴政和弟弟成蛟在这里放马驰骋，练习骑射。这几日吕不韦好像更加忙碌了，对嬴政的管束也少了一些，使他有机会与成蛟一起出来。他们难得有此闲暇，便玩得不亦乐乎。

兄弟俩看见一只灰兔从草丛中窜出，便放马狂追。只听"嗖嗖"两声，两支利箭破空而出，灰兔猛然一跳，翻了几个跟头便不动了。跟随的卫士拾起那只灰兔，只见兔头上插着一支金箭，兔身上插着一支铁箭。

"大哥，还是你的箭法准！"私下相处，成蛟仍然叫嬴政大哥。这样做既不违君臣之礼，又不会疏远兄弟之情。

"成蛟，你的箭术也不差！咱们再赛一程吧？"嬴政见射中了兔头，十分高兴，骑射兴趣大增。

"大哥兴致如此之好真是少见！平日相邦不离左右，我这个亲弟弟都难见大哥一面，今日有此机会该好好玩玩。"

嬴政听得出成蛟对吕不韦心怀不满，他只有笑笑，并不搭话。吕不韦对宗室防范甚严，对成蛟更是如此。表面上他对成蛟客客气气，礼敬有加，其实成蛟的一举一动无不在他的监视之下。在吕不韦的心中，成蛟才是庄襄王真正的嫡长子，而嬴政是他的儿子，所以成蛟才是嬴政王位最大的威胁。

嬴政淡然一笑道："你对仲父上次反对封你为长安君耿耿于怀啊？他也是按照秦律办事，对你并没有成见。"

按照秦律，没有军功不能得封，即使是宗室子弟也不例外。但嬴政和太后宠爱成蛟，一再坚持，他才被封为长安君。

"我才不会为此事与他计较，日后我自会立功补上。我只是看不惯他大权独揽、趾高气扬的样子。你没看见他每次上朝退朝的车队，比大哥的卫队还要威风！"

"仲父为大秦尽心尽力，没有第二人可比，他有这种排场也不算过分。来，我们继续赛马。"嬴政不愿再谈下去，虽然他对吕不韦大权独揽也有些不满，但他不愿让第二个人看出来。成蛟也不想多说，便与嬴政赛起马来。

嬴政骑的是一匹黑马，名为"飞翮"，是河曲名种。这种马高大健壮，耐力佳，速度快。成蛟骑的是同一品种的白马，名为"蹑影"。一白一黑在原野上风驰电掣，很快就把卫士甩掉，消失在远方。

兄弟俩驰骋一阵，直到前面没路了才不得不停了下来。兄弟俩又渴又饿，可是后面的卫士还没有跟上来，他们四处张望着，想寻一处歇息之地。

"大哥，前面有户人家，我们过去看看吧？"成蛟指着前方道。

前面隐隐有一间依山而建的茅草屋，一条山石铺成的小径延伸至屋前。小径两旁开垦了一些小块的田地，四周用篱笆圈着。

兄弟俩下了马，沿着小径向茅屋走去。只见柴门大开，成蛟探进头去，高声问道："有人吗？"

里面传来一声清亮圆润的回应："谁呀？"

随着声音走出来一位少女，兄弟俩顿觉眼前一亮。少女穿着一袭白裙，一头乌发随便扎着，直垂腰际。她面色红润，一双大眼睛忽闪着，满是疑问。

见是两个锦衣少年，少女不禁玉面一红，随即开口问道："你们是……"

成蛟忙搭话道："我们是来这山中打猎的，与众人走散了，来这里讨点水喝。"

"打猎？你们一定是王孙公子吧？"少女把兄弟俩让进屋中。

"姑娘如何得知？"兄弟俩很惊奇。她虽然猜得不甚准确，但也八九不离十。他们打量着这间屋子，正前方一张坐席，上面搁着方案。方案上有个陶壶，几个黑底白边的陶碗。墙上挂着刀和弓箭，一角还放着铜枪和盾牌。

少女一边倒水，一边道："哪有像你们这样的猎人，穿着锦衣又没有猎物。我爹说今天大王要来行猎，那你们一定是陪着大王行猎的吧！"

或许是很少见到外人，特别是年岁差不多的少年，少女显得特别兴奋。兄弟俩从她口中得知，她父亲名叫姜和，是专门看守这上林苑的。家中只有父女二人相依为命，原来的兄弟几人都已战死沙场了。

少女很少出门，对外面的一切都感新鲜，也没有世俗礼仪的顾忌，向兄弟俩问东问西，三人很快就熟悉起来。

她不拘礼节、活泼开朗的性格让他们有一种新鲜之感。二人被少女所感染，忘记了自己的身份，与她有说有笑，甚是融洽。

少女对这大山非常熟悉，满脑子都是花草树木、飞禽走兽，让兄弟俩听得兴趣盎然。但她对咸阳的繁华甚是陌生，兄弟俩只描述了王宫的富丽堂皇，就引得她惊奇不已。

少女知道他们饿了，就用野味给兄弟俩做了一顿饭。二人在宫中什么美味没有尝过，但这顿饭却吃得格外香。嬴政兴趣所至，还给少女取了一个名字，叫她姜玉，说她就像山中的一块璞玉。

姜玉不知是何意，嬴政便向她解释道："玉是一种很珍贵的宝物，你看，就是这个。"

他拿出佩戴的玉玦递给姜玉，那玉玦晶莹剔透，翠绿欲滴。周边镂成精美的花纹，中间雕着一条腾云驾雾的龙。

姜玉喜爱至极，不住赞道："真好看！"

"那就送给你吧！"嬴政笑道。

姜玉忙道："我不能要这么珍贵的东西，爹爹知道后会怪我的。"

"这种东西我有很多。"嬴政有些自豪，"送给你也是酬谢你对我们的款待。"

成蛟也在一旁帮腔道："我们白吃你的,你爹爹回来不会怪你吗?你收下它,日后我们也好再来,对吧?"

嬴政笑着点头,兄弟俩一唱一和让姜玉把那块玉玦收下。他们心中都很喜爱姜玉,希望能给她一些帮助。

姜玉收下玉玦后,迟疑道："那我怎么称呼你们呢?爹爹回来后,我也好与他说。"

嬴政向成蛟递了个眼色,成蛟便心领神会道："那还不简单,你叫我们大哥就可以了。这是你政大哥,我是你成蛟大哥!"兄弟俩怕姜玉知道他们的真实身份后会拘于礼节,反而没趣。

快乐的时光总是过得很快,兄弟俩不得不告辞了。他们刚出门,就看见卫士焦急地等在外面。嬴政注意到卫士中间有一个老者,就走过去问道："你是姜和吧?"

那老者拜倒在地："小人姜和拜见大王!"

一旁的姜玉惊呼道："你是大王!"

嬴政哈哈大笑,他跨上黑马对姜玉道："姜玉,寡人和成蛟会再来看你的!"

成蛟调皮地冲着发怔的姜玉一笑,随着嬴政绝尘而去。姜玉呆立在那里,似乎不相信刚才的情景。

转眼又是一年。这一年天下大旱,各国庄稼普遍绝收,但这对秦国的打击不算太大。自秦孝公用商鞅变法开始,历代国君都实行耕战之策,使秦国的耕地面积逐年增加。

秦惠文王时,又占领了巴蜀之地。巴蜀两地自然条件得天独厚,秦昭襄王时任用李冰父子在此兴修水利,使巴蜀成为秦国粮食的主要产地。秦国境内遍布囤粮万石的仓库,咸阳更有囤粮十万石的大仓。一岁饥荒,对秦国来说不算什么。

吕不韦一面开仓放粮,安抚人心,一面向诸侯炫耀秦国的富裕,造成诸侯民心涣散,心向秦国。同时,吕不韦又派蒙骜伐魏,攻取了大片魏国土地。但胜利并没有给吕不韦带来多大喜悦，他正在为和太后的私情所烦恼。

自从上次高泉宫幽会之后，二人再难以自制。特别是赵姬寡居两年后，对此事如饮甘饴，再也不肯罢手。不过，吕不韦却有些心惊胆战。

嬴政渐已长大，不像前几年那么懵懂，开始有了自己的心思。虽说他现在对狩猎特别有兴趣，一有空闲就和成蛟去上林苑中打猎。这让吕不韦省了不少口舌，不必费心思支开他。可这毕竟不是长久之计，万一让他发现了，后果将不堪设想。

吕不韦开始对赵姬感到厌倦，暗地里偷情的兴奋已逐渐消失。他不是情深之人，否则当年也不会轻易舍弃她。但他又不能与赵姬就此罢休，许多事他必须取得赵姬的支持，否则就不能为所欲为。

赵姬也敏感地觉察到吕不韦的热情降低了，对她的召见是能推就推。她虽然也害怕嬴政知晓，却又不能自制。二人再度幽会时，吕不韦对赵姬道：“政儿年岁渐大，我们如此只怕是越来越难瞒过他了。赵姬，我看我们……”吕不韦不想再拖延下去，就直接对赵姬挑明。

赵姬眼圈一红，似要流泪：“我知道你厌倦我了。我已年老色衰，怎比得上你后院的美妾！你高兴了就来会我，厌烦了就把我一脚踢开，你好狠的心！”

“你想到哪去了！政儿是一国之君，我们不能不为他着想。若是让宗室大臣知道了，岂不是给他们攻击的口实？他们时刻都在找机会赶走我们这些外姓之人。再说这事若让政儿知道，我们又有何面目见他？他又何以自处？”吕不韦耐心向赵姬解释。

“那我怎么办？你又让我独守在这冷清的后宫中吗？”赵姬心有不甘地哭泣道。

“不就是想找个人陪你解除寂寞吗？你放心，我会为你想办法的。”

“你是不是又打算把我送给谁？”赵姬不悦道。

“我怎么敢？你安心等着就是。此时我还有一事与你商议，我原打算派张唐去燕国为相，说服燕王共同伐赵。可这老家伙实在可恶，我登门劝说几次，他竟然不去，我想……”

"你想杀了他？那可不行！张唐是秦国老臣，昭襄王时曾率军攻打过赵国，为秦立了大功。赵国曾以百里封地悬赏捉拿他，他若去燕国，必经赵国，他当然不敢去！我们不能对这些老臣逼迫太甚，他们若与宗室大臣联合起来，我们也不好对付。"

吕不韦听了赵姬此言，觉得也有道理。他是被张唐气不过，才想下手。朝廷上下谁敢不听他的命令，偏偏张唐三番五次与他作对，丝毫不把他放在眼里。

赵姬靠在吕不韦身旁，娇声道："今晚你就留在这里吧？"

吕不韦有些为难："我已答应政儿，今晚辅导他批阅奏章。"

"我知道你会推辞！这是最后一次，以后我再也不缠你了！"赵姬生气道。

"好了，别生气了，我留这里陪你！那总得通知政儿一声吧？"

"这你不用担心，我早已经替你知会政儿了。"赵姬得意道。

次日早朝，吕不韦再次命张唐去燕国，仍被其拒绝。他一怒之下回到府中，决心不顾一切要杀了张唐。

一个看起来只有十一二岁的小孩问道："相邦，什么事使您不高兴了？"

吕不韦一看，原来是他最小的门客甘罗。这甘罗年纪虽小，却大有来历。其祖甘茂在秦武王时为相邦，后受谗言流亡于齐、魏而死。

甘罗很小就做了吕不韦的门客，他的聪慧在众多门客中小有名气。吕不韦很喜欢他，对他的询问没有置之不理："本相让张唐去燕国说服燕王共同伐赵，他却抗命不去，为此本相十分生气。"

甘罗自告奋勇道："属下愿去说服他前往燕国。"

小小年纪，就说大话，吕不韦一想便不耐烦地呵斥道："本相去都不行，你一个小孩子去有什么用？"

甘罗辩道："项橐七岁，孔子便拜他为师。属下已经十二岁了，为什么不让属下去试一试，却这样呵斥呢？"

吕不韦仔细一想，觉得他说的有理，于是就派他去见张唐。

甘罗见到张唐就问："您与武安君相比，谁的功劳更大？"

张唐道："我不如他。武安君曾挫败楚国，长平一役又重创赵国，我怎么能与他相比？"

甘罗又问："相邦与应侯范雎相比，谁更专权？"

张唐道："大王尚不能亲政，国事皆委托于相邦，应侯当然不能与之相比。"

"当年应侯要攻赵，武安君不肯领兵，结果被处死在杜邮。如今您不听相邦之言，我不知道您将会死在哪里？"

张唐这才明白自己已大祸临头，忙对甘罗长施一礼道："你去告诉相邦，我马上去燕国。"

甘罗回报吕不韦后，又要求先行去赵为张唐通报。他也想趁机建功立业，恢复祖上的威风。吕不韦心中一动，决定利用此事大做文章。他让嬴政亲自在朝堂之上召见甘罗，封他为秦使出使赵国。

他这样做目的有三：一是向群臣炫耀门下人才众多，十二岁的孩童就能办事。二是向群臣立威，只要他吕不韦愿意，哪怕是十二岁的孩童，也可以给其高官厚禄。三是刺激嬴政，让他不要成天迷恋狩猎、玩耍。甘罗十二岁就能为秦建功立业，而他已十六岁了却没有让人称道的功绩。

嬴政心中极为不满，他觉察到了吕不韦的用意。随着年龄和阅历的增长，他越来越反感吕不韦。他渴望自己能够亲理朝政，决断一切，而吕不韦就像一座大山横在他的面前，让他望而却步。两国邦交，派一个十二岁的孩童为使，这不是让诸侯耻笑秦国无人吗？可是他又不得不听从吕不韦的话。

嬴政知道自己与吕不韦相比，各方面都处于劣势，所以他心中纵有十分不满，也丝毫不表露出来。当吕不韦提出让他召见甘罗时，他爽快地答应了，并且赐甘罗兵车五乘，以壮行色。

甘罗果然不辱使命，说动赵王允许张唐从赵国过境，并割五座城池给秦国。吕不韦闻讯，立刻要求嬴政拜甘罗为上卿，将其祖父的田宅赐还给他。

甘罗立了大功，这使吕不韦在朝廷中又增强了势力。这些年来，吕不韦滥用职权，排挤老臣及宗室大臣，嬴政都看在眼里，但他却无能为力。因为许多事太后都支持吕不韦，让他感到孤掌难鸣。

他不明白母后为什么对吕不韦那么放心，从来都是和颜悦色，言听计从。他盼望自己快到二十二岁，那时就可以行冠礼，亲掌朝政了。嬴政越想越气，决定到高泉宫去看望母后，向她诉说心中的烦恼。

到了高泉宫，宫女告诉他太后正在休息。嬴政道："不必通报了，寡人自己进去。"

静静的大殿显得格外空寂，只有几个宫女恭敬地站在一旁。他听到自己的脚步声在殿中回荡，一切都是那么的安静，静得让人不舒服。

他想起自己有好些日子没来拜见母后了，心中有些惭愧。母亲一个人住在后宫之中，他这个儿子再不来问候一声，陪母亲说说话，母亲岂不是更寂寞？

来到寝殿，嬴政看见赵姬正背朝外而睡，便轻手轻脚地走过去。侍候的宫女欲叫醒太后，嬴政挥了挥手，示意她们不要动。他在床榻之旁坐下，注视着熟睡中的太后。

母后老多了！嬴政看见赵姬眼角的细纹，心中暗叹。赵姬似乎感到了什么，睁开眼睛看见儿子坐在自己身旁。

"什么时候来的？也不让侍女通报一声？你看你年纪也不小了，又是一国之君，还像小时候偷偷摸摸地跑进娘的房中偷什么好吃的不成？"赵姬见了儿子心中高兴，忍不住打趣道。

嬴政不好意思地笑了笑道："母后，您又取笑孩儿了，孩儿是特地来看您的。"

"怎么想起来看娘了？该不是有什么事求娘帮忙吧？"

"母后，您知道吗？孩儿今天封了一个十二岁的上卿。"

"你不是在胡闹吧？"赵姬吃惊地问道。嬴政一看母后这种神情，就知道吕不韦事先并没同母后商议。

"怎么会呢？这个人还是仲父推荐的。"说罢，嬴政便将甘罗之事原原本本地禀告给赵姬。

赵姬从嬴政语气之中听出了他对吕不韦的不满，便问道："你是不是对仲父有什么不满？”

"孩儿就是觉得自己有些事可以做主，不需要他像以前那样关照了。"

赵姬不觉打量嬴政几眼，发现他的确长大了。浓眉，长目，挺直的鼻梁，薄削的嘴唇。鼻唇之间长满短髭，显出几分成熟的男人气质。

"相邦是先王临终所托的重臣，对大秦忠心耿耿，你不要听信一些人的谣言。以后有什么事你告诉娘，娘会告诉他的。听相邦说你近些时经常到上林苑去狩猎？"赵姬转过话头问道。

嬴政脸一红道："孩儿只是偶尔去玩玩。"

"你不要骗娘了。你要想早日掌朝政，就该多向仲父学习理政之道，娘也希望你能够早日亲政。"赵姬正色道。

嬴政点了点头。

母子二人闲聊起来，赵姬忽然问道："你今年已经十六，应该立后了。这么大的后宫，你让娘一个人守着？"

嬴政没想到母后会有此问，便推辞道："孩儿还没想过，想等几年再说。"

"你后宫姬妾不少，难道没有一个中意的？娘看那个齐国公主紫巾还不错。"赵姬见嬴政不高兴，也就变了口气，"这事反正也不急，你自己拿主意吧！仲父的意思是希望你立紫巾为后。"

齐国是诸侯中的大国，秦齐联姻有许多好处。嬴政虽然明白其中的利害，但他反感吕不韦连这件事都要做主，心中更是不快，便皱着眉头道："母后您休息吧，这事以后再说，孩儿告辞了。"

嬴政本想找母亲排解心中的苦闷，想不到又多添了一份不悦。因为他已有了人选，那就是姜玉。令他为难的是，姜玉对他和成蛟都很好，万一成蛟也喜欢姜玉，那他怎么办？

刚回到祈年宫，成蛟就来拜见。嬴政见他急匆匆的样子就问道："成蛟，你这么急着见寡人，有什么事吗？"

"大哥……"成蛟看见左右侍从，遂住口不言。嬴政明白他说的话不能让其他人听见，就命令侍从退下。

成蛟见两旁无人，说起话来就毫无顾忌了："大哥，吕不韦越来越猖狂了，我不明白到底你是大王还是他是大王？”

“成蛟，你是怎么了，说出这等疯话！”嬴政呵斥道。

成蛟见嬴政生气了，便放缓了语气：“我听说大哥封了吕不韦的门客甘罗为上卿，你知道满朝文武怎么议论么？”

“能怎么议论？甘罗虽然年幼，但为秦国立了功，封他为上卿有何不可？”虽然他也对吕不韦的做法不满，但不愿意让旁人看出。

“秦国如此之大，难道就没有比甘罗更合适之人？满朝的文武大臣都不如一个孩童？吕不韦这么做，分明是想在朝臣中立威。长此下去，大哥的威望何存？”

成蛟虽然快十五岁了，但仍是少年心性，又受太后宠爱，对任何事都无所顾忌。子傒为首的宗室大臣正是看准了这点，频频与他接近，挑唆嬴政与吕不韦的关系。

“成蛟，你是不是又听了子傒他们的话？”嬴政见成蛟低头不语，知道被说中了，“我不是告诉过你不要与他们太接近吗？别以为你们很隐秘，相邦可知道得一清二楚！子傒他们没安什么好心，以后少与他们来往！你不是要做大将军，统兵扫平六国吗？那就好好研习兵法！”

成蛟不甘心就这样退下，便将子傒经常在他耳边唠叨的话说了出来：“大哥，我听说‘大其都者危其国，尊其臣者卑其主’。如今诸侯只知秦国有相邦吕不韦，而不知道有大哥你，各国使者来秦也是先去相邦府，再到咸阳宫。吕不韦大权独揽，长此以往，只怕又会出现田氏代齐的惨祸……”

“你不要再说了！”嬴政暴喝一声，一掌扫落案几上的东西，两眼发红地瞪着成蛟，“谁让你这样说的？寡人要杀了他！”

成蛟被嬴政的神情吓住了，他第一次见嬴政发怒，颤声问道：“大哥，你怎么了？”

嬴政厉声道：“以后你安心攻读兵法，不要再与子傒他们来往。今天的话，不许再对任何人说！”

“我知道了。”成蛟心有余悸，低声应道。

嬴政慢慢拾起地上的东西，借以平静自己的怒气：“大哥这么做，也是为你好。说话做事要有主见，不要别人说什么就信什么！"其实他是担心这些话传到吕不韦耳中引起猜忌，对成蛟不利。

"好了，别垂头丧气了。这些日子你可见过姜玉？我好些日子没去看她了。"嬴政安慰道。

成蛟这才松了口气："姜玉也向我问起大哥，怎么这些时日没去看她。"

"这些日子政事太忙，等几天我就去看她。"

一连几天，吕不韦忙碌不堪。各方消息传来，有好有坏，使他喜忧参半。

喜的是魏公子无忌死了，秦国少了一个大敌。忧的是秦国自去年大旱绝收，今年又遭虫灾。他担心如果过多动用积粮，会影响以后东征六国的大计。一旦与诸侯开战，没有充足的粮草供应，秦国要想取得胜利就很难。可不动用积粮，这灾荒又无法度过。

吕不韦正为此烦恼，亲信谋士司空马向他献上一计："相邦，年年大灾，困窘的只是庶民百姓，一些富户依然家有积粮。要想让他们捐粮恐怕不容易，相邦可以告知天下，只要献粟千石，就可拜爵一级，相信一定可以筹得粮食。"他是吕不韦的门客，其精明练达深受赏识，成为吕不韦随侍身旁的亲信之人。

"先生此计倒是可行。只是我朝爵制规定，非有战功者不能得爵，如此一改，只怕又会引起宗室大臣的不满。"

军功爵制是商鞅变法所定，是为了鼓舞士卒勇猛作战。爵制规定战时杀敌，以首级论功。斩下敌人一个人头，赐爵位一级，田地一顷，住宅九亩，可有一人在军中或衙门为官。

军功爵制有二十级，一级公士，二级上造，三级簪袅，四级不更，五级大夫，六级官大夫，七级公大夫，八级公乘，九级五大夫，十级左庶长，十一级右庶长，十二级左更，十三级中更，十四级右更，十五级少上造，十六级大上造，十七级驷车庶长，十八级大庶长，十九级关内侯，二十级彻侯。

司空马见吕不韦有些犹豫，心中很着急。这是他苦思几日才想出的办法，若得以实行，必将加重他在吕不韦心中的分量。

"相邦，此时非彼时，应通权达变，否则只会使国疲民弱。换爵最高只能至不更一级，也不会引起多大变化。相邦只需向太后和大王讲明利害，他们会支持的。"司空马已隐隐猜到吕不韦与太后的关系，但不敢乱说话，怕引起猜忌，只是在话中稍带而已。

"说服太后和大王倒是不难，本相是担心宗室大臣又借机生事。"吕不韦在朝廷上下遍布耳目，子傒蛊惑成蛟之言，早已传入他的耳中。他本想除去子傒，但又怕对宗室大臣逼迫太甚，引起反抗，于是就把他们闲置一旁，不给任何实权，这样就算他们想闹事也不会有什么危害。

"相邦，这些人的确可恶。昨日密探从他们那里探知消息，这些人正阴谋暗害相邦。"司空马负责收集各种情报，替吕不韦做一些不方便出面的事情。

"哦，什么消息？"吕不韦见他如此郑重其事，甚是少见，便关切地问道。

"他们拉拢长安君，想立长安君为王，现在正和军队联系，想取得蒙骜的支持。"

"他们的胆子倒越来越大了！长安君与大王兄弟情深，恐怕不会答应他们。"吕不韦轻蔑地笑道。

"相邦，长安君不谙世事，易轻信人言，所以他们造谣说长安君是先王的嫡长子，而大王是……"司空马吞吞吐吐，似乎有所顾忌。

"是什么？"吕不韦追问道。

"是相邦您的儿子。"司空马低声道。

"岂有此理！"吕不韦见宗室大臣说中了他心中隐秘之事，怒不可遏，"他们越来越嚣张了，难道这样说长安君就会相信？"

"为了让长安君相信此事，他们正与赵国秘密来往。赵王派了一个叫赵成的人以经商之名来到咸阳，与他们频繁接触。属下本想把他抓入府中，后来才知他是大王和长安君的母舅，所以……"

"赵成？本相当年对他不薄，想不到他现在却来对付本相。"吕不韦有些气恼道。

"他们手中有长安君，所以才会如此胆大。蛇无头不行，只要长安君不相信他们或者……"

"你的意思本相知道，只是太后对他宠爱有加，大王又与他手足情深，本相是投鼠忌器啊！"吕不韦颇有些无奈。

"长安君与大王俱是年少之人，血气方刚。只要让二人互相猜忌，使大王不再相信他，相邦不就可以从中便宜行事了吗？"

"先生所言甚是。你继续对他们严加监视，有何异动尽快禀报！"

"是。"

吕不韦又想起了另外一事，便问道："编书之事进行得如何？"

"府中之士正在加紧编著，各地贤士知道相邦网罗人才，纷纷来投。属下选出其中杰出之士，正在作最后的整理。"

吕不韦一直因为自己出身商贾，被人轻视而不满。他心怀大志，欲扫除六国，一统天下，辅佐儿子成为商汤、周武那样的开国之君，使自己成为流芳史册的伊尹、太公望。他当上秦相之后，就广集贤才，著书立说，宣扬其治国之策。他让门客们上观尚古，删拾春秋，集六国时事，人人著其所闻，然后集录成书。此事浩繁细琐，需大量饱学之士。吕不韦借甘罗之事传播自己用人唯贤的美名，一时各国的奇人异士纷纷来投，使其门客数量大增。

"好，先生真是本相的臂膀。这些人有何要求，你尽量满足，要尽快把书编成。现在本相就去看看他们。"

吕不韦每隔一段时日，就到门客中走走，以便随时发现可用之人。他看了编书的门客，见一切进行得井然有序，心中高兴，便赏赐了众人。

吕不韦门客甚多，约三千之众，分为各等，所受待遇也不尽相同。一些才能杰出之士，住上馆，吃的是美食，穿的是华衣，出则有车，并且有人侍候。

中馆多是些不明底细，需加以考察的人，待遇较上馆要差。

而下馆多是一些自知无甚本事，投入吕不韦门下只为混一口饭吃的人，其待遇也只是管饭吃饱而已。

吕不韦经过下馆一般不进去，但此时听见里面喧闹声一阵一阵传来，心中甚是奇怪，便与司空马走了进去。

只见一大群人围在一起，中间有两人正在争吵，其中一人说道："你已经输光了，明日再来赌吧，今日就算了。"

另一人拉住他求道："再赌一把如何？就赌最后一把。"

"你的钱都输光了，还拿什么跟我赌？嫪毐，我看算了吧。"那人极不情愿道。

嫪毐有些急了："我有衣服，我把衣服押给你！"

旁观之人趁机起哄："把他的衣服赢来，让他脱光！"

那人也乐意在众人面前炫耀一回，便答应道："好，我就与你赌最后一把。你赢了，输的钱还你，输了，就得照大家的意思办。"

"行，咱们开始吧！"嫪毐有些急不可待。

他们赌的是投壶之戏。各人手持十支箭向远处的壶中投去，谁投进的多谁胜。过了一会儿，人群中传出一阵哄笑声，就听有人叫道："嫪毐脱衣服！嫪毐脱衣服！"

嫪毐极为沮丧，口中不住咒骂，随即又堆起笑脸对那人道："肆，咱们不是赌一回两回了，我明日把钱还你如何？"

肆回道："愿赌服输，这可是你拉着我赌的。你看见了，今日你不脱衣服，大伙是不会放过你的。"

嫪毐哀求道："我就这一身衣服了，给了你，我就不能出门了。你放过我这一次，兄弟对你感激不尽。"

"我放过你倒没什么，就看大家愿不愿意。"

众人一心想看热闹，怎肯轻易放过这个机会？于是有人叫道："不脱衣服就顶轮子！"

肆道："怎么样？衣服我就不要了，你就按大伙的意思办吧。"

嫪毐道："那你不能食言！"

"决不食言！"肆答道。吕不韦越看越有兴趣，看到最后不禁哑然失笑，暗叹此人果有异能。

司空马悄声说道："这些人在府中做此污秽之举，属下明天就把他们赶出去。"

吕不韦见嫪毐长相清秀，不禁心中一动，道："那倒不必，养几个闲人也无所谓，不要因为这几个人而坏了本相延揽天下贤才的大计。至于嫪毐此人，我另有用处，晚上你带他来见本相。"

这日晚上，司空马把嫪毐带到吕不韦面前。像他这种人根本没有资格见吕不韦，所以当司空马去找他时，他吃惊不小，以为自己的一些不轨之举让吕不韦知道了。

吕不韦见嫪毐眼大眉细，身材纤细，颇有女相。凭借阅历和经验，他知道这种人生就一副媚骨，一旦得势将不可一世，并且心胸狭窄，反复无常。若在平时他决不会用这种人，但是现在要用他去服侍赵姬，也就顾不了这些，况且他自信要除掉嫪毐，也不是什么难事。

吕不韦让左右之人退下后，便对嫪毐道："你日间所为……"

嫪毐听吕不韦这样一说，脸色霎时惨白，以为要处罚自己，连忙跪下磕头道："小人再也不敢了，相邦饶命！"

"你起来。"吕不韦厌恶地看了他一眼，"按你日间所为，最轻也应赶出相府。你若听本相吩咐，可饶你这回！"

嫪毐忙道："相邦尽管吩咐，小人一定效命！"

"这里有一些钱，你拿去买些新衣服，好好收拾一下，明日晚上再来见本相。记住，今日之事不得与任何人谈起！若让本相知道你泄漏出去了，小心你的狗命！"

"小人不敢！小人不敢！"嫪毐拿了钱后，连声应道。

嫪毐走后，司空马进来对吕不韦道："此人赌钱赖账，又作无耻之举，实是一个反复无常的奸诈小人，相邦可要小心。"

"这个本相知道。不过此人一身媚骨，去服侍太后最好不过了。"

他再有本事，只要我把此事向大王透露一些，大王岂能容他！到时候除去他，不就如捏死蚂蚁一般。吕不韦早已想好了对付嫪毐之策，根本未将司空马之言放在心上。

赢政一大早起来心情就甚为不快，他打翻宦官送来的洗漱水，大声斥骂道："你想烫死寡人吗？滚出去，重换水来！"

宦官吓得脸色苍白，不住求饶。

嬴政不知道自己哪来的这么大脾气。这些人经常服侍他，不可能把水弄错，他是觉得心中气闷，需要发泄。

昨晚太后说起以粮换爵之事，他心中就极为不满。有关朝制的变革，必须秦王应允，写下条文，盖上国玺，诏告天下才行。

以粮换爵虽然可以解一时的燃眉之急，但是破坏了军功爵制，而秦国正是依靠军功爵制激励士卒勇猛作战。这样做无疑使商贾和富户多了一条取得爵位之路，势必影响士卒作战的积极性。同时，也会助长商贾买官之风。可这些吕不韦和太后都没向他提及，只是一味地渲染以粮换爵的好处。

他知道自己只是一个傀儡，就算不同意，吕不韦照样也会以太后之名施行。在朝廷之上，他以为会有大臣站出来反对，那样他就可以顺势拖延。可当吕不韦一提出来，大多数朝臣随声附和，其余则默不作声，这让他更清楚地看到了吕不韦的势力，也了解了自己的处境。他需要一些忠于自己的人，在朝中分化吕不韦的势力，这样才能真正地控制权力，成为名副其实的秦国大王。

当他感到烦闷的时候，就想去看看姜玉。自从认识了姜玉，只要隔一段时日没见到她，嬴政就感觉像少了点什么，变得暴躁易怒。他爱上了这个山野中长大的姑娘，只有她的纯真才能安抚他这颗暴躁的心。他下决心一定要娶姜玉，立她为王后，他要做一件完全由自己做主的事。

下了决心之后，他觉得浑身上下轻松了不少。他要借此事向太后和吕不韦表明，自己已经长大，可以处理一切事情，不需要别人在他面前指手画脚。可是他又有些担心，因为他还不清楚姜玉的心到底倾向于哪一个。对他和成蛟，姜玉都是那么友好，这令他甚是苦恼。

他几次都要对姜玉说出心中的话，可事到临头却又退缩了。在姜玉面前，他感觉自己不是说一不二的秦王。可这事越拖下去就越难办，成蛟和姜玉已长大成人，长久相处，岂不生情？到那时他怎么办？

嬴政到了姜玉的茅屋，只看见姜和待在屋里。姜和见是嬴政，立即下跪参拜，嬴政扶住他问道："老爹，姜玉可在家中？"

姜和站起来恭声答道："大王，长安君和姜玉到山下的小河捉鱼去了。"

"成蛟来了？那寡人去看看他们。"嬴政感到今天又不是一个好时机，但既然来了，还是想见见他们。

姜和望着嬴政远去的身影，不由叹了一口气。自从女儿与嬴政和长安君结识，他就有一种不祥之感。凭他的阅世经验和细心观察，他知道这两个天之骄子都喜欢上了自己的女儿，但他只有一个女儿，若两人相争，那就是祸非福了！

嬴政只身一人来到河边，这条河他已来过数次了。每次来姜玉都带着他们到河边捉鱼或是上山打猎，并且时常给他们惊奇，童年时不能享受的一切都在这里给补上了。

这时，他已远远地看见河边的成蛟和姜玉。姜玉手持一把鱼叉走在前面，成蛟提着一串鱼跟在后面。只见姜玉鱼叉起落，就叉起一条鱼。姜玉把鱼串起来，把鱼叉交给了成蛟。

嬴政离他们太远，听不见他们说什么。他悄悄走近一点，想给他们一个惊喜。

姜玉长高了许多，显得更加亭亭玉立。也许是在这山中奔跑的缘故，她没有一般少女的娇弱，显得健美婀娜，成蛟也比以前更高更壮了。

"你看你真笨，又没有叉住。"姜玉正笑着嗔怪成蛟。

在朝中，成蛟是唯一敢给吕不韦脸色看的人，可在这里，不管姜玉说什么他都觉得顺耳。

"我再试一次，一定叉条大的。刚才我是吓吓那些小鱼，让大鱼出来，我就叉住大的。"成蛟一本正经道。

"你又胡说！"姜玉笑着用手捶他。

"上次我与你说的事，母后已经同意了，还让我带你去见她，我就可以娶你做夫人了。"

"谁说要嫁你？你再胡说，我就拿鱼叉叉你！"姜玉脸通红，就来夺成蛟的鱼叉。

成蛟举着鱼叉道："上次你可点头答应了。到时候我帮大哥扫平六国，做了大将军，就让大哥封你为鱼叉夫人。"说着，还得意地摇晃手中的鱼叉。

姜玉边抢鱼叉边道："谁答应你的？你还胡说！"

成蛟举着鱼叉左躲右闪，眼看姜玉就要抓住了，成蛟丢开鱼叉，一把抱住姜玉。

姜玉急了，就推着成蛟道："你快放手，有人看见了！"

"我不放手，这里哪会有人？"成蛟嘻嘻笑着。

姜玉挣扎了一下，就渐渐温顺地伏在成蛟怀中，他们丝毫没有感到旁边有一个人正看着这一切。

嬴政脸色苍白，心如刀绞。他控制着自己，不要发怒，他希望这一切都是幻觉。

过了一会儿，成蛟才与姜玉分开。

姜玉道："爹爹说过，你们王孙公子都是姬妾成群，是吗？"

"那得我愿意才行。等我帮大哥扫平了六国，就同你一起来这里住好不好？"

"那真是太好了。"

"其实，我知道大哥也很喜欢你。如果你嫁给了大哥，或许能当王后。"

"你又胡说，"姜玉挥起拳头打了成蛟一下，"我一直把他当成最好的哥哥，他可不像你这么油嘴滑舌。不知怎么我总有些怕他，特别是他不说话时，眼神最让我害怕。"

"那是大哥的帝王之气！我大哥会成为一统天下的霸主，当然有些霸气。而我只想做一个威风凛凛的大将军。"

"别做什么大将军了。我们出来好久了，爹爹会担心的。"

"那我们回去吧。"两人手拉着手离去，根本没注意到不远处的嬴政。

嬴政想冲上去分开两人，但他只是呆呆地站着，面色惨白，直到成蛟和姜玉的背影消失在他的视线之中。他循着来时的路回去，不知是怎样找到侍卫，怎样骑上马的，他满脑子里面只是成蛟和姜玉晃动的身影。

他不断用力地抽打着坐骑，"飞翮"负痛狂奔。他希望这匹马永不停歇，带着他离开这个地方，把这一切都抛开。不知道跑了多久，也不知道到了什么地方，那马终于支持不住，口吐白沫，倒在地上。

嬴政感到一阵天旋地转，便晕了过去。

吕不韦见以粮换爵的事在朝廷上通过，回到府中便重赏了司空马。不过嬴政离去时的愤然表情，他看在眼中甚是担心，他感觉到自己与嬴政的分歧越来越大了。

他不知道问题出在哪里，嬴政一直在他的掌握之下，却渐渐与他格格不入。是不是嬴政长大了，有了独立自主的愿望？吕不韦想了想，决定暂时把此事放下，因为这不是最迫切需要解决的事。

在吕不韦的心中，最急迫的事是摆脱太后的痴缠，专心于统一六国的大计。他把嫪毐悄悄带至赵姬的寝宫，让她看见嫪毐的表演，他此刻正用阳物穿入车轮毂中支撑桐木轮子运转。

"怎么样？我给你找的人不错吧？"吕不韦得意地狎笑道。

"你这死鬼，在哪里找到这么一个人？"赵姬看见嫪毐清秀的外貌已经心动，"那你怎么把他弄进来的？"在宫中藏个大男人毕竟不很方便，赵姬有些担心。

"你向负责去势的宦官交代一下不就行了？"吕不韦在她耳边道。

"就你的鬼主意多。不过我以后召你，你也要来。"赵姬不肯轻易放过吕不韦。

"我怎么敢违抗太后之命呢？"吕不韦调笑道。

吕不韦和嫪毐离开高泉宫，回到府中不久，就有人把嫪毐带去了。当吕不韦告诉嫪毐，让他进宫去服侍太后，嫪毐吓得脸色苍白，他以为要被阉割成宦官。

吕不韦安慰道："到了那里，你就会明白。只要你把太后服侍好，就有享不尽的荣华富贵。但今日之事，不许向任何人透露，否则……"

"小人明白，相邦放心！"嫪毐是个聪明人，知道现在一切都不由自己，稍有不慎，就会死于非命。

嫪毐进宫了，吕不韦以为可以松一口气了。可是司空马又带来了一个令他吃惊的消息："相邦，宫里送来消息，大王狩猎从马上掉下来，一直昏迷不醒，太医正在治疗。"

"怎么会这样？伤势如何？"吕不韦大惊失色，万一嬴政有个好歹，他多年的苦心经营岂不白费？

"太医说外伤倒没有什么，但内火郁结，不得宣泄，急怒攻心致使一直昏迷不醒。"

"备车！本相要立刻进宫。你派人查一查大王这几日的行踪，与何人接触过？"

"是！"

当吕不韦赶到祈年宫嬴政的寝殿，赵姬已经坐在床边，一脸焦急之色。她见到吕不韦，急忙说道："相邦，你来得正好，大王他……"

"臣听说了。太医，大王伤势到底怎么样？"吕不韦打断了赵姬的话，问着自己最担心的事。

"大王外伤无妨，但心火上焚，急怒攻心昏厥过去，只要查明缘由，使大王心怀开解，就可痊愈。"

吕不韦和赵姬互相望了望，内心都颇为尴尬，因为他们都不清楚嬴政有什么无法排遣之事。

这时，躺在床上的嬴政有了动静，口中喃喃道："姜玉，成蛟，姜玉，成蛟……"

"太医，你先下去，有事我再传你。"赵姬向太医吩咐道。

见太医和侍从都退下去了，赵姬才叹了口气，自怨自艾道："唉，都怪我为什么不早点留心呢？前几日，成蛟对我说要娶亲，那女子就是姜玉。成蛟已有十六了，收个姬妾也没什么，但他非要立那女子为夫人不可。听成蛟说，政儿也认识姜玉，如今看来，恐怕不只是……"赵姬又叹了口气，她这些日子只顾自己寻欢作乐，现在出了这种事，心中很是内疚。

嬴政仍是双眼紧闭，不停地呓语。吕不韦明白其中内情后，心中甚是恼火。他最瞧不起的就是这种人，当年为了控制异人，他不惜把千娇百媚的赵姬送了出去。而受他教诲的嬴政却为了一个女子弄成这样，他心中怎能不气？

赵姬没注意到吕不韦的脸色，继续道："明日成蛟要带姜玉来见我，我怕政儿见到会更受不了！"

"好了，这你不用担心。大王醒了，就不要再说这等事，让他安心养伤。"吕不韦不想再多待，告辞回府。

此刻，司空马早将已整理好的嬴政、成蛟和姜玉交往的简册交给了他。他看完后，气得大拍案几："一个贱民之女，竟然弄得秦国大王兄弟俩神魂颠倒，传出去岂不让天下人笑话？"

"相邦，这可是一个离间大王兄弟感情的大好机会。"司空马知道吕不韦一直对长安君不满，想除掉他。

"先生有何妙策？"吕不韦略一思索，连忙问道。

"相邦，长安君一直与宗室大臣来往密切，欲对相邦不利，相邦为何不借此机会让他们兄弟反目，坐收渔利？"

吕不韦心中恼恨姜和父女，本想派人除掉他们，以绝嬴政心中之念。经司空马这么一说，便明白这是一个千载难逢的机会。只要嬴政与长安君反目，那么除掉长安君就不难了。

"先生所言甚是，容本相慢慢考虑。"吕不韦在屋中来回踱步，低头沉思着。他必须有周密的计划，否则就可能同时得罪嬴政和长安君。虽然他握有朝政大权，门客遍布朝野，但一些大臣还是忠于王室，特别是一些手握兵权的将军，只有秦王才能调动他们。

吕不韦没有生出取而代之之心，是因为嬴政是他的"儿子"，他所做的一切都是为了巩固自家的根基。所以在他的心中，对嬴政威胁最大的就是长安君成蛟。只要除掉他，短期内宗室大臣无法找出第二个人来替代嬴政。

他思谋良久，才对司空马道："明日你派人在上林苑到高泉宫的路上守着，一看见长安君和姜玉，就立刻飞报于我，不得有误。"

"是。"

次日一早，吕不韦就进宫去见嬴政。他已能起床走动，只是看上去脸色苍白，精神萎靡。

"大王，您脸色看上去很差，要好好休养，不要再为其他事烦心了。"吕不韦关切道。

"有劳仲父挂心，寡人只是摔了一跤，没什么要紧的。"嬴政不想让吕不韦知道真相。这种事让臣子知道了，只会损害他的威信。

"为大王分忧，才是微臣的本分！大王，您忧心之事，臣已办好，希望大王能以身体为重。"

"寡人有何忧心之事？你又怎能为寡人办好？"嬴政感到奇怪。他从未将心事对任何人说过，吕不韦又是从何处得知？

"请大王恕罪，臣已经知道您与姜姑娘之事。太后已告诉臣，长安君要娶姜玉为夫人，臣又责问过大王的侍卫，所以略知大概。姜姑娘得知大王为她忧思成疾，心甚感动，要亲自来探视大王，想必一会儿就到了。"

"她还来看我做什么？她马上就要与成蛟成亲了，还来看我做什么？"嬴政一听到姜玉的名字，就有些失魂落魄。

"大王，请恕臣冒犯。大王对姜姑娘一片痴心，应该向她表白。虽然她已与长安君定亲，但并未得到太后、大王以及宗室的承认。大王一心为长安君和姜玉着想，将一片痴心隐于心中，可他们何曾为大王想过？您是一国之主，却要受此委屈！大王……"

"你别说了！"嬴政像一只被利箭射中的野兽，想寻个藏身之处，却无处躲藏。他粗暴地打断了吕不韦的话，又发现自己太失态了，随即道，"这不能怪他们，谁叫他是寡人的弟弟！"

"可他更是大王您的臣子，理应为主分忧！"吕不韦见嬴政如此失措，加重对成蛟的指责。

嬴政听了这话，沉默不语。他想自己从继承王位以来，何曾按照过自己的意志行事？按说他是一国之君，有何事不能为？可现在为了弟弟受此委屈，他们又哪里知道。

吕不韦见嬴政不说话，便继续道："大王，即使您有心成全长安君和姜玉，顾惜一片兄弟之情，也不应该糟蹋自己的身体。您是一国之主，关系社稷安危，当以国事为重。所以臣以为只要大王向姜姑娘表白心迹，看姜玉姑娘作何选择，那样大王也不至于将真情藏于心中，无法排遣。"

是啊！寡人向姜玉表白了心迹，即使她选择了成蛟，寡人也无憾于心了！嬴政觉得吕不韦此话甚是有理。

"大王，您身体不适，还是臣去请姜姑娘来见您，顺便也为大王劝说她几句。"

"那就有劳仲父了。"

吕不韦退了下去，他找到祈年宫总管田有吩咐道："等会儿你随人去见长安君，就说大王有令，让姜玉去见他。如果长安君问何事，你就说大王病重，想见一见姜姑娘，然后就把姜玉带来见我，听清楚了吗？"

"听清楚了。"他是吕不韦安插在嬴政身边的耳目，自然言听计从。

成蛟与姜玉正坐车赶往高泉宫，一路上成蛟面带微笑，一个劲地盯着姜玉。姜玉以为自己装束有何不当，看了看又没发现什么，便问道："你看什么呀？"

"看你呗，你今天可真美！"

"还说，都怪你让人家穿这种衣服。"姜玉嗔怪道，心里却是甜甜的。

成蛟为了让母后满意，特意请宫中的礼仪女官为姜玉打扮，还给她带去了秦国公主用的绫罗绸缎。姜玉穿上这么漂亮的衣服，兴奋不已。脱去粗布衣服的她，显得格外富丽多姿，一副大家闺秀的风范。成蛟有信心，母后见到姜玉一定会喜欢的。

这时从对面驰来一骑，成蛟认得是祈年宫总管田有。他一来便道："大王有令，让姜玉姑娘前去觐见。"

成蛟感到奇怪，大哥是怎么知道他们今天要去见母后的？如果是母后告诉他的，他只要在高泉宫等着就可以了，为何只传姜玉一人去见他？成蛟心中有一种不祥之感。

他问道："总管可知为了何事？"

田有道："大王得了重病，想见姜玉姑娘。"

"大王得了重病？前几日不是还好好的吗？"成蛟更是惊奇。嬴政病倒的消息，除太后和吕不韦，只有极少数人知道，他们怕传出去引起朝政动荡。

"大王昨日狩猎回来，从马上坠下，受了重伤。"

大哥骑术精良，怎会从马上坠下？一定是出了什么意外。成蛟又追问一句："大王怎么会坠马呢？"

"奴婢也不清楚。"

姜玉听了很是着急，对成蛟道："那我们先去看看大哥吧！"

"大哥只让你一人去见他，可能有什么话要对你说。你先去，我随后就到。"

成蛟把姜玉送至祈年宫外，就让田有带着姜玉进去，自己在外面等候。

姜玉进了内宫，十分感叹里面的富丽堂皇，若是成蛟在身边，她一定会问个不休。可出乎她意料的是，首先见到的不是嬴政，而是一个中年男子，那人正用犀利的目光审视着她。

姜玉感到心突突直跳，惊慌地问道："你是什么人？"

吕不韦心中暗道，果然是一个国色天香的美人，难怪大王会害相思之疾！

"你一定是姜玉吧？我是吕不韦。"

姜玉听说过吕不韦，觉得他与想象中的不大一样，看上去平平常常，和和气气。

"我把姑娘叫来，是有几句话要告诉姑娘。大王受了重伤，情绪有些不稳，若有什么不当之举，姑娘切勿惊慌，以免加重大王病情。想必姑娘也明白，大王的身体关系着社稷安危，所以姑娘行事一定要谨慎。"

"这个我知道。您还有什么事吩咐吗？"由于成蛟的原因，她对吕不韦也没什么好感，想尽快离去。

吕不韦示意田有把姜玉带去见嬴政。

此刻，嬴政正躺在床榻上，想着吕不韦的一番话，越想越觉得自己委屈。无论从哪一点比，他都认为自己超过成蛟，可为何姜玉会钟情于成蛟呢？一定是他政务繁忙，与姜玉接触少了，成蛟才乘虚而入的。

这时，他看见田有把姜玉带来了，不禁大喜，从床榻上爬了起来叫道："姜玉，真的是你来看我了？"

　　嬴政虽有心理准备，但仍不相信自己的眼睛。姜玉一身白色的宫廷装束，愈发衬托出她的楚楚动人。她站在嬴政面前，显得有些胆怯。

　　"大哥，你病未好，还是躺下休息吧。"姜玉想起吕不韦的话，连忙阻止嬴政起来。

　　"姜玉，你怎么了？见到我不高兴？"嬴政不习惯姜玉的沉默，她平时总是叽叽喳喳地问个不停。

　　"没有。大哥你的伤不要紧吧？"姜玉不知说什么才好。

　　"你知道吗？寡人真正的伤是在这儿。"嬴政指着自己的胸口，"太医说我是急火攻心，抑郁而病的。"

　　"大哥有什么心病？"姜玉有些不解。

　　"我是为了你，姜玉！你为什么要答应成蛟做他的夫人，他明明知道我喜欢你，为什么还要与我争？"

　　姜玉没想到嬴政会突然这么直露地表白心意，反倒有些不知所措："不，不是这样的。我早已答应了成蛟……"她不知该说什么，心里很害怕。

　　嬴政见姜玉这个样子，顿起怜爱之心。他抓起姜玉的手柔声道："姜玉，嫁给我吧？寡人立你为王后！"

　　姜玉如遭针扎，慌忙中想抽出自己的手，可是怎么也抽不动，可嘴里连连道："这不行，我已经答应成蛟了……"

　　正在这时，成蛟和赵姬也走了进来，他见此情形，不禁大怒，一把扯开姜玉厉声道："大哥，你要干什么？"原来他等了一会儿，觉得放心不下，就到高泉宫把母后请来了。

　　嬴政见他们闯了进来，甚是尴尬，又见成蛟斥责自己，不禁有些恼怒："我干什么还轮不到你来责问！你眼里有我这个大哥吗？"

　　赵姬一看这架势，就明白了。她制止成蛟，对嬴政道："你的伤还没有好，不要生气了。娘已经答应了成蛟和姜玉的婚事，你也有了不少姬妾，何必同成蛟争呢？你是一国之主，不要那么任性。"

　　嬴政见母后偏向成蛟，不觉又气愤又伤心——寡人是一国之主吗？寡人连自己心爱的人都得不到，是什么一国之主？他的委屈一下子涌上心头，仿佛找到了一个发泄的缺口："好，既然寡人是一国之主，那寡人就命令长安君出去，把姜玉留在这里！哈哈哈……"

他们都没想到嬴政如此悲愤，像一头咆哮不已的狮子，心中都甚是恐慌。赵姬上前劝道："政儿，你不要生这么大的气，伤身体。"她也有些害怕，眼前的嬴政让她有些陌生。

姜玉吓得躲在成蛟背后，成蛟也紧紧地握着姜玉的手，平静地看着嬴政。

看到这种情形，嬴政心中仅存的一点希望破灭了。他推翻身旁的案几，厉声呼道："滚！都给寡人滚出去！"

赵姬见嬴政正在气头上，便招呼成蛟和姜玉离开了。望着空荡荡的大殿，嬴政觉得自己被所有的人抛弃了。他觉得好累，于是就躺了下来。他希望就这样默默地躺着，再也没有人来打搅。

第三章

亲兄弟因爱失和　诡赵高用计除间

秦王政五年（公元前 242 年），为了进一步打击东方六国，蒙骜进攻了魏国，先后攻占了魏国二十多座城池。为了巩固在这里的统治，秦国设置了东郡。

秦国对外作战顺利，内部看起来也政通人和，但实际上却暗流涌动。

经过一段时间的休养，嬴政已经痊愈，但是内心的创伤却难以抚平。最亲爱的弟弟为了一个女人，竟在殿堂上斥责身为大王的兄长，母后也因为他气愤之时所说的话而不肯原谅。亲人的疏远使他备感孤寂，整日郁郁寡欢。其实赵姬是与嫪毐在高泉宫中寻欢作乐，无暇他顾罢了，可嬴政并不知晓其中内情。吕不韦则继续加紧对朝政的控制，虽然大王兄弟反目，但他的最终目的还未达到。

嬴政经过这次打击，知道要树立自己的威名，使自己的意志行于天下，必须在朝中培植一批亲信，赶走吕不韦，但这一切不能让任何人知道。于是，他对吕不韦更加恭敬，使吕不韦以为自己的关心起了作用。另一方面，他开始暗中召见一些受吕不韦排挤、打击的旧臣，首先便把目标瞄准了一个重要人物——左相昌平君。

昌平君原是楚国的公子，后投奔秦国，逐渐位至左相。但自从吕不韦当了右相，一切权力皆被其垄断，使他徒有虚名。昌平君也知道自己绝不是吕不韦的对手，所以对他的决定从不反对。吕不韦虽想排挤他，却抓不住任何把柄。

虽然昌平君没什么实权，但嬴政看中了他在朝中的影响力。他为官多年，哪些是吕不韦的人，哪些是忠于秦室的人，他都了如指掌。让他去搜罗培养人手反对吕不韦，就再好不过了。

一个深夜，昌平君正要休息，家奴忽然来禀报："主人，宫里来人要见您。"

昌平君很奇怪，他认为是很难被大王召见的，因为中间有吕不韦，他只允许忠于他的人接近嬴政。他急忙出来，看见一个身着庶服的人站在客厅中，昌平君见到他，觉得不像是嬴政身边的人，不禁有些怀疑。

那人拿出玉帛，昌平君打开一看，是大王亲笔书，上面还盖着王玺。他不再怀疑此人来历，打量着来人，见其身材瘦长，长脸，浓眉细目，两颊高耸，看上去颇为精明强干。

"你是内宫的人吧？怎么很少见到你？"

那人答道："奴婢乃内宫厮役赵高，蒙大王恩宠，才有幸为大王传令。"

昌平君跟随来人悄悄出府，他发现所行之道，并非平日进宫之路。他心中奇怪，但并没有相问，不过他心中暗想此行一定非比寻常。

赵高领着昌平君从一侧门进入祈年宫，宫里灯火通明，只有嬴政一人正看着简册。他听见脚步声，抬头见是昌平君便道："昌平君来了。深夜把你找来，不会见怪吧？"

昌平君忙道："微臣不敢。"

"其实也没有什么要紧事，只是有一些话想问一问你。"嬴政漫不经心地道，他在没有弄清昌平君的倾向前，不想暴露自己的意图。

昌平君明白大王深夜召他前来，一定是要瞒住什么人，而整个秦国上下，只有吕不韦一人值得大王这样做。而大王平日对吕不韦言听计从，这么做又是何意呢？他提醒自己一定要小心谨慎。

"大王有话尽管问，臣知无不言。"

"好，那寡人就放心了。昌平君为左相已有五年了吧，不知左相对朝政有何看法？"

"这……臣不知大王想听哪方面的情况?"昌平君想进一步试探嬴政的真实目的。

"什么情况都可以,只要是左相的肺腑之言。"

嬴政口风甚紧,但这也难不倒昌平君,他为官多年,自有一套应付的办法:"大秦雄踞崤函之险,勤修兵甲,使东方六国慑服;内修法度,使百姓勤于耕织。近年虽有天灾之险,但赖大王英明,使国富民强,百官各司其职,朝政十分清明!"

嬴政紧盯着昌平君,似乎是很认真地听着,脸上的笑意也越浓。昌平君说完后,他就问道:"这是左相的肺腑之言吗?"

"是的! 这是臣的肺腑之言。"昌平君恭敬地答道。

"够了,你不要欺骗寡人了!"嬴政一拍案几怒声道。他知道这样下去,不可能知道昌平君心中之言,只有激他一激,"你为左相多年,有何政绩? 你一切都附和吕不韦,从不敢有任何异议。朝臣只知有吕不韦,不知你昌平君;诸侯也只知吕不韦,不知还有秦王。吕不韦这样大权独揽,你还要为他歌功颂德,这是你的肺腑之言吗?"

昌平君这才发现眼前的大王与朝廷之上的大王判若两人。在朝廷上,他见到的大王还未脱稚气,一切要吕不韦提醒,一切顺从吕不韦的意思。现在一看,嬴政已尽除稚气,一袭黑色的王袍衬托出他不怒而威的神情,那犀利的眼神仿佛能看穿他,令他无所遁形。

从嬴政的话语中他听出了大王对吕不韦的不满,他知道这是自己多年来梦寐以求的机会,但他还不能确定这是否为嬴政的试探之言,万一说错了话,那可有杀身之祸。

"大王,微臣才疏学浅,自然不能与右相相比,他可是大王的仲父啊!"

嬴政听了此话,不禁暗骂一声:"真是老奸巨猾。"不过这也反映了吕不韦在朝中的威慑之力是何等强大,官职不比他小的左相在背后也不敢口出怨言,这更坚定了嬴政要亲政的决心。

他向昌平君挑明道:"你对寡人的仲父既然如此忠心,为何又暗中与长安君来往,探听宗室大臣的动向? 实话告诉你,寡人今夜召你来,就是要看你对吕不韦的态度。如果你依然忠心于吕不韦，那寡人就不需要你了。秦国有一个吕不韦就够了，你滚回楚国去吧！"

昌平君知道大王是真心要对付吕不韦，心中不禁狂喜，忙跪下道："大王，臣日夜所盼，就是想听到大王此言，请恕臣往日不忠之罪。臣一直以为大王一切皆听命于吕不韦，所以不敢有什么怨言。吕不韦如今大权独揽，使山东六国只知有吕不韦，而不知有大王，六国使者来秦也是先至相府，臣身为左相，有不可推脱之责任。今日臣闻听大王之言，当尽犬马之劳，即使身遭杀戮也不退避！"

他对吕不韦早已心有怨言，但惧其势大，一直不敢表露出来。他曾想联络一些宗室大臣共同对付吕不韦，但他觉得这些人实力有限，眼光短浅，如果利用长安君来对付吕不韦，就要面对嬴政、吕不韦和太后三个敌人，只怕是难以成功。不过，他也不愿得罪那些宗室大臣，只好暗中与他们保持联系。

当初，他从楚国投奔秦国，就是要谋取那一人之下、万人之上的右相之位。好不容易快熬到这一步，却让吕不韦给抢了先。现在听了大王之言，显然他对吕不韦不满了。他只要跟随大王推倒吕不韦，那右相之位就非他莫属了。

"好！寡人就是要听你这番肺腑之言。吕不韦虽是仲父，但眼中根本就没寡人这个大王，哪次朝中议事不是他说了算？范雎说过：'大其都者危其国，尊其臣者卑其主。'寡人召你来就是要与你商议如何对付吕不韦这个'尊臣'！"

"大王，对付吕不韦还要从长计议。他在朝中根深蒂固，不少官吏都出自他的门下。他在咸阳城中也尽布密探，就连为大王掌管宫殿门户的侍郎，负责宫中警戒的卫尉也是他安插的人，大王还需谨慎行事才行。"昌平君到底老成持重，并不因嬴政的热情而激动。

"爱卿所言甚是！要一下拔除吕不韦的势力是不可能，所以寡人要你在外壮大实力。一切要秘密行事，不要让吕不韦知晓。你也了解寡人处境，如果让吕不韦发现，只怕寡人也难保你。"嬴政也显示出非同一般的老练和成熟。

"微臣明白，微臣一定竭心尽力为大王办好此事！"嬴政的表现让昌平君颇具信心。

"以后你就与赵高联系，见到他就如同见到寡人，不要对任何人说赵高的身份！"

"是。"

"今日之事就到此为止，你回去吧！"

昌平君又随赵高循着来时之路回到府中，嬴政见赵高回来，问道："可有什么动静？"

"奴婢留意许久，未发现任何异常。"

"你为寡人立了一功，寡人记住了。不过寡人还想听听你对昌平君的看法？"

"昌平君此人十分圆滑，不过这次奴婢以为他是出于真心。但为防万一，奴婢已安排人监视他。一有异动，大王就能知道。"

"好，有了你寡人就如虎添翼。你自己也要当心，不要让吕不韦发现了。"

"奴婢身份卑微，想必他们不会注意。奴婢就是粉身碎骨也不会坏大王之事。"

赵高的忠诚令嬴政十分感动，他为自己能够发现此等人才而深感欣慰。他一直有心与外臣联系，但苦于身边无人可用。随身侍候的宦官遍布吕不韦的耳目，他只能从内宫地位低下的厮役中寻找人。

内宫厮役是宫中地位最低之人，虽未去势，但境况还不如去了势的宦官。因为他们都是来自隐官（秦国专门收容受过刑罚，后因立功被赦免的罪人的机构，其地位比一般庶民百姓还低）之人。赵高的父亲曾是赵国的宫室大臣，晋阳之役被俘入秦，后被收入隐官。赵高自小在隐官中长大，后至宫中充任厮役。

嬴政暗中观察，发现赵高性格倔强，办事稳妥，于是就暗暗收在身边。后来还发现赵高习过刑狱之法，善于断事，这正是他需要的人。

赵高也知道自己碰上了千载难逢的良机，只要尽力办事，那他日后就是嬴政的心腹，可以结束受人欺凌的日子了。一旦嬴政掌权，他飞黄腾达的时刻就不远了。

成蛟正在府中生着闷气，姜玉虽没有被大哥抢去，但是因此失去了太后对他的宠爱，兄弟俩也失去了往日的友情。他和姜玉的婚事自然也不能提出，因为嬴政和宗室都不会同意。他也不愿意委屈姜玉做姬妾，便把她送了回去，等以后有机会再说。

但是嬴政自此再也没有召见他，他原以为过几天大哥的病好了，他们之间的误会就会消除。但时间一天天过去，大哥丝毫没有召见他的意思，他不禁有些心慌，他去求见也被挡回。

成蛟心想自己并没有过错，已屈己向大哥认了错，却连面都见不到，心里不免十分生气。于是，他或召集门客和宗室大臣饮酒作乐，或去看看姜玉，以打发时日。

这一天，他正在府中宴请子傒和一帮宗室大臣。他们这些人都是近年来受吕不韦排挤、打击的宗室大臣，对其恨之入骨。他们原想借助成蛟挑唆、离间大王和吕不韦。哪承想非但这个目的没有达到，反倒让吕不韦利用机会，使大王失去了对成蛟的信任。不过，成蛟与嬴政失和，使宗室大臣们考虑另一个谋划——鼓动成蛟取而代之，然后再扳倒吕不韦。

子傒见成蛟情绪低落，有意劝道："君侯，你对大王已仁至义尽，而大王却如此对你，实在令人心寒啊。你也不要尽想些不顺心的事，我们喝酒！"

"是啊，君侯不要再生气了，气出病来有人会更高兴。"另一宗室公子也劝道。

"君侯，我敬你一爵！"

……

公子们大都是成蛟的长辈，庄襄王的异母兄弟。但到了嬴政时，地位已没有成蛟显贵。他们一边喝着，一边发泄对朝政的不满。不久，就有人开始骂吕不韦，随即附和的人越来越多，并且开始发泄对嬴政的不满。

突然，一个公子似是喝多了，醉醺醺地说道："我听说吕不韦之所以如此维护大王，而大王又对他言听计从，是因为大王是吕不韦的儿子。"

此人话音一落，满堂顿时安静下来，众人都望向成蛟。

成蛟听了也是一愣，似未反应过来，见众人望向自己，便立即站了起来，对说话者大骂道："你竟敢如此非议大王和太后，我……我杀了你！"说罢，便朝那人冲过去。

成蛟身旁的几位公子连忙抱住他劝阻道："君侯，他喝醉了胡说，不要与他一般见识。"

子傒也站起来，朝几位公子使眼色道："还不把他扶走，留在这里干什么？"

等成蛟情绪稳定之后，子傒才慢慢道："不过我也听过此类传言。其实，传出此言之人还与君侯有些关系。"

"和我有些关系，是谁？"成蛟迷惑道。

"就是君侯的母舅赵成。他来秦经商，却受到吕不韦的冷遇，不让他去见太后、大王和你。所以他酒后吐出此言来发泄对吕不韦的不满，想来不会真有此事。"子傒一边小心地说着，一边察看成蛟的神色。

"真有此事？你为什么不领他来见我？"成蛟又惊又怒道。

"已经晚了。吕不韦说他是赵间，把他赶出了秦国。"

"他或许只是酒后胡言罢了。"成蛟有些不相信，似是自言自语，又似是对子傒道。

子傒见成蛟已经动摇，便继续进言道："万一此言是真的呢？君侯可想到吕不韦所包藏的祸心？他是要用吕氏来代替嬴氏血脉，来执掌这大秦江山！我还得到宫中密报，这次你与姜姑娘之事也是吕不韦从中作梗，是他假传大王之令，让姜玉去见大王，又唆使大王把姜姑娘留下来。幸亏君侯发现及时，否则后果难料啊！"

"这个老贼，实在欺人太甚！"成蛟也曾听姜玉说过，她是先见过吕不韦才去见大王的。当时他还没有往深处想，现在经子傒一提醒，才明白原来是吕不韦搞的鬼。

"君侯，你再往深处想一想。如果吕不韦与大王没有血缘关系，他会如此维护大王吗？如果他不是对君侯有忌心，又怎么会挑唆你与大王不和？"

子傒一说完，其他人又纷纷附和——

"吕不韦真是太狡诈了！"

"想不到他竟然包藏如此祸心！"

"君侯可要早作打算！"

……

"你们的好意，我心领了。吕不韦如此对我，我不会放过他！这类传言就不要再提了。"成蛟冷静下来，方才说道。

"君侯的吩咐我们一定照办。来，我们喝酒！"子傒见目的已经达到，心中十分得意，也就适可而止了。

秦王政六年（公元前241年），在秦国咄咄逼人的攻势之下，赵、楚、魏、韩、卫十分恐慌。他们又一次合纵，以楚考烈王为合纵长，赵将庞煖为主帅统领五国之师反攻秦国。

五国之师名义上合纵，实际上仍各自为战。秦国仍以蒙骜为统兵之将，对付五国之师。五国之师进攻到秦的蕞地时，遭到蒙骜的有力回击，只好移师向东。因为齐国一向与秦友好，又没有加入五国合纵，五国之师便进攻齐国。秦国却趁机攻取了魏的朝歌（今河南淇县），灭掉了魏的附庸小国——卫国。卫元君被迫从濮阳（今河南濮阳）迁至野王（今河南沁阳），继续保持有名无实的君位。

秦国获此大捷，举国欢庆。咸阳宫中也大摆宴席，以示庆贺。

在秦人的心中，秦与六国单独作战，所向无敌，就怕各国合纵对付秦国。这次打败了五国合纵，不仅大出了庄襄王时被五国合纵击败的怨气，而且重新树立了征服天下的信心。

吕不韦端着酒，与群臣频频对饮。这次抗击五国之师取胜，他功不可没。当初五国之师伐秦，不少朝臣认为秦国不能与之抗衡，纷纷上书要求与五国议和。这就意味着秦国得退还占领的各国土地，再次蒙受耻辱。

嬴政犹豫不决。如果抵抗，庄襄王时败于五国之师的惨况让他害怕；如果不抵抗，秦国这么多年辛苦攻占的土地就要退还给各国，在诸侯中势必大失威信。

吕不韦却力主出兵抵抗，并且保举曾败于五国联军手下的蒙骜为将，抵挡五国之师。嬴政虽然对吕不韦独揽朝政不满，但对他的才能还是佩服的。最终还是同意吕不韦的主张，以蒙骜为将，领兵出征。

这次秦军打败五国之师，吕不韦运筹帷幄。在他的支持下，蒙骜全力作战，终于洗刷了战败之辱，也使吕不韦的名声显扬于诸侯，秦国更是无人不知贤相吕不韦。

但吕不韦表现得越有才干，嬴政就越是心忌。他虽也不断地向吕不韦敬酒，可听着群臣对吕不韦的歌功颂德，心里就格外不舒服。坐了一会儿，他就以身体不适离席而去。

回到后宫，嬴政招来赵高，想问一下昌平君在外面活动的进展，虽然赵高不时地向他禀告，但他仍嫌进展太慢。今日吕不韦在朝上的表现，让他既嫉妒又担心。

赵高并不多话，除非嬴政相问，否则绝不加入自己的意见。他了解嬴政的疑忌之心，所以处处小心谨慎，并不因嬴政的欣赏而得意忘形。

"赵高，你上次对寡人说昌平君已联络了一些军中将领，不知可不可靠？"

"军中是吕不韦势力较弱的地方，昌平君联络的均是军中元老，应该不会有什么问题。"

"你告诉昌平君，让他为寡人秘密训练五百勇士，以备不时之需。"

"是。只是训练好这些人之后，安置在哪里呢？"

"这些人全部进宫是不可能的，但又不能离宫太远。至于怎么安置，你与昌平君商议一下，到时你就去统领他们。"

"奴婢这就去见昌平君。"

嬴政点了点头，赵高小心地倒退着出去。

他独自在殿中坐了一会儿，想起好些日子没有见到母后，这次群臣欢宴，她却以身体不适推辞了。上次因成蛟之事，母子俩心中均生过气。后来嬴政亲至高泉宫请罪，发现母后很高兴，似乎并没将这件事放在心上。他觉得母后这段时日有些奇怪，她很少到祈年宫来，大部分时间都待在高泉宫中。但她却不像往日那样抱怨后宫寂寞，怪他们兄弟不去看她。

嬴政略一打听，才知道母后最近得到了一个寺人（太监），能言善辩，花样繁多，哄得母后很是高兴。他最初担心这个寺人会以母后之名干扰朝政，但他又觉得母后在后宫的确寂寞，有一个人陪她开心，又何尝不可！一个阉人，能有什么作为？

嬴政来到高泉宫，已有人向太后通报。她连忙让跳舞的宫女退下，也让嫪毐回避，自己则躺在床上，只留下几个宫女在左右侍候。

嬴政进来见赵姬这样，忙问道："母后，孩儿听说您有病在身，不知太医看过没有？要不要紧？"

赵姬道："难得你有这份孝心，今日你不是在咸阳宫宴请群臣吗？"

"那里有仲父一人就够了，我在那儿反而碍眼。"嬴政负气道。

"你是一国之主，气量要大些。仲父为秦国立了大功，难免有人向他恭贺，你也不要放在心上。"

"母后，您知道吗？吕不韦一人大权独揽，朝廷上下，诸侯各国只认他吕不韦，有谁还知道我这个大王？"嬴政心头有气，说话时神情显得愤愤不平。

赵姬知道儿子对吕不韦感到不满。是啊，他已经十九岁了，再过三年就要加冠带剑，亲主朝政了，吕不韦是应该放权了，可她怎好开口向吕不韦说这事呢？她太了解吕不韦对权力的欲望了。

她不想再多谈此事，便问道："成蛟可去见过你？你们是亲兄弟，不要为一个女人互相仇视。"

可这恰恰是嬴政最不想谈的。他不能原谅成蛟，是他使自己在心爱的女人面前失态，大丢颜面。他随口敷衍了几句，便托词而去。

太后没有挽留他，她告诉嬴政，自己要到栎阳别宫休养几天，过一段时间才能回来。嬴政以为母后要出去散心，也没把此事放在心上。

嬴政一走，嫪毐就出来问道："太后，您怎么告诉大王要去栎阳别宫？我怎么不知道？"

"傻瓜，我这还不是为你。你看我这样子还能保密多久？如果大王进来撞见了，叫我怎么面对他？"赵姬掀开床被，只见她小腹隆起，已怀孕数月。

"这都怪我！"嫪毐嬉笑着，"不过栎阳可没有咸阳繁华热闹。太后，您可以借口有病，不见任何人啊？"嫪毐不想离开咸阳，因为这里有许多狐朋狗友可以陪他一起玩乐。

"你就知道吃喝玩乐，是这重要还是脑袋重要？上次为你生了一个儿子，整日提心吊胆，生怕他们兄弟来了，这次到栎阳去就不用担心了。栎阳可是故都，不比这里差多少，你还怕没有玩乐的？"

"太后，有您护着我，我才不怕呢！难道您不要心肝宝贝儿吗？"嫪毐抱着赵姬撒娇道。

"我怎么舍得你呢，我的心肝宝贝儿！"太后抚弄着嫪毐，爱怜道。

她觉得自己再也离不开这个男人。虽然她有时候感到很惭愧，觉得对不起嬴政兄弟和死去的庄襄王，但和嫪毐在一起的兴奋、快乐已使她不能自拔。一日不见嫪毐，她就觉得日子难挨。

她已偷偷为嫪毐生了一个儿子，现在又怀上了一个。他们之间已有了血缘纽带，这使她更加依赖嫪毐。

她提升嫪毐做了高泉宫的总管，这后宫的生活用度要经过嫪毐之手，他从中谋得了不少好处。她要拴住嫪毐的心，有时就不得不讨好他。自己一天天衰老，美色已不足为恃，只有给他权势财富，让他知道如果离开了自己就会失去一切。

可是嫪毐并不因此而知足："太后，您知道吗？我可真羡慕相邦。您看他庭院广大，门客众多，出入前呼后拥多威风！可我出身卑微，如今又顶了个寺人的名声，除了太后谁又会瞧得起我？太后，我尽心尽力服侍您，却让人如此看轻，真是生不如死啊！"说着说着，他竟趴在赵姬怀中痛哭起来。

太后轻拍着他，连声哄道："好了，好了。我知道你心中委屈。你不就想做官讨个爵位吗？有机会我跟大王说说，封你个君侯，你就别哭了，心肝宝贝。"

"太后，您可要说话算话！"嫪毐见太后许诺于他，马上转忧为喜，搂着太后又亲又捏，把赵姬弄得兴奋不已。

"别闹了，小心肚里的孩子！"赵姬推开嫪毐，"可你除了会侍候人，又没有什么别的本事，真要封侯也挺难的。我看还是从栎阳回来之后再说吧！"

嫪毐知道赵姬答应给他封侯已是格外开恩，自然不敢过分强求。他服侍赵姬歇下，就出宫直奔相府，他找吕不韦是为了给好友竭谋一个官职。

他清楚自己与太后的事是纸包不住火，早晚会给嬴政知道的，他必须为自己找一条退路。正在这时，竭找到他，希望能为他谋个一官半职。因为他们经常一起赌钱，嫪毐常吹嘘太后如何宠爱他，这使竭信以为真，也想从中谋取好处。嫪毐本不想答应，但又怕失了面子。转而一想，如果能把竭安排到宫廷卫队中去，以后自己有什么事，也好有个照应。可这些事跟太后说并无多大用处，必须吕不韦同意，而且竭也是吕不韦的门客，吕不韦行事会很方便。

他到了吕不韦府中，司空马亲自出来把他迎了进去。现在身份不同了，他是太后面前的红人，高泉宫的总管，当然轻视不得。

进入屋中，吕不韦起身相迎道："总管今日为何有空来我府中？"

嫪毐忙躬身行礼。他是仰仗吕不韦的帮助才有了今日，虽然心里并不感激吕不韦，但知道以后依靠吕不韦的事还很多，对他当然是恭恭敬敬。

"相邦，小人今日来一是对相邦为秦立下大功表示庆贺，二是有点小事想麻烦相邦。"嫪毐一边说，一边瞅着站在一旁的司空马。

吕不韦明白他的意思，便让司空马退下，然后问道："总管有何事请直说。"

虽然他内心厌恶嫪毐，但表面上依然很热情，他知道得罪了这种人会很麻烦。现在嫪毐深受赵姬宠爱，说不定以后还有用得着他的地方。

"相邦，小人有一好友想有个一官半职，最好是在宫廷护卫之中。"

"他叫什么名字，有什么本事？"

"他叫竭，精通技击之术，很有些力气。"

"那好办，明日叫他来见我。总管放心，我一定让你满意。"

"那就拜托相邦了。相邦以后有什么用得着小人之处，尽管开口，小人这就告辞了。"

"好，总管慢走，我送你一程。"

"不必，不必。相邦请留步，小人自己回去。"

嫪毐见目的达到了，便急于回去向一帮狐朋狗友显示其能。

嫪毐走后，吕不韦又向司空马问道："你刚才说昌平君近些日子经常出入一些将领的府邸，可查清他的意图了吗？"

司空马道："昌平君行踪诡秘，难以查探。每次他只与主人一人密谈，其余人无法知晓谈话内容。"

"会不会是长安君和宗室大臣在幕后谋划？"

"有此可能。昌平君曾暗中与他们有来往，这次他所访之人，以军中将帅为主，有蒙骜之子蒙武，还有桓齮、王翦、杨端和，大臣之中有冯去疾和王绾。"

"如果是成蛟那倒没什么。这些将军均是忠于秦室之人，一向只听大王调遣。现在大王还没亲政，他们还得听本相调遣。本相并不担心成蛟把这些将军拉过去造反，没有大王的兵符，谁也不能调动军队。可本相却有些担心，会不会是大王授意昌平君如此行事的？"

"大王不是一直听从相邦之言吗？再说宫里也没有传出大王有什么异动。"

"先生有所不知，本相近身侍候大王，对他的性情还比较了解。大王心胸狭隘，但性格坚韧。他能听本相之言，主要是因为还不到亲政年龄，朝中之臣又多是本相的门客。他年纪不小了，有了自己的主见，不需要本相事事提醒了。有时本相在想是不是该退居封地，放手让大王去做……"吕不韦颇为矛盾地叹气道。

"相邦千万不可如此！您一放权那些宗室大臣必将乘机而入，您多年在朝中的苦心经营就会毁于他们之手，只怕相邦到时退居封地也不得安宁。"司空马忧形于色地劝解道。

"这些本相也考虑到了，但这一天迟早要来。若是处理不好，不仅本相扫平天下的愿望难以实现，而且会大伤我秦国的元气，给六国可乘之机。"

"昌平君之事还不能证实为大王授意。如果真是如此，相邦只需除去大王在外活动之人，切断大王与外界联系，我想大王到时还是只能依靠相邦。"

"现在最要紧的是查清昌平君在为何人做事，若是大王，我想他们之间必有联系之人，一定要查出此人！另外不能放松对长安君的监视，有什么反常之举，马上禀告。"吕不韦心中已感到有一股压力袭来。他不把长安君和宗室大臣放在心中，是因为那是些有名无实之人，手中没有实权，对他构成不了威胁。而昌平君所联系之人，在朝中有一定的地位和权力，一直与他若即若离。若是这些人得到嬴政的支持，对他的威胁将是巨大的。

吕不韦之所以没有拔除这些人，是因为他们都有些才能，一时还用得上。而且这些人并不公开反对他，对他的命令也还听从，让他一时也抓不到错处。

昌平君自从为左相以来，一直对他唯唯诺诺，朝中之事只要与他沾边的概不过问。如果没有特殊人物为昌平君撑腰，他也不至于有此举动。昌平君混迹官场多年，如果不是具有巨大权势，他又岂能俯首听命？而在秦国上下，只有嬴政有此实力。

吕不韦陷入极度的矛盾中。就他的本意，目前所做的一切是想为嬴政打好根基，让他做一个太平天子。但对权力的欲望，又使他舍不得放弃眼前的一切。他还担心，即使真的退居封地不再过问朝政，嬴政是否真能放过他？即使嬴政能放过，那些被他得罪的宗室大臣能否放过他？

吕不韦思前想后，不管是为现在，还是为将来打算，他都不能放权给嬴政。

赵高出了咸阳宫，就觉得身后有人跟踪，他这次出宫是奉命让昌平君把他所联系之人召集起来去见大王。他像往常一样出了宫门，径直向南而去，那里是百姓所居之地。他总是要在那里转悠半天，然后进入一家民宅换上庶服，再去找昌平君。

赵高边走边留意，发现有三人跟踪他。他不慌不忙地走着，装作一无所知的样子。宫中遍布吕不韦耳目，赵高曾向嬴政建议除去这些人，要不然他们的一举一动都会传至吕不韦耳中。但这些人隐藏在宫中，数量不少，赵高对他们虽已心中有数，但又不敢轻举妄动，怕引起吕不韦的警觉。

赵高很快就转到东市，这里是咸阳的商贸市场，里面商品琳琅满目。市中商号林立，叫卖之声不绝于耳。

从东市出来，他慢慢地走着，又拐进一条巷子，然后停下来等候跟踪之人。这条巷子有七八户人家，住宅高大宽敞，像是商贾的住处。巷中看不到行人，冷冷清清的。后面三人进入巷中，看见赵高已是躲避不及，便干脆迎着走上前去。

赵高见他们腰中凸起，便知道藏有利器，不敢掉以轻心。他冷冷地问道："你们已跟了我半天了，意欲何为？"

三人都穿着内宫厮役之服，但赵高并不认识他们。其中一人见赵高问话，答道："赵高，你不在宫中服侍大王，偷偷跑出宫干什么？我们是奉命来查问你的。"

"奉了何人之命？"赵高问道。

"那你就别管了！怎么样，跟我们走吧？"

"为什么要跟你们走？我可是奉了大王的密令才出来的。想要我跟你们去，得有大王之命。"

"别跟他啰嗦，把他抓去就是！"另一个人道。

"赵高，你最好乖乖地跟我们走，否则就别怪我们不客气！"他们从腰中拔出短剑，向赵高围过来。

赵高向后面退了几步，大声喝道："咸阳城中，你们竟敢擅自抓人，好大的胆子！来人！"

赵高的话令三人大吃一惊，他们跟踪了半天，并没有见他有同伙。他们向巷口望了望，也没见人影，不觉笑道："赵高，你以为你是谁呀！不过是个内宫厮役、跑腿的罢了。"

赵高阴阴地看着他们，并不在意他们的讥讽。话音刚落，只见两侧屋门打开，从里面奔出六个手持长剑的彪形大汉。他们默不作声，向三人逼了过去。

赵高大声命令道："不要放走一个！"

　　三个宫中厮役面色大变，知道中了圈套。原来这条巷子早已被赵高买下，他又暗中招募一些人，把这里变成了一个秘密的宫外驻地。这里每间屋子都有暗道相连，屋下建有密室。每间房屋都有不同的用途，有的储藏粮食，有的存放兵器，有的作为牢房。这里的每个人都有身份掩护，有的开手工作坊，有的在东市买卖商品，不会引起任何人怀疑。赵高在东市转悠时已悄悄与他们取得联系，安排好了这一切。

　　三人见势不妙，转身就跑。可是当他们回身时，发现四个大汉已堵在了巷口。包围他们的人气势汹汹，显然是训练有素之人。

　　"跟他们拼了！"三人不愿束手待毙，持剑向身后四人冲去。那四人似乎已知他们的意图，走出三人迎向他们。

　　双方一交手，强弱立判。赵高的人力大剑沉，占尽优势。三个内宫厮役用的是青铜短剑，只有招架之力。三五个回合，战斗就结束了。

　　"把他们押进去，我要好好审问。"赵高下完命令后，走进了一间宅子。

　　不一会儿，三人就被吊在墙壁之上，吓得面无人色，双腿不住抖动。

　　赵高拿起墙上的一条牛皮鞭，掂了掂，似嫌太轻，旁边侍候之人忙给他另换了一条。手握着牛皮鞭，他有一种莫名的快感。在隐官之时，他被鞭打得太多了。而现在，他终于可以用鞭子对付别人了。他抖了抖鞭子，狞笑着望着三人，然后举起鞭子劈头盖脸地打去，三人一阵阵惨叫，不住地叫饶命。

　　"说，是谁让你们跟踪我的？"赵高狂叫道。

　　"大……大爷饶命！是总管叫……叫我们来的。"三人话都说不清了。

　　"可是田有？"赵高厉声问道。

　　"正……正是他。"

　　"我早就怀疑他了！他叫你们干什么？"赵高又举起了鞭子。

　　"大爷，别打了！总管让我们查看你是不是去昌平君府，并让我们捉住你交给相府总管司空马。"

　　赵高闻听此言，知道吕不韦对他们的活动已有所警觉。他顾不得再审，就对身边的武士说："你们继续审问，一点一滴都要问清楚。"说完，他匆匆换了一套衣服，就直奔昌平君府。

昌平君见赵高脸色凝重，忙问道："是不是出事了？"

"吕不韦已有所觉察，刚才来时，他的三个耳目跟踪我被捉住了，我们以后得小心谨慎！"

"吕不韦已经知晓？"昌平君感到吃惊，"这比我预想要快得多！若是如此，那以后该怎么办？"

"不过，听他们的口气好像也只是怀疑，他们还不能确定是我在与你联系。"

"那是不是暂时停止联系？"

"不！这事拖得越久就越难应付。趁他们还不能确定，何不将目标引向长安君？"

"你是说让我去接近长安君？嗯，这倒是个办法。只要他们不能确定我们是为大王做事，就不会在乎我们的。"

"我在宫内设法争取田有，除掉吕不韦在宫中的耳目，相信这样又可以拖一段时间。"

"那就这样办。我以后就多往长安君那里跑几趟，顺便再让人放出点风声。"

"不要做得太张扬，吕不韦很狡猾，小心引起他的怀疑。大王还让你把联系的可靠之人暗中带去见他，共同商议具体对策。"

"好，我这就去准备。"

"那我就告辞了，你一切小心！"

"你也多加小心！"

赵高进宫之后，向嬴政禀告了一切。

"你们做得好！想不到田有那狗贼竟是吕不韦的耳目！"嬴政咬牙切齿道，"寡人有什么对不住他，他竟出卖寡人？"

他在赵国之时，田有就开始服侍他和成蛟。嬴政现在还依稀记得，那些赵人仇视他们，没有小孩愿意与他们兄弟玩，是田有带着他们上山捉鸟，下河捕鱼，给他们孤单的童年增添了许多乐趣。后来他们离开赵国，就把他带上了。嬴政继位后就把他封为咸阳宫总管，负责王宫内一切事务。

他有些不相信田有会是奸细，但赵高又说得如此肯定，他决定亲自审问田有。

"赵高，你先退下去，寡人要亲自审问他！"嬴政恶狠狠地说着。他一想到最信任之人竟背叛了自己，一股怒火就压抑不住。

"大王三思！田有对我们还有用处，若是杀了他就会引起吕不韦的警觉。"赵高怕嬴政打乱了计划。

嬴政吸了口气，平息一些胸中的怒火："寡人自有分寸，你先下去吧。"

田有急匆匆地赶来。他跟随嬴政多年，对嬴政的性格很清楚，他表面上看起来总是慢条斯理，实际上却很急躁，最看不惯拖沓之人。所以每次应召前来，他总是尽力显示自己的干脆利落。

"大王，您有什么吩咐？"

嬴政看了看面前的田有，发现与印象中的形象相去甚远，怎么他服侍自己时就没有发现呢？他比以前胖多了，衣着光鲜，颇有神采，只是此刻点头哈腰，奴气十足。

嬴政平静地问道："田有，你服侍寡人多少年了？"

田有听了一愣，不知嬴政是何意，他随即答道："十一年了，大王。"

"十一年了，日子可不短啊！寡人最近发现宫中有个厮役颇为能干，想让你教教他如何为寡人办事，你认为如何？"

"大王说的可是赵高？"田有谨慎地问道。

"正是。"

"奴婢知道他是赵人，其父母皆入隐官。奴婢怕他心有怨恨，对大王不利。"

"难得你为寡人着想，那寡人就杀了他算了。"

"大王，奴婢只是提醒您，他还罪不至死，把他赶回隐官就行了。"

"既然罪不至死，你为何派人去杀他？"嬴政突然脸一变，厉声喝问道。

田有被这一句话吓呆了，忙跪倒在地，颤声道："大王此话是何意，奴婢不知啊！"

"你还不招认？既然不知寡人是何意，为何吓成这样？田有，寡人待你不薄，你为何背叛寡人？当年在邯郸，若不是母后看你可怜收留你，你早已饿死街头了。现在你是咸阳宫总管，出去光鲜体面，谁敢得罪你？这一切都是谁给你的？"嬴政越说越气，越说越刻薄，"养一条狗还知道忠诚护主，你的心被狗吃了？"

田有趴在地上抖个不停，不住地哀声乞求："大王，奴婢是被逼无奈才做耳目的啊！"

"被逼无奈？寡人看你是被糊住了心！你站起来好好回话，别做这副样子让寡人见了恶心！"嬴政厌恶道。

田有站了起来，还是抖个不停，他一脸苦相继续哀求道："大王，奴婢的确是被逼无奈才这么做的。当初，相邦对奴婢说大王年少，容易受人蛊惑，让奴婢把大王的举动随时告诉他。奴婢本不答应，但想到他在朝中的权势就心里害怕。何况，奴婢的弟弟还在相邦手里，不得不听命于他。"

"你还有个弟弟，怎么从来没听说过？"嬴政奇怪道。

"这是奴婢的私事，怎敢打扰大王？奴婢的弟弟想在朝中谋个一官半职，就投到了相邦府做门客。大王，奴婢的确是迫不得已啊！"

嬴政看他这个样子，觉得也有些可怜。他现在还不能杀死田有，因为他一死，吕不韦不仅会警觉宫中有变，而且会重新在宫中安排耳目，他岂不是又要费一番功夫查找？最好的办法就是把田有争取过来，给吕不韦送一些假情报迷惑他，这还有利于他们今后的行动。

看田有这样子，争取他并不是难事，但必须让他吃点苦头，才不会再生背叛之心。嬴政于是叫道："来人，把他拖出去给寡人砍了！"

赵高应声进来，就要拖田有出去。

田有边磕头边大叫道："大王饶命！大王饶命！"

赵高接到暗示，见时机差不多便道："大王，田总管跟您多年，没有人比他更会服侍大王。他只是一时糊涂，大王就饶了他这次吧？"

"不行，谁能保证他不会再背叛寡人？把他拉出去砍了！"嬴政假装执意不肯。

"大王，奴婢愿意担保！"赵高也跪下道。田有见有一线希望，更加不遗余力地哀声求饶。

"好吧，看在赵高的分上，这次就饶了你。以后你仍为咸阳宫总管，但一切都要听赵高的吩咐。如果再让寡人发现你心怀二志，那就让你生不如死！"

田有悬着的心这才放下，谢恩之后便退了出去。

见田有走了，嬴政问赵高道："你刚才说让昌平君表面上与成蛟多加接触，这不是将吕不韦的矛头引向成蛟？他是寡人的弟弟，万一有个好歹，寡人怎么向母后交代？"

"大王，您虽有维护长安君之心，可他在背后却对您大为不敬。有件事奴婢一直不敢向您禀告，怕您怪罪。"

"有什么事你就直说，寡人怎会怪罪你？"

"长安君与一些宗室大臣来往甚密，已结成私党，名义上是对付吕不韦，实际上对大王也怀有不轨之心。"

"哦？他们在背后都说些什么？"

"密报说他们散布谣言，说您不是先王的嫡子，而是……"赵高不敢往下说。

"而是什么？"

"而是吕不韦的儿子，长安君才是先王的嫡子。"

嬴政气得一拍案几，大怒道："寡人要杀了他们！可他们这样说成蛟会相信吗？寡人不信成蛟会同他们一起造反。"

"他们不知怎么同大王的母舅赵成联系上了，据说此言是他最先传出。"

嬴政面色苍白，颓丧地坐了下来，低声吩咐道："你先下去吧，让寡人静一静。"

成蛟，你为什么要这么做？姜玉已让你抢走了，你还要什么？嬴政推翻了案几，伤心地想。他根本就不信传言是真的，若真如赵高所言，他将如何面对吕不韦？他认定这是一个谣言，是成蛟和宗室大臣为了谋夺王位而制造的一个借口。

可正在这时，他最不想见的人却要见他。一个内侍进来禀告道："大王，相邦有急事求见。"

"不见！寡人不想见他！"

内侍本想再说两句，见嬴政面色不好，就赶紧出去了。不想吕不韦却独自进来了，他向嬴政躬身行了一礼道："大王，臣有要事禀告，所以就擅自闯了进来，请大王恕罪。"

嬴政克制心中的怒火，若无其事道："寡人就要安寝，仲父有什么事不能明日再议？"

"大王，前方军情紧急，所以不得不连夜进宫向大王禀告。"

"什么事仲父如此重视？"嬴政见吕不韦郑重其事的样子，内心不禁有些紧张。

"伐魏主帅蒙骜染上风寒，病势日重一日，恐怕难以支撑下去。军中无帅，必有危险，所以臣连夜进宫，好与大王尽早商量个对策。"

嬴政吃了一惊，因为昌平君正在通过蒙武说服蒙骜，共同对付吕不韦。但蒙骜却极为精明，他一直领兵在外，不愿陷入朝中内斗。但他手握重兵，是各方势力争取的对象。他虽不满吕不韦大权独揽，排挤异己，架空秦王，但他却受过吕不韦的恩惠，不愿意与之对立。

"那仲父有何打算？"

"臣认为应立即撤军，然后另派主帅伐魏不迟。"吕不韦早已成竹在胸，他知道昌平君正与蒙武联系，对此他不能不提防。蒙骜病危对他来说是一个好机会，他可以名正言顺地调回军队，换上一个可以放心的主帅。这样不管昌平君后面的人是不是秦王，他都不用担心了。

嬴政也意识到蒙骜病危是个关键，如果按吕不韦所说去办，将对他极为不利。因为在朝议事时，支持吕不韦的臣子很多。只要他提出一个亲近之人为帅，自己就很难否决。可要维持自己的地位和尊严，取得军队的支持必不可少。

嬴政飞快地盘算着，想出了一个办法："仲父，寡人以为这样做风险太大。如此匆匆撤军，魏军若是追袭，我军将有全军覆没的危险。仲父，你看这个办法如何？寡人将亲往前方犒军，一来探视蒙将军病情，二来可将仲父教导的行军布阵之法用于实战。仲父不是一直教导寡人做一个能征伐四方、扫平天下的开国之主吗?"

吕不韦没想到嬴政会突发奇想,他一时也想不出理由阻止,只得道:"大王,您是一国之主,怎可冒刀兵之险?"

"寡人只是去犒军,而且有那么多军士护卫,哪来刀兵之险?明日你与群臣就照此议吧。寡人有些累了,仲父若没有其他事就早些安歇吧。"

吕不韦也不愿过分逼迫,他见嬴政主意已定,便不再坚持。

第四章

秦王政破城立威 吕不韦算计成蛟

在嬴政的一再坚持之下，吕不韦和朝臣总算同意他去犒赏三军。他之所以没有坚持自己的主张，是因为已接到了田有的密报，嬴政除了对犒赏秦军之事感到兴奋外，再无其他异常举动。

吕不韦其实也希望嬴政能亲上前线培养行军布阵的能力，为日后征伐六国打好基础。再说嬴政一走，朝政大事都由他决断，那就可以放手施为了。

嬴政和吕不韦都没有宣布主帅蒙骜病危的消息，怕扰乱军心士气。嬴政希望能早日出发，但这对秦国上下来说，秦王出征是件大事，需要慎重对待。

首先挑选秦王的随军主将就是一件难事。此人不仅要深通兵法，有实战经验，能辅佐嬴政行军布阵，而且能让嬴政和吕不韦都认可。经过一再筛选，将军王翦被选上。

嬴政心中暗喜，王翦正是昌平君笼络的军中将领，他借机正可以了解一下。而吕不韦选中王翦，是因为他知道王翦与昌平君没有联系，其行军作战的本领足以辅佐嬴政。

半月之后一切准备完毕，嬴政率领十万大军浩浩荡荡直奔前线。一路上嬴政有意笼络王翦，二人渐渐熟悉。王翦是秦军名将，幼习兵法，在军中征战多年，曾在白起帐下效力，屡立战功升至将军。

对嬴政，王翦颇有好感，这位年少的大王给他留下稳重成熟的印象。他虽是首次带军出征，但一路上行军布阵头头是道，这让王翦不得不刮目相看。更可贵的是，嬴政没有一点大王的骄气和霸气，对他和各路将领都很尊重，并不因为他是大王而擅自行事。

一路上，嬴政频频召见军中各级将领。更让他感到高兴的是，他在虎贲军中发现了一个与他性情甚是投合的年轻军官。这军官名叫李信，在嬴政的有意结纳之下，君臣之间相处得甚是融洽。他这么做的目的也是为了深入军队内部，了解吕不韦在军中的势力。令他欣慰的是，吕不韦在军中的势力远没有在朝中那样强大。

在军中，将领的晋升主要以军功为据。没有军功，即使得到了高位也难以让士卒信服。正是因为军功爵制，才保证了秦军对国君的忠诚。嬴政了解到这一切，不由心中暗喜，对夺回权力更有信心。

经过十天行军，嬴政率领的十万大军才与前线的秦军会合。前线将领早已接到秦王将犒赏三军的消息，准备好了一切。

嬴政一到大营，就前去探视蒙骜。这位叱咤疆场、立下无数战功的老将军令嬴政陡见之下不敢相认。枯白的头发，苍白瘦削的面孔，僵直的目光，离死已差不了多远。

蒙骜见嬴政进来，嘴唇不住地嚅动。嬴政赶紧上前轻声道："蒙将军，你不必多言，寡人已知你的心意，你安心养病吧。"

之前在朝廷上嬴政曾见过蒙骜。他虽然年迈，但精神矍铄，方脸剑眉，看上去极为威武。嬴政虽然一直很想接近他，但蒙骜却对他保持着一定的距离，既不疏远也不亲近，这令他很是苦恼。

嬴政还注意到床榻旁站着的两人，一个是宫里的太医，另一个是年约四十的中年将领。那将领长得颇为英武，一双大眼显得睿智而平和，双眉漆黑入鬓，颇有几分儒生之气，只不过此时看上去也很忧愁。

"臣蒙武拜见大王。"那将领行礼道。

嬴政扶住他道："蒙将军请起，寡人命太医提前赶来为令尊医治，不知现在病情如何？"

蒙武颇为伤感道："蒙大王关心，臣不胜感激。太医说家父年老体弱，风寒侵蚀亦深，痊愈恐不可能。"

嬴政叹了口气道："想不到为大秦立下赫赫战功、威震诸侯的大将军，竟被一小疾击倒！太医，你一定要尽力诊治！"

"请大王放心，臣一定竭尽所能。"太医回话道。

嬴政点了点头，对蒙武道："蒙将军，你与寡人到帐外去，寡人有话问你。"

蒙武来到帐外，见士卒们正有条不紊地搬运嬴政带来的犒赏品。秦王亲自犒赏士卒，对许多人来说都是第一次，所以他们极为兴奋。要知道他们平日根本就见不到秦王，或许这是他们一生中唯一的一次。

这也是蒙武第一次这么近见到嬴政，嬴政比他想象中的要成熟老练得多。虽然嬴政年轻，但站在一起比他高出一头，再加上多年养成的威仪，使蒙武无形中感到一股压力。

"蒙将军，昌平君已与你联络过吧？寡人早已闻听你的大名，今日终于见到，真是相见恨晚。"嬴政第一眼见到蒙武，就觉得甚是投缘。

"大王抬爱了。臣得知吕不韦的险恶用心，却没能早日为主分忧，实是臣的耻辱。"

"只能怪吕不韦太过奸诈，他顶着'仲父'之名欺骗寡人多年，朝中之臣多为他的门客，他们对不同己见者排挤打击，多少先王旧臣被他无辜杀戮，他眼中根本没有寡人这个大王！"嬴政说起吕不韦就不由得怒气上冲。

"只要大王下令，臣赴汤蹈火，也要为大王除此巨贼！"蒙武愤然表示道。

"吕不韦在朝中根基已深，要对付他还要从长计议。寡人这次前来一是为探视蒙骜将军病情；二是要了解军中情势；三是为了攻打魏国庆城。若此三事完成，寡人便不虚此行。"嬴政想到这次出征比在咸阳要如意多了，心中甚是高兴。

"大王亲征，一个庆城指日可下！"嬴政留下蒙武陪食，二人越谈越投机，直到深夜才尽兴而散。

嬴政把犒赏品全部赏给将领和士卒，军中一片欢腾。他广泛地接触将领和士卒，并参加他们的各种游戏。在这里，他仿佛忘了国君的身份，恢复了年轻人的本性，很快赢得全军的爱戴。许多士卒没想到大王是如此平易近人，从心底愿意亲近这位大王。

嬴政没有忘记此行最重要的一个目的——攻下庆城，以显威名。

军中将士休整月余，士气极为旺盛。各级将领因为大王在此，个个想表现一番，纷纷前来请战。

嬴政见时机成熟，便召集全军将领训话："各位将军，魏军依靠城高壁厚，坚守不出。蒙老将军病倒，难道我军就攻不下它吗？各位将军能否为寡人拿下庆城？"

"恭听大王吩咐！"众将热血沸腾，齐声答道。

"好！寡人将亲自督战，看哪位将军先攻上庆城！寡人重赏！"

嬴政亲率大军至庆城之下。他的左翼是王翦率领的五万秦军，右翼是蒙武率领的五万秦军，他自己则率领十万人马坐镇中军。

守城的魏军发现这次攻城的秦军与以前大为不同，不仅人数增多，而且军容整齐，士气高昂，只听见整齐的脚步声、隆隆的车声，越来越近，越来越响。秦军的前阵在距城墙约二百丈处停下，全军鸦雀无声，只见兵器闪着森冷的光芒，旌旗呼啦啦地迎风飘扬。

"咚咚咚，咚咚咚……"从远方传来沉闷的战鼓声。魏军循声望去，看见远处的山包上，一个身着玄甲之人擂着战鼓，那人正是嬴政。随着鼓响，秦军中爆发出惊天动地的喊声——杀！杀！杀！

接着他们像潮水一样涌向城墙，魏军连忙用弩机、弓箭射击。攻城的秦军顺着架起的云梯，一个个前赴后继，往城墙上攀登。秦军的弩机队和弓箭手也射出飞蝗一般的箭矢，掩护着前军攻城。

嬴政对士卒极为满意，这是他第一次参加实战，惨烈的搏杀令人触目惊心，但作为统帅，他却感到兴奋。他用力擂鼓，仿佛想用鼓声将眼前的庆城攻破。

他看见城上有一魏将来回奔跑，他到哪里，哪里魏军的还击就格外猛烈，秦军就会倒下一片。他问旁边的李信："那人就是魏军的主帅吧？"

"正是。"

"你替寡人擂鼓助威。"嬴政将鼓槌交给李信，"将寡人的穿云弩拿来！"

这穿云金弩是巧匠为他特制的，弩身二尺多长，用精心选制的野牛筋做弦，能射四百丈远，二百丈内能射穿护身铠甲。

嬴政骑着"飞翮"，选好一个合适的地方，装上弩箭。他看准城墙上的那名魏将，举起弩向其瞄准。

魏军主帅丝毫没有感觉到危险。秦军普通的弩机只射得到二百丈远，超过二百丈远就没有多大威力，穿不透重甲。所以他在那里放心地指挥士卒还击，只注意保护盔甲以外的地方。

只听"嗖"的一声，城墙上的魏将发出一声惨叫，应声而倒。嬴政此箭大涨了秦军士气，一些士卒趁机攻了上去，后面的秦军蜂拥而上。缺口打开了，秦军如决堤之水，涌至墙头。

不久，一扇城门被打开，秦军后队迅速前扑，如潮水般拥进城中。嬴政兴奋不已，这是他亲取的战功，他的威名也将随这一仗而闻名诸侯。

栎阳（陕西省西安市阎良区武屯镇官庄村与古屯村之间）曾是秦国的都城，秦孝公时将都城迁至咸阳，但这里仍然保留王室宫殿，以作游乐之用。

在栎阳别宫里，赵姬与嫪毐正享受着天伦之乐。她手中抱着一个婴儿，不停地俯身逗弄。嫪毐也抱着一个一岁左右牙牙学语的男童，那男童长得眉清目秀，粉妆玉琢的脸蛋兼具了赵姬和嫪毐之长。

男童看见赵姬喂婴儿吃奶，用稚嫩的声音喊道："娘，抱抱。娘，抱抱。"边说边张开双手，要挣脱嫪毐的怀抱。

"哎，乖宝宝，不要闹，娘正喂你弟弟吃奶呢！和你爹爹玩，娘等会儿抱你。"赵姬心里美滋滋的。

看着两个可爱的宝贝，赵姬真希望能永远留在这里。可嬴政已多次派人来催她回去，她已经不能再拖延了。

小孩并不因赵姬的安慰而安静下来，依然不停地吵闹。嫪毐让他抓住赵姬的裙角，他才静下来。赵姬哄哄这个，拍拍那个，忙得不亦乐乎，仿佛又看到了幼年时的嬴政和成蛟。

嫪毐看着母子三人，不由感叹道："我的儿子如果将来能像大王那样领兵作战，威震诸侯，也不枉我这一生。可惜呀，将来是怎样还说不定呢，只怕是死无葬身之地！"

"不要说这丧气话！我怎能亏待这两个可爱的孩儿？"赵姬嗔怪道。

"太后，不是小人说丧气话，事实本就如此。小人服侍太后这么多年，仍只是高泉宫总管，那些朝廷重臣谁拿正眼瞧过小人？父亲尚且如此，何况这两个见不得人的孩子！小人只希望哪天被杀之后，太后能看在小人服侍您这么多年的分上，善待这两个孩子。"嫪毐悲声道。

赵姬横了他一眼，不悦道："你今日是怎么了？存心扫兴吗？专说这等丧气之话。你不就是想做官吗？你放心，我不会忘的，也免得你成天在耳边唠叨。去把乐师、舞姬唤来，回到咸阳可就没有这里自在快活了。"

嫪毐马上转忧为喜，出去将乐师、舞姬召了进来，然后又摆上食物，一家四口其乐融融。看了一会儿，他就没精打采，不住地东张西望，似乎有什么话要说但又不便出口。

赵姬看了他一眼道："是不是又与那些卫士约好了赌钱？"

嫪毐一愣，随即觍着脸道："太后，您怎么知道？小人不过偶尔去陪他们玩玩。"

"这宫里就这么些人，还有什么不知道的？每天你们赌钱的声音我都能听见。输光了早点回来，别缠着别人借钱，别忘了你可是高泉宫总管。这十镒金子，你拿去吧！"赵姬不屑道。

嫪毐高兴地收起钱道："没事，他们都是小人多年的好友。太后，那小人这就去了。"

望着嫪毐离去的背影，赵姬很是无奈，她与这男人相处越久，就越发觉得他的无赖，可自己却又离不开他。她知道要想凭色相吸引嫪毐，愈发困难了。这后宫美女如云，他又是个冒充的阉人，日久岂不生出事端？她只有一方面加紧控制，另一方面又讨好他，不时地给些好处，希望能把他拴住。

嫪毐兴冲冲地出来，直奔卫士的住处。这些卫士都是嫪毐特意挑选出来的，嫪毐的好友竭已是卫令，掌管随行来的所有卫士，这别宫差不多就是他们的天下。他们在这里聚众赌钱，饮酒作乐，好不快活。

嫪毐赌了几圈，不禁兴趣索然，把手中的骨牌一扔道："没意思，不赌了。"

竭和众卫士见他兴致不佳，随即都罢了手问道："大哥，你这是怎么了？有什么心事吗？"

嫪毐看了看众人，都是他的旧交，差不多都是通过他才进入卫士之列的。于是，他对众人道："众位与我相交也非一时半日，我待大家如何？"

"大哥此言何意？没有你哪有我们今日的自在快活？"竭应声道。

众卫士也纷纷道——

"就是，大哥有何难办之事只管开口。"

"众兄弟若不是大哥照顾，怎会有今日？"

"大哥只要开口，众兄弟万死不辞！"

……

"有兄弟们这些话，我就放心了。我要告诉大家的是，过几日我们就要回咸阳，恐怕不会再有这么自在快活的日子了。"

众卫士听了，都神情黯然。回到咸阳，管他们的人就多了，一举一动都要小心谨慎，哪能与这里相比？

众人的表情他都尽收眼底，也了解他们心中所想，于是又道："众位兄弟的心情我也明白，可这一切我也不能做主，谁让我们是君王的家奴呢？如果由我做主，自然能满足众位兄弟，都怪我嫪毐无能啊！"

竭道："这怎么能怪大哥呢？大哥的处境众兄弟心中都明白。大哥能为众兄弟做到如此地步，兄弟们已感激不尽了，其实我们走到哪里不都是侍候人。"

"是啊，大哥不必自责！"

"大哥的好处兄弟们都记着！"

……

嫪毐慨然道："如果天下尽由我等做主，岂不是在哪里都像在这宫中一样快活？"

"大哥千万不可说这等疯话，这可犯了妄言之罪！我等贱民出身，哪有这等福分？"竭变色道。

"哈哈哈！你们以为那些将相君王就是圣人君子吗？我今日冒车裂之祸告诉众位一件事，众位不是一直以为我是净身之后才去服侍太后的吗？实话告诉你们，我根本就没有净身！"看众人满脸疑惑的表情，嫪毐继续道，"你们不信？那我这就让你们看一看。"说完，他解开了裤子。

看见众人惊异的面容，嫪毐越发得意："不瞒众位兄弟，当初太后看上我，就是因为这点本事。你们知道太后这次为什么要到栎阳别宫来吗？她是来为我嫪毐生孩子的！你们知道当初吕不韦为什么把我引荐给太后？那是他被太后缠烦了，为了脱身！众位兄弟，这样的太后、相邦又比我们好得了多少？"

众人完全被嫪毐的话惊呆了，他们完全没想到这里面会有这么丑恶的王室隐私。但这一切都不由他们不信，因为嫪毐就是最好的证据。并且他们听了嫪毐此话之后，就不得不与他站在一起了。因为王室的隐私泄漏后，没有哪位大王不把知晓内情之人灭口的。

嫪毐继续道："众位兄弟，我今日就是来和大家共商大事的，为了以后能够过自在快活的日子，希望众兄弟能够助我。"

竭道："大哥说吧，要我等如何助你？大哥冒着车裂之险告诉众兄弟实情，兄弟们怎能出卖你？如果有谁把今日之言传出去，我等誓取他的性命！"

"大哥放心，我等不会乱说。"

"没有大哥，我们也不会有好日子过。"

"众兄弟一定助你！"

……

"好，众兄弟如此盛情，我铭记在心。大家放心，我绝不做无把握之事。太后已答应我，一回咸阳就封我为侯。有太后在背后助我，只要我大权在握，就让太后立我子为王，众位兄弟就等着封侯拜将吧！"

竭担心地问道："那我们回去该如何做？若是没有太后相助，我们要成事就难了。"

　　嫪毐自信道："众兄弟放心，大王尚未亲政，一切由太后和相邦做主。他们有把柄在我手中，怎么会得罪我？以我对付女人的能耐，太后岂能离开我？况且那两个孩儿她视若命根，有他们在，太后还不乖乖听话？众位兄弟回到咸阳，与我多加照应，暗中结交一些宫中卫士，先把高泉宫掌握在手里。不过今日之言，千万不可对外人说起，以免惹来大祸。"

　　"有大哥这话，我们就放心了。众兄弟都明白其中利害，大哥放心。"竭这才放下心来。

　　嫪毐又与众人商量了以后行动的细节，便叫来酒菜，狂吃痛饮起来。

　　嬴政得胜回朝，让吕不韦喜忧参半。喜的是嬴政有这种能耐，也不枉他教导一场；忧的是嬴政能力越强，对权力的要求也就越大，他们就越难以相处。

　　不断有消息传来，说昌平君与长安君交往频繁，这让吕不韦对昌平君幕后之人是谁产生了疑惑。他虽然没对昌平君采取行动，但对其他附和昌平君的官员，罢免的罢免，调离的调离。

　　嬴政的凯旋让成蛟羡慕不已，他一直希望领兵作战，做一个大将军，但手中直到现在仍无一兵一卒。按秦制规定，他的封号要用战功补上，但吕不韦对他防范甚严，不给他领兵的机会。

　　嬴政的功绩也让子傒等一干宗室大臣担心。因为嬴政的威望越高，声势越大，他们就越难用成蛟取而代之。

　　子傒送走了几批来访的宗室大臣，他们都是来抱怨吕不韦的，要他赶快想一个办法，否则他们就在咸阳城待不下去了。

　　想起吕不韦子傒就恨满心头，当初要不是他从中作梗，秦王的位置就是他的了。他恨吕不韦、庄襄王和嬴政，因为这些人抢走了本属于他的一切。现在嬴政兄弟间有了裂痕，他要使这裂痕越来越大，最好让他们兄弟相残，两败俱伤，这样他才解恨。

　　他的思绪被一个急匆匆进来的年轻人打断了，他定睛一看，原来是自己的儿子卓，便问道："事情怎么样了？"

　　"孩儿在约定的地方没有接到赵成。"

"难道出了什么意外？你再出去仔细找找，不要让吕不韦的人发现了。"子偞叮嘱道。

"孩儿知道了。"卓转身离去。

赵成是赵国派来与子偞联系的密使。面对日益强大的秦国，赵王十分担忧。想讨伐秦国，却有心无力。秦国兵力强盛，任何一个诸侯国都不是对手，他们唯一的办法就是合纵抗秦。但他们彼此又钩心斗角，难以真诚合作，所以上一次合纵也败于秦军之手。

既然不能在战场上打败秦国，能削弱秦国的办法就只能从秦国内部引发矛盾，使秦国君臣不和，自行削弱。

赵成第一次来秦国，让吕不韦发觉了他的目的，看在赵姬的分上，将他赶了回去。赵王仍不死心，又派赵成秘密前去与子偞联系。

子偞为了达到离间嬴政兄弟的目的，便想让赵成来亲自说服成蛟。可在事先约定的地方并没有接到他，这让子偞有一种不祥之感。他担心万一吕不韦发现他暗通赵国之事，那他的身家性命都将难保。

直到天黑，卓才回来向子偞禀报。他跑遍了咸阳城，也没有找到赵成。

子偞担心地问道："你可到吕不韦那边打听过？他那里有什么动静？"

卓回答道："孩儿找人问过，没有什么动静。现在还有人在吕不韦那边监视着，一有动静就会前来报告。"

子偞听完此话，心中才稍稍安定。这时，一个家奴慌慌张张地进来禀报，说后院进来一个人，身上带着伤。子偞父子过去一看正是赵成，他们连忙把他扶进密室。

赵成刚到咸阳就被人截击，幸亏随行之人拼死掩护，才让他杀出重围。直到天黑，他才从藏身之地出来。他已疲惫不堪，又饥又渴，左右手臂各挨了一剑，幸亏只是皮肉之伤。他从怀中取出赵王的密信道："这是大王让我交给你的。"

子偞仔细看完之后，对卓道："你先扶赵成兄弟去房中休息，等伤包扎好之后我们再商量。"

赵成紧绷着的神经这才松弛下来。卓把他安排好之后，进来见子偞在屋里踱来踱去，便问道："爹，赵王在密函中怎么说？"

子偬将密函交给卓，他看完之后大喜道："爹，这可是好机会。你不是说我们没有实力与吕不韦一较长短吗？现在赵王答应联合楚、魏、韩、燕四国支援我们。只要我们立成蛟为王，打起立嫡诛贼的旗号，内有宗室诸人支持，外有五国声援，何愁大事不成？爹，您还犹豫什么呢？"

子偬叹了口气，摇摇头道："孩子，你还太年轻，没有看出其中的利害。你以为赵国真乐意帮我们吗？他们是看见我秦国越来越强，征战讨伐已占不到任何好处，才想出用这内乱之计，让我们自相残杀。如果我等贸然行事，到时五国是否出兵就很难说了。如果我等占了上风，他们就会支持我们；如果吕不韦和嬴政占了上风，那我们要找一个安身之地也难了。有谁会冒着被秦国攻击的危险收留我们？所以我们现在是一步不慎，就会死无葬身之地啊！"

"那我们该怎么办？难道就这样错过这个机会？我们受吕不韦的气还不够吗？"卓听子偬分析完其中的利害后，仍心有不甘。

"当然不！我当年一念之仁，放过了吕不韦和子楚，才致今日居人之下，苟且过活。即使有杀身之祸，我也要与他们斗一斗。"子偬恨恨道。

"那我们应该怎么办？"

"你明日去请长安君前来，先看看情况再说。"子偬心中已有计划，长安君是一个关键。如果不能说服长安君，他的计划将无从实行。

成蛟和姜玉又来到他们常去的小河边，在这里他们留下了许多欢乐。河边是郁郁葱葱的树林，间或能听见婉转的鸟鸣，伴着潺潺的流水，幽雅而不乏生气。他俩都很喜欢这里，有机会就来坐坐。

可他们再也找不到往日那种无拘无束的欢乐，总有一种无形的压力笼罩在他们心头。虽然他们仍然像往常一样融洽，但话语间都有意回避着一个人，那就是嬴政。

"你在想什么呢？那儿有只麋鹿在喝水，它多可爱啊！"姜玉指着远处兴奋道。那只麋鹿是幼兽，不时地抬起头四处望望。

成蛟道："我去把它捉来给你！"

"不，我就喜欢看它自由自在地喝水，你别去捉它。你看它多漂亮，说不定母鹿就在旁边，你一过去它就跑了。"姜玉拉着成蛟。

成蛟知道她是怕自己伤了那只小鹿，他觉得姜玉真不应该认识他们兄弟，她根本就不属于那复杂奸险的尘世，她是这山之精灵、水之魂魄。他不想把姜玉带到城中去，怕那里的世俗玷污了她。可是他又不能放弃在咸阳的地位，与姜玉同归这山林。因为他心有不甘，特别是当他听了子傁和赵成的劝说后，更是气恨在心。

他恨吕不韦阴险狡诈，竟暗中以吕氏代替嬴氏血脉，而且还对王室宗族不遗余力地排挤打击。如果说他以前只是看不惯吕不韦的专权跋扈，嬴政的软弱，而现在则是痛恨他们，认为他们的所作所为是为了欺骗天下人。

当他亲耳听到赵成告诉他一切后，他感到震惊和愤怒。原来这么多年他一直受着太后、吕不韦和嬴政的欺骗。可他与嬴政多年的手足之情却不是假的，这让他左右为难。

这时，子傁给他出了个主意，让他以补军功之名讨伐赵国，并让赵成回去联系赵王，告诉他成蛟此举是为了掌握军权，讨伐内贼，让赵王联系各诸侯共同讨伐吕不韦父子。

成蛟听了摇头道："这样做只会削弱我们秦国，让各国得了便宜。"

子傁道："可不这样做，我们又怎能除掉吕不韦？整个秦国都掌握在他们父子手中。君侯想过没有，如果不让吕不韦的阴谋大白于天下，怎么对得起嬴氏的列祖列宗？与诸侯联合，虽然让他们得到一些好处，但这与灭绝我嬴氏血脉相比又算得了什么？君侯你才是真正嫡出的嬴氏血脉，难道忍心看着外人毁弃嬴氏的宗庙吗？"

这番话打消了他所有顾虑，他决定即使不把嬴政怎么样，也一定要除去吕不韦。

"你在想什么呢？眼睛都直了。是不是在想府中的美人啊？"姜玉推了推成蛟，打断了他的思绪。

"你怎么知道我在想姬妾呢？"成蛟打趣道。

"我爹说的。他说你们这些王孙公子都是姬妾成群，让我多注意一点儿，免得日后受气。"

"你爹说得没错，但那不是我所做的事。只要我这次伐赵成功，回来娶你做夫人，到时大哥就不会阻止了。"

"都怪我使你们兄弟不和。唉，我也没想到大哥会变成那样！"姜玉伤感道。

"这怎么能怪你呢？算了，我们别说他了。玉儿，如果这次出征，你听到什么不好的消息，千万不要相信，一定要记住我的话。"

姜玉点了点头："那你一切要多加小心，早点回来！"

"多则半年，少则一两个月，我一定会回来的。"

姜玉调皮道："你若到时没回来，我就随便找个人嫁了！"

"你敢！"成蛟抱住她，在她耳边道，"那我就把他杀了，把你抢回来。"说罢，双唇就压向了姜玉的小嘴。姜玉羞红了脸，欲拒还迎，最终蜷伏在成蛟的怀中。

吃了晚饭，成蛟就告辞了，憨厚朴实的姜和把他送出了门，他心中已经喜欢上了这个直爽而纯朴的王孙公子。他年纪大了，不希冀什么荣华富贵，只希望女儿有个好的归宿。他让女儿送一程，因为他知道成蛟就要出征了，两个人肯定有许多话要说。

一路上两人情话绵绵，成蛟见天色已晚，就不让她再送了，两人挥手作别。他打马离去，依稀还见到姜玉站在那里，目送着他。他心底不由涌起一股豪情，觉得此去不再仅是为自己而战。

姜玉直到成蛟的身影不见，才转身回家。她推开屋门，看见父亲趴在案几之上，觉得有些奇怪，于是就推了推："爹，您怎么了？"

谁知姜和随手而倒，只见他胸前染满了血，双目怒睁着，已死去多时。姜玉吓呆了，嘴里不住哭喊道："爹，爹，您怎么了？爹，爹，您醒醒啊！……"

这时，两个黑衣大汉走出来道："不用再叫了，你爹已经死了。"

姜玉转过身，又惊又恐地问道："你们是什么人？为什么要杀我爹？"

"姑娘，我们只是奉命行事。"说罢，一个黑衣大汉就欺身至姜玉身旁，一掌将她打晕了。他们用布袋将姜玉套住，扛在肩上就往外走，很快消失在浓浓的夜色中。

　　嬴政看着堆积盈尺的密报甚是苦恼，密报中吕不韦倒没有什么异常举措，可成蛟却与一些宗室大臣往来频繁。他向侍候在旁的赵高问道："这些事你怎么看？"

　　自从控制了田有，赵高在短短的时日里，就利用田有提供的情报，将归顺者留下，不归顺者铲除，已经控制了祈年宫的所有内侍。吕不韦仍能收到宫中的密报，但都是经过赵高处理过的，没有什么实质性的内容，反而会扰乱其注意。嬴政对赵高也越来越倚重，许多对付吕不韦的策略，他都要询问赵高。

　　嬴政相信自己已有实力与吕不韦一较高低，秦军已完全由他掌握，祈年宫的内侍已由他控制。而且从军中秘密抽调的五百勇士已在赵高的安排下，散布在王宫附近，随时可以支援。

　　但他现在并不想起正面冲突，因为吕不韦在朝中根基深厚，要拔除他，必然要大伤秦国元气，这是他不想看到的。

　　初征庆城的胜利，让他尝到了征服天下的快感。他的目标不再仅仅是掌握秦国大权，而是要执掌天下的权柄。虽然他以前也有这种想法，但从来没有像现在这样强烈。但若是秦国元气大伤，以后就难以征服天下。他要等待时机，逐渐削弱吕不韦的势力，然后看准时机名正言顺地除掉他。

　　可让他苦恼的是成蛟也夹在其中，并且有迹象显示他似乎也另有所图。虽然他对成蛟有些气恨，但一想起手足亲情，他又恨不起来。他想找成蛟说说话，只是大王的身份使他不能低头。

　　赵高见大王问自己，心里很是为难，因为这会触及王家的隐私。自从有了上次的教训，凡是触及有关成蛟的话题，他就格外小心："大王，长安君与子傒来往频繁，行事也很隐秘，难以确定他们要干什么。"

　　"长安君说要带兵前去讨伐赵国，以补军功。寡人不想让他去，可他的请求甚是殷切，令寡人十分为难。"

　　"依奴婢看，此事发生在他们频繁来往之后，不排除子傒在背后怂恿。奴婢还接到密报，吕不韦手下曾劫获赵国密使，杀死四人，漏网一人，而漏网之人正是赵成。"

"赵成？他不是在经商吗？前几年，他还拜望过太后和寡人。太后几次让他搬来秦国，他都说故土难离不愿搬来，难道他是赵间？"

"这个奴婢就不太清楚了。"赵高说起来十分谨慎，"不过他与成蛟和子傒也有过接触。"

如果赵成是赵间，那成蛟与他来往又为了什么？成蛟，你到底想干什么呢？嬴政心中忐忑不安。

吕不韦在府中忧心如焚，太多棘手的事一齐涌来，让他有点喘不过气来。多年了，他第一次有这种感觉。他不知道是自己老了，还是嬴政给了他的太大压力。这次嬴政攻下庆城，回国时又拿下汲城，虽然比不上以前拔十城、二十城的战功，但其震撼力却远远超过了以前。

在诸侯之中，嬴政的声望大增，使六国之君不敢小觑，他们认为秦国又出现了第二个昭襄王。在国内他的声威也与日俱增，虽然这其中不免有人鼓噪吹捧，但吕不韦确实感觉到嬴政来自朝政之上的压力。因为嬴政在一些臣子心中树起了威信，那些一直受吕不韦压制的朝臣找到了靠山，他们在朝政之上已敢与吕不韦持异议，而每次嬴政都给他们或明或暗的支持，这令他大伤脑筋。

现在的局势让他不能像以前那样驾驭自如了，他有些后悔让嬴政亲征。而且这其中还夹缠着长安君和一些宗室大臣，他上次派人暗中劫杀与子傒来往的赵国密使，结果让赵成漏网，这令他大为恼火。赵成一定被子傒藏起来了，但吕不韦没有派人去搜查，他判断赵成一定会回赵国，只要严密监视子傒，就一定能抓住赵成。不过他最终的目标还是要除掉长安君，因为长安君才是最大威胁。

长安君说羡慕大王征伐魏国的威仪，且又封君多年，没立战功，与秦制不合，请求领兵伐赵。吕不韦怀疑其别有用心，因为这恰巧发生在赵成来秦之后。这时司空马进来打断了他的思绪："相邦，果然不出您所料，赵成扮成家奴被送出了咸阳城。幸亏发现及时，他快出秦国时被我们捉住。人正在押解途中，长安君写给赵王的密函已经送到，请相邦过目。"

吕不韦接过密函，大致浏览了一下，便沉默不语。

"相邦，凭这件密函，您就可以将长安君和子傒一网打尽，只怕大王和太后也难以袒护他们了。"司空马高兴道。

"不，这还不足以置他们于死地。他们的阴谋还未昭彰，太后、大王可能会因一念之仁而放过长安君。本相要让长安君带兵伐赵，让大王和太后及所有的秦人都看到长安君的阴谋，那时他们就是想袒护他也不行了。"吕不韦突然改变原来的计划，他要将成蛟置于死地。司空马不由得在心底叹服吕不韦心计狠毒，丝毫不给对手喘息余地。

吕不韦又吩咐道："你把这封密函还给赵成，让他依然送交给赵王，就当什么都没发生过一样。就说本相看在太后及他被赵王逼迫的分上，饶了他这一次，让他以后不要再来秦国。你去安排一下，不要让长安君和赵人知道他曾被捉。你向赵成说明利害，相信他也不敢泄漏。"

司空马领命而去，吕不韦不由得感到一阵轻松，他比子傒和长安君更了解六国的底细以及秦国的实力。秦国既然可以与诸侯合纵抗衡，那加上他长安君又算得了什么？到时秦国只要以出兵相威胁，五国为了自身利益，怎会帮助他们？最多只不过虚张一下声势而已。且秦国内乱正是诸侯求之不得的好事，他们又怎会损害自身的利益去帮助他？

长安君出兵之日，就是他灭亡之时！吕不韦在心中得意地想着。

但另一件事又让他不能释怀，赵姬暗中告诉他，让他在嬴政面前提议封嫪毐为侯，这让他大为烦恼。嫪毐是什么人他最清楚不过，嬴政怎么会破例封他为侯呢？若是让嬴政知道实情，定会以淫乱后宫罪把他枭首弃市。

吕不韦原指望给赵姬弄个假阉人进去使自己脱身，没想到却找了不少麻烦。他不知道是赵姬头脑发热，还是嫪毐手段高明，竟然要封一个宫中内侍为侯。他了解嫪毐的秉性，不想再在朝中树敌，但他又不能得罪太后，只有拖一时算一时了。

"备车，本相要去上馆。"吕不韦吩咐侍候之人。他想出去走走，也想看看那些门客为他编书的情况。

相府是一个占地千亩的大庄园，分成不同的区域。上馆是收纳各地饱学之士的地方，是吕不韦的人才宝库，他隔段时日就要亲自去那里看看。司空马告诉他书已差不多编纂完成，只剩下最后的修订工作。他一直想去看看，但政事让他忙碌不堪，难得抽出空闲。

马车缓缓地行在庄园的道上，夜色已浓，四周一片寂静。月的银辉洒满天地，更增加了这静谧的气氛。吕不韦虽然无数次经过这里，但每次都是来去匆匆，从没有像今夜这么安闲。这月色如水一般地倾泻，笼罩着路旁的树、池、亭、榭，显得安逸而平和。

他想起这么多年在秦国苦心经营，总算扎稳了根基。现在他就像一棵遮阴纳凉的大树，多少人要依靠他才能生存。他有时怀疑自己将要永久地执掌秦国大权，因为太多的事他都不能仅从自己去考虑，还要想到那些依靠他的人。

而且他也不能舍弃这一切，没有这些，他就不是令天下人敬畏的吕不韦。尽管宫内传来消息说嬴政一如既往，但他已感到来自嬴政的压力。他在心中问自己为什么同嬴政争？他是我的儿子，我所做的一切不都是为了他吗？可他总有一些不甘心。他要亲自扫平六国，让嬴政做一个开国明君，用他所编订的统治之策去治理天下。但这个儿子并不是想象中的那样软弱、驯服，而是像他一样桀骜，不甘居人之下。

两人又是极为聪明之人，虽然他们彼此防范，但都避免直接冲突。在这方面，他们都表现得同样坚忍。这些时日，嬴政在朝政上对他采取进逼之势，他就如同以前嬴政容忍他一样，隐忍不发。他们都知道如果直接冲突，受益的将是诸侯各国，所以嬴政的进逼是有限的。他知道嬴政已逐渐成熟，这让他欣慰，也让他苦恼。

"相邦，上馆到了。"驾车的侍者小声提醒道。吕不韦应了一声，便下了马车。

他穿过几重院落，来到一间高大的房屋面前，门口站着两排侍卫，他们见到吕不韦，连忙行礼。里面灯火通明，七八个人正忙碌着。这里面到处堆放着竹简，有的散乱地放着，有的排得整整齐齐。几个年轻的儒生正在竹简上抄写东西，而胡须花白的两个老者则拿着竹简在一旁小声议论着，另外还有几人或站或坐着翻着竹简。

"相邦来了!"吕不韦的到来引起了注意,众人纷纷停了手中的活过来行礼。吕不韦逐一安慰、鼓励。

一个老者道:"我等已按相邦之意将书编纂完成,现正进一步修订。此书还未具名,请相邦赐名。"

吕不韦早已想好书名,便道:"就名为《吕氏春秋》如何?"

众人听了相视一笑道:"相邦此名真是太确切了。"

原来《春秋》本是对史书的称呼,用来称呼这本容纳当时天地万物、古今之事的书并不确切。但从另一方面说,《春秋》也是各国作为教育太子所用之书。吕不韦命为此名,无疑是想凭借"仲父"身份,用这部《吕氏春秋》去教导嬴政。

这部《吕氏春秋》涵盖广泛,兼容包罗了当时的儒、法、道、墨、阴阳五行各派学说,论述了有关哲学、政治、社会道德、伦理诸方面的问题,还包含了不少历史和自然科学的知识,是一种百科全书式的丛书。

吕不韦大致看了一下,见形式整齐,抄写得工整规范,不禁大为满意。他对众人道:"诸位辛苦了!此书本相十分满意。明日你们就找司空马各领一百镒金,算是奖励。书成之日,本相还有重赏。诸位继续吧,本相就不再打扰了。"

众人听了连连称谢,恭送吕不韦离去。

由于成蛟一再上奏,终于取得了领兵作战的机会。虽然赵姬对他很是疼爱,不舍得让他出征。但为了儿子的将来着想,她不得不让他去。

她问过吕不韦,知道成蛟这次领兵讨伐的是上党,这是秦国以前征服过的赵地,因为反叛才再次出兵讨伐,守城的并不是实力很强的赵军,秦军一到即可平定。赵姬才放下心来,她还为此向嬴政进言,最终迫使嬴政同意成蛟领兵出战。

嬴政的本意是不同意的,因为他还没弄清楚成蛟急于领兵出战的意图。可上有太后说情,下有吕不韦及群臣为成蛟请命,他也不得不答应。他觉得自己再阻拦下去,难免会引起朝臣猜疑,落下一个不能容人的恶名。不过令他奇怪的是吕不韦竟然也同意了成蛟的请求,他知道对宗室大臣吕不韦一向防范甚严，对成蛟更是如此。可是这一次他却没有反对，这让嬴政觉得反常，但是又找不出缘由。

一切准备就绪之后，秦王政七年（公元前 240 年），彗星见西方十六日，随后庄襄王的生母夏太后去世了。由于夏太后的丧葬，秦国也推迟了对赵国的用兵，成蛟只能耐心等待丧葬期满后出兵。他想去看一看姜玉，给她一个惊喜。

第五章

姜玉被擒做人质　嬴政发威肃内患

　　成蛟沿着往日熟悉的道路来到姜玉的住处，还没进屋他就感到有些不对。屋前菜园的篱笆倒了几处，杂草也长了不少，一只野兔竟然在其中出没，门扉上也结满了蛛丝。

　　他推开门，一股恶臭扑面而来，只见一具尸体躺在那里，早已腐烂不堪，从衣服和体形上成蛟还是认出了那是姜和。

　　"老天，这是怎么了？姜老爹，这是怎么了？姜玉！姜玉！"成蛟惊呼着，他无法相信眼前的一切。他感到恐惧，大声叫着姜玉的名字。他在屋里和四周拼命地寻找，可没有发现一点蛛丝马迹。

　　他扯着喉咙拼命喊叫着，回应他的只有那呼呼的山风。喊声引来了两个随身护卫，他们见到形似疯狂的成蛟大吃一惊。当看见屋中的尸体时，随即明白了是怎么回事。他们一个留下来护卫成蛟，一个四处去寻找，但不久就失望而归了。

　　成蛟喊累了，也找累了，两眼空洞地望着远方，嘴里不停地念叨着姜玉的名字。两个护卫知道此时说什么他都听不进去，于是便把姜和的尸体抬至园中，掩埋起来。

　　成蛟的神志渐渐清醒，他望着埋好的坟堆，扑上去大哭。姜和对他如子侄一般，让他这个没有受到多少父爱的人享受到了慈父般的亲情。虽然他贵为王孙公子，姜和只不过是上林苑的看守，但他们并不因此而生疏。

相反，老人的平易、慈祥以及渊博的人生阅历，给了他许多宫廷之中学不到的东西，得到了宫廷中得不到的关怀。他原想帮助大哥扫平天下后就同姜和父女归隐山林，可现在这一切都成了泡影。

"姜老爹，您告诉我这是谁干的？我一定为您报仇！"成蛟清醒之后，知道是有人杀害了姜和，掳走了姜玉。可是这一切是谁干的呢？成蛟的心中一下子蹦出两个人——大哥和吕不韦。

是大哥？不可能。如果他想见姜玉，不会用这种手段，这样做只会激起姜玉对他的仇恨。

是吕不韦？也不可能。他这样做只会激起众怒，说不定还会得罪大哥，对他没有任何好处。

如果不是他们，又会是谁呢？成蛟思来想去，理不出一个头绪。

姜玉，你到底在哪里呢？成蛟怀着满腔的仇恨和担心回去了。他向着这静默的大山起誓，一定要找到姜玉，要找出杀害姜和的凶手！

姜玉用仇恨的目光盯着进来的年轻人，他尴尬地笑了笑，随即吩咐身后的一个侍女道："翠奴，把东西给姜姑娘。"然后又对姜玉道，"有什么需要，你就告诉翠奴，她就在这里侍候你了。"他似乎受不了姜玉的目光，说完就离去了。

那侍女似乎有些害怕，对姜玉道："您要是没什么事，奴婢就退下了。奴婢就住在姑娘隔壁，有事姑娘就叫奴婢。"说完也匆匆离去了。

她已被关在这里十几日了，周围的一切早已熟悉。这是一个四四方方的院落，四周是高墙。通向外面的门紧锁着，外面还有两个男丁看守。他们每日不定时地进来看一下，从不多说一句话。

姜玉想了许多办法，想从这里逃出去，但没有一个行得通。她甚至有些绝望了，想干脆一死了之，可杀父之仇及对成蛟的期望又支撑着她活着。

直到现在，她还不知道抓她的是什么人，为何要抓她。被抓来的第一天，她见到两个人，看起来像父子。他们没有问她什么，只是要她好好住在这里。

之后，他们之中的年轻人每隔一两天就来一次，来了也不多说话，放下她必备的东西就离去。不过姜玉还是问出了他的名字——卓。

姜玉知道这样与外界隔绝不是办法，她告诉卓需要一个人来陪她，否则就一死了之。果然，隔了一两天卓就送来了侍女翠奴。

翠奴只有十二三岁，看起来甚是聪明。她来之前受过主人的嘱咐，不得在姜玉面前多嘴多舌，只要把她侍候好就行了。所以在最初的几天，姜玉问她话，她只简单地敷衍几句，不再多言。姜玉也清楚这些，她并不着急，这里只有她们，有的是机会彼此了解。

自从父亲被杀后，姜玉变得成熟多了。往日成蛟所说的钩心斗角之事，她只当故事听一听，从没放在心上。她觉得那一切离她太远了，这世上只要有父亲和成蛟，还有什么让她操心呢？可现在她明白必须靠自己去解决眼前的困难。

她与翠奴聊一些家常，说起自己的父亲，说起成蛟，说如何被抓到这里来的。果然，她得到了翠奴的同情，也引出了她的话语。很快，姜玉知道翠奴的身世，知道了她的主人叫子傒。原来她是子傒的二世家奴，像她这种人毫无地位，就如同主人的家畜，随时都有被卖掉、送人、杀死的可能。

几天过后，两人感情大增。背着监视之人，她们已经无话不谈，后来干脆以姐妹相称。翠奴告诉她一些子傒父子以及外面的情况，她知道夏太后死了，秦国推迟出兵，那成蛟现在一定知道她失踪了。她告诫自己一定要坚持下去，一定要见到成蛟！

"父亲，您派人把姜玉掳来，这对成蛟有作用吗？"父子俩说起姜玉之事，卓有些担心，他认为像成蛟这样的王孙公子，家中姬妾成群，又怎会在乎一个女人？

"这你就不清楚了。当初成蛟为了此女，不惜与大王闹翻，至今两人还有芥蒂。这里面虽有吕不韦弄鬼，若他们兄弟对姜玉感情不深，又怎会中了吕不韦的圈套？长安君年岁不小，至今还没有收过一房姬妾，可见他与姜玉相爱之深。为了此女，他敢同大王对抗，除了太后的宠爱，恐怕也是所爱至深的缘故。只要我们掌握了姜玉，控制成蛟岂不易如反掌？"子傒得意地分析道。

"可成蛟已答应与父亲合作，我们又何必多此一举呢？"卓还是有些不解。

"我这么做也是为了将来着想。成蛟是个情深义重之人，他现在答应与我等合作，多半是出于对吕不韦的不满，对大王他还存有一份手足之情。我担心事到临头他会变卦，那我等将陷入绝境。有姜玉在手，如果成蛟事成，就可以将她作为要挟成蛟的条件。到时候，这大好的江山不就落入你我父子之手吗？"

"父亲果然深谋远虑。"卓佩服道。

"你以后要少到姜玉那去，成蛟已发现姜玉失踪了，正派人四处寻找。府外吕不韦的密探更多，小心不要被他们发现了。以后有什么事，安排给翠奴就行了。"子傒叮嘱道。

"父亲，翠奴今天回来了，您是不是问问她？"

"那好，你就把她叫来，为父正有事问她。"

不一会儿，翠奴被带到子傒面前，她跪下行礼道："奴婢拜见主人。"

"嗯，起来吧。姜姑娘这几日如何？可有什么反常之处？"子傒问道。

"主人，奴婢没有发现不同寻常之处。"

"那就好，你小心侍候她，不要出什么意外，更不能让她逃走了。"子傒严厉地盯着她，警告道。

翠奴不寒而栗，赶紧回话道："奴婢明白。"

"你下去吧！有事少主人会吩咐你的。"

子傒见翠奴离去，又对卓道："虽然她是二世家奴，但你也不要掉以轻心。这可关系到你我的性命，马虎不得！"

"孩儿知道，孩儿已警告过翠奴的父母。"

翠奴偷偷溜进后院，向厨师严丁要了一只野兔。严丁是子傒的家仆，专管府中的膳食。翠奴以前服侍子傒的夫人时经常来这里，与他甚是相熟。

严丁见到翠奴，很是高兴，打趣道："好些日子没来了，是不是主人看中你，把你送给哪家公子做姬妾了？"

翠奴红着脸道："才几天没见，你就变得油嘴滑舌了？我想要只野兔，你有没有？"

"野兔？你要它做什么？"

"你别多问，到底有没有嘛？"

"有，有。刚才送来了不少，你拿一只去吧！不要让人知道了。"

"我知道。"

"那你什么时候再来？"

翠奴想了想才道："主人让我去城外庄园服侍姜玉姑娘，不知道什么时候才能回来。这只野兔就是她要的，她要教我做野味，制兽皮。这件事你可不要让主人知道了，否则我就没命了！"

"你放心，我不会乱说的。那你就快去吧，回来时别忘了来看我。"

"好，那我走了。"

在咸阳城中的宫外驻地，赵高正在翻阅着各地密探传来的消息，每隔一两天他就要来这里一次，以便掌握朝野各处的情况。他找的密探多是厨师、看门、驾车的一类仆从，因为主人对此类人一般防范不严，许多秘密的事不在这些人面前说，所以也不担心他们会泄密。

而赵高认为从这些人就会发现许多异于平常的情况，如厨师报告哪一天主人吃的菜多而精美；看门的报告主人与哪些人来往得最频繁，哪些人又是不速之客；驾车的报告主人常去什么地方等。而他就可综合各方面的来报，得出一些重要判断。

他翻阅着已经整理好的简册，发现长安君这些天频繁外出，并且他府中之士也纷纷外出，像在找人。赵高已知道长安君正四处寻找姜玉，看门人的报告更证实了这个情况。

那姜玉到底在哪呢？赵高一直在想这件事。他知道如果掌握了姜玉的所在之处，也就掌握了主动，可一直没人向他报告与此有关的消息。

赵高继续翻阅着简册，他忽然看见子偊的厨师严丁报告说府中一位经常侍候夫人的女奴已多日没到厨房取餐，据说是被派去服侍一位姑娘。赵高眼睛一亮，吩咐道："派人去问问严丁，要他查明那女奴侍候的是何人，以及藏身的地方。"

那卫士离开后，赵高希望能从简册中再找到一些蛛丝马迹，但翻遍之后，也没有什么发现。不过他还是觉得有一件事很奇怪，那就是关于吕不韦异常的报告特别少，好像他一心在府中编书。

赵高觉得这就不正常。按说长安君这次领兵出战，吕不韦应该极力反对的，因为他一向对宗室公子防范甚严。且长安君伐赵成功，这对他来说将是一个不小的打击。为什么他不反对长安君领兵出战呢？

卫士很快就回来禀告，说女奴侍候的姑娘叫姜玉，但还不知道藏身何处。因为严丁以为是少主人藏在外面的女人，并没有留意，现在已全力去查访。

这个消息令赵高大喜过望。只是他有些不解，子傒与成蛟本是一伙，为何子傒还暗中绑走成蛟的女人？难道他有什么企图么？他知道这是分裂成蛟和子傒的最好时机，只要他放风出去，就可激起二人争斗，消灭朝中的一股势力。

虽然嬴政兄弟间心有芥蒂，但赵高知道这是暂时的。一旦他们兄弟重归于好，就会影响他在嬴政心中的地位，所以他也不想看到他们兄弟和好，只希望嬴政只依靠他一人。

"你传话下去，把子傒绑架姜玉的消息传给长安君，要做得隐秘，不要让人怀疑。"赵高吩咐道。他还不知道是否要将此事告诉给嬴政，反复思量之后，他决定暂时压下来。

自从姜玉失踪后，成蛟一直茶饭不思。他已派出身边一切可用之人，全力寻找姜玉。可是她就像从这世上消失了一样，没有一点音信。

他常常大发脾气，骂身边的人没有用，其实他知道这些人已尽了力。幸亏他平日待人宽厚，众人也了解他此时的心情，都不把这放在心上，仍然尽心尽力四处查探。

他也没将此事向嬴政禀告，是怕嬴政知道了不让他领兵出战。其实他现在已没有一点领兵出战的兴趣，但这事牵扯到许多人，不是他一个人的事情，他不能不慎重。

他也没将此事告诉子偊。他认为子偊会埋怨他，竟为了儿女私情而置大事不顾。其实在他的心中，姜玉才是头等大事。他不愿在这关键之时与子偊不和，这样只会便宜了吕不韦。

想起吕不韦，他就恨得咬牙切齿。虽经过多方查证，吕不韦与此事并没有关联，但若不是因为他，自己也不会急着要领兵伐赵，在姜玉失踪多日后才知道。她到底在哪呢？成蛟心中痛苦万分。

这时，一个心腹卫士匆匆进来禀告道："君侯，属下一直四处查探，今日在酒肆之中偶然听到两人对话，似与君侯所寻之人有关，但属下不敢确定，特来禀告。"

管它是什么消息，总比杳无音信强，成蛟立刻追问道："是什么消息？快说！"

"君侯，那两人好像是子偊的家仆。说前些时日，他们的少主人寻到一个年轻美貌的少女，结果引起其他姬妾的妒忌。他们说的那女子的相貌似与君侯所说相似，但不知是何人，也不知住在何地。"

子偊的儿子卓倚仗权势，经常在外寻欢作乐，但成蛟不相信他会做出杀人劫色之事。但此时是宁可信其有了，他对心腹卫士道："立刻备车去子偊府！"

子偊见成蛟来了，迎上去道："我正要派人去请君侯，不想君侯就来了，请！"

见子偊邀他去密室，成蛟知道必是有要事相商。他们知道秦军是忠于秦室的，如果到时将领知道成蛟是带他们谋反，必然会反对，说不定还未行事就失败，所以他们要精心挑选随军将领。

他们选了一些与宗室关系密切，对吕不韦心怀不满之人为将领，子偊把拟好的名单告诉给他，但成蛟心不在焉。他想问姜玉之事，却不知该如何开口。对子偊的提议，他总是点头敷衍而过。

"君侯既已同意，那我好暗中通知他们早做准备。君侯若有什么事，不妨对我直说，或许我能帮忙。"子偊早已看出成蛟心事重重。

成蛟硬着头皮问道："我闻听公子卓近日得到一美人，不知能否让我一见？"

子傒故作惊讶道："君侯不是对美人没有兴趣吗？为何想要见犬子所得美人呢？"

成蛟只好道："实不相瞒，我近日正在寻找姜玉，听说公子卓所得美人与姜玉甚是相似，所以……"

"我知道了。君侯是想证实此女是不是姜玉？犬子是得到一美人，乃是从山贼手中所救。"子傒早就想到这一天，已准备好对付成蛟的办法。

成蛟闻听大喜道："可否让她来见我？"

"君侯不必着急，其实犬子救下她时，已闻知她与君侯的关系，我一直没有通知君侯是另有原因。"

"真是姜玉？太好了！"

"君侯不想听听我的原因吗？"子傒望着喜形于色的成蛟道。

"什么原因？"成蛟奇怪道。

"君侯，现在是关键之时，你怎能为一女子分心？要知道多少人的身家性命握在君侯手里，所以我认为还是事成之后再见姜姑娘不迟。"

成蛟听了大怒道："你这是何意？姜玉有什么好歹，我可饶不了你们！快让她来见我！"

子傒仍然不急不躁道："君侯何必动怒！我也是为了君侯好。如果能让君侯见她，我早就把她还给君侯了。"

成蛟抽出佩剑，指着子傒怒喝道："你到底放不放？"

子傒见成蛟如此暴怒，心中有些紧张，但他依然镇静道："君侯杀了我也没用。姜玉已被妥善安置，如果我有什么三长两短，君侯明天就会收到一颗美人头，我想大家不必如此吧？其实我也没有恶意，只是提醒君侯不要意气用事，一切以大事为重。你放心，姜姑娘生活得很好，君侯重回咸阳之日，我将亲率众臣将姜姑娘送上。"

成蛟被子傒一番软硬兼施的话弄得无可奈何，他知道现在紧逼子傒毫无用处。子傒敢这样做，必然早有准备。他恨恨地插上佩剑道："好，此时暂且这样。姜玉若有什么意外，我决不饶你！"

"君侯请放心。只是要提醒一下，如果君侯暗中有什么行动，那姜姑娘有什么意外，就不能怪我了。"

　　成蛟明白这是警告他不要暗中去救姜玉，他后悔当初为什么没有看出此人的卑鄙与诡诈。他不知该说什么好，气得哼了一声，转身离开了密室。他已暗下决心，只要救出姜玉，第一个就杀掉子偬。

　　子偬看到成蛟被自己玩弄于股掌，心中有说不出的痛快，禁不住狂笑道："子楚，你看见了吗？这就是你的儿子！哈哈哈……"

　　高泉宫里到处彩灯高悬，辉煌犹如白昼。赵姬准备了一场夜宴，客人只有两个，就是她的两个儿子——嬴政和成蛟。

　　夏太后丧期已过，秦国出兵在即，赵姬想借此宴为成蛟饯行，也想借机调和他俩的感情，让他们和睦如初。她心中一直觉得愧对兄弟俩，自从有了嫪毐，她就很少再关心他们了。今天，她要补偿。

　　嬴政早有意与成蛟一谈，但一直拉不下脸面。当他听到太后让他与成蛟去高泉宫赴宴，就欣然答应了。

　　成蛟自从知道姜玉落入了子偬手中，就认识到了他的险恶用心。他非常后悔，但姜玉在子偬手中，他即使想对付子偬，也不得不有所顾虑。现在他想抽身出来已经不可能了，他与赵王来往的密函，子偬都一清二楚。他想把此事告诉给大哥，却又害怕这样做的后果。

　　吕不韦一直对他虎视眈眈，若知道他暗通赵王岂会轻易放过？成蛟心中矛盾到了极点，却毫无排解。太后让他去高泉宫赴宴，自然是非去不可，但一想到要面对大哥，他就不知该如何自处了。

　　赵姬对这次夜宴极为重视，自从嬴政即位、成蛟搬出后宫自立门户以后，他们母子三人就没好好聚过。她把这件事交给嫪毐，嘱咐他要弄得风风光光。嫪毐也想显显自己的本事，便找乐府令丞仔细商议筹划，又从民间请来一些能工巧匠精心布置。

　　嬴政来到高泉宫，被侍者引向宫后的湖心亭，他看见成蛟已坐在那里等候。成蛟看见嬴政，连忙起身行礼道："大王。"

　　嬴政点了点头道："你到了，母后还没有来？"

　　"总管已去请母后了，稍后就到。"成蛟回道。

　　嬴政不知该说什么了，若是往日，二人早已有说有笑，成蛟也不会见面就称他"大王"。二人都觉得有些沉闷，但又不知该说些什么。

还是嬴政先开口道："你就要出征赵国，一切可准备好了？"

"只等大王下令，马上就可出兵。"

"那就好。"

然后二人又是一阵沉默。

这时旁边的侍者禀告道："太后到。"二人连忙起身相迎。

只见赵姬一身盛装，在两行宫灯的牵引下缓缓而至。她见到兄弟二人，微笑道："你们都来了，我们已好久没在一起吃过饭了，今日为娘举行一个家宴为成蛟饯行。你们都坐吧，自家人在一起，不要行什么君臣大礼了。"

嫪毐见他们三人就座后，便吩咐侍女上菜，乐师奏乐。在灯火通明的蜿蜒堤道上，一行女侍手捧食器，顺着堤道直趋湖心亭，片刻间就把食物摆满了玉案。

随着乐声响起，一名乐师娓娓唱道：

棠棣之华，鄂不韡韡。

凡今之人，莫如兄弟。

死丧之威，兄弟孔怀。

原隰裒矣，兄弟求矣。

脊令在原，兄弟急难。

每有良朋，况也永叹。

兄弟阋于墙，外御其务。

每有良朋，烝也无戎。

丧乱既平，既安且宁。

虽有兄弟，不如友生。

傧尔笾豆，饮酒之饫。

兄弟既具，和乐且孺。

妻子好合，如鼓瑟琴。

兄弟既翕，和乐且湛。

宜尔室家，乐尔妻帑。

是究是图，亶其然乎？

这首雅乐《棠棣》在一些王室大臣的盛宴上经常被唱起，赵姬今天选它，是别有深意。

《棠棣》主要是颂扬兄弟之情，嬴政和成蛟都听得懂这歌中之意，也明白母后的心意。只是他们虽有心和好，却不知该如何开口。最后，还是成蛟举起酒爵道："母后、大哥，我敬你们一爵，祝母后延年益寿，大哥朝事顺心。"说罢，一饮而尽。

嬴政听成蛟喊他"大哥"，不禁大为高兴，也举起酒爵道："成蛟，我也敬你一爵，祝你这次伐赵成功！"

"谢大哥！"他不知道嬴政若是知道实情后会气成什么样。

赵姬看在眼里，喜在心中。她见兄弟俩已经和好，便道："你们兄弟虽一个是大王，一个是臣子，但都是娘的心肝宝贝。娘已老了，再也管不了那么多事了，这么大一个秦国需要你们兄弟齐心合力去治理。希望你们兄弟能像在赵国那样相亲相爱，娘就安心了。"

"母后您放心，我们是亲兄弟，不会为一些小事不和的。成蛟，我已与宗正说过，只要你讨伐赵国胜利而归，就为你和姜玉完婚。"尽管嬴政说出此话时满脸笑容，但心中还是一阵阵的刺痛。他知道如不在此事上做出让步，与成蛟就不可能真正和好。他已学会了用理智去克制感情，为了维护自己的王位，他必须牺牲一些东西。

"谢大哥成全！"成蛟强笑道。想起姜玉，他就不禁心痛，他想把一切告诉嬴政和赵姬，但又强忍住了。

赵姬见兄弟二人心结已解开，大为高兴，吩咐侍候在一旁的嫪毐道："把你那些好玩意儿，让大王和长安君见识一下。"

嫪毐趋前行礼，道了声"遵命"，就出了亭向湖岸走去。

嬴政对太后道："母后，您这个总管做事倒很乖巧。"

赵姬不禁得意道："那是。嫪毐这人乖巧听话，鬼主意不少，倒也为娘解了不少寂寞。他对朝廷没什么功劳，对娘的功劳可不小。如果没有他，娘在这后宫就寂寞无聊死了。政儿，看在娘的分上，你可要好好封赏他。”

“他能让母后过得快活，就是对社稷的贡献。只要母后高兴，您就随便封他吧。”嬴政心想——一个阉人，给他再大的官又有什么用！

正说着，只见沿湖的岸边相继亮起灯光，绕湖一周，星星点点，而且这些灯光竟然在水面流动起来。这些灯通体透明，形状如鸟。灯光一照，晶莹剔透，宛如一串串五彩天星，光彩夺目，使整个湖面犹如云霞一般闪着异彩。嬴政和成蛟被这奇光异景吸引住了，他俩站起来扶栏而望，对这水面流灯赞赏不已。

嫪毐回到亭中，嬴政和成蛟并未注意到。赵姬以目向嫪毐示意，他心领神会，走到嬴政身旁禀告道：“大王，还有比这更妙的奇景。”

嬴政兴趣大增，问道：“还有什么奇景？你快摆出来让寡人好好看看。”他虽贵为秦王，但对玩乐并不爱好。今日这奇景是他从未见过的，而且他现在心情甚好，又见母后兴致很高，于是就想今晚看个痛快。

嫪毐吩咐下去，只见那通往湖心亭的堤道上灯光来回流转，随即乐声大起，数十名鲜衣彩带的美女，随着乐声翩翩起舞，有如穿花蝴蝶一般。千盏灯点起在堤亭楼榭之间，衬托着水面的五彩流动，如此美景，让人感觉如置身仙境一般。

嬴政看得有些如痴如醉，心中暗暗赞道嫪毐果然能干，难怪母后离不开他。

眼前的美景却对成蛟毫无吸引力，他心中只挂念姜玉的安危。他曾派游侠到子偊府中查看，结果都是有去无回。

子偊又一次警告他，若是再发现他有什么举动，就送上姜玉身上的一件东西。成蛟又气又恨，再也不敢轻举妄动了。

一曲方罢，他再也坐不住了，起身道：“母后、大哥，我还有一些军中要务需要处理，就先告辞了。”

赵姬道：“蛟儿，你晓得以大事为重，娘也就不留你了。此去可要小心谨慎，多向你大哥请教。”

“成蛟，我送你一程。”嬴政道。

"你兄弟二人都回去吧，娘也有些累了。"赵姬想让兄弟二人多谈一会儿话。

嬴政和成蛟离开湖心亭，边走边谈。

"大哥，请原谅我以前对你的不敬。"

"事情已经过去了，说起来我也有错，不能怪你。你马上就要领兵伐赵，有什么要求尽管直言。我希望你能立一大功，让诸侯看看我嬴氏人才辈出。"

"大哥能同意我领兵出战，这就是最好的鼓励。"

"你建功之后，就可名正言顺入朝帮我。我听说你与子偊来往颇多，吕不韦说子偊与赵间有往来，但一直没抓到证据。你以后就不要与他来往了，以避嫌疑。"

成蛟以为嬴政在暗示他，不由得心中怦怦乱跳。他含糊地应道："我知道了！子偊为人热情好客，以前我与他来往颇多，现在已没有什么交往了。"

"那就好。"

嬴政又问了一些准备情况，成蛟一一作答，不知不觉就到了高泉宫门前。兄弟就此分手，各自离去。

吕不韦看着猎物慢慢走进陷阱，心中得意万分。他现在只需要耐心等待，只要长安君一宣布起兵叛乱，那就是他的死期。

在秦国，只要除掉了长安君，就再也没有令他担心之人了。嬴政是他宏图大业的延续者，可这一切他并不了解，因为自己是嬴政见不得天日的"父亲"。吕不韦每每想到此，自傲中又有些无奈，有时他真想挑明这一切，可理智告诉他，现在还不是时候。

自己的所作所为，不但得不到嬴政的理解支持，还被认为是擅权独断，引起他的反感和敌对。他现在表面对自己还是一如从前，礼敬有加，实际上二人都感觉到了对方的敌意。在朝政上由自己一手包揽的局面，已变成了双方的暗中对抗。

吕不韦对嬴政能如此迅速地笼络一些朝臣，他既感到欣慰，又觉得害怕。如此下去，嬴政很快便能在朝中培养起自己的势力，那他们之间的矛盾将由暗化明，变成直接对抗，这是他最不愿意看到的。

他望着身边堆积如山的公文，感到很疲惫了。身为相邦，朝廷大小事务都得上报于他，其中有一部分还要上奏嬴政，然后再发送各地。他强忍着心中的烦躁，勉强处理完公文后，吩咐身旁的侍者道："去把总管请来。"

他对总管司空马一直信任有加，每遇难解之事，他总要找其商议。而司空马也很少令他失望，总能给他一些好的建议。为了表示对司空马的礼遇，他专门在所居之地辟出一处给司空马，以便随叫随到。他还特意赏赐一些奴仆美妾给司空马，以笼络其心。

司空马来后，吕不韦道："夏太后丧期已过，长安君出兵在即。先生对此还有什么可以教本相？"

"相邦深谋远虑，非属下所能及。长安君此次所选的随军将领，多是与子傒相连的宗室子弟，这一切正如相邦所料。只是属下有些奇怪，相邦为何知此事而不阻止，让长安君放手施为？他们若上下齐心，共同治军，将来要平定反叛，必将更加困难。"

"先生所虑极是。长安君所选将领，已得太后和大王准许，本相也不便阻拦。不过长安君此举也并非对本相全无好处，所以本相并不想阻止。"

"有什么好处？"司空马也有些奇怪。

"他们如果真这么做，虽然将来平定叛乱有些困难，但正可以借此将他们一网打尽，免得日后多费周折。"

"据密探上报，赵王正派密使在各国游说。相邦既已想到，为何还要放赵成回去送信呢？"

"没有外援，长安君和子傒怎敢行动？本相只有成全他们，他们才会按我们的谋划行动。何况长安君这次所领的十万秦军，并非秦军精锐。"

"可是，六国若趁机出兵呢？"司空马还是有些担心。

"长安君就算有六国支持，也不足为虑。况且六国之间尔虞我诈，岂会真正联合？到时只需出兵恫吓，六国必不会出兵相助。再说，他们作壁上观，看秦人互相残杀，岂不更好？依本相料想，他们只会屯兵边界，实

际相助者恐怕难有。"吕不韦的一番分析，令司空马佩服万分，不禁连连
点头。

"不过，对子傒也不能掉以轻心，要防止他们趁机作乱。"吕不韦提醒
道。

司空马一惊，立刻想起一事，忙对吕不韦道："相邦，长安君这些时
日一直在四处寻找姜玉。听说姜玉被劫，似乎与子傒有关。"

吕不韦早已知道姜玉失踪，他也一直十分奇怪此事为何人所为？今日
听司空马说起，他大感惊奇，思量半天，不由脱口骂道："这老狐狸果然
心怀叵测啊！可惜遇上本相，他只有死路一条。"

"相邦认为此事果真是子傒所为？"

"十有八九为子傒所劫，他只有一个目的，就是事成之后，以此要挟
长安君。"吕不韦对自己能料敌于先，不禁颇感得意。

"不过现在还没查出子傒把姜玉藏在何处，听说长安君曾暗中派游侠
夜探子傒府，也毫无所获，还被杀死两人。看来他们也只是表面联合，实
际上早已相互争斗了。"

吕不韦轻蔑道："此等小人只知用手段胁迫于人，安有成大事之胸
怀？不过，他们此举倒为本相以后省了不少麻烦，现在最重要的是你尽快
查出姜玉藏在何处。"

"属下已作了安排。"

"好！"吕不韦赞赏地点了点头，又问道，"大王可否知道此事？"

"宫内还没有传出大王知道此事的消息，不过……"司空马颇为谨慎，
似有难言之隐。

"不过什么？是不是田有出了问题？"吕不韦有些不安地问道。

司空马点了点头："属下正有此虑。相邦试想，您在朝政之上已感到
了大王的阻力，而这绝非是大王一夕之变，必然是经过长久酝酿之后才向
相邦袭来的。大王平日活动不离王宫内苑，要谋算相邦，不可能毫无迹象
显示出来。但这些时日，宫中传出的消息，却让我们无法确切把握大王的
意向，这与过去有着天壤之别，相邦不觉得奇怪吗？"

"你是说田有已经背叛了？"吕不韦变色道。

"眼下还不能确定。不过他没有尽心为相邦效力，则可以肯定。属下想是否找他来问一问？"

"田有很少离开内宫，请他恐怕不易。再说他做出此事，也必有戒备。"

"他的弟弟还在相邦手中，还怕他不就范！"

"那好，那就有劳先生了。"吕不韦听司空马这样说，遂放下心来。

田有自从被嬴政查出是吕不韦的耳目后，一直过着提心吊胆的日子。他虽然名义上还是宫中总管，但实际已没有任何权力。宫中原先由他管理的事务已全由赵高接手，他已经被变相地囚禁起来，时刻有人跟在他的身后，监视他的一举一动。

他每月只有一次出宫的机会，就是去看他的弟弟，顺便去送赵高为他准备的情报。他不知道这样的日子还能过多久，只要事情败露，就是他的末日到了。像他这样一个小人物，夹在秦国最有权势的两个人中间，怎能得到善终？他现在只希望嬴政能赢得这场角逐，也许看在往日的情分上，嬴政能给他一条活路。

田有出了宫，见吕不韦一直没有派人找他，放心了不少。但他刚下马车，就从身后突然窜出两个壮汉夹住他，其中一个在他耳边道："相邦请你去。"

田有心中一惊，顿觉全身酸软无力。他希望赵高派来监视他的人能解救自己，却发现后面还有七八个壮汉。后面盯梢的人觉得情形不对，立刻就转身溜走了。

赵高听到消息后大惊，一时也不敢擅拿主意，便把一切都告诉给了嬴政。嬴政听了，并不是很吃惊，而且平静地问道："你觉得现在该怎么办？"

赵高道："田有对内宫之事知道不少，这一去难保不说出来。现在要想灭口，恐怕也很困难。相邦府守卫森严，一般人难以接近。"

嬴政笑着摆手道："不，你无须如此。寡人明年就要行冠礼，亲理朝政，难道还要像以前那样偷偷摸摸暗中行事吗？寡人要让吕不韦和朝臣们都看看，寡人是否真的懦弱可欺！"他平了平语气接着道，"赵高，难道你愿意一辈子隐姓埋名，躲在宫中吗？寡人对你的期望可不小啊！"

赵高听了此言，不禁热血沸腾，他早就盼着这一天。他跪了下来向嬴政发誓道："大王，奴婢愿意一辈子服侍大王。大王不因奴婢是隐官罪人而委以重任，荣宠有加，奴婢已是感恩不尽，哪敢有什么奢求？"

"若没有你，寡人也不会这么快掌握大局。田有之事，让吕不韦知道了也好。寡人封你为中常侍，随侍左右，公开为寡人做事。"

"谢大王恩典！"赵高按捺不住心中的狂喜，高声应道。

嬴政又厉声道："不过寡人绝不能轻饶田有，他若能活着从相邦府出来，你就把他杀了！寡人要让吕不韦看到背叛的下场！这件事要影响越大越好！"

"是！奴婢一定把它办好！"赵高显得异常兴奋。

田有没想到自己还能从相邦府出来。当他一见到吕不韦，就跪地求饶，吕不韦问了他被识破的过程之后并没有为难他，把他放了。

田有却不知该往哪儿去。内宫他是回不去了，赵高现在肯定已知道他被吕不韦抓走了，能不怀疑他？他走在热闹的东市中，极为茫然。迎面走来两人，只是略一擦身而过，他就感到两肋一凉，低头一看只见两把短剑已插入腹中。他感到一阵剧痛，接着看见鲜血直往外涌，那两个人像没事一般消失在人群之中。

田有感到天旋地转，随即倒在地上。人群顿时如炸锅似的散开，巡守京师的中尉赶到时，已一无所获。

内宫总管竟在光天化日之下被人刺杀于东市之中，这引起朝野大哗。群臣纷纷上奏，要求严缉凶手。嬴政在群臣面前大发雷霆，严令中尉近日内缉获凶手。

中尉如何查得出来？只得抓了几个贱民应付，一场风波就此平息。

随即，嬴政宣布赵高为中常侍兼祈年宫总管。群臣都不知赵高为何许人，但见他获嬴政如此青睐，都羡慕不已。

昌平君等人兴奋异常，嬴政此举无疑是向他们表明，他将与吕不韦公开对抗。

对田有的死吕不韦心中清清楚楚，嬴政这是在向他示威。他明白嬴政与田有的关系，对他的心狠手辣也感到吃惊。对于赵高，他也是刮目相看。此人能不动声色地瓦解他在祈年宫的势力，一定不简单。看来嬴政是羽翼渐丰，只等振翅高飞了。

秦王政八年（公元前 239 年），成蛟领兵伐赵，至屯留时突然宣布起兵讨贼，兵锋直指咸阳。消息传来，举国惊愕，听到这消息最为欣喜的就是吕不韦和子偊。

不久，咸阳城中就出现了长安君的讨贼檄文。嬴政乍听这一消息，简直不敢相信自己的耳朵，等一切得到证实，他不禁气得发抖。他觉得自己受了愚弄，不知道哪做得不对，他俩在太后面前依依话别的情景还历历在目，难道那一切都是假的？他想到自己委曲求全，无非是为了换取成蛟的忠心，可到头来却落得如此结果？

如果此事发生在两年前，他可能束手无策，一切都要仰仗吕不韦了。但经过这几年的磨炼，他学会了坚忍，学会了喜怒不形于色。他抑制住怒气，让赵高传令众臣于咸阳宫大殿议事。他要亲自处理此事，让吕不韦和众臣瞧瞧他的手段。

在咸阳宫大殿，他面对群臣威严道："长安君谋反之事，想必众卿已经知道。此举让寡人深感痛心，他乃寡人一母同胞，实在有负太后和寡人的恩宠，对此行径寡人决不轻饶！不知众卿有何良策？"

虽然嬴政心中早有主意，但他还是想听一听群臣的意见。这样既可以使心中的计划更臻完善，也可以看看群臣的倾向。

吕不韦率领一班心腹大臣极力主战，对叛军应以犁庭扫穴之势，迅速予以铲除。也有一些人担心六国诸侯，认为讨伐将大伤秦国元气，主张议和，看看叛军提出的条件再行商榷。吕不韦在朝中根基甚深，人多势众，不久就占据上风。嬴政对形势了然于胸，该是他出面定夺的时候了。

吕不韦见议和之声越来越弱，觉得是敦促嬴政实施己策的时候了，他禀道："大王，长安君叛逆已朝野共愤，不严惩恐不能平民愤。臣请亲率大军，前往平叛！"

嬴政笑道："仲父乃朝廷柱石，怎可冒矢石之险？再说这朝中诸事，寡人都要仰仗仲父。此等小事，寡人已有对策，仲父请放心。"随即他沉声喝道，"蒙武何在？"

"臣在！"蒙武高声应道。

"寡人命你率十万大军，立赴屯留平叛。为不伤秦国元气，蒙将军切记困而不战。对胁从叛乱之将士，如弃械投降可既往不咎！"

"臣谨遵王命！"蒙武领命退下。

"王翦！"

"臣在！"

"寡人命你率十万精兵，屯于韩、魏边境，待机行事。"

"臣遵命！"王翦领命而退。

"桓齮！寡人命你率十万精兵截断叛军补给。若赵国出兵援助叛军，你要全力抵挡，不可使赵军与叛军会合！"

"臣遵命！"

"杨端和！"

"臣在！"

"寡人命你领十万精兵于咸阳待命，随时援助各方！"

"臣遵命！"

"以后凡事关叛军，都直接上奏寡人，寡人要亲自处理此事，众将可明白？国尉就协助寡人为平叛出谋献策，众卿就按寡人的决定分头行事吧！"嬴政不动声色就将军权尽集己手，把掌管武事、亲近吕不韦的国尉搁在了一边。

布置完毕，嬴政不再给吕不韦进言的机会，便起身离去，给尚在惊愕之中的他和大臣们留下一个坚毅的背影。

嬴政此举，使大臣们一下明白，大王和吕不韦的权力之争已公开了。众大臣喜者有之，忧者有之。但更多的大臣在考虑，他们是继续跟随吕不韦，还是向大王靠拢？

嬴政回到祈年宫，不禁喜形于色。他真害怕当时一紧张说错了话，毕竟吕不韦在他心中形成的压力不是一时可以消除的。

赵高恭贺道："大王今日在朝上干脆利落处理叛军之事，令吕不韦猝不及防，奴婢佩服万分。"

"如果不是你与众将商议拿出平叛之策，寡人又怎能在朝廷上威风八面呢？寡人应该好好赏你，可现在情势尚不容乐观，此事容以后再说。"

"谢大王！不过长安君此次起兵叛乱，恐别有内情。"

"什么内情？"嬴政一听便急切地问道，他也一直想不通成蛟为何会突然起兵叛乱。

"奴婢以前一直怀疑是子傒在暗中挑唆、要挟长安君。现已查明，就是他向长安君进言，说大王乃相邦之子。在长安君出兵前，他又绑走了姜……姜玉姑娘。"赵高见嬴政正在兴头上，便趁机将这一直不敢说出的消息讲了出来。

嬴政一听，心中巨震，他被这意外的消息惊呆了，片刻后才醒过神来，勃然怒道："你为何不早向寡人禀告？"

赵高慌忙跪下回道："此事关系重大，奴婢若不查实怎敢妄言？"

嬴政又是一呆，他知道此时责怪赵高已没用处，便尽量用平静的口气道："起来吧，你可探知姜玉被关在何处？"

"奴婢已经查明，姜姑娘被子傒藏在城外的田庄之中。"赵高垂手而立，心有余悸。

"你立刻传令，让李信率五百虎贲军随寡人前去救人！"嬴政按捺不住内心的冲动，他要亲自去救姜玉。

"大王，若是直奔田庄恐怕子傒会闻风而逃，以后再抓他就不容易了。"赵高小心提醒道。

"先包围子傒府邸，不准漏掉一人，寡人要亲自捉拿这个老贼！告诉李信，不得向任何人透露此行目的，否则就灭其九族！"嬴政缓缓道。

赵高觉得一股肃杀之气从嬴政身上漫出，不觉浑身一颤跪下道："奴婢遵命！"

"备马！"嬴政大声吩咐一旁的侍者。寡人要把你这个老贼碎尸万段！他在心中暗骂。

滚滚的车队风驰电掣般在咸阳城中驰过，令百姓和官员惊诧不已。虎贲军是秦王的护驾之士，是秦军的精英，平日只作仪仗之用，很少如此在咸阳城中驰马狂奔。更让人惊异的是，还有人在其中认出了大王。

马队奔到子偊府，门口的家奴不知出了什么事，赶紧向子偊禀告。子偊听了大惊失色，他不知嬴政为何而来。咸阳城中流传的檄文是他暗中散布的，但此事极端隐秘，他不信嬴政会这么快知道。他吩咐卓道："估计有人已告密了，你立刻从密道出去，携姜玉去投成蛟吧。到了军中你就去找嬴璧，他会安排的！"

"父亲，你和我一起走吧？"卓知道父亲留下来肯定是凶多吉少。

前院已听见杂乱的脚步声和凶狠的吆喝声，子偊一把推开卓道："你快走吧！不然就走不了了。记住，父亲的希望都在你身上！"

他把卓推进密道，然后镇定了一下情绪，便看见了匆匆而来的嬴政及十几个随从。他立即行礼道："臣不知大王驾到，有失远迎，请大王恕罪。"

嬴政恶狠狠地盯着他道："你的罪寡人可饶不了！不要再装了，你做的那些事寡人已查得一清二楚，快把姜玉交出来！"

"不知大王此言何意？姜玉是什么人？臣不知啊！"子偊不慌不忙答道。

嬴政一马鞭抽到子偊头上，怒喝道："你这老贼还不吐实言！来人，把他捆起来。这府中之人不许放走一个，统统给寡人拿下！赵高，你去把严丁找来！"

赵高领着几个人直奔后院，顿时府中一片混乱。哭声、叫声、骂声响成一片。几个家奴想要反抗，被虎贲军当场杀死。不久，所有人都被赶到院中跪在地上。有军士报告说没有抓到子偊的儿子，嬴政怒问道："老贼，你儿子呢？"

子偊抬起头，盯着嬴政凄然长笑数声，然后道："我悔不该当初没听杜仓之言除掉吕不韦，使你这吕不韦的……"

嬴政已知道他要说什么，便拔出佩剑刺向他。子偊颤抖地指着嬴政，仍然说出两个字——孽……子……随即倒地死去。

赵高找到了严丁，嬴政审问道："你知道姜玉被关在何处吗？"

严丁何曾见过这等场面，战战兢兢道："知……知道……"

"好，你立刻带寡人去!"嬴政吩咐一旁的军士，然后向外走去。

这时，李信过来请示道："大王，这些人怎么办?"他指着子偃的家人及奴仆。

"他们密谋叛乱，全部杀掉!"嬴政头也不回。

李信听了心中一寒。按照秦律，这种处置并不为过，参与谋反叛乱应罪及九族。子偃是嬴氏族人，罪及九族虽不可能，但其家人的性命却难保了。

"全部杀掉!"他吩咐道，尚未走出大门，他便听见身后一阵阵凄厉的惨叫声传来。

第六章

庄园血战公孙卓　太后负气擢佞臣

姜玉正专心致志地绣着一幅织锦，转眼她已被关在这里半年了。从最初的烦躁不安，日夜思谋着逃走，到已变得慢慢习惯了这里的生活。只要她需要的东西，卓都会派人送来，或者让翠奴去取。她不明白这些人杀死了她爹，把她抓来这里，却为何又对她如此客气。

她与翠奴的感情日深一日，可惜翠奴是一个奴仆，并不知道多少内情，解答不了她心中的疑问。翠奴还告诉她，如果她逃走了，她的家人都要被子傒处死，这也让姜玉不能下决心逃走。她只好耐心等候，等着成蛟救她出去。

此刻，翠奴望着她似有话说："姐姐……"

"什么事？"姜玉望着欲言又止的翠奴道。

"姐姐，你……你想长安君吗？"翠奴小心翼翼地问道。

姜玉脸色一红，嗔道："死丫头，你问这干吗？"在这半年里，她与翠奴无话不谈。她把自己的事都告诉给了翠奴，以为她又要拿自己开心。

"姐姐，我知道长安君的一件事，不知该怎么对你说。"

"什么事啊？是不是他出征回来了？"姜玉听到成蛟的消息，颇为兴奋。

"我听说长安君在屯留谋反了。"翠奴把这个隐藏在心中几天的消息说了出来。

姜玉不禁一哆嗦，一针刺到了自己手上，她有些不相信："你说的是真的？"

"是的，现在咸阳城中都在说这事。长安君还发了檄文讨伐相邦吕不韦，说他专权误国，说大王是吕不韦之子，不能继承秦国王位。大王很震怒，已调集大军前去镇压。"

"不，不会的。长安君为何这么做？"

"听说长安君后面有六国支持，他才敢这么做的。"

不，这不是真的！姜玉脸色苍白，她不相信成蛟会这么做，她知道成蛟虽然有些恼恨嬴政，但还不至于做出如此谋逆之事。这里面一定还有别的原因！姜玉想逃出去阻止成蛟，不让他与嬴政兄弟相残。

她放下手中的针线，急切地对翠奴道："妹妹，如果你还认我这个姐姐，就帮我逃出去！我要阻止成蛟，他不能这么做！这会让多少人家破人亡啊！"

翠奴十分为难，她早就想帮姜玉逃出这个地方，可一想到后果她就不寒而栗。她从小就侍候人，没有人看得起她。而姜玉却待她如同姐妹，和她说心里话，教她做各种事，不必像在子傒府中那样谨小慎微、战战兢兢。

见姜玉如此求自己，翠奴不禁急得脸发白，紧咬双唇不知如何是好："姐姐，就算翠奴答应你逃走，可外面守卫那么严，我们怎么逃得出去？"

就在犹疑不决之时，卓带了几个家奴匆匆进来了。他一进门就对翠奴道："你赶快收拾东西，姜姑娘，你不是想见成蛟吗？我现在就带你去见他。"

姜玉不明白卓为什么突然要带她去见成蛟，心中很奇怪，于是问道："我为何要与你去见长安君？他现在已经起兵谋反，我去见他不是勾结叛逆吗？"

卓听了一愣，狠狠地瞪了一眼身旁的翠奴，对姜玉道："长安君不是谋反，而是起义兵讨伐逆臣贼子。等见了长安君，他会向你说明的。"他不想与姜玉纠缠，因为他担心嬴政很快就会找到这里来。

果然过了没多久，一个家奴就进来禀告道："主人，大王离这里只有十里了。"

"他们来了多少人?"

"只有二三百虎贲军。"

"嬴政!你也太猖狂了,竟敢只带二三百人前来!好,我就让你尝尝厉害!"卓咬牙切齿道,"熊奴,你带领二十死士和三百庄丁,在庄外五十丈处结阵布防,正面阻击嬴政。豹奴,你带领一百死士和一百庄丁从后门出去,绕至嬴政背后,等他与熊奴交战之时再从后袭杀。虎奴,你带三百庄丁守在庄门附近,随时接应熊奴。其他人跟着我随时待命!"

跟随卓进来的四个家奴有三个领命出去了。姜玉已明白卓原来与成蛟一样,谋反被嬴政发现,正被追剿。既然他们与成蛟是一起的,为什么会杀了爹,把我囚禁在这里?现在又要带我去见成蛟?难道这些事成蛟都参与了?难道他一直在瞒着我?姜玉想到这些,不禁心乱如麻。

卓见姜玉磨磨蹭蹭,便不耐烦地对另一个家奴道:"你看好她们,收拾完了就带她们来见我。"说完便转身走了出去。

嬴政带领三百虎贲军一路疾行,向城外子偯的田庄奔去。他们以为此行就像在子偯府中那样,不用费什么气力就可以救出姜玉。可他们都没有想到这田庄中有一千多人的卫队,因为平日里,子偯把这一切都掩饰得很好。

这些庄丁日出而作,日落而息。他们接受战阵搏杀的训练,以为是为保护自己的田庄,却从没想到主人会用他们去谋反。

春秋战国时代,奴隶主经常为土地而相互争斗,这就是"邑斗"。商鞅变法后,严厉禁止"邑斗",对违犯者"各以轻重被刑大小",目的是为了消除奴隶主的私人势力。

至嬴政继位时,已没有什么"邑斗",但一些庄园主仍保存了不少卫队,其规模虽然没有早期那么庞大,但也不可小视。而子偯则是别有用心,在庄园中私养了众多死士和庄丁。

庄前一条小河蜿蜒流过,左方是一片茂密的树林,右方是一片山坡,被开成一块块田地。嬴政率领虎贲军奔到近前,便看见一群庄丁结阵而待。看他们所结阵式，似乎受过训练，嬴政心中颇为吃惊。

那些庄丁分成五个方阵，每阵后面有四个黑衣大汉，面目阴冷。他们骑着战马，手中提着长刀。庄丁们或蹲或立，前面的拿着强弓劲弩，后面的执矛秉钺，严阵以待。

李信和赵高见卓早有准备，不禁暗自心惊。他俩分侍在嬴政两侧，戒备地警视前方。

李信道："大王，看来他们早有准备，从结阵的方式看，他们好像受过战阵训练。不过，臣有信心击破他们。"

嬴政笑道："虎贲军乃是寡人护驾之士，如果连此等草莽农夫都对付不了，寡人岂不是白养你们吗？寡人担心的是，他们是否还有埋伏。看这田庄如此广阔，绝不止面前这些庄丁。严丁，你可知道这庄中有多少人？"

严丁结巴道："小人……小人也不……不清楚，不过绝不止这么些人。"

嬴政想了想后问李信道："你破眼前之敌需多少人？"

李信看了看对面之敌，自信地答道："七十骑足矣。"

"那好，寡人在此结阵守护，你率骑前去破它。"

"臣还是留在这里陪侍大王，让都尉秦敢去即可。"

"也好，传秦敢来见！"

一个手持长钺、全身铠甲的威武大汉骑马过来向嬴政行礼道："臣秦敢叩见大王。"

"寡人命你率七十骑去破眼前之敌！"

"是！请大王静候佳音。"秦敢朗声答道。

他一一点齐人马，便向那些庄丁飞驰而去。

嬴政一看秦敢的队形，就知道他颇懂用兵。七十骑分成三列，形似一把长剑，而他排在最前，就如同剑尖。如此队形减小了施射面积，而他们犹如一把楔子，直插敌阵。

虎贲军是秦军中的精英，他们有最快的马，最利的剑，最好的盔甲，却是秦军中征战最少的。今日有此机会，当然要好好在大王面前表现一下。

对方的箭矢如雨一般射来，虎贲军早有准备，他们把长铍挂在马鞍上，一手持盾，一手持剑，抵挡着如雨般的箭矢，一边急速向前冲击，速度越来越快。

那些庄丁开始见只有如此少的人前来冲杀，不禁暗自好笑。可现在见他们来势如此凶猛，且射去的箭矢没有损伤他们一马一卒，才知道眼前之敌非同一般。

眨眼间，秦敢等人已飞驰到庄丁们的面前。那些庄丁虽受过训练，但从未经过真正的战阵，一下子被虎贲军的气势震慑住了，阵脚开始松动。特别是与虎贲军正面相对的庄丁，更是惊恐不安。

虎贲军卒们迅速将手中的方盾换成长铍，只见秦敢手起铍落，已刺翻正面一个庄丁，同时左手长剑在空中划了一道弧光，劈死了另一个庄丁。他跨下坐骑毫不停顿，依然向前疾驰，后面的军卒随此缺口迅速楔入。

秦敢如虎入羊群，很快冲至对方阵尾。对面迎来一骑，正是压阵的黑衣壮汉熊奴。他手持长刀，恶狠狠地扑来。秦敢扬起长铍，迎面就刺。熊奴格开刺来的长铍，长刀又顺势向秦敢面门砍去。

秦敢心中大惊，没想到对方阵中竟然有如此人物。长铍收回已是不及，他忙举起左手长剑，架住对方的长刀。只听"锵"的一声脆响，秦敢被震得左手发麻。熊奴也颇为心惊，竟没有砍落对方的长剑。

双方错马而过，熊奴却舍秦敢而去，杀向迎面而来的虎贲军卒，一连劈死两人。秦敢勒马回头，不由心中大怒。他正要再战，却有四名黑衣壮汉向他奔来，围住他厮杀。

熊奴虽然勇武过人，但也很快被五名虎贲军卒围住死战。他左格右挡，有些手忙脚乱。其他黑衣骑士欲来相救，都被虎贲军截住。

剩下的虎贲军在两名校尉的带领下在庄丁之中往来冲杀，一时间喊杀声、惨叫声不绝于耳。

嬴政把交战的情况看得十分清楚，虎贲军虽然人数较少，但占尽了优势。除了那些骑马的黑衣死士能抵挡外，其余庄丁已四散逃开。但人怎及马快？虎贲军剑劈铍挑，把三百庄丁杀得七零八落，一些人见势不妙便向庄内跑去。

　　嬴政正注意着战况，突然听见身后传来喊杀之声。他回头一看，又有数百人冲杀过来。冲在前面的是一百多黑衣死士，他们个个手持长戈，骑着战马，他们后面跟着奔跑的庄丁。嬴政暗暗心惊，他没想到卓如此胆大，在咸阳城附近，他竟然不赶快逃跑却来伏击自己。

　　"大王，臣率一百骑去击退他们。伍峻，你在这里守护大王，小心戒备！"李信见此情形，对嬴政道。之后他便长铍一摆，领着一百骑向身后的敌人冲去。

　　这一百虎贲军呈扇形展开，向黑衣死士飞驰而去。两军刚一交战，马嘶声、惨叫声连连响起。李信勇不可当，凡与之接战者无不落马。他在敌阵中往来冲杀，那些黑衣死士被他的煞气惊骇，不敢正面抵挡。

　　虎贲军知道此战关系重大，如果不杀退眼前之敌，那大王的安全就会受到威胁。他们铍利甲厚，占了不少便宜，很快就遏制住黑衣死士的气势，占据了主动。

　　李信盯住一个黑衣人很久了，那人似乎是众人之首，已杀死了三个虎贲军卒。此人正是豹奴，他觉察到了李信的目光，摆脱了与他纠缠的虎贲军卒。二人像争食的虎豹，一个持戈，一个持铍，遥指对方直冲过去。

　　两人越来越近，各举手中兵器向对方刺去。在兵器正要相接之时，李信突然一矮身，伏身马侧，让过豹奴的长戈。

　　豹奴见长戈刺空，立觉不妙，可已经来不及了。两马错镫之时，李信挺身而起，左手长剑向后猛挥，正砍中豹奴的脖子，一颗头颅随之飞了起来。虎贲军见此情景，士气更旺。黑衣死士心中惊惧，无心恋战，纷纷勒马回逃。庄丁们更是害怕，一个个都僵在了原地。李信让部下继续追击，自己则回到嬴政身边。

　　嬴政见李信如此神勇，脱口赞道："真乃虎将也！"

　　李信这边战事顺利，秦敢那边却陷入险境。被虎贲军杀散的庄丁，后又被虎奴驱赶回来，他还率援军向秦敢扑来。

　　本来秦敢已占尽了优势，正待围剿残敌，却被虎奴接住厮杀。他们合兵一处，气势汹汹，一时间双方胶着在一起。但庄丁人多势众，虎贲军锐气已过，死伤越来越多，秦敢只得且战且退。

　　嬴政没想到对方还有强劲的后援，见秦敢处于劣势，便对李信道："你带一百骑去接应秦敢。"

　　李信道："可大王您身边就没有多少护卫了。"

　　"不要紧，寡人估计杀退他们就可以进庄了，你快去救秦敢吧！"那里人数越来越少，嬴政心中大急。李信见秦敢情势危急，也不再拖延，便带领一百骑前去营救。

　　秦敢见李信杀到，信心大增。李信所率一百骑已经等待多时，他们见弟兄们往来冲杀，早已心痒难耐，又见自己弟兄死伤不少，更是怒火冲天。

　　李信一冲进敌阵，便直奔熊奴而去。见李信冲来，熊奴不禁有些心慌，他虽然没有看见豹奴被斩杀的情形，但对方的强大气势使他感觉到不妙。

　　李信的长铖快速向熊奴刺去，熊奴摆脱纠缠之人，挥刀向长铖格去，两人斗在一处。李信突然一晃，熊奴砍了个空，李信顺势一摆铖尾向熊奴扫去，熊奴从未见过如此怪异的攻击之法，慌忙又举刀格开，可他与豹奴一样忽视了李信的长剑。

　　李信手起剑落，砍在熊奴的手臂之上，他一声惨叫，长刀落地。紧跟来的一名虎贲军士一铖刺去，将他刺了个穿心透。

　　这边激战正酣，嬴政那边又出现了变化。在右侧的树林中突然传出喊杀之声，只见不少庄丁手持锃亮的刀剑，随着一辆战车奔出，立在车上的正是卓。在战车后面跟着两个女人，其中一人正是姜玉。

　　卓在树林中埋伏多时，他一直等嬴政身边没有多少士卒，而李信又在那边难以分身之时才杀出来。

　　他把姜玉押来，就是要让她亲眼看到嬴政是怎么死的。他对身后的黑衣死士叫道："中间那个头戴通天冠、骑着黑马的就是嬴政。谁若捉住他，我就把这座庄园赏给他。谁若杀了他，赏万金！"身后的黑衣死士一阵欢呼，一个个争先恐后向嬴政冲去。

　　嬴政见卓还有如此多的兵卒，不禁心慌，后来见他们向自己冲来，反而冷静下来。他知道现在只有争取时间，让李信和秦敢杀回来相救。他对身边的虎贲军卒道："你们留一半人在此阻击，另一半人跟寡人退向山顶。"

留下的虎贲军虽骁勇无比，但黑衣死士人多势众，虎贲军卒很快被围上来的黑衣死士杀死。随后，他们又向嬴政追去。那边的李信和秦敢大急，他们舍去纠缠之敌，向这边策马狂奔。

嬴政快至山头的时候，身后的虎贲军与黑衣死士已经接战。虎贲军个个拼命，与黑衣死士缠战不休。

就在这时，山那边陡然响起战鼓声，接着是漫山遍野的喊杀之声。嬴政勒住马头，心想这下可完了，前有堵截后有追兵，想不到自己竟会命丧于此。但他却看见一杆大旗竖起，上面写着一个斗大的"秦"字。嬴政这才醒悟，原来漫山遍野杀来的是秦军。

秦军迎向黑衣死士，把近在咫尺的追兵全部杀退。这时有一骑向他奔来，口中呼道："大王受惊了，恕臣救驾来迟！"

来人是吕不韦，嬴政平了平心绪对他道："原来是仲父！幸亏您赶来相救，要不然寡人就遭到不测了！"

"臣听中尉吕更说大王查抄了子偠府，又奔向子偠的田庄。臣怕大王有危险，所以请示了太后之后，就调了五千咸阳守军前来，想不到正好赶上。"

嬴政有些奇怪——为何援军不从身后而来，而是从左方的山包之后杀出。但吕不韦没说，他也就装糊涂。他猜吕不韦一定早已到此，直等他危急之时才出来营救。

虎贲军见援军来到，大王处境安全，便放心杀敌。而黑衣死士和庄丁见一下来了这么多秦军，一个个吓得抱头鼠窜。卓见大事不妙，慌忙驱车向庄内奔去。

嬴政见状，对赵高道："把寡人的穿云金弩拿来！"他本想一箭射死卓，但觉得这样太便宜了他，便射死了驾车之人。

卓的马车奔出数丈远就翻了，他狼狈地爬起来，看见四面八方都是嬴政的人马，便知道无力回天了。庄丁们被斩杀的斩杀，活捉的活捉，所剩无几。只有一些黑衣死士向公子卓靠拢，仍然拼命抵挡。他们知道秦法严峻，就算现在缴械投降也难免一死。

秦军接到嬴政的命令，并不急于上前攻杀，他们把卓和黑衣死士牢牢围在中间，弓弩手在外结阵站好。圈里面的秦军纷纷退出，几个黑衣死士欲随退出的秦军杀出来，人还未到跟前，就被射得有如刺猬一般。其余的黑衣死士再也不敢妄动，他们自知必死，但不知秦军为何还不动手。

卓明白嬴政这是为什么，他从鹰奴身旁拉过面色苍白的姜玉，推到阵前喊道："嬴政，你看见没有，这就是姜玉！你要我的命，我就让这个美人陪葬！你不想让她死就让开，放我们走！"他现在只有用姜玉来威胁嬴政，作最后一搏。

嬴政见姜玉蓬头散发，神情木然，不由一阵心痛。他好久没有见到姜玉了，以为自己已将她淡忘。可当他一听到姜玉落入子偓手中时，就迫不及待前去相救。他告诉自己这是为了成蛟，为了江山社稷，但他依然锁不住自己对姜玉的一腔深情。

决不能放过卓。嬴政在心中狠狠地想着。

赵高似乎领会了嬴政的心意，回道："大王有令，只要你放了姜姑娘，就只降罪你一人，不诛九族！"

卓狂笑道："诛我九族？嬴政，别忘了你我同为嬴氏子孙。别再废话，若不答应，我马上杀了她！"说罢，卓便抽出佩剑架在姜玉脖子上。

姜玉早将这一切看在眼里，她的心绝望了，只怕自己再也难见到成蛟了。她想不到自己竟是如此不祥之人，不仅连累了爹爹，而所爱之人也为了自己造反。她知道只要自己一死，眼前这些害了爹爹和成蛟的人一个也逃不掉。

爹爹，女儿来陪您了！成蛟，我们来世再见！她猛然抓住卓的佩剑用力一勒，一股鲜血随剑涌出，溅了卓一身。

全场一片寂静，所有人都看着姜玉缓缓倒下。卓提着带血的佩剑，愣在那里。

嬴政想大喊"姜玉"，却又硬生生地憋了回去。他紧咬双唇，拼命地抑制自己。旁边的吕不韦叹息一声："好一个烈女子！"

在屯留的中军大帐中，成蛟正与众将商议军情。

副将嬴璧递上简册道："将军，赵王派使者前来通报，他已说动各诸侯国出兵援助。赵王很欣赏将军的义举，决定把饶地（今河北饶阳）送给您，并派使者送来了饶地的户籍简册，请您过目。"

成蛟厌烦地把简册推到一边，生气道："他把我看成什么人了，尽拿这些虚名来糊弄我。说好出兵支援，到现在还没见一兵一卒，尽派使者来说些好话。以后有这等事就不要来禀告了，你自行处理。那赵国使者你去接待，省得我见了心烦。"

嬴璧四十出头，在秦军中已征战十几年，他是子偈极力推荐的将领。

成蛟与嬴璧相处的最初几月，见他精明干练，行军布阵极为熟练，对他印象不错。起事之后，他发现嬴璧经常背着他与将校私下聚集商议，不知在做些什么。成蛟心中大为不满，但又不好当面指责。他是初次带兵，在军中没有什么根基和声望，而嬴璧带兵多年，有许多事他必须依靠嬴璧去处理。

后来他觉得事情越来越不妙，所有的行军作战之事，只要嬴璧提出主张，其余将校则齐声附和，他这个主帅已变得有名无实。这时成蛟才明白子偈向他推荐这些人的用意，原来他们早就计划好了，起事之后就把他架空。所有的事情从头到尾都是子偈设好的陷阱，一步步诱他、逼他。如果不是姜玉还在他们手中，他就是拼死也要把这一切告诉给嬴政。他现在才发现当初听从子偈之言，起兵讨伐吕不韦是多么的草率。

赵、楚、韩、魏、燕五国说是派兵相助，但是兵至边界就停止不前，逡巡观望。本以为支持最得力的赵国也被桓齮堵住，不仅不能出兵相助，还自顾不暇。现在他统率的军队，前有蒙武堵截，后有桓齮夹击，已是极端危险。五国也不再提出兵援助之事，只是派使者前来慰劳，空许他一些好处。

成蛟心中矛盾万分，他既希望叛军不能成事，又希望自己所率之军不被剿灭。不过军中大小事情已不用他操心，他现在只能听天由命了，唯一的希望就是和姜玉能见上一面。

成蛟见嬴璧领命出去，便招呼亲信们继续喝酒。这时，从帐外进来一个亲兵，呈上一封帛书道："这是蒙武派使者送给将军的，说是大王的亲笔书，要交给将军过目。"

"哦，你是怎么得到的？"成蛟有些奇怪。不管是什么书信简册，一般都是经嬴璧之手后才转交给他的。

"小人碰见了送书使者，所以直接取过来交与将军。送书之人乃小人旧识，知道小人是将军的亲随才将书信交与小人的。"成蛟的亲信们看不惯嬴璧等人，有此机会当然不会放过。

成蛟把帛书看完，脸色变得煞白，目光也变得呆滞空洞。他口中喃喃地念叨："姜玉，姜玉……"

周围的亲信们不明所以，上前唤道："将军，您怎么啦？"

成蛟有气无力地吩咐道："你们都出去吧，没有我的命令谁也不许进来。"

亲信们有些担心，问道："将军，您……"

成蛟暴喝道："出去！都给我滚出去！"

亲信们吓了一跳，不敢再多言，一个个溜出帐外。

他们不敢远离，在帐门口守望。听见成蛟在里面一会儿大哭，一会儿大笑，一会儿大骂吕不韦和子傒，一会儿又大呼姜玉，还不时夹杂着酒罐碎裂、案几翻倒的声音。过了一会儿，里面安静了下来，但成蛟没有传令他们进去。

亲信们觉得有些不对，其中一人悄悄掀开帐幕，只见成蛟已仰面躺在正席上，血水流了一地。

成蛟自杀了！他无法原谅自己，期望能在另一个世界与姜玉厮守在一起！

嬴政接到成蛟自杀的消息，备受打击。他原希望成蛟收到书信，能够认清形势，及早悔悟，可他的重压反而逼死了成蛟。

成蛟一死，叛军如无头之蛇，不知何去何从。众士卒人心惶惶，他们畏惧秦法，纷纷潜逃他国。嬴政怒火中烧，对叛军再不留情。他下令桓齮和蒙武两面夹击，一场大战下来，叛军将领全被杀死，还被戮尸示众。嬴政还迁怒当地之民，把他们迁到秦国的边远蛮荒之地。

赵姬听说成蛟自杀身亡，悲痛不已。她后悔当初同意成蛟领兵出征，否则就不会发生这一切了。她无心再与嫪毐和两个幼子在后宫逗乐，她要去质问吕不韦。

秦国出现如此大事，吕不韦不可能不知情。当初是他极力怂恿自己让成蛟领军伐赵的，他一直对成蛟暗怀戒心，为什么还让成蛟领军？赵姬想到这些，仍不相信吕不韦会如此心狠手辣。

可成蛟落得如此下场，令她不得不怀疑是吕不韦，但她又拿不出证据，因为这一切好似都与他无关。成蛟反叛的事一直是嬴政亲自处理，吕不韦只是从旁协助。可直觉告诉她，吕不韦一定暗中做了什么，至少有一些事瞒着她。

凭吕不韦的势力，他不可能毫不知情，所以极有可能是他早已知道此事而任其发展，甚至可能暗中推波助澜，置成蛟于死地。

赵姬与嫪毐悄悄驾车去相邦府，并没有让嬴政知道。成蛟和姜玉的死让他悲痛不已，他已无心朝政，每日借酒浇愁，直至一醉方休。赵姬了解他们兄弟之间的感情，对此甚感伤心。

吕不韦没想到赵姬会突然光临，他正与几个心腹之士在饮酒庆贺，听到禀告后，忙亲自前去迎接。

赵姬与吕不韦幽会时，曾到吕不韦府中来过。在这里，她与吕不韦曾度过许多令她心醉神迷的夜晚。如今故地重游，她已没有往日那份心情。她让吕不韦遣走所有的侍从，自己也把嫪毐留在外面，她要单独面谈。

吕不韦见她怒气冲冲，就知道有话责问自己，而值得她如此做的也只有成蛟一事。

"吕不韦，当初你告诉我成蛟不会有任何事，现在你怎么说？"赵姬一直对吕不韦很客气，一直称他为"相邦"或"仲父"，即使在他们最亲密的时候，也从不直呼其名。

吕不韦已想好对策，他相信能把赵姬糊弄过去："太后，如果长安君真能如臣所说讨伐赵国，现在可能已荣归秦国了。只怪他听信子傒之言，心怀不轨才落得如此下场，臣也无能为力。"

"吕不韦，你还不说实话。别人不了解你，我还不了解你？"赵姬见吕不韦敷衍自己，心中更愤怒，"你别忘了，当初如果没有我在先王面前说话，你能当上秦国的相邦？没有我支持你，你能在秦国风光这么多年？子傒一直在你的监视之下，他与成蛟来往你岂能不知？别以为你与成蛟不和我不知道，我只希望你能看在我的分上不要与他计较，可到头来……"赵姬说到这里，不禁哽咽。

吕不韦没想到赵姬竟然用陈年往事来指责自己，还以恩人自居，不禁有些厌烦。他冷冷地回敬道："臣是凭本事在秦国站稳脚跟的。如果没有臣，先王能登上王位？你能当上太后？希望太后不要再提过去之事，以免大家都不愉快。子傒与成蛟之事臣早已知道……"

"知道为何不告诉我，不阻止他们？"赵姬气愤地打断他。

"这秦国上下臣只关心一人，臣的所作所为也只为了一人，臣决不许任何人对他有所损害，包括成蛟在内。"吕不韦见话已挑明，干脆就说得更明白一点。他不想与赵姬再多理论，许多事现在也说不清楚。他断定赵姬不能把他怎样，他与赵姬的那些事想掩盖都来不及，哪还敢抖出来。另外，他没有任何把柄落在赵姬手上，又怕什么呢？

赵姬心中气恼至极，却又无可奈何。吕不韦太精明了，她抓不到一点错。她知道这首先是自己的错。如果不是当初错走一步，现在也不至于步步受制。她软弱而伤感地说："你一切为了政儿，为了江山社稷，这我都知道，可成蛟也是我的儿子啊！你事先告诉我，我绝不会让他去，他也不会惨死。可你不但不告诉我，还怂恿我让他去，这不是把他往死路上推吗？你告诉我，我就可以好好管教成蛟，你再除掉子傒，成蛟就算有心也无力叛乱啊！"

吕不韦暗想：这真是妇人之见！他这次不行，难免不会有下次。我一劳永逸岂不更好！但他不想过分得罪赵姬，于是缓和语气道："臣也只知道他们有叛乱的迹象，并无真凭实据，总不能捕风捉影吧？长安君已死，你不是还有两个漂亮的小儿子吗？有他们陪你还有什么不快活的？臣让嫪毐在后宫好好陪你过几年安闲日子，这朝中之事你就不用再操心了。不过此事不要让大王知道了，他可没有这么大度。"

她又惊又气，她以为自己与嫪毐生下二子之事做得很隐秘，没想到吕不韦还是知道了。听他的口气，还要用此事威胁自己。她知道再说下去也没有什么用，只是找气受罢了。她欲起身离去，吕不韦又道："太后所提嫪毐封侯之事，臣实在不便向大王进言。如果太后能说动大王，臣一定支持。"

吕不韦这是推脱之言，他以为赵姬不会亲口向嬴政提出此事，不想赵姬却冷言相讥道："此事就不劳相邦费心了。"

嫪毐见赵姬铁青着脸从相邦府出来，便不敢多问。上了太后的车辇，行出好远他才小心地问道："太后，您这是怎么了？"

赵姬没有回答便径自道："你不是一直怪我没有给你封侯吗？吕不韦被封为文信侯，我就封你为长信侯。你可要为我争口气，拿出点本事来，不要让人小瞧了。"

嫪毐欣喜若狂，若不是顾忌有人，他就要抱住赵姬亲热一番："谢太后，小人一定不负所望。"

赵姬冷眼看着一切，想到自己所接触的男人都对名利趋之若鹜，就不禁伤心。嫪毐那点本事，无论如何都不够资格封侯。可她现在需要一个人去对付吕不韦，遏制他的势力，而她的身边只有嫪毐可用。

看吕不韦对成蛟如此心狠，赵姬很担心嬴政。幸亏那只是她一人藏在心底的秘密，如果她不说，吕不韦就不会知道。但现在她不能不提防吕不韦了，嬴政与吕不韦的矛盾已越来越明显。吕不韦虽暂时忍让，但嬴政如果把他逼急了，难保他不会做出狗急跳墙之事。

现在唯一的办法就是用嫪毐来削弱吕不韦的势力，转移他与嬴政的矛盾。为了两个儿子，她也应该让嫪毐得到一些权力，她只是担心嫪毐的那点本事不是吕不韦的对手。

嬴政刚从成蛟、姜玉身亡的悲痛中缓解过来，又被另一个消息震惊了——嫪毐被封为长信侯！嫪毐是何许人也？有什么功绩？大多朝臣都不知晓，后来听说他是一个服侍太后的阉人，就更不明白了。

嬴政没想到母后竟然封嫪毐为侯，他原以为封嫪毐不更、大夫之类的爵位就已足够了，等赵姬向群臣宣布后，他想反对已来不及了。他怎能当着群臣的面反对母后，让她难堪呢？

群臣议论纷纷，吕不韦虽没有站出来反对，但他的僚属以及忠于他的朝臣都纷纷上书。嬴政虽心有不悦，但此时也只能帮母后驳斥群臣。

吕不韦知道这次赵姬是冲着他来的。嫪毐是什么样的人，他心里最清楚不过，赵姬这么做无非是想用嫪毐来对付他。但是这个不好的消息并没有激起他任何过分的反应，相反他觉得这是一个解决他与嬴政矛盾的好机会。嫪毐的出现，加上赵姬对他的支持，必然会使他在朝中快速崛起，从而改变朝政局势，确切地说是削弱他在朝中的势力。

但他却可以借此机会韬光养晦，把嬴政的注意力引向嫪毐。嬴政一直顾忌他权柄太重，独断专行，他若暂时收敛，就可缓解他们之间的矛盾。并且他清楚嫪毐的品性——得志就会忘乎所以，为所欲为。时间一长，必会引起嬴政的不满。嬴政与嫪毐发生冲突，赵姬不会袖手旁观。那时他就可以坐山观虎斗，直到他们两败俱伤再出来收拾残局，重建自己的势力。

吕不韦有此打算，遂不在朝政上再费心思。他知道嬴政有一帮文武重臣在辅助他，大小事务都能处理，就干脆闭门府中，专心编纂他的鸿篇巨制。

河西太原郡城的郊外，一队人马在猎场上飞奔着。远处的百姓一看这种阵势，就知道是长信侯嫪毐在此狩猎。太原郡已是他的封地，这里的大小事情皆由他做主，一些看不起嫪毐的人就称这里为"毐国"。

嫪毐有了太后支持，在朝廷的声望和势力与日俱增，隐隐有凌驾吕不韦之势。令众多朝臣更奇怪的是，他的权势地位似乎得到各方面的默许。吕不韦不与他为难，闭门编书；嬴政也置之不理，让他放手施为。嫪毐一下成为朝中显贵，大小事情皆决于他。他也趁此机会，在朝中安插亲信。

嫪毐因出自吕不韦门下，开始并不敢过分妄为。但日久之后，他对权势的欲望越来越大。几次碰撞，他都屡屡得手，便明目张胆地驱除吕不韦在朝中的势力。不少人见他炙手可热，纷纷投其门下。很快他的势力发展至家僮三千，门下舍人千余的规模。

太原郡郊外的猎场，已成为嫪毐的私人苑囿，可与咸阳的上林苑相媲美，他常与一帮好友到这里来狩猎。

这一日，他邀集了卫尉竭、内史肆、中大夫令齐等人一起狩猎。这些人都是他少时好友，也是他安插在朝中的亲信。猎场中，十几头麋鹿被人从林中赶了出来，在原野上狂奔。嫪毐等人见状，立刻围追堵截，不一会儿就射杀干净。

众人歇息之时，卫士们就把猎物烧烤起来。其实，嫪毐每次打猎是假，实际上是为了找一个安全的谈话之地。他知道秦国遍布吕不韦和嬴政的耳目，稍有不慎就会惹来杀身之祸。所以他每次有要事与众人商议时，都选在这猎场。这样既不担心有人偷听，也不怕有人怀疑。

嫪毐向齐问道："你上次办的事进展如何了？"

"君侯放心，诸事俱已办妥。"齐回答道。他长得高瘦，两颊无肉，眼珠不停在转。

"有了武器就可以扩充卫队，到时就进可攻，退可守。"嫪毐自言自语道。

"这些我们都知道！只是兄弟们有些着急，不知君侯何时动手。"竭担心道。他因嫪毐之助，已升至卫尉，掌管宫廷卫队。

"这个你不用着急，我自有安排。"嫪毐自信道。他知道自己之所以有今日的地位，全因为抓住了一个机会。他现在就像一件武器，太后和嬴政用他来对付吕不韦，而吕不韦也用他来对付嬴政。为了把对方置于死地，太后、嬴政、吕不韦都希望这件武器锋利，所以他才能在朝中如此迅速地扩张势力。一旦他们有一方不支而败，那么下一个遭殃的就是他自己了。

为了自保，嫪毐让齐暗中从楚国买来武器，装备他在太原的私人卫队。按秦制这支卫队只能有几百人，可实际上嫪毐已将其扩张成近万人的队伍。他把竭提成了宫廷卫队的首领，逐渐控制这支队伍。朝中的一些重要官职，他也尽可能安插自己人。

内史是掌治京师的重要官员，嫪毐想方设法赶走了吕不韦的人，换上了肆。这个位置对吕不韦也很重要，如果失去了就不能在城中便宜行事，会带来诸多不便。但吕不韦并未做出强烈反应，嫪毐心中更是得意。他现在有太后做靠山，并不惧怕吕不韦了，只是对嬴政有些心惧。

嬴政那阴鸷目光和偶尔展现在嘴角嘲弄的神情，好像是告诉他这一切都是白费心机。一想到这，嫪毐就恨得咬牙切齿。

远处的麋鹿香味随风飘来，勾起人的食欲。一个卫士奔过来道："大人，鹿肉已经烤好，请过去享用。"

众人来到火堆旁，那儿已搭起了大帐篷。帐篷里铺好地毯，一看就知是上好的雪狐毛制成。地毯正中放着一只硕大的银盘，整只鹿就放在盘中。安排好一切后，卫士们俱退到十几丈外警戒，帐中只剩嫪毐四人。

"娘的，吃什么饭、赴什么宴都没有在这里的香！还记得那时我们偷别人的羊，也是这般烤着吃，真是快活！"竭边啃着鹿肉边说着，他想起了少时与大家一起厮混的趣事。

"我记得你还差一点被人逮住，幸亏君侯急中生智，冒充官府之人把你救走。现在想来，我们那时真够胆大。秦律如此严酷，如果真被抓住，不被杀头也得充军戍边。"肆笑着接道。

"此等往事休要再提！别看我等现在风光，说不定什么时候就会被人像蚂蚁那样捏死。我现在是因为有太后支持，大王又不过问，一旦他们醒悟过来，我等又怎能应付得了？别看我等掌握了朝中要职，但重臣一个也没有靠向我们，这不能说明我等的处境么？"嫪毐一饮而尽，把酒爵狠狠地摔在案几上。

齐、肆、竭都黯然，一个个默不作声。他们都清楚自己地位低下，尽管手握重权，但依然受人轻视。那些世族重臣表面客客气气，却没人愿意与他们交往，这令他们气恨之余又有些气馁。

嫪毐非常了解他们的心思，叹了口气道："大家都是受我所累啊！你们依附于一个'阉人'，他们谁愿与你们结交？"

"这怎么能怪君侯？何况您也不是真的阉人。"肆安慰道。

"我这假阉人的身份能公开吗？如果哪一天能够堂堂正正地娶妻生子，我也不枉来这世上一遭！"嫪毐依然愁结心头，幽幽自怨。

竭见他如此颓丧，不禁担心——如果嫪毐一倒，我就更没有出头之日了，便忙道："君侯难道忘了栎阳别宫之言？我等本是市井小民，若能轰轰烈烈干一件大事，就算身首异处又有何惧？君侯如果不带领我们，我们还能指望谁呢？竭对天起誓，此生决不背叛君侯，誓死追随君侯！"

肆、齐也相继起誓，嫪毐才笑逐颜开道："有你们鼎力相助，何愁大事不成？虽然太后说过，大王死后由我儿继位，但那要等到何时？他们都想拿我当枪使，我就利用这个机会把他们一一刺死！"

"君侯这番话让我等放心了！接下来我等该怎么办？"众人齐齐望着嫪毐。

"诸位回去之后仍要暗中扩充势力，但要小心，我等现在还不能与他们硬拼。竭，你多找一些游侠异士。肆，你负责探查各方动静，尽力把咸阳令拉过来。我们不能控制秦军，但要把咸阳的守卫士卒控制在手中。齐，你负责与各国联络，张大我们的声势。记住！我们现在仍只能暗中行事。"

众人点头称是，他们都知道现在无路可退，只有誓死一搏。

第七章

秦王雍城加冠冕 血战咸阳除孽子

　　嬴政面前放着一堆竹简，这些竹简制作精美考究，非一般公文记录，这是吕不韦向他进献的《吕氏春秋》。他早就听说过这部书，在继位之初，他就知道吕不韦在编纂一本奇书。在辅政之时，吕不韦也曾偶尔谈及此书，但每次所谈只是一鳞半爪。

　　嬴政翻开《序意篇》，浏览之后就觉很不舒服。这是黄帝教导颛顼的一段话，摆明了吕不韦是想凭仲父的身份来教导他如何行事。嬴政把竹简一扔，不想再看下去了，他觉得自己听从的摆布已经够多了。可又转念一想，能让吕不韦耗时八载编纂的书决不简单，若就此放过岂不可惜？

　　诸子百家靠著书立说阐明自己的主张，以影响天下。寡人从这部书中也可看出吕不韦的一些主张，这有利于寡人更清楚地了解他。嬴政想着想着，遂又拿起这部书仔细研读。

　　嬴政读完一些章节后不禁击案叫好，许多缠绕在心中的问题都得到了解答。在《不二篇》中，吕不韦明确提出了"一则治，异则乱；一则安，异则危"的主张，希望结束分裂，实现天下一统，这深得嬴政之心。

　　现在天下已经混乱到了极点，正是消灭诸侯，重建以"天子"为代表的统一王朝之时。秦国是实力最强大的诸侯，这统一天下的重任理应由秦国来完成。嬴政仿佛听到了召唤，感到一种从未有过的兴奋遍布全身。

　　正待往下细看，赵高进来禀告道："大王，昌平君及蒙武诸将正恭候大王召见。"

嬴政挥了挥手道："你让他们到祈年宫去，寡人马上就到。"

祈年宫中，左相昌平君、尚书令冯去疾、谏议大夫王绾及蒙武、王翦、杨端和、李信都在座。

王翦和杨端和是多年的老友，两人共同征战四方，彼此甚为熟悉。此刻坐在一起，正低声议论着什么。昌平君与冯去疾、王绾共坐一席。作为召集之人，又是大王最先召见的心腹之臣，他有一种自傲之感。

李信由于上次搜捕子傒之功，爵位升至左庶长，成了统兵一方的青年将领，这让昌平君十分嫉妒。李信察觉到了他的态度，也不愿屈己待人，但一想到今后要共事一主，他也只得装出谦恭的样子。

众人之中，蒙武与他年岁相近，性情也较为相投。因为父亲蒙骜的关系，又在军中征战多年，蒙武的爵位已至中更，但没有人敢轻视他。

众人谈兴正浓，一声"大王驾到"，嬴政便身穿一袭黑袍，足踏蒲履，走入大殿中来了。

见众人上前行礼，嬴政便摆了摆手道："众卿不必多礼。这次叫大家来，一是有事相商，二是众卿都功劳不小，寡人一直没机会犒赏你们，今日特备酒宴，与大家同饮。"

"为大王分忧，是臣等本分。大王如此看重臣等，臣等感激不尽！"大家上前一齐答道。

嬴政听了心中甚是满意，他环视了一眼然后说道："今日请大家来，是想听听你们对朝政的看法，众卿尽管畅言！"

众人互相看了看，没人愿意先说。他们拿不准大王要听什么，怕万一说错话引起他的不快。

嬴政见众人默不作声，便继续道："吕相邦向寡人进献的《吕氏春秋》，不知大家看过没有？"

"臣听说吕大人把《吕氏春秋》悬于咸阳城门，称有增损一字者赏千金，这无非是仿效商君'立木悬金'之故事。臣认为吕大人编纂此书，实乃居心叵测，至少有犯上之嫌。"昌平君一听嬴政说到此事，便开口道。

"何以见得？"嬴政似是不明白地问道。他这样问的目的是向大家表示自己对吕不韦没有恶意，而吕不韦却心怀不轨。

"大王，他把此书命名为《吕氏春秋》，可此书并非全部写史。而且他在《序意篇》中引用黄帝教训颛顼之言，更为不当……"

"他是仲父，有此举也不为过。单就此书而言，寡人以为也不失为一部奇书，希望大家也能看一看。"嬴政摆手制止了昌平君，然后又直奔他今日真正要说的内容，"近日朝局又有新的变化，吕不韦已不像先前那样大权独揽，为所欲为了。但现在又出现了一个嫪毐，他仗着太后支持，大有超过吕不韦之势，不知众卿有何看法？"

众人对嫪毐早就不满了，心中都瞧不起他。嫪毐好像也存心与他们作对，凡是他们所行之事到了他那里，不是被推诿，就是被拖延，其中蒙武受的窝囊气最多。他心性耿直，又是世家子弟，对嫪毐甚为鄙视，那嫪毐自然也不会买他的账。他听到嬴政询问，便气愤道："臣以为嫪毐实为一无行小人。他曾是咸阳一市井无赖，虽为君侯，却只知行猎作乐。臣还听说他好赌成性，经常邀集朝臣在府中聚赌。如让此人手握重权，实是误国误民！"

众人听蒙武此言，也都起身诉说嫪毐的不是。嬴政听众人说完后才道："寡人也是迫不得已。寡人早知他的禀性，但他是太后所举之人。众卿也知道，还有几个月就是寡人行冠礼亲政之时。在行礼之前，太后之命寡人也不能不听。"说到此，他又露出得意的笑容，"不过寡人放纵嫪毐也不全是为此。吕不韦经营多年，如果由寡人亲自去对付他，难免会两败俱伤。寡人任由嫪毐恣意妄为，也是为了对付吕不韦。只是吕不韦太过狡猾，不与嫪毐正面冲突，一味在家编书，反而让嫪毐越来越猖狂。今日召众卿来，就是想商量一个对策。赵高，你来向众卿说说嫪毐的情况。"

赵高闻言站出来道："大王、众位大人，小人早已派人盯住嫪毐。他封侯虽仅半年，但家僮门客已有数千。在封地太原郡，他还私扩卫队，具体数目尚未查清。在咸阳城中，他也遍地安插亲信，这些人大多是他的好友。至于蒙将军说他在家设赌，他此举正是为了笼络朝臣。"

众人听完赵高的话都颇为吃惊。他们都被嫪毐迷惑了，以为他只是一个无赖小人罢了，没想到他竟怀有不测之心。他们也暗暗吃惊赵高的能耐，仿佛这朝中上下没有事能瞒过他。众人都在心中嘀咕着。

嬴政又大声问道："众卿有何良策？"

李信朗声回道："臣愿率五千精骑，直捣太原，活捉嫪毐！"

"将军勇气可嘉，可现在还不是时候。嫪毐只不过是一跳梁小丑，寡人还要用他来对付吕不韦。别看他现在屯兵聚众，显赫一时，寡人只需一句话就可让他烟消云散。"

"大王之意是臣等仍需把目标集中于吕不韦身上？"冯去疾半天没说一句话，但一开口就说中了嬴政的心思。

"正是！我们的真正对手还是吕不韦。寡人目前还不能动嫪毐，想留下他再逼逼吕不韦。不过为了以防万一，蒙将军就屯兵于通往太原郡要道上吧。希望众卿再忍耐一时，不要与嫪毐发生冲突，以免中了吕不韦的养晦之计，寡人倒要看他能忍耐到何时？"

昌平君担心道："大王有此准备，臣等就放心了。只是臣还有一事要禀告大王，卫尉竭乃宫中卫队首领，此人与嫪毐来往甚密。大王近身护卫之人若为嫪毐所用，一旦有什么不测，后果就严重了。臣请大王免去此人之职，另选他人为好。"

赵高闻此接言道："左相但请放心，大王早知此情，其实这支卫队早被吕不韦和嫪毐之人渗透，已不堪再用，现在更换只会打草惊蛇。小人从军中选出的勇士已秘密安排进宫充任大王的贴身护卫，就算有意外也可以应付一时。"

"这些事赵高都安排得很好，众卿不必担心。寡人难得有机会与众卿共饮，今日不妨一醉。"

众人见嬴政兴致甚高，随即爵来盏去，相谈甚欢。正至兴浓时，嬴政忽然感叹道："寡人有时在想，我秦国如此内耗下去，实在不值。以大秦实力足以扫平六国，一统天下。唉，内有重臣掣肘，寡人如何能安心对外？"

王翦是军中老将，一直有扫平六国的雄心。见嬴政年纪轻轻，就能放眼天下，暗自庆幸没有跟错人，他站起来举爵道："大王有此雄心，实为我秦人之福。臣誓死追随大王，助大王完成此志！"

"好！王将军请！"嬴政举爵一饮而尽，"要成此大业，寡人只有依靠众卿了。前日太卜告诉寡人，说有彗星横天而过。前年彗星过，蒙骜将军去世，朝廷损一柱石，随后长安君也叛乱身亡。今年彗星再现，恐怕又有事要发生了。四月是寡人亲政之时，也是该做个了断的时候了！"

众人一听此言，不由心中兴奋不已，大家齐声道："臣等即便肝脑涂地，也要助大王完成大业！"

嬴政闻言十分高兴，又传来乐工舞姬助兴，一时间殿中鼓瑟齐鸣，玉袖飘香，豪迈中平添了几分香艳……

在相邦府，吕不韦正后悔不迭。他低估了嬴政的忍性、嫪毐的能力，更低估了赵姬盛怒之下报复的决心。

一帮亲信正在诉苦，他们都是被嫪毐排挤下来的。看到这种局面，吕不韦觉得自己的策略好像错了。他原想嬴政不会容忍嫪毐胡作非为，想不到他竟忍了下来。这些人虽然官职不高，但实权很大。因为他想灵活调配这些人，如果让他们官职过高，反而会增强其野心，指挥起来就不一定如意了。

现在嫪毐极欲掌权，短时间内不可能拉拢重臣，就只有尽快地占据一些关键官职，取得实权，所以他排挤的也大多是吕不韦的人。

不能让嫪毐再如此猖狂了！吕不韦暗下决心，他吩咐司空马道："你尽快把嫪毐私扩卫队的消息传开，以引起大王的注意。另外，在咸阳城多造舆论，把嫪毐私开赌场、用人唯亲之事大肆传扬，激起百姓的怨恨。"

司空马道："属下会尽快去办。没想到一个无赖竟使我们有些手足无措，相邦，如果再让他扩张势力，将对我们极为不利啊！我们是不是该发动朝中之人弹劾他？"

"不，现在还为时过早。有太后支持，弹劾也没多大用处。我们只要让大王对他起猜忌之心，在大王亲政后对付他就容易了。"

"是。"司空马躬身行礼后退下。

吕不韦已感觉到风雨欲来之势，因为这段时日嬴政太平静了。他的不动声色，让自己感到一种无形的压力。

秦王政九年（公元前 238 年）四月，嬴政率领宗亲重臣前往雍（今陕西凤翔）地。雍是秦国最早建都之地，也是秦国宗庙所在之地，一些重要的典礼都在此举行。

四月己酉日，在雍城的太庙中，嬴氏宗亲和朝廷重臣齐集此处，为嬴政举行冠礼大典。太庙之中响起庄重的庙堂之乐，洪钟大吕震撼着人心。嬴政神情肃穆，立于历代祖先的牌位之前。

在掌管宗庙礼仪的奉常主持下，嬴政行了叩拜大礼，祭祀祖宗。

奉常为嬴政加冕，吕不韦为嬴政佩剑，从此刻起，嬴政开始亲自主掌朝政。只见他头戴通天冠，身穿黑色龙袍，手按太阿之剑，显得威武庄严，霸气十足。

礼毕，众臣俱跪下高呼："大王万岁！万岁！万万岁！"

嬴政扫视脚下群臣，还有跪在身侧的吕不韦，兴奋得想要仰天长笑。但他最终抑制住自己，平和地说道："众卿平身！"

吕不韦窥探着嬴政，把他的神情都看在眼中，在心中暗叹：儿子！这眼前的风光可代替不了朝政的凶险，你可要好自为之。

他多年努力想要实现的目标，现在可以说已成功大半。他相信这个"儿子"能够继承他的大业，使"吕氏"天下世代相传。可是嬴政偶尔显示出的残暴，又让他十分担心。嬴政在盛怒之下，往往会大肆杀戮。以此性格来平天下，尚有可为；若以此治天下，恐怕难行。虽然嬴政对他还是十分客气，开口"相邦"，闭口"仲父"，但他现在所说的话只怕嬴政一句也听不进了。

在咸阳嫪毐府中，此刻灯火通明，正在举行欢乐的晚宴。

嬴政率领宗亲重臣去了雍地，咸阳只剩下太后和嫪毐。令他畏惧担心的人都离开了，赵姬只知在后宫含饴弄子，嫪毐于是更加忘乎所以，为所欲为了。

他是个喜欢热闹快活的人，于是就把一些侍候太后和嬴政的亲贵请来饮酒博弈。一来想笼络人心，寻找更多的帮手；二来则是向他们炫耀财富和实力。

前来赴宴之人多为郎、尉。郎负责掌守宫廷门户，或为大王备马驾车；尉多是宫廷卫队长官，负责宫廷的巡逻、防卫。他们是秦王亲近之人，多为宗室子弟。

这些人都有一些世家子弟的傲气，对嫪毐的底细也知道一些，有人还隐隐猜出嫪毐和太后的关系。他们虽然瞧不起嫪毐，但他现在是朝中炙手可热之人，虽然不愿与他相交，但也不得不虚与委蛇。

进入嫪毐府中，其富丽堂皇不亚于咸阳宫。府中家僮女仆穿梭往来，其穿着打扮俱与宫中相同。

这嫪毐也够胆大，在大王脚下竟不知收敛，恐怕祸不远矣。有人心里暗自嘀咕。

嫪毐见所请之人都来了，心中甚是兴奋，他得意地向众人道："大家都能来是给我面子，当年我为高泉宫总管，也多承诸位照应。今日特备薄酒一席，与诸位叙叙旧情。"

嫪毐的话音刚落下，一群美女鱼贯而入。随着琴瑟响起，美女们在厅中翩翩起舞。这些郎、尉何曾见过这等场面！他们虽然见过秦王大宴群臣，那都是远远地观看，从没有参加过。今日见如此排场，个个都有些如痴如醉。伴随着优美香艳的舞蹈，一名歌女缓缓唱道：

> 呦呦鹿鸣，食野之苹。
> 我有嘉宾，鼓瑟吹笙。
> 吹笙鼓簧，承筐是将。
> 人之好我，示我周行。
>
> 呦呦鹿鸣，食野之蒿。
> 我有嘉宾，德音孔昭。
> 视民不恌，君子是则是效。
> 我有旨酒，嘉宾式燕以敖。
>
> 呦呦鹿鸣，食野之芩。
> 我有嘉宾，鼓瑟鼓琴。

鼓瑟鼓琴，和乐且湛。

我有旨酒，以燕乐嘉宾之心。

这首《鹿鸣》之曲属雅乐，为贵族宴飨宾客之乐。嫪毐并不喜欢雅乐，不过为了显示身份，他还是让歌姬们唱了这首雅乐。

歌姬婉转的歌声赞扬了酒菜的醇美和主人的热情好客，嫪毐饮到高兴之处，便抛掉了高雅之态，恢复了市井痞赖之气。他让那些美姬停止歌舞，给每人身旁安排一个陪酒。一时之间厅中莺歌燕舞，调情浪笑之声不绝于耳。

嫪毐看到此景，心中极为兴奋，他推起怀中的一位美姬道："去，你去代表我给每位大人敬酒一爵。每个人都要喝，不喝我可饶不了你。"

那美姬早就谙熟此道，娇笑着回道："君侯大人，您就放心吧！"

那美姬极有手段，一路娇娇而语，把众位郎、尉说得晕晕乎乎，个个酒到爵干，嫪毐在上面看得哈哈大笑。

可酒敬到一位小侍郎面前却出了问题。这位侍郎只有十五六岁，一看就知是宗室子弟。从酒宴开始他就显得局促不安，后来有美女过来相陪，就更有些手忙脚乱了。

那美姬敬酒到他跟前时，他一味推辞，这引起了全场的瞩目。身边之人见气氛有些尴尬，便提醒道："嬴勇，这可是君侯敬酒，你不要发犟脾气了。"

旁边另一个侍郎也嘟囔道："真不该带你来，小孩子什么都不懂，可不要连累我们。"

小侍郎见众人注目这里，知道这爵酒不喝不行了。他想站起来，可旁边有一美姬腻在身侧，手忙脚乱中，他把身前的案几掀翻了。两位美姬惊得失声尖叫，众人也不禁哗然。

嫪毐一开始看到嬴勇推三阻四，心中就有些不高兴，心想你一个小小的侍郎，我差人给你敬酒是看得起你，你还在那装什么！现在看他竟然掀翻了案几，心中不禁火冒三丈，指着小侍郎破口大骂道："你这臭小子，我好好的一场酒宴让你给搅了！你胆子不小，竟然跟我过不去。来人，给我乱棒打出去!"

小侍郎知道自己闯了大祸,面色苍白地站在那里,却没有一点示弱的样子。他听父亲说过嫪毐的底细,根本就瞧不起他。

旁边有人赶紧过来打圆场道:"君侯,他还是个小孩子,不懂规矩,您就饶了他这次吧?"

嫪毐知道他是个毛头小子,原也只想吓他一吓,听他说几句讨饶的话就算了。这样既可使众人见识了他的威风,也不至于得罪这些人。

可小侍郎性情刚直,见嫪毐当着众人斥骂他,就怒视着嫪毐,不言不语。

嫪毐见他不识时务,就再也顾不得什么了。如果连一个小小的侍郎都制服不了,他还是什么长信侯?

"来人,把这个不识时务的臭小子狠揍一顿,看他还敢不敢藐视我长信侯!"

一群如狼似虎的卫士冲进来把小侍郎打翻在地,拳来脚去一顿狠揍。有人想要上前劝解,但看见嫪毐怒气冲冲的样子,便不敢言语。

嫪毐眼见众人害怕的样子,耳听噼里啪啦的揍人声,那被美酒烧得半昏的脑袋便更加兴奋了。他指着被揍得死去活来的小侍郎道:"你这臭小子,我乃大王的假父,你竟敢不喝我的敬酒,真是活得不耐烦了!"

众人听嫪毐口出此言,不禁小声议论起来。有人见嬴勇实在被打得不行了,便上前劝道:"君侯,他已被打得半死,看在我等的面子上就饶了他吧?"

如今气也出了,威风也要了,嫪毐也不想把事情闹大,现在有人给台阶,他便顺水推舟道:"好,看在众位的面子上,这次就饶了他!你们把他带走吧!"

那几人架起嬴勇就退了出去,众人也纷纷起身告辞,一场欢宴就此草草散了。

第二天一大早,嫪毐还未起床就被仆人叫醒,说卫尉竭有要事找他。嫪毐连忙起身,心想他若不是有要事,也不会如此着急。事情果真如此,竭一见到他就道:"君侯,大事不好了!昨日那几个侍郎一大早就骑马直奔雍城去了，我想拦已是来不及了。"

"他们一定是向大王告密去了。都怪我昨天喝多了，胡言乱语，这可如何是好？"嫪毐面色大变，不知所措。他平日计划甚好，一副干大事的架势，但一遇急难，便显出他的无知。

"君侯，现在是您决断的时候了。大王如果知晓您的一切，绝不会饶过您的。君侯，您不是一直想领着弟兄们做一番大事吗？现在就正是时候！"竭大声道。

"我原本想再等两年，多积蓄一些实力，等两个孩儿长大了再行事。可现在如果草草起事，太后恐怕也不会支持我。"

"现在起事虽急，但是有出其不意之效。如今大王身边只有一部分虎贲军，这正是我等动手之良机，如果等大王回来了，那就更难动手了！如果君侯心有疑虑，不如我去把肆和齐找来商议一下？"

"好吧，你去把他们找来！"嫪毐一想到嬴政阴鸷的眼神，心中就不禁一颤。

嬴政听完几个侍郎的密告，面色铁青地跌坐在案几后。他无力地挥了挥手，示意他们出去。昨天加冠亲政的喜悦还没来得及享受，就被这消息冲得一干二净。他怎么也没想到母后会做出如此下贱之事，这若是传将出去，他如何面对众位大臣和秦国子民呢？

"赵高！"他嘶哑地叫了一声。

"奴婢在！"赵高闻声连忙跪下，他知道这是嬴政雷霆之怒的先兆。

"他们所说之事，你知不知道？"

赵高不知如何回答。说知道，嬴政一定责怪他事先为何不禀告；说不知道，就会显得他太无能。

嬴政一拍案几，怒声追问："你到底知不知道？"

"奴婢……奴婢知道。"赵高硬着头皮，小心翼翼地应道。

"知道？知道为何不禀告寡人？"

"奴婢不敢！事关大王家事，奴婢又没有真凭实据，怎敢胡乱多嘴？而且大王尚未亲政，朝中大事由太后做主，嫪毐又是吕不韦引荐给太后的，这上有太后，下有吕不韦，奴婢怎么敢乱说？大王与太后母子情深，若因奴婢之言影响了大王的天伦之乐，奴婢是罪不容赦！奴婢不是成心隐瞒，实在是不得已啊！"赵高说到后来，已是泣不成声。

"你起来吧。"嬴政知道这的确不能怪罪赵高。那几个侍郎要不是因为嫪毐过于猖狂，无法忍下心中的怨气，也不会向他禀告。

太后私蓄爱宠乱了朝纲不说，还生下两个孽种！这让他怎么也无法忍受。一想到这，他就恨得咬牙切齿。嫪毐是吕不韦引荐给太后的，他一定也脱不了干系。怪不得他会对嫪毐如此忍让！说不定他们早达成了默契。

嬴政觉得此事不宜迟，应尽快处置嫪毐，他吩咐道："你去把昌平君和诸位大臣请来，注意不要惊动吕不韦。那几个侍郎你要尽快处决，如果还有谁提起此事，寡人就唯你是问！"

"是，大王！"赵高胆战心惊道。

众位心腹大臣来后，嬴政不容他们开口就命令道："寡人已接获密报，嫪毐在咸阳欲叛乱谋反。传旨给蒙武，让他去捣毁嫪毐的巢穴。为防此事泄漏，让李信把所有的宗亲重臣都看管起来。"

昌平君试探地问道："大王，那吕不韦怎么办？"

"既要动，就把他们一齐除掉！嫪毐之事吕不韦也脱不了干系。你告诉李信，没有寡人的命令，不许吕不韦与任何人接触！传令蒙武，平乱之后立即带兵回咸阳！"

"是！大王！"众位心腹大臣高声应道。他们等的这一天终于来了，嬴政这么快动手，实在出乎他们的意料。

嫪毐和竭率领一队士卒直奔高泉宫，特别是竭把其余几人找来商量后，大家都认为现在起事是个好机会。虽然很仓促，准备也不够充分，但嬴政却很难以料到。再说他的护卫现在比较少，充其量只有两千虎贲军而已。在他们起事之后，嬴政再调动大军就来不及了。秦军主力都屯兵四境，唯一离咸阳近一些的是蒙武所率大军。但等他们包围了雍城之后，蒙武再来相救也就晚了。

嫪毐主要担心自己的兵力不足，他能直接调动的士卒总数不过千人，再加上门客也不过三千人。可用这些人与虎贲军相拼，就像是送羊入虎口。只有把守卫咸阳的县卒、官骑全部集中起来，才能稳操胜券。但调动军队的兵符在赵姬的手上，一旦嬴政加冕回来，权力就要移交给他。

嫪毐知道现在是箭在弦上，不得不发了，但赵姬又怎会轻易把兵符给他呢？和众人商议后，他打算以嬴政在雍城遇险，需要救兵为由，让太后发兵。

肆担心地问道："如果太后不相信怎么办？"他的担心也是众人所忧虑的，如果调不动军队，他们就无法起事。

嫪毐想了想，狠狠地道："这个你们不用担心，今天我非把兵符拿到不可。竭，你率一队士卒随我去高泉宫！"

高泉宫的宦官还没弄明白是怎么回事，就被士卒们控制了。嫪毐和竭直奔内宫，看见赵姬正在逗弄两个孩儿。

两个孩儿长得粉雕玉琢般，十分惹人怜爱。大概还没有人向太后禀告，她见嫪毐进来，便随口问道："你今日怎么有空来看我们母子？是不是在外面快活够了？咦，你怎么把他也带进来了？"她见到嫪毐身后的竭，颇为不快。

"太后，臣有要事向您禀告。您让这些人都退下去，竭，你把两位小公子也领下去好好照看！"

"是，君侯。"竭过去就要抱走两个孩儿。

赵姬忙把他们护在身后，怒斥道："你要干什么？孩子有人照看，不用你们管！"

竭不敢用强，看了看嫪毐。嫪毐一咬牙，示意他只管动手。竭不再顾虑，便一把推开赵姬，两肋夹着两个孩儿向宫外走去。

他们吓得哇哇大哭，口中喊道："娘，娘……"

"你疯了？你这是干什么？快还我孩子！"赵姬望着嫪毐边说边追，想要抢回两个孩儿。

嫪毐挡住赵姬，双手把她捉住道："太后，您这是干什么？臣只是让他照看两位小公子，他们也是臣的儿子啊！臣是来找您商量急事的，大王在雍地被歹人围困，需要派兵前去支援。"

赵姬被一连串的事弄得有些糊涂，她疑惑地问道："大王被何人围困？需要你来搬救兵？"

"被……被吕不韦围困，大王派人求援，您快把兵符给臣前去调兵解救大王！"

赵姬推开嫪毐，瞪着他道："吕不韦造反？他若是要反叛，还会等到今天？嫪毐，你老实告诉我，你要干什么？"

嫪毐知道瞒不过赵姬，而他也没打算瞒过去，干脆说了实话："您说得对，不是吕不韦要造反，而是我要反！您知道吗？我不造反就得死！这里的一切大王都知道了，他还能饶过我吗？您是太后又怎样，大王一回来就要亲政，您能保得住我吗？我已经无路可走了！"他像一头受伤的野兽对赵姬狂号着，把心中的恐惧和不安都倾泻了出来。

赵姬被吓住了，她从未见嫪毐如此暴怒过。她不相信这一切，怔怔地道："这怎么可能呢？大王怎么会知道？"她也不知道这些事让嬴政知道了会怎么样？

嫪毐一下跪在赵姬的脚下，抱着她的双腿哭诉道："太后，您就救救嫪毐吧！难道您以前疼爱臣都是假的？您不是说过要立我们的儿子为王吗？您就是不可怜我，也得想想那两个可爱的孩儿啊！大王现在知道了，会杀了他们的！"

赵姬已完全没有了主意："那我该怎么办？你让我怎么办啊？"

嫪毐知道赵姬已经动摇，连忙劝道："您把兵符给我去调兵，事成之后就让大王退位，立我们的儿子为王。您放心，臣不会伤害大王，到时赐他一块封地。您依然是太后，什么事都由您做主！"

赵姬颓然坐在床榻上，左右为难。她明知嫪毐的话不可相信，却不知该如何驳斥。她又心疼两个孩儿，不知该怎么办："可是……可是我……"

兵符一旦交出，再发生什么事就由不得她控制了。嫪毐不容赵姬多想，发狠似的站起来道："好，您既然看着臣父子三人丧命也不管，臣干脆现在出去就把他们杀了，免得死在他人之手！然后臣自杀，您就安心做太后，让大王陪您过下半辈子吧！"

嫪毐作势欲出，赵姬连忙拉住他。其实她也担心嬴政知道这一切后，就算不会把她怎么样，也一定不会放过她的孩子。她软弱地说道："你别这样，兵符可以给你，但你别忘了刚才说的话！你把两个孩子还给我！"

说完这些话，赵姬觉得浑身像被抽干了似的绵软无力。

"竭，把他们带进来！"嫪毐见目的已经达到，兴奋地向外面喊道。

赵姬拿出兵符，嫪毐接过后确认无误高兴道："这下好了！这下好了！"

赵姬见两个孩儿还在竭手中，就对嫪毐道："你把两个孩子放了，兵符你已经拿到了。"

"把他们放了？如果您后悔了，我嫪毐岂不是死无葬身之地？您就安心在这里等着吧，事成之后我就把他们送来。你们几个留在这里，好好侍候太后！"嫪毐一把推开赵姬，带着竭和两个儿子扬长而去，毫不理会趴在地上失声恸哭的赵姬。

嫪毐率领军队还未出咸阳城，就迎头遇上了嬴政的虎贲军。双方在咸阳城中对垒，一场血战即将开始。

嫪毐招来这么多军队令嬴政大吃一惊，他以为就算抵抗，嫪毐也只有门客和卫卒可用。现在看到这些军队，嬴政已明白是怎么回事。他心中暗恨母后为了私情竟不顾大义，让嫪毐调动了咸阳的守军。

嫪毐一见大军前来就感到害怕，他以为是嬴政率军前来讨伐的。后来见他只有一千多虎贲军，不由大喜道："真是天助我也，今日一定要活捉嬴政！"

可嫪毐所率的军队却迷糊了——

"怎么回事？不是去解救大王吗？"

"大王怎么率军队回来了？"

"是不是传错令啦？"

……

赵高听到嗡嗡的议论声，就隐约知道是怎么回事了。他立即高声道："你们听着，嫪毐是犯上作乱！大王有令，只要你们讨伐逆贼嫪毐，奖爵一级！"

士卒听到赵高此言，顿时乱成一团，议论纷纷——

"原来是领着我们造反啊！"

"造反可要被杀头的！"

"杀头事小，还要被诛族！"

"娘的，原来嫪毐骗我们，杀死他！"

"杀死嫪毐！"

……

明白真相的一部分人立即反戈，奔向了嬴政这边。另一部分人搞不清事的人，也放下武器逃走了。嫪毐大急，高声道："叛乱是死罪，秦法决不轻饶你等。你们只要捉住嬴政，我便重赏千金，封侯拜相！"

嫪毐这边的门客不少是亡命之徒，一听此语便高喊着向嬴政扑过去。在他们的带动下，士卒们也行动起来。

虎贲军虽然勇猛，但在城中却施展不开。他们善于马上野战，不善于巷战。只得下马与叛军短兵相接，贴身肉搏了。

城中的百姓一时不明所以，不知道军队为何打了起来。当他们得知是长信侯叛乱时，便劝阻自己的儿子或丈夫离开叛军，但嫪毐仍占优势。嬴政见此情形，对赵高道："该是勇士们露面的时候了！"

"是！大王！"赵高高声应道。

"吹号！"他吩咐身旁的一名卫士。

"呜——呜——"尖角牛号发出响彻云霄的声音，而嫪毐和竭、肆、齐都不知赵高此举是何意。

稍后，咸阳城中各处响起这种号角声，随即传来一片喊杀声。

"怎么回事？"嫪毐紧张地问身旁的竭。

"我也不知道，可咸阳城中再没有可调动的军队啊？"竭疑惑道。

随着喊杀声，城中涌出一批庶民百姓。他们服饰各异，但都有一个共同点，就是一律头缠黑带，手上提着锃亮的长刀。他们都是从秦军中选出来的精英，个个深谙搏击之术。早在一两年前就以各种身份隐居在咸阳城中，等待的就是这一天。

虎贲军见来了援军，士气顿时高涨。嫪毐那边不明底细，以为城中百姓反抗他们，个个惊慌失措。有人见势不妙，开始逃跑。

卫卒和门客拼命抵挡，可肆却过来禀告道："君侯，不好了！蒙武已占领太原郡，正率大军向这边赶来！"

嫪毐闻言顿时面如死灰，他知道这下已经输得干干净净了，现在唯一想到的就是如何尽快逃命。

咸阳城中现在是乱成一团，到处刀光剑影，喊杀声、惨叫声不绝于耳。形势已完全逆转，叛军已成了惊弓之鸟，很快被虎贲军扑灭。嫪毐等人早已逃走，嬴政下令——活捉嫪毐者赏钱一百万！杀死嫪毐者赏钱五十万！抓住叛军头目者赏钱三十万！

命令一出，不几日嫪毐一党就相继落网。嬴政亲自审讯了嫪毐，获得了令他意想不到的消息——原来吕不韦与太后也有私情，而嫪毐只不过是吕不韦的替身而已。

母后啊母后，您为什么要这样做！您让孩儿怎么办？嬴政的心如针扎一般疼痛，但他学会了克制，再也不暴跳如雷了，他要用这些人的血来洗刷自己的耻辱！

嫪毐在咸阳北市被车裂，并诛灭九族，尸体还被喂了野狗；同党竭、肆、齐等二十多人被枭首示众，并被灭族；他的舍人门客没有参加叛乱的，被罚为鬼薪（即徒役三年），其余有牵连的被免除了爵位，流放到边远的蜀地。

但嬴政还有两个心头之患没有除去，吕不韦已在他的掌握之中，他现在急于要除去的是两个孽种！嫪毐当时见势不妙，就把两个儿子送入了太后宫中，以为这样就能保住他们的性命。

嬴政当然不会直入高泉宫去捉拿那两个孽种，这样做只会激起母后以死相拼，使事情更为难办。他找来赵高交代了一番，随即赵高按计划行事。

嬴政坐在祈年宫中静等赵姬前来，他随手翻着案几上堆积如山的奏章，里面多是朝臣为吕不韦求情的。他已把吕不韦密押起来，还没宣告如何处置。一些大臣闻风而动，上书力陈吕不韦十年为相的功劳，希望能网开一面。

一个内侍进来禀告说太后来了，嬴政起身相迎。赵姬见了他，奇怪地问道："赵高说你病重，怎么还在批阅奏章？"

"寡人近日有些劳累，但并没有什么大碍，有劳母后询问。"

"你可要顾惜自己的身体，多找些大臣帮你，不要事事亲为。"

"他们不害寡人，寡人就心满意足了。"嬴政话中带刺道。

赵姬知道嬴政话中所指，只有默不作声。造成如今的局面，她有不可推卸的责任，可她心中的苦楚又能向谁诉说呢？母子均默默无语，一种无形的隔膜阻隔了他们的亲情，一个不想说，一个不知该说什么，殿里的气氛沉闷异常。

嬴政把赵姬诓来，是为了方便赵高在高泉宫行事，并不想与她聊天。他干脆把赵姬晾在一旁看起奏章来，但他一个字也看不进去。他恨她！他希望赵高那边快点得手，好远离这里的压抑气氛。

赵姬枯坐了一阵，几次张口欲言，见嬴政低头看奏章，不理自己，话到嘴边又收了回去。她像一个罪人坐在那里，而嬴政正用这种无言的行为在惩罚她。过了一会儿，她再也坐不下去了，便起身道："政儿，你不要太劳累了，还是早点歇息吧？"

嬴政见赵姬要走，便拖延道："母后，寡人还有一事与您商量。"

"什么事？"

"母后，您在高泉宫住了十几年吧，为何不换换环境？近日咸阳很乱，寡人已派人把雍城的贳阳宫收拾好了，您就搬到那里去住吧！"

赵姬听到此语，几欲伤心落泪，这分明是儿子要赶她走啊！她强忍住悲伤，淡淡地回答道："我知道了，我一定会去的。"

这时，赵高进来了，嬴政便对赵姬道："母后好走，寡人就不送了。"

赵姬刚一离开，嬴政就问道："事情办得怎么样了？"

"一切都按大王的吩咐办好了！那两个孽种已被装入袋中沉入渭水了。太后把他们藏得真隐秘，奴婢费了半天心思才找到他们。大王，要是太后责问，您可要为奴婢做主啊！"赵高求道。

"你何时变得如此胆小了？你放心，有寡人在，谁也动不了你！只是现在这个吕不韦真让寡人为难。赵高，你说寡人该怎么办？"

"奴婢不敢妄言！不过吕不韦在朝中经营多年，根深蒂固，如果像对付嫪毐那样对付他，恐有不妥。各地郡守县令出自吕不韦门下的有不少，这些人不同嫪毐的门客，一旦处理不好，会激起更大的乱子。再说诸侯各国已闻知我朝变故，都蠢蠢欲动，朝中诸臣也因嫪毐之事人人自危，所以奴婢认为还是谨慎一些为好。”

"想不到你还有这番见识，寡人倒是小看了你，寡人也正是为此而心中忧虑啊！现在只有便宜吕不韦了，放他回封地去养老吧。不过，你还要加强对他的监视！”

"是！大王！”

二人刚说到这里，只见赵姬疯了一样的冲进来，厉声喊道："把孩子还给我！快把孩子还给我！”

嬴政示意赵高退下，然后迎向赵姬道："母后，您怎么了？孩子，什么孩子？”

赵姬一把揪住嬴政哭喊道："娘求求你了！快把那两个孩子还给我，他们可是你的弟弟啊！”

嬴政哼了一声，冷酷地说道："弟弟？寡人的弟弟早就死了！您说的是嫪毐的那两个孽种吧？他们本不该来到这世上，寡人已把他们送走了！”

赵姬一听，一下子瘫倒在地上，伤心欲绝道："你怎么这么狠心！他们只是小孩子啊！你竟连他们都不放过，毕竟他们是娘身上的肉啊！”

赵姬的话一下激起了嬴政心中郁闷已久的怒火，他像一头发狂的狮子怒吼道："寡人狠心？寡人如果不狠心，前日在咸阳北市车裂的就不是嫪毐，而是寡人了！您为了私欲，把朝廷上下搅得一团糟，您做的那些事孩儿都说不出口！算了，寡人也不想与您吵，您就到雍城养老去吧！寡人再也不想见到您了！”

"你……你……”赵姬指着嬴政，说不出话来。她气怒交加，昏厥在地……

在城外的一条官道上，一辆马车孤零零地停在那里，路上看不到一个行人。一位五十岁左右的男子在不远处，眺望着落日下的咸阳城。

这已是深秋十月，飒飒秋风送来一阵阵凉意。

一个仆人对那男子说道："相邦，天不早了，该起程了。”

那男子回头苦笑道："老夫再也不是什么相邦了，这次能捡回一条性命，我已经知足了。你看，这落日下的咸阳城多美！只怕我再也看不到了。"

"您不是相邦，可还是文信侯。大王只是让您出居封地，说不定过几年还会请您回来的。"

吕不韦摇头道："不可能了。老夫能在洛阳安享晚年，就是齐天之福了，大王怎会再起用老夫这个罪臣呢？"

"相邦出居封地，昔日门客竟无一人前来相送，实在有负相邦过去对他们的恩情。"

"是老夫不让他们来的。老夫已被罢黜，如果再兴师动众，只会招人嫉恨，恐怕连洛阳都到不了！老夫在咸阳呼风唤雨十来年，也知足了。还是快些起程吧！"

马车迎着落日在官道缓缓行去，身后的咸阳被落日映照得金碧辉煌。祈年宫中，嬴政正凭栏而望，欣赏这落日的绚丽辉煌。

赵高来到他身后小心地说道："没有人送行，他一个人走了。"

嬴政点了点头，他望着逐渐西沉的落日，一阵空虚落寞袭上心头。

吕不韦走了，母后也走了，成蛟、姜玉也都离他而去了，还有谁能陪伴他呢？他没有了对手，也失去了亲人。

明日这太阳依旧会升起，依然灿烂，可等待他的又会是什么呢？

第八章

茅焦出使欲留秦 嬴政偷琴戏美人

咸阳城虽然恢复了往日的喧嚣，但由于受嫪毐反叛的影响，城中还弥漫着肃杀之气，不时有人被杀头示众。百姓更是人心惶惶，不知何时自己就会被牵连进去。

从商鞅变法开始，秦国就实行"连坐"制度。五户人家为一伍，设伍长；十家为一什，设什长。这样不仅方便收取赋税、掌握全国的户籍数，而且便于互相监督。

按照规定，有犯法者而隐藏不告的，十家都要受连坐，报告的人可以同战场斩获敌人首级一样得到功爵，而隐藏罪犯者就按投敌论处。由于实行这样的"连坐"制度，人们有时不明原因就被杀头弃市。嫪毐虽被处死，但他还有数千家僮舍人，这些人又牵扯着千家万户，所以大家都不知何时灾难就会降临。

紧接着又是权倾一国的"仲父"吕不韦被罢免，这在秦国上下乃至诸侯各国之间都引起了不小的震动。百姓还感觉不到什么，但在朝为官之人多与吕不韦有关系，都急得如热锅上的蚂蚁，四处寻找门路，探听大王口风。

嬴政最终没有杀掉吕不韦，这使不少人松了口气。但有不少朝臣还是看出，这件事不会如此简单就了结。大王这样做不是不忍对吕不韦下手，而是有太多顾忌，怕牵一发而动全身，给东方六国可乘之机。

　　而各诸侯国也不甘寂寞，纷纷遣使来探听内情。他们都被秦国逼得喘不过气来，希望秦国从内部瓦解，从而解除对他们的威胁。但令他们失望的是，吕不韦虽然被罢免了官职，但秦国并没有发生大的动乱。相反，不少使者拜见了秦王后，更感到一种可怕的威胁。

　　秦王虽然年轻，但接见众使者时所表现出来的气度，令各国使者不敢直视。更令他们心惊的是，秦王虽然刚刚亲政，却有不少良臣猛将对他心悦诚服。

　　吕不韦虽然精明能干，但一直大权独揽，所用之人多是门客，免不了得罪宗室大臣。而秦王扶持宗室大臣，起用一批遭吕不韦排斥的旧臣，但对吕不韦的人仍加以任用，并不排斥。同吕不韦比起来，秦王更加知人善用。

　　转眼间到了秦王政十年（公元前 237 年）四月，嬴政已亲政一年了。嫪毐和吕不韦已成了过眼云烟，可朝中又出现了一批令人瞩目的权臣。文有昌平君及其弟昌文君、冯去疾和王绾。武有王翦、蒙武、桓齮等。最引人注目的就是昌平君了，他接替吕不韦，成了一人之下、万人之上的右相。

　　宗室大臣们在朝廷上扬眉吐气，认为大展威风的时候到了。可嬴政的态度却很暧昧，他虽然处置了吕不韦，却对其门客依然礼敬有加。这让宗室大臣们有些无所适从，不敢贸然行动。

　　昌平君的府门前车马往来频繁，一派热闹景象。这日，他奉嬴政之命率群臣宴请各国使臣。朝中的大臣差不多都来了，大家都想借此机会与他套套交情。而各国的使臣也想借此机会一探虚实，这也是他们与秦国大臣全面接触的好机会。在这里，他们不仅可以听到各种消息，说不定还可以联系到一些有意另谋高就的人士，为本国挖来一两个人才。

　　当然，嬴政此举也有他自己的用意——

　　　一是为了向各国宣示秦国上下和睦，并不像外界传言那样。
　　　二是为了缓和朝中的气氛，让那些惶惶不安的臣子能够安心。

　　昌平君为了向各国使臣及朝臣们显示自己的权势，也不遗余力地铺张操办。宴客大厅中已是宾朋满座，左右两旁各有四十多个案几，而案几各分成四排，身份显赫者坐在最前靠近主人的一方。后面距主人较远的，多是职小位卑之人。

　　酒过三巡，昌平君举爵道："今日酒宴乃是奉大王之命慰劳各位使臣，各位不远千里，来我大秦以示友好，鄙国大王深表谢意。"说到此，昌平君话锋一转，"至于各位上书欲劝谏大王母子和好，就不要再行此举了。鄙国国君行事自有主张，希望各位能谨慎从事。若惹大王雷霆之怒，即使诸位贵为使臣，恐怕也难幸免！"

　　使臣受辱是各国最忌之事，因为这最易引起两国战端。使臣进言劝谏，是代表各自的国君说话，即使言语有所冒犯，也不能随意处罚，最严重的也不过是驱逐回国，像昌平君这样暗含威胁的并不多见。众使臣也清楚秦国为何如此嚣张，秦国现在连各国合纵都不惧怕，怎会怕与一国开战？

　　其实，各国使臣劝谏秦王母子和好也并非出自好心，他们是想借机羞辱秦国，向天下人昭示秦王的不孝不义，打击他的声威，降低秦国的威信。嬴政正是看出他们的居心，才让昌平君阻止的。

　　蒙武接着道："诸位使臣恐怕还不清楚，朝中大臣为此事劝谏大王而遭杀身之祸者已有二十七人。"

　　"二十七人！"座中各使臣都惊呼道，他们听说有过大臣为此事丧命，却没有想到会有这么多。

　　"这是他们咎由自取！大王三令五申不许再议此事，他们却恃往日声望，妄议君王家事，意图博取谏臣之名。大王洞悉其心，明察秋毫，自然不会让其得逞，所以望诸位不要再行此举。"蒙武继续道。

　　各国使臣从蒙武的话中已隐约听出此事与朝中争斗有关——所谓恃往日声威者多是出自吕不韦门下的大臣，嬴政知道不可能连根拔除吕不韦的势力，只有借各种机会削弱他们。他们从中也看到了一个睥睨天下的年轻君王和他暴烈的主政手段，这让他们想起本国的君王，不禁感到丧气。各国君王在强秦的威逼下，只知苟安求和，而秦王如此年轻就知道励精图治，秦国的将来将不可限量。

宴会进行得非常热烈，充满了秦国的粗朴豪放之气。为了向各国使臣显示秦国的军力，昌平君特意从军中调来雄壮威武的军士作格斗表演。秦国重视军功，崇尚武技。在这种场合，免不了要炫耀一番。

羞辱秦国的目的没有达到，各国使臣既无心眼前的美食，也看不进刺激的搏杀表演。他们有的思谋着回去如何向国君交代；有的结合在秦国的所见所闻，开始为自己的前途考虑。

宴会就在看似热闹但并不和谐的气氛中结束了。

齐国使臣茅焦一出相府，就听见有人在叫他："茅焦兄，你是否还认得小弟？"

茅焦定睛一看，便认出了来人。他上前与其执手相握道："这不是李斯兄吗？原来你也来赴宴了，怎么刚才没看见你呢？"

李斯苦笑道："你是齐国的使臣、大秦的贵客，坐在宴席前排，又怎会注意到我们这些坐在后面的小人物呢？"

茅焦有些不好意思道："李斯兄说笑了！请原谅小弟一直没有去看你，这里实在是应酬太多了。怎么？听李斯兄此语，好像在秦国并不如意啊！"

李斯叹了口气道："只怪我当初不该投身吕不韦门下。如今吕不韦被罢黜，我等出自他门下的臣子，上见疑于君王，下陷于群臣倾轧，日子不好过啊！"

茅焦望着面前这个年约三旬、长眉细目、有儒雅之风的同窗师弟，想起他昔日意气风发，与今日的长吁短叹相比，真是有天壤之别。

李斯是楚国上蔡人，年轻时曾为其地郡守下面的一个小吏。他每次经过府衙厕所之时，都会看见里面偷食秽物的老鼠惊恐地四处逃窜，而他走进郡中囤粮的仓库时，见其中的老鼠又肥又大，却不担心人的到来。他不禁感叹道："一个人的贤或不肖，就像这些老鼠一样，看处在什么样的环境中。"

于是他辞去官职，跟一代大家荀卿学习帝王之术。学成之后，他并不想回楚国效命，而是投身吕不韦门下做了一个舍人。很快他就凭着自己的才学得到了赏识，被任命为郎，后来又被吕不韦推荐给嬴政，被任命为长史。

嬴政因他出自吕不韦门下，虽然赏识他的才学，但心存顾忌，并不重用他。吕不韦被罢黜后，他更难有施展才学的机会，所以见到昔日同窗难免有诸多感慨。

茅焦不解地问道："听说李斯兄在秦国为长史，这可是一个上通君王，下达群臣的好位置，当不至于如此不堪吧？"

李斯摇头道："茅焦兄不解内情。在下虽为长史，却毫无施展之地，每日只为大王整理一些无关紧要的文书，这有什么意思？唉，想起来就令人心灰意冷啊！"

茅焦见四周无人，便对李斯神秘说道："李斯兄如果在秦国不如意，可有意到齐国谋求发展？"

李斯以一种奇怪的眼神打量着茅焦，然后不悦地说道："在下虽然在秦国不如意，但还没想过另投他国。在下对茅焦兄这么说，并不是想托你晋身齐国。当年你我同窗之时相处最是相欢，所以才对你一吐肺腑之言。如今大王虽见疑于在下，但在下敢断言，大王英明果敢，将是昭襄王再世！在下只希望假以时日，大王能明白在下对秦国的一片忠心。茅焦兄，在下倒有一言，不知你是否愿听？"

"李斯兄直言无妨。"茅焦想不到自己一番好意竟被李斯拒绝，颇为尴尬地说道。

"齐国因灭宋激起列国愤怒，致使各国尽出精锐共讨齐国。燕将乐毅攻下齐城七十余座，直入临淄尽取齐之宝藏，齐闵王也亡于楚将淖齿之手，齐国再也不复往日声威。幸好有齐君田后，贤明能干，事秦谨慎，待诸侯仁义，才使齐国四十年未受兵灾之祸。然田后死后，齐王建却是一昏庸之人，只知苟且偷安，难复齐国往日声威！在下倒为茅焦兄日后担心，像齐王建如此昏庸之主，岂是你大展宏图的所在？相信茅焦兄对天下形势已了然于胸，当明白在下之意。"李斯侃侃而谈道。

茅焦心中暗责李斯，此言简直没将齐国放在眼里。他当然明白秦国的威势如日中天，是东方六国所不能比拟的，而他们又出现了一个英明果敢、野心勃勃的年轻君王，那六国以后的日子将更难过了。唯一对抗秦国的办法就是六国合纵抗秦，但这实行起来却又困难重重。六国之间存在着各种矛盾，秦国也屡屡从中破坏，使各国都争相事秦，以求苟安过活。而六国君王又是贪图安逸之辈，对秦国抱着避让态度，使其势越来越强大。

茅焦道："我何尝不明白李斯兄之意？如果秦国不发生内乱，一统天下将是迟早的事。实不相瞒，我原想借此出使之机一探秦国内情，看是否能求得一官半职，一展胸中所学。不过一见李斯兄之境况，让我担心在此谋得一席之地并不容易。"

"何以见得？茅焦兄难道已试过？"

"李斯兄不是一个明证吗？你来秦多年，以胸中所学当不致如此吧？往日吕不韦在时，还能广纳天下之士，如今昌平君、昌文君兄弟把持朝政，多用宗室之臣，像我这样一个外来之人，又怎能得到重用？"茅焦叹了口气。

"依在下之见，这只是暂时的现象。我王既有一统天下之雄心，当然也有广纳贤才之胸怀。只因吕不韦和嫪毐之变，我王才生出疑忌之心。假以时日，必有改变。茅焦兄如想在秦国一展抱负，当作常人不能及之事，以引大王的关注。"

"常人不能及之事？"茅焦思量道，"若说此事目前倒有一件，就是劝谏大王母子和好，只是此事颇为不易啊！"想到此事有性命之忧，他也不敢掉以轻心。

"如果茅焦兄去拜见一人，或许能帮你完成此常人不易之举。"

"此人是谁？"茅焦急切问道。

"中常侍赵高。"

赵高望着眼前默然无语的嬴政就有些心惧，他狭长的双目盯着前方，眼神深邃难测，两唇紧闭，棱角分明。他觉得越来越难了解这位年轻的君主了。

嬴政沉默了片刻才道："你给寡人好好看住吕不韦！寡人让他退居封

地已是格外开恩了，可他还不知收敛，竟与六国暗中来往。赵高，你要严加监视！"

赵高了解嬴政这么做是多么困难，虽然他恨不得亲手杀了吕不韦，但还是表现得极为克制，甚至违心饶了吕不韦一命。

"大王，吕不韦心计难测，奴婢以为留下他恐怕夜长梦多啊！"

嬴政颇为无奈道："寡人何尝不想一劳永逸把他连根拔除，可他在朝中的势力又岂是一朝一夕能够消除的？朝中诸事还要依靠旧臣，寡人总不能把他们全都杀掉或放逐吧？而且出自吕不韦门下的这些朝臣，其中也不乏才智杰出之士。只希望他们不要纠缠在吕不韦这一棵树上，毕竟这大秦还是我嬴氏的！"

"奴婢可没想这么多，奴婢只知道谁对大王不忠，就要铲除谁！"

其实赵高明白嬴政的苦衷，他知道嬴政并不是一个宽宏大量的人主，之所以他要如此表现，是为了让嬴政以为他见识浅薄，却一心为主，避免引起他的疑忌。

嬴政笑着站起来，拍了拍比他矮一头的赵高道："其实论功劳，你比昌平君、蒙武他们要大得多，但寡人没有赏你高官，你不会怨怪寡人吧？"

赵高连忙跪下道："奴婢不敢！即使大王真的封了奴婢，奴婢恐怕也难以胜任，奴婢只愿意服侍大王！"

嬴政把赵高扶起来，用深邃的眼神盯着他，然后转过身去，好像要掩饰某种感情："说心里话，这朝中上下寡人唯一相信的人就只有你。寡人没有封你高官，倒不是顾忌什么，只是你一出去为官，就不能像这样与寡人朝夕相处，寡人只怕连一个说心里话的人都没有了。"

赵高听了此语不由心头一热：大王虽贵为一国君王，也不能忍受内心的孤寂啊。大王不仅欣赏我的才干，还对我产生了感情上的依赖，赵高心中窃喜。

"大王，您把奴婢从一个受人轻视的宫中厮役超擢为中常侍，对奴婢信任有加，这就是对奴婢最好的赏赐，奴婢已别无所求！"

嬴政摆了摆手道："好了，这些话就不要说了。寡人心里明白，你虽然官职不大，但权力不小，昌平君、蒙武等人都不敢小瞧于你。寡人虽宠信你，但你也要拿出点本事给他们瞧瞧。如今朝中急需用人，你就为寡人多寻几个才智之士吧！"

为大王挑选人才，正是培植势力的大好机会。嬴政此语无疑是恩准他可以建立自己的势力。

嬴政忽然又问道："你还没有立夫人吧？前些日子，韩国使者进献了几个美姬，寡人看了觉得还不错，你就挑一个回去吧。寡人虽不能赏你高官，但这些钱财、美女还是可以赏你的。"

"谢大王恩赐！"赵高本想推辞，但一想到嬴政最厌恶臣下对他的命令推三阻四，便一口答应了。

"今日已没什么事了，你就早点回去享受寡人赐给你的美人吧！"嬴政打趣道。

赵高心中暗自苦笑，因为嬴政赐给他的美人并不好消受，至少他不能像对待其他女子那样对待她，而且说不定她是嬴政放在他身边的监视之人。

赵高离去了，空荡荡的大殿只有嬴政，他突然感到几许落寞袭上心头。面前堆积如山的奏章都等着他批阅，他打开一卷看了一会儿，却静不下心来。他心中有些躁动，想找个人说话以解心头的寂寞。

四月正是春意盎然的季节，也是春情萌动的时候，他向后宫走去，想在那里找到一些慰藉。他迎着暖暖春阳，漫步在咸阳宫的小径上，春暖花开的迷人景色使他心中萌发的欲望更加强烈。

他有多少姬妾并不清楚，除了少数几个夫人外，其余诸如美人、良人、八子、七子之类的后宫姬妾他连面孔都记不住。他喜欢美色，却从不沉迷其中，因为他的心早随着姜玉的死而冰封。

王后之位至今仍然空着，并不是没有人适合这个位置，而是他从来没想过立哪位姬妾为后，因为还没有谁值得他这样做。

他有七个儿子，长子扶苏已经五岁。扶苏之母是齐国公主，因为她喜欢头饰紫巾，被称为紫巾公主。她生下扶苏后，嬴政立了她为夫人。

在众多的姬妾中，紫巾是少数几个能得他欢心的人。她出身高贵，又生下长子，被众大臣视为王后的最佳人选，但嬴政一直迟迟不下诏册封。

这使众大臣纳闷于心，也使紫巾幽怨不已。

赢政何尝不想早日立后？自从太后被迁雍地，后宫琐事都落在他的身上，后来他让紫巾主理后宫，自己才脱身出来。他心里有一种渴望——再遇上如姜玉般纯真美丽的女子，他要把后位留给她。对那些战战兢兢强颜笑脸承欢于膝下的美女，他感到厌恶。

忽然，一缕悠扬的琴声随着和煦的春风缓缓飘来，打断了他的思绪，他忍不住驻足。那琴音似乎是在有意引他，他循着琴音找寻过去。

赢政习过礼、乐、射、御、书、数六艺，听出那琴声并不是秦国之调，而是卫国之音。那柔和、纤细的乐声，如美人的纱裙惹人遐思，他曾听过这种音乐，只是从来没有觉得这般美妙。

穿过几重回廊，赢政跨进一道苑门，出现在眼前的是一个精致的小花园。一位丽人正居群花之中，悠然自得地弹着琴。他怕惊扰这宁静的气氛，便在苑门处停下，远远地望着。那丽人没觉得有人前来，仍然全神贯注地弹琴。她的面容随着琴声时喜时忧，时笑时嗔，完全沉浸在其中。

赢政不知不觉往前靠近，那丽人已完全进入视野。她一身白衣，云发高挽，全身没见一件饰物。

一曲弹完，随即长叹一声，丽人才抬首眺望。她见站在不远处的赢政正直勾勾望着她。

平常所见的赢政，总是华服高冠、一副不苟言笑的君王威仪，令人不敢直视。除了一些随侍左右的近侍和一些较为亲近的夫人外，一般人都难以见到身着便服的他。见一位陌生的男人痴盯着自己，丽人不禁有些惊慌，也有些恼怒，但她不知对方是谁，便沉下脸问道："你是何人？为何闯到这里来？"

"寡……我是大王的近侍，因闻姑娘琴音美妙，不觉驻足聆听，打扰了。"赢政陡起游戏之心，便随口捏造起来。其实只要细想一下，便不难发现此话的破绽——哪一个近侍也不会那么大胆盯着后宫姬妾。

那丽人恍若未觉此话的破绽，赢政一说她便相信了。不过她显然对内宫近侍没什么好感，出言讥讽道："你也懂乐？我以为你们只会呵斥人呢！"

　　嬴政走近那丽人，不禁心中赞叹——好一个美人儿！那丽人约十六七岁，一袭白衣衬托出她的丰姿。弯如月牙的细眉下有着一双明亮眼睛，似一汪碧潭，正好奇地注视着他。

　　"宫中的内侍真那么厉害？那我没吓到你吧？"

　　丽人露出不屑的神情道："他们只会对那些不受大王宠爱的姬妾耍威风，可对那些夫人，他们连大声说话都不敢！不过看你的样子，好像与他们有些不一样。"

　　嬴政不禁为她娇俏的样子心醉，便逗道："看来你也不怎么受大王宠爱，要不然怎会在此孤单，而琴声中又充满哀怨呢？"

　　丽人见嬴政听出她琴音中的秘密，便嗔怒道："你这人说话怎么没大没小？告诉你，我可是美人，你再口出妄言，我就告诉紫巾夫人！"

　　美人在宫中地位仅次于夫人，一般出身较好、姿色不错的女子才可以得到此封号。

　　嬴政连忙道歉："对不起！对不起！是我妄言，姑娘千万不要告诉紫巾夫人。听姑娘琴音，好像对卫乐甚是熟悉，难道姑娘是卫人？"

　　那丽人也只想吓唬一下嬴政，见他问起自己身世，便幽幽道："我本是卫元君的女儿，来秦国已有半年了，除了得到美人封号外，还没有见过大王。我们这些已灭的小国宗室，又有谁会看在眼里？他们只会巴结齐、楚等国的公主！嗯，还是算了。我才不会去求他们，只希望能在这里清静地过下去。"

　　嬴政对后宫的情形知道一些——一般来说，大国的公主或出身世族的女子被封后的机会要大一些，她们也是内侍们巴结的对象。而那些出身不怎么样，又想得到大王眷顾的宫女就要巴结他们了。大王如果没有点明要哪位姬妾侍寝，那侍寝之人就由内侍来安排了，如果得罪了他们，可能老死宫中也见不到大王一面。

　　他虽然是大王，对这种事也不可能与内侍们计较，只要他们做得不过分，他也懒得去管。这后宫佳丽成群，他不可能个个都照顾到。眼前的丽人来秦半年还没见过他的面，一定是内侍们欺她国小势微，没有靠山，才把她放在一边不理。

　　嬴政这才发现她有些像姜玉，不禁心中一颤：难道这就是自己盼望已久的人？嬴政在心中把她与姜玉一比，果然有六七分相似，只是她那双眼睛比姜玉要大，看上去少了几分娇俏，而多了一些娴静。

　　丽人不等他回话，又接着问道："我与你说这么多干吗？你不是大王的近侍吗？能告诉我大王长什么样子吗？"

　　她一定是寂寞得太久了，便忍不住向人倾诉。嬴政在心里想。

　　"大王长得什么样？"嬴政重复了一下，不知道该如何回答，"嗯，你看我长得如何？有人说我很像大王……"

　　"你竟敢这样说？幸亏这里没有别人，让人听见了告诉给大王，你就犯了妄言之罪，会被灭族的！"那丽人不等他说完就截住话头。

　　"那你知道了不报岂不是要连坐？"嬴政嬉笑道。他今日兴致特别好，与面前的丽人说话真是很快活，他已经很久没有这种感觉了。

　　丽人一下子急得脸通红，跺足责怪道："我是为你好，你反而不识好歹！你快走，我不想和你说话了。"说完便抱起瑶琴，向屋内走去。

　　嬴政哪肯这般轻易放过她？他尾随着这个女子，推开了正要关闭的屋门。那丽人没料到一个内侍竟如此胆大闯了进来，不觉愣在那里不悦道："你要干什么？还不出去？"

　　嬴政满不在乎地笑道："你还没告诉我你的名字呢？我怎么能走？"他有一种恶作剧的快意，想看看那丽人到底怎么办？

　　丽人有些怀疑，即使是内侍也不会如此大胆，出言如此轻佻。她警惕地后退了几步问道："你到底是何人？再不走，我就喊人了。"

　　"你不说出名字我就不走。"嬴政大大咧咧地走到案几之后坐下，一副死皮赖脸的样子。他从小在赵国市井中长大，学起来也像模像样。

　　丽人何曾见过这种场面？不禁有些手足无措，不知如何是好。嬴政还故意抓起案几上的瓷壶，为自己斟了一碗水，慢慢喝起来。他刚喝了一口，便挑剔道："水都凉了，怎么喝呀？你能不能温一下？"

　　丽人目瞪口呆地望着他，似乎不相信眼前的一切。她不再多言，放下琴就出去了。

　　嬴政知道她一定是叫人去了，本想等着她回来，看看结果会怎样。但他转念一想，到时一定来人很多，在那种情况下还有什么乐趣可言？他看了看案几上那张瑶琴，知道是琴中极品，便心生一计，拿起那张琴就离开了。

茅焦坐在车上，心中很不平静，对能否取得赵高的帮助他心中一点底都没有。他以纵横之术和机智雄辩的口才名闻诸侯，但以前游说的多是各国大王或闻名遐迩的权臣。事前他都针对各人喜厌及弱点做好了准备，但这次李斯指点他去拜见的赵高，他多方面打听后，仍对其人知之甚少。

从零星的情况来看，赵高算是秦廷之中最神秘的人了。他官职不高，却时常出没嬴政左右；一些重要的政事他也从未参加讨论，但连昌平君对他都甚是礼敬。

他还了解到赵高出身低微，有些大臣谈起他来都有些不屑。但赵高为人到底如何，好像还没人说得清楚。茅焦曾派人送去一份厚礼，赵高收下了，这多少让他有点心安。

车行至赵高府前，那府第让茅焦感觉有些意外。赵高是嬴政的宠臣，府第却显得有些寒碜，与他的身份不相符合。这里既没有高高的门阶，也没有宽大的门庭，若不是有人指引，一般人都不会认为这是秦王宠臣所居之宅。

进入府内，他更觉得这里与众不同。府中男仆很多，并且个个高大健壮，行动迅捷。略一观察，茅焦就看出这些人都是受过严格训练的战士。他们步伐稳健有力，做事干脆利落，感觉不到一般仆人的那股奴气。

进入内屋，只见一人在屋中正前依案而坐，案上堆满简册。那人见茅焦进来，连忙起身相迎道："贵使来访，在下未曾远迎，还请贵使恕罪。"

茅焦打量着赵高，觉得他比自己想象的要年轻得多。他二十五六岁的样子，两颊瘦削，颧骨高耸，双眼转动间显出几分精干。

问候完毕，赵高并不问茅焦此行的目的，只是与他漫无边际地谈论诸国之事。虽然所谈散乱，但茅焦还是发现赵高观察敏锐，列国许多不为人知的小事，他都了如指掌。

两人闲聊一阵后，赵高笑道："先生来秦已有些时日了吧，按礼应当是在下先去拜会先生，只是一直有事缠身，希望先生能够谅解。返齐时请告知在下一声，在下一定为先生饯行。"

"大人太客气了！实不相瞒，外臣本来早该返齐了，但有一件心事未了，故迟迟未能起程。"茅焦不再兜圈子。虽然赵高收了礼，但他看得出来，赵高并未把那份礼放在心上。

"先生有何心事？"赵高追问道，不过言语中毫无承诺相助之意。

茅焦暗觉他处事狡猾老练，但心中也早有准备："鄙国大王派外臣前来，是为了劝谏贵国大王母子和好。齐秦两国交好多年，外臣身为齐使而不能为齐秦两国出力，实是有负鄙国大王之命。"

"原来是为此事啊！不过这事的确难办，大王善纳臣言，但在此事上却寸步不让。这事也不能全怪大王，因为这一切都伤得大王太深了。"赵高为难道。

"外臣倒不是怕死不敢进谏，只是怕连进言的机会都没有。外臣听说天上有二十八宿，现在已死了二十七人，就让外臣凑满这二十八之数。只希望大人能从中斡旋，让外臣能见到贵国大王，有进言的机会。"

"那在下岂不是害了先生？这事万万不可！"赵高拒绝道。

"外臣纵然身死，但比起秦国的安危来，又算得了什么！"茅焦慨然道。

"先生此话何意？"

"贵国大王车裂假父，迁母杀弟，残戮谏臣，实是行桀纣之道。特别是迁母之举，让人更不可谅解。若此事遍传天下，只怕天下再无人向秦，难道不危险吗？"

赵高思索了片刻，然后道："先生所言也甚是有理，只是……这样吧，在下尽量为先生创造进言之机，不过能否说动大王还要靠先生了。在下相信先生还是有希望的，毕竟你与那二十七位大臣不同。"

"那就一切拜托大人了。"茅焦听出赵高的暗示。他与那二十七位大臣身份不同，嬴政处死他们是为扫除异己，而他则没有这种危险。

嬴政面前时常浮现出那张俏似姜玉的丽人面容。一想起她，嬴政就觉得有种不可言传的兴奋传遍全身。那丽人的一颦一笑已深留他的脑海，虽然那只是一段片刻的接触。

他可以像对待其他姬妾那样，吩咐内侍一声，让她前来侍寝，可他并不想那样做。他渴望一个能与他平心相处、真正爱他的女人，而不是一个把他当主人，刻意讨好他的女人。

他从未想过宠爱哪一个姬妾，因为从来没有哪一位女子能使他保持长久的兴趣。唯一能与他亲近接触的，只有紫巾夫人。不过，他对紫巾的感情是敬多于爱，她的端庄美丽、不苟言笑，以及与太后相似的气质，总让他不能全心去亲近。

紫巾为他生下了扶苏，又将后宫管理得井井有条，但这一切只让嬴政增添几分敬意，并没有增进他们之间的感情。他也知道紫巾是王后的最佳人选，太后也曾经与他商量过几次，但总被他用种种借口回避了。

自从嫪毐之事后，太后的种种无德被他知晓，对太后的愤恨也影响了他对紫巾的感情。他有些害怕见到那张与太后相似的面孔，他担心自己会控制不住，在她面前泄露内心的狂躁和软弱，丧失君王的威仪。可他也需要向人倾诉内心的烦恼忧愁，但这个人又不是随便可以找得到的。

能听他诉说苦恼的成蛟背叛了他，能与他说心里话的母亲给他的伤害更深。每每想到所经历的这一切，嬴政就有发狂的冲动。他再也不敢轻易相信任何人了，他变得喜怒无常。但在那天下午，那个弹琴的丽人让他感到一种阔别很久的轻松和愉悦。

他有些担心，一旦那丽人知道了他的真实身份后，是否会与其他姬妾一样，只知道讨好他以求得封赏。但这不可能隐藏得太久，说不定下一次她就会知道他的身份。到时会怎么样呢？嬴政不愿去想。

这几日处理政事，他有些心不在焉。原来每次议事时，他总嫌臣子们知道得太少，报告得不够详尽。可现在他却希望臣子们能尽快结束那些禀告，让他有时间等待与那丽人相会。可他等了几天，也没人向他报告后宫出了什么事。不过，他还是瞧出一些不同寻常之处。

内府总管频繁找他的随身内侍问话，虽然想瞒他，但他是有心之人，自然瞒不住。

赢政知道内宫出现了这种事，首先由内府总管处理，大一点的事就上报给王后或太后，最后才会惊动他。不过这一次赢政希望能亲自过问，他问内府总管道："这几天你总是找寡人的内侍问话，是不是内宫出了什么事？"

大王问起来，内府总管再不敢隐瞒，他禀告道："启禀大王，后宫之中出现了贼人。"

"贼人？"赢政暗自好笑，不过还是装作不解地问道，"难道丢了什么东西吗？"

"前几天有人冒充大王近侍，偷走了公孙美人的琴。这张琴是公孙美人的心爱之物，她禀告了紫巾夫人。夫人命奴婢尽快查出偷琴之人，但奴婢问遍了宫中内侍，也没有发现可疑之人。"

公孙美人虽然向内府总管形容过偷琴人的容貌，但他怎敢怀疑"偷琴贼"就是赢政呢？

"公孙美人？"赢政念叨了一句，"你去把她找来，说不定寡人能为她找回那张琴。"

内府总管心中有些奇怪，不知大王为何会对这等事留心？不过见赢政一副笃定的神态，他已隐隐猜出其中的内情。

公孙美人听内府总管传她去见大王，不由心中怦怦乱跳。半年来，想不到这次会因祸得福，她能够见到赢政了。

她一想起这次来秦背负着整个家族的期望，就觉得负担不起。

卫国于秦王政六年（公元前 241 年）被秦国灭掉。为了笼络人心，显示秦国的仁厚，秦王没有灭掉卫国的宗祀，而只是将卫元君迁到了野王（今河南沁阳），让其继续保留爵位，祭奉宗祀。

卫元君为了讨秦王的欢心，就把女儿献了出来，他指望凭借女儿的美貌能使卫国能借助秦国的力量重新崛起，至少也能保持现状，不被贬为庶民。

公孙美人来秦半年，从各方面了解到秦王虽然年轻，但并不贪淫女色。虽后宫美女如云，但从没有听说他对哪个姬妾特别宠爱，就连立后呼声最高的紫巾夫人也难以得到他的专宠。

想到这些，公孙美人既有些失望，又有些高兴。如果不是父王逼迫，她才不愿意来侍奉秦王。秦国在诸侯中素有虎狼之国的称号，以残暴著称，攻城略地常作屠城之举。秦人性情也多粗野凶狠，所以公孙美人对秦王没有什么好感。何况来秦之前，她心中已有一人，虽然今生今世再难相见，但她愿意守着这个人的影子过下去。

家族的期望让她想起来就觉得好笑。若是卫国真能因为她而重新强盛，那秦国恐怕早已为诸侯所灭。可是她一个女儿身，能为家族做的也仅此而已。诸多感慨浮上心头，她觉得好无奈。

内府总管乍一见公孙美人心中暗暗称奇。虽然她一袭白衣，一张素面，不见任何修饰，但流露出一种别具魅力的雅韵。凭直觉，他知道这个美人一定会引起大王的注意，因此一点也不敢怠慢。

"请美人在外稍候，奴婢这就进去禀告大王。"到了祈年宫，内府总管殷勤地说道。很快，他又急急地从殿中出来让公孙美人进去。

公孙美人很紧张，这是她第一次见这个强大国家的君王。听说秦王不苟言笑，甚至有些喜怒无常，如果一不小心触犯了他，那将如何是好？她站在门外左右为难，心中埋怨自己——早知如此，就不找那张琴了。可她现在也不可能后悔了，王命下达，已没有抗拒的余地。她咬了咬嘴唇，走了进去。

奇怪的是，她进入殿中后没有见到一个人。她往四周看了看，也依然如此。她不敢四处走动，又不能出语呼喊，便站在那里打量着这座宫殿。

宫殿高大敞亮，不尚巧饰，有秦国建筑粗朴豪放的风格。殿中的物品不多，但都有其用处。她心中暗叹一声，难怪秦国会越来越强盛！在这里她没有看见一件父王书房中常见的奇珍异宝，能见到的俱是高大的木架，上面搁满了竹简帛书。

殿中的正前方有一张大方案，上面放着的也是竹简帛书和笔墨。她原先就听宫女们说秦王很勤奋，经常批阅奏章至深夜，现在见此情形她已相信了几分。

正在这时，她听见身后传来细细的脚步声，转身一看，正是那偷琴的年轻内侍。他依然是初见时的那副打扮，正笑眯眯地望着她。

公孙美人正待出言责骂，又觉得不妥。这是秦王的书房，内侍不经传唤怎敢擅自进来？她越来越怀疑此人的身份，于是话到嘴边又忍住了。

嬴政见她玉面通红、欲言又止的样子，不觉嬉笑道："你不是到处找我吗？我偷了你的琴，你是不是很想骂我？你不说我也能猜到，你一定在心里骂我。不过，被你这么漂亮的美人骂两句也没什么。"

公孙美人本想弄清他的身份后再说，但见他一出口就轻薄自己，不禁心中有气，便斥骂道："你这大胆的小贼，偷了我的琴还在这里疯言疯语，我要禀告大王治你的罪！"

公孙美人虽然嘴里说得很凶，但心里对眼前的这位内侍有一种异样的好感。他的那些疯话既让她生气，又让她有些高兴。她隐约觉得面前的人就是嬴政，但又希望他最好不是。

"你叫大王把我杀了，你就拿不到琴了。如果你能弹一曲给我听，说不定我会把琴还给你，怎么样？"嬴政觉得眼前这个丽人发怒的样子甚是惹人怜爱。

"你到底是什么人？这里可是大王的书房。"公孙美人见他如此有恃无恐，心中更是怀疑。

"你觉得我是什么人呢？"嬴政狡黠地问道，甚是开心。

公孙美人咬着嘴唇想了一会儿道："你想听我弹琴，就得答应我一个条件。"

"什么条件？"嬴政很感兴趣。

"如果你是大王，就饶恕我刚才的冒犯之罪；如果不是，你就对我行跪拜之礼，不准再说轻薄之言，我也不禀告大王。"说罢，她一双美目紧盯着嬴政。

这个美人倒是很聪明，心地也善良。她一定是猜出自己是秦王，才会说出如此条件的。不过嬴政还是想急一急眼前的俏佳人，便寒下一张脸故作沉吟。

公孙美人的脸色一下子变白了，以为他不肯原谅自己，眼泪在美目中打转，就欲哭泣起来。

嬴政连忙开口道："你既然开了条件，我也有个条件。你说话的声音那么好听，你要边弹边唱才行。"

公孙美人见嬴政强忍住笑的样子，才明白他是在捉弄自己。她害羞地抹去眼中的泪水，玉面羞红。望着她娇艳欲滴的面容，嬴政不觉有些痴了。

感觉到嬴政炽烈的目光，公孙美人心如小鹿一般乱撞，低语道："你还不把琴给我？"

"好，我这就拿琴给你。"

公孙美人抿嘴一笑，心中有一丝甜甜的滋味。眼前的嬴政好像往日那些在她身边大献殷勤的贵族少年，只是他转身而去的背影显示出无与伦比的君王气概，让她觉得眼前之人与那些贵族少年不同。

她有些迷惑了，凭直觉眼前这人已对她大有好感。难道他真是秦王？怎么和别人口中所说的秦王如此不同？公孙美人在心中烦乱地想着。

嬴政把琴拿来交给了她，可是在哪里弹呢？这里除了那张大案，再无放琴之处。公孙美人不知如何是好。

嬴政愣了一下就明白了，他三下两下就把书简整理好，然后对公孙美人道："你就在这里弹吧。"

"那是大王用的地方，我可不敢坐。"公孙美人有心刁难嬴政。

"他知道有你这个美人坐在那里，高兴都来不及，怎么会怪罪呢？"嬴政仍是那副嬉笑的面孔。

公孙美人被嬴政的话羞红了脸，她觉得嬴政十分随和，甚至还有些少年顽皮的心性。她把琴放在案上坐了下来，嬴政也挨着她坐下，把她吓了一跳。她惊慌道："你坐这么近，我怎么弹琴？"

"以前我听娘弹琴的时候，总坐在她身边，可现在再也听不到了。"嬴政说这话的时候，一副黯然神伤的样子。

秦王的母亲不就是赵姬吗？他有迁母的恶名，所以外界才传言他冷酷无情，可是看他现在的样子，仍然对母亲有深厚的感情。公孙美人虽有一些疑问，但不便开口相问，毕竟这是君王的家事。

可嬴政坐在身边让她很不自在，他那灼灼的眼神、近在可闻的男人气息搅得她心神不宁，这如何还能让她静下心来弹琴呢？

"看来我坐在这里，你真是弹不成了。"嬴政冲她笑道，然后站起来走到离她一丈来远的地方坐下。

公孙美人调好琴，平稳了呼吸，才开始弹起来，很快就沉浸到琴音之中。她想起了远在野王的家人，只有这琴音，才能略解她的乡愁。她轻启朱唇，缓缓唱道：

> 籊籊竹竿，以钓于淇。
> 岂不尔思，远莫致之。
> 泉源在左，淇水在右。
> 女子有行，远兄弟父母。
> 淇水在右，泉源在左。
> 巧笑之瑳，佩玉之傩。
> 淇水滺滺，桧楫松舟。
> 驾言出游，以写我忧。

这首卫风《竹竿》描述了卫女远嫁异国，回想幼时淇水边嬉戏的情形。琴音和歌声相互映衬，再加上公孙美人对卫音淋漓尽致的表现，一股浓浓的思乡之情顿时充溢着整个大殿。

嬴政听得如痴如醉，被这浓浓的乡愁所浸染，仿佛又回到了母子三人在邯郸相依为命的时候。他们对父亲的思念之情也是借母亲的那张琴表达的，每次坐在母亲身旁听琴，是他最快乐的时候。

余音缭绕，琴声徐歇。嬴政恍若未觉，依然沉浸在回忆之中。

公孙美人见嬴政双眼微闭，怔怔地坐在那里。她仔细打量这位年轻的君王，见他两道浓眉斜飞入鬓，挺拔的鼻梁，高起而浑圆的颧骨，紧闭的双唇，透露出坚毅、固执的性格。

君王的威严及与权臣的争斗，使嬴政的心智远远高于同龄人，而此时他那挂于眼角的泪水却让公孙美人感觉到了这个年轻君王的内心。这琴声是他们彼此感应的桥梁，把他们联结在一起。公孙美人心中油然生起强烈的怜惜之情，为自己，也为面前的嬴政。她轻勾琴弦，打断了他的回忆。

　　嬴政惊醒过来，他看见一双大眼睛正盯着自己，眼神中透露出几分爱怜，几分娇羞，几分矜持。她递出一块洁白的丝巾，嬴政为她的善解人意而感动，轻轻接了过来。

　　他擦去脸上的泪水，把丝巾递给公孙美人。公孙美人伸手欲接丝巾，却被他捉住了小手。她情急之下，欲要挣脱，却被嬴政一下拉到了身边。

　　公孙美人已确定了他的身份，不便过分挣扎引起他的不快，何况她心中已有些喜欢他了。嬴政深情地看着身旁的公孙美人，望着她那如黑瀑般倾泻的长发、洁如凝脂般的面容、不胜娇羞的神情，抑制不住心中的爱怜。

　　"大王……"公孙美人嘤嘤地叫了一声，从嬴政手中抽出自己的手。

　　看着她娇羞的面容上欲睁欲闭的双目，嬴政托起公孙美人垂下的头，不禁心动神摇，他轻轻地说道："你真美！寡人要赐你一名，就封你为清扬夫人吧！"

　　公孙美人因受父母宠爱，随兄弟习过六艺，她知道清扬是赞扬女子美目的。她虽然出身高贵，但也只有姓氏，嬴政赐名给她，是对她极大的恩宠。宫中蒙受此种礼遇的，除她之外就只有紫巾夫人了。

　　公孙美人羞怯道："您是大王，为何这般戏弄妾？您不会责怪妾对您无礼吧？"

　　"你早知寡人是大王对不对？知道寡人是大王，还敢说出那种话，寡人该怎样惩罚你呢？"

　　"谁知道您是大王？当初您偷了妾的琴不说，还疯言疯语的，就像是……"清扬说到此处住口不语，她想自己的比喻实在不雅，不禁捂嘴笑了起来。

　　"像什么？你快说！"嬴政被她毫无拘束的娇态所吸引，忍不住追问道。

　　"就像是个不怀好意的小无赖！"清扬脱口而出。

　　"好啊！你竟敢骂寡人是无赖，看寡人怎么惩罚你！"嬴政从未感觉像现在这般快活，他把清扬拽入怀中，手脚不老实起来。

　　清扬手足无措，不住挣扎，这反而激起嬴政的征服欲望。比起往日那些姬妾的一味顺从，这更让他感到新鲜有趣。

　　不消片刻清扬便驯服在嬴政的魅力下，她本是一个情窦已开的少女，对嬴政又有好感，因此两人由一个进攻，一个抵挡，变成了紧紧相拥，缠绵不已。

第九章

齐使诤谏母子和　群臣暗斗风云诡

　　嬴政和清扬正在忘情地享受着销魂的时刻，忽然一阵脚步声传来，清扬连忙推开嬴政，却怎么也推不动。嬴政可不管这些，他依然像只馋猫似的，紧紧地抱着她。

　　脚步声越来越近，清扬连连摇头，不断推着嬴政。嬴政被弄得兴致全无，他坐起来怒视来人。清扬也坐到了一旁，整理自己凌乱的头发和衣裙。

　　只见内府总管低着头慢慢地走了进来，他见嬴政目如寒星，一下便跪倒在地。

　　嬴政怒气冲冲地喝道："寡人不是说过没有吩咐不许进来吗？你胆子不小，竟敢违抗寡人的命令！"

　　内府总管身体抖如筛糠，不住磕头道："大王饶命！实在是紫巾夫人有要事求见，小人不得不进来禀告。"

　　清扬不想嬴政在盛怒之下杀了内府总管，若是如此，她以后在后宫就难以立足了。她轻声劝道："大王，您若为刚才之事怪罪总管，妾也难以心安。总管是个能干之人，他又不是有意违抗大王之命，您就不要怪他了。"

　　嬴政因他败了兴致，故怒火中烧，冷静下来之后，他也觉得不应过分责怪内府总管。他朝清扬挤了挤眼睛，羞得她赶紧低下了头。

他对跪在地上不敢抬头的总管道："这次有清扬夫人为你说情，寡人就饶了你。你去传令，册封公孙美人为清扬夫人。"

"是！谢大王、夫人不罪之恩。"他没想到公孙美人会如此快地获得大王的青睐，被册封为清扬夫人，这在后宫是难得的宠遇，他心中盘算着以后如何巴结于她。

清扬见嬴政似笑非笑地看着自己，想起刚才的情景，嗔怪地看了他一眼。嬴政被她娇俏含羞的样子逗得直笑，他好久没有感到这么快乐舒心过了。总管不明所以，只有嘿嘿地赔笑。

清扬站起来道："大王，紫巾夫人与您有要事相商，那妾就先回去了。"

"不准你走！"嬴政跳起来抓住清扬的手，他吩咐总管道，"你去告诉紫巾夫人，有事明日再议。"

清扬见嬴政此举，心头便是一甜。她是个聪明的女子，如果现在依了嬴政，那以后她与紫巾必然处于对立的位置，而紫巾又是她心中敬佩之人，在后宫也颇有势力，于是她道："大王，您对妾之心，妾感激不尽。紫巾夫人与大王有要事相商，若因妾而耽误，妾实在担当不起！大王若真爱妾，就让妾回去吧。"

"嗯……那好吧！难得你如此识礼，寡人就依你。"如果是别人不遵命令，嬴政早就勃然大怒了，不知为何，他对清扬却如此顺从。内府总管见此情景，心中暗暗称奇。

随内府总管出来，清扬在门口碰到了盛装而来的紫巾夫人，她立即行礼道："清扬见过夫人。"

"清扬?"紫巾有些诧异。她对这个有些奇特的公孙美人，一开始就觉得有些威胁。

自从太后迁居雍地之后，紫巾就开始管理后宫。宫中诸多的美女她都见过，唯有公孙美人给她的印象特别深刻。不仅因为她生得极美，更多的是那种寻常美女身上难以见到的气质。她利用掌权之便，把公孙美人安置在一个较偏僻的地方，结果鬼使神差还是让大王见到了她。

她见清扬喜悦而羞怯的样子，心中有些发酸。她的担心变成了现实，清扬成了她最大威胁。她试图让所有人相信，她是嬴政最宠爱的姬妾，但她清楚，自己从来没有抓住过嬴政的心。嬴政对她就像那些良臣猛将一样，看重的是自己的才干。

内府总管明白紫巾的诧异，忙解释道："禀告夫人，大王已册封公孙美人为清扬夫人。"

紫巾一听忙扶起清扬道："大王既已封你为夫人，就不必再行此大礼，以后我们就姐妹相称吧。清扬，大王能赐你如此好听的名字，真是羡慕死姐姐了。"她几句话就把关系拉近了许多。

清扬微红着脸道："姐姐说笑了，其实清扬对姐姐才能佩服不已。这后宫除了姐姐这样既美又有才能的人，谁还能为大王分忧呢？清扬以后还不知有多少事要麻烦姐姐呢！"

"妹妹不必客气，姐姐还有事与大王相商，哪天有空了我们姐妹再好好说说话。"说完，紫巾夫人就进去了。

嬴政还沉浸在刚才的兴奋中，他迫不及待地问紫巾道："你急着见寡人到底什么事？"

对紫巾，嬴政说不清楚是一种什么感情。她的端庄美丽以及才识曾一度让他迷恋，但与她在一起时嬴政总感到有些压抑，得不到征服的快感。他对紫巾的敬重多于喜爱，对她才能的需要多于对感情的需要。

紫巾已察觉到嬴政的轻松和喜悦，这是与她在一起时难见到的。她有些苦涩，暗想自己多年的努力，竟不如他偶然一见的女子。她强忍住心酸道："大王，今日妾是为扶苏而来。他是大王的长子，已年满五岁，是不是该给他请一位老师了？"

嬴政吃惊道："扶苏已经五岁了？真的好快啊！寡人因政事太忙，难得见他一面。哪天有空，寡人带他出去骑马！"

"扶苏要是知道了，不知道要高兴成什么样。他平日总在念叨父王为什么不去看他，这下总算如愿了。"紫巾颇为感慨道。

嬴政心中有些愧疚，众多儿子女儿没有一个特别受他的宠爱。有些儿子、女儿生下来他就从没见过，可以说毫无感情。扶苏是他的长子，曾给他带来初为人父的喜悦，所以他得到的关爱要比其他子女多一些。即使如此，扶苏见他的次数也是屈指可数。他轻咳一声，掩饰着内心的尴尬道：
"扶苏五岁了，是该给他找位太傅了，不知夫人心中可有合适人选？"

紫巾想了想道："妾知道一人可为扶苏之师，只是他官小职微，若为
太傅，妾怕一些大臣不满。"

"如果他确有其才，寡人可以擢拔。"

"他叫池子华，在少府冯去疾手下任职，为属官尚书令，负责掌管图
书秘籍。妾听说他博学多才，也曾见过他为图书所做的笔录见解。只是他
为人谨慎，寡言少语，声名在诸侯各国并不显著。"

嬴政知道紫巾最喜读书，腹中学问不浅，若是她看中之人，必非一般
学者士子。他不再多虑，便对紫巾道："夫人眼力果非寻常，目前朝中正
缺人才，若他真如夫人所说，寡人就还有重用。明日早朝后，就让他来这
里见寡人吧。"

扶苏之事商议完毕，嬴政又随口问了几句，二人再无话可谈。紫巾想
问问清扬之事，但一想到嬴政猜疑之心颇重，怕他以为自己是与清扬争
宠，便忍住不提。之后她又与嬴政闲谈了几句，便告辞回宫了。

紫巾刚走，赵高就来了。嬴政笑问道："这几天寡人派人都找不见
你，还以为你被美人迷昏了头呢！听说你出远门了，怎么不禀告一声？"

赵高讪笑道："大王取笑了！奴婢暗中去了一趟洛阳，查证了一些事
情，准备弄清楚后再向大王禀告。"

嬴政眼睛一亮道："此行可有什么收获？"

吕不韦虽已罢相，但其影响还是存在的，这一直是嬴政的心病。他让
赵高监视吕不韦，赵高丝毫不敢松懈。

"奴婢接到密报，说各国暗中派人去拜会吕不韦，奴婢便亲自前去查
探。发现他们是去游说吕不韦的，还竞相许以显爵。"

"那吕不韦态度如何？"

"吕不韦态度甚是暧昧，既没有拒绝，也没有答应去哪一国。依奴婢
估计，他可能在待价而沽。"

嬴政在殿中来回踱步，突然抬头道："不，吕不韦此举决不简单。眼
下秦国强盛，非六国可比，吕不韦心中甚是清楚。他与东方六国争斗多

年，也了解六国的实力。况且他独断专行的作风已名闻诸侯，试问哪国君王还敢用他？诸侯游说他，无非是看重他在秦国的势力，想借此来分化、削弱秦国。依寡人看，这可能是吕不韦故意放风试探寡人。否则以他谨慎的行事风格，又怎会轻易将此事泄漏，而让你查得清清楚楚呢？"

听嬴政这么一说，赵高心中有些明白了："难道他是在效甘茂之故？昔日甘茂欲投奔齐国，又怕得不到齐王的尊重，于是就让苏代游说先王，说他是个很有才能的人，离开秦国将对秦国不利，结果先王便给了他很高的俸禄。之后苏代又去游说齐王，说甘茂辅佐秦王对齐国是个很大的威胁，结果齐王又赐给甘茂上卿之位。奴婢现在想来，吕不韦一定是效仿此法，想引起大王注意，以期东山再起。"

赵高的分析听得嬴政连连点头，他兴奋道："以你的才能，做个中常侍真是委屈了。寡人不可能再用吕不韦，不过也不得不防他另投他国，否则将对秦国产生巨大的威胁。赵高，你要继续加强对吕不韦的监视！"

"是！大王！但为何不干脆一点把他……"赵高小心问道。

"寡人何尝不想除去这个心头之患？只是现在时机尚不成熟。朝中经过这么多变故，惶惶不安者大有人在。若不能使他们安心，这朝政只怕也难以维持下去了。对了，寡人让你搜罗一些人才，可有什么收获？"

"奴婢搜寻了许久，想推荐一人，他是齐使茅焦，不过……"

"不过什么？有话你就直说，寡人不会怪罪的。"

"茅焦执意要上殿劝说大王母子和好，奴婢……"

"寡人不是说任何人不许再提此事吗？他是齐使又怎样！你把他赶回去，寡人不想见这等恃才之人！"嬴政不耐烦地挥了挥手。

"奴婢也与他说过大王之意，但他执意要这么做。他说若大王不见他就会失去建立万世基业之机，他还说大王危机就在眼前而还不自知……"赵高小心翼翼道。

"他有什么本事，竟口出狂言！无非是激寡人召见他，好一逞口舌之利罢了。"嬴政怒极后，反倒冷静下来。

"此人的确狂傲，不过他在诸侯中倒有一些名望。大王若不见他，他定会在诸侯中非议大王，说大王嫉贤妒能，不纳贤才，那对大王的威仪将是一大损害！而且齐国清议之风天下有名，这些使者尤甚。大王何不在召见他后，视其所说后再作对策？"赵高趁机大胆言道。他跟随嬴政已有不少时日，早已明白何时该放胆直言，何时需缄口不语。

"寡人……寡人岂能忍受在众臣面前听他胡言乱语？"嬴政不禁有些犹豫，他不仅想以武功震慑天下，更想以贤德威服列国。

"大王，您已听过二十多次了，再多听一次又何妨？这样做才能显示您招纳贤才的决心。大王，请恕奴婢冒死进言。太后毕竟是一国之母，您真舍得让她孤单一人老于雍地？大王何不借茅焦进言之机接回太后，以息天下人之口？还可赢得天下贤才之心。"

嬴政静静听完赵高的话，当初他把母后幽禁雍地，虽然消解了一些心头之恨，但被一些朝臣大加指责。有些朝臣进言说"禽兽知母而不知有父"，像他如此对待生母，则连禽兽都不如。为此，他连杀二十七位大臣。他恨这些朝臣出语刻薄，认为他们是有意丑化自己。不过听赵高这么一说，他就不得不考虑了，因为赵高是不会给他难堪的。

嬴政思前想后，然后道："你去告诉茅焦，明日寡人就在咸阳宫召见他。"

赵高心中大喜，但仍装作诚惶诚恐道："谢大王不罪之恩。"

"到时他说什么，寡人都会克制的。如果连一个小小的齐使都不能收服，寡人又何谈统一天下的大计？"嬴政的豪迈油然而生。

"大王圣明！大王能有此心，一统六国指日可待！"

"好了，奉承话就少说两句，办你的事去吧。"嬴政不耐烦了，毕竟他被迫接受了一件自己并不愿意做的事，心中甚是不痛快。

赵高知趣地离开了，空荡荡的内殿中又只剩下嬴政一人不停地来回走着，清扬、紫巾、太后、吕不韦的面容一一从他心头掠过。他越想越心烦，走到御案前翻开一卷竹简，略看几眼后又猛然摔开。他不知该如何使自己平静，平息心中的烦躁。突然清扬那玉面娇羞、巧笑嫣然之态又浮现在眼前，他大喊一声："传清扬夫人！"

茅焦坐在奔往咸阳宫的马车上，不禁有些得意。他就要去做一件别人望而却步的事，并且要借此获取荣华富贵。

昨日赵高已告诉他秦王已改变心意，要召见他。交谈之中，赵高还向他透露此行不会有什么危险。茅焦遂放下心来，他为能结识秦王的心腹之臣而暗自高兴。

不过通过两次接触，他又觉得赵高此人心计深沉，贪欲极强。他几次送去的重礼，他都毫不推辞地收下，简直是有恃无恐。

一个君王是否英明，看其宠臣就可知道。茅焦游历各国，深知其中的关系。如果不是赵高显露出的精明能干，他会怀疑嬴政是否真如人们所说的那样英明、果敢。

不时有马车从他身旁驶过，都是赶去早朝的秦国官员。茅焦希望能碰到熟人，探听一下口风。果然，一辆马车在他车旁放慢了速度，车上传来熟悉的声音："车上可是茅焦兄？"

茅焦听出这是李斯，心中大喜道："原来是李斯兄，这是赶去早朝吧？"

"正是！茅焦兄要劝谏大王母子和好，此事已传遍咸阳。在下今日上朝，就是要一睹茅焦兄的风采！"

茅焦苦笑一声道："只要不人头落地，我就不虚此行了。"

"茅焦兄为何口出此言？难道你没去拜见赵高？"

"见是见了，他已答应全力相助，不过……"

"茅焦兄是不是对赵高不放心？"

"也没什么，只是我心中有些担心而已。"茅焦迟疑了一下道，他本欲向李斯吐露对赵高的看法，但一想自己不过是以己度人，而且他也不清楚李斯与赵高的关系，便住口不言。

"赵高既已答应，应该不会有问题。茅焦兄，在下先行一步，咱们朝堂上见！"

望着远去的李斯，茅焦收敛心神不再多想。现在只有保持清醒的头脑、敏锐的思维，才能在朝堂上不出差错。他端坐马车之上，向咸阳宫疾驰。车至咸阳宫门前停下，在宫中内侍的引导下，茅焦向宫内走去。

一进宫门，茅焦就感受到秦国威临天下的气概。从宫门至议事大殿，两旁站满执戈而立的卫士。这些卫士个个铠甲鲜明，身材高大，无形中给步行其间之人以压力。

内侍引导茅焦进入大殿之中，殿中两旁黑压压地站满了群臣。正前方一处高台，嬴政端坐其上。他身着黑袍，腰系玉带，肋下挂着一柄华丽的长剑。他头上戴着一顶通天冠，冠前的珍珠卷帘使他的面容若隐若现。

殿中一片肃静，茅焦甚至可以听到自己的心跳声，更令人不安的是所有人都面无表情地盯着自己。茅焦虽出游各国，见过无数的大场面，但从没有感觉像今天这般巨大的压力。

嬴政仔细打量着缓步走来的茅焦，只见他中等身材，圆胖的脸上一双细细的眼睛，鼻子大而突兀，加上他那身华丽的服饰，极像一个行走各国的商贾。不过他从容不迫的举止，让嬴政甚是欣赏，有不少使者在这种寂静的威压中，举止失措。

茅焦行至台前，跪下朗声道："外臣茅焦拜见大王！"

等待片刻，茅焦没有听见回音，殿中依然寂静一片。他有些愕然，抬头望去，只见嬴政正用冷冷的眼神看着他。他心神俱震，暗想自己有什么失当之处。

殿中气氛十分凝重，茅焦知道自己千万不能表现出任何惊慌的神情，否则不但会被嬴政轻视，更会引起诸臣的嘲笑，他的名声也将毁于一旦。

可如此对峙下去，最终对他还是不利。茅焦心思急转，随即一策了然于胸。他朗笑两声道："外臣素闻秦人不知礼仪，未脱蛮风，今日一见，果然如此！"

他的话引起的震动不小，群臣发出一阵嗡嗡的议论声，但没人出言指责。嬴政冷哼一声道："这是我大秦的议事大殿，你竟敢出言相讥，胆子不小！你说大秦不知礼节，寡人问你，我等有何处待你失礼？"

茅焦听到嬴政回话，心中安定不少。他抬头挺胸，朗声道："秦齐向为友邦，齐国一直与诸侯绝交而与秦国交好。茅焦身为齐使来秦晋见，大王竟多日避而不见，此为失礼之一。秦为大国，应以礼待人而不是以威压人。茅焦来到秦国议事大殿，大王不以使节之礼相待，却以威势压服，此为失礼之二。外臣此来是为大王济危解困，大王既允召见，当以士礼相待，为何在外臣下拜行礼之后置之不理？此为失礼之三。如此众多失礼之处，又怎能称为礼仪之国？"

茅焦在殿中侃侃而谈，他的胆识和气度令不少人折服。嬴政一拍案几，站起来一手按剑，一手指着茅焦喝道："在秦国大殿之中，你竟然如此放肆狂妄，难道就不怕寡人手中之剑吗？"

嬴政的反应让茅焦有些心虚，但他绝不能就此示弱，否则他胆怯怕死之名马上会传遍诸国，就算嬴政能饶他，恐怕以后也难有立足之地。他哈哈大笑两声，显露出狂放不羁之态："大王的剑是用来斩无行犯上之人的，恐怕还不能斩杀外臣。大王知道活着的人是不避讳说死的，就像国君不避讳说国亡一样。因为避讳说死也不可能使人不死，避讳说国亡也不可能使国不亡。可大王有诸多狂悖之处，却不许臣子进言相劝，难道要等到国亡后才明白吗？"

嬴政怒声道："寡人有何狂悖之处？"

"大王车裂假父，囊杀二弟，不慈之名已遍传天下，又把母后迁往雍城，背负不孝之名。大臣为此劝谏却遭杀戮，就是桀纣也不过如此。天下人闻之，不会再心向秦国。外臣以为大王若不改正，秦国社稷危矣！"茅焦把嬴政的秘密当众一一道来，嬴政的脸色一变再变，按剑的手不住颤抖。群臣也露出惊慌之态，个个低头不语，唯恐有灾祸降临。

茅焦心中也忐忑不安，他知道这番话嬴政若能接受，今后他的荣华富贵将不可限量。如果嬴政怒气难消，他就会立遭杀身之祸。他解开上衣，拍着自己的胸膛道："外臣已言尽于此，大王若认为外臣有何不实之言，就请降罪，外臣愿一死以谏大王！"

"你真以为寡人如桀纣一般吗？"嬴政忽然大笑，他走下高台扶起茅焦，为他穿好衣服，"先生之言，使寡人幡然醒悟。寡人立刻去雍城迎回太后，就请先生在秦多留几日，以观寡人所为如何？"

茅焦心中狂喜，但还是强作镇静跪下道："外臣谨遵大王之命！"

嬴政回到祈年宫，身上感到从未有过的舒畅，一个郁积心中的结终于解开了。太后的荒唐举止让他痛恨，还险些让嫪毐颠覆了王位，但血脉相连的骨肉亲情始终是他割舍不了的。特别是母子三人在邯郸相依为命的情景，总是在他心底浮现，让他难以忘怀。

他知道母后一人深居宫中的寂寞，把她迁往雍地，这种惩罚已很残酷。母后已渐年老，除了自己再无亲人，纵然她有千般不是，自己也不该如此待她。嬴政每想到此，都深悔自己为何不早听臣谏。如今他可以把母后接到身边，不仅使自己良心好过，也可以重树仁孝之名，使天下人重新认识他。

他决定大肆铺张渲染，让天下人都知道此事。虽然这涉及君主隐私，但既然已有不少人知晓，再多一些人又有何妨？他越想越觉得这样做得对，心中甚是兴奋，又不由自主想起了清扬。

每当他兴奋或烦躁之时，就会想起清扬那张亦喜亦嗔的脸。她在干什么呢？嬴政按捺不住想见她的心情，便向后宫奔去。

来到清扬的住处，嬴政见紫巾的两个贴身侍女在园中。莫非紫巾也在这里？他心中暗自琢磨。

那两个侍女看见嬴政进来，连忙参拜。

"你们怎么在这里？"话音刚落，里面屋门打开，走出两个女子，正是紫巾和清扬。

嬴政有些奇怪，问道："紫巾，你怎么在这？"

紫巾正欲回答，清扬抢先开口道："紫巾姐姐是来看妾的。"

旁边的侍女都不安地望了清扬一眼，她们知道嬴政最讨厌在他问话时，有人插嘴搭话，不少后宫之人都为此受过惩罚。

嬴政恍若未觉，轻"哦"了一声，随即笑问道："你刚才称紫巾为姐姐，你们……"

"大王，妾与清扬甚是投缘，所以结为姐妹。"紫巾接上话道。

"你俩有缘，寡人也就放心了。"嬴政一直盯着清扬在看，即使与紫巾说话时也是如此，紫巾不禁暗自伤心。

清扬今日是经过一番刻意打扮的，如果说嬴政初见的一袭白衣、不作装饰的清扬是一株空谷幽兰，而现在立于他面前的则是娇艳的牡丹。她穿着华丽的宫服，盘起的乌发插着玉饰，衬托出高贵、典雅的气质。

她被嬴政看得很不好意思，便拉着紫巾的衣袖道："都是紫巾姐姐，让人家穿成这样。"

嬴政被她的娇态逗弄得心动不已:"清扬,你这样也很好看。"

紫巾趁机打趣道:"大王都夸你了,你还怪我?大王,你看清扬妹妹这样打扮,是不是更美丽了?"

嬴政连连点头道:"你这妹妹不仅美丽,而且还有些顽皮,以后可有你罪受了。"

紫巾从没见过嬴政如此温和的语气和动人的微笑,他严肃的面孔、生冷的语气早已深植她的心中。眼前的嬴政是如此的陌生,又是如此的令人心动,而这一切的变化却是因为另一个女人——清扬。

清扬没有注意紫巾的面色有异,仍自顾自说道:"还说,妾从没见过哪个大王当……偷别人的琴!"她想"贼"字对嬴政实在是不恭敬,所以没说出口。

紫巾不禁黯然神伤,再也不想待在这里。嬴政和清扬的注意力都在对方身上,谁也没有注意到她。于是她抑制内心的伤感道:"大王,如果没有事,那妾就先告退了。"

嬴政知道紫巾是有意让他与清扬单独在一起,暗赞她善解人意。若是其他的姬妾,嬴政早把她赶走了,独独对紫巾,他总有些顾忌。

"你若有事,就先退下吧。对了,后天寡人接太后回宫,后宫之事你就安排一下。"

"是,妾告退了。"

清扬似乎要让紫巾留下,但嬴政的目光好像一根绳索捆住了她的手脚。她站在那里,低着头,一副手足无措的样子。

嬴政见她这个样子,不禁又怜又爱。他再也不顾什么,就把清扬拥入怀中。颤抖的玉体和扑鼻的体香,让他的心中有一团火在燃烧。

窗外有两只小鸟在追逐嬉闹,给无边的春色倍添了几分生机。

洛阳(今河南洛阳)原是周王室的都城,一直是天下人向往的繁华之地。周武王灭了商纣,定国都于丰镐(今陕西西安)。但丰镐偏处西方,不利于号令天下。武王便令其弟周公旦在洛阳营建王城,作为陪都,并将洛阳号为"成周"，丰镐号为"宗周"。

周幽王烽火戏诸侯，失信天下，被游牧之族犬戎攻破丰镐，宗周覆灭，洛阳成了周王室的唯一都城。秦昭襄王五十一年（公元前256年），周室最后一个天子周郝王崩，洛阳只剩下东周公保有周室一支。

秦庄襄王元年（公元前249年），吕不韦灭了东周公，庄襄王将洛阳十万户封给他。作为自己的封地，吕不韦对此处一直是悉心经营。他利用掌权之便，减免洛阳的赋税和徭役，使洛阳成为四周庶民百姓向往之地，其人口也越来越多。

吕不韦退居此地后，其族人及部分门客也相继迁入。在咸阳，他们过惯了奢侈的生活，现在依然如此。他们都心怀恐惧，不知这种生活还能维持多久，所以他们比在咸阳更奢侈，更疯狂，这使洛阳看起来比过去更为热闹兴盛。

吕不韦在此的府第比咸阳城的有过之而无不及，在这里他就是主人，一切都得听他的。其府门前依然热闹非凡，以前的门客，各国的使者，慕名前来投靠之人，在此熙来攘往。民间见此情景，又纷纷传言他将复出任相。

在府中的后花园里，吕不韦正与心腹谋士司空马在对弈。他棋艺并不高明，比起司空马来相差甚远，下棋只是他们商谈的借口。

连日来，各国使者不断来访，使吕不韦疲于应付，今日是他难得的空闲之时。司空马投下一子后，对紧皱双眉的吕不韦道："除了齐使之外，各国使者都来游说君侯去其国为相，条件优厚令人咋舌，不知君侯欲作何打算？"

吕不韦仿佛没听见司空马的话，他缓缓投下一粒棋子，然后如释重负般地吐了一口气。

"先生认为老夫该做何打算？"他不答反问道。

"外间传言君侯欲复出为相，但在下认为此种机会微乎其微。大王对君侯可说是恩断义绝，前些时借太后之事斩杀二十七位大臣，其中多为君侯门客。大王做出此举，又怎会重新起用君侯？"

"先生之意是认为该听这些使者游说，选一国作为安身立命之地？"

"大王对君侯忌心甚重，在下认为目前出走任何一国都要比留在秦国安全。"

"此言差矣！"吕不韦放下手中棋子，站起身来，满脸忧虑之色。他自从出居封地，心情就没好过。虽然现在一切都安然无事，但官场多年的经验告诉他，平静之后的风暴更加可怕。嬴政表面上对他不闻不问，但实际上从未放松过对他的监视。赵高秘密潜来洛阳，自以为神不知鬼不觉，其实早被他的眼线发觉，这一切都使他心情沉重。

他背负双手，在亭中来回踱步。亭外鲜绿的新叶，怒放的鲜花，显现出一派生机，但这都引不起他的一点兴趣："你以为各国使者就存着什么好心吗？他们虽声称仰慕老夫，无非是为了粉饰其险恶用心！大王虽对老夫猜忌万分，但秦国能有今天，也有老夫的一番心血。老夫若离秦，势必会影响一些大臣，大王在盛怒之下，必定祸及他们和老夫的族人，秦国的实力也必会大大削弱，老夫又怎能忍心将这一切都毁在手中？"

"可是大王对君侯咄咄相逼，君侯又何须顾忌呢？"

"别以为大王对我等不闻不问，就已经放过我等。我们的一举一动都在其监视之下，稍有异动，大军立至。前些日子赵高还潜来查探过，可见大王丝毫没放松警惕。"吕不韦心想自己已至此境，嬴政仍没有放过他的意思，心中甚是气恼。当初嬴政突然把他拘捕，令他猝不及防，等他弄清楚是怎么回事时，却只有束手听命的份。嬴政的手段让他心有余悸，不知道下一步将如何对付他。

吕不韦回到案旁，叹了口气道："其实老夫也无意他往，接见这些人只是想试一下大王的反应。现在秦国势头正盛，若不出内乱，统一天下只是迟早之事。即使老夫奔往他国，也不可能阻止这种趋势。六国积弱已深，他们并不缺少人才，而是其君昏庸，不懂得使用人才，即使老夫真的去了，他们又岂能容老夫？就拿韩国来说，其君臣与各国交往，投机取巧，见风使舵，不择手段以求苟存，而不知以增强国力为根本。你可记得老夫在相位之时，韩国曾入荐水工郑国之事？"

"记得，在下还曾劝君侯不要接受。韩国派郑国前来行间，以期用修渠之事疲秦，消耗秦国国力，使秦国不能攻打韩国。"

"可笑韩国君臣目光短浅，竟想以此法获得几年苟延残喘。却不知若此渠修成，关中之地再无旱荒凶年，反而受益无穷，大大增强了我秦国国力。"

"幸亏君侯从中调拨筹划，才使工程顺利进行。只是郑国似乎有意拖延工期，历经十年仍未竣工。"

"当年修渠之时，正逢秦国多事之秋，晋阳郡叛乱，蒙骜伐魏，若投入过多的人力物力去修渠，会使人心浮动，国政之上也会捉襟见肘。老夫只好划拨有限的人力物力给郑国，难免使此渠修建缓慢。不过此渠修成之后，无疑又是个巴蜀之地啊！"

"在下担心有人别有用心，以此作为攻击君侯的借口。"

"大王若这点分辨能力都没有，他又凭什么扫除六国，一统天下？"吕不韦颇为自信道。

司空马跟随多年，对吕不韦知人用人的眼光相当佩服。当年他利用嫪毐摆脱了太后的纠缠，从容把政十余年，使秦国方有今日之强。他又苦心教诲嬴政，使秦国有了一个不亚于昭襄王的霸君。不过人心难料，也使他一步失算，最终倾覆。

每每想起这些，司空马就心中暗自叹息。他知道吕不韦还有一个心结未解，使他至今还在等待。

"咸阳传来消息，大王后天就要迎回太后。大王既能宽容太后，君侯也复出有望了。"吕不韦明白司空马是指太后回宫后，一定会为他在大王面前进言，或许还有重登相位的希望。

"但愿如你所言，不过……"吕不韦似有话难言，便转换话题道，"有些事不是你我所能预料的。来，下棋！"

二人对弈几手，吕不韦突然问道："若有一日老夫遭遇不测，你意欲何往？"

司空马惊愕道："君侯何出此言？"

吕不韦笑道："老夫不过是随便问问罢了。以你的才干，出将入相都不为过，现在跟着老夫实在是委屈了你。"

"若没有君侯，在下还不知会怎样呢？在下的一切都是君侯赐予的，即使肝脑涂地，在下也不会离开君侯。"

"你的心意老夫知道，但老夫真的希望你考虑一下将来。按说留在秦国是最好的，但朝中大臣谁不知你是老夫的心腹谋士，你若留在这里，恐怕那些憎恨老夫的朝臣都要与你算账了，何况大王也未必敢用你。"

"六国之中，恐怕只有赵国与秦尚有一战之力。"司空马揣摩许久方才道。

"你是指良将李牧、廉颇吧？但你别忘了赵王昏庸无能，任用佞臣郭开为相。那郭开与李牧、廉颇素来不睦，有他这种嫉贤妒能的小人把持朝政，纵有李牧、廉颇也未必保得住赵国。"

"君侯所言甚是，在下也是不得已才出此言。韩国积弱已深，已不堪再战。魏国自信陵君死后，栋梁已毁。齐国空有大国之称，国人只好空谈，稷下学士议政讲学恐怕天下无敌，但若论耕守之道，却不足言道。楚国地域广阔、物产丰盛，反而使民风渐趋奢靡，其几代君王昏庸无能，群臣相妒争功，诌谀用事，致使百姓离心，城池不修。燕国地处偏远，兵少将弱，也不堪与秦国争战。细想起来，实无一国可与秦国抗衡。"

"你的分析甚为正确。现在天下大势已洞若观火，你我心中虽明白，却不能按自身所想行事，想来实在是可气啊！唉！"他发现自己现在变得越来越爱叹气了，是不是自己真的老了？吕不韦不禁暗问自己。

　

嬴政领着虎贲军浩浩荡荡奔向雍城，为了显示诚意，他亲自驾车前去迎接太后。这事经过刻意宣扬，已使秦国百姓尽知。嬴政一路西行，不少百姓埋首路边，颂扬他的圣明。他就是要使天下人明白他勇于知错就改，使他好贤纳士的名声传得更广，同时他也是向太后表明，没有她和吕不韦，他同样能把秦国治理得井井有条。本来这次他想带清扬同去，向太后表明他已有了王后人选，但清扬并不愿意。那番对话是在他们缠绵之后，现在一字一句都还在他的耳边回响——

嬴政拥着清扬的娇躯，现实的快乐使他彻底放松了，他从没觉得像现在这样实实在在拥有一个女人。望着蜷伏在怀中的清扬，信心充溢在他心间，让他觉得天下已无事不可为了。

"清扬，寡人立你为王后，要你时刻陪在身边，好吗？"

清扬张开她那如星的双眸，慵懒陶醉的感觉让她有些不能自已，她只想静静地躺在嬴政怀中，听他那怦怦的心跳声。她抬起头望着嬴政，那张脸霎时清晰起来，两道浓眉如刀削一般整齐，狭长的眼睛露出温柔的目光。

"那些臣子是不是很怕你？"清扬不答反问，她想嬴政若不是这样温柔地看着她，他的相貌一定很威严。

"你怎么知道？"嬴政有些奇怪，平日就觉得当他盯着哪位朝臣不露声色时，对方一定会瑟瑟发抖，直至跪下，即使勇武如王翦、蒙武等人，也会不自在。

"是妾的感觉。"清扬知道嬴政宠她，就是因为自己不一般的气质，若像其他姬妾一样，早就被嬴政无情地抛弃了，"大王，妾不想成为王后，只要能时时见到大王，妾就心满意足了。"

"整个后宫只有你敢拒绝寡人，你不怕寡人惩罚你吗？"

"妾知道大王要听真话，若妾一味奉承取悦大王，大王会喜欢吗？大王封妾为王后，妾就不是现在的清扬了，那大王还会宠爱妾吗？"清扬幽幽道。

"你真不愿意做王后？"嬴政看不透清扬的心，这让他有种想探求的欲望。

"大王能够爱妾、宠妾不比做王后更好吗？再说妾也没能力管理后宫诸事，妾只希望大王有空来看看妾，听妾弹琴，陪妾说说话就心满意足了。"

"寡人本想让你一起去见母后，好册封你为王后，如今看来是多此一举了。"

"那您为什么不带紫巾姐姐去？以她的端庄贤能，母仪天下足够了。"

"没想到她这么快就收买了你，快告诉寡人，她给了你什么好处？"嬴政逗笑道。

"她给妾的好处能赶得上大王吗？妾是真心佩服紫巾姐姐，她把后宫管理得井井有条，为大王分了忧，妾就办不到。"

"好吧，王后一事以后再说。寡人希望这王后之位能留给最深爱之人，你再考虑一下，寡人不想勉强你。如果你变得同其他姬妾一样，那寡人得不偿失了。来，让寡人亲一下！"

"唔……"清扬羞红了脸，推了一下嬴政，这更激起了他的欲望，两人很快又缠绵起来……

几度缠绵的快乐，依然回荡在嬴政的心间，这让他觉得一路上时间过得飞快。到了雍城，嬴政独自去见被幽禁在宫中的太后。

当初他疾言厉色把母后赶出了咸阳，并发誓一辈子不再见她，没想到今日会亲自来迎。他有点担心母后不肯谅解他，那现在所做的一切都是白费了。不过他已打定主意，一定要把母后接回去。凭他对母后的了解，他知道一定会成功的。

赵姬早已接到嬴政将要亲临雍城接她的消息。自从嫪毐谋反事败，嬴政处死两个孩子，把她幽禁于此，她就再也不想见这个儿子了。嬴政的冷酷无情，让她心寒。

可宫中的孤寂冷清更让她受不了，她是那种喜欢热闹，喜欢有人围着转的女人，可这里每天围绕身边的只有几个宫女。在这里的日子让她觉得比在邯郸还要难过，尽管那时受人欺凌，生活困苦，但有巨大的希望支撑着她，嬴政和成蛟也能弥补她情感上的缺憾。可在这里，吃穿不愁，身边的人对她唯命是从，但她感觉像是在等死。没有爱人、没有亲人的日子，对她来说与死又有何异？

当听说嬴政要亲自接她回去的时候，她立刻就原谅了这个儿子。毕竟她有愧于嬴政，现在嬴政是她唯一的儿子，她以后的一切除了指望他还能指望谁呢？

嬴政见到赵姬，发现仅仅半年她就老了很多，发胖的身躯，额头的皱纹，鬓边的白发，无不显示她已不同往昔了。他不禁有些心酸，他知道母亲一向自负容颜美丽，现在变成了这样，可见那些事对她打击有多大。赵姬也发现儿子变了很多，唇上的短髭已使他完全摆脱了少年的稚气，显得沉稳庄重。

嬴政走到赵姬跟前跪了下来，声音哽咽道："娘，孩儿来接您了。"

赵姬已是泪如泉涌，她忙扶起嬴政，望着比自己高出一头的儿子，心头所有的恩怨都烟消云散了，剩下的只有母子深情。她擦了擦眼泪道："好！好！你终于肯来见娘了。"

"孩儿是来接您的，以前是……"

赵姬打断了嬴政的话："以前的事就不要再提了！你能来接娘，娘心里就很高兴。"

待母子情绪稳定后，又叙起了家常。嬴政在宫中住了一晚，第二天就同赵姬一起回了咸阳。

为了庆贺太后回来，咸阳宫大摆宴席款待群臣，而宴席的主角正是茅焦。赵姬亲自向他敬酒道："爱卿功劳不小。你抗枉令直，使败事复成，我母子重归于好，今日我敬你一爵！"

"谢太后！其实太后、大王母子情深，若长久不和，也有违天伦，以大王仁孝之心早晚也会迎太后回宫。臣只是略作提示，以尽为臣之道而已。"茅焦连忙谢让。

嬴政也高兴道："爱卿过谦了！若非爱卿一言点醒，寡人尚在执迷之中，寡人也要好好地赏赐你。来人！封茅焦为博士，爵上卿，赏金千镒！"

"谢大王恩典！"茅焦跪下谢恩。不过他心中还是有些遗憾，因为博士是个没有多少实权、只供咨询的闲官。

群臣见嬴政厚赏茅焦，都甚是羡慕，不少人向他敬酒借机套交情。茅焦也知道眼前的情势很容易引起一些朝臣的妒忌，他不得不小心谨慎地答话、回敬。

赵姬坐了一会儿就离去了，嬴政招来宫廷乐师舞姬与群臣同乐。李斯借敬酒之机对茅焦道："茅焦兄，恭贺你建此大功。大王如此看重茅焦兄，日后前途一定不可限量。"

"一切多亏李斯兄指点。若李斯兄有空，酒宴散后我俩再畅叙一番如何？"茅焦借回敬之机，小声说道。

李斯脸上露出会心的一笑。

在场大臣中也有人对茅焦的迎合之态甚为不满，对群臣向茅焦敬酒的热闹甚为不屑的。

　　昌平君兄弟就一直坐在嬴政身侧，或与嬴政聊着，或与宗室大臣说笑，丝毫没有向茅焦敬酒的意思。他们兄弟是群臣中最有实力的，茅焦不敢怠慢，过来敬酒道："在下昔日奔走六国，早就闻听相邦大名，对相邦之功德心仪不已。今日在下有幸与相邦同为一殿之臣，还望相邦以后多加指教。"

　　昌平君知道茅焦能建此功，赵高在后面出了不少力，这让他对茅焦更为不满。他虽知自己位高权重，但论与大王的关系却远远不及赵高。赵高虽然只是个中常侍，却是大王真正的亲信，更让他忌讳的是赵高还是大王的耳目，朝臣的一举一动都是通过他汇报给大王的。每当他想起赵高那张不喜不怒的长脸、阴冷的眼神、对自己不冷不热的态度，他就如骨鲠在喉。

　　他和赵高同是嬴政对付嫪毐和吕不韦的心腹，但论及功劳，他觉得自己要比赵高大得多。多少朝臣是他出面联络，多少大计是他协助筹划，而赵高只不过在其中跑跑腿传传话而已。现在一切都成功了，他成了一人之下、万人之上的右相，反而觉得离大王远了。

　　每念及此，昌平君心中就更嫉恨难平。茅焦通过赵高而得到荣华富贵，这让他觉得茅焦根本就没把他这个秦国右相放在眼中，所以茅焦向他敬酒时，他不冷不热地说道："茅博士的敬酒本相可不敢当，你能抛弃齐国的荣华富贵而来我们这不知礼仪、未脱蛮风之国，实在委屈你了。"

　　这几句话便使茅焦陷入了极为尴尬的境地，他是秦国右相，茅焦不能出言顶撞，且此话表面上也无懈可击，但用心却不言自明。若让大王以为他为了荣华富贵，就叛离齐国，对他的人品产生怀疑，那他以后在秦国就难有作为了。

　　嬴政注意到气氛有些僵持，便道："相邦所言甚是，茅爱卿本执意回齐，但为寡人和太后挽留，以茅爱卿之才，博士之位是委屈了他。但我大秦对有功之臣向来不吝厚赏，只要茅爱卿多建功勋，寡人就会倍加赏赐。相邦，茅爱卿请你多加指教，寡人望你不要偏心，对诸大臣都要指点督导，使我大秦上下齐心，国兴民旺。"

　　嬴政的一席话就把局面扭转了，不仅表达了他对茅焦的看重，也表达了对昌平君的倚重。

茅焦见嬴政为他开脱，心中甚是感激，也见识到了嬴政高超的驭臣之道。一些想看热闹的臣子见大王出面，就知道不会再有好戏了。于是大殿中气氛又活跃起来，君臣同乐一直到很晚才罢。

咸阳城的南端府第林立，这里是秦国大臣们的居处。能住进这里是一种身份的象征，可惜对大多数秦人来说，这里是可望而不可即的。

其实住进这里的绝大多数并不是秦人，而多是投奔秦国的各国客卿。这种情形引起了宗室大臣和秦人的不满，他们认为就是这些客卿抢走了他们的权位。

蒙武的府第也在这里，他是这里较老的住户了。自从父亲蒙骜开始，他们家就住在这里，而且不少人相信他们家还将在这里住下去。因为他有两个儿子，虽然年轻却是不可多得的人才。

蒙武正在写奏章，他已绞尽脑汁，反复看了几遍，不断删改，希望大王能接受这份奏章。他觉得这份奏章太重要了，若得不到大王批准，不知有多少大臣要遭殃，秦国也可能陷入危险的局面。

昨日昌平君请他去府中议事，他本来不想去，但又驳不下面子。他知道大臣私下聚议，一向是君王所忌讳的，可昌平君自恃信赖，常召一些大臣议事，对此他心中甚是不满，也不愿参加。

自从登上右相之位后，昌平君就以首席功臣自居，渐露飞扬跋扈之态。不少人见他位高权重，纷纷投到他门下。一些原是吕不韦门下的朝臣，也想转投到他门下。但他深知嬴政对吕不韦的反感，对这些人不仅不结纳，反而排挤打击更甚。

这些人虽然失势，但吕不韦苦心经营十余年，势力已触及朝中各个阶层，他们认清形势后聚集起来的势力也颇大，一时朝中又渐成两派对立之势。蒙武对昌平君之举尤为反感，曾出言相劝，反而招致他的不满，二人的关系也渐渐淡了。

如今他突然相邀，蒙武心想如没有什么大事，昌平君是绝不会请他去的。果然一到相邦府，昌平君提出"一切逐客"之策，这让他大吃一惊。

　　所谓"一切逐客"，就是把各国投奔到秦国的客卿全部驱逐出去，只留下秦人出身的官吏。原来昌平君和一些宗室大臣对客卿占据要职，阻碍他们势力的扩张一事深为不满，特别是茅焦一事更激起他们的反感。于是他们便商议联合上奏秦王，提出一切逐客。为了加强奏书的分量，他们也请蒙武参加。

　　蒙武闻听之后坚决反对，结果不欢而散，昌平君和宗室大臣早已互通声息，蒙武势单力薄，无法阻止他们。他只好回府写奏章，阐述"一切逐客"之弊，希望能阻止大王采纳此策。

　　"老爷，你忙碌了半天，把这碗汤喝了再写吧？"蒙夫人不知何时来到身侧，小声说道。

　　"夫人，你有所不知，此事关系大秦国运，我不得不慎重对待。"蒙武放下手中的笔感慨道。

　　蒙夫人乃是秦国宗室之女，不仅容颜美丽，而且知书识礼，甚得蒙武敬爱。整个秦国重臣中家无歌姬美妾的，只有他蒙武一人。令蒙武欣慰的是，夫人还生下了两个让他骄傲的儿子。长子蒙恬，年近二十，熟读兵法，精善武技，颇有其祖蒙骜之风；次子蒙毅，性格沉静，博通儒法之道。

　　蒙武自知守成有余，而光大蒙家门楣必在二子身上。他也有意培养二子参政之能，经常将朝中之事说与他们听。

　　此时他想听听二子的意见，便问夫人道："怎么没见蒙恬他们？我有事想问问他们。"

　　"他俩一早就被昌平君的女儿请去了。"

　　蒙武听后不悦道："我早就跟你说过，不要让他们俩与那些人来往。那些人本事不大，就知道仗势耀武扬威。"

　　秦人尚武，宗室重臣子弟尤甚。有了好的武技才能取得军功，日后方能入朝为官。若才能出众得人推荐也可，但推荐之人却要担当风险，若所推之人犯法，就以其罪判罚推荐之人。

　　蒙家兄弟不论武技文采皆出类拔萃，常有人找他们比试，欲挫他俩的威风，但都铩羽而归。

"孩子都大了，这些事他们能把握。妾看那昌平君的女儿不错，不仅人长得美貌，还知书识礼，不少王公大臣上门提亲都被她拒绝了。恬儿也不小了，你也该关心关心他的婚事了。"

"菁露这孩子，我们看着她与恬儿、毅儿一起长大，能不了解？当年吕不韦把持朝政，两家还常有走动，现在就不同了，这些儿女之事就由他们自己去吧！"蒙武有些无奈道。

"说实话恬儿与菁露倒甚是相配，只是两家……唉！他们都过了从军的年龄，你也该替他们安排一下，让他们早获军功。"

"军中我最佩服的就是王翦将军，可他现在正驻守边关，等他回朝之后我就将恬儿托付给他。恬儿要想光大家门，必须得王翦这样的大将指点才行。至于毅儿，不适合在军中发展，我另想办法。"

这时，一个仆人进来禀告道："主人，池太傅前来拜见。"

"快请！"蒙武一听大喜，他正愁心中之事无人商议，想不到老友前来拜访。

"老爷，那妾先回避了。"蒙夫人说着就退了出去。

蒙夫人刚刚离去，池子华就随仆人进来了。蒙武早已起身候在门旁，两人相见，甚是高兴。

"蒙兄，在下前来打扰，你不会见怪吧？"池子华声音朗润，说着便呵呵笑了起来。他身材瘦长，方脸，凤眼长眉，貌相清俊，使人一见即生好感。

"哪里？哪里？池兄荣升太傅，我还未登门恭贺，今日来了一定要多饮几爵才行！"

"在下就是肚中馋虫作怪，心慕大嫂厨艺才来的。"池子华说罢，二人又相视大笑。

蒙武之父蒙骜与池子华之父池行燕都是齐人，一齐投奔秦国。蒙骜投身军中，屡立战功，很快升为将军。而池行燕在朝中受人排挤，一直不得志。

池子华幼承家教，又遍访名师，学得满腹经纶，博通儒法之道。但其为人耿介，在吕不韦当权时不愿屈就其门下，一直不得重用。后吕不韦罢相，他才得到重用，在少府属下任尚书令。两家虽地位悬殊，却常有往来，蒙武与池子华更是意气相投。

"蒙兄，你的两位虎子呢？"池子华左右望了望，奇怪地问道。往日只要他一进门，蒙恬和蒙毅就会前来问候。他很喜欢蒙家兄弟，老少三人常在一起谈论天下事，甚是融洽。

"一大早就被菁露请去了，现在还没回来。"蒙武没好气道。

"昌平君这人不怎么样，他的女儿倒甚是出色。说起来她与蒙恬很般配，只是……不过蒙兄，在下此来却是为蒙恬做媒的。"池子华略感为难道。

"有池兄从中作伐，真是犬子的幸运。"蒙武深信池子华的眼光，知道他也甚是喜欢蒙恬兄弟，他一定都考虑好了，才提出来的。

"蒙兄就如此信任在下？"池子华笑道。

"当然！若连池兄都不信，这朝中我还能信谁呢？"蒙武斩钉截铁道。

"就冲蒙兄这句话，在下一定玉成这桩美事。说来蒙兄一定意外，女方是少府冯去疾之女冯贞。"

"冯去疾？"蒙武不由想起他那瘦削的身材，冷漠的面孔，独来独往的作风。

"蒙兄是担心冯少府孤僻冷漠，以后不好相处吧？其实他面冷心热，其独来独往的作风也是聪明之处。像他这样在秦国无根无底之人，卷进任何势力都很危险。自从吕不韦被罢黜之后，朝中表面看来一团和气，其实暗流汹涌，想必蒙兄也知道吧？"

"池兄既然说起，我也正有一事与你商议。"于是，蒙武便把昌平君等人的逐客之策一一告知池子华。

池子华听完惊叹道："这些人果真厉害！明白人一看就知是他们的排挤异己之举，而厉害在于他们进谏此策的方法。逐客之策对大秦来说是弊大于利，而经他们一说则全无害处。更厉害的是他们抓住了大王痛恨吕不韦之心，又把此策与吕不韦用郑国建渠之事相连，大王十有八九会接受。其实说起来，昌平君兄弟来自楚国，何尝不是客卿出身？你我之父来自齐国，也在驱逐之列，那时大秦恐怕就不会有几个大臣留下了。"

"池兄所言甚是！他们此举不过是心嫉客卿权位越来越重，阻碍他们扩张势力罢了。其实，宗室排外之举早已有之。当年范雎来秦之时，几次躲过魏冉的搜查，蔡泽入秦为相仅数月，就有人威胁要杀他。如此种种，不胜烦数，只是都比不上这逐客之策罢了。如果大王真接受此策，我大秦可能会元气大伤，一蹶不振。"蒙武说起这些，忧心忡忡。

"以大王之英明，未必不会认识到此举的危害。大王有志一统天下，就不能失去天下士人之心。若在下猜测不错，大王就算接受此策，也一定有变通之法。"池子华自信道。

"变通之法？池兄此话何意？"蒙武不解地问道。

"大王若是接受，损失最大的恐怕是吕不韦了。大王若真的这么做，虽然对秦国危害不大，但也势必在诸侯中留下秦国不能容士的恶名。蒙兄若是上奏，当在此处多提醒大王，或许能与昌平君一争。"

"池兄高明，我闻此言真是茅塞顿开啊！"蒙武对池子华的推论深为佩服。

不一会儿，蒙夫人就摆好酒菜，两人坐下边喝边谈。不过在他们心中始终有一层隐忧：不知逐客之策会给秦国带来什么？

第十章

李斯上书谏逐客　太后泄愤图复仇

在祈年宫的内殿中，嬴政一直静静地听着蒙武与昌平君等人争论。这里是秦国真正的决策中心，凡有重大难决之事，嬴政就会召集心腹大臣在此商议。

昌平君和蒙武的奏章他都已经看过，心里早已做出决断。他让这些大臣放言争辩，好从中看出他们的心思。争辩往往使人不自觉露出本来面目，他也可以借此了解臣下的性格，然后从容地驾驭。

他看蒙武一人疲于招架，心中为他的忠勇耿直赞叹不已。在双方争论之时他也不时插上几句，询问一番。

一番争论之后，嬴政便阻止了他们："好了，你们不用再争了。相邦，你先理好逐客名单，尽快交与寡人过目。蒙武留下，其余人都退下吧！"

昌平君心中大喜，大王无疑是同意了逐客之事，不过他心中还是有点嘀咕——为何大王还要把蒙武留下来。但大王既已作了决定，他也就放了心，即使蒙武再说什么，恐怕也难改变这个决定。

众臣都退出去后，嬴政对垂首不语的蒙武道："蒙将军，难道你没有话与寡人说吗？"

"大王既已决定逐客，臣无话可说。"蒙武黯然道，他为自己不能阻止大王下逐客令自责不已。

"蒙将军忠君为国，寡人心中有数。但你可知道寡人心有隐忧，吕不韦的势力一日不除，寡人一日就睡不安稳！此次寡人想借此逐客之名彻底拔除他的势力！"

"可大王此举却可能使秦国留下不能容人的恶名，将来各国之士还怎敢投秦？"

"寡人只是借逐客之名逐走吕不韦的门客，有心之人当能看出寡人此举只是针对吕不韦，而非天下之士。再说秦国日渐强盛，这逐客之举也未必能吓得住往我大秦求取富贵之人。"

"但是有才气傲之人会因此而轻看秦国。"

"若真有这样的人才，寡人何妨亲自去请？难道寡人会比不上那逐客之令？"

"这……"蒙武虽觉得不妥，但也无话可说。

"寡人把你留下来，就是欣赏你忠君为国之心！寡人还有一事问你，听说你与池子华关系甚好是吗？"

"是的，臣自小就与他有来往。"蒙武不知嬴政问此话是何意。

"寡人想封他为左相，你认为如何？"嬴政凝视着蒙武。

"大王，您不担心臣徇私妄论吗？"

"寡人相信你，你也知道自己的责任。"

"那臣就告诉大王，此人之才足以胜任左相。"蒙武语意坚决。

"有你这句话，寡人就放心了。这件事你先不要向任何人泄露，回去之后，安心办你的事，其他的就不要多想了。"

蒙武离去后，嬴政想起刚才的情形，不禁暗自得意。他不仅安抚了蒙武这样正直的臣子，使其不生怨怪之心，也使那些暗藏私心的臣子成了他的挡箭牌而不自知。他既要达到驱逐吕不韦势力的目的，又要让天下士人把愤怒的矛头指向昌平君，而非他自己。

他心中暗恨昌平君和那些宗室大臣，他们明明是担心自己的利益受到客卿的阻碍，还要在他面前装作一心为秦的样子，还用吕不韦和嫪毐激起他的痛恨之心，实行逐客之策。他们当自己是什么？压服异己的工具？如果他们真心为秦，为何避而不谈此举的危害？嬴政坐在那里愤愤地想着。

他有些累了，也有些心烦。虽然他一言九鼎，但驾驭群臣并不是一件易事。他要分辨谁说的是真话，谁说的是假话，谁是真的忠心，谁是表面忠心。如果当一个昏庸的大王或许就不会这么累，但他立志要扫平六国一统天下，如果连手下的大臣都不能驾驭使用，他又凭什么征服天下呢？

赵高不知何时进来了，他轻声道："大王，奴婢已把郑国带来了。"

"让他进来吧，寡人要看看他是何许人。"自从接到昌平君的上奏，嬴政就想见见这个水工郑国。他不相信以吕不韦的精明，会看不出韩国的意图，而让郑国在秦做间十年！

郑国进来便跪拜道："臣郑国拜见大王。"

嬴政从一进门就仔细打量他，只见他的脸上布满皱纹，衣服上还沾着不少灰黄的泥点，看起来好像刚从工地上下来。

"你可知道寡人召你来是为何事？"

"臣不知。"郑国声音有些颤抖。

"因为寡人想看看在秦做间十年的郑国到底是什么样子！"嬴政的话不怒自威，使郑国听了如五雷轰顶，差点瘫软在地。

"臣……臣……"郑国极想分辩，却又不知从何说起，因为嬴政的语气已不容他分辩。

嬴政轻蔑地笑道："寡人杀了你，你不会有什么怨言吧？"

郑国知道再不分辩，就不会有开口的机会了："大王，臣承认来秦是为韩国做间的。臣为韩人，韩王的命令能不听吗？况且臣的妻妾老小都在韩国，臣也是逼不得已！虽然当初是想借修渠之举疲惫秦国，使秦国不能伐韩，但水渠修成之后，可灌溉关中四万多顷土地，使秦国获益无穷。若现在半途而废，不但以前所做的全部浪费，而且还使秦国丧失了第二个巴蜀之地！"

"第二个巴蜀之地？"嬴政不禁眼睛一亮，似乎有些不相信。巴蜀地区因秦昭王派李冰父子前去修渠，灌田万顷，为秦国提供了丰厚的粮草，使秦国有了攻伐六国的本钱。

他想了片刻，便做出决定："若真如你所说，关中之地再无旱荒之年，寡人不仅不追究你做间之罪，还会赏赐你。不过寡人再无多少时间给你，若发现你有意延误工期，寡人就治你死罪！"

郑国暗自出了一口气，庆幸这条命捡回来了。

咸阳城南端，朝廷官员的住处这几日特别热闹。自逐客令颁下之后，这里车来车往，忙忙碌碌。离开的人都唉声叹气，一脸愁容；留下的人则幸灾乐祸，暗自高兴。

李斯正在府中指挥着下人搬东西，他也在被逐之列。两日前，他还与茅焦相聚畅谈，欲携手共创一番大业。没想到逐客令下达，把他的所有美梦都打碎了。他想自己孜孜以求的一切刚有一些基础，却因为一个毫无关系的人在秦做间被发觉，使一切都在瞬间消失了，心中十分不甘。

"主人，一切都准备好了。"一个仆人小心翼翼地禀告道。

"走吧！走吧！"李斯满怀无奈道。他已经拖了几日行程，不能再拖延下去了。他所期望的奇迹并没有出现，已到了不得不离去的时候了。

唉！真是时运不济呀！李斯暗自长叹。他想起自己来秦几年的经历，也曾有过风光的时候。他还记得曾向嬴政进言，深得其赏识，并因此荣升为长史。而那次进言，他至今还记得清清楚楚——

不能成功立业的人是因为其不善抓住时机；能建立伟业的人，多是利用他人的失误抓住机会一举成功。昔日秦穆公威霸天下，却不能吞并六国，这是什么原因呢？是因为那时诸侯众多，周天子还有影响力，所以五霸迭兴，都尊奉周室。自从秦孝公以来，周室渐渐衰败，诸侯互相兼并，东方虽有六国，但秦居主导地位，历经六世而不衰。如今诸侯屈服于秦国，就像隶属于秦国的郡县，以秦国国势的强盛、大王的贤明，消灭诸侯就像扫除灶上的灰尘那样容易，现在正是成就帝业、统一天下的良机。若不抓紧这个机会，等诸侯强大起来，相聚合纵，那时就是有三皇五帝的贤能，也不能兼并天下。

可惜吕不韦和嬴政矛盾渐深，他这番进言虽得赏识，却并没有带来多久的好运。

他一时无法选择到底靠向哪一边，嬴政虽是大王，但他对吕不韦的势力很了解，担心嬴政扳不倒他。他观望等待着，结果两边的人都对他不放心。等他下定决心投向嬴政时，嬴政已用雷霆手段扫除了嫪毐，罢黜了吕不韦。

幸好嬴政比较赏识他的才干，使他得以保住了原职，但他却失去了一次绝好的靠近嬴政的机会。每每想到这，他就后悔不已。但他没有绝望，依旧努力表现着自己，希望能再引起嬴政的注意，可这次逐客令却粉碎了他所有的希望。

他不甘心过布衣生活，做那瑟缩于茅厕的老鼠。当知悉自己也在被逐之列时，他连夜执笔上书，用尽平生所学写下了《谏逐客书》。可奏书递上去后却如泥牛入海，没有一点消息，他不得不失望地踏上回楚的旅程。

嬴政接到李斯的《谏逐客书》，就被其气势磅礴的论证、严密的陈述所打动。他反复地看了几遍，越来越觉得其所说有理。可他心里一直委决不下，毕竟逐客令刚刚颁发，如果马上撤销，那百姓和天下诸侯会怎样看他？如此朝令夕改，让手下大臣以后如何替他办事？犹豫再三，他始终拿不定主意。

他把几个心腹臣子招来，想听听他们的意见。在祈年宫中，依次坐着昌平君、昌文君、蒙武、桓齮、冯去疾、王绾，只有赵高立于嬴政身侧。

嬴政开口直奔主题："众卿先看看这篇奏书再说。"

蒙武接过李斯的《谏逐客书》，只看了几句话，就被这篇谏言深深吸引住了。他觉得这些正是他心中想说的话，都被李斯痛快淋漓地表达出来了——

> 臣闻吏议逐客，窃以为过矣。
>
> 昔穆公求士，西取由余于戎，东得百里奚于宛，迎蹇叔于宋，来丕豹、公孙支于晋。此五子者，不产于秦，而穆公用之，并国二十，遂霸西戎。孝公用商鞅之法，移风易俗，民以殷盛，国以富强，百姓乐用，诸侯亲服，获楚、魏之师，举地千里，至今治强。惠王

用张仪之计，拔三川之地，西并巴蜀，北收上郡，南取汉中，包九夷，制鄢郢，东据成皋之险，割膏腴之壤，遂散六国之从，使之西面事秦，功施到今。昭王得范雎，废穰侯，逐华阳，强公室，杜私门，蚕食诸侯，使秦成帝业。此四君者，皆以客之功。由此观之，客何负于秦哉！向使四君却客而不内，疏士而不用，是使国无富利之实，而秦无强大之名也。

今陛下致昆山之玉，有随和之宝，垂明月之珠，服太阿之剑，乘纤离之马，建翠凤之旗，树灵鼍之鼓。此数宝者，秦不生一焉，而陛下说之，何也？必秦国之所生然后可，则是夜光之璧，不饰朝廷；犀象之器，不为玩好；郑卫之女，不充后宫；而骏马駃騠，不实外厩；江南金锡不为用；西蜀丹青不为采。所以饰后宫，充下陈，娱心意，说耳目者，必出于秦然后可，则是宛珠之簪，傅玑之珥，阿缟之衣，锦绣之饰，不进于前；而随俗雅化，佳冶窈窕，赵女不立于侧也。夫击瓮叩缶，弹筝搏髀，而歌呼呜呜快耳者，真秦之声也；郑卫桑间，韶虞武象者，异国之乐也。今弃击瓮叩缶而就郑卫，退弹筝而取韶虞，若是者何也？快意当前，适观而已矣。今取人则不然，不问可否，不论曲直，非秦者去，为客者逐，然则是所重者在乎色乐珠玉，而所轻者在乎民人也。此非所以跨海内，制诸侯之术也。

臣闻地广者粟多，国大者人众，兵强者士勇。是以泰山不让土壤，故能成其大；河海不择细流，故能就其深；王者不却众庶，故能明其德。是以地无四方，民无异国，四时充美，鬼神降福，此五帝三王之所以无敌也。今乃弃黔首以敌国，却宾客以业诸侯，使天下之士退而不敢西向，裹足不入秦，此所谓藉寇兵而赍盗粮者也。夫物不产于秦，可宝者多；士不产于秦，而愿忠者众。

今逐客以资敌国，损民以益雠，内自虚而外树怨于诸侯，求国无危，不可得也。

奏书的第一句话就表明了李斯对逐客令的看法，接着他列举秦国历史上最有作为的四位君主穆公、孝公、惠文王、昭襄王重用客卿，使国富民强的事实。

接着，又用了一系列形象的比喻，说明美玉、明珠、宝剑、骏马、金石、彩饰和郑卫之音皆不产于秦，而秦王却喜欢这些，那人才为什么就不论曲直，只要不是秦人就非要驱逐呢？他还陈述了逐客将会给秦国带来的危害，指出欲成帝业者必须善纳人才，若不能容纳人才，反而送给敌人，就是帮助敌人强大，使自己衰弱。

蒙武为李斯的慷慨陈词所振奋，对他身处逆境，仍然毫不气馁的品质深感佩服。看到此处，他已对李斯的才学心悦诚服，禁不住拍案叫好，完全没想到在嬴政面前失礼。

众人惊异地望着蒙武，嬴政则微笑道："蒙将军不必激动。"他可以想象蒙武的心情，因为他也曾上书劝阻逐客之举，却没有如李斯的《谏逐客书》说得这般有气势。

等众大臣都看完后，嬴政便问道："众卿对此谏有何看法？"

昌平君当然不愿嬴政因此谏书而改变主意，首先出言道："大王，李斯所言虽慷慨激昂，文采华丽，但失之偏颇。他在文中只论及客卿对大秦的好处，而对其所造成的危害却只字未提。商君虽使国富民强，诸侯亲服，但挟权自重，意图谋反；范雎虽废穰侯、逐华阳、强公室、杜私门，却大权独揽，用人唯私，阴陷白起，使大秦丧失栋梁；现在更有吕不韦之徒，私结党羽，独揽朝政，幸亏大王英明果断才不致酿成大祸。大王，客卿功虽高，但为祸也烈啊！"

区区数言，昌平君就点明客卿最不利的一面，并借吕不韦之事激起嬴政的反感。

昌文君也帮腔道："昔日我大秦国小地狭，人才难得，借助客卿之力是不得已而为之。如今我大秦地广人众，若再用客卿，岂不显示我秦人的无能？而且这些客卿在秦国与其故国争战时，极易游移不定，使大秦利益受损。"

兄弟二人一呼一应，力图消除李斯奏书的影响。从内心讲，他们也佩服李斯的才华，也正因为如此，他们更要极力反对，因为他们不想自己以后的地位受到威胁。

蒙武再也忍不住出言力争道："李斯所言字字恳切，正是臣心中所想。至于相邦和昌文君所言，臣只想问一句，若大秦与楚国交战，相邦是否会偏袒楚国呢？"

昌平君兄弟原是楚国公子，来秦已有多年，已没有人将他们当楚人看，他俩也自视为秦人。他们闻听此言，脸色大变。他们知道嬴政表面豁达，实则疑心甚重，若是大王疑忌他们那该如何是好？

"蒙将军此言何意？我兄弟来秦已三十余年，早已自视为秦人，对大秦忠贞不贰，蒙将军此言欲置我等于何地？"

见昌平君恼羞成怒，蒙武连忙道："既然相邦出身客卿，能为我大秦尽忠，为何不给其他客卿机会呢？"

嬴政怕他们争执下去会影响和气，便向冯去疾、王绾、桓齮三人望去："好了，三位爱卿不必再争了，你们有什么意见？"

冯去疾倾听着三人的争论，一直不动声色。见大王问起，便表态道："臣认为蒙将军所言甚是。"之后便不再多言。

嬴政知道他的性格，也不再追问。蒙武感激地看了冯去疾一眼，而他却恍若未觉。

桓齮则一直与昌平君兄弟来往密切，对朝中的情形也了解一些。于是他对嬴政道："大王，逐客令已下，若因李斯谏言而更改，恐怕会引起天下人议论。再说被驱逐者多为吕不韦门客，再回来也不好办啊！"这无疑是支持昌平君兄弟。

"大王，李斯才华出众，若被逐出秦国实在可惜。"王绾也曲折表达了对蒙武的支持。

六人分成两派，恰好是三对三。嬴政望了望身侧的赵高道："赵高，你有什么看法吗？"

赵高闻言受宠若惊，忙上前一步道："奴婢以为若不论是非曲直，一律加以驱逐，实是弊大于利。像李斯这样的人，大王若不用他，就不能让他出走别国。"

"好，寡人这就发布诏令撤销逐客令。为了一统天下的大业，寡人受点非议算不了什么？若已逐之臣回来了，就由王绾安排。"

"是！大王！"王绾忙起身应道。他是御史大夫，负责监察百官，由他安排被驱逐之臣，嬴政是别有用意。

"寡人这次撤销逐客令，主要是因为李斯，他可是不可多得的人才啊！若不是因为他出自吕不韦门下，恐怕现在早已是重臣了，不过现在找他回来也不算晚。蒙武，你就代寡人前去迎他吧！"

蒙武欣喜地应道："是！大王！"

听到嬴政下令，昌平君兄弟极为沮丧。前天他们还在府中庆贺，逐客令下后，更多的权力就会集中到他们手中，可现在李斯的一席谏言就把一切给扭转了。他们心中暗悔为何没早借吕不韦之事把他除掉，以致搞成现在这种局面。

更令他们更担心的是，听大王的语气，李斯回来后一定会得到重用，而朝中的左相一职一直空缺。若李斯成了左相，对他们来说就太不利了。为长史时，他一直在他们的排挤下惶惶度日，掌权之后又怎能与他们合作？

昌平君知道大王之令已不可更改，但李斯还未回来，他还可以作一些补救："大王，李斯此人才能出众，若被逐出秦国臣也认为可惜。臣虽对撤销逐客之令存有疑虑，但对李斯甚为佩服，恳请大王准许臣与蒙将军一起去迎李斯。"

"好，你就与蒙武一起去吧！这样更能显示寡人爱才之心。今日议事至此，各位爱卿若无他事就回去吧！"

见众人都离去了，嬴政不由得笑着自语道："真是一只老狐狸！"

"相邦再狡猾，也逃不过大王的眼睛。"赵高在一旁接道。

嬴政哈哈大笑道："你胆子不小，竟敢说寡人的右相狡猾！"

"谁让他在大王面前不老实，明明不想让李斯回来，却又装出一副大公无私的样子。"

"你说李斯回来，寡人该给他一个什么官职？"

"大王不是说李斯是不可多得的人才吗？现在左相一职正空缺呢！"

"那是寡人说给他们听的！寡人在没有确定李斯是否忠心前还不能封赏他。他纵有绝世才华，若不忠于寡人，那寡人要之又有何用！"嬴政双眉上扬，长目圆睁，仿佛发现不忠之人，就要立斩于剑下似的。

赵高出入嬴政身边，虽然已见惯这种样子，但仍不免心惊。

群臣都离去了，嬴政难得有片刻的空闲，赵高却又提醒道："大王，太后已差人过来几次了，请您过去相聚。"

"你不说寡人还真忘记了！说来惭愧，母后回来已有半月，寡人还未陪她用过膳呢！"嬴政歉疚道。自从把母后从雍地接回来，嬴政再也没有往日的憎恨之心了。母后已经老了，看他的目光总有一丝怯弱和惶恐，这让他有些心痛。母子走到这一步，这能怪谁呢？母后再也不是那个容颜美丽，在后宫呼风唤雨的太后了，嬴政在心中叹息。

"这也不能怪大王，每天有这么多奏章要处理。这些堆积如山的简书奴婢看着就头晕，更别说是细心审阅了。"赵高敬佩道。嬴政每日阅读文书不下一百二十斤，朝中事无巨细，差不多都要过问，但是从未表现出筋疲力尽之态。

赵姬被迎回来后，住进了南宫，高泉宫被紫巾住着。嬴政本想让她住在高泉宫，好让紫巾陪伴她，但赵姬执意不肯，说是一个人住着清静。她不想回高泉宫，因为那里有太多的东西会勾起她的回忆。而那些回忆对她来说，简直就是一种残酷的折磨。

南宫位于咸阳宫以南五里地，当初建造此宫的是赵地的能工巧匠。这里规模不大，但楼台亭榭、回廊幽径，无不体现了赵地精巧、秀美的风格。人老了容易怀旧，赵姬总不由自主想起在赵国的那段时光。

此刻赵姬在南宫的后花园中已摆好宴席，只等嬴政前来。她已派人去请了几次，回报都说大王正在议事，事毕之后才能来。在她身旁还坐着紫巾和扶苏，她们娘俩正小声地说着话。

扶苏已经六岁了，他不像一般孩童那样顽皮、吵闹，也不依偎在紫巾身旁撒娇，俨然一副大人的模样端坐在案几之后。

赵姬对母子俩特别喜爱，她从紫巾身上能看见自己年轻时的影子，而从扶苏身上，她仿佛又看见了儿时的嬴政。扶苏好像有什么问题没有答出，紫巾正低声训斥他。虽然语声温柔，扶苏却不敢顶撞，低着小脑袋默不作声。

赵姬看着有些心疼，对紫巾道："你别训斥他了，比起政儿小时候，他可乖多了。"

紫巾见太后插言，便停止了对扶苏的训斥。扶苏像得救似的，开口便问道："祖母，父王小时候是什么样的呢？"他脸上露出希冀之情，他已有半年多没见到父王了。

"到祖母身边来，祖母跟你说。"赵姬对扶苏特别喜爱，虽然嬴政已陆续给她添了七八个王孙，但除了扶苏，她都没有付出过感情。

扶苏闻言欣喜地坐到赵姬身旁，赵姬则爱抚地摸了摸他的头说："那时候你父王和祖母住在邯郸，他经常偷跑出去和别人打架，每次回来都灰头土脸、身上青一块紫一块的。只有祖母弹琴给他听的时候，他才像你这么听话。"

扶苏好奇地问道："祖母，打架很好玩吗？怎么从来没人和我打架？"

赵姬和紫巾都有些愕然，像扶苏这种出身王宫的公子，虽然自小不愁吃穿，却失去了许多孩童的乐趣。见赵姬不便回答，紫巾便道："苏儿不要再缠着祖母了，快去看你父王来了没有？"扶苏闻言有些不情愿地站起来离去了。

赵姬见扶苏走远，便问紫巾道："政儿已很久没到你那里去了吗？"

紫巾咬着嘴唇，点了点头。

赵姬见此又继续说道："听说政儿又封了一位清扬夫人，而且还十分宠爱。他从小喜欢新奇，没有兴趣的东西从来不理。我希望你能成为后宫之主，但也只能为你在政儿面前说几句话。政儿曾告诉我，后宫由你管理的这段时日他甚为满意，我也不想再管这些事了，我已与政儿说过，一切还是由你管理。你有扶苏，又掌管后宫，还是很有希望的。"

"谢太后！只要扶苏能有出息，妾就心满意足了。"紫巾幽怨地答道，她想大王若真有心封她为后，王后之位也不会虚置这么久了。

这时，扶苏满脸兴奋地跑回来道："祖母，娘，孩儿看见父王和中常侍一起来了。"

"赵高？政儿怎么把他带来了？"赵姬厌恶地说道。她从心里憎恨赵高，因为她的两个孩儿就死在他的手里。每当她看见赵高站在嬴政身后，一副谁都不放在眼里的样子，她就从心里生厌。

嬴政一路龙行虎步，很快来到赵姬面前。他把赵高留在了外面，这让赵姬心里好受了一些。他满怀歉意道："孩儿来晚了，累母后久等。紫巾也来了，这可是扶苏？"

赵姬嗔怪道："自己的儿子都不认得了，你是怎么当父王的？"

紫巾见嬴政进来，连忙起身行礼："妾拜见大王。"

赵姬道："一家人聚在一起，不必这么多礼。政儿，你也坐下吧！"

嬴政刚欲坐下，就听见扶苏稚嫩的童音传来："儿臣拜见父王。"

"都长这么高了，再过一两年就可陪父王行猎了。"嬴政笑道。

扶苏涨红了脸，轻声答道："太傅只教儿臣诗书，骑射要过两年才学。"

嬴政点了点头，正要再问扶苏，赵姬又道："你父子有什么话可以边吃边聊。娘看你整日这么辛劳，可要注意身体啊！"话音刚落，一群宫女鱼贯而入，迅速上好食物。接着乐师舞姬上来，依次放好琴瑟管箫等诸多乐器。

嬴政点头应道："母后所言甚是，不过朝中事务纷乱如麻，孩儿想轻松点都不可能。扶苏，到父王这边来。"

赵姬吩咐奏乐，顿时琴瑟齐鸣，钟磬齐响，但四人都意不在宴席歌舞上。

最兴奋的是扶苏，他一直用仰慕的眼光看着父王，因为父王从没有与他说过这么多话，这让他感到无比亲切。从有记忆以来，他就很少看见父王，只是常听母亲说起，在他刚出生的那段时日，父王特别喜欢他，经常抱着他逗弄。

可现在父王为什么不喜欢他了呢？他问母亲，母亲总告诉他父王太忙，没有空闲。每次父王来看他，总能让他兴奋一段时日，但留在记忆中多是父王来去匆匆的身影。

嬴政见扶苏年纪虽小，但对他所问应答有致，心中颇为高兴。显然是紫巾的知书识礼影响了扶苏，比起其他子女，扶苏要强许多，这让嬴政对紫巾又添了一份敬意。

紫巾见嬴政父子其乐融融，也有些欢喜，又有些感伤。她手中拿着玉箸，却食不知味。赵姬看着紫巾的样子，不禁暗自叹了口气。她今天叫嬴政来，也是为了帮紫巾一把。

紫巾的能干和温柔知礼，赵姬一直很欣赏，但是不知儿子为何一直不愿立她为后。她曾向儿子提过几次，都被他含糊支应过去。她不敢逼儿子太紧，否则会引起他的反感。她自知在儿子心目中的分量已大不如以前了，为紫巾能尽一点力就算不错了。

不知不觉一个时辰过去了，赵姬吩咐乐师舞姬退下，又对紫巾道："紫巾，你先带扶苏回去吧，我与政儿还有事相商。"

"是，妾告退了。"扶苏依依不舍地离开嬴政，走向紫巾。

嬴政对紫巾道："你管教扶苏有方，寡人很高兴。扶苏，回去后好好听你娘和太傅的话，父王到时考你若答不上来的话，就不带你去狩猎了。"

"儿臣记住了。"扶苏响亮地应道。

望着她们母子离去的身影，赵姬道："有些事说多了娘也知道你很厌烦。可是娘的年纪大了，已没有多少精力管这些事了，希望你能早立下王后，娘也好了却了这桩心事。"

嬴政最怕赵姬提这件事，如果紫巾不是那么出色，他早就一口回绝了，也不会像现在这样烦恼了。现在紫巾又为他调教出一个出色的儿子，无疑又增加了分量，可他偏偏又下不了这个决心。

如果换成清扬，他一定会毫不犹豫地答应。母后还没见过清扬，或许见过之后会改变主意。想到这里嬴政便道："母后，孩儿刚册封了一位清扬夫人，哪天让她来见见您？"

"娘只想提醒你，这后宫佳人不少，但像紫巾这么能干的不多。算了，娘以后就不管这事了，你自己拿主意吧！"

嬴政一时不知该说什么好，正沉默间，只听赵姬幽幽道："娘今日叫你来，是有另一件事与你说。娘本打算今生不说出来，但这是娘的一个心结，也是你的一个心结，现在也到了该说的时候了。"

嬴政满脸疑惑，他见母后如此郑重，便道："母后，您有什么事就说吧。"

赵姬突然脸色一变，凌厉地问道："吕不韦被罢黜，你就安心让他在洛阳养老吗？"

嬴政无奈道："母后，他这个人您还不了解？他会安心养老吗？他与昔日的门客、六国诸侯来往频繁，洛阳倒因他繁华了不少！"

"他就是这么一个人，一辈子不甘平凡寂寞。你放他回洛阳养老，也不是心甘情愿的吧？"赵姬又淡淡一笑道。

"还是母后了解孩儿，孩儿当时也是迫不得已，他在朝中的势力根深蒂固，若是大动干戈会引起混乱的。不过，现在已清除得差不多了。"

"你的性情娘还不知道？你没有杀吕不韦，不仅是因为他的势力吧？看来有许多事是该向你说清楚了。"

"母后，事情过去就算了，有些事不知道比知道更好。"

"可是娘不说出来，就太便宜吕不韦了！"赵姬恶狠狠道。她落到现在这种境地，对吕不韦尤其痛恨，她认为所有的一切都是吕不韦造成的。其他人都遭了报应，唯独他还在洛阳过着富贵的生活。

嬴政突然觉得母后变得十分可怕，赵姬眼中那仇恨的怒火仿佛可以噬人，那种仇恨已在她心中煎熬了许久。虽然嬴政杀了她的两个儿子，但那是她先有愧在先。但对吕不韦，她觉得从邯郸认识他的那一刻起，他就在利用她，把她当作向上攀爬的阶梯，现在该是她讨还这一切的时候了。

"你不知道，娘原先是吕不韦的小妾，为了结交你父王，他才把娘送给了你父王。"赵姬永远忘不了那个令她刻骨铭心的夜晚。

"你父王是个善良懦弱的人，在吕不韦的帮助下，他由一个毫不知名的秦国公子变成孝文王的嫡子，后来成为太子直至秦王。因此，吕不韦也成了权倾朝野的相邦。没有吕不韦，你父王不可能当上秦王，你也不可能坐在今天这个位置上。"赵姬仿佛沉浸在对往事无穷的回忆中，嬴政寒着一张脸，默默地听着。

"但你别以为他这么做是安着什么好心，他所做的这一切都是为了他自己，也是为了你。"赵姬望向嬴政，觉得他有时真像吕不韦。

"不可能！怎么会是为孩儿？"嬴政不相信地大叫道。

"是的，就是为你。因为他一直以为你是他的儿子！这是娘与他之间的秘密，要不然以他目空一切的个性，怎么会一直诚心诚意辅佐你？要知道此前早有三家分晋，田氏代齐。他大权在握，又有什么不敢为？当时你父王去世，你尚年幼，娘又是一个弱女子，没有势力可以依靠，嬴氏宗亲也在一旁虎视眈眈，一切只有靠他，而他倾覆我们母子简直易如反掌，但他为什么还要死心塌地辅佐你？因为他一直以为你是他的儿子！"

嬴政面色苍白，仿佛害怕赵姬所说的变成事实，苍白地辩解道："不！这不是真的！"

"当然不是真的！没有谁比娘更清楚，你的确是嬴氏骨血！为了保住你的王位，他逼死了成蛟！可怜成蛟年轻识浅，以为与子傒联合就能扳倒他，却不知这一切都是他安排好的。嫪毐也是一个可怜虫！当时你极欲掌权，威胁到他的权力时，他就利用嫪毐来牵制你。也怪娘糊涂，被他利用了还不知道。可是娘知道，不到你真正掌权的那天，娘也只有对他虚与委蛇，被他利用！若让他知道你不是他的儿子，这大秦的天下恐怕早就被他夺取了，你只怕比成蛟还惨！"

嬴政铁青着脸大叫道："吕不韦，寡人绝不会放过你！"

咸阳东市，商肆林立，市中人群熙熙攘攘，一派热闹繁华的景象。自商鞅变法以来，秦国一直实行重农抑商之策。可由于秦国强大，内部和平稳定，各国商人还是纷纷至秦经商。

咸阳城是秦国王公贵族、大将重臣的聚居地，这些人为了享乐，少不了商人在其中互通有无，并且战火从未烧至咸阳，这里自然成了天下商人的向往之地。

"客官，小店里的布匹是咸阳市中品种最多、花色最全的。不瞒三位说，王宫的夫人们也常来小店购货。"一家布店老板正鼓起如簧之舌，向二男一女三个年轻人兜售着货物。三人看上去都只有十七八岁，从衣着打扮上看就知是贵族的公子小姐，难怪布店老板会如此热情。

两个少年身材高大，比常人高出一头，看上去都风度翩翩，一副儒生模样。少女身材高挑，看上去颇为婀娜。她指着一匹绣花绸布，对身材粗壮的少年道："蒙恬，你看这匹怎么样？"

"你别问我，这几天我头晕眼花，看什么都不太清楚。"蒙恬笑了笑，趁那少女不注意，偷偷对旁边身材单薄的少年道，"小心应付，麻烦来了。"

这少年是蒙恬的弟弟蒙毅，他听到大哥这样说，就诡秘一笑道："大哥，这又不是第一次了，看我的。"

蒙毅走到少女身旁道："菁露，你真有眼光。不过，你那些仆人没跟来，我怕你手头不方便。"

菁露故作恍然大悟状："哎呀，这可怎么办？都怪你们，不让我带仆人出来。不过这绸布我真的很喜欢，那怎么办？"

蒙毅知道他若是买下这匹布，明日全城的王孙公子都会知道他蒙家兄弟如何向菁露大献殷勤，而她又是如何不情愿地收下这匹布的，于是他道："这样吧，你喜欢什么就尽管挑，最好帮我和大哥也挑一匹。店主那里我来应付，挑完之后就到前面的酒楼找我们吧。"

"那就多谢了。"菁露高兴地答应了，但她知道蒙毅诡计多端，不像蒙恬那么好对付，她一边挑布，一边不时偷看蒙毅。直到见他把店主叫到一旁拿出钱袋来，她才放心。

蒙家兄弟走后，店主分外热情地帮菁露挑选，还把自己库存的精品也搬了出来，忙得不亦乐乎。菁露挑定了两匹布就要离开，店主却拦住她道："这两匹布还没付钱呢！"

菁露感觉不妙，问道："刚才不是有人给钱你了吗，怎么没付钱？"

店主道："那位公子给钱不是为了买这两匹布，只是让我好好招待小姐。"

菁露知道中了蒙毅的计，便对店主道："你把这两匹布送到右相府，自然会有人给钱你。"

店主只觉得此女容颜美丽，举止不凡，没想到竟是右相昌平君的女儿。素闻此女刁蛮任性，多少王孙公子都被她捉弄得晕头转向，店主再也不敢多言，连声应是。

菁露走出布店，心中暗自发狠——好你个蒙毅，竟如此对我，有你好看！

当她来到酒楼，就见蒙家兄弟正笑眯眯地看着她。她没好气地说道："想不到你们兄弟竟是吝啬之徒！"

"吝啬总比自作多情好！"蒙毅反唇相讥，"上次有人骗我大哥买了一件玉饰，结果差不多整个咸阳城的公子都知道我大哥对右相家的小姐有意了。你知不知道，这差点把我大哥的婚事搅黄了。"

"婚事？什么婚事？"菁露顾不得与蒙毅争辩，忙问道。

"我爹给大哥订了一门亲事，是冯少府的女儿。上次为了你那事，我爹把大哥狠训了一顿。"蒙毅没好气道。

"你们俩别吵了！恐怕以后再也没有机会相聚了。爹已经跟我说了，我成亲之后就到王翦将军麾下去从军，以后再也不能与你们在一起了。菁露，这次出来就是为了好好聚一聚，所以没让你带仆人来。我们从小一起长大，我一直把你当作妹妹，以前那些事你也没什么恶意，我也没怪过你，只是以后有事大哥就不能为你撑腰了。"蒙恬有些神情黯然。

菁露闻言泪水直下，她最害怕这天的到来，她觉得自己就要失去最亲近的人了。她的生母是昌平君的正室，来秦之后不习惯此地的生活，因思念故国郁郁而终。昌平君继娶后，她与后母不和，父亲又忙于政务，很少管她，她反而与蒙家兄弟在一起的日子多些。她擦了擦眼泪，强作笑颜道："大哥，虽然这是我第一次这样叫你，但我心里一直当你是大哥。恭喜你了！我敬大哥一爵！"说完，她端起酒爵一饮而尽。

蒙毅没想到处处要强，连骑射都要超过男儿的菁露会有女儿态的时候。若是在以往他一定会取笑她的，但此刻的离愁别绪使他心中沉重，什么都不想说。

"你能叫我大哥，我太高兴了。其实我走了，还有二弟陪你。以你的骑射、二弟的聪明，足以扫平那些王孙公子了。"蒙恬故作轻松，他的话语伴随着夸张手势，却没有像往日那样使菁露绽开笑脸。她勉强笑了一下，随后面容变得更为凄楚。

蒙恬奇怪道："菁露，你怎么了？我虽然要去军中，但以后还是能见面的，说不定几年后我就是将军了。"

菁露摇头道："我们如果不是生在将相之家就好了。你们知道吗？我父亲已答应桓齮将军的提亲，要将我嫁给他的儿子桓柱成。"

蒙毅道："是不是那个憨柱子？"

"嗯，就是那个总败在我们手下的憨柱子。"

蒙家兄弟听后，默然无语。他们生在将相之家，嫁娶却成了父辈寻找靠山、结交权势的手段。

"他什么都不如你，怎配娶你？菁露，难道你就答应了？"蒙毅鄙夷道。

"我已推过多次，但又有什么用呢？父母之命是不能违背的。其实我也该嫁人了，有谁像我这样疯疯癫癫找人比武论剑的？生为女儿身，有一身本事又有何用？我若是男儿就可跟随大哥去军中建功了。"菁露无奈道。

大家一阵沉默后，蒙恬又举起酒爵道："不要再说这些了，来！我们喝酒！"

他们正喝着，突然听到外面人声鼎沸——

"看，那个就是上谏大王撤销逐客令的李斯！"

"就是他呀！"

"在蒙将军车上的老头儿是谁？"

"不知道呀！"

……

第十一章

并天下尉缭献策 迎韩非秦王动兵

昌平君和蒙武不仅带回了李斯，还向嬴政推荐了一个兵法大家，这令他欣喜若狂。

可初见此人，嬴政就感到不快，他无法把眼前之人与蒙武所说的兵家联系起来，他更为此人的傲慢无礼感到气愤。

这是一个年过半百、满脸皱纹的老头，他矮瘦的身材，灰白的头发，一身农夫的打扮。唯一引人注目的是那双闪着精光的眼睛，仿佛能看透人的内心。

嬴政无法相信蒙武所呈的兵书是出自此人之手，秦国不乏能臣猛将，缺的就是兵家。吴有孙武、齐有孙膑、魏有吴起，他们曾使这些国家强盛一时，秦国若有此兵家，再辅以王翦、蒙武、桓齮、杨端和等大将，定可横扫天下，所以他对这种人一向是梦寐以求。

那老农似的兵家见到嬴政，不跪不拜，一个劲地打量着他，与李斯跪拜在地、感恩戴德的态度相比，有天壤之别。昌平君本来就对此人不满，见此情景便喝道："大胆匹夫！见了大王还不行礼？"

那老头冷冷地看了昌平君一眼，不紧不慢地说道："山野庶民，不懂礼数，大王若因此见怪，缭这就离去。"

"老先生慢走！且听晚辈把话说完。"自称缭的老头转身就要离去，蒙武连忙劝阻。等老先生站定之后，他又忙对嬴政道，"大王，臣昨日呈上的兵法确实是奇书，虽然只是其中一篇，想必大王已看出它的价值。老先生久居山野，不习朝廷礼仪，望大王能够谅解。"

嬴政心中虽有些不快，但不想就此失去一个人才，便笑道："寡人已看过先生所著之书，心中甚为佩服。只是寡人有一事不明白，先生为魏人，为何不在魏国一展所长，而远至秦国求取荣华富贵。"

缭大笑几声后道："大王误解了！我来见大王，并不是为了荣华富贵。"

昌平君和李斯闻听此言，均露出不屑之态。嬴政也感到惊奇，因为至今还没有哪个人拜见他不是为了荣华富贵。

缭不顾他们的表情，径自道："我自幼研习兵法，至而立之年自觉学有所成，便开始游历各国。可多年的经历告诉我，凭我所学不难使一国强盛，但这又有什么用呢？天下依然会争地以战，杀人盈野；争城以战，杀人盈城。不瞒大王说，我的儿子、兄弟均死于争战之中，我还要这荣华富贵何用？连年争战，使百姓父子不相亲，兄弟不相安，夫妇离散。我日夜所思就是要结束这种状况，而结束这一切的办法只有一个，就是天下一统！"

缭侃侃而谈，使嬴政颇受震动。他扫平六国，统一天下的目的只是为了获得更大的权力和更多的财富，从没有考虑过庶民百姓。不过这些他都放在了一边，继续追问道："先生还没有回答寡人，为何选择大秦呢？"

"我遍游六国，就是为了择一明君，以我所学助他一统天下。"说完后，缭双目炯炯地注视着嬴政，似乎在搜寻着什么。

"那先生是否选择了寡人？"嬴政按捺不住心中的激动问道。一统天下是他心中最大的愿望，秦国历代先君，只要能取得霸主地位已是很大成就。他若能统一天下，那就强胜先祖，取得秦国先君梦寐以求的成就。

缭微微一笑后说道："大王比起六国君王是要英明很多，就凭大王知过能改，就非六国君王能及。但仅仅因为大王我就选择秦国，大王未免也自视过高。"

嬴政听到此言颇为尴尬，但又不便出言斥责，他在心底已被眼前这个貌不出众的老头所折服。

缭却不管此番话嬴政做何感想，仍自顾自道："我选秦国，大王只是原因之一，最主要的原因则是秦国国力雄厚，有一统天下的基础。我曾三次入秦察看，秦法严谨，民风古朴，百姓畏法而顺；都邑官府，百吏莫不恭俭敦敬，忠信有加。观下而知其上，大王必日理万机，事必躬亲。"

嬴政暗想——此人果非一般，寡人当礼敬于他，于是起身拜道："先生见微知著，寡人佩服不已。先生有何策能教寡人，使秦国一统天下？"

缭知道只有拿出令嬴政心服的计策，才能使他真正信服，于是对嬴政之拜也不谦让，不慌不忙答道："秦国之患在于诸侯合纵，合纵成则秦国后果难料。为防止这种情况发生，大王应不惜以重金贿赂各国重臣，离间其君臣，破坏其合纵，我料最多花三十万镒金，就可达到目的。然后秦国再各个击破，一统天下将指日可待！"

嬴政闻言大喜道："寡人一直心忧诸侯合纵抗秦，今日听先生一言，茅塞顿开。传寡人之令，以后先生衣食皆与寡人同！"

缭得如此礼遇，令昌平君心中很不是滋味。他主动请求前去接李斯，就是为了拉近与他的关系，谁知却被一个糟老头子抢了风头。他见李斯一言不发，不由暗中埋怨——你上《谏逐客书》的机智哪去了？

缭毫不客气地接受了嬴政的礼敬，这让蒙武心中甚是不安。缭不知谦让，天长日久并非好事，但愿他日后能知道收敛才好。

李斯在一旁望着嬴政与缭倾谈的样子，心中甚是失望，最初被迎回的喜悦也消失殆尽。他一路上拟好的言辞，欲向嬴政表达的忠心，此时却无进言的机会，这让他对缭既怨恨又羡慕。

第二日早朝，嬴政连下三道诏令，令朝中诸臣颇为震动。太傅池子华被嬴政拜为左相已大出朝臣意料，接着嬴政又任命一个毫不知名的老头缭为国尉，掌管武事，更让朝臣不明所以。唯一让群臣有点明白，就是任命李斯为廷尉，掌管刑辟。虽然群臣有许多疑问，但见为首的几位大臣都没有动静，也就无人提出异议。

早朝之后，嬴政又单独召见李斯道："昨日寡人怠慢了你，你不会见怪吧？"

李斯连忙答道："臣不敢。大王对臣恩宠有加，臣当竭力以报大王知遇之恩。"

"你能这样想，寡人心中甚慰。不知你对寡人重用缭有何看法？"

李斯小心应道："国尉所说精辟有理，他的重金行间之策也甚合当前形势。不过此人过于狂傲，不守礼节，日后恐难相处。"

"凡胸有奇才之人，难免有些狂傲。难得你才智不凡，却又谨慎守礼，寡人没有看错你。记得你第一次进献统一之策，那时寡人尚未亲政，但你之所言却一直回荡在寡人耳边。'以秦之强，大王之贤，由灶上骚除，足以灭诸侯，成帝业为天下一统，此万世之一时也。'寡人可曾记错？"

李斯激动道："大王所言甚是！"

嬴政突然面色一寒道："但你可知道寡人为何一直不用你，而现在却敢用你了？"

李斯不由心中一颤，低头道："臣不知。"

"寡人不用你，是气你不识时务！你以为吕不韦根基深厚，寡人就扳不倒他吗？不过你还算聪明，没有陷入太深。你看看这些文书，就知寡人为何还会用你。"

李斯接过文书细一翻阅，不由冷汗直冒。这些都是咸阳吕不韦的门客与他来往的书信，幸亏当中没有他的名字。

"现在你知道寡人为何把你追回来，而把那些人都逐走了吧？以他们之罪，寡人就算杀了他们也不为过！"

"大王英明！"李斯声音有些颤抖。

"那寡人问你，你认为吕不韦该如何处置？"

李斯知道此刻若不能令嬴政满意，那他辛辛苦苦的谋划将付之东流，于是硬下心来道："臣闻攘外必先安内，大王有志一统天下，则必使秦国君臣一心，上下齐力。吕不韦如秦之隐疾，暂时虽没什么危害，但一遇外情，其害必大。臣认为只有剔除隐疾，才能专心谋取天下！"

"说得好！那寡人就把这剔除隐疾之事交给你办。不过寡人不想他这么轻易地就死了，你出自吕不韦门下，可以更好地说服吕不韦的门客离弃他。寡人要他尝尽众叛亲离、孤独绝望的滋味！"

看着杀气腾腾的嬴政，李斯不禁心中有些害怕，他不知嬴政为何这般仇恨吕不韦。

已是黄昏时刻，喧嚣了一天的咸阳渐渐安静下来。可城南蒙武府中却热闹非凡，因为今日是蒙恬的大喜之日。菁露在蒙府中兜了几个圈子，甩掉了那些围绕她的王孙公子，然后独自来到后花园中。

除了自己家，菁露对这里最熟悉了。这个后花园非常宽敞，她经常和蒙家兄弟在此习文练武，留下了很多欢乐。她漫无目的地逛着，园内树木葱郁，花香袭人。

她期望能遇见蒙恬，却又害怕遇见他。他现在是新郎，高兴都来不及，怎会一个人跑到这里闲逛呢？菁露怅然地想着。

不知不觉中她来到一个小亭，这里曾是她和蒙家兄弟比试箭术、谈论《诗》《书》、合奏乐曲的地方。忽然，她隐约听到一丝熟悉的乐声，她仔细聆听着，确定是蒙恬的筝声。她再也控制不住心中的冲动，循着乐声走去。

不一会儿，她就看见了蒙恬魁梧的背影。只见他在水边席地而坐，旁边燃着香炉，冒着一缕缕轻烟。她知道蒙恬每次奏乐必先净手、焚香，以一种虔诚之心进入音乐之中。

她站在蒙恬身后，眼中充满了爱慕之情。从小她就崇拜蒙恬，不管做什么，蒙恬总能做得那么出色。他魁伟的身材，沉静的面容，就连被她捉弄后的微微一笑，都能让她如痴如醉。她曾幻想着自己能做蒙恬的新娘，所以才让那些王孙公子都知道蒙恬对她好。可是世事偏不如她所愿，不管她怎么计划，一切都无法挽回了。蒙恬已经娶妻，而她也即将嫁人。

一曲奏毕，蒙恬长叹了一口气，他似乎察觉到身后有人，便转过身来，看见了早已泪水涔涔的菁露。他惊讶道："菁露，怎么是你？"

菁露擦去泪水，故作开心道："新郎不入洞房，却独自在此鼓筝抒怀，有什么心事呢？"

蒙恬站起来望着菁露，心酸不已。虽然什么也没说，但他能感觉到她的心痛。菁露啊菁露，你这又是何苦呢？

菁露读懂了蒙恬的眼神，刹那间她抛开所有的顾忌，扑进蒙恬的胸腔，放声大哭。蒙恬也紧紧抱住菁露，泪水止不住地流下来。

在一处树丛后面，蒙毅正注视着亭中的两人。他悄悄退去，在花园中来回走动着，防止有人来打搅蒙恬和菁露。

片刻之后，菁露才止住了哭声，蒙恬道："大王已下攻赵的命令，一月之后我就要到王将军麾下效力了，恐怕以后再难见面了。"

菁露幽怨道："再见又有何益呢？大哥，这是我从小佩戴的玉坠，我把它给你，你看见它，就当看见了菁露。"

她把玉坠放入蒙恬手中，便飞快地离去了。蒙恬呆呆地望着她的背影，一动也不动。

秦王政十一年（公元前236年），赵国派大将庞煖攻燕。秦国趁赵国对外用兵之机，派王翦、桓齮、杨端和各领大军十万，出兵伐赵。

嬴政一直恨赵国引诱成蛟反叛，现在又收留吕不韦转移至赵的产业。他图谋报复赵国已久，现在终于等到了这个机会。这是他亲政以来首次对外用兵，所以他格外谨慎。不过他身边有缭出谋划策，因此此次攻赵还是显得从容有余。

不久捷报传来，王翦首先攻占了赵的阏与（今山西和顺）、橑阳（今山西左权）。接着，桓齮、杨端和攻取了赵河间九城，又拔掉了邺（今河北磁县）和安阳（今河南安阳）两地。秦国从三面围住了赵国，形成吞噬之势。赵悼襄王和庞煖都因这次兵败于秦，心急而死。

对外作战的胜利，使嬴政喜不自胜，他没有忘记李斯之言，决心趁自己威名正盛之时，先剔除吕不韦这一隐疾。

李斯受他所命，分化召纳了不少吕不韦的门客，但仍有人对吕不韦忠心耿耿，不肯离去。嬴政闻之大怒，他决定把吕不韦和他那些不肯归顺的门客迁至蛮荒边远之地。他亲自修书一封，让李斯交给吕不韦。在信中，他严厉斥责了吕不韦——

君何功于秦？秦封君河南，食十万户。君何亲于秦？号称仲父。其与家属徙处蜀！

吕不韦看到嬴政的书信，知道最后的希望也破灭了，赵姬不可能再为他说话了，他已感到了穷途末路的悲哀。

李斯望着昔日的主人，满怀感慨，仅仅两年时间，吕不韦已显出老态，再也不是往日神采奕奕的大秦相邦了。

吕不韦喃喃地问道："难道赵姬没跟他讲？不，不可能！"他怎么都不相信是赵姬骗了他，可嬴政的信中又明明点穿了此事。

李斯坐在一旁，他不解吕不韦的意思，见他情绪逐渐稳定，才问道："司空马呢？他不是一直跟着君侯吗？"

吕不韦惨然一笑道："还跟着老夫干什么？陪老夫老死于边荒野地吗？他已去了赵国，你也不必再动心思了。老夫为秦国竭尽所能，呕心沥血，却落得如此下场！李斯，你回去告诉嬴政，老夫年纪大了，不想再四处搬迁，恕老夫不能遵从王命了。"

李斯为难道："文信侯，违抗王命，要罪及全族啊！"

"他无非是逼老夫一死而已！老夫就如他所愿吧！"

"文信侯，你这是……"

吕不韦不理李斯，径直走入内室拿出一瓶毒酒，他仰天长叹道："赵姬！老夫欠你的就以此相偿吧！"说罢，他将毒酒一饮而尽。

吕不韦死后，家人和一部分门客将其安葬。但嬴政并没有因为吕不韦死了就放过这些人——

他下令将吕不韦的家人全都籍没为奴，对参加安葬吕不韦的门客，如果不是秦人，全部赶出秦国，如果是秦人，则免除其爵位，迁徙至房陵（今湖北房县）。

处理完这一切，嬴政亲至南宫向赵姬禀告。赵姬静静听完，并没有像嬴政想象的那么高兴。看着不言不语的母后，嬴政显得很无趣，坐了一会儿就离去了。

赵姬长叹一声，眼角流出两行热泪。吕不韦死了！这个既让她爱，又使她恨的男人最终还是因为她的一席话死了。如果她不讲那番话，或许嬴政也不会逼他那么狠。吕不韦让她成了秦国之母，却又使她失去了女人的一切。

所有的爱恨都在这一叹中烟消云散，她觉得极为空虚。现在除了这个日益让她感到陌生的儿子外，只剩下对往事的回忆了。

嬴政从母后那里出来，一直闷闷不乐。当初说起吕不韦的密谋时，他恨不得立刻传令杀了他。可现在吕不韦死了，而母后却并不是很高兴。

他也一直希望吕不韦死！特别是从母后口中惊悉吕不韦的阴谋后，他的这个愿望更加强烈。可现在吕不韦死了，他却有些茫然，就像一个射惯了的箭靶突然不见了。

吕不韦死了，嬴政觉得只剩下一件事值得去做了——那就是扫平六国，一统天下。寡人要建立先祖没有过的功业，让天下人都接受寡人的统治！一想到这里，他心中就有一股遏制不住的豪情。

赵高一直跟随在身旁，不时偷瞧他几眼，直到看见嬴政面露笑容后，他才小心地问道："大王，是先回宫还是……"

"不回宫到哪里去？ 还有不少军务等着寡人处理。"

"大王，现在我军直逼邯郸，那些军务也多是报功领赏罢了。大王，清扬夫人要生了，您是不是去看看？"

"你不说寡人倒真忘了这事！这些日子一直忙于与赵国作战，好些日子没去看她了，那就到宜春宫去吧！"

"那要不要奴婢先去通禀一声？"

"算了，寡人只是去看看她而已。赵高，你先回去吧，寡人自己去就行了。"嬴政知道赵高有不少事要做，还要随侍自己，就打发他早点回去。

"那奴婢就告退了。"

宜春宫距咸阳宫二十多里，那里环境幽雅，很适合清扬居住。嬴政还特意招来卫地的工匠，按照卫国宫室的模样把这里重新修葺。对他来说，召清扬不是很方便，但每隔一段时日的见面却让他感到快活。

当他步入宜春宫时，宫女、寺人都有些手忙脚乱，他们没想到嬴政会突然前来，他们正在玩投壶的游戏。他知道清扬待下人甚宽，所以他们才敢在这里玩耍。嬴政于是便拿起一支竹箭"刷"的一下投进了壶中,引得宫女和寺人一阵喝彩。嬴政问道:"夫人在干什么?你们怎么没服侍她?"

一个宫女答道:"禀大王,夫人正在休息,奴婢这就去通报。"

"你们继续玩吧,寡人自己进去。"嬴政来到这里心情总是特别好。这里的宫女、寺人听说大王如何严厉而不苟言笑,总是有些不相信。

穿过几重院落,嬴政到了清扬住的内殿。还没进门,他就闻到花香。进入殿中,果然到处插满了鲜花,为大殿增色不少。

两个宫女见到悄然走进的嬴政,吓了一跳,正要行礼,却被他挥手制止了。他轻轻地走到卧榻之旁,打量着纱幔笼罩之下的丽人。只见她长裙罩身,显出玲珑有致的身材,乌发斜散,将一张俏脸半露半掩。长长的睫毛垂在眼睑之上,显得睡意正浓。

嬴政轻轻掀开纱帐,坐到榻旁。这轻微的振动惊醒了清扬,她睁开眼睛看清是嬴政时,顿时面颊绯红,惊喜道:"怎么是你?吓妾一跳!"

秦国上下,只有清扬对嬴政说话这般随便,也正是这种随便,使嬴政感到轻松快活。

嬴政微笑道:"好长时间没来看你了,你不会怪寡人吧?这段时日一直忙于与赵国作战,把寡人都给忙死了。"

清扬要坐起来,却被嬴政按住了:"你不要乱动,太医来看过了吗?"

清扬点头道:"来过了,太医说还有一月孩子就会出生了。"

"太好了!还有一月寡人就可以见到儿子了,寡人要立他为世子,将来继承王位。"

清扬道:"要是女儿怎么办呢?大王是不是不要她了?"

"那怎么会?寡人的女儿多少王孙公子都求不到。不过寡人仍希望是个儿子。"

清扬听嬴政这么说,皱着双眉道:"妾倒希望是个女儿。即使是儿子,也不希望大王立他为世子。"

"为什么?这可是许多姬妾想不到的好事!你不让寡人立你为后,寡人已经答应了,可这件事你得听寡人的。"嬴政坚决道。

"可大王并没有立紫巾姐姐为后啊!大王有志一统天下,只恨妾没有本事，不能帮助大王。紫巾姐姐为大王管理后宫，省去了大王不少心力，妾就做不到。大王立妾为后，是爱惜妾，可这样却会害了妾。"

"有寡人的宠爱，还有人敢害你不成？"嬴政不解清扬话中之意，不悦道。

"大王，妾若为王后，却不善管理后宫，日久必会生出事端，反而会使大王心烦。这样不仅对国事有损，也会使妾失去大王的宠爱。若是紫巾姐姐为后，大王不必心忧内宫，妾也可以专心服侍大王了。"

"寡人若依你之言立紫巾为后，那就立你子为嫡。"

"依礼嫡子应为王后所出，大王怎能因一己之爱而有违礼制，让天下人非议？况且妾也不知所生是男是女。"

"整个秦国只有你敢不听寡人之命！好了，这些事以后再说吧，先让寡人好好看看你。"嬴政俯下身来把耳朵贴在清扬隆起的腹部上，清扬摸着他的头幸福地笑了。嬴政已比她初见时要成熟很多，不仅唇上胡须浓密，下巴和两鬓也长了黑须，使他的面容更添冷峻。但他仍像初见时那样对她宠爱依恋，还有什么比拴住嬴政的心更让她幸福的呢？

两个人正说着，一个宫女进来禀告道："大王，中常侍有急事求见。"

"赵高？他可能有急事需处理，那寡人不能再陪你了。"嬴政知道赵高若不是碰到难以解决之事，绝不会在这个时候跑来打搅他。

"大王您去吧，别忘了来看妾。"清扬幽幽道。

嬴政走出宜春宫，看见赵高正在宫外踱来踱去。赵高看见他连忙上前道："大王，奴婢刚接到消息，缭和蒙武只身出城，没有带任何侍卫，而且缭已除去官服，一身庶民装束。"

"难道他又要逃走？"嬴政疑惑地问。

"依奴婢看，好像是的。"赵高谨慎道。

嬴政大怒道："寡人有什么对不住他？让他衣食与寡人相同，寡人对他执学生之礼，就算他在背后非议寡人，寡人都不与他计较，他竟然又不辞而别？"

缭曾在背后议论嬴政，说他"蜂准、长目、挚鸟膺、豺声，少恩而虎狼心，居约易出人下，得志亦轻食人"，还曾多次逃走，但都被嬴政"请"

了回来。

"奴婢认为他若投奔别国，对大秦将危害不小，是不是马上派人把他抓回来？"

"这个倒不用担心，他若要投奔别国早就去了，也不会在秦国待两年。"

"那奴婢多心了，现在该怎么办？"

嬴政思索片刻后道："备马！寡人送他一程！"

"奴婢已准备好了，大王可立刻就走。"赵高不失时机地显示出他的能干。

一队人在咸阳城中飞驰而过，惊吓了不少路人。有人开口欲骂，但一见是虎贲军，便又吓得憋了回去。慌忙趴伏在地，口中高呼："大王万岁！"

嬴政追至城外十里，迎面遇见了孤身单骑的蒙武，便责问道："缭已走了吗？你为何不禀告寡人？"

"国尉是突然要走的，臣竭力劝他留下，但也无济于事，请大王恕罪！"蒙武跪下请罪。

"算了，他要走就走吧，是寡人福薄，留不住他。"嬴政摆了摆手，有些悻悻然。

"国尉留下一些帛书，要臣转交给大王。他说这是多年的心血，希望大王能善加利用。"蒙武说着，向嬴政呈上一卷帛书。

嬴政接过一看，见是缭所著兵法二十四篇——

（一）天官；（二）兵谈；（三）制谈；（四）战威；（五）攻权；（六）守权；（七）二十陵；（八）武议；（九）将理；（十）原官；（十一）治本；（十二）战权；（十三）重刑令；（十四）伍制令；（十五）分塞令；（十六）束伍令；（十七）经卒令；（十八）勤卒令；（十九）将令；（二十）踵军令；（二十一）兵教上；（二十二）兵教下；（二十三）兵令上；（二十四）兵令下。

嬴政第一次见到视富贵如浮云，抛弃一切飘然而去的人。他捧着这些帛书，不禁有些茫然。难道自己真如缭所说一旦得志，天下皆为虏吗？要不然，他为什么不留下呢？回想着缭曾说过的话，嬴政心中有些不安。

"他留下此物，也不枉寡人善待他一场。蒙武，希望你以后再遇此事要善加考虑，必须奏知寡人。赵高！回宫！"嬴政有些不满地斥责了蒙武几句后迅速离去，留下他一人待在原地。

蒙武知道嬴政为此事很生气，不管怎么说，他派人去禀告一声是来得及的，但他没有这么做。他想起缭临走时所说的话，不禁心中暗问自己："大王真如他所说吗？"

在秦国，缭唯与他相交甚厚，两人一直保持着亦师亦友的关系。缭丰富的兵法知识，精辟的见解，常令蒙武佩服不已。就在刚才告别时，缭还语重心长地对他说："治乱世需用重法，平乱世需用强兵。强兵重法却需一独断专行的君王掌握。秦乃万乘之国，若是大臣太重，就是人君之患，也非国民之福，只有多疑、善断的威霸之君，才能控制朝政，不使大权旁落。大王是我周游列国所遇的最合此道之人，但是多疑必寡情，善断必独专，一旦得志，自认最强，天下恐怕无人能够进言。大王平天下足矣，治天下必乱。我观将军乃忠厚纯良之臣，所以劝将军一言，一旦大王平天下成功，将军最好效仿陶朱公，隐身山野做一富家翁。大王身边之人，李斯才能出众，但只知逢迎，承仰鼻息；昌平君心胸狭窄，不能容人；最可怕是赵高此人，阴鸷诡谲，却又精明能干，你要小心提防。也只有大王能用这些人，换一懦弱之君，恐怕早已大权旁落。"

蒙武深为这个历经沧桑、洞察世事的老者的一番话所折服，在他面前，蒙武感到了自己的渺小。

秦王政十三年（公元前234年），秦国挟连胜之威，继续攻伐赵国。秦将桓齮勇不可当，一举攻下赵国平阳、武城两地，杀死赵将扈辄，斩首十万。

嬴政接到桓齮斩杀赵国名将扈辄的消息，当着满朝文武的面夸赞道：

"昔日先祖昭襄王有武安君白起，今日寡人有大将军桓齮!"一时之间，桓齮之名传遍天下，迅速盖过王翦、蒙武、杨端和诸将，成为秦国第一名将。

昌平君听到嬴政的赞扬，心中甚是得意。他庆幸自己没有选错人，与桓齮结成儿女亲家。现在他与桓齮一个是文官之首，一个是武将之冠，大王似乎还有意让桓齮出任国尉，那么在相邦、国尉、御史大夫三公之中，他们就占了大半。不少人见昌平君权势日盛，纷纷投到其门下。昌平君声势也越来越大，与在外作战的桓齮成了遥相呼应之势。

蒙武、池子华等人却为秦国的胜利担忧，因为他们知道赵国经此一败，国内再无大将可用，只有起用塞北名将李牧。李牧此人用兵如神，曾驻守赵国北地抵挡匈奴，使匈奴十多年不敢接近赵国边境。他曾于赵悼襄王二年为赵相，因受谗毁而被罢相，一直未受重用。赵国若重新起用此人，必是秦国劲敌。

他俩在朝中一片贺喜之声中不禁相视苦笑，此时若向大王进言为时过早，只会败他的兴致，引起他的反感。

嬴政眼看七国之中兵威最盛的赵国就要被灭掉，抑制不住心中的兴奋重赏了桓齮，希望其早日灭赵。可并不是每一件事都如他所愿，清扬最终为他添了一位公主，使他心中甚感遗憾。

在赵姬的一再催促和臣子的不断上书之下，他知道立后之事不能再拖下去了，就顺从众人的意愿，立紫巾为王后。这是他亲政以来第一次违背心意决定的一件事，这虽然使所有的人都满意了，但唯独自己感到有些失望。

对于围绕在身边的臣子姬妾，他既要用他们，又要提防他们，因为他不知道什么时候就会出现第二个吕不韦。他希望有人能告诉他，怎样辨别周围的这些人，怎样更好地控制他们。虽然他也学过帝王之术，但总觉得不够具体、明确。随着秦国疆域越来越大，官吏越来越多，他对驾驭群臣的权术需要更多地了解，但是总得不到满足。

这一日深夜，嬴政处理完奏章之后，开始翻阅从各国搜集来的典章史集。这么多年了，负责掌管宫廷书籍的尚书令已知道他读书的喜好。嬴政翻开第一卷书简，就被其中的内容吸引住了。

"'智术之士，必远见而明察，不明察，不能烛私；……重人也者，无令而擅为，亏法以利私，耗国以便家……'好，说得太对了！"嬴政不禁击案叫好。

他急不可待地将一卷卷竹简翻开，一口气读完。对平常所思之事，这些书简似乎使他有些明白，但细细思索之后又有些不甚明了。他欲找一个人谈谈，以解心中的疑惑。可赵高除了通狱法之外，对这方面并不擅长。他想起李斯曾师从荀况，一定对这方面有所了解，便吩咐近侍道："立刻去把李斯找来。"

近侍心中奇怪为何深夜还要召李斯前来，但不敢相问，立刻出宫去了。嬴政趁此空闲，又翻开另一卷简册，结果拿起来之后，便不能放下了。当李斯急匆匆地赶来，他还聚精会神于书简之上，并没有注意到。

见此情景，近侍便上前轻轻唤道："大王，廷尉来了。"

嬴政"嗯"了一声，没有任何反应。近侍又欲再唤，李斯轻声阻止道："等大王看完了再说。"

过了一会儿，嬴政才将目光从书简上移开，掩卷自语道："唉！寡人要是能见此人，就是死了也不后悔！"

闻听此语，李斯甚感奇怪，却又不便相问，正欲向嬴政行礼，嬴政却对他道："看看这些书简，你一向见识广博，能不能告诉寡人这是何人所作？"

李斯接过之后，细细看了几卷，然后肯定地说道："如果臣没有记错，这是臣昔日同窗韩非所作的《孤愤》和《五蠹》两章。"

"韩非？他是何人？你快与寡人说说。"嬴政一听李斯所言，便掩饰不住心中的兴奋。他已做出决定，只要此人活在世上，就一定要把他弄到身边来。

李斯没想到嬴政深夜叫他来只是为了打听这两篇文章的作者，心中不禁很失望。自从缭出走之后，他伴驾的次数越来越多了，本以为大王深夜召他前来，是有什么要事相商，若是这样，他就更觉得自己在大王心中的分量了。

"韩非乃韩国公子，与臣一样师从于大儒荀子。韩非才华杰出，对帝王之术研究最深，连老师也对他推崇备至。不过他有口吃之疾，不善言辞，只会著书立说。"李斯略微整理一下思路就简明扼要地说完了，既介绍了韩非所长又点明了他最大的缺陷。他隐隐感觉到嬴政对韩非的赏识，知道韩非的长处也掩盖不了，便说出他最不利之处——口吃。

"他有口吃？"嬴政皱眉道。他知道口吃之人说话结结巴巴，让人听了厌烦。纵横之士能得各国君王重用，往往凭的就是一张利口。没有哪国君王会用一个口吃之人作为重臣，他心中有些犹豫。寡人要的是他的学问，先把他弄到秦国再说！嬴政思前想后才下定决心。

韩国在多年的蚕食下几成秦国附庸，他对李斯道："你替寡人出使一趟韩国，务必请来韩非，寡人希望能够早日见到他。"

李斯心中虽不甚情愿，但嬴政心意已决，他也只得遵命执行。他到了韩国，向韩王表达了秦王对韩非的仰慕之情，这却引起韩王的猜疑，他一味与李斯周旋，不放韩非去秦。

早先，韩非心急韩国之弱，曾多次上书进献富国强兵之策，却得不到韩王的赏识，于是便闭门在家著书。这些文章经一些佞臣之口传入韩王的耳中，更加深了他对韩非的厌恶。秦王向他索要韩非，使他担心韩非得到秦王宠爱后向他报复，怎么也不肯放韩非离韩。

李斯无奈，只得回秦复命。嬴政听到回报后不禁大怒，他没想到一向俯首听命的韩王这次竟敢不遵他的命令。

秦王政十四年（公元前233年），嬴政一怒之下，在对赵用兵的同时派大军十万讨伐韩国。韩王闻听秦国大军压境，这才慌了，他找到韩非道："请看在同宗的分上，你一定要救韩国。往日寡人对你有不周之处，请不要记在心上。你到秦之后，一定要劝说秦王保存韩国，寡人的宗祀社稷就托付给你了。"

韩非不禁一阵心酸，自己的才学得不到本国君王赏识，反而别国君王为了自己不惜出兵逼索，这是何等的悲哀？而到了此种地步，韩王还不在富国强兵上下功夫，仍一味讨好秦国，自己就算能劝服秦王，韩国又能苟存多久呢？

"臣尽力而为吧！"韩非望着这个昏庸不堪、急切地等待着回答的韩王，无奈地说道。

嬴政对韩非的到来显示出极大的热情，他召集群臣在咸阳宫的大殿接见韩非，并且将他请到自己的左方坐下，这令秦国百官羡慕不已，但也引起了一些大臣的不满。

刚走了一个待若上宾的缭，现在又来了一个韩非，昌平君看着这个半天不说一句话，说出一句话就结结巴巴的人竟如此得嬴政宠信，心中既妒忌又恼火。他趁酒席喧闹之机，对韩非道："听说使者大人著书甚丰，我们都甚是仰慕。不知使者大人能否为我等诵读一篇，也好长我等见识。"

众朝臣闻言暗自窃笑，心想韩非说话都结结巴巴，如何能当着众人诵读文章？这不是存心让他难堪吗？嬴政也知晓昌平君用意，但他并不出言阻止，想看看韩非如何应对。

韩非四十出头，面相清俊，由于长年闭门著书之故，面色有些苍白。他似乎极不善于应付此种场面，一听昌平君说完，顿时满脸通红。他知道昌平君是要让他在众人面前出丑，便慢慢说道："相邦谬赞了，外臣并没带书。"他知道自己话一多就要结巴，便以最简短的语句表达自己的意思。

昌平君笑道："这不要紧，使者大人所著之文传遍天下，在座的各位大人中一定有人带着使者大人之书。"

话音刚落，就有一位朝臣应声道："在下这里有！"众人一看此人出自昌平君门下，便知道他们早有准备。

韩非接过帛书，不知该如何是好。嬴政皱了皱眉头，还是忍住不言。就在这时，李斯站出来道："大王，使者大人一路舟车劳顿，就由臣代他诵读吧！想当年臣与使者大人同窗之时，其所著之文多由臣代诵。今日能有此机会重现往日同窗之情，臣求之不得，望大王能够恩准。"

"准！"嬴政见李斯出面化解了这尴尬局面，心中暗赞他聪明识体。

韩非感激地看着昔日的同窗，虽然他们同窗之时并不像李斯所言那么投合，但今日的援助之举，顿时让他生出好感。

李斯拿过帛书，大声诵读。群臣却觉兴趣索然，昌平君更是用愤恨的眼光盯着他。赵高冷眼旁观这一切，把嬴政的神情尽收眼底。他见昌平君如此不识进退，心中明白他得宠的时日不会长久了，而李斯的乖巧识体，则令赵高刮目相看。

秦军不断向赵国挺进，桓齮的名声也越来越大。不久，他又攻下赵国重镇宜安（今河北石家庄），深入赵国后方，形成了对邯郸的包围之势。

在嬴政看来，攻取赵国是指日可待之事，他不禁意气风发，下令在上林苑中举行狩猎大赛。他允许各大臣自组阵营，在上林苑一较长短。一时间咸阳城热闹非凡，不管是文臣还是武将，都练骑射。即使自己不行，也纷纷聘请好手充实自己的阵营。

秋冬之交，上林苑中万马嘶鸣，狩猎大赛正在如火如荼地进行。其实大臣们都清楚，无论他们怎么准备，都比不过大王的亲军卫队——虎贲军。

嬴政看着热闹的景象，不禁神采飞扬。秦国强于诸国，正是自上而下重视武事，奖励军功所致。他今天特意把扶苏带在身边，就是想让他见识一下秦国的尚武之风。

扶苏虽只九岁，但已习练骑射一年多。他坐在马上，对眼前群马奔腾、万声呐喊的景象甚感振奋。这是第一次见到如此宏大的场面，他牢牢控制住胯下不安的战马，耐心等待着父王的命令。

当扶苏知道父王要带他去狩猎时，便早早地准备好了，希望能够在父王面前好好表现，赢得夸奖。他虽然是长子，生母又被立为王后，却不敢有任何狂妄不轨之举。在这方面他比一般孩童要早熟得多，他知道一切还掌握在父王手中，母亲又不得父王宠爱，他只有更努力，才能保住自己的地位。

嬴政望着端坐在马背上的扶苏，脸上露出赞赏之色。于是问道："扶苏，寡人让你勤练骑射，你练得怎么样了啊？"

"父王，儿臣每日都在练习，不敢忘父王教诲。"扶苏恭敬地答道。

"那寡人今日想看看你的骑射到底练得怎样！赵高，都准备好了吗？"嬴政向身后问道。

"大王放心，这五十骑都是虎贲军中的神射手，其中不少人曾是猎户，极善追踪野兽。"赵高立刻说明了情况。

受母后影响，扶苏对赵高一直没什么好感。他从母后那得知，赵高狡诈狠毒，除了父王不把任何人放在眼中，此时见他如此小心谨慎地侍奉父王，不禁多看了他两眼。

"寡人已好久没放马驰骋了！你们看那边昌平君的猎队收获不小啊！你们要争口气，不要被那些臣子比下去了！"嬴政对虎贲军喝道。

众骑士哄然回应，他们担心的不是狩猎是否赢过大臣，而是大王的安全。各位大臣带来的人虽都经过仔细检查，但他们也不敢掉以轻心，万一出了意外，那就是祸及九族的死罪。嬴政一拍胯下的坐骑，便带头冲了出去，扶苏紧跟在后。后面的虎贲军迅速散开，护住两侧和背后。

嬴政一路飞驰，不时想起和成蛟、姜玉在这狩猎的情景，这一切仿佛都成了一个遥远的梦，现在想起来都有些模糊了。

他勒马立于山冈上，身边留下十几个人，其他人都四散开来捕杀猎物，扶苏也拿着特制的弓箭，四处张望，极欲一显身手。

一只灰兔在草丛中跳来跳去，被扶苏看到了，只见他弯弓搭箭，"嗖"地朝野兔射去。可惜他臂力不够，野兔在中箭之后仍然向远处跑去。

嬴政笑道："扶苏，你臂力太小，看寡人射给你看！"他举起穿云金弩，只见那野兔凌空一翻，便倒地不动了。

扶苏叫道："父王射得真准！看，那边有只鹿跑出来了！"

嬴政连忙装好弩箭，瞄准鹿射了出去。弩箭正中鹿臀，那头鹿负伤之后跑得更快了。

嬴政和扶苏不甘心猎物就这样逃走，立即驱马狂追。鹿在树丛中东突西窜，很快就从他们的视野中消失了。他们四处搜索，虎贲军隔着一段距离，警惕地注视着四周。

"父王，你看！"扶苏叫道。原来那头受伤的鹿正躺在地上，另一头鹿在为它舔伤口，旁边还有两头小鹿。

嬴政举起金弩，瞄准那头正在舔伤的鹿，他要把两只鹿都捕获。扶苏忽然劝道："父王，它们怪可怜的，别杀它们吧？"

嬴政凝视着扶苏，他猛然有些明白了自己为什么一直不立扶苏为太子，他太善良了！

自从读了韩非所著之文，嬴政便明白了许多为君之道，其中最主要的就是君王要心狠，要比臣下更狡猾，更残酷无情，否则就无法驾驭众臣。把秦国交给扶苏这样善良的人，他怎能放心呢？他冷酷地说道："寡人一直对你管教太少，今日就教你最重要的一点——在任何时候都不能心慈手软！这两头鹿是很可怜，但若不杀死它们，我们就可能因为少了这两头鹿而被其他的大臣比下去！寡人在任何时候都不希望这种情况出现，你要好好记住寡人的话。举起你的弓箭，和寡人一起射死它们！"

嬴政用严厉的眼神盯着扶苏，使他从心底感到害怕。他勉强举起弓箭瞄准，嬴政笑了笑，然后低喝一声："射！"

只见他的弩箭正中那头舔伤的鹿，那鹿立即委顿在地，不住挣扎。扶苏的箭没有射中任何目标，两头小鹿惊慌地逃向远方。

不知怎的，嬴政突然失去了打猎的兴致。他把穿云金弩交给赵高，寒着脸坐在马背上。扶苏在一旁低垂着头，不敢看父王一眼。

"扶苏，寡人给你换一位太傅。你知道韩非先生吗？以后你就师从于他。"嬴政不容扶苏多言，又吩咐道，"你这么大了，要独立生活了。当年寡人在邯郸时，也只有你这么大。从今以后，你从母后那里搬出来一个人住，知道吗？"他以为扶苏如此，是因为久居宫中受紫巾影响所致。

"是，父王。那儿臣还可以求教于池太傅吗？"扶苏低声应道，他对温和博学的池子华有很深的感情。

嬴政皱眉道："池太傅博学多才，你向他请教又有何妨？不过寡人希望你能从韩先生那里多学点东西，这对你将来大有好处。他虽拙于口舌，但腹中才学不逊于任何人，连寡人都要尊他为师。"

扶苏受到鼓励，精神一振，立即答道："儿臣谨遵父王教诲。"

侍候在一旁的赵高见嬴政如此器重扶苏，心中开始盘算起来。不过，他隐隐觉得扶苏对他并不友好。他自问一向对扶苏客气尊重，甚至有点巴结，但不知为何扶苏对他总不理不睬，态度冷淡。

能影响扶苏的只有三个人，除了大王就是王后和太傅。难道是他们两个在背后教唆扶苏如此对我？赵高在心中忐忑不安地想着。

　　韩非住在御赐的别馆里，这里本是王室宫苑，环境幽雅，设施豪华。嬴政还怕韩非不惯这里的生活，将韩国进献的美女赐了两名给他，钱财物品更是不计其数。

　　尽管如此，韩非还是抑郁不乐。他一想到一身所学不被本国君王所接受，屡屡进谏被拒之门外；而敌国君王仅仅见了几篇文章就不惜动干戈得到自己，待若上宾，心中就愤愤不已。他渴望自己的才学能得到赏识，可若是用这些去奴役自己的族人，他又于心不忍！

　　"先生，您在想什么呢？天气冷了，把这件皮裘披上吧？"一位娇小玲珑、清丽可人的女婢正笑吟吟地站在身后，把一件皮裘递给他。

　　韩非回头望去，立刻被眼前的美色震惊了。清冷的月光洒在那女婢身上，平添了些许朦胧，显出她的清丽绝俗。韩非呆呆地看着，忘了接她手中的皮裘。

　　那女婢走到他身旁，把皮裘披在他身上，那沁人的体香让韩非本来就紧张的心跳得更加厉害。他禁不住握住那女婢的手，动情道："香……质，你……你真好。"

　　香质已与他相处有段时日，了解他越紧张激动时，就口吃得越厉害。她知道大王很重视韩非，要不然就不会把她们赐给韩非，而且大王也一再叮嘱她们，要好好侍奉韩非，让他安心留在秦国。

　　香质没有抽回手，任由韩非握着。几月的相处，已使她钟情于这个呆气十足的学士。他虽已年过四旬，但其清俊的面容、举手投足间的潇洒气质和一些执着的稚气，都让她心醉不已。她轻轻地问道："先生，您还会回韩国吗？"

　　韩非的心已慢慢平静，他控制住自己缓缓地说道："我是韩国人，当然要回去。你不也是韩国人吗？到时我求秦王恩准，带你一同回去。"

　　香质暗想——他真是迂呆，现在这种情形大王怎么会放他回去？于是劝道："先生在韩国不受重视，可在这里，大王不仅尊重你，还赐予钱财、华屋，还有我们，您还有什么要求呢？"

　　韩非松开香质的手，仰天不语，他心知香质说得对。对嬴政，他有一种知己的感觉。嬴政不仅深悟他所著之文，而且能去实现他的主张，他的才学能在嬴政这得到充分发挥，这正是他一生所追求的。

可结果呢？秦国必然越来越强大，而自己的国家就可能被其灭掉。他的内心陷入深深的矛盾之中，纵然学识满腹，却找不到一个两全其美的办法。

见到嬴政，再想想韩王，韩非的心都凉透了。他知道韩国灭亡是迟早的事，可自己能昧着良心帮助秦国，用族人的血泪来堆砌自己的荣华富贵吗？不，不能！

想到这里，他对香质道："韩国是不能给我什么，但是我生在那里，长在那里，那里有我的兄弟姐妹。香质，你也是韩国人，你希望韩国被灭，自己的亲人被奴役吗？"

韩非说得很慢，仍不免结结巴巴，但其坚定的语气令香质动容，她能感觉到韩非心底奔涌的热流。

其实在香质的心中韩国早已死掉了，若不是韩王昏庸无能，她们这些柔弱的女子又怎会背井离乡，远到异国为奴呢？一个连自己的子民都保护不了的国家留着还有什么用呢？可韩非对韩国执着的爱意令她感动，她还能说什么呢？

韩非却不知道自己有些结巴的表述已深深打动了香质，仍然继续道："香质，其实我这次是奉了韩王密令，希望能保存韩国。现在唯一能保存韩国的办法，就是让各国合纵抗秦。我知道秦国一直派姚贾在各国行间，破坏诸侯合纵，只要我说动秦王疑心于他，诸侯就有合纵的希望，到时我再献计保存韩国，或许能够成功。"

姚贾是赵高推荐给大王的，韩非此举一定会得罪赵高，一定要阻止他这么做！她清楚赵高的势力，她来这里就是听赵高之命行事。赵高狡诈狠毒，她早就见识过。

"姚贾一直深得大王信任，这几年行间也大有收获。大王精明能干，未必会信您之言，您还是想想其他的办法吧！"香质无法告诉韩非真相，只有委婉地提出自己的想法。

韩非忧虑道："这种情况不无可能。前些时我向大王上书，意图把秦国兵锋引向赵、齐，使韩国得以暂存，可大王一直没有回应。唉！韩国积弱已深，恐怕难有回天之力，我也只有尽人事，听天命了。"

香质听罢，心中甚是悲伤，为自己，为韩非，也为韩国。

第十二章

将相失职遭罢黜 三人设陷害韩非

在咸阳城中有一座名闻天下的酒楼，处在咸阳城南端与东市交接之处，里面装饰奢华，各地精美的食物都能在这里见到。更主要的是，秦国的大臣经常光顾这里，不仅为了这里的美食，也为了结交朋友，探听朝野动向。因此，这里成了诸侯了解秦国的最好去处。

李斯只要有空就要来这里消遣一番，以探听朝野众臣的动向。他知道自己在秦国根基不深，虽然手中掌着刑辟之权，但仍然处处小心谨慎。他是这里的常客，每次来都是店主亲自服侍。像往常一样，李斯一到，店主就上前问候，然后把他引到二楼的一间静室。

这次李斯一走进房中就愣住了，原来里面已有两人在座。而且这两人他都认识，一个是中常侍赵高，另一个是刚刚回到秦国的姚贾。

赵高一见李斯进来，忙起身相迎道："李大人来了，在下和姚大人可等你好久了。来，李大人请坐！"

不论官职或爵位，赵高都比李斯要低，但李斯知道他在大王心中的分量，他此举虽于礼不合，但李斯却不敢怠慢，连忙道："原来是两位大人，李斯冒昧，打扰了两位大人的雅兴。"一想到店主没有禀告就把他引至这里，显然是受了赵高的指派，或许这酒楼就在他的控制之中。

姚贾也站起来向李斯打招呼："小弟一直很仰慕李兄的才学，一封《谏逐客书》名扬天下，小弟真是佩服万分。今日在此贸然恭候，李兄不会怪罪吧?"他已被拜为上卿,赐千户。长得方面大耳,白净面皮,见人总是满脸堆笑,让人顿生亲切之感。

李斯明知他在作假,却没有表现出一点不自然,心中着实佩服,连忙回应道:"哪里,哪里,两位大人也和在下一样深爱这爵中之物啊!哈哈哈!"

赵高和姚贾只得陪着干笑,他俩知道李斯已看出这里面的安排还佯装不知,不由暗骂他老奸巨猾。

三人坐定后,店主手脚麻利地端上酒菜,关上门后就离去了。赵高和姚贾殷勤地向李斯劝酒,对此来的目的只字不提。李斯也只与他们爵来盏去,并不急于相问。三人都暗中较劲,直等着对方先开口。

但总这样僵持下去也不是办法,赵高在闲扯中毫不经意地说道:"在下真是羡慕李大人,你们同窗先后得到大王赏识,特别是韩先生,将来说不定还有拜相的可能。以后还望李大人多多关照啊!"

觉察到赵高已进入正题,但还不清楚他的真实意图,李斯当然不会轻易表明看法,于是自嘲道:"韩非的学识本来就是同窗中最好的,大王赏识他也理所应当。在下自认为除了这张嘴巴稍强外,恐怕再无一处及得上他。"

赵高知道不说出真实意图就想要摸清李斯的态度很难,于是他干笑两声后道:"李大人太妄自菲薄了!我大秦谁不知大人的《谏逐客书》。姚大人,你出使各国可曾见过像李大人这样能使大王收回成命之人。"

"没见过。李兄的学识已名传天下,小弟是望尘莫及。只是小弟有一事不明白,还望李兄不吝赐教。"姚贾接道。

"大人有话尽管直言。"

"不知李兄对韩非先生的品行如何评价?"

李斯道:"韩非性情耿直,不善权变,这是同窗公认的。他虽学识满腹,但因口吃,不喜与人交往,只是埋头著书。"

"按说像韩非这种人是不会随便诽谤人的,小弟以前从没与他交往,他为何在大王面前诋毁小弟呢?"姚贾不解道。

李斯奇怪道:"哦,有这种事吗?"

　　这时赵高又插言道："那次韩非觐见大王，在下正好在大王身旁。他说姚大人原是大梁看门人之子，又说他是魏国的盗贼，赵国的逐臣，不配参议国家大计。还说姚大人借出使各国之机，用秦国的珍宝为自己结交诸侯，不顾秦国利益。而李大人想必知道，姚大人出使各国，使各国合纵之议破裂，对大秦来说，是立了大功的。"

　　"此事有些可疑，不知大王对此如何看？"

　　姚贾苦笑道："大王现在对韩非恩宠有加，小弟如何能与他相比？大王已派赵兄来查我，幸亏是赵兄来，要不然小弟连辩白的机会都没有。"

　　赵高道："在下已禀明大王，大王准许姚大人上殿自辩。不过韩非接着又向大王献上一策，言称秦国应先灭赵、齐，韩如秦之郡县，应该保留。在下记得李大人曾向大王献上统一六国策，是先灭韩以恐诸侯，去秦心腹之疾再对付其余五国。韩非与李大人是同窗，所上之策却背道而驰，不知李大人做何感想？"

　　李斯闻言不禁暗怒韩非如此大事竟不与他商议，更让他气愤的是韩非所上之策竟与自己背道而驰。若大王按韩非之策，自己的地位将岌岌可危。李斯越想越气，心想自己真是白为他在大殿上解困了。

　　但他明白此刻赵高这么说，显然是在挑唆他们的关系，仍然沉住气道："我想韩非上此策自有道理。目前大秦兵压赵国，已深入赵之腹地，灭赵指日可待。他上此策说明比我眼光高明。"

　　姚贾立即反驳道："李兄此言差矣！赵国目前节节败退，是因为赵国缺乏统兵之将。一旦情势危急，赵国势必起用名将李牧。此人有廉颇、赵奢之能，若得到重用，桓将军要取胜恐怕不易。灭赵不行，就更不能灭齐。齐一向与大秦交好，国力强盛，灭齐只会给大秦树一强敌，韩非之策颇为荒谬。"

　　"由此可见韩非来秦实有不轨之心。在下和姚大人之意是李大人应为大秦利益上言驳斥韩非之策，揭露其不轨之心，这不仅是为了秦国，也是为了大人自己！大人同窗茅焦因才能不如大人，已受冷落，李大人不想步其后尘吧？"赵高此时才道出真实意图。

　　赵高此言看似冠冕堂皇，实际上是因为韩非谗毁姚贾，他心生怨恨。

且韩非得宠于嬴政，也威胁到他的地位。

李斯对他们的用心甚是清楚，但也有赵高同样的忧虑和危机感。他想赵高正是了解这一点，才会找上他的。他也想结交赵高这个极具实权的人物，于是便举爵慷慨陈言道："好，两位大人既然如此看得起我，我一定在大王面前揭露韩非！来，干！"三人一饮而尽，相视大笑。

此时三匹快马正好从楼下疾驰而过，赵高一看就知是前线战报。他看了李斯一眼，两人都露出忧虑之色。如此紧急恐怕不是什么好事，他们决定立刻进宫一探虚实。

当他们到了祈年殿时，一些大臣也陆续来了。嬴政坐在书案之后，脸色阴沉，让人看了不寒而栗。众大臣都低着头，一言不发。

沉默良久，嬴政突然一拍案几，用低哑的声音道："寡人二十万精兵，二十万精兵啊！就这样被击溃，不足十万人逃了回来，真是奇耻大辱！你们说，秦国何时遭过此等惨败？寡人有何脸面面对先祖，面对秦国子民！你们平常一个个不是自命不凡，自认才华绝世吗？怎么现在都不说话了！"

蒙武轻咳了一声道："大王，是臣等对李牧估计不足，没有及时向大王禀告。臣认为以桓将军之能，如果不轻敌冒进，就算难以取胜，也不至于如此惨败。所以臣认为这次兵败有两点原因：一是桓将军指挥失误，二是对李牧估计不足，没有做好准备。赵军若是没有李牧，便不足惧。臣认为要破赵军，必先除李牧！"

"寡人后悔当初没听将军之言，寡人也有过失。可是寡人把二十万精兵交与桓齮，这兵败之辱他岂能逃脱责任！传寡人命令，把桓家全部抓起来，听候处置！"

昌平君一听此言就慌了，他与桓齮是姻亲，不能眼看他获此大罪而不管。他连忙出列阻止道："大王，桓齮是三朝老将，对秦有功，若因一次战败就祸及他全族，将使将士心寒啊！"

赵高一听此言，就知他今日要倒大霉。大王现在情绪极不稳定，一股怒气憋在心中还没有发出来。昌平君所言又暗含威胁，最为大王反感，只怕他救不了桓齮，还会引火烧身。

　　嬴政本来对他私蓄门客就心中不满，但念他曾立过大功，一直只让赵高监视他，并没将他怎样。现在他的一席话把嬴政的怒火和不满全引了出来："心寒？谁心寒？败军之将若不严惩，以后还有谁会尽心为国作战？若不严惩，那死去的士卒亲属才会心寒！寡人看你是越来越糊涂了，从现在起，你就待在府中好好反省！没有寡人之命，不许出府半步！"

　　嬴政的话如晴天霹雳，将昌平君震慑于当场。他没想到自己的一番话不但没救下桓齮，反而搭上了自己。他跪在嬴政面前，磕头不止，口中不住道："大王，臣知罪，求大王饶恕，求大王饶恕啊！"

　　"别做出这个样子让寡人看了恶心！来人，把他赶出去！"众臣都惊恐失色，没有人敢上前劝阻，他们没想到嬴政发怒会如此可怕。

　　嬴政坐在案几后喘着粗气，似乎很累了，大殿之中寂静无声。他忽然摆了摆手示意群臣："你们都退下吧，好好想想对付赵国之策。"

　　直到众臣都下去后，他才掩饰不住自己的沮丧，无力地歪倒在案几之上，他这时才体会到父王为什么会一败之后气绝而亡。战败的痛苦不是一般人所能承受的，特别是作为一个强大国家的君王。他的雄心计划全都受阻于一个赵将李牧，在他最得意之时，李牧给他迎头痛击，这不仅使秦国士气大大受挫，在诸侯之中也会形成对秦不利的局面。嬴政不禁忧心如焚。

　　他需要一个地方好好静静，不由得想起清扬的宜春宫，只有在那里，他才会平心静气地想一些事情。

　　清扬产下一女后，令嬴政颇为失望，他好长时间没去清扬那里，可宫中能听他诉说心声的只有清扬。而她一直也表现得克己而守礼，虽然受嬴政的宠爱，但也没引起多少姬妾的妒忌。现在紫巾被立为后，她又没为嬴政生下儿子，对众姬妾更没有什么威胁了。紫巾见她聪明，识进退，也格外地照顾她，使她在后宫赢得了超然的地位。只是嬴政对她的宠爱仿佛日薄一日，这让她心中很是难过，但也无可奈何。

　　清扬此刻正在逗弄女儿，听到宫女禀告说大王来了。她按捺不住心中的激动，亲自跑出去迎接。她一见到嬴政浓眉深锁，双唇紧闭，没有往日那种神气，就知道他遇上了不顺心的事。

清扬迎上去正要行礼，嬴政制止道："怎么你见了寡人也这样？寡人的公主好吗？"

清扬答道："她现在正睡着，大王要不要看看她？"

"算了，寡人是来看你的。"

清扬知道嬴政正心烦，若小孩哭闹起来，定会引起他的不快。君王的子女有时还不如庶人的子女，若是母亲地位不高，子女根本得不到君王的爱抚，有父同无父差不多。嬴政的子女太多了，他政务又忙，根本无暇顾及这些子女。清扬想起女儿，不禁有些悲伤。

嬴政坐定后，垂头丧气地对清扬道："寡人这次败了，败在李牧手里，二十万秦军回来的不足十万。你说寡人该怎么办？杀了桓齮，寡人都不解恨！"

"李牧？妾在卫国时就听说过他的大名。他常居雁门关，曾经大破匈奴，使匈奴襜褴族灭亡，东胡族溃逃，林胡族投降，匈奴此后再也不敢接近赵国边境。由于长期与匈奴作战，李牧所率的骑卒是赵军战斗力最强的军队。"

嬴政惊奇道："你怎么对李牧了解得如此清楚？早知这样，寡人就应该向你请教。"

清扬笑道："这是听人纵论天下名将时说的，妾不过学人口舌罢了，大王手下一定有人比妾更了解李牧。"

嬴政宠爱清扬，不仅因为她聪明美丽，而且还因为她总有一些令他感到新奇的东西。不管他与清扬谈论什么，都能从她那里找到共同点，他觉得清扬的博学并不亚于朝中大臣。

"你所言甚是！都怪寡人太急于求成了。蒙武和池子华都向寡人提起过李牧，可寡人并没有在意。寡人想桓齮是驰骋疆场三十余年的老将，又领二十万精兵，怎么会敌不过只有十万人的李牧呢？现在想来一定是桓齮在连胜之下有了轻敌之心才给李牧可乘之机。"

"大王败了一仗也不能说全无收获，至少告诫秦军将士再不可骄纵轻敌，也提醒大王以后行事要小心谨慎。扫平六国，一统天下并非易事。大王还有王翦、蒙武等将，还有几十万大军，何必为一仗而气馁呢？"

清扬的话又点燃了嬴政心底的豪情，他感激道："若你为男子，寡人一定拜你为相。"

"妾若为男子，大王只怕听不进这些话了。妾只想做大王的夫人，既可与大王说这些话，又不受大王的责骂。"清扬俏皮地说道。

嬴政不禁莞尔，想起刚才大殿中的情形，不正如清扬所说的吗？

"那寡人今日就留在这里，听听你怎么对寡人说。清扬，寡人好长时间没听你弹琴了，今日为寡人弹一曲如何？"

清扬心中有些激动，嬴政这样要求她已是好久以前的事了，在最初的甜蜜亲热时嬴政才会听她弹琴，以后大多数的日子只是她弹给自己听。她有些苦涩地笑道："妾为了可星已好久没弹琴了，只怕现在手都生了。"

"可星？可星是谁？"嬴政有些奇怪，但一下又明白过来了，"是不是寡人的宝贝公主？"

清扬点了点头，不说话。

"都怪寡人太忙了，寡人就在这里多住几天，陪陪你们母女好吗？"嬴政颇为过意不去，以为清扬听到此语一定会高兴不已。

可清扬却说道："大王能来，妾就知足了。现在正是大王实现雄心壮志的时刻，妾怎能为儿女私情而拖累大王。只要大王心情不顺的时候来看看妾，让妾能为大王分忧就心满意足了。"

清扬越是如此，嬴政就越觉得心中有愧，他坚决地说道："寡人这次说多住几天就多住几天，如果你嫌寡人吵了你，那寡人就走！"

"妾怎敢这样想？妾也希望大王能多住几天。"清扬说到此，叹了口气，双眉低蹙，令人心生爱怜。自从生了女儿之后，清扬又增添了几分沉静之美，更见丰腴清丽。她的大方识体，以及恰到好处的依恋，令嬴政轻松舒心，这正是他在其他姬妾那里感受不到的。

清扬将琴调了一下，然后对嬴政道："大王，妾曾听宫女们唱过一曲，觉得甚是好听，就重新编排了一下，现在请大王品评。"

"经过清扬之手，就成了天籁之音，只怕寡人品评不出啊！"

清扬听了嫣然一笑，令嬴政怦然心动。

之后，清扬敛容静坐片刻，才轻舒玉指弹奏起来。她边弹边唱道：

　　鴥彼晨风，郁彼北林。

　　未见君子，忧心钦钦。

　　如何如何？忘我实多！

　　山有苞栎，隰有六驳。

　　未见君子，忧心靡乐。

　　如何如何，忘我实多！

　　山有苞棣，隰有树檖。

　　未见君子，忧心如醉。

　　如何如何？忘我实多！

　　这曲《晨风》是地道的秦风。嬴政听后，暗赞清扬的聪慧。她是卫人，来秦之后又深居宫中，无法接触真正的秦人，就是嬴政自己也因受幼时的影响话音中带有浓重的邯郸味，所以她要学地道的秦音并不容易。这《晨风》她用秦音唱得字正腔圆，可见她花了不少心思。

　　清扬似怨似诉的歌喉，把曲中想念情人而不得见的情绪表现得淋漓尽致，也借此表达了她的幽怨心情。嬴政闭目养神，仔细聆听，仿佛又回到了刚刚认识清扬的那段时光。他被清扬的琴技和歌喉打动，却没有听出清扬是在诉说自己的幽思。他认为自己对清扬已经够好了，其他的姬妾，包括紫巾在内，有谁受过他这般宠爱？

　　一曲弹毕，嬴政击案叫好："没想到你的秦风唱得如此之好，比寡人强多了！"

　　清扬淡淡一笑道："谢大王夸奖。"她想要的并不是嬴政的赞扬，而是他最初听琴时的那般感动，那种发自肺腑、与她心神相连的感动。不过从今以后，她知道嬴政只怕再难被她的琴音感动了。

　　嬴政在宜春宫待了两天后才回到咸阳宫，两天的时日虽短，但清扬所受的待遇，在许多人的眼中已非常难得了。

就在这两天里，嬴政不仅下令杀了桓齮的全族，还罢黜了昌平君右相之职。桓齮本要回咸阳请罪，听到这个消息后，他连夜带着亲信将士逃走了。

秦国最有势力的两家，转眼间就瓦解了，这令朝臣人人自危，他们不知嬴政还要罪及多少人。尽管如此，大臣们仍然四处活动，探听谁是右相的继任人选。这一职位不论对各方势力还是对某个人来说，都是十分重要的。

不过，众臣从嬴政的言行中已看出一些端倪。韩非自从来秦之后，经常伴随嬴政左右，有时还被留宿宫中长谈，由此可见嬴政对他的宠爱非同一般，因此不少朝臣已将韩非视为右相的人选。

韩非越受重视，李斯、赵高和姚贾就越担心。他若是登上相位，势必推行自己的策略，这对他们三人来说危害将是巨大的。因为韩非的策略若是成功，那他们将变成无足轻重之人，再难得到嬴政的赏识，这是他们都难以忍受的。唯一能改变这一切的办法，就是趁嬴政还未宣布右相人选之机，扳倒韩非！

祈年殿的书房，是整个秦国的决策中心，是嬴政召集心腹臣子议事之地。能进入这里，在秦国大臣的心中是一种身份和特权。但出入这里最多的，除了嬴政就是赵高了。他已恭敬地在此等了半天，等待着嬴政把面前的书简看完。

"韩非此人，的确非同一般。赵高，你看看这是韩非进献的《奸劫弑臣》篇，对奸邪之臣，劫主之臣，弑君之臣的种种迎合君王之举论述得太精辟了。你看第一句'凡奸臣皆欲顺人主之心以取亲幸之势者也'，还有'夫取舍而相与逆者，未尝闻也。此人臣之所以信幸之道也'，简直把寡人不解之虑解释得一清二楚啊！"嬴政看完后，合卷长叹。

"韩先生的学识确实令人佩服，奴婢望尘莫及，只希望有他一半就心满意足了。"赵高也假装赞赏，其实他此刻心中正下决心一定要除去韩非。

嬴政笑道："你若是只有韩非一半的学识，寡人也不会重用你，因为你已不是赵高了。好了，寡人让你查姚贾之事，你办得怎么样了？"

赵高谨慎地说道："奴婢已查出姚贾在咸阳城外置有几十亩地，但说他以大王之金私交诸侯，证据不足，毕竟诸侯各国合纵之举在他的离间下没有达成。依奴婢之见，他从中渔利之事有，但私交诸侯却不可能。现在各诸侯都知道他为秦国破坏合纵，对他恨之入骨，纷纷出重金悬赏捉拿。"

嬴政注视着赵高，一直听他说完才问道："姚贾是你所荐之人，你能不徇私包庇，寡人很高兴。那此人出身卑贱是否属实?"

赵高沉吟道："韩先生所言也是事实，但若以此衡量为臣之道，恐怕奴婢也得离开大王了。"

"你所说也有道理。那你去把他找来吧，寡人要问问他。"

当姚贾来到祈年宫时，虽心里早有准备，但还是有些惴惴不安。他知道臣子进入这里要么飞黄腾达，要么跌入地狱。若是他的回答不能令嬴政释疑，那他的前程也会就此断送。他周游六国，离间合纵，除了金钱就靠一张嘴了，现在他只有借此说服嬴政。

"微臣姚贾拜见大王。"姚贾一进门就行礼道。

嬴政抬头看了他一眼，指了指旁边的座席道："你先坐下，寡人看完这些奏章再说。"

"是！"姚贾便走到一旁坐下，低首垂眉，显得不急不躁。赵高嘱咐过他，知道这是嬴政考验臣下的一种手段。

半个时辰过去后，嬴政才放下手中的笔，合上案卷。他一直在暗中观察姚贾，见他泰然自若坐在那里，心里已有几分满意。姚贾见嬴政批完奏章，忙抬起头，满含敬畏之色注视着他。

嬴政漫不经心地问道："有人告诉寡人你曾在魏国做过盗贼，又是赵国的逐臣，这是不是真的?"

"回大王，这些是真的。"姚贾坦然应道。

嬴政没想到他会如此坦然地承认，他以为姚贾会狡辩几句，于是故作冷淡地说道："寡人若是用你做秦国的大臣，岂不是让诸侯笑话?"

姚贾早已想好应对之词，就等嬴政问此一句，于是他慷慨陈词道："臣听说昔日太公望曾被妻逐出家门，做苦力也无人雇他，然周文王却用他称王天下。管仲曾做商贾，后又成为鲁国的囚犯，然而齐桓公却用他称霸诸侯。秦穆公用五张羊皮换来了百里奚，百里奚却帮穆公降伏西戎各国。这三人都与臣一样出身卑贱，但英明的君王却用他们建立了功业。所以贤明的君王并不看他们的出身，而是看他们是否能为君王效力。对社稷有用之人，即使有人诽谤也不应去听，对声名杰出之人，若他不能为国家建功立业也不应赏赐。这样，就没有人敢以虚名要挟君王。臣自知出身卑贱，但在奔走各国时竭力为秦建功。现在各诸侯合纵不成，却有人向大王进言臣的污点，还请大王明察。"

姚贾侃侃而谈，使嬴政颇为欣赏。除了茅焦之外，这是他所见到的辩才最为出色之人。他认为姚贾说得有道理，但韩非在他心中是个耿直之士，不会以己私谗毁别人，所以他心中甚是矛盾。于是他突然问道："你可知是何人向寡人进言吗？是韩非！你应该知道他在秦国的分量！"

姚贾故作惊讶道："是他？臣一向佩服韩先生的学识和为人，他若向大王进献此言，一定有其道理，臣愿接受大王的惩罚！"

"你以为寡人一定要降罪于你吗？寡人自有分寸，你先退下吧！"

姚贾暗叹一口长气，心中一块石头总算落地。

第二天早朝，嬴政就接到了李斯的上书。他在书中全面驳斥了韩非的进言，否定了韩非先伐赵、齐之策："现在韩国才是秦的心腹之患。如果真如韩非所言，秦先攻赵，赵有齐为后援，那秦国将与两个大国为敌。韩国只是表面屈从于秦国而已，若秦伐赵不成，韩与楚相谋在秦的腹心发难，那秦国将会再次受挫于诸侯，退回函谷关内。所以臣认为韩非这次来秦，旨在窥探陛下，保存韩国。"

看了李斯的进言，联想到韩非诋毁姚贾之举，嬴政对韩非来秦的动机也产生了怀疑。但他不能仅凭李斯的进言就定韩非之罪，他需要证据证明韩非来秦是为了行间。

李斯看出嬴政犹豫不决便又献上一策："臣有一策可试探韩非之言是否属实。臣愿出使韩国，游说韩王来秦朝见陛下。大王就可以把韩王扣留下来，用他换取韩国的土地借机灭掉韩国。若韩非之言不实，则韩王必不肯来秦，到时大王再作决定不迟。"

嬴政沉思良久后道："爱卿言之有理，就照你所言去办吧！"

其实他心中一直委决不下，即使韩非真是来秦行间的，他也希望韩非能知难而退。这些时日的相处，已使他了解到韩非耿直的性格，要他背弃韩国为他尽忠，恐怕难以实现。他希望韩非能留在身边，但也必须给李斯、姚贾这些臣子一个交代。若他不问是非一心袒护韩非，怎能令这些臣子心服呢？况且李斯的提议对他颇具吸引力，若真能使韩王入秦，则不费什么气力就灭掉一个诸侯国，也断掉了韩非的退路。可嬴政却不知道这是李斯、姚贾和赵高针对韩非所设的一个陷阱。

韩非知道李斯出使韩国的目的后，不禁心急如焚。他知道韩王昏庸胆小，若被李斯说动，韩国必会灭亡。他秘密修书一封给韩王，陈明利害关系，劝阻韩王不要来秦。韩王接到韩非的书信后便拒不见李斯，李斯也乐得少费口舌，上书一封给韩王，陈明秦韩之间的利害关系，随即返回秦国，因为他此行的目的已达到了。

听完李斯的汇报，嬴政不禁暗叹：难道天意让寡人不能得此贤才？

李斯看出嬴政仍不忍对韩非定罪，也不敢过分诋毁韩非。若让嬴政看出他别有用心，那所有的努力都白费了，说不定会引来杀身之祸。他小心翼翼地说道："大王，臣与韩非同窗之时，就知道他多次苦谏韩王逐佞臣，纳贤才，但因进言直白而触怒韩王。他能得大王的赏识是他的幸运，也是大王的英明。他为人耿直，不善权变，一心希望韩国强盛，从这里也可看出他是忠贞之士，来秦行间实是情有可原。"

嬴政点头同意李斯所言，他颇有感触地说道："像这种臣子已很难见到了。他这次来秦行间并没造成什么危害，所以寡人一直不忍降罪于他。韩王也真是昏庸，行间这种勾当岂是韩非能做的？寡人每次派出行间之人，谁不是心性灵活，能言善辩之士？"

李斯故作忧心之状道："只是臣有些忧虑，不得不向大王禀告。如果不说出来，臣既没有尽为臣之道，也对大王不忠。"

"有什么话你就大胆说，寡人不会怪罪的。"

"韩非是韩国公子，心性忠贞耿直，若大王要灭韩国，韩非只会为韩而不会为秦。韩非留秦越久，对秦国内情就了解越多，而大王爱惜他的才学不忍降罪于他，最终会放他回去，那他对秦国的危害就大了。除非大王

253

愿意为了韩非而放弃韩国，否则就难以收服韩非之心。一个人若不能真心服侍大王，即使他再有才学，对大王又有什么用呢？所以，臣以为应用秦法来惩治韩非，以儆效尤。"

"爱卿所言甚有道理，寡人会考虑的，你先退下吧！"嬴政在书房中来回走动，心中还是很矛盾。从感情上来说，他十分喜爱韩非，希望他能忠于自己，但从社稷大业来看，韩非又是他扫灭六国的绊脚石。

"去把赵高找来，寡人有话问他。"每次碰到难以解决之事，他都要听听赵高的意见，尽管他不一定会听取，但每次多少会给他一些启发。

赵高一进来就跪下请罪道："请大王降罪，奴婢没能把事情办好。"

嬴政有些奇怪道："什么事把你给难住了？"

"是奴婢没有留心，出了内奸！"

"哦，有这种事？你给寡人说说。"

"大王赐给韩非两名侍女，有一人听奴婢之命负责监视韩非。她报告说韩非密信阻止韩王入秦，奴婢按她所说抓住送信之人，希望拿到韩非行间的证据，但从送信人的身上并未发现书信，所以奴婢认为她有嫌疑。"

嬴政皱眉道："你说的是侍女香质吧？寡人见她服侍王后很是聪明伶俐，又是韩人，才让她去服侍韩非的，没想到她竟为韩非遮掩。其实有没有书信并不重要，寡人治他的罪还要什么证据？只是可惜他这个人才，不想轻易毁了。"

赵高见嬴政这等语气，认为这是除掉韩非的一个良机，于是立即道："大王，请恕奴婢直言，越有才学但又不忠于秦国之人，对秦的危害就越大。韩非的才学无人可以代替，但他对大王的作用却有人可以代替。"

"此言何意？"

"韩非虽满腹才学，但为人孤僻，不善言辞，不足以辅佐大王。李斯与韩非同窗，都向荀子学过帝王之术，虽然造诣不同，但毕竟出自一脉，有迹可循。韩非将其所学都已著书立说，大王何不以李斯之能，用韩非之学，岂不两全其美？"

"以李斯之能，用韩非之学？"嬴政喃喃地重复道，"这是个办法，寡人果然没有白叫你来。"

赵高见嬴政接受了他的建议，不禁暗自得意。他已成功使嬴政相信，韩非并非是无可替代的！

赵高趁机问道："大王将如何处置韩非？"

嬴政想了想道："先把他关起来，等寡人灭了韩国再说。"

赵高有些失望，嬴政没有下令处死他，他们就没有达到目的。

韩非却不知危险已渐渐向他逼近，他正为成功地给韩王送去书信而庆幸。他端起酒爵，颇为兴奋地对香质道："香……香质，今日我……我太……太高兴了，我……我要敬……敬你一爵。"

"先生不必多言，您的心情奴婢能理解。与先生相处，奴婢懂得了许多，说起来奴婢应该敬先生一爵。"香质很平静地说道。

韩非缓了缓自己的情绪，慢慢说道："若不是听你之言，以一人引开秦人眼线，让另一人装成女人送出书信，恐怕我现在已成阶下囚了。我很感谢你，韩人也会感谢你的。"

"香质也是韩人，这么做也是应该的。"此刻香质心中却感到绝望。许多事情她都不能告诉韩非，这次协助韩非送信，她知道赵高不久就会明白她背叛了，等待她的将是严峻的秦法。

韩非却不知她此时的心情，仍笑道："当我听说李斯无功而返时，心里太高兴了。大王总算听进了我的劝谏，没有随李斯来秦。有了第一次，就会有第二次的。只要大王能听进我的劝谏，韩国就一定能重新崛起，那时你与我就一起回韩国好不好？"

"好，只要先生愿意。"香质忍住心酸，强作笑颜道。看到韩非仍满怀憧憬，她不忍去破坏这一切。她已经没有了梦，又何必去破坏韩非的美梦呢？何况这种美梦也做不了多久了。

当他喝至七八成醉时，突然冲进几个尉卒，不由分说架起他就走。香质正要上前质问，见赵高走了进来，她就一动也不敢动。

赵高阴阴地看着她，又看了看案几上的酒菜，然后道："看来你们很快活，我来得真不是时候，打搅了你们的雅兴。香质，你让我在大王面前丢了很大的脸面，你知道吗？贱人！"他一脚踢翻案几，一巴掌打在香质脸上，然后把她踹倒在地。

香质伏在地上，不言不动，像死了一般。赵高打骂累了，才停下来道："你就在这里待着，没我的吩咐不许出去！否则不会轻饶你。"说完，他转身而去。

香质颤抖着挣扎爬起来，身体的疼痛并没使她感到难过，反而有一些高兴。赵高的暴跳如雷说明他的确在嬴政面前丢了脸，这对她来说是最好的安慰。她现在最担心的就是韩非的安危，却又不知该如何帮他。

这时，她又听到外面传来急匆匆地脚步声，随后进来的是公子扶苏和他的两个侍从。扶苏惊愕地打量着屋内狼藉的景象，问道："这是怎么回事？韩太傅呢？"

香质在服侍紫巾时就经常逗弄扶苏，与他甚是熟悉。扶苏在多位太傅的教导下，举手投足都颇有规矩。她仿佛抓到一根救命稻草，急忙说道："韩太傅被赵高抓走了，殿下快想办法救他！"

扶苏打量了她一下道："赵高打你了？他真是胆大妄为，我去找他！"

香质忙拉住他道："殿下千万别这样做！没有大王的命令，他怎敢抓韩太傅？他深得大王恩宠，打一个侍女又算什么？一些重臣都要看他脸色，殿下又何必去惹大王心烦呢？"

扶苏想起父王冷峻的面孔，有些心虚，他有些不知所措："那现在该怎么办？"

"殿下进宫去找王后，让王后去求大王，说不定能救韩太傅。"香质急道。

"那你跟我一起去吧！"

"大王吩咐奴婢要听赵高的命令，赵高不让奴婢离开这屋子，奴婢怎敢违背？殿下还是让王后去找赵高要人，这样奴婢才能回去服侍王后。殿下您还是快走吧，想办法救韩太傅！"

扶苏毕竟年幼，想不出更好的办法，只得听香质之言，进宫去找母后紫巾。

韩非清醒之后，发现自己身处四壁之地，心中不禁有些疑惑。但没过不久他就明白自己已被关进大狱之中，每日狱监都要逼供问罪。他是韩国使臣，即使身犯大罪也不应下狱，最多把他赶出秦国。但嬴政欺韩国国小力弱，根本没将两国交往的礼节放在心上。

韩非不相信嬴政会如此对待自己，每次审讯都只说一句话："外臣要见大王！"

狱监在李斯的授意下不遗余力地折磨韩非，但是一直无法取得口供。他们怕嬴政关押韩非一段时日后，会重新起用他，便密谋害死韩非，不让他有东山再起的机会。

他们急欲取得韩非口供，给他安上一个畏罪自杀之名，使嬴政不致怀疑。无奈韩非性情倔强，不论如何逼供都不屈服。他一心想见嬴政，面陈一切。李斯等人怎能让他见到嬴政？当他们知道韩非与香质已生情愫，便想出一个办法对付他。

虽然香质已被王后要走，但他们找了一个貌似香质的女子冒充，让韩非耳闻目睹她受刑的惨况。韩非没想到香质因自己所累受到如此折磨，几近疯狂地叫道："你……你们……放了她！我……我什么……都说。"

李斯等人暗中目睹这一切，不禁甚是得意。他们取得口供后，又趁他极度绝望之际，派人送给他毒药，诱其自杀。韩非已万念俱灰，拿到毒药便一饮而尽，一代宗师就此含辱惨死于秦国大狱中！

而嬴政把韩非关押起来后，很快就忘了这件事。他以为短时间内韩非不会有什么危险，而且每天繁忙的政务也使他无暇顾及此事。右相昌平君被罢黜，左相池子华有病不能理事，朝中大小事务都要他亲自处理，纵然如此，他仍应付自如。

但是，有人却没有忘记韩非。紫巾从赵高那里要回香质之后，她的哭诉引起紫巾的同情。对韩非的才学和为人，紫巾甚为敬佩。但让她为韩非去求情，她也有难处——她之所以坐上后位，全是她只管后宫，不干涉朝政换来的。大王对权力的独占欲很强，怎容她在一旁指手画脚？

正是清楚这一点，她一直避免干涉朝政。嬴政也正是看中她这一点，犹疑再三之后还是封她为后。她若贸然打破这一惯例，会不会引起嬴政的反感？为韩非这么做到底值不值得？不过，扶苏和香质的苦苦哀求最终打动了她。扶苏是她唯一的儿子，是她以后的依靠，为了扶苏她也要去试一试。

她心中也有打算——若韩非出来知道是扶苏和她出手相救，能不心怀感激？以他的才学加上嬴政对他的欣赏，对扶苏以后会大有好处。而且她也打听到韩非只是被嬴政关起来，并无惩罚之意，她去劝说也就不会太违背嬴政的心意。只是她不知道，她的再三犹豫已经错过了营救的最佳时机。

"扶苏好些日子没有太傅授业了，妾听说大王已把韩非投入狱中，应该尽快为扶苏找位太傅，以免他荒废了学业。"紫巾旁敲侧击道。

嬴政猛然醒悟道："不是王后这么说，寡人倒把这事忘了。这些日子忙着攻赵，其他事都顾不过来。等寡人灭了韩国，再把韩非放出来，扶苏暂时另找一位太傅吧！"

紫巾故作不解道："妾有些奇怪，像韩非这种人如何能行间？大王如此善待他，他仍不忘韩国，真有些不识好歹啊！"

"其实寡人倒很佩服他。韩王对他不及寡人万分之一，他依然心向韩国，真是个心志坚决、忠心为主之人。寡人只是把他关押一段时日，也好给那些不满的大臣们一个交代，要不就显得寡人太不公平了。"

紫巾摸清了嬴政的真实想法，便大胆道："韩先生虽有些口吃，但心志高傲。秦法严峻，只怕他受不住折磨。大王既无心加罪于他，何不把他禁于别馆之中，专心给扶苏授业？"

"夫人所言甚是，寡人此事处理有欠妥当。不过李斯是韩非同窗，知道寡人甚是欣赏他，并无处决的意思，想必会给他一些照顾。"

"女无妍丑，入宫见妒。只怕大王欣赏韩非，反而害了他。"

嬴政闻言心头剧震，不由大怒道："他若敢妄为，寡人岂能饶他？"

紫巾叹了口气道："他们俱是心智聪慧之人，怎会明目张胆违抗大王之命？本来这等国事妾不应参与其中，但妾担心大王日夜操劳，会为臣下所迷惑。"

嬴政警觉道："他们？他们是谁？"

"香质告诉妾，缉拿韩先生的是赵高，就算他奉了大王之命，也应该通知廷尉，不该擅自拿人。妾担心他们越权行事会危及朝政。"

　　嬴政心中甚是疑惑，他从没想过李斯和赵高会联合对付韩非，但现在一想起他们进言韩非之事竟如此默契，不由得不心生怀疑："你是说李斯和赵高有意对付韩非？"

　　紫巾点了点头。

　　嬴政仍不愿相信："他们二人对寡人忠心耿耿，又怎会暗中违抗寡人命令？"

　　紫巾知道一下子很难说服嬴政，而且她也没有确切证据，便说道："妾只是提醒大王小心，大王这样日夜操劳，要注意保重身体啊！"

　　嬴政被紫巾这番话搅得心头很乱，他对紫巾的个性也颇为了解，知道她从不对朝中之事多言，现在却一反常态，对韩非一事质疑，这不能不引起他的重视。他思虑再三，才对身旁的近侍道："传寡人命令，将韩非囚于别馆之中。"

　　近侍还没回报，李斯就前来禀告韩非畏罪自杀了。嬴政乍听之下，不禁大怒道："寡人让你把他关起来小心看管，你怎么让他自杀了？"他不由想起紫巾的话，心中更是气恼。

　　李斯见嬴政怒目圆睁，高声质问，不由双腿一软，跪倒在地："大王恕罪！臣这里有韩非口供，他自认愧对大王，故以死谢罪。臣也没想到韩非会突然自杀，疏于防范，有亏职守，请大王降罪。"

　　嬴政接过韩非的口供，看完之后过了很久才平静地问道："你起来吧！韩非既是畏罪自杀，寡人也不怪你了。只是寡人有些奇怪，韩非是赵高突然缉拿的，无从准备毒药，你说他服毒自杀，这毒药从何而来？"

　　嬴政果然精明，一点疑问都不放过，不过李斯早有准备，忙道："臣怀疑是狱卒给他送的，狱中凡是与韩非接触过的人，现在都被拘捕了。"

　　嬴政知道再难问出什么，便让李斯回去继续追查。不久他接到李斯上报，说韩非自杀与狱监有关，但此人已畏罪潜逃，下落不明。

　　虽然怀疑其中别有内情，但韩非已死，李斯和赵高他还得任用，嬴政已无心再追查下去，此案也就此了结。

　　对韩非的死，只有香质和扶苏特别悲痛。他们无力报复，只有把仇恨埋在心中。

第十三章

太子丹亡归燕国　秦王政灭韩破赵

韩非死了，韩国默然承受。使臣不明不白死于别国，实乃奇耻大辱。韩国不闻不问，显然是对秦国畏惧甚深。

韩王怕嬴政以韩非行间之事问罪于他，于是主动向秦献地，上书请为秦臣。他的懦弱无能大出嬴政意料，依照惯例，嬴政肯定要借韩非之事一举灭掉韩国，但韩国表现得如此驯服，他决定暂时留下韩国，一心征伐赵国。

秦王政十五年（公元前232年），经过一年多的精心准备，嬴政再次出兵伐赵。王翦和杨端和各领十万秦军，一军至邺，一军至太原。两军夹击攻取了赵国的狼孟（今山西阳曲），向番吾（今河北灵寿）推进。但这一次他们遇到李牧的阻击，两人尝到了他与众不同的用兵之法。

当时各国军队以兵车为主，战车在平原上往来奔驰，声势浩大，威力也大。但李牧吸取匈奴之长，以骑兵为主，来去如风，行动迅捷，充分利用灵活机动的优势，使秦军大吃苦头。因为有前车之鉴，王翦和杨端和虽受阻于李牧，但也未大败而归，两军呈对峙之势。

嬴政这才意识到李牧之强不是凭他一时意气就可战胜的，二十万大军也不能长期在外与敌对峙，无奈之下，他只得下令撤兵。

没想到李牧竟如此厉害，连王翦和杨端和也奈何不了他。难道扫灭诸侯，一统天下的霸业要受阻于一个李牧吗？嬴政不禁暗自气恼。

如今只有除掉李牧才能战胜赵国，但如何才能除掉他呢？派刺客行刺？恐怕不行。李牧身处军中，身边卫士无数，一两个刺客岂能成事？使用离间计？借赵王之手除掉他，可谁能担当这个重任呢？嬴政想来想去，决定召姚贾前来问一问。

姚贾听了嬴政的想法后道：“臣出使赵国时，听说赵王和他的母亲一向与李牧不睦，这次是我军进逼太急，他们才不得已起用李牧。大王若停止讨伐赵国，相信他们与李牧的矛盾又会出现，之后再派人行间，一定能够除掉李牧。”

“就因为爱卿结识不少赵国权贵，所以寡人想把这个任务交给你！”

姚贾听后面带难色道：“臣行间各国，破坏合纵之举已遍传天下，恐怕到不了赵国就会被人杀死。臣身死事小，恐怕会误了大事啊！”

嬴政皱眉道：“你说得也是。李牧在赵国声誉日隆，若派名士前去，其目的不言自明，赵王就算再昏庸也不会上当。看来这行间之人，必须是个才智杰出，但又声名不著之士。”

“臣可以为大王推荐一人。”

“何人？”

“说起来已是很多年前的事了。臣刚来秦时，被一名叫顿弱的人收留。他几代俱是秦人，其祖因军功爵至不更。他曾遍游各国拜师学艺，学成之后归秦，但因心气高傲，不得人引荐，又无军功，所以一直隐居咸阳城外。”

“大秦有这等人才却荒废于野，姚贾，你代寡人去请他。”

可姚贾见了顿弱之后却回来禀告道：“大王，顿弱说他除了跪拜天地父母外，再不跪拜任何人。若大王不让他行跪拜之礼，他就来见大王。臣想这君臣大礼岂能随意废弃？所以没有带他来。”

嬴政笑道：“真是个古怪之人！你告诉他，寡人准许他不行跪拜之礼。”

初见顿弱，嬴政觉得他像一个农夫。他肤色黝黑，有着秦人粗壮的身材，约四十岁，但脸上已满布皱纹，看上去饱经风霜。只是那深邃的双眼，才让人觉得他与众不同。他说的并不是秦语，而是通行于各国的雅言。这让嬴政顿生好感。

顿弱回答了一些问题后便道："天下有三种人：一种是有其实而无名者；一种是无其实而有名者；最后一种是无实又无名者。大王可曾知晓？"

嬴政觉得此问甚是新奇，不懂他到底是指什么，便答道："寡人不知，请先生指教。"

"所谓有其实而无名者，是指商贾。他们没有耕地播种之名，却有粮粟满仓之利。所谓无其实而有名者，是指农夫。他们土地解冻而耕，太阳曝背而锄，日夜劳作却家无积粟之实。至于无名又无实者，是指大王。大王是万乘之主，却没有得到各国敬服的威名，虽有千里的土地，却没有得到天下诸侯臣服的实利。"

嬴政听了心中甚是不快，他认为自继位以来，国势日盛一日，兼并诸侯不少土地，使东方六国说起他无不心怀恐惧。可经顿弱这么一说，他好像并没有为秦国做过什么。不过他听得出来，顿弱这么说是为了试探他是否真的礼贤下士，于是故作恭谦道："依先生之见，寡人该如何才能得到诸侯臣服的实利呢？"

顿弱见嬴政不愠不怒，心中暗暗称赞，便从容道："韩国是天下的咽喉，魏国是天下的腹心，大王不先去咽喉心腹之疾，却为了私怨伐赵，试问这如何能使诸侯臣服？大王若有志于天下，应先易后难，先取韩魏而后伐赵！"

顿弱之策与李斯如出一辙，嬴政听了暗自点头，心想自己伐赵之举实在是太轻率了，损兵折将不说，还没有多大成效。

"先生所言甚是，寡人谨受教矣！只不过赵国有李牧存在，始终对大秦不利，即使寡人现在不讨伐赵国，以后也难免不遇李牧！"

顿弱知道嬴政的目的，当即表示道："只要大王给臣一万镒金，臣愿去赵行间，除掉李牧！"

嬴政大喜道："先生能去最好不过！事成之后，寡人当拜先生为上卿。日后天下一统，也有先生一份功劳。"

不久之后，顿弱就带着一万镒金和二十个精于击技的勇士出了函谷关。他们先到了韩国，然后从韩国再到魏国、齐国。一路上顿弱买进卖出，俨然一个大商贾，其随从也从最初的二十多人发展到一百多人，成了往来于各国的大商队。见时机成熟，顿弱才从齐国至赵国，此时他已成为名闻诸侯的大商贾，赵国权贵争相与其结交，没人想到他竟是秦国间谍。

嬴政接到顿弱的密报，不禁得意地对赵高道："寡人没看错人，顿弱此人的确非同一般，不仅智谋出众还有经商的天赋，谁能想到这个名闻诸侯的大商贾，竟是寡人的间谍。"

"大王深谋远虑，非常人所能及。不过顿弱周游列国大半年，却未取得实质效果，奴婢担心他拿大王的钱财只是为己谋利。"

嬴政摇头道："这你就不懂了，顿弱是秦人，其宗族在大秦已有几代。他背叛寡人，难道不怕灭族？再说他见识出众，当知我大秦足以覆灭任何一国，他到别国去谋求富贵，岂能长久？"

"可到现在也没收到他离间李牧与赵王的消息，钱财反用去了不少。"

嬴政古怪地看了他一眼道："你该不是嫉妒寡人给他的钱物太多了吧？"

"奴婢不敢！"

嬴政想起韩非之死，以嘲弄的语气道："你不敢？你不会把他也像韩非那样请入狱中，然后再让他感到有负寡人之恩而自尽吧？"

此话犹如一盆冷水将赵高淋了个透，让他感到心中一阵阵发冷。他"扑通"一声跪倒在地辩解道："大王恕罪！奴婢是见韩非心中只有韩国，才想出此等愚策。都怪奴婢愚鲁无知，请大王降罪！"

"好了，别说得那么可怜。你那一点心思寡人还不知道？寡人若要罚你，也不会等到今天。不过你要收敛一些，否则引起群臣愤怒，那就别怪寡人无情了。以后你不要与李斯来往，听见没有！"

"是！奴婢遵命！"赵高这才发现自己小视了嬴政的能力，他一直以为自己是嬴政唯一耳目，现在才知道自己手下也有嬴政安插的亲信。让他更为难的是，即使知道谁是嬴政派来的监视之人，也不能公然对付他们。

嬴政的震慑达到了目的，便不再提此事，他身边少不了赵高，虽然他背着自己有些胡作非为，特别是韩非的自尽让他认清了赵高的阳奉阴违。但是赵高的聪明、阴狠，让他用起来格外顺手，一些棘手难决之事，他一句话赵高就能心领神会，迅速办好，这是任何臣子都不及的。可他也不想养虎为患，臣子坐大必然妨主，所以他不时提醒，约束一下赵高的权力。

见赵高低首垂眉，不时偷瞄自己，嬴政不由有些得意，他也不忘安抚赵高："你的提醒也不是没有道理，那二十个勇士不都是你安排的人吗？顿弱不直接从秦至赵，一路上大造声势，买进卖出，招募各国人手充斥商队，掩饰了二十个勇士的身份，可见其足智多谋。密报说他已与赵相郭开结交，此人一向与李牧有隙，只要他善加利用，相信不久就有好消息传来。不过你也不能松懈，有什么事即刻禀告。"

"奴婢遵命，请大王放心！"

"寡人让你监视燕太子丹，现在可有什么情况？"

"自从大王传言——除非乌鸦白头，马生犄角才让他归燕，他好像已死了心，成天饮酒作乐，不再提归燕之事。"

"但愿他真死了心。当年寡人在邯郸时曾与他交往过，不过都是些孩提趣事了。比起他的父王，他要刚烈有识得多。寡人放他归燕，将来扫除燕国就要困难许多。他这个人不会轻言放弃，你要多派人手，防止他逃回去。"

"咸阳与蓟相距万里，他要逃回去恐怕也不容易。奴婢已在馆舍四周遍布眼线，一有异动就可缉拿他。"

"那寡人就放心了。"

在太子丹的馆舍里正举行着盛大的宴会，一些在秦为质的公子和一些王公贵族都在邀请之列。一时间，馆舍门前车水马龙，热闹非常。在馆舍附近，赵高的眼线却不敢松懈，万一让他混在宾客中逃了，那他们就犯了大罪。

可一连十几天太子丹都在府中设宴，没见什么异动，监视之人难免有些松懈。一个多时辰后陆续有宾客出来，太子丹摇晃着在仆人的扶持下与宾客们告别。眼线一看就知道他又喝多了，不由放心下来。

太子丹醉眼蒙眬地嬉笑道："明日……明日还来，诸位……不……不要忘记。我可有几……几个美人等着……你们，不要让她们伤心……伤心哟!"

宾客们个个乐开了怀,他们都是咸阳城的闲人,虽然贵为公子,但手中无权,有的连生活都有困难。有人请客,既有吃喝又有热闹可看,自然乐意相从。

往日太子丹只知道讲《诗》《书》,练骑射,习兵法,是公认的无趣之人。因为他是燕太子,将来要回国继位,身份与众人不同。现在嬴政不许他归国,他学那些又有何用?众公子有些同情他,又暗自高兴。因为太子丹终于和他们一样了,再也不能自命不凡了。

太子丹在两个仆人的搀扶下回到里屋,一会儿就鼾声如雷了。可没过多久,太子丹就睁开眼睛悄悄爬了起来,还边走边发出鼾声。他来到一个木箱旁敲了敲,里面迅速钻出一个人来。他俩迅速换好衣服,太子丹悄声道:"一切就拜托了。"

"太子放心,只要您能回到燕国,小人身死又有何妨?"

两人便不再多言,那人迅速躺到太子丹睡的地方,继续鼾声如雷。

赵高一连两日接到报告,说太子丹饮酒过量,惊了风,一直在休养,除了几个亲近之人,再也不见任何人。他心中不禁疑惑,便立即禀报了,嬴政命李斯前去查看。

李斯和巡守都城的中尉领着尉卒迅速包围了太子丹的馆舍,他们在门口被太子丹的仆人所阻:"我家太子酒后惊风,不能见客,请诸位改日再来。"

李斯一看就知出了问题,太子丹就算真病了,也理应请他们进去相见,他对中尉道:"本官是奉大王之命前来,谁若阻拦,格杀勿论!"

中尉抽出佩剑,本想吓唬他们,谁知那仆人早有准备,从衣中抽出宝剑,与中尉打斗起来。这些人都是太子丹收养的死士,他们知道一旦被发觉就只有死路一条,所以都藏着武器,随时准备以死相拼。

一时间馆舍中杀声四起,府中的死士个个舍命搏杀。中尉和尉卒们一时手忙脚乱,幸亏他们人多,才将死士们制住。等到了内屋,看见身着太子丹服饰之人正与尉卒搏杀,李斯就知他早已逃走了。

听了李斯的禀告,嬴政狠狠地瞪了赵高一眼。赵高顿时面如土色,慌忙跪下请罪。

嬴政根本不理睬他，便对李斯道："传寡人命令，凡能捉到燕丹者，重赏；若不能活捉就杀掉，绝不能让他归燕！"

"是！"李斯瞟了一眼跪在地上，颤抖不已的赵高，心中暗自高兴。

赵高跪在地上头都不敢抬，更不敢妄动，他知道嬴政没有一怒之下杀了他，估计就不会有性命之忧了。他了解嬴政的脾气，若怒火上冲，就会什么也不顾，必杀之以泄愤。若他一旦冷静下来，就会全面考虑，做出合理的选择。

李斯已经退下了，嬴政看完几卷简册后才说道："寡人对你越来越失望了！是不是醇酒美人糊住了你的心，往常的聪明劲都哪去了？这么一点小事都办不好！"

嬴政越说越气，将手中的竹简劈头盖脸地向赵高砸去，赵高一动不动地承受着。他发泄完一通后才道："你回去好好想想，寡人可不想要个废物！"

赵高这才放下心来，小心地应道："奴婢告退了。"

回府之后，赵高把眼线都杀了，其余之人都痛打了一顿，才泄了一些心中的怨气和恐惧。他知道若不能得嬴政的欢心，就没有权势可言。他所掌握的势力都是隐秘的，是建立在嬴政的信任之上的，若得不到嬴政的信任，他权势的丧失只在旦夕之间。

他从一个隐官罪人，历尽凶险才走到今日这一步，怎能轻易失去眼前的地位？一想到受人鄙视、生不如死的日子，他就心寒。"不，我决不再回到从前！"赵高在心中呼喊。

"这几日你是怎么了，弄得府中不得安宁！"夫人韩姬见他无故责打仆人，责怪道。

韩姬是嬴政赐给赵高的，甚得敬重，被他立为夫人，掌管府中一切。

"夫人有所不知，这几日我心中十分烦闷。大王见怪于我，只怕以后的日子不好过啊！"

韩姬不仅掌管府中一切，还是他很好的助手。她利用宫中的韩国美女，经常可探听到一些消息，帮助赵高了解宫中的内情。

"夫君，妾不是说过吗，有什么气不要出在那些仆人身上。你为大王做事，若府中不得安宁，如何能在外行事？上次你对香质太过分了，现在她见了妾都不理了，你难道要弄得府中仆人都背弃你？"

"夫人说得是，你就替我好好安抚他们一下。香质那贱人现在如何了？上次她让我在大王面前受责，我才越来越不得大王信任，这事还没与她计较呢！"赵高想起香质就余怒未息，正是从那次开始，他才渐失嬴政信任的。

"香质现在服侍公子扶苏，她是妾同村姐妹，看在妾的分上，你就不要为难她了。扶苏将来有望继承王位，以后还用得着她。听说清扬夫人又要生了，宫中太医说这次是一男胎。"

赵高很惊讶："哦？清扬夫人又要生了？"

韩姬见他陷入沉思，便不再打搅，径自离去了。赵高是在想是否该找清扬夫人为靠山，紫巾和扶苏对他的敌意，为了以后的荣华富贵，他不能不早作打算。

清扬是嬴政宠爱的夫人，若能寻她做靠山，那以后就不惧紫巾了。他还听说大王曾许诺立清扬之子为嫡，若真是如此，那扶苏也不足惧了。只是清扬此人甚是清高，颇难接近，这使他有些为难。

赵国虽两败秦军，民心振奋，但其国力却已衰败到极致。许多人都担心，秦国再对赵用兵，只怕李牧也难以抵挡了。

赵王昏庸，致使以郭开为首的臣子争相敛财，朝政极其腐败，国中粮草也极为缺乏。而这两年恰逢旱灾和蝗虫之害，官府不但不知体恤民情，反而征税比往年更重，这使大批百姓纷纷出逃。由于收成不好，商贾无利可图，来赵国经商之人也越来越少，此刻顿弱的到来给他们带来巨大的惊喜。他们积聚的钱财甚多，正可以通过这个名震各国的大商贾来换自己所需之物。没过多久，顿弱在邯郸已是无人不知，无人不晓。

在赵国权贵的眼中，顿弱不但豪爽可信，而且神通广大。他们所需的任何东西都可从他那里购得，而且价钱还分外便宜，若是手头不方便，暂不付账也可。如此，邯郸城中的大小官员、宗室贵族都争相与顿弱结交，郭开和韩仓更与他往来频繁。顿弱也利用这些人的特权，生意做得格外红火。

这一日，韩仓急匆匆赶到顿弱府中。顿弱一见到他便连声叫道："大事不好了，那批货被李牧扣留充作军用了。"

韩仓一听脸色大变，不由急道："怎么会这样？你不是说万无一失的吗？要不然，我也不会与你合作。"

"以往是很安全。不知为何，近日李牧突然派人前来把货物扣留，说这些货物不能运往秦国。在下派人送去钱财，他也毫不通融，只有请你和郭相父出面，看能不能要回这批货？"顿弱看上去有些无奈。

韩仓不由叹气道："朝廷之中除了李牧，谁不买我韩仓的账？这人倚仗赢了秦国两仗，越来越趾高气扬，郭相父对他也甚是头疼。"

"说实话，这次是因为在下行事不慎，使韩大夫遭了损失，这些都由在下来赔。只是李牧从中作梗，在下的生意是越来越难做了。实在不行，在下只有离开赵国另求发展了。"

顿弱是他们的财神，韩仓怎能放他离开？他连忙阻止道："先生千万不要作此想，这点损失算不了什么。说起李牧此人，实在令人讨厌。看他那副清高自许的样子，好像赵国就他一人清正廉明，他不发财不要紧，还断了你我的财路。只是目前大王还很倚重他，不那么容易扳倒。"

"连郭相父都拿他没办法，在下还是离开得好。"

"也不是说全无办法。大王是个孝子，很听太后的话，若有太后出面，就不难扳倒李牧。"

"太后？莫非李牧得罪过太后？"顿弱装作毫不知情。

"这话说来就长了。太后原是邯郸娼女，嫁入一宗族中，使其宗族大乱。先王闻其美名，纳为妾，后又要立为王后。李牧上言劝阻，说她是邯郸娼女，不足以母仪天下。先王没有听，还是立了其为王后。太后一直对李牧耿耿于怀，因为外有强秦虎视，所以才没有对付他。现在秦国没有兴兵，只怕李牧的好日子也不会太长了。上次先生托我送给太后的一双白璧和三方翠玉，太后甚是喜欢。若我把先生的难处与太后说一说，太后不会坐视不理的。"韩仓侃侃而谈。

"太好了！那一切有劳韩大夫了！"顿弱大喜，他挥了挥手，两个仆人各托一个盘子就进来了，"这一百镒金是酬谢大人的辛劳之资，这些珠宝就请大人送与太后，替在下言明难处。郭相父那儿在下自有安排，一切就全靠大人了。"

韩仓笑眯眯道："先生但请放心，你的难处就是我的难处，先生就安心等候好消息吧！"他收好珠宝财物，就满怀欣喜地离去了。

韩仓走远后，顿弱不禁哈哈大笑起来，因为他又可以向嬴政报功了。

由于伐赵受挫，使嬴政不得不重新调整方向，于是扫除六国的策略又回到先灭韩魏之上。

韩国的先祖本是侍奉晋国的臣子，后受封于韩原，称为"韩武子"。经三世有韩厥此人，其在晋景公时，因伐齐有功，被拜为六卿之一，称"献子"。韩献子的五世孙韩康子，于晋哀公四年（公元前453年）同魏桓子、赵襄子一起灭掉晋国的另一权臣智伯，瓜分其地。经两世至韩景侯，于晋烈公十三年（公元前403年）被周威烈王赐为诸侯，始成战国七雄之一。至嬴政时，韩国成为七国中国力最弱的国家。韩王更是昏庸无能，屡屡向秦献地，不择手段以求苟存。

秦王政十六年（公元前231年），嬴政又以出兵相威胁，威逼韩王献出南阳之地，并派内史腾为南阳郡守。此时，韩国只剩下都城阳翟（今河南新郑）及周围的辖地了。与此同时，嬴政又威胁魏王，迫使其献出雍地。

顿弱也不断从赵国传来消息，在郭开、韩仓还有赵太后的诋毁下，赵王日渐疑忌李牧，只是迫于秦国压力，才不敢罢黜李牧。

李斯趁机献计道："只要大王派出使者与赵修好，赵王就会以为压力解除，李牧手握重兵只会让他感到威胁。之后再由顿弱行间，除去李牧指日可待。"

嬴政闻言大喜道："好计！此事就由你去办，寡人等你们的好消息！"

虽然扫灭六国之举有条不紊地进行着，但内政方面却有些不顺心。右相一直空缺，左相池子华身染重疾不见好转。嬴政把大小权力都收归一身，虽然他精力过人，但也有感到疲惫的时候。不得已，他把一些政务交给王绾处理，李斯协助他专门处理六国之事。所以王绾、李斯虽无相邦之名，却有相邦之实。

嬴政没有拜相之意，百官也不敢提及，只是他们担心，若嬴政做出一些不合礼法之事，岂不也无人能出面劝阻？不过嬴政虽大权独揽，但给臣子们的却是一副励精图治，一心图霸的明君形象。

池子华最终没能痊愈，临终之时，嬴政前去看他。

他是所有相邦中最让嬴政满意的一个，可惜偏偏不长命，他安抚道："你安心养病吧，寡人还等你协助处理朝政呢！没有你，寡人还真有些忙不过来。"

池子华明白自己之所以得到嬴政的信任是因为他从不擅作决定，一切事情只作分析，然后交由嬴政处理，满足了他大权独揽的欲望。听嬴政这么说，他凄然一笑道："臣的病只怕是好不了，臣真遗憾等不到大王扫除六国，一统天下的时候了。不过臣死之前，还要为大王做一件事。蒙毅，你过来！"

嬴政这才注意到默默站在一旁的蒙毅。

"他是蒙武将军的次子，一直从师于臣，可惜臣也没什么可教他的。若他不是蒙武的儿子、臣的学生，只怕早已名声大震了。希望大王能留他在身边，这也是臣能为大王做的最后一件事了。"池子华说完之后有些气喘。

原来是蒙武之子，怪不得如此面熟，看来蒙家真是藏龙卧虎之地。他从王翦的军报中已知道蒙恬之名，现在又见蒙毅，不禁高兴道："寡人早闻蒙家有两位虎子，蒙武却一直不肯让你们出来效力。寡人知道他是为了避嫌，也就不责怪他了。你父出外戍守，有你在寡人身边，也可了却寡人心中一桩憾事。等池相邦病好了，你就来见寡人。"

嬴政看出池子华时日不多，想让他们师徒多聚几日。几日之后，池子华病逝，嬴政按礼厚葬。蒙毅被赐爵大夫，封为郎中令。

蒙毅一来，就为扫除六国献上一策——

大秦要扫除六国，一统天下，势必大兴兵戈，因此必须要有充足的兵源。大王可下令将全国男丁年满十五者编籍成册，以备随时抽丁补充兵卒。抽丁之举可根据地域贫富和人丁多寡来决定，地富人少之处少抽，地贫人多之处多抽，这样既不影响交租纳赋，也可随时补充兵卒。

没想到蒙毅如此年轻，却有如此见地，嬴政夸奖道："这是个良策。不过此中涉及事务颇多，你可去向冯少府请教。"

"是！不过少府大人心性严肃，臣早有耳闻，只怕……"

嬴政笑道："这个你不用担心，冯去疾虽然心性严肃，不苟言笑，但他所管之事纷繁复杂，却应付自如。你理事经验不足，正可向他请教。"

"臣一定尽心向少府大人请教。"

"你办好此事后就回到寡人身边，寡人可不想你像你参那样一去就不回了。"蒙武因看不惯李斯和赵高沆瀣一气，把持朝政，便要求出外戍边去了。

"臣听老师说过，家父诚信有余，机变不足，不适合在朝中为官，出外为将是最适合的。"

嬴政叹了口气道："出去也好，有他在外统领大军，寡人也放心了。"

两人谈兴正浓，赵高却进来了，说有要事禀告。等蒙毅一走，赵高便道："大王，燕丹已逃回燕国了。"

"他还真不简单，我大秦的重重关卡竟没留下他。"

"燕丹一路专寻偏僻难行之处，使追捕甚是困难，在雁门关外险些截下他，结果被叛将桓齮所救。"

"桓齮？寡人到处找他，他竟然跑到了蛮荒之地？"嬴政虽然灭了桓齮一族，却一直没有抓到他。

"正是！六国惧怕大秦声威，无人敢收留他，他正想逃往匈奴藏身。但他救了燕丹后，就随之去了燕国。"

嬴政冷冷道："燕丹胆子不小，竟敢收留叛将！寡人现在没工夫理他，等灭了赵国再与他算账！"

"其实燕丹回去也没有什么作用。燕国兵少将寡，空有千里疆域，但都是蛮荒之地，燕王喜又怯弱无能，他能有什么作为？"赵高对燕国十分不屑。

"燕王喜岂止是无能，简直是愚蠢！赵国是燕国最好的屏障，但每次寡人与赵作战，他都从背后偷袭赵国。燕丹与其父不同，性情刚烈，是个不轻易言败之人。寡人不是怕他回燕后有什么作为，而是担心日后伐燕会多费精力。"

"大王远虑非奴婢能及，那现在是否趁其羽翼未丰，派人去燕剪除他？"赵高又问道。

"那也不必，燕丹还不值得寡人这么做！"

见自己的提议未被嬴政接受，赵高不禁有些失望，这让他失去了一次表现的机会。正在沉默时，嬴政忽然又道："你准备一下，寡人要去趟宜春宫。清扬夫人添了一子，寡人一直没去看她，只怕她心中不乐，身子只怕会更弱了。"

赵高早已从韩姬那听到此事，一直在等机会向嬴政进言，闻言他赶紧道："大王，奴婢有些话不知当说不当说？"

"你在寡人面前还吞吞吐吐的？"

"奴婢的夫人有一段时间也与夫人一样，整日闷闷不乐，唉声叹气的，但现在已全好了。"

"你是用了什么良方？难道比寡人的太医还厉害？"嬴政颇感兴趣地问道。

"其实奴婢也没有什么良方，"赵高有些不好意思地笑了笑，"大王因政务繁忙，冷落了夫人，可除了大王外，夫人又没有可解心怀之人，难免会闷闷不乐。"

"嗯，你说得有理，那到底该怎么办呢？"嬴政听了赵高的分析，点头道。

"大王可派人去请夫人的亲人前来相聚，即使大王不在夫人身边，夫人也不会心中不乐了。这样既可让夫人感受到大王的恩宠，还可以让天下人知道大王的仁义之心，对日后劝降各国君王也有利。"

赵高的一席话说得嬴政眼中精光闪动，他吩咐道："那这事你就好好地安排一下吧。"

赵高闻言心中大喜,他可借此接近清扬夫人,博取她的欢心,为日后的前程打好基础。

秦王政十七年(公元前 230 年),秦南阳郡守出兵攻韩,韩王已无力抵挡,没经过什么激战即被俘虏,韩国成为东方六国中第一个被秦消灭的国家。赵国也不断传来佳音,在顿弱和李斯的配合下,赵王越来越相信李牧手握重兵只会危及社稷,对抗秦已没有什么作用。于是他把李牧调回邯郸,派亲信之臣赵葱取而代之。

郭开和韩仓担心李牧再被起用,便进言李牧有谋反之心。赵王听信谗言,命韩仓向李牧问罪。韩仓心恨李牧挡其财路,便毫不客气地指出他的罪状:"上次你向大王祝寿时,手里却握着一把匕首,你可知道已犯下死罪?大王念你抗秦有功,未曾加罪于你,你又欲起兵造反。大王赐你自尽,不再罪及家族,你还不谢恩?"

李牧没想到这次回来赵王竟要杀他,他几起几落,未曾把这次回邯郸放在心上。他知道秦兵一旦入侵,赵王还得起用他,可这次赵王竟要杀他!他死不足惜,可赵国何人还能抗秦?老将军廉颇受郭开谗毁出奔魏国,最后流落于楚国而殁。而前去接替他的赵葱徒有虚名,怎能抵挡如狼似虎的秦兵?

想到此,他不得不为自己辩解,只要暂时能得一条活路,日后赵王自会明白。他一向看不起韩仓,现在却不得不低声向他道:"韩大人,下官是有隐情在身。下官为赵臣三十余年,岂不知见大王手握匕首是死罪?实在是下官为将多年,手臂受创伸不直,如此拜见大王必犯不敬之罪,所以让人做了一块木头接在手上。大人若是不信,就请看看。"说完,李牧褪下衣袖,只见他的手臂之上用白布缠着一截木头,形状很像门轴。

见韩仓认真观看,李牧以为他被说动,便道:"望韩大人进宫向大王言明实情,下官万死也不敢犯此滔天大罪!一定是有人忌下官抗秦有功,而谗毁下官。"

韩仓听了他的话,更不给他活路了。他断然拒绝道:"我受大王之命赐将军死罪，不能赦免。"

没想到自己费尽唇舌却换来如此无情的回答，李牧不禁心灰意冷，他向北而拜，取出宝剑准备自尽。忽然他想到臣子自尽于宫中，显得大王暴虐无道，于是对韩仓道："人臣不能自杀于宫中。"

韩仓暗笑他迂腐，赵王赐死，他还为赵王着想。出了宫门，李牧举起宝剑自刎，却因手臂不能伸直，够不着脖子，便口含宝剑对着柱子自刺而亡。

嬴政接到李牧自尽的消息，欣喜若狂道："好！好！寡人的一块心病总算除去了，该是灭赵的时候了。"于是王翦、杨端和各领十万大军，出兵讨伐赵国。

大兵压境，赵国却无可战之将，仅月余时间，王翦便攻下井陉（今河北井陉），杀了赵将赵葱，杨端和围住了邯郸城。秦王政十八年（公元前229年），王翦攻占了除邯郸之外的所有赵地，使其成了一座孤城。但城中的官兵百姓在公子嘉的带领下，拼死抵挡秦兵，再加上邯郸城高壁厚，秦军一时攻克不下。

赵王没想到李牧一死，秦国就立即出兵伐赵，还没缓过神来，秦军就到了邯郸城外，他又急又悔，却想不出一点办法。

因为他杀了李牧，所以百姓都痛恨他和郭开、韩仓。他虽贵为赵王，却惶惶不可终日。郭开、韩仓更是害怕，躲在宫中不敢回府，担心一回去就会被激愤的百姓和官兵杀死。三人在宫中唉声叹气，商量着该怎么办。

郭开首先泄气道："邯郸已是孤城一座，期待外援来救，无疑是异想天开。楚国内乱自顾不暇，魏国孱弱不堪，齐与秦一向交好，都不会救我，燕与我国一向不睦，这邯郸城守不了多久了，大王还是早作打算。"

赵王后悔道："若是李牧在，秦军就不会打过来了，寡人实在是错杀了他！"

韩仓听了不屑道："纵有李牧在，赵国也抵挡不了秦国多久。前年从乐徐（今河北易县）至平阴（今山西阳高）发生地动，房屋大半塌坏，去年天旱无雨，田地绝收，不少庶民已潜逃别国，而秦国国势强盛，李牧岂有回天之力？"

听到这些话后，赵王气急败坏道："这些事你怎么不早点禀告寡人？"

韩仓好像一点也不惧怕，调笑道："大王，您成天享受着醇酒美人，哪有心思管这些事？不少臣子向您禀告过，您却总让臣去挡驾。"

见韩仓对自己越来越不敬，赵王不禁怒道："你竟敢这样跟寡人说话，寡人现在就杀了你！"

郭开连忙劝解道："大王息怒！现在您就是杀了韩大人也于事无补，何况公子嘉正虎视我等，我们自相残杀岂不正中他的心意？大王，真正的危险还是他们啊！"

听郭开这么一说，赵王立刻就泄了气，忧虑道："相邦所虑甚是，寡人又何尝不忧啊！当年母后让先王废了公子嘉的太子之位，他就一直愤恨于心。现在因寡人错杀李牧，他便煽动城内官兵百姓，只怕秦兵没有进城，寡人就会遭到不测，二位爱卿还是快想个办法吧？"

郭开和韩仓相视一笑，他们知道赵王只会寻欢作乐，而且又胆小如鼠，于是韩仓便献计道："办法也不是没有。卫君降秦多年，一直受秦王礼敬，赐野王之地保有宗祀。大王若归顺秦国，应该比卫君强得多，秦王说不定会赐予一块更大的封地，远比在这里担惊受怕要好。"

"是啊，大王！若被秦军攻破城池，第一个不放过的就是您啊！与其坐以待毙，不如献城投降，这样不仅性命无虑，还可保有荣华富贵。"郭开也附和道。

"可这城中之兵都在公子嘉的控制下，寡人就算下令献城投降，他们也不会听的。"

郭开继续劝道："那不要紧，您是赵王，代表着赵国，只要您归顺秦国，不就是赵国归顺了吗？"

赵王道："但我们与外面秦军不熟，怎么与他们联系呢？"

韩仓见赵王已答应投降，心中甚是高兴，这是他俩与顿弱早商量好的，于是道："这事大王不用担心，交由臣和相邦来办。"

日暮时分，秦军一天的攻势结束，邯郸城中的官兵百姓这才松了一口气，极度的紧张和疲乏使他们只想躺下来休息。忽然东门传来一阵骚动，接着一个令人吃惊的消息传遍全城，赵王带着郭开、韩仓及部分宫中侍卫打开城门，投降去了。

公子嘉得到消息后，派兵去追已来不及。他一怒之下杀了赵王的母亲，灭其全家。邯郸城中的官兵百姓没想到他们拼死力保之人竟舍他们而去，民心士气受到了极大的打击。秦军趁机又发起新一轮攻势，公子嘉再也守不住了，便带领宗族数百人及一些官兵突围而去，奔往代地自立为王。

邯郸城破，赵王投降的消息传回咸阳，城中一片欢腾。嬴政立刻将这消息发往各地，让秦人与他同乐。赵国与秦国对峙多年，彼此争战不知死了多少人。现在赵国战败，整个秦国都沉浸在欢乐之中。

从李牧死至赵亡仅三月有余，可见李牧实乃赵国之柱石栋梁。对毁去这根栋梁的人，嬴政当然要予以重赏。顿弱居首功，不仅爵至上卿，还得到封地和重金。

赵王并没有得到他想要的一切，嬴政从心底看不起他，把他发往房陵幽禁起来。对于出卖主子的郭开、韩仓二人，嬴政本欲杀掉，但想到二人对秦有功，若是杀掉会对以后策反敌国之臣不利，便想了一个借刀杀人之计。

他把二人派到民风强悍、不易驯服的赵地为郡守。赵人对他俩早就深恶痛绝，二人不久就莫名其妙死在任上，于是嬴政又趁机派兵弹压，把这些赵人迁徙至秦地，然后调秦人去充实此地，加强统治。

处理完这些事，嬴政还想去邯郸走一走，让那些曾经欺侮过他的人都跪倒在脚下求饶乞命。他决定和母后一起去，让那些欺侮过他的人看一看，他们母子又回来了。可遗憾的是，赵姬不能陪他一起去了。

赵姬已身染重疾，嬴政见到她时，不禁暗自垂泪。赵姬从前为之骄傲的一头乌发早已不见，脸上皱纹密布，成了年迈的老姬。

嬴政说明来意后，赵姬在病榻上叹息道："你的好意娘能理解，但你有志于天下，要为天下人之君，又何必把这睚眦之仇放在心上？当年他们那样对我们母子自有原因，现在他们是你的子民，就不要与他们计较了。"

没想到母后的胸怀如此宽大，嬴政一想起昔日所受的屈辱，心中那团复仇的烈火就熊熊不息，禁不住怒声道："正因为他们是寡人的子民，寡人更不能放过他们，要不然尊严何在？这些人一个也不能留下，一定要铲除！"

赵姬知道已没有回旋的余地，也不想为了那些人使母子之间生出不快，便道："你既已决定，娘也没什么可说的。若是遇到娘的家人，你就照应一下，这些年他们受娘的拖累，日子一定不好过。"

"母后放心，寡人一定会照应他们的。您就好好养病，寡人回来后再向您禀告。"

赵姬点了点头，再也无话可说。虽然母子早已和好，但芥蒂恐怕永难消除。对嬴政，她已失去了教训的权力，更多的时候还要看他的喜怒哀乐而说话。她知道已没有什么能阻止嬴政的复仇火焰，邯郸不可避免有一场腥风血雨。

到了邯郸，嬴政去了过去所住之地，这里基本没有变动，只是住在这里的人有些不同了，大多数人让他感到陌生。他想到自己九岁离开这里，带着满腹的屈辱，二十三年后他又回来了，而且成了这里的主人。

他让人把这里的老住户都统计出来了，除非确认哪家都死绝了，否则不管他们在何地都要拘捕起来。然后，他命令士卒把那些房屋全部烧掉，凡是能唤醒这段记忆的东西他要全部毁掉。

在邯郸城外，他命人挖了一个十丈见方的大坑，四周被秦军重重围起，戒备森严。看着垂头丧气、静默无声的人群，嬴政暗自想——你们想不到有这一天吧，寡人已等了很久了！

他从人群面前慢慢走过，依稀还认得一些面孔。他们中曾有人是权贵大臣，也有人是庶民百姓，不过，现在的结局都一样了。

嬴政巡视完人群，命令道："把这些人全都推下去杀掉！"

杨端和虽早已知道这些人的下场，但仍不免心寒。这里有三百多人，大多是妇孺，男丁不是战死，就是随公子嘉逃走了。

命令一下，人群立刻骚动起来，有人开始叫骂，有人开始奔逃。但嬴政在此，秦军哪敢松懈？他们早有准备，一部分秦军迅速布成人墙，挡在嬴政之前，另一些秦军则把人群分割成几块往坑中驱赶，有人拼死抵抗，则被当场诛杀。

坑深约有二丈，掉进去就爬不出来了。嬴政站在坑边，看着坑里的人哭喊、号叫，一种复仇的快感充斥心间，他不禁仰天大笑。

秦军开始填土，扬起的灰尘遮天蔽日。坑中的哭喊声、号叫声越来越小，大地又逐渐恢复了原样。

第十四章

风萧萧兮易水寒 荆轲刺秦不复还

灭赵之后，王翦屯兵于燕国边界中山（今河北唐县）。嬴政心中犹豫不决，不知该先灭燕国还是先灭魏国。按照拟好的一统天下之策，灭韩之后就应伐魏，但李牧之死给了秦国灭赵之机，所以秦先灭了赵国。

赵国被灭，秦国从三面围住了魏国。此时灭魏，正是极好的机会，只是缺一个借口而已。对燕国，秦有讨伐的借口。燕丹收留了叛将桓齮，还与公子嘉联合抗秦。嬴政对此恨之入骨，思虑再三决定伐燕。

正在此时，燕王喜派使者出使秦国，并携有燕督亢（今河北涿州市）地图和桓齮的人头，希望能与秦结好。嬴政大喜，决定亲自接见燕国使者，让燕人见识一下秦国的威风。但是，一场精心策划的危险也正随着燕使的到来而逼近。

燕丹自逃回国后，日思夜想怎么样报复秦国，以雪被嬴政羞辱、追杀之辱。他提出以桓齮为将，联合赵国共同伐秦，却不被燕王喜所接受。他认为这样做无疑是惹火上身，把秦国的大军引到燕国来，而燕赵始终是对头，没有必要为了赵而冒此风险。

燕丹恨他眼光短浅，但心中还是存有一线希望，希望能说服太傅鞠武，想借他说动父王。

燕丹见到鞠武后道："太傅可曾记得燕丹回国时的情景？"

"怎不记得？说起来令人心酸，殿下回来时，连大王都差点认不出来。

你蓬头垢面，衣衫褴褛，骨瘦如柴，怎会让人想到你就是燕国的太子！"

鞠武的话使他记起在崇山峻岭中被秦人追捕的日日夜夜。他吃不好，睡不好，时刻要提防秦人。随行的卫士为了掩护他一个个倒下，最后只剩他孤身一人。最惊心动魄的是在雁门关外，他被追捕的秦兵咬住，自忖这次必死无疑，最后却被桓齮所救。

桓齮同他一样，也是被嬴政逼得无处藏身之人。他流亡六国一年有余，却无人敢收留，正准备出奔匈奴。两人境遇相同，都对嬴政恨之入骨，言谈也十分投机。桓齮的威名早已传遍天下，燕丹希望借他的统兵之才，率领燕国士卒同秦军作战。桓齮曾去过燕国，燕王喜也不敢收留他，但燕丹的豪气和决心感动了他，他决定再次同燕丹去燕国。

一幕幕情景从脑中掠过，现在想起来仍心有余悸，燕丹悲愤地说道："当我踏上燕国的土地，就曾指天发誓，一定要向嬴政讨回所受的侮辱！我收留桓齮，就是想用他出这口恶气！唉，无奈父王不听我言，还望太傅从中斡旋。"

见燕丹如此气愤，鞠武心中感触颇深。一国太子被人像野狗一样到处追逐，谁能忍下这口气！可是他长年在外，对燕国并不了解，不管从哪方面比较，燕与秦都相去甚远。想到这里，他就劝解道："太子所受之辱即是燕人所受之辱，但若要报复秦国，还得从长计议。秦国之强，已超过历代先君。北有甘泉、谷口之要塞，南有泾、渭之沃野，西有巴蜀富饶之地，东有崤山、函谷关之险。民众兵强，兵甲充裕。反观燕国，国小力弱，连赵国都难以战胜，又怎能与秦抗衡？殿下何必为了一时羞辱触怒秦国，而招致灭国之祸呢？"

"没想到太傅也这样想！我在秦多年，知道嬴政有扫除六国、一统天下的野心，就算燕国不去招惹他，他也不会放过燕国的。桓齮在秦为将多年，对秦军行军作战之了解，恐怕无人能及，现在秦军领兵之将，多是其后辈，怎会是他敌手？若能一战而胜秦军，再借机号召各国诸侯联合抗秦，这才能真正拯救燕国。"燕丹仍不放弃。

"只怕秦王知道太子收留了桓齮，会马上派大军伐燕。燕国即使举全国之兵，也不足二十万，如何能抵挡秦军？再说用兵之道，贵乎一心，不在其资历长短。留下桓齮，只会给秦国借口，殿下还是把他送到匈奴去吧！"鞠武还是劝道。

燕丹觉得鞠武所说也有道理，但他却不甘心就此接受："桓将军对我有救命之恩，又与嬴政有不共戴天之仇，现在正是燕国用人之际，我怎忍心把他送到匈奴去？太傅既然不能接受我所说的，就请为我另想一个办法吧。"

"唯一的办法就是事秦以谨，然后再与三晋缔交、联合齐楚、北约匈奴共图秦！"

燕丹听后不由得苦笑，鞠武所说之策不过是被很多人提过、试过的合纵之策，可自从魏公子无忌实现过一次，各国就再也没有实现过真正的合纵，可见此策实行之难。于是他推辞道："太傅之策旷日持久，我心急图秦，恐怕等不了那么久，太傅还是另想一策吧？"

鞠武见燕丹不接受己策，便道："臣之智也仅止于此。不过臣可为殿下推荐一人，或许他有计策可以驱秦。"

燕丹忙问道："此人是谁？"

"处士田光！他乃燕国有名的游侠，智谋深远，勇敢沉着，许多有识之士都依附于他。"

"那太傅赶快为我引荐。"以往这种游侠燕丹并不是很看重，不过现在他也没有更好的办法了。

鞠武领来田光，燕丹亲至门口迎接，退行为其引路，并亲自为其拂拭座席。等田光坐定后，燕丹行礼道："太傅向我推荐先生，希望先生能指教于我，以解燕国之危。"

田光瘦小精干，已是满头白发，但其举止洒脱，仍可窥见其昔日风采。他闻听燕丹此言，连忙道："在下乃一市井之徒，怎能与殿下共谋国事？殿下有用得着之处，敬请直言。"

"秦国有一统天下的野心，燕国也在其征伐之列。太傅曾向我提合纵之策，但我认为实行起来旷日持久，恐怕此策未成，燕已被秦所灭。"

"合纵之举，历来是抗秦最佳之策，也是最难实行之策，殿下之虑也无可非议。鞠太傅之所以向殿下提及在下，乃是闻在下年轻时所为。骐骥

281

盛壮，日行千里，至其衰时，不及驽马。在下已年老体衰，不能再做什么事了。但殿下既然找到了在下，在下怎能不为国尽心？在下有一友名叫荆轲，此人或可为殿下效力。"

"先生举荐，定非常人，我希望能与之结交。"

"那是当然。"

田光说完，便起身告辞，燕丹送其至门口时又叮嘱道："今日与先生所谈，皆国之大事，望先生不要与人谈及。"

田光大笑道："殿下是不明白在下的为人啊！"

燕丹尴尬道："非是疑忌先生，实是秦强燕弱，若让秦国闻得风声，将会招致大祸。"

"那好吧！在下一定会给太子一个交代。"说完，田光径自离去。

蓟城是北方最繁华的城市，虽然对到过咸阳和邯郸的人来说，蓟城就显得太过狭小和寒碜了，但对一些游侠之士来说，这里却是天堂。燕国地近胡地，民风淳朴剽悍，往往一言不合即刀剑相向。这等私斗若不涉及官府朝政，就无人过问。所以，各国游侠及犯事之徒往往来这里寻求庇护，其民间势力之盛，远胜于其他六国。

处士田光，因其豪侠仗义，成为蓟城民间势力的首领。在这里若是受燕王缉捕，还可能寻到藏身之地；若得罪了田光，则绝无藏身之处。他的势力让一些权贵大臣都心惊，因为他们不知什么时候就有求于田光。

从燕丹那里出来，田光便直奔蓟城中最有名的一家酒楼。还没进去，他就听见里面传出雄浑的歌声，还伴随着筑的敲击声。

酒楼中已坐满了人，大都是市井游侠之辈，他们三五成群，各自行乐。在最旁边的一张方案旁坐着三个人：一个身材适中，容貌俊雅，正仰天而歌，显出几分落拓不羁；一个极为瘦小，正在专心致志地击筑；最后一个挺着胖大的身躯，一手拿盏，一手抓肉，正在豪饮狂吃。这三人正是荆轲、高渐离和狗屠。

荆轲依在案旁，已露出几分醉态，正放声高歌：

北风其凉，雨雪其雱。

惠而好我，携手同行。

其虚其邪，既亟只且。

北风其喈，雨雪其霏。

惠而好我，携手同归。

其虚其邪，既亟只且。

莫赤匪狐，莫黑匪乌。

惠而好我，携手同车。

其虚其邪，既亟只且。

……

唉，荆君又在伤怀啊！田光心中叹道。他走进楼内，向店主问道："他们来这里多久了？"

"没多久，荆轲这才唱第一曲。"

"那就好，等会儿你告诉荆轲，我在楼上静室等他。"

店主与田光甚是熟悉，也知道他们甚是友好，不过他却有些看不起荆轲，问道："等会儿他就醉了，怎能与先生谈话？"

田光笑道："你不了解荆君，他不过是借酒抒怀，绝不是一个酒鬼。"

"他不过比一般酒鬼多了一项能耐，酒后善歌而已！"

荆轲在酒肆高歌，有人看不惯，曾向他寻衅挑战，他都避而不战。燕人不管男女老少，都崇尚血性之人，荆轲的这种行为最受人轻视。若不是因田光关照，店主早把他赶走了。所以与荆轲坐在一起的，永远只有高渐离和狗屠二人。他俩一个倚身豪门靠击筑卖艺为生，一个在集市屠狗糊口，都被豪侠之辈轻视。

偏偏三人极为要好，隔几日必聚一次。相见之后也不多说，只是豪饮。饮至半醉，一个击筑，一个高唱，一个倾听，随之大哭或大笑一场，旁若无人。

田光见店主这么说，只是笑道："你就照我的吩咐去做吧。"

此时荆轲高歌已近尾声，正在低声吟唱。他所唱的是《北风》之曲，此曲喻国家危乱将至，其臣民不得已离开故国迁往他邦，但心中愁苦却无法排遣。他唱得如此动情，其实是因为唱的就是自己。

他原是卫国人，喜读书，善击剑，以其所学向卫君进言，却不得重用。后来卫国被秦所灭，他流浪各国，寻求复国之策。无奈他名声不著，人微言轻，秦国又势大，诸侯唯恐避之不及，谁又肯听他之言？如此辗转各国多年，依然毫无建树。

"好！为此歌当饮三爵！"狗屠连饮三爵后大哭不止，口中还反复吟道，"其虚其邪，既亟只且……"

高渐离放下手中之筑，举起酒狂饮不止，饮后也放声大哭。

荆轲望着痛哭失声的两人，仰天大笑道："痛快！痛快！有此二友，我夫复何求！"

酒楼中人对三人早已习以为常，依旧各行其是。

荆轲正欲倒酒，店主过来道："田先生在楼上等你。"

荆轲闻听一怔，问道："是田光先生？"

店主点了点头，不再多言。若是他人，荆轲可以不理，但田光相召，他却不能不去。他向高渐离和狗屠招呼了一声，便起身向楼上走去。

一进静室，田光便向他躬身行礼道："荆君，你我相交至深，燕国恐怕无人不知。现在太子丹闻听我盛年之举，与我商量国事，求拒秦之策，却不知我已年老体衰。所以我向太子推荐了荆君，希望你能去见他。"

荆轲忙扶起田光道："先生何必如此！荆轲受你之助颇多，一直无以为报，自当遵命就是。只是先生难以委决之事，只怕荆轲也无能为力。"

"荆君一定能够胜任。我为燕人，却在太子用人之际不能为国效力。太子在我出门之时叮嘱国之大事，不要与人谈及。想不到我行侠仗义四十余年，却依然受人怀疑！"

荆轲见田光不甚悲愤，便安慰道："太子长年流落在外，不了解先生为人。先生之节操，蓟城之人无不知晓，先生何必耿耿于怀？"

田光摇头道："我曾向太子许诺，一定会给他一个交代！所以我希望荆君向太子禀告一声，就说田光已死，死人是不会泄露太子所托之事的！"

荆轲大惊道："先生不可……"

"我意已决，荆君不必阻我！只望荆君不负我之所托。"田光说完，闭目垂首不再言语。

荆轲见田光自杀之意已决，心中既敬佩又难过。他躬身行礼后，就恭敬地离去了。

荆轲见了太子丹，把田光的话和死讯告诉了他。太子丹跪拜在地，痛哭流涕道："我之所以嘱咐先生，是为了使大事成功，先生又何必以死言志呢！"

痛悼田光之后，太子丹又向荆轲行礼道："田先生不嫌弃我，让荆卿前来，那我就大胆向你说出心中的谋划。"

荆轲一进太子府，太子丹就在暗中观察。他见荆轲不惊不诧，与管事搭话也不卑不亢，看起来一副气宇轩昂之态，这与他心中之人相去不远。

"燕国弱小，不能与秦抗衡。诸侯又惧怕秦，合纵之策难以实行。所以我私下认为，只有招募真正的勇士出使秦国，趁秦王召见之机劫持他，逼迫他归还各国被侵占的土地，就像当年曹沫劫持齐桓公那样。万一劫持不行，就刺死他。这样，秦国便又生大乱，必然无暇他顾，诸侯就可趁机联合破秦。不知荆卿以为如何？"

荆轲听后，沉默良久。他知道田光一定看出了太子丹的意图，只因自己年老力衰，怕不能胜任，所以才以死相激于他。他只要答应了太子丹，就是答应去死。

如果只太子丹求他，他可能会拒绝，但他身受田光之托，怎能无动于衷？不过就此答应太子丹，也显得自己太过草率，荆轲故意推辞道："在下愚鲁，不解国家大事，殿下还是另寻其他勇士吧！"

太子丹怎肯轻易放弃？他一再行礼，再三请求，荆轲这才答应下来。自此以后，荆轲被尊为燕国上卿。太子丹每日前去问候，供给他珍宝美女，出入则车骑相随。蓟城之民甚是奇怪，他们不懂成天在市井中饮酒狂歌的荆轲为何会如此受太子丹器重？

荆轲在华屋大舍中每日美女相伴，美酒痛饮，可心中并不痛快，因为这一切他都不能与朋友分享。为了不泄露秘密，他必须做一个见利忘义之徒，不再与高渐离和狗屠来往。

太子丹给的一切他都领之无愧，因为这都是他以命换来的。只是太子丹无微不至的关怀，让他想起来就心惊肉跳。

太子丹有一匹心爱的千里马，荆轲试骑之后随口说了一句千里马之肝味美无比，第二日太子丹就把马杀了，把马肝送给了他。在酒宴上荆轲看见太子丹爱妾的一双美手，不禁称赞了一句，酒宴之后，太子丹就把爱妾的手斩下送给了他。

但荆轲并不喜欢太子丹这么做，因为这无疑是告诉他，他们这样侍奉自己，应该没有什么不满意的了，是该为燕国效命了！

如此过了一年，秦灭了赵国，屯兵边界，燕国上下都十分恐慌。太子丹对荆轲道："秦军就要渡过易水进兵燕国了，只怕以后不能再这样侍奉荆卿了。"

荆轲明白这是太子丹在责怪他，每日享受着醇酒美人，却不提出使秦国之事，于是便回道："即使殿下不说，臣也准备去见您。臣此去秦国，若没有让秦王信任之物，心动之利，臣怎能接近于他？所以臣希望太子能把燕国最富饶的督亢之地进献给秦王，使他以为燕国惧怕秦国而献地屈服。然后再把秦王最痛恨的叛将桓齮的人头一起带去，秦王一定大喜，必定会接见臣，臣就可伺机而动，报答殿下了。"

太子丹摇了摇头道："督亢之地没有问题，但桓将军对我有救命之恩，我怎能忍心如此对他？荆卿还是另想办法吧！"

荆轲见太子丹不肯，便决定私下去见桓齮。

桓齮来燕后，每天以酒度日。只有这暂时麻醉，才能使他忘记仇恨煎熬的痛苦。他的族人被嬴政杀戮殆尽，自己也被逼得无处藏身，每想到此，他就恨得咬牙切齿。他本希望太子丹能让他领兵与秦军大战一场，让嬴政见识他的厉害，可太子丹却一直没有这个意思。这样一年多过去了，他也渐渐麻木了。

荆轲见到桓齮，就开门见山道："秦国对待将军太残忍了，不但戮没了将军的族人，还以金千斤、邑万家求将军之头，如今秦军已屯兵易水，将军欲作何打算？"

桓齮仰天叹息道："我每念及此，常痛入骨髓，却又无计可施啊！"

"在下有一策可解燕之祸患，也可报将军之仇。"

桓齮闻听后大喜，忙叩头请教。

"愿得将军之头献与秦王，秦王高兴之下必然会召见在下，在下就趁机刺杀他，这样将军之仇可报，燕国之祸可解，不知将军以为如何？"

从荆轲的眼神中桓齮看到了他坚定的决心。他知道荆轲入秦，不管刺杀是否成功，都难有生返之机，他又何必吝惜自己这条性命？况且他这一死，既可求得解脱，又有望报得深仇。于是脱下半边衣服扼腕道："这是我日夜切齿锥心想做的事，今日才得到荆君指教，一切都拜托了！"

荆轲望着他，坚定地点了点头。

桓齮抽出佩剑，高呼道："嬴政，我等着你！"说罢，便自刎而死。

太子丹听到消息后赶来，见桓齮已死，不禁抚尸大哭。事已至此，他只得按荆轲所说，把桓齮的头用木匣封藏起来，以备出使之用。

为了让荆轲行刺万无一失，太子丹为他寻到天下最锋利的徐夫人匕首，并淬上见血即死的剧毒。他还为荆轲找了一个副使秦武阳，此人也是蓟城有名的勇士，十三岁杀人，路人见之侧目。

可一切准备就绪后，荆轲却迟迟不动身。太子丹疑心他事到临头要反悔，就催促道："秦军旦夕就可攻我燕国，荆卿还有什么没准备好吗？要不就让秦武阳先去！"

荆轲心中不由生出怒气，他这是为燕国去送死，却还被人怀疑，看来太子丹之贤也不过如此。他没好气地答道："有去无回不过是庸人竖子矣！臣迟迟没有动身，是在等一个朋友，有他相伴，行刺之举就多一些把握。殿下既然怪臣去得迟了，那臣就此告别吧！"

太子丹知道错疑了荆轲，可他心中也有说不出的苦衷。若荆轲反悔，再要找到合适的人就难了，况且知道的人越多就越易泄密。他见荆轲已决定出行，虽受到责怪，也没放在心上。

晨曦刚至，易水之畔，几个身影正缓缓而行。此时北地已是深秋，寒风肆虐，仿佛要把这几个人吹入云端才肯休。他们默默地走着，一股悲壮、肃穆之气充溢其间，使人觉得压抑。

风，已在他们眼中凝固，它的肆虐显得那么无足轻重。

太子丹道："荆卿，再往前去就是秦军驻守的中山之地，一路上你要多加小心，一切都拜托了！"

荆轲回施一礼，没有搭话。他走到两位好友的身旁，正要开口，狗屠却递上一只精美的陶罐道："这里面装着你最喜欢的美酒，你就带着吧！以后我们就难有一起畅饮的机会了。"

高渐离白衣白冠来为荆轲送行，他已知荆轲此行目的，既为之自豪，又感到伤悲。荆轲此举是留名万世的行节，而他却要失去一个最好的朋友。听狗屠这般说，他立即接口道："不，我们还要等着荆君回来一起畅饮！"

荆轲接过陶罐，拍开泥封，豪迈地笑道："何须等到将来？来，我们就此痛饮！"

他举起陶罐，一通狂饮，然后高渐离和狗屠也痛饮了一番。最后荆轲喝完所有的酒，把陶罐摔在地上高声叫道："渐离兄，请再奏一曲，荆轲再为诸君颂歌一曲，权当送别吧！"

高渐离席地而坐，敲起筑来，筑声和着呼啸的风声，伴着易水汹涌的涛声，渐至高亢，越来越响亮。太阳已经升起，仿佛被这筑声掩去了光彩，灰蒙蒙的，更使人压抑。

筑声越来越激昂，荆轲引吭高歌道——

风萧萧兮易水寒，
壮士一去兮不复还！
探虎穴兮入蛟宫，
仰天呼气兮成白虹。
……

天地仿佛被这豪壮之气所激荡，再听不到什么风声、涛声，甚至也听不见那美妙的筑声了。

荆轲边唱边行，最后登车而去，头也不回。众人痴痴地望着那逐渐远去的背影，直到消失在天边。

　　嬴政从邯郸回到咸阳，准备用最隆重的礼仪接待荆轲和秦武阳，但这并不表示他对燕国特别看重。诸侯之中只剩齐、魏、燕、楚四国，若燕国不战而降，自然对其他各国是个不小的打击。他有心把这次接见变成一个纳降仪式，使诸侯都见识一下秦国不战而屈人之兵的威仪。

　　然天不遂人愿，嬴政刚回到咸阳，太后就病重不治，时日不多了。他来到赵姬的病榻之前，握住她的手道："母后，您知道吗？寡人为您报了仇！那些欺侮过我们的赵人都被杀了。"

　　赵姬已不省人事，但始终存着一口气，当嬴政握住她的手时，她才有反应，慢慢地睁开眼睛，用微弱的声音说道："是政儿吗？娘以为再也看不到你了。娘这一生做过不少糊涂事，但总算没有铸成大错，你能原谅娘吗？"

　　嬴政含着泪道："那些事都过去了，娘不必记挂在心上。"

　　"这几天，娘总看到你父王、成蛟，还有……"赵姬的目光逐渐黯淡下来，声音也越来越低。一抹微笑凝固在她脸上，嬴政感到自己的手被抓得生疼……

　　秦国为赵姬举行了隆重的葬礼，荆轲和秦武阳恰逢此时来到咸阳，嬴政无心理会，把他们安排在馆舍之中一住就是三个月。之后，荆轲上书求见，却一直得不到回音。他有些担心嬴政这边拖住他们，那边派兵伐燕，于是就想出一个办法——他在咸阳广交秦臣，一边探听秦国动静，一边大造声势，使天下都知道燕使在秦求和，若秦国再出兵伐燕，就显得不顾道义。

　　随着名声越来越大，再加上钱财的作用，荆轲成了不少秦国大臣的座上宾。最使荆轲高兴的是，他结识了蒙毅，并且甚是投缘。

　　蒙毅是继李斯之后，又一个让秦国朝臣羡慕之人。他年纪轻轻即得嬴政重用，已位至上卿，随侍左右。他很欣赏荆轲身上的豪气，虽然他来是怀着屈辱向秦国求和的，但他与秦臣相交不卑不亢，让蒙毅甚是钦佩。

　　荆轲的一举一动，都没逃过嬴政的耳目。在宜春宫中，关于荆轲的报告又呈在了嬴政面前，并且还附有一份他的全部记录。

嬴政看后，不觉对身旁的清扬笑道："没想到他曾是卫国之臣。清扬，荆轲这个人你知道吗？"

清扬正在逗弄一个两三岁的小男孩，教他喊父王。小孩冲着嬴政咯咯直笑，一边牙牙学语："父——王——"

清扬高兴地叫道："你看，胡亥在叫你了，大王！"

嬴政放下手中的书简，望着她们母子笑道："胡亥真乖！清扬，寡人有事问你，你就让侍女陪他玩会儿吧！"

"不要紧！他难得见大王一面，就让他多待一会儿吧！大王是问荆轲吧？妾在卫国时从未听说过此人。"

嬴政奇怪道："不会吧？他在卫国时，卫人都称他为庆卿……"

"庆卿？原来是他！"清扬失声道。

"哦？你知道他？快给寡人说说！"嬴政见清扬如此反应，就更加感兴趣。

对于庆卿，清扬太熟悉了。她忘不了曾与他一起垂钓于淇水之畔，驾舟于泉源之上，甚至想过父王会把自己嫁给他。可卫国被灭之后，庆卿就消失了，她再也没有见过他，这所有的一切都变成了她心中的一个梦。

清扬不禁有些慌乱，但她不能引起嬴政的疑心，便装作漫不经心道："他的先祖原是齐人，后迁居卫国，也算是世家子弟。他的才学和剑技在卫国是首屈一指的，他屡次向家父进言治国之道，都被拒绝。家父说他这个人恃才傲物，不懂为臣之道。"

你父亲是个老朽昏聩之人，如何能容纳此等人才？否则卫国也不会这么早被我大秦灭了。嬴政边想边问道："看来他还是个人才，寡人要把他留下来！"

"他是燕国使臣，如何能归顺大王？"

"燕国就要成为寡人的郡县了，他一个燕国使臣又算得了什么？就是不知荆轲此人品性如何？"嬴政大笑着问道。只要拿到督亢之地，再攻打燕国就易如反掌了。一想到扫除六国的愿望正逐步实现，他心中好不得意。

“除了有些狂傲，倒是个忠勇之人。大王若能收他为臣，将又添一栋梁。”清扬轻轻道。

“那就好！寡人一直希望身边有个忠勇之臣。昔日有蒙武，可惜他出外戍边。李斯、赵高都很能干，但行事让寡人不太放心。蒙毅有其父风，但因为年轻，做事不够周到。把荆轲收入麾下，正可补此不足，寡人明日就在咸阳宫见他！”

清扬闻此忽然心思一动道：“妾有一事想请大王恩准。”

“什么事？”

“妾想看看九宾大典，妾原先还从未见过呢！”其实她是想看看荆轲，不知道他这些年成什么样子了。

嬴政有些为难，因为此举于礼不合。虽然他并不是一个注重礼仪的国君，但像这样的重大国事让一姬妾参加，实在说不过去。若清扬是王后还好说，但她只是一个姬妾。这样做将置王后于何地？臣子们恐怕要猜测他此举是否暗示要废掉王后了。

清扬看出嬴政的为难之处，连忙道：“大王不必为难，妾并不想参与国事，只是想看看大王接见燕使的威仪。大王可在一侧置一屏风，妾坐在后面，大臣们就看不见了。”

“这倒是个办法，那明日你就陪寡人上朝吧！”

胡亥见清扬与嬴政只顾说话，便不断拉扯她，希望引起母亲的注意，后见不起作用，就哭闹起来。嬴政见了笑道：“你比父王还霸道！父王与你母亲说会话都不乐意了？来，让父王抱抱！”

清扬看着嬴政抱着孩子笨拙的样子，直想发笑。胡亥是他的第十八个孩子，为生此子，清扬差点丢掉性命，现在看他们父子相嬉甚乐，她觉得付出的一切都很值得。不过，她还是有些担心嬴政会把立嫡之事记在心上，这样难免会因嫡嗣之争引起兄弟相残。扶苏虽只有十四岁，但已有贤名，而胡亥只是一个嗷嗷待哺的幼儿，两者相距实在是太远了……

在秦国招待使臣的别馆中，荆轲正独自一人自斟自饮。他斜倚在榻上，面无表情地注视着远方，不时地喝上几口。他接到明日进宫朝见的通告，于是便谢绝了一切应酬，待在馆舍中，哪儿也不去。秦武阳一大早就被人邀去逛咸阳东市，还未回来，整个馆舍之中除了几个杂役，便空荡荡的，显得格外安静。入秦以来的紧张担心明日就该结束了，他不怕在秦廷上血溅当场，就怕连嬴政的面都没见上就事情败露了。现在他可以放心了，一切都按计划进行，只是耽误了一些时日。

怎么秦武阳还不回来？荆轲不禁心中烦躁，对太子丹用的这个人他心中并不乐意。虽然秦武阳十三岁就杀过人，但刺杀秦王这种事并不是单凭血气之勇就可以干成的。

几个月的相处，荆轲对秦武阳有些了解，知道他自杀人之后就名声显扬，一直是衣食无虑的权贵门客。这种人荆轲在各国游历时见过很多，多是为权贵们干些收租、讨账、对付异己的勾当，到时上了秦廷是否沉得住气还很难说。而且太子丹不等他好友前来就催促上路，他想起来就心中有气，若不是因为田光和樊於期，他真要撒手不管了。

入秦之后的所见所闻，都使他对嬴政产生敬慕之心，也使他认识到秦国为何会有扫除六国的野心。特别是秦国的法治，给他尤其深刻的印象。

秦国一向以严刑峻法著称，自从嬴政掌握秦国权柄后，因为疆土越来越大，特别是灭了韩国和赵国之后，法度不一的矛盾日益突出。为了解决这些矛盾，嬴政敦促臣子尽快编纂一部完备的法典，以利国家的统治。

荆轲来秦后，恰逢这部法典编纂完成，公布于众。

为了惩罚盗贼，制定了《盗律》《贼律》《囚律》《捕律》《杂律》和《具律》；为了管束官吏，制定了《为吏之道》《置吏律》《行书律》《内史杂》和《尉杂》；为了提高军队的战斗力，加强对军队的管束，又制定了《除吏律》《军爵律》《中劳律》《屯表律》和《戍律》；另外还制定了《田律》《厩苑律》《他律》和《金布律》等。这部法典涉及了秦国的各个方面，这让荆轲大为感叹，仅凭此项，六国的君王就无法与嬴政相比，也难怪韩国和赵国会先后亡于他的手中。

荆轲开始怀疑在咸阳待得久了，会影响他刺杀嬴政的决心。现在他只希望能赶快见到嬴政，趁杀心仍重的时候一举刺杀他。他边喝酒边思考明日该如何行动，各种细节他都想过千百遍，但仍不敢掉以轻心。

外面不知何时下起了雨，越来越大的雨声打断了他的思路。秦武阳怎么还不回来？莫不是出了什么事？荆轲让杂役拿来蓑衣，准备出去找他。刚至门口，就看见几个人扶着他回来了。他接过秦武阳，打发走那几个人，然后把他摔在榻上。

秦武阳有着燕地男儿的魁伟身材，满脸虬髯，看上去甚是威猛，荆轲踢了踢他道："不要再装了，这里没有外人。"

秦武阳伸了伸腰，"嘿嘿"笑了两声，便翻身坐了起来。荆轲早已和他商量好，凡有宴请，只喝至六成便装醉，以免误事。

荆轲又沉声道："明日我们就要进宫面见嬴政，你好好准备一下。"

秦武阳惊讶道："这么快？什么时候通知的？"

"今日午后。不然你还想等到什么时候？"

"这咸阳可比蓟城要繁华热闹多了，真想在这里再多住一两日。"

荆轲没想到他此时还有这种想法，不禁怒声道："别忘了我们到这里来是干什么的！秦国就要灭了你的祖宗社稷，你还贪慕它的繁华！若是如此，明日你就不必跟我去了！"

秦武阳没想到荆轲会发怒，连忙讪笑道："属下只是说说而已，属下这就去准备。"

望着他的背影，一种不祥之感袭上荆轲心头。他希望能激起秦武阳的杀心斗志，但看他离去的神态，荆轲知道自己的目的并未达到。

第二日清晨，荆轲和秦武阳刚刚梳洗完毕，蒙毅就来接他们了。

从蒙毅那里荆轲已隐隐得知嬴政要把他留在秦国，果然蒙毅告诉他晋见之后，嬴政还要私下召见他。

他哪里还有机会见我？即使劫持成功，只怕他也不愿再见到我了。荆轲心中暗想。

马车向咸阳宫驰去，一路之上，二人相谈甚欢。荆轲一想到刺杀嬴政可能会连累蒙毅，心中就有些内疚。入秦以来，蒙毅对他甚是照顾。荆轲想对他表示感激之情，又怕言语有异，引起他的疑心。他知道蒙毅对嬴政忠心耿耿，若是知道他有行刺的意图，就算交情再深也不会饶恕他。

到了咸阳宫外，荆轲向蒙毅拱手一礼道："蒙君珍重，在下进宫了。"

蒙毅不知荆轲此举何意，只得也拱手一礼。

荆轲和秦武阳，一人捧着装有桓齮头颅的匣子，一人捧着燕国督亢之地的地图，在内侍的引导下向咸阳宫大殿走去。一路上，虎贲军分列两旁。他们个个戈戟锃亮，神情肃穆。

荆轲游历各国，这种阵势见得多了。他跟随侍者，目不斜视地昂然而行。可秦武阳却从未经过这种场面，他只觉得数千虎贲军的目光都集中在他身上，仿佛要看穿他的意图。他只得低着头，紧跟在荆轲身后。

行至殿前，只见数十个侍郎手按刀剑，一动不动地直视着他们。一个侍郎检查了一下，才放他们进去。

进入殿中，只见身着官服的秦国官吏整齐地排列在殿中，黑压压一片，听不到一点声息。诸多人的目光注视在他俩身上，秦武阳只觉得嗓子发干。他使劲咽了几口唾沫，想平息一下紧张的心情，可是腿却不由自主地颤抖起来。他越想控制自己，越是抖得厉害，连手也不由自主地抖动起来。荆轲眼中的余光注意到了秦武阳的神态，暗呼不妙。匕首就藏在秦武阳手捧的地图之中，若是抖落在地，那一切都将败露。

大殿之中，除秦王外，任何人不得携兵器上殿，使者更是不行，否则就以谋逆之罪诛杀。秦武阳也知道自己神情有异，却偏偏控制不住，不由更加脸色惨白。

殿中群臣感到奇怪，一个大臣还上前问道："副使大人为何全身发抖，脸色发白?"

荆轲笑着回头看了看秦武阳，然后上前向嬴政谢罪道："燕国地处北藩蛮夷之地，外臣等都是荒鄙之人，所以对此等场面深感恐惧，还望大王宽恕。"

嬴政对这种肃穆庄严的气氛一直深感自豪，这曾震慑过各国不少使者。他对荆轲的从容不迫甚是欣赏，对秦武阳的恐惧甚是鄙夷，便道："既是如此，就让他在殿外等候，你去把地图拿给寡人过目。"

在嬴政的左侧竖着一面八尺屏风，隐隐约约可见一人端坐其后。透过屏风的白绢，清扬可以清楚地看到殿中的情形。

荆轲还是那个样子! 在这高大雄伟、富丽堂皇的大殿之上，在上百朝臣的注视之下，他悠然来往，从容不迫。

在卫国时，荆轲就是如此晋见卫君的，这让情窦初开的她深深迷醉。转眼十几年过去了，她再也不是那个娇俏迷人的卫国公主了，而荆轲却风采依旧。

清扬还沉浸在缠绵的往事中，荆轲已从秦武阳手中取得地图来到了嬴政身边。他满怀喜悦地接过地图，心想有了督亢之地，就等于控制了燕国。

荆轲目不转睛地盯着嬴政，渐露紧张之态。嬴政则一心一意地展开地图，当地图展尽之时，突然露出一把匕首。

趁嬴政一愣之机，荆轲迅速抓起匕首，一手抓住他的衣袖，一手用匕首抵住他的胸口。嬴政本能地想躲开，但荆轲的匕首在前。他不敢轻举妄动，只能挺身而跪。

殿中群臣见此情景大哗，几个反应稍快的臣子欲上前营救，荆轲便怒喝道："谁敢动，我就刺死你们大王！"

群臣都呆立当场，不敢再动。

嬴政明白自己被荆轲劫持了，望着胸前锃亮的匕首，他大气都不敢出。他极力镇定自己的情绪，颤声问道："荆卿这……这是为何？你有什么要求可以告诉寡人，寡人都可以答应！"

荆轲见自己已完全控制了局势，便数落嬴政道："足下因一己之私，灭韩毁赵，意欲吞并天下。不念与太子丹交好之情而千里追杀，现在又意欲灭燕。今日你从吾计则生，不从吾计则死！"

群臣不知该如何是好，只有眼睁睁地看着这一切。清扬也被突然发生的事情震慑当场，当她明白是荆轲劫持了嬴政，心中就只剩一个念头——一定要救下嬴政！

嬴政见群臣手足无措的样子，感到绝望。现在只要他一言不慎，就会血溅当场。他不愿意死，他还有雄图大业等着去完成。现在只有先稳住荆轲，让他不至于陡起杀心，不管他提什么条件，先答应再说。打定主意后，他便又问道："荆卿有何要求只管说，寡人一定答应！"

荆轲不会轻信嬴政之言，他要拿到嬴政归还侵占土地的契约，于是喝道："足下最好不要耍什么诡计！我手中的是闻名天下的徐夫人匕首，淬有剧毒，见血即死……"

话还未说完，只听见从屏风之后响起悠扬的琴声，群臣面面相觑，不知是何故。荆轲厉声喝道："什么人？快出来！否则我杀死你们的大王。"

清扬想用琴声吸引荆轲的注意力，使嬴政有机会脱身。她见荆轲作势欲刺嬴政，就让内侍挪开了屏风。荆轲只觉得屏风后面的丽人有些面熟，但又记不起来。只听清扬唱道：

> 罗縠单衣，可掣而绝；
> 八尺屏风，可超而越；
> 鹿卢之剑，可负而拔。

清扬唱的是秦音，荆轲听不太懂，但嬴政和殿中大臣都听得明白，这是提醒嬴政扯断衣袖，跨过屏风，再拔出宝剑与荆轲拼杀。紧接着，她用卫音唱起了一首卫风《淇奥》：

> 瞻彼淇奥，绿竹猗猗。
> 有匪君子，如切如磋，如琢如磨。
> 瑟兮僴兮，赫兮咺兮，
> 有匪君子，终不可谖兮！
>
> 瞻彼淇奥，绿竹青青。
> 有匪君子，充耳琇莹，会弁如星。
> 瑟兮僴兮，赫兮咺兮，
> 有匪君子，终不可谖兮！
>
> 瞻彼淇奥，绿竹如簧。
> 有匪君子，如金如锡，如圭如璧。
> 宽兮绰兮，猗重较兮，
> 善戏谑兮，不为虐兮！

这是清扬第一次看见荆轲时所弹唱的一首卫风，她以此歌赞赏荆轲学问出众，风度潇洒，暗示自己的爱慕之心，她相信荆轲一定还记得。

荆轲没想到此时竟能听到如此地道的卫风，而且还是他如此熟悉的曲调。

是她！荆轲认出了清扬就是昔日令他倾心不已的卫国小公主。

"公主……"他低声唤道，眼中露出迷茫之色。

嬴政一直紧张地窥探着荆轲的神情，见此机会，立刻用力扯断衣袖，往旁边一滚，爬起来就奔屏风而去。荆轲顿觉不妙，匕首前刺，却刺空了。

嬴政因过于紧张，跳越屏风时摔倒在地，清扬马上跑过去扶他。荆轲见此情景便明白了她与嬴政的关系，不禁心如刀绞。

绝不能放嬴政逃走！荆轲牙一咬，看准他的背影用力将匕首掷出。清扬奋不顾身扑倒在嬴政身上，口中呼道："大王！小心！"

匕首插入清扬的后肩，她感到一阵锥心的疼痛。见一击不中，荆轲又气势汹汹地扑来。他想抢到匕首，再刺杀嬴政。

嬴政见清扬中了匕首，急得大叫道："清扬！清扬！"

清扬鼓起余劲推了一下嬴政道："大王，快……快拔剑！"说完，一缕黑血便从口中流出，头一歪便昏倒在地。

"清扬……"嬴政大声呼叫道，他见荆轲冲了过来，便一跃而起，准备拔出佩剑，杀死荆轲。可他的佩剑极长，高至腋下，寻常之法根本拔不出来，荆轲趁此机会又抢得匕首在手。

嬴政记起清扬之语，忙把佩剑推至身后，这才拔了出来。他看见清扬后肩上涌出的黑血，不禁双眼发红，高举佩剑狂呼道："清扬，寡人要为你报仇！荆轲，寡人与你拼了！"

荆轲毫不退缩，迎剑而上，他现在只有刺死嬴政，才能报答太子丹。他虽然精通剑技，但匕首太短，只有贴近嬴政才有机会。

嬴政武器上占有优势，再加上他怒火中烧，更是不顾一切地狂劈猛砍，荆轲一时之间也占不到优势。殿中群臣见此情景便围攻上来，但由于手中没有武器，反而被荆轲刺倒几个。

侍医夏无且将随身所带的药囊向荆轲投去，荆轲用匕首一挡，里面的药物洒了他一脸，一下迷住了他的视线，嬴政趁机一剑刺中他的右臂。

荆轲右手受创，举止渐不灵活。嬴政仍然不住地狂刺猛砍，嘴里还不停地叫道：“寡人要杀死你！寡人要杀死你！”

二人斗至殿中，荆轲又被嬴政刺中几处。他大腿受创，进退已很困难，只剩下招架之功，但他还要作最后一搏。他觑准机会，将手中的匕首再次掷出。嬴政眼疾手快，将匕首劈落在地。

荆轲知道已没有了机会，便靠在一根殿柱上哈哈大笑道：“若不是我想生擒你，拿到归还土地的契约，今日死的就是你嬴政了！”

嬴政哪能容他继续狂言，他用尽平生力气，对准荆轲刺去。剑透体而过，把荆轲钉在殿柱上，但笑容却依然挂在他的脸上。殿外，众侍郎武士早已将秦武阳剁成肉酱。

嬴政这才松了一口气，他丢下长剑，瘫软在地。突然，他记起了清扬，连忙跑到她的身边急叫道：“清扬，你醒醒！寡人已为你报了仇！夏无且，你快过来看看，夫人怎么了？”

夏无且过来道：“大王，匕首淬有剧毒，中者无救了。”

“不会的！清扬不会死的！你快给看看呀！”嬴政不相信这是真的，向夏无且怒吼道。

夏无且只得为清扬诊断，其实他一眼就看出清扬已经死了。忙碌了一番后，他不得不向嬴政禀道：“大王，请恕臣无能，夫人已经无救了。”

嬴政伤心欲绝，抚着清扬的身体恸哭失声。若不是清扬为他挡了那一匕首，现在躺在地上的就是他了。

夏无且在一旁劝道：“夫人已经去了，大王请节哀！”

殿中群臣也纷纷进言。

“你们都滚！滚出去！谁要再啰嗦，寡人就杀了他！”嬴政满脸杀气的样子，使群臣感到害怕。他们知道嬴政正处在极度的悲伤和狂怒中，谁惹他都是自找倒霉。

于是大家都悄然退去，荆轲的尸体也被人抬走，整个咸阳宫大殿只剩下哀哭的嬴政和气绝身亡的清扬夫人。

第十五章

灭诸侯一统天下　明法度自称始皇

厚葬清扬后，嬴政就急令王翦出兵伐燕。他发誓一定要杀死太子丹，灭掉燕国。

秦王政二十年（公元前227年），燕国和代王嘉联合，屯兵易水之西，迎击秦军。王翦老谋深算，李信骁勇善战，燕代联军哪是对手？两军没有对峙多久，燕代联军即大败而逃。秦军趁势猛追，一路所向披靡。

秦王政二十一年（公元前226年），秦军攻下燕都蓟城。燕王喜和太子丹带领残余的燕军东渡辽水，逃往辽东。嬴政没得到太子丹的人头岂肯罢休？他命令李信率精锐骑兵衔尾猛追。代王嘉见秦军追势凶猛，怕连累自己，便写信给燕王喜道："秦所以尤追燕急者，因太子丹之故也。今大王诛丹献之秦王，秦王必解恨，社稷才能得以保存。"其实他心中也明白，嬴政是不会放过他的，他现在只希望能拖一日算一日，多享一天荣华富贵也好。

燕王喜本来就恼恨太子丹刺杀嬴政不成，反而招致灭国之祸，现在还连累他被秦军追得东逃西窜。他接到代王嘉的信后，就派使者到衍水（今辽宁辽阳）把太子丹杀了，将其首级献给了嬴政。

嬴政得到太子丹的首级，心中的恶气才出了一些。他命令秦军攻下蓟城之后，大肆搜捕荆轲生前好友及太子丹昔日门客。狗屠被杀，高渐离改名易姓后逃至宋子（今河北赵县），在酒肆里当起了伙计。

　　嬴政见燕赵之地大部分被秦国占领，虽然还有代王嘉和燕王喜余孽未灭，但已不足为虑。他派小部分兵力作围剿之态，将大部分秦军撤回，准备讨伐下一个诸侯——魏王假。

　　魏国的先祖是周文王之子毕公高的后人，其后世子孙中有个叫毕万的，因侍奉晋献公有功，被封于魏地。其子魏犨是著名的勇士，辅佐晋文公重耳，为晋之重臣。魏犨之孙魏绛，向晋悼公献和戎之策，得以重用。其后，魏氏成为晋国一大家族，势力日渐强大。至魏桓子时，成为一方诸侯。

　　战国之初，魏国最早实行变法，成为最强的诸侯国。到魏惠王时，因未能重用商鞅，致使其至秦辅佐秦孝公实行变法，秦国逐渐强盛起来。此后，魏国渐渐衰弱，逐年被秦蚕食。至魏安釐王时，因中秦反间计，猜忌信陵君无忌，自毁栋梁，使秦国侵魏再无所顾忌。

　　秦王政二十二年（公元前 225 年），魏国唆使韩、赵遗民在新郑叛乱。嬴政借此令王翦之子王贲领兵二十万，大举伐魏。

　　魏王假见秦军来势凶猛，他本有心投降，但赵王的下场使他产生了警惕之心。遂放弃都城外围之地，把精兵强将全部集中于大梁城中，凭城固守。大梁是中原名城，墙高壁厚，城内屯有大量粮草。他想凭此坚城，守上一年半载。等秦军锐气过了，说不定能战而胜之，也有了与嬴政谈和的资本。

　　果然，王贲围攻大梁数月仍不能攻克，消息传回咸阳，嬴政甚是烦恼。在他的想象中，只要秦军兵临大梁，魏国就应该投降。现在秦军受阻，对他下一步讨齐伐楚也产生不利影响。他召集几个心腹臣子商议，希望能找到一个迅速灭魏之策。

　　李斯趁机进言道："臣昔日游历大梁，见其地势低洼，魏惠王时曾开凿一渠，引河水入圃田，又从大梁北郭引圃田之水灌溉、运输。赵惠文王伐魏时，曾决河水之堤，水淹大梁。臣以为不妨效此策，以水攻之。"

　　他如此积极进言，是想加深嬴政的好感。因为朝中相位长久空缺，他一直觊觎此位，趁此机会竭力表现自己。

　　蒙毅、冯去疾和王绾也知道此策，但他们更了解此策实行的后果。水淹之下，不知有多少地方要遭灾，多少百姓将流离失所。

赢政恍然大悟道："寡人怎么没想到呢？此策甚妙，既可少伤士卒，又可拔掉大梁。赵高，你立刻将此策传给王贲，叫他速战速决！"

赵高嫉妒地看了得意扬扬的李斯一眼，领命而去。

王贲接到传书，不觉叹了口气。水攻的后果他比谁都清楚，实在有伤天理。但王命已经下达，已不容他拖延。于是他命人阻断沟渠下游，决开河堤。

滔滔河水从东南滚滚而下，直扑大梁。大梁城被淹灌三月，粮草都被冲毁，城中断粮，墙体也被淹坏，魏王假不得已向秦军投降。

赢政下令杀了魏王假，尽取魏地。至此三晋俱灭，中原之地尽入秦国。

此时，六国只剩下东方的齐国和南方的楚国，至于先灭哪国，赢政一度犹豫不决。他曾问爱将李信，李信回道："楚地广阔，齐地狭小；楚人勇悍，齐人怯懦。且齐国四十年未动兵革，战力极差，臣以为应从齐国下手。"

可赢政却不以为然。秦王政二十一年（公元前226年），他曾派王贲试探性伐楚，结果大败楚军，攻占了十座城池。楚国只得将青阳（今湖南长沙）之地献给秦国求和，所以他并不以为楚国难以征伐。

另外，齐国与楚国比起来对秦国威胁更小。齐王建老迈昏庸，任用佞臣后胜为相，与秦交好而不救诸侯，如果秦国攻伐楚国，他就不用担心齐国出兵相救。因此，他决定还是先灭楚国。

赢政召回王翦和李信商议伐楚之事，他问二人道："寡人要讨伐楚国，二位将军估计要多少秦军可以破楚？"

李信伐燕时，曾率千余骑卒追逼燕王，迫使其献出太子丹的人头，从此名声大振。但他从未当过一方主帅，单独统兵作战。见赢政提问，他决心争取这个领兵作战的机会，于是说道："臣以为二十万人足矣。"

"二十万人怎够？臣以为非六十万人不可。"王翦听后摇了摇头。

王翦的回答让赢政吃了一惊："王将军太高估楚国了吧！楚自从李园乱国后已是四分五裂，周边小国纷纷自立，楚人却无力平复，可见其国力已衰。寡人也认为伐楚二十万人足矣。"

王翦见嬴政如此低估楚国，不禁有些担心："楚虽然四分五裂，但在秦国的压力下必然会联合起来。楚将项燕也是能征善战之辈，用兵诡异，大王还是小心为上！"

嬴政望着两鬓斑白、满脸皱纹的王翦道："将军为何如此惧怕楚军？怕是老了吧？"

王翦一听此言，就知道大王并未听进自己的劝言，便拜谢道："臣征战多年，已至老朽，请大王准臣归乡养老。"

"将军既有此意，寡人就不强留了！"嬴政也不挽留。

秦军猛将如云，蒙武、杨端和正值壮年，后起之将王贲、李信、蒙恬也越来越老练，放走王翦，嬴政想来也无关紧要。

秦王政二十二年（公元前 225 年），秦国灭魏后仅两月就命李信、蒙武各领军十万，进攻楚国。不久，嬴政就接到战报，李信攻取了楚国重镇平舆（今河南平舆），蒙武攻取了寝丘（今河南沈丘），这使他更坚信踏平楚国指日可待。

楚人强悍，怎肯轻易屈服于秦国？在项燕的谋划下，一张聚歼秦军的大网正悄悄展开，在他的率领下，楚军一直悄悄跟在秦军的身后。

李信攻占平舆后，继续引兵东进，蒙武则挥师向北。两军在楚国境内往来驰骋，会师于城父（今安徽亳县）。一路如入无人之境，李信、蒙武极是兴奋，准备稍作休整后，即合兵杀向楚都寿春。两军刚刚驻扎，还没来得及休息，杀声突然四起，漫山遍野的楚军向他们疯狂扑来。

李信、蒙武自进入楚境就没遇到过这么多楚军，见此情形，他们才知道中了楚人之计，于是指挥兵卒拼死抵抗。无奈秦军没有准备，又被楚军气势所慑，极为慌乱。

楚军怀报复仇之心，个个士气高昂，奋勇冲杀，很快就攻破了秦军的壁垒。李信、蒙武见大势已去，只得率领部分士卒杀开一条血路，突围而去。等他们摆脱楚军之后，二十万秦军只剩下五六万了。

李信没想到首次单独领军便受如此惨败，羞愤难当之下意欲自尽，蒙武拦住他道："胜败乃兵家常事，李将军尚还年轻，何必自寻短见！这次兵败，是我们对楚国估计不足，只要我们如实上报，相信大王也不会怪罪。看来还是王老将军说得对，非六十万人不足以平楚！"

在蒙武的劝说之下，李信打消了自杀之念，他们收拾残兵败卒，回咸阳请罪。嬴政接到李信兵败的战报，又惊又怒又悔。他这才知道自己低估了楚国，后悔没听王翦之言。对李信、蒙武兵败之责，他没有多加追究，只派人痛责了一番。

项燕战胜秦军，名声大噪，随即也野心大增。他趁机篡夺楚国大权，立逃回楚国的昌平君之弟昌文君为王，与楚王负刍对抗。

楚王负刍本是庶子，其位是谋杀楚哀王后自立的，没得到一些世族权臣的承认。昌文君随昌平君被贬居陈地（今河南淮阳）后，昌平君不久就死了。项燕打败李信后，收复了陈地，便将他立为楚王作为傀儡。

秦军这一败，形势比嬴政想象的要严重得多。楚军挟胜利之威，一路攻城拔寨，势如破竹。反观秦军大败之后，士气低落，闻项燕之名而丧胆。被秦国征服的韩、赵、燕、魏之民，都蠢蠢欲动。嬴政一边派兵镇压，一边思虑对付项燕之策。

要对付项燕，看来只有请王翦出山。可当初是他亲口说王翦老了，让他回家养老，现在去请他，他会回来吗？可形势越来越严峻，嬴政顾不得面子，亲自去频阳（今陕西富平）请王翦出山。

他见到王翦，当面谢罪道："寡人当初没听将军之言，以致李信兵败，秦国蒙受耻辱。现在楚军北进，将军难道就忍心抛弃秦国不管吗？"

"大王言重了，老臣怎敢作此之想？实在是征战多年，伤病缠身，已不堪为将，大王还是另择贤才吧！"王翦觉得就此答应嬴政，难以显出自己的身价。

嬴政诚恳地请道："将军不必再说了，寡人这次来一定要请将军回去。"

王翦见嬴政这样说，就不好再推辞了："大王既然要用老臣，非六十万人不可。"

"就依将军。"嬴政点头答应，并拿出早已备好的上将军印。王翦见目的已经达到，忙下跪谢恩。

回到咸阳，嬴政内心总有些忐忑不安。六十万人马那可是他的全部"家底"，若所托非人，那后果不堪设想。他的长吁短叹，焦虑不安，引起赵高的注意。

自从清扬死后，赵高也颇为失意。他精心讨好清扬，把自己后半生的荣华富贵都押在她身上。清扬对他的好感也越来越深，曾向嬴政提议让他来做胡亥的太傅。可清扬一死，让他所有的努力都化成泡影。

"大王近日忧心忡忡是为何事？"

嬴政叹了口气道："寡人是在担心啊！这六十万人可是大秦的全部兵力呀！"

"大王何不赐良宅美地，让王翦的族人都迁到咸阳？"

"寡人这样做岂不太露痕迹？"嬴政早想过这个办法，觉得不妥才不愿实行。

"那大王就把蒙武、杨端和调入其帐下，王翦若有异心，二将也有掣肘作用。"赵高又想出一个办法，这正是他竭力表现的时候。

"这个办法倒是可行。"嬴政点头同意，不过他又很快补充道，"不过你还有一个任务，寡人将华阳公主赐予王翦，你将作为赐婚特使前往。你在什么地方遇到王翦，就在什么地方行合卺之礼。礼毕之后，即让王翦领兵出征！"

赵高羡慕道："大王如此恩宠，他若有异心，就当天诛地灭！"

王翦受到如此恩宠，大臣们都羡慕不已，他却甚为担心。他在秦国为将多年，岂不明白此举的用意？这明显是大王对他不放心！当他领着六十万大军正出发时，嬴政亲至灞上为其送行。

"将军此去，当为我秦人报仇雪恨，将项燕人头拿来见寡人。"

"大王放心，老臣此去一定将项燕人头拿下。只是老臣后人甚多，宅第太小，请大王赐臣一块良宅美地，好让他们安居，这样臣去也无后顾之忧。"

嬴政没想到王翦会有此要求，颇有些意外："将军只管出兵，何必担心这些呢？"

王翦趁机表明心意道："做大王的将军，即使有功也不一定封侯。只有趁着大王看重臣的时候，多求一些良田美宅，也好为子孙积一些薄产。"

赢政大笑道："将军何必为此忧虑！寡人心中有数。"

王翦为将多年，所受的赏赐几代子孙也吃用不完，儿子王贲已是独当一面的大将，他又有什么值得牵挂的？赢政知道这是王翦向他表忠心。

大军行至函谷关前，王翦又连续派人请求田产。蒙武和杨端和都看不过去了，提醒道："将军这样做是不是太过分了？"

王翦随即道出自己的苦心："二位将军有所不知，我这样做并不是为了田产。大王心性粗暴，疑心又重，他把全部士卒都交给了我，我要是不以子孙之名多求一些田产，让大王知道我挂念子孙，那不是让他怀疑我别有用心吗？"

蒙武和杨端和听后，都感叹他用心良苦。

秦王政二十三年（公元前224年），王翦率大军进入楚地，先后攻占陈地至平舆的楚国土地。楚人大恐，各个势力纷纷聚于项燕麾下，希望他能再次战而胜之。王翦此时却停兵不前，在平舆筑壁坚守。

楚军到来后，王翦任其辱骂、挑逗，都拒不应战。面对一望无际的秦军大营，项燕屡次派兵强攻，却总被秦军逼回。他又派兵包抄，却因秦军众多，占地广大，反而使自己兵力分散，吃了几次小亏。无奈之下，楚军被迫与秦军对峙。

对峙的几个月里，楚军求战不得，四十万大军每日耗费粮草不计其数。其士卒来自各个势力集团，矛盾日益突出，粮草补给也越来越困难。秦军却无此虑，赢政亲自在后方督促，粮草每日源源不断运至前线。

项燕见再对峙下去，不等秦军来攻，自己内部就会打起来，只得率军后撤。于是王翦命蒙武率二十万精兵穷追猛打，自己则绕道从后面掩杀，楚军被秦军追至蕲南（今安徽宿县）包围起来。

蕲南城小，楚军又没补给，处境日益艰难。王翦、蒙武、杨端和日夜轮流进攻，让楚军疲于应付。

此时，楚军军心已经离散，不断有人私逃。项燕暗自灰心，对昌文君道："臣准备出城与秦军决一死战，恐怕以后再不能侍奉大王了。"

"蒙将军不弃，立寡人为王。将军若战死沙场，寡人也绝不苟活！"昌文君惨笑一声，说完便举剑自杀，项燕也不拦阻。他将死讯告知全军将士，言大王不欲为秦俘而自尽，以激起士卒死战之心。楚军果然个个悲愤不已，纷纷请求出城与秦军决一死战。

王翦似乎早料到项燕会死中求生，已暗中做好准备。楚军气势汹汹杀出城来，王翦令弓箭手和投石车队给予迎头痛击，楚军伤亡惨重，不得不退入城中。

第二次出城时，楚军的士气已不如第一次高昂。王翦命弓箭手和投石车队撤下，中军后退十里布阵以待。楚军以为秦军怯懦，拼命猛追，谁知却钻入了王翦的口袋阵。

王翦早已等待多时，他令旗一挥，秦军一千辆战车排着整齐的方阵，势若奔雷向楚军猛扑过去。楚军虽人人怀有必死之心，但从未见过如此气势磅礴的车阵，气势顿时被压制下去。

两军纠缠在一起，顿时天昏地暗。蒙武、杨端和早已埋伏多时，见楚军进入口袋中，各自率领五百战车，从左右后方冲杀过来，顿时楚军阵脚大乱，开始溃逃。项燕虽骁勇无比，却已无力扭转败势，被秦军当场斩杀，只有儿子项梁趁乱逃走。

王翦乘胜攻击，楚国再无可战之军，秦军以摧枯拉朽之势，直逼寿春。秦王政二十四年（公元前 223 年），王翦、蒙武攻入寿春，俘虏楚王负刍，楚国就此灭亡。

秦王政二十五年（公元前 222 年），嬴政下令扫灭燕赵楚三国残余。残余之敌闻风丧胆，秦军没费什么功夫，即平复三地。

眼看天下一统在即，嬴政心中兴奋喜悦之情无以言表。

齐王建见各国一个个被秦所灭，心中惶恐不安。他几次派使者去秦探听动向，但嬴政态度暧昧，既不说攻打齐国，也不表示继续修好。而被秦所灭的三晋及楚国的部分臣民不愿臣服秦国，纷纷逃至齐国，聚集在西南之地，伺机而动。

齐王建老迈昏庸，只想安享几年荣华富贵，便听信后胜之言封锁了西南疆界，他害怕三晋和楚国之人到来会给秦国进攻的借口。而在秦间的收买之下，后胜还劝齐王建入秦称臣。

马车行至雍门，雍门司马前来谏道："齐人拥立大王，是为了国家社稷，还是为了立王而立王？"

"为了国家社稷。"

"既是为了国家，那大王为何要离开自己的国家去秦国呢？"

齐王建无言以对，只得掉转车头回城。

嬴政却不因齐王建有投降之心，而放过齐国。他借口齐国屯兵西南，挑衅秦国，向齐进兵。

秦王政二十六年（公元前221年），王贲、李信率大军攻齐。齐王民心已失，兵卒皆无士气，秦军没遇上什么抵抗，就兵临临淄城下。齐王建只得投降，嬴政心恶他的昏庸无能，将其迁往共地（今河南辉县），困居松柏林中活活饿死，后胜也被他毫不犹豫地杀了。

从秦王政十六年（公元前231年）令全国男子书报年龄造册大举征兵开始，历时十年，嬴政终于扫灭六国，完成了一统天下的雄图伟业。

咸阳城张灯结彩，分外热闹。秦国一统天下，百姓和士大夫们都喜气洋洋。百姓高兴的缘由很简单——现在天下一统，他们不用再冒刀兵之险出外征战了；士大夫们高兴的是——秦国的疆域扩大了数倍，各地都要派驻官吏，如果外放做一个郡守或县令，就相当于过去的一方诸侯了；最高兴的莫过于王室公子和重臣，按照周室先例，一统天下后将分封诸子和有功重臣出外为王或为侯，为国家镇守四边。众人都翘首以待，希望那座金碧辉煌的咸阳宫能传出令他们兴奋的消息。

渭水南岸，宫室遍布。长乐宫、章台宫、上林宫等皆位于此，可作为宫室中心的咸阳宫却位于渭水北岸。为了沟通咸阳宫和长乐宫，秦昭襄王时造了渭桥。此桥为王室专用，大臣和百姓皆不能通行。

离渭桥不远处，有一座长杨宫，也是秦昭襄王时所造。宫中有垂杨数亩，幽雅清静，已被作为长公子扶苏的府第。在众公子和大臣看来，这是嬴政对扶苏的恩宠，但他却不这样认为。

从九岁时起，嬴政就令他离开紫巾在此独居，这在诸公子中是罕见的。他不知道这是父王有心造就，还是根本就不喜欢自己。若说父王有心造就，但是除了偶尔让他陪着打猎，问问他的六艺之学，就很少再管他；若说父王不喜欢，却时常给他调换太傅，督促他学习，并不时露出让他承继王位之意。但最让他放心不下的就是父王至今还没立他为太子，他是嫡长子，又有贤名，从各方面讲都应该被立为太子，只是父王不提，也就无人敢问。

昨日，他到高泉宫晋见了母后。看着母后郁郁寡欢的样子，他心中甚是难过。在他略懂宫中之事后，就知道有个清扬夫人一直与母后争宠，并且父王还一度打算立清扬夫人为后。从那时起，他就很恨这个女人，认为母亲的不快乐就是她造成的。后来清扬夫人死了，他以为再也没有人可以与母后相比了，父王应该宠爱母后了，可父王却变成了极为博爱之人。六国被征服后，嬴政在渭水北岸紧挨祈年宫之地，按照六国宫室原样仿造六座宫殿，把六国的姬妾美人都安置其中，他每日轮流在其中安歇，好不快活。

母后是一国之母，现在为天下之母，却受父王冷落，也难怪她心情会如此。再想起自己的心思，扶苏不由得感叹不已。但这一切他都无能为力，对母后的同情，对父王的不满，他只能深深藏于心中，不敢有丝毫表露。

父王是公认的旷世明主，若知道他有不满，就会生出厌恶之心，他就会受到国人的唾弃，那些对他恭恭敬敬、另眼相看的朝臣也会遗弃他，他的地位就岌岌可危了。

"公子，你在想什么？是不是看上了哪家小姐，要不要奴婢给你传话？"香质端着食具悄悄出现在扶苏面前，笑着问道。

扶苏平日与她调笑惯了，仍不免俊脸一红道："你不要取笑我，我是为母后身体担心。她整日郁郁寡欢，天长日久会生出病来的。"

香质把食具在案上排好，坐在一侧服侍扶苏。他们虽然名为主仆，但早已没主仆之分。她从韩国来秦时只有十五岁，而当时的扶苏只是八岁的孩童。她在服侍紫巾时，就与扶苏很投缘，扶苏也很依赖和信任她。后来她服侍韩非，受赵高迫害，幸亏扶苏救了她。自那以后，紫巾就把她赐予扶苏。

这么多年，她看着扶苏从一稚龄小童长成一翩翩少年，二人的感情也甚是微妙。扶苏小时，她像母亲一样细心照料她，现在他们既像姐弟又像朋友。

"你应该听母后之言，早日立一夫人。即使你不能时常进宫，也可让夫人替你进宫尽孝。过几年再让王后抱上孙子，就不会像现在这样寂寞了。其他公子大多数都立了夫人，你是长公子，为何现在还不立夫人？若你立了夫人，奴婢也不会这么操心了。"

香质的话让扶苏有些难过，他至今迟迟不立夫人就是想让香质能常伴左右。可他却不能立香质为夫人，甚至连这个意思都不敢表露。二人身份悬殊，他娶香质为妾还有可能，立之为夫人就会遭到父王、母后乃至宗室的反对。

扶苏幽幽地看着香质，让她感到一种没来由的慌乱。她强笑一声问道："怎么了？你生气啦？"

扶苏不知道香质是否懂他的心，黯然道："没什么，我只是有些担心，若父王封我出守外地，也许你就不能再服侍我了。大臣们都在议论分封之事，听他们说可能把我封到齐地。那里是天下最富庶之地，可又最动荡不安。齐鲁之士议论时政成风，致使百姓也好评议朝政，其法制不如秦地严明，诸侯余孽也多集中在那里，并不好治理啊！"

香质在扶苏身边也听了诸多太傅的教诲，长了不少见识。她知道嬴政重视法家，轻视儒术，对扶苏也多以法家之术教导。可扶苏偏偏爱好儒术，于是劝道："大王若封你到那，也是对你的考验。齐鲁之地儒学盛行，你去那里是他们的福气。"

扶苏偏爱儒学是因为受第一个太傅池子华的影响，那是他最初接受的教导，印象也最深刻。后来的太傅都是嬴政指定的，对他的教导也多偏于法术，但他心中却总认为法家过于严苛，对人全从恶的方面考虑，不如儒家主张礼治、强调人伦让他更易接受。

虽然偏爱儒术，扶苏却不敢在父王面前有丝毫表露，只有在香质面前才敢说出一些心里话："其实那些儒生也只是用嘴说说而已，如果善于引导，于国于民都有利。我也希望能为社稷做点事，困居都城，应付宴请实在让人生厌。"

"你是身在福中不以为福，百姓但求一日三餐能够吃饱就行了。当年就是因为太穷，奴婢才被卖入官家为奴，最后才来到了这里。"香质眼圈红红的，想起爹娘也不知现在如何，心中甚是悲伤。

扶苏听她说过韩国的生活，那种困苦是他无法体会的，只得同情地说道："听说赵高的夫人韩姬把爹娘接到了咸阳，你和她不是同一个地方的吗？也许她会知道一些消息。"

香质摇了摇头道："奴婢是不会登她的家门的。奴婢已托人打听，但一直没有消息。"

"你不用着急，说不定过不久就会有消息的。"扶苏安慰道。

这时，一个侍从进来禀告道："禀告公子，五大夫隗状求见。"

"快请！"扶苏忙道。

"隗大夫一定有要事与公子商议，看来公子的饭只怕又吃不成了。"香质收拾好餐具食物，退了出去。

扶苏整衣束冠，在屋门口躬身以待。

五大夫隗状是扶苏的太傅，他出生于戎狄之地。按礼戎狄之人一向被中原之国视为化外野人，不能入朝为官。秦国虽也曾被视为蛮夷之国，但对戎狄之人一样很轻视，很少有戎狄之人能在秦国取得官爵。隗状不仅取得了官爵，而且官至五大夫，乃大夫中的最高等级，并被嬴政封为扶苏的太傅，这是许多秦人都梦寐以求的荣耀。

嬴政给隗状如此高官厚禄，令许多朝臣不解，也令他们嫉妒，但是无人敢在嬴政面前非议隗状，因为非议隗状就是指责他用人不明，这是他决不能容忍的。

他扫平六国，自认为是旷世明主，其功绩可直追三皇五帝，他需要的是听命办事的臣子，而不是在他面前指手画脚。不过，他任用隗状并不仅仅是为了显示自己的权威，而是有深刻的用意。他虽然统一了天下，但并不因此而满足，因为在蛮荒的北部还有一个敌人，那就是匈奴。

他不时接到北地郡守的报告，说匈奴骑兵经常深入内地，袭扰边地之民。他没想到自己的天威竟然震慑不住那些蛮荒野人，心中很是愤怒，但他清楚现在还不能对付匈奴。天下刚刚统一，万民都渴望休养生息，他是明主，自然不能不为民着想，不过这并不妨碍他开始着手准备对付匈奴。他深知"知己知彼，百战不殆"之理，要消灭匈奴，就必须了解这些化外野人。在这种情况下，嬴政开始重用戎狄出生的隗状。

隗状不仅了解戎族的习惯，也深通中原的礼仪，为此深得嬴政的赏识，赐他高官厚禄，还让扶苏拜其为师。他这样做的用意，是让扶苏也了解匈奴，即使自己不能征服匈奴，也要让扶苏完成此志。

扶苏很快就听到了急促的脚步声，一个身材魁梧、满脸虬髯的大汉快步走了进来。

隗状虽为文官，却有着武将的本色。他像许多戎人一样精于骑射，性情豪爽。他一进门就拉住扶苏坐下道："你快坐下，我有事要对你说。"

扶苏性情柔和，与隗状甚是相投，二人常不拘礼仪，放声谈笑。

"今日早朝后大王单独召见了我，你可知道是为何事？"

扶苏迟疑了一下后问道："近日分封之事传得沸沸扬扬，该不是此事吧？"

隗状诡秘一笑道："这只是其中之一。最令人震惊的是大王要恢复左右相邦之职，不知公子能否猜出这左右相邦之职将由何人担任？"

"若论名望和权势，相邦之职非李斯和王绾二人莫属。"

"公子所言虽然考虑周全，可只猜对了一半。"

"哦，那到底是怎么回事？"扶苏有些惊奇。

隗状叹了口气道："大王行事往往出人意料，可这次却为难了我。大王竟要拜我为右相，王绾为左相。这不是让我与李斯作对吗？我自问不是相才，也不想得到此位，但大王不准我辞让，真是让人为难啊！"

扶苏没想到隗状会带来这样一个惊人的消息，不过他略一思索就知道了父王这么做的深意。他一直在读韩非的遗著，这也是父王所偏爱的，其中的御臣之术，父王每次见他都少不了要问。

李斯、王绾是朝中老臣，势力已是不小，现在天下一统，若是二人同时被拜为相，就会造成大权旁落，为了避免这种状况发生，父王就起用了隗状。他是戎人，在朝中根基不深，用他为相虽然有人不服，但是可以牵制各方势力，最终一切权力还是在父王手中。

以隗状之能，他未必不能当上右相，可是他已看出朝中的形势，不愿卷入其中，所以才有此语。于是扶苏劝道："太傅之才不下李斯、王绾，且有一项他们不及的长处，那就是对匈奴的了解。父王用太傅为相，太傅也不必推辞。只要父王相信太傅，太傅又何必担心其他朝臣呢？而且今后扶苏还要多多仰仗太傅呢！"扶苏地位未稳，需要朝中大臣支持，隗状为右相，对他来说再好不过了。

隗状今日来就是要找靠山的。他知道自己不及李斯、王绾的势力，但他是扶苏的太傅，扶苏又是朝臣公认的储君，只要有扶苏的支持，他还怕什么呢？

"公子言重了！有大王和公子的信任，我就放心了。"二人经此一谈，已取得默契。

"自从王绾向父王上了分封之议，分封之事闹得朝野皆知，不知父王作何打算？"扶苏又问道。

"这分封之举利弊皆有，就看大王如何决断。周室分封，造成诸侯林立，争战不息。若是王权衰弱，不能控制诸侯，就会反受其制，危及王室安危。但若事事依赖咸阳之令，一旦有突发之事，将不知如何应变。封建亲戚，各守其地，使其灵活应变，方能消除此虑。"

隗状这一番分析与扶苏不谋而合，他急忙问道："那太傅是如何回答的？"

"我当然极力反对。"隗状说完，扶苏才出了口气。他们都知道嬴政对权柄的重视，决不会走周室分封的路。虽然他们作此想，但分封之议在诸多大臣中都得到支持，他们也不知嬴政最终将作何决断。

齐国被灭已有一个多月，这短时间以来，嬴政忙得不可开交。除了赏赐功臣，庆祝天下统一之外，还有许多事都等着他处理，并且这些事对他和秦国来说都是第一次，处理起来也不如从前顺畅。群臣也依据自己的设想进献治国之道，各种各样令人眼花缭乱。不过有些事他必须尽快做出决定，让群臣和天下庶民都知道，今后也好令行天下。

端坐在咸阳宫大殿之上，嬴政俯视着群臣。众臣也都屏息噤声，恭敬地肃立两侧，他们知道今日对秦国来说将是不平凡的一天。

嬴政轻咳一声，沉声道："如今天下一统，百姓需要休养生息，还望众卿尽心尽力，恪尽职守，安抚天下万民。诸卿所献的治国之策，寡人也已阅毕，待日后慢慢商讨。今日，寡人要宣布一项重大决定，为了更好地处理政务，寡人决定恢复左右相职，并定名为丞相。丞者，上承寡人之命也。寡人决定封隗状为右丞相，王绾为左丞相。"

群臣甚是惊愕，显然是对隗状出任右丞相一事大感意外，纷纷低声议论起来。嬴政举手示意安静，然后威严地问道："众卿觉得有何不妥，尽可上前言明。"

百官你瞧瞧我，我瞧瞧你，见王绾、李斯、冯去疾等人均默不作声，便无人站出来反对。

"既然众卿没有异议，那就这样决定了！"

两人出列听封，王绾是御史大夫，站在百官前列，隗状官职较低，站在百官之中，走出来时，许多朝臣都用羡慕的眼光盯着他。

"御史大夫由冯劫继任。"嬴政又吩咐道。

冯劫原为廷尉属官，现在一下跃居三公，令朝臣们瞩目。

李斯闻此不由得感到丧气，自己不仅没当上丞相，而且原来的属下也跃居自己之上。冯劫是他的人，看起来是大王对他的补偿，实际上是分化他的势力。下属跃居自己之上，又怎会再任他摆布？看来大王对自己与赵高阴谄韩非之事仍耿耿于怀。

这时，嬴政突然站起来来回踱了几步，沉思起来，然后平静地说道："昔日韩王献地效玺，请为藩臣，后又背弃信约，与赵、魏合纵挑衅我大秦，故寡人兴兵诛之；谁知赵王又背弃盟约，反叛于太原，寡人不得已又兴兵征讨；魏王起初立约入服我大秦，后又与韩、赵之遗民勾结，反于新郑，寡人不得不发兵讨伐，破其大梁；楚王初献青阳之地，后又叛约击我南郡，寡人才发兵平其地得其王；燕王昏乱，太子丹暗遣荆轲刺杀寡人，所以兴兵灭其国；齐王用后胜之计，封锁西界断绝与秦交往，因此寡人出兵讨平齐地……"

这些回忆引起不少文臣武将的共鸣，因为这其中也凝聚了他们的心血，承载着他们的荣耀。不过，嬴政说这些可不是与他们共缅往昔的，他扫了群臣一眼继续说道："寡人以渺渺之身兴兵诛乱，赖宗庙神灵，使六国称臣认罪，天下始定。如今若不更改名号，就无以称颂这万世功勋，所以寡人决定重议王号！"

其实这项决定嬴政早已下发群臣商议，今日只是在朝堂之上作最后决议。

王绾闻言便立即出列奏道："昔日五帝地方不过千里，外夷和诸侯时有不服，天子也无法控制。如今大王兴义兵，诛暴贼，平定天下，法令一统，自上古以来就未曾有过。此等功业，即使五帝也不及。臣等与博士商议后认为古有天皇、地皇和泰皇。泰皇最尊贵，所以臣等认为大王应称泰皇！"

这个尊号他们早已私下进献过，今日只是在大殿上诏示群臣，以传天下。但嬴政对这个称号还有些不满意，泰皇虽然尊贵，但毕竟已有前例，而他开辟了万里疆域，自认为超过三皇五帝，其尊号也应与三皇五帝不同。他苦思几天，受曾祖秦昭襄王自称西帝的启示，想出一个前所未有的称号。他对众臣道："去掉泰字，留用皇字，再用上古之帝号，称曰皇帝。寡人为始皇帝！"

这个称号让群臣大为佩服，也只有这个称号佩得上他的功绩。李斯这时也出列奏道："商周之王自称'余一人'，今日大王自称，臣等认为应用'朕'，以示区别。其余之人均不得用此字，否则以忤逆之罪论处。大王出命改作'制'，大王所下之令改作'诏'，臣在上奏之前要说'昧死'。"

"就依此言！从现在起就一切依照新制。朕听说太古之时有号无谥，中古有号，死后以其行为谥。如此一来则子议父，臣议君，实不应该，从今以后，废掉谥法！"嬴政突然道。

群臣听了大惊，因为这一项决议，嬴政并没有下发给他们商议。

谥法，是西周时所建的礼制，是根据人的一生行为，在其死后给以确定的评价。实行这一制度，可以约束人的行为，勉励人上进。君王死后，多是臣子根据其生前所为赠以谥号。如嬴政之父死后，吕不韦和大臣根据其生前行迹赠以"庄襄"二字为谥。

嬴政取消谥法，把君王仅受的一点约束力也给解除了，从此以后他就可以毫无顾忌、为所欲为，而不用担心后人评议了。

望着高高在上、志得意满的始皇帝，不少人心中嘀咕：陛下纵然英明神武，也难免偶有失误，陛下如此刚愎自用，以后谁还敢大胆进言，纠其偏执呢？

谥法废除，群臣只好按照事先拟定的程序进行下一项议程。王绾又道："诸侯刚刚被灭，燕、齐、荆地处偏远，不在那里设置王侯，不足以镇抚当地。所以臣请陛下分封诸子，镇守四边！"几位大臣都出列上奏，所说与王绾大同小异。

"李斯，你没有上奏朕分封诸子，是否有什么不同之议？"

李斯就等着始皇发问，他对这个问题早已考虑许久了。从始皇的性情和秦国的制度来看，他知道始皇不会同意分封。虽有这么多臣子赞成分封，但这正是他显出与众不同之处，于是大胆上前奏道："昔日周室分封子弟，后来关系就疏远了，结果造成诸侯互相攻伐，而周天子却无力禁止。如今赖陛下神明，使诸侯之地皆为郡县，臣认为对皇子和有功之臣给以重赏即可，这才是安定国家的方略，分封则大可不必。"

始皇连连点头，对李斯的提议甚表满意。殿中群臣交头接耳，低声议论，谁也没想到李斯会说出一个与众不同的提议。不少臣子看出李斯此议正投始皇所好，便纷纷上前附和李斯所言。刚被封为右丞相的隗状也站出来支持李斯，朝臣顿时分成两派，以隗状、李斯、冯劫为首之臣反对分封，以王绾、冯去疾、王翦为首的臣子赞成分封。两方争论不休，都试图说服对方。

"好了，诸卿不必再争了。天下困苦，只因诸侯分立、争战不止。赖宗庙之福，天下始才平定，若再分封诸侯，岂不是树兵立祸，天下何以宁息？朕已决定，不再分封，将天下分为若干郡县予以治理。"始皇迅速做出决定，令王绾等人失望之余更是担心，因为他们提出分封其实也是为了社稷着想。

燕、齐、荆等地离咸阳几千里之遥，若事事依赖咸阳之令，一旦有事就难以应付。再说边远之地的郡守、县令，若暗违朝廷之令，也无疑是一方诸侯，为祸作乱将更加无所顾忌。无奈他们所说不对始皇心思，其提议也就难以通过。

几项大事议毕，政令也相继而出，始皇下诏颁令天下施行——

一、改易历数，确立正朔。根据终始五德之言，按照金木水火土相生相克之理，秦代周当得水德，一年的起始之日定为农历十月初一。水在颜色上主黑，所以服色、旌旗、旄节皆以黑色为主。水在数字上主一、六，所以兵符、节符、法冠皆六寸，车舆长六丈，六尺为一步，六马为一乘。

二、天下分为三十六郡，分别为上郡、巴郡、汉中郡、蜀郡、河东郡、上党郡、太原郡、雁门郡、代郡、陇西郡、北地郡、南郡、南阳郡、三川郡、东郡、云中郡、颍川郡、邯郸郡、钜鹿郡、上谷郡、渔阳郡、右北平郡、辽西郡、砀郡、泗水郡、桂林郡、象郡、齐郡、黔中郡、九江郡、辽东郡、会稽郡、长沙郡、广阳郡、陈郡和闽中郡，关中之地则为内史，不在三十六郡之内。每郡设有郡守，负责掌治全郡；设郡尉，负责掌佐武职兵卒；设监御史，负责监察郡守及郡的治理情况。郡下设县，县有县令、县丞、县尉。县下设乡或亭，乡有三老（掌教化）、啬夫（司狱讼及征收赋税）、游徼（巡禁盗贼）。亭与乡相同。乡下设里，百户为一里，里有里宰管理。

三、将民间兵器收到咸阳，铸成钟锯，其余铸成十二个各重十二万斤的金人。

四、推行以秦国为准的度量衡制，统一钱币，统一文字，以《仓颉篇》作为推行天下的文字范本。

五、将散居天下的富豪十二万户迁至咸阳。

……

一系列巩固天下的政策诏告后，始皇才安下心来。他相信这些政策实行之后，就再也没有人能撼动他的江山了。

第十六章

扶苏大婚娶闺秀　始皇率性封泰山

天下归秦，给商贾打开了方便之门，他们来往于各地，再也不用担心因争战而阻隔交通，或被当作奸细而不明不白地被处死。

帝都咸阳，自从十二万富豪被迁至这里后，便成了天下商贾的向往之地。城外的灞上，历来是秦人送客的分别之地。从这里有一条大道直通函谷关，出了函谷关向东可至琅琊郡，向北可至辽西郡。而另一条道直通武关，向南可至闽中郡。

进出咸阳，都要经过灞上。为了方便，有人在此搭了一方大棚，棚下东一块西一块铺着硬席。友好相熟之人围席而坐，作最后的话别。在大棚的一角烧着茶水，还有一些食物水果，只要付上几个铜钱，就可以买上一些。一些商贾在此停歇之际，交流着各地行情，讲述着奇闻趣事。

一个从楚地来的商贾道："这次去南郡收贷，我听到一件奇事，与我交款之人雇了一人给他放羊，你们可知是何人？"

围坐在一起的商贾颇感兴趣地问道："替人放羊的能是什么人？"

"说出来你们都不信！那人曾是王族，楚顷襄王的儿子、考烈王的异母弟，也曾是一方君侯啊！"楚商略带感慨。

一个齐地口音的商贾叹道："这还算好的。我经过共地时，听说被安置在那里的齐王被困在松柏林中活活饿死了！他可曾是一国之君啊！昔日的齐人到处传唱一首歌谣叹息此事。"

"什么歌谣?"有人追问道。

那个齐商不做回答,用悲愤的齐音唱道:"松耶,柏耶,住建共者客耶!松耶,柏耶,住建共者客耶!"

这歌声引发一片叹息之声,虽然秦国统一了天下,对他们这些商贾大有好处,但他们的国家毕竟亡了,亲友也有的为国战死了,纵然他们再重利忘义,也不能忘了自己的血脉之源。

离他们不远处,有五个人正在听着他们的谈话。从他们坐的姿态看,可知是三主二仆。三人之中有两个年纪相当,看上去都年近四十。另一个须发皆白,已有六旬上下。

"陛下对六国诸侯太过苛刻,使他们昔日的臣民都心有怨愤,若不善加疏导,必有后患啊!"那个须发皆白的老者叹道。

"父亲所虑甚是,可惜陛下听不到这等言论。"一个看上去精明练达的壮汉接道。

另一个看上去较为敦厚朴实之人道:"若陛下听到这些言论,恐怕又是一场腥风血雨。如今陛下身边多是阿谀奉承之人,听到的尽是万民咸服、天下安定的奉承。你没见赵高趾高气扬的样子,一个中车府令,连左右丞相竟也要看他的脸色,听说陛下最近又封他为幼公子胡亥的太傅。"

这说话的正是蒙家父子。等蒙恬说完后,蒙毅又担心道:"陛下因清扬夫人之故,一直对胡亥甚是宠爱。赵高心计深沉,为胡亥之师怕不是什么好事!"

蒙武叹了口气道:"我们进言,只会惹陛下不快。你们没见王老将军每日引着孙子垂钓于渭水,这才是明智之举啊!你母已逝,为父也想出去散散心,顺便寻访一位故人。十五年前,为父在此送走一个奇人,他那时就预见天下会有今日,也看穿了陛下的为人,毅然抛弃荣华富贵飘然而去。为父真希望能再寻到他,以解心中疑惑。"

"父亲说的可是国尉缭?孩儿从他的兵书中受益匪浅。"始皇曾赐蒙恬和王贲《尉缭子兵法》,以示对他们的宠爱。

"你要深研此书,以后一定还用得上。陛下用隗状为相,应该不仅是为了均衡朝中势力,一定还有更深的意思。"蒙武叮嘱道。

兄弟俩互相看了一眼，心中已经明白，不过蒙毅还是有些不放心："孩儿心中明白。只是父亲年迈，出门在外孩儿和大哥都不放心。"

"有他们两个在，你们不用担心。各地守军也有为父的旧部，有什么可虑的？"蒙武指着身后两个虎背熊腰的壮汉。

两个壮汉也同时向蒙恬和蒙毅保证道："两位公子放心，有属下在，绝不会让老将军有丝毫损伤。"

蒙恬点头道："涉、邯，你们跟着老将军要好好请教！"

"你倒会打算，让为父为你培养人才！"

"他们随孩儿征战多年，都是可造之才。此次随父亲出游，正可长长见识！"

蒙武颔首应道："这你大可放心。蒙毅，为父只是有些担心你。你在陛下身边出入，可要小心赵高，别以为他只会阿谀奉承，他也有过人之处，你要小心与之相处。此次出游，为父已向陛下禀明，陛下叮嘱我要注意天下民情及诸侯余孽，所以此行并不轻松。好了，天色不早了，你们回去吧，为父也该起程了。"

那群商贾不知何时已经离去，大棚中只剩他们五人。两兄弟起身恭送，望着老父的背影，二人不胜感叹。他们看出父亲对陛下的感情甚深，虽然看不惯他亲近佞臣，但仍然为其奔走天下，为社稷操心。

蒙恬叮嘱道："你在陛下身边，不比为兄在外为将，父亲的话你要牢记。"

"小弟明白。其实陛下也并非变得只图享乐，不理政事。朝中政令哪一条不是经他批阅之后才颁行天下的？只是现在这些事比起征伐六国的军报让陛下安心了很多。再说李斯、王绾、隗状都是能干之臣，也为陛下省去不少心力。"

"可是天下刚定，安抚百姓，休养生息，都是刻不容缓之事。现在虽然战事减少，百姓不用为兵役担心，但徭役却增多了。陛下出巡陇西、北地之后，就要开始建信宫、修驰道了。为兄担心如此下去，非社稷之福啊！"

蒙毅听后苦笑道："兄长所虑又何尝不是小弟所担心的呢？但这些事

陛下都认为有必要进行，也有能力完成，所以不容人进言啊！"

兄弟二人又议论一阵，便各自坐车回府。

果然不出蒙家兄弟所料，始皇出巡陇西、北地后，不仅开始建信宫、修驰道，而且还广征民力，开始扩修阿房宫。

信宫在渭水之南，宫成之后，始皇改名为极庙，以此相比天极。天极乃天帝所居之处，而他所居之极庙乃人间之中心，象征其受天帝之意主宰人间。此地既是敬天祭祖之地，也是处理军国政事的场所。原先祭祀、庆典都要到雍城去举行，因为那里是秦室宗庙所在之地，而处理军国政事往往在咸阳宫中，这样既不方便，也显示不出一统天下后的气派，所以始皇巡游归来，即开始建极庙。

极庙落成，他又修一条大道连接骊山，还在极庙之中建造了甘泉前殿，用一条甬道（两侧筑有围墙和屏障之道）与咸阳相连，使整个宫殿连为一体。

始皇出巡时，因为各地道路宽窄不同，路面状况也不相同，不仅饱受颠簸之苦，而且庞大的仪仗车队由于道路过窄，难以列队而行，以致队形散乱显示不出威仪，回来之后，他即下令兴修驰道。

以咸阳为中心，驰道通向天下各处。东穷燕齐，南达吴楚，把各郡都连接了起来。驰道面宽五十步，高起于四周平地，地面坚实，经得住车轮的碾压，路两旁每隔三丈植树一棵。有了这些大道，他调兵遣将更加迅捷，不管哪里出现动乱，都可迅速赶到。

做完这些，始皇想起先祖惠文王曾想建阿房宫，但没能实现就去世了，现在他富有四海，应该完成先祖的遗愿，告慰他的在天之灵。不过，建信宫、修驰道征用民力已多，始皇不得不缩小规模，只召集了不多的匠人在原有的基础上扩建。

这么多事却并没让他感到忙碌，因为许多事只要他说出想法，下达命令，王绾、隗状、李斯、赵高等人就会全力去办。他们个个精明能干，根本不用他操什么心。于是，他就把过人的精力转移到内宫之中。六国宫室是他流连忘返之地，诸多皇子、公主的事也开始过问。

当他得知扶苏还未立夫人，便为其定了一门亲事，让他娶王绾之女为夫人，并命太卜择吉日成亲。扶苏乍听此消息，呆立当场。

望着扶苏失魂落魄的样子，始皇问道："怎么？你对朕定的这门亲事不满意？朕派赵高为媒，见过王绾之女，才貌俱佳，你就放心吧！"

扶苏怯怯地回道："儿臣……儿臣还不想立夫人。"

始皇奇怪地看着他道："不想立夫人？你都二十一了，又是朕的长子，再不立夫人于礼不合。看看你的几个弟弟，都为朕添了皇孙。"

扶苏知道父皇一旦决定，想要更改起来就十分困难，趁父皇现在还不是很坚定，他便硬着头皮道："儿臣已心中有人。"

始皇笑道："怪不得。那你告诉朕是哪家的小姐？如果合适，父皇也不勉强你！"

扶苏低声道："是儿臣的侍女香质。"

"香质？"始皇皱紧眉头，这个名字他似乎听说过，但一时又想不起来。

一直躬身站在一旁的赵高走到始皇身旁，耳语了几句。始皇听后一拍案几，怒声道："不行！绝对不行！你是朕的长子，怎可立一贱奴为夫人？让天下人知晓，岂不耻笑？你把她收为姬妾，朕不管你，但绝不能立为夫人！你回去好好准备，择吉日成亲！"

不容扶苏再分辩，始皇就把他斥退。赵高看着扶苏垂头丧气的样子，心中暗自高兴。他与香质已结下仇怨，怎能让她成为长公子夫人？这不是给自己树一大敌吗？见始皇暴怒的样子，他知道自己的话已起了作用，但与扶苏的仇怨也怕越来越深了。不过他也没指望在扶苏身上下功夫，他已掌握了胡亥，现在只有想办法打击扶苏，扶植胡亥。

见扶苏离去，赵高又道："其实这也不能怪长公子，香质此女妖媚迷人，公子一定是受了迷惑。陛下，这等女子长久待在公子身边，只怕会对公子不利啊！"

"一个女子能成什么事？只要不立为夫人，就由他去吧。看扶苏这样子，只怕对此女用情已深，朕也不能逼迫他。唉，扶苏太怯弱了，朕百年之后，万里江山交与他真让朕难以放心。"

赵高最不愿听到的就是始皇说这些话，扶苏若为储君，只怕就没有他立足之地了。所以最好能打消始皇这个念头，要是换成胡亥就再好不过了。

见始皇对扶苏不满，赵高就顺着他的语意道："陛下所虑甚是，这万里江山需要像陛下这样的雄霸之主才能统治。陛下正值龙虎之年，何必为这些事操心呢？也许陛下能永远统治这万里江山呢！"

"永远统治？这怎么可能！"始皇摇了摇头。

赵高忙进言道："陛下，奴婢听说成仙得道之人，能炼成不死仙丹。陛下现在富有四海，若举全国之力寻访这种人，不就可以永远统治这万里江山吗？"

"这也只是传说而已，怎可信以为真？"

"民间传说，并非空穴来风。依奴婢看，陛下一统天下，功盖三皇五帝，没有人比陛下更合适得到这不死丹药。"赵高又进一步吹捧。

始皇有些心动，若能永久统治这万里江山，他就不必为后继之人发愁了。可那神仙丹药之事，又太过虚无缥缈了。他强压住心中的向往道："此事留待日后再说吧！胡亥最近怎么样了？朕好些日子没有见到他了。"

赵高见始皇已经心动，目的已经达到，若过于强调此事，只怕会引起疑心和反感，于是他也赶紧转变话题道："陛下不问，奴婢险些忘了。幼公子前几日猎得一珍贵白狐，皮毛似雪，细腻柔软。他说要献给陛下，却一直不得召见，所以让奴婢代禀一声。"

"难得他年岁尚小，就懂得仁孝之道。朕把他交给你，你可要好生教导。"始皇听了赵高的禀告后，心中甚是高兴。

"奴婢一定尽心竭力！但是奴婢只懂刑狱之学，怕误了公子前程，陛下还是另择贤士做幼公子的太傅吧？"赵高见始皇夸奖胡亥，心中也甚是高兴，但仍装作小心谨慎的样子。

"朕以法治国，以吏为师，需要的就是你这等人。儒士博学善辩，但治事不行，胡亥不能再找那些儒士为师，不然将来又和扶苏一样。"始皇此语，让赵高看到一丝扳倒扶苏的希望。

扶苏怀着失望的心情回到府中，父皇怒不可遏的样子让他感到害怕，他担心若再坚持下去，父皇一怒之下定会下令杀了香质。更令他气愤的是赵高，不知他在父皇面前说了什么，竟让父皇如此生气，连申辩的机会都没有。

我一旦掌权，一定让你不得好死！扶苏在心中暗自咒骂。

香质见他脸色难看，关切地问道："公子怎么啦？是不是陛下又责怪你了？"

扶苏不知该如何开口，但一想到此事香质早晚会知道，便垂头丧气道："父皇要我迎娶左丞相王绾之女为夫人，择吉日就要成亲。"

香质闻言心神一震，但仍强装笑脸道："那公子还有什么不高兴的？此事陛下亲自过问，恐怕已不容你再推辞了，这个家正缺一个女主人呢！"

"可是我只想让你成为后堂女主人！"扶苏再也不顾一切，说出了内心的话。

香质没想到扶苏会这么直白地表露心迹，虽然她早已猜到扶苏之意，但一直不愿意相信。面对扶苏灼灼的目光，她不禁有些手足无措。若现在有丝毫不慎，只怕会影响他以后的前程。想到此，香质故作不经意道："公子不要取笑奴婢了，奴婢哪有这种福气！这是奴婢熬的八珍汤，公子还是趁热喝了吧？"

香质左一声"奴婢"，右一声"奴婢"，显然是在提醒扶苏他们身份不配。说完之后，她不理扶苏的呼唤，径自回到房中，忍不住珠泪涟涟。

她是一个贱奴，没资格要求什么。只要王绾之女进入府中，她就不可能再像这样与扶苏亲密无间了。可这么多年她与扶苏的感情早已超过主仆之情，平常不觉得什么，一旦改变就有痛彻心扉的感觉。扶苏是嫡长子，虽未被立为太子，但已被朝中上下视为名正言顺的继承人。他应该有一位身份高贵的夫人，将来才能母仪天下。何况他对自己还有救命之恩，自己无论如何不能连累他。香质打定主意，又回来对扶苏道："公子以后这里就有人照料了，就让奴婢进宫去服侍皇后吧？"

"我不让你走！如果你离开，我也走。"扶苏不容置辩的语气让香质觉得他绝不是信口开河。

"那好，奴婢就不进宫了。不过公子的心意奴婢已经明白，日后夫人进府决不可再说出这种话来，不然奴婢就无以立足了。公子的前程若是因奴婢受阻，奴婢更是罪不可恕！"香质只好退了一步。

扶苏流泪道："你又何必如此？我宁愿与你遁隐深山，也……"

香质跪倒在扶苏面前："公子再如此说，奴婢就自决于此！"

扶苏扶起香质，二人都泪流满面。这也许是他们最后痛叙心怀的机会了，可二人什么也说不出来……

一个月后，扶苏大婚，始皇又令天下臣民大庆。各地郡守上书，称百姓感谢陛下天恩。始皇高兴之余，总觉得缺点什么。

李斯不失时机地进言道："陛下上承天意，下抚黎民，有平定天下之功。古时天子为显其功，封禅泰山。陛下开辟万里疆域，功追上古天子，理应行封禅之礼，使天下臣民明白陛下乃是受命于天，代天行事。"

始皇本有再度出巡之意，想看看畅通天下的驰道到底修得如何，但一直找不到名正言顺的理由。第一次巡游之后，他就喜欢上了这种方式，不仅可以巡视四方，体察民情，还可以显示帝王威仪。

李斯的进言正合他的心意，可他对封禅泰山之礼所知有限，只知道这是天子才能行的大礼，至于来历以及如何举行都不清楚。

"这封禅之礼到底如何，朕不甚清楚，爱卿可否为朕解释一二？"

李斯博通天下之事，但始皇这一问却也使他十分为难。因为礼仪之学是儒家研究最为透彻的，他向始皇进献此言，是为其找一个出巡的理由，虽然事先有所准备，但所知也甚是有限，只好尽力回道："封禅是上古传下来的大礼，至今只传了七十二代。周室规定只有天子才可以祭祀泰山，诸侯只能祭祀境内之山。至于封禅泰山之礼具体如何进行，臣也不甚清楚。不过儒生一向以知礼而自居，陛下可招来相问。"

始皇知道这是李斯之短，也就没再追问。他欲封禅也别有深意，泰山在齐地，他正可借机巡视。这里是秦国最后征服的地方，不少不愿受秦国统治的人都聚集在这里。齐鲁之地又是儒学繁荣之地，儒学家们主张以礼治国，对秦国重法轻儒、严刑峻法的统治甚是不满。六国旧臣与儒学家们互相支持，使齐地经常传来治理不力的消息。始皇深知只有亲巡，才能慑服这些妄图谋反者。

可有些大臣对始皇封禅泰山并不理解，他们认为兴师动众只为了向臣民显示威风，甚是不值。王绾就婉言劝谏道："陛下封禅泰山，必然兴师动众。可如今天下刚定，诸侯余孽尚未肃清，特别是齐鲁之地，诸多不愿侍奉秦国之人聚集于此。臣担心他们反心不死，惊扰圣驾。"

隗状也进言："据臣所知，封禅之礼只有周成王及其以后几位君王行过，周室东迁后再没行过此大礼。昔日齐桓公雄霸诸侯，也想行此封禅大礼，但被管仲所阻。管仲言道：'天下没有出现符瑞祥兆而行封禅之礼，反会惹怒天帝，降灾祸于齐。'臣以为应慎行为好。"

李斯见左右丞相都反对自己，便暗中示意御史大夫冯劫上前进言。冯劫见李斯向他求助，自然不好拒绝。但他若出言反对王绾和隗状，必然把二人都得罪。二者相较，王绾势大，又与陛下有姻亲关系，而隗状虽然位列王绾之上，但在朝中势力单薄。于是他便出言反驳隗状道："齐桓公只是一方诸侯，怎能与陛下相比？陛下扫灭诸侯，一统天下，正是上承天意，其符瑞祥兆早在文公时就已出现。文公猎黑龙，得水德之瑞，方能灭周室，此时正应封禅泰山，回应天帝，以谢上天庇佑之恩。"

隗状没想到冯劫之言全冲着自己而来，正待出言辩驳，却被始皇制止："两位爱卿所言都有道理，不必再争了。"

几位大臣的微妙关系正是他一手造成的，他深谙其中厉害。若冯劫与隗状反目，势必完全依靠李斯，而隗状也会寻王绾为靠山。两派对立比众臣各自为政要难以控制，嬴政适时制止，不使二人关系过于紧张。他已决定东巡，但必须对王绾和隗状有所安抚，于是对二人道："两位爱卿都言之有理，都是为朕和社稷考虑，其实朕并非只为了封禅泰山，主要还是想巡视齐鲁，体察民情，扫清诸侯余孽。"

始皇此说，使众臣都感到满意。王绾、隗状觉得始皇接受李斯之议，只不过是顺便而行，并非全听李斯之言；李斯、冯劫也觉得始皇最终接受了提议，说明他们还是占了上风。

东巡之议既然已经决定，始皇便吩咐文武百官前去准备。这次他决定把文武重臣都带上，只留下扶苏负责处理日常政事，并让蒙毅辅佐他。他还要大摆车驾，显示皇帝的威严，让天下万民都知道他是受命于天，不可抗拒。

秦始皇二十八年（公元前 219 年），一切准备就绪之后，嬴政于四月率领庞大的车队东巡。为了显示皇帝的威仪，在群臣的策划下，车队兼具各诸侯出巡仪仗之气派。

车队最前是辟恶车，上有桃木弓、芦苇矢。可射死恶鬼，用来除不祥之兆。前面的随从属车罩以虎皮，最后两辆车则悬以豹尾。属车按五行配五色，分为五色安车和五色立车，又按五行方位簇拥着始皇的金根车。

金根车由六匹纯黑的河曲马拉着，每匹马都膘肥体壮，皮毛油光发亮，马头上套着金银络头。金根车的车盖似一张巨大的穹窿，四壁都绘有色彩艳丽的夔龙凤卷云纹，连车衡两端及驾马的轭钩都裹银镂花。御马车夫都头戴切云冠，腰佩玉饰，个个精神抖擞，威武雄壮。

金根车之后就是八十一辆大驾属车，里面坐着随行姬妾及文武重臣。

车队前后各有数千名精心挑选的虎贲军，他们骑在战马上，手中或持着长戈巨斧或撑着象征皇帝威仪的五彩旌旗。

一路行来，百姓争相观望。行至阿房宫工地，泗水亭长刘邦正带领民工在此服徭役，他看见始皇出巡的车队，仰天长叹道："嗟乎！大丈夫当如此矣！"

车队一路东行至邹峄山下，进入齐郡境内。邹峄山雄伟挺拔，又正值仲春时节，春光明媚，始皇决定带领众臣上山一游。游毕，始皇命李斯撰文，立碑刻辞：

> 皇帝立国，维初在昔，嗣世称王。
> 讨伐乱逆，威动四极，武义直方。
> 戎臣奉诏，经时不久，灭六暴强。
> 廿有六年，上荐高号，孝道显明。
> 既献泰成，乃降溥惠，亲巡远方。
> 登于峄山，群臣从者，咸思攸长。
> 追念乱世，分土建邦，以开争理。

攻战日作，流血于野，自泰古始。

世无万数，施及五帝，莫能禁止。

乃今皇帝，壹家天下，兵不复起。

灾害灭除，黔首康定，利泽长久。

群臣诵略，刻此乐石，以著经纪。

……

车队离开邹峄山，直驰泰山。齐郡郡守领着地方官吏和七十个当地最有名的儒生，早已在那里恭候大驾。

这些儒生接到始皇旨意，要拟定封禅的具体礼仪，这让他们很为难。按说儒家以知礼守礼著称，泰山封禅乃天下大礼，应该难不住他们。可自周室东迁后，就再没行过此礼。孔子曾研讨上古遗留的文籍典册，欲恢复此古礼，但因文献不足，且天下诸侯混战愈演愈烈，也就没向弟子传授封禅泰山的具体礼仪，所以这些儒生也不甚清楚。但他们不愿失去这个与始皇接触的机会，秦国一向重法轻儒，若能以此事博得始皇欢心，也许以后儒生就能进入庙堂之中。

于是，七十个儒生遍研孔孟二子传下的典籍，参照各种封祭大礼，整理出一套庄严、肃穆的封禅仪式，进献给始皇。始皇看了他们的奏章，奇怪地问道："封禅之礼难道竟如此简单？"

原来众儒生本着大礼崇尚质朴的原则，让始皇以蒲草裹车轮登山，上到山顶，扫地而祭，上铺秸席而坐，祈祷天帝。

众儒生以为始皇真嫌此礼简单，连忙解释道："陛下，此礼看似俭朴，但实行起来并非易事。"

始皇一眼就看穿此封禅之礼有些不合实际，心中已大骂这些儒生迂腐。这么庞大的车队不伤及山上草木土石根本就不可能，再说短时间内也难以寻到那么多的蒲草包裹车轮，若让他率领文武重臣爬上这么高的泰山，又怎能体现他皇帝的威仪？

听了儒生解释之言，始皇不怒反笑道："此礼果不简单！不过按你等所说，朕只有一步步爬上这泰山之巅了。如若不然，你们就教朕一个带着车队上山，又不伤及草木土石的办法。"

群儒这才听出始皇的不满，他们意识到犯了一个极大的错误，忽视了始皇耀武扬威的心理。但此时他们也只有硬着头皮坚持下去，若为了迎合始皇的喜好而更改礼仪，那儒家知礼守礼之名将不攻自破。

始皇不想再听这些儒生啰嗦，便对齐郡郡守道："这些人你从哪里弄来的就送回哪里去！真扫朕的兴！"

齐郡郡守被吓得面如土色，他本以为能获得皇上的赏识，却没想到碰了一鼻子灰。

儒生们见辛苦一场，反而受到始皇的呵斥，心中都甚是气愤，但在刀剑之下只得缄默。齐郡郡守把他们每人训斥了一顿，并赶回原籍，下令永不得举荐这些儒生为官。

盼望的荣华富贵没有得到，反而受了一肚子窝囊气，儒生们绝了取荣华富贵的想法。他们对始皇暗怀仇恨，到处宣扬他是一个不知礼仪的狂妄之君。

虽然始皇斥退众儒生，但封禅大典还是要进行。既然具体礼仪没有人清楚，始皇干脆凭自己喜好率性而为。

他调来士卒从泰山之南开山辟路，修了一条大道直通山顶。之后就领着车队直驱而上，然后由太祝主持，仿照雍地祭祀天帝的礼仪举行封禅仪式。始皇心中颇为得意，便令李斯作文，刻石颂功：

皇帝临位，作制明法，臣下修饬。

廿有六年，初并天下，罔不宾服。

亲巡远黎，登兹泰山，周览东极。

从臣思迹，本原事业，祗诵功德。

治道运行，诸产得宜，皆有法式。

大义休明，垂于后世，顺承勿革。

皇帝躬圣，既平天下，不懈于治。

夙兴夜寐，建设长利，专隆教诲。

训经宣达，远近毕理，咸承圣志。

贵贱分明，男女礼顺，慎遵职事。

昭隔内外，靡不清净，施于后嗣。

化及无穷，遵奉遗诏，永承重戒。

封禅完毕，始皇率领着车队下山。行至半山腰时，突然狂风大作，漫天乌云滚滚而来。士卒越来越难以撑住大旗，不断有人被吹落马下，致使马匹受惊，在车队中乱窜，几个士卒竟被挤落悬崖。

看着头顶滚滚的乌云，始皇有些心悸，怕是自己没按儒生的礼仪祭祀而惹怒了天帝。

"陛下，就要下大雨了，是不是找个地方避一避?"赵高禀告道，他一直随侍在左右。

可在这半山腰中到哪里去寻避雨之处? 始皇正在犹豫，赵高又禀道："陛下，前面有棵松树遮天蔽日，可以避雨。"

这狂风令人心惊，等会儿若暴雨来了，他就和士卒一样狼狈了，岂不有损帝王威仪?

"好吧，就在那松树之下暂避一下。"天帝发了怒，他也只有躲避了。

始皇刚至大松树底下，暴雨随即而至。他打量着那棵松树，足有两人环抱那么粗，枝叶伸展四方，浓密至极，看不到一点空隙。

暴雨一至，车队更是慌乱。始皇见树下尚有不小的空地，便吩咐近侍把几个重要的文武大臣叫来避雨。不一会儿，就见隗状、王绾、李斯和王翦父子湿淋淋地赶至树下。

看见他们狼狈的样子，始皇暗自庆幸自己早来了一步："诸位爱卿都淋坏了吧，快到这树下暂避一下。"

几位臣子都颇感尴尬。他们平时都仪表严谨，神情庄重，一场大雨却让他们变得狼狈不堪。树下不时也有雨滴渗下，但比外面要强了许多。近侍还在始皇头上撑了一个冠盖，使他没有受到一点风雨之苦。

众臣谢过始皇相召避雨之恩，但看见始皇身后的赵高没被淋湿多少，心中都不是滋味。他们默然站在树下，没有一人开口说话。

始皇却喜滋滋道："这棵树为朕挡雨，使朕免受风雨之苦。若它是人，朕就要好好地赏它！"

赵高立即上前谄媚道："陛下，您上承天意统治人间，就算是树也一样可以封赏！"

"你说得对！那朕封它什么好呢？嗯……就赐它五大夫爵吧！"始皇略一沉吟，自顾自道，"只要有功，不管是什么，朕都会封赏！"

几位大臣面面相觑，没想到一棵普通的大树一下成为大夫中最尊贵一级，他们都知道这话是说给他们听的，但大家都只是默默地站在那里没说一句话。

暴雨来得快去得也快，很快天空又放晴了，始皇下令下山。车队已不见上山时的威风，士卒们个个如落汤之鸡，旌旗不展，犹如一支败军。

儒生们知道始皇狼狈下山的情形后，更是到处宣扬他不守古礼，惹怒天帝，降暴雨以示惩罚。

封完泰山，始皇继续东巡。他先至临淄，在原齐王的宫殿中住了几日，然后继续东行，经黄（今山东黄县）、腄（今山东福山）两地，上成山（今山东荣成境内）、登芝罘（今山东烟台北），立石颂秦德后离去。

每经一地，始皇必召当地郡守或县令前来询问，主要是了解民情、政务，重点查访诸侯遗族是否有不轨之举，其次是了解各地郡守、县令对秦律的执行情况。

秦法严峻，六国百姓都不适应。天下统一后，秦律颁行天下，使天下之民尽知其法，但仍不时传来边地之民违法犯禁、聚众作乱的消息。始皇亲自考问各地官吏，查问其执法审案的情况，发现枉法徇私者，一律严加惩治，这使沿路的官吏都有些胆战心惊。

虽然一路上风风光光，可是始皇总觉得不是很满意，因为随行的姬妾已让他感到腻烦。当赵高小心翼翼询问让哪位姬妾侍寝时，他没好气地说道："还能是谁？不就是那几个人！算了，朕都烦了！"

赵高觉出始皇的不快，这段时日他就一直很小心地服侍着，此刻始皇的语气更确定了他的猜想是正确的，心中便有了打算："陛下，您也不用烦恼，奴婢有一策可解陛下烦忧，只不过……"

"不过什么？难道你让人把咸阳的美人送来？"始皇有些不明白，但赵高的话已提起了他的兴趣。

"陛下，奴婢的意思是不妨就地搜寻美女，这样既免了宫中姬妾奔波之苦，陛下也可见识天下的美女。"赵高低声建议道。

"这倒是个办法，不过……"始皇听了很是心动，但又有些犹豫不决。他担心此事若传扬出去，说他出巡只是为了搜罗天下美女，岂不有损英明圣主的威名？

见始皇迟疑，赵高赶紧补充道："陛下若觉得不便惊动各地郡守，那奴婢便先行一步，为陛下安排好一切！"

赵高的办事能力始皇是毫不怀疑的，但这又无疑给了他一项谋取好处的特权，所以他心中有些不放心。

只要自己小心一点，还怕他捣什么鬼！始皇思前想后，还是受不了这个诱惑，对赵高点头道："那好吧，你就去做这件事吧！不过朕若是听到什么不好的议论，那就别怪朕无情了！"

"奴婢明白！陛下但请放心，如果出了什么问题，唯奴婢是问。"赵高知道自己在理政方面不如李斯、王绾、隗状等人，只有在这些方面为始皇出力，让他感觉到自己的用处，才会对他产生依赖之心。

一路上，赵高成了秘密的选美钦使。他借机搜刮钱财，中饱私囊。各地官吏也知道他是始皇面前的红人，平时巴结还来不及，所以即使知道他敲诈勒索也不在意。

以后每晚，始皇都可见到不同风味的各地美女，让他感觉比在咸阳城中的六国宫室还要快活。始皇心情大悦，一路前行直抵琅琊郡。

琅琊郡位于黄海之畔，原是东夷、淮夷所居之地。从西周至春秋，这里一直是蛮荒野地，不为世人所知。至吴越争霸之时，越王勾践灭吴，北上称霸中原，把都城迁于此地，世人才知琅琊之名。勾践曾在琅琊造了一座观海台，并在此台上号令诸侯尊周攘夷。

始皇登上琅琊台，被这里的奇美海景所吸引，遥想当年勾践在此号令诸侯的情景，他不禁有些心驰神往。

但这座琅琊台历经了二百多年的风雨，已残破不堪，让他觉得有些遗憾。他决定恢复往日盛景，下令迁徙三万户庶民至此，并免除他们十二年的租税，以使他们能够在此安居下来。

为了显示自己是天下之君，他还造了一座比这还要高大的琅琊台，并一同造了一座行宫。他每日除了在行宫中寻欢作乐，就是在琅琊台上观赏海景。

琅琊台建在一座伸入海中的高山上，三面是陡峭的绝壁，四处海景，尽收眼底。这一日，始皇又带领众大臣登上琅琊台，观赏海景。忽然，他听见有人惊呼："快看！那是什么？"

始皇循声望去，只见在海中出现了一座金碧辉煌的楼阁。那座楼阁悬浮在空中，闪闪烁烁。

那里原本什么都没有的，这是怎么回事？始皇心中极度震惊。

这时，随行之人中有人跪下来磕头不止，边磕头还边道："仙岛！那是仙岛啊！天帝显灵了！"

接着，呼啦啦跪下一大片人，个个磕头不止。

李斯上前向始皇跪奏道："陛下，这是天降祥瑞，佑我大秦啊！陛下定能永固江山，万岁，万岁，万万岁！"众大臣也随之跪下，山呼万岁。

朕见到了仙岛！朕见到了仙岛！看来这世上有仙人不假。朕得到天帝之佑，还有什么可以担心的！始皇更是激动不已，他也跪了下来，拜谢天帝的庇佑。

不一会儿，仙岛就消失了，恢复了往日晴日当空、碧浪翻涌的景象。

始皇在琅琊台上看见仙岛的消息迅速传开，琅琊术士借机上书，言称海中有三座神山，名曰蓬莱、方丈、瀛洲，山上住有仙人，仙人有不死仙丹，要求始皇派他们去求取仙丹。

众术士的进言让始皇既心动，又疑惑。他想得到不死仙丹，那就可以永远统治这万里江山，但术士所说的毕竟是虚无缥缈之事。那日所见也只是迷迷糊糊的一瞬，事后想来，除了那高呼的"万岁"之声，其余都不甚清晰。他决定把术士之首徐福叫来问一问，然后再决定是否派他们去寻仙药。

徐福是琅琊有名的方士，早年曾从师儒生，后见儒生并不受重视，便改习练方术。在众多的方士中，他以星象占卜闻名，再加上所学庞杂，又能言善辩，精于察言观色，很快便成为齐地方士之首。

始皇见到徐福就直言问道："爱卿上书称海中有三座神山，其描述细致入微，朕看了甚是疑惑，不知爱卿是否到过那里？"

徐福年约三旬左右，三缕长髯垂于胸前，让人感到有几分神仙之气。他一听始皇此言，就知道他对三座神山之事半信半疑，因此毫不犹豫地答道："是的，臣曾到过方丈山。那里飞禽走兽皆为白色，遍地是奇花异草，宫阙皆为金银所造。山上长有长生之果，凡人食之则长生不死。但臣福薄，却不得食此长生之果？"

"那是为何？"始皇有些奇怪。

"仙人晓谕臣，若福薄之人食此长生之果，虽能长生不死，但会变成飞禽走兽。所以神山之上仙人少，而飞禽走兽众。仙人告诉臣若能使福厚之人得此长生之果，则受其福荫才能成为仙人。"

始皇不由得兴趣更浓，忙追问道："那何谓福厚之人呢？"

"福厚之人就是上承天意、泽被万生之人！"徐福回答得斩钉截铁。

上承天意、泽被万生？那不就是指的朕吗？朕受命于天，统治人间万物，万民不就是受朕之恩泽才免于战乱之苦吗？始皇想到这里，不由焦急地问道："那爱卿看朕是否为福厚之人？"

"陛下若不是福厚之人，则天下再难找出第二人！"

"爱卿所言属实吗？朕真能见到神山？"始皇不禁有些欣喜若狂。

"臣若所言不实，愿被磔刑处死！"

磔刑即车裂酷刑，徐福这样说遂使始皇深信不疑。

"那朕何时能见到神山？"

"陛下只要听臣的安排，就一定能再见到神山。具体时日臣也不清楚，要得仙人指点才能知道，但一定不会超出一月！"徐福信誓旦旦。

"好，那在这一月之中朕就听你安排。"

这一月之中，每至天气晴朗、万里无云之日，徐福就让始皇到琅琊台上祭祀天地。眼看一月之期将完，始皇仍然没见到神山，不禁有些焦躁不安。心想是不是自己有什么失检之处，惹恼了天帝，所以不再显示祥瑞？

就在这时，他又见到了海中浮起群山，山上满是葱郁的树林，林中鸟兽也隐约可见，群山之中还隐约可见一道飞泉。

"陛下，这一定是瀛洲。瀛洲之上有长生之水，那飞泉就是。"徐福不失时机地向始皇解释道。

始皇已被眼前的情景所震慑，对徐福的话深信不疑。

其实徐福并非有什么鬼神莫测之机，他们所见即是今人所谓的海市蜃楼。徐福曾在这海边待过几年，海市蜃楼之景见过许多。他暗中留意，此景多出在盛夏时节，并在琅琊台容易见到。只要天气晴朗，一月之中就可见几次。他精通星象之学，从星象可知气候，所以才敢在始皇面前作大胆之言。

始皇信了徐福之言，便派他带上黄金珍宝为礼物，去寻找长生之果、长生之水和长生之丹。按徐福所说，长生之果在方丈，长生之水在瀛洲，长生之丹在蓬莱，只要能到其中任何一座神山，即可取得长生之物。

过了十九日，徐福便回来了，却没有带回始皇想要的长生之物，他向始皇解释道："臣这次到了蓬莱神山，仙人问臣：'你是西皇派来的使者吗?'臣想自己从西而来，西皇一定指的是陛下，便答道：'是的。'仙人又问：'你这次来，有何要求?'臣道：'是为西皇求取长生之丹的。'仙人又道：'西皇的礼物太微薄了，只可看不可取。'臣忙问：'那应该送什么礼物?'仙人道：'要童男、童女各五百，还要百工、技师以及谷物种子，这样才能得长生之丹。'这样，臣只有返回向陛下禀告。"

始皇立即命令大臣按徐福所言去办，很快就凑齐了童男、童女、百工、技师以及谷物种子。为防意外，始皇还赐给徐福数百名弓箭手作护船之用。所有的东西装满了三艘大船，徐福才扬帆而去。

始皇满怀希望，想等到徐福求得长生之物回来。可三个月过去了，他却一点音信也没有。他不能在此久住，便令人在此守候，自己则领着众大臣继续巡视。

一路上始皇不再多作停留，经彭城（今江苏徐州），渡淮水，到衡山（今安徽霍山），经安陆（今湖北安陆），到南郡，最后由武关回到咸阳。

第十七章

博浪沙始皇遇刺　高渐离慷慨赴死

　　始皇回到咸阳，已是当年九月。按照秦历，这时已是岁末之月，百姓要举行腊祭庆典，感谢天帝的保佑和赐福。但腊祭庆典产生于尧舜之时，通常是在十二月进行。百姓历代相沿，并不因商、周和秦改变正朔就将腊祭提前。始皇知道，腊祭之礼与民间农田耕作有很大关系，九月是田间繁忙之际，也不适宜腊祭庆典，就没有强令更改。

　　至腊祭之时，已是秦历岁首三月。各地郡守县令纷纷向咸阳报喜，言称民富国强，天下安定，百姓无不感谢陛下亲巡抚慰之德。始皇高兴之余，还有些遗憾。徐福依然没有消息传来，使他心中颇为挂念。

　　万民的称颂使他确信自己是圣人，也是徐福所说的福厚之人，所以他想要得到长生之物的心情更加迫切。第二年一开春，他就迫不及待再次东巡。他要再去琅琊，等候徐福取回长生之物。庞大豪华的车队再次出函谷关，准备经颍川郡（今河南）上驰道，直奔临淄。

　　颍川郡阳武县（今河南原阳）是与齐郡交界之地，也是原魏国与齐国的交界之地。这天阳武县来了两个面生之人，看样子是一主一仆。主人矮小瘦弱，面容白皙。奴仆却甚是粗壮，比主人高出一个多头，却是个哑巴，只能用手比画。

　　主人自称是韩地商贾，去临淄采买货物，因身体不适，要在此多住几天。当地里宰仔细检查了他们的"路引"，没发现可疑之处，便让他们住下了，并嘱咐他们不要到处乱跑。因为皇帝要途经此地，所以检查甚严，凡遇可疑之人都要送入监中暂押，待皇帝经过之后再作定夺。

主仆二人待在城里，渐渐与附近之人相熟。令人奇怪的是，主人张良虽然有病在身，但经常外出寻医找药，而奴仆却在驿舍之中很少外出。他们心想——也许因为奴仆是个哑巴，出外办事不方便吧。

像往常一样，张良至黄昏才回到驿舍。他似乎很疲累，进屋后不住地喘息。那高大健壮的奴仆向外面看了看，见没有人，便关上屋门，用东夷之语轻声问道："主人，可曾查探清楚？"

张良点了点头，也用东夷之语答道："查探清楚了，嬴政从博浪沙（今河南原阳）经濮阳直抵临淄，不走陈留驰道。"

"那我们在哪里动手？"奴仆急问。这些天来装哑巴把他憋坏了，他想早一点完成刺杀之事，就可回东夷与族人团聚，再也不用受这种苦了。

"就在博浪沙！那里地势险峻，驰道从两山之间经过，从上面掷下铁锥，就可砸中道中行车。你去准备一下，明日一早我们就离开。"张良吩咐道。

"是！"那奴仆答应一声，即欣喜离去。

张良看着他的背影，暗自摇了摇头。此人虽然力大无比，但头脑简单，丝毫没想到刺杀的艰险。幸亏他不懂中原之语，要不然问几句就会探知他的底细。

再过几天就可以完成多年的夙愿了，他心中不由得一阵激动。回想起这几年浪迹天涯的生活，他不禁感慨万分——

弟弟，希望你在天之灵不要怪罪大哥。大哥没有葬你，是为了积累家财，募得勇士，刺杀嬴政，以报韩国对我张氏之恩。

张良原是韩国人，祖父张开地，在韩昭侯、韩宣惠王、韩襄哀王时为韩相，其父张平也曾相韩釐王、韩惠王。其父死时，他尚年幼，没有出仕为官。后来秦国灭了韩国，他就沦为庶民。虽然家中仍很富有，但已没有往日那种气派。张良心感国仇家恨之痛，弟弟死了也不埋葬，就带着全部家财四处寻求勇士，打算刺杀始皇。

可自从始皇险遭荆轲刺杀后，对游侠之士打击甚严，他在中原各地搜寻多年，也没能找到一个勇士。无奈他只有远走海外，结识了东夷秽族君长仓海君，仓海君送给他一名族中大力士。

可这名大力士头脑简单，又不懂中原之语，如何能够接近始皇，行刺杀之举？张良正感到灰心之际，却听到始皇巡游天下的消息，不禁大喜。

出外巡游比深居宫中要容易接近，刺杀也较为容易。只要能寻到一有利地形，那就是嬴政的葬身之地。他带着大力士四处奔走，追随始皇巡游的踪迹。但始皇第一次东巡戒备森严，始终没让他找到下手的机会。

这次东巡，张良打听出目的地是琅琊，而阳武县是必经之地。过了此地，则有两条路可至琅琊，一走陈留，一走濮阳。他早早来此等候，就是要查探始皇的去向。今日，他见大批士卒察看去陈留的驰道，便知道始皇是要从此道经过。虽然此道去临淄较近，但途中地势复杂，多从丘陵河谷经过，博浪沙即为此道中的一处险峻之地。

为了刺杀始皇，张良暗中打造了一把一百二十斤重的大铁锥。这铁锥外面全用木头包起，并雕以花纹，看起来像一把大木槌。秽族大力士拿在手中，若拈灯草，让人不会想到这是把铁锥。

第二日一早，张良和大力士潜入博浪沙的山上隐藏起来。他们躲过几拨秦军的搜查，终于等到了始皇的车队。张良紧张地注视着路面，寻找着金根车。

在大道两旁遍布着秦军士卒，每隔几丈远就有一哨，他们警惕地监视着路的两旁，但是没想到头顶的山上藏有两个刺客。

张良轻声吩咐身旁的大力士道："等会儿你投出铁锥，不管中不中，都立即逃走。这个包裹里有金子，你拿着直接回东海吧！"

大力士憨厚地点了点头，他跟随张良就是希望能多得些金银，好回到族中去。中原虽然繁华热闹，但他更想念亲人。

车队越行越近，辟恶车过去了，为前导的虎贲军也过去了，始皇的金根车渐渐出现在眼前。

"看，那辆车从下面经过时，你就用铁锥击它。"张良指着始皇的金根车对大力士道。

大力士瞪着铜铃般眼睛盯着金根车，他去掉铁锥外面的木头，在手中掂了掂，向张良点了点头。

当金根车从脚下经过时，大力士呼地站起来，抡圆胳膊，将铁锥扔了出去。铁锥带着呼呼之声向金根车飞去，顿时将车砸得粉碎，六匹御马受惊，狂嘶起来。

士卒们都没想到天上会飞来一物，砸了陛下的座车，顿时都呆在当场。

"有刺客！快保护陛下！"一名虎贲军都尉反应较快，立即高声叫道。

虎贲军立刻围在金根车后的一辆辒辌车边，接着有人指挥士卒上山搜索。

嬴政不在金根车中！张良见此情景，心中立时便明白了。辛苦忙了这么多年，想不到却仍然是一场空。他感到沮丧至极，愣在了那里。

大力士见士卒向山上搜来，但张良却没有离开的意思，不禁大急道："主人，快走吧！有人来了！"

张良仍喃喃自语道："怎么会这样？……"

大力士再也不顾什么，背起张良就跑，很快消失在莽莽丛林之中。

车队停止了前进，乱成了一团。士卒们紧张地注视着天上，怕再有东西飞来。始皇看着被砸得稀烂的金根车，脸色铁青，一言不发。

因为刚到初春，天气仍然有些寒冷，始皇坐在金根车中感到不适，就换乘了辒辌车。辒辌车冬暖夏凉，虽然没有金根车豪华，但此时乘坐却极为舒适。

赵高脸色苍白，看着金根车的驭手被砸得血肉横飞，不禁心惊肉跳，也暗暗庆幸自己逃脱一劫。后面的大臣闻知，纷纷赶至御驾前。

始皇强按住内心的惊惧，淡淡地说道："众位爱卿不必惊慌，朕没有事。几个毛贼刺客算得了什么，朕乃天子，他们能奈朕何？"

众位大臣连声称是，不过王翦还是立即上前禀道："陛下，此地乃险绝之地，还是速离为好。"

始皇道："爱卿所言甚是！赵高，你让士卒都散开，尽快通过此地。"

又是一阵忙乱，车队重新启动。赵高亲自为始皇驾车，驱马快行。出了博浪沙，便是平原之地，车队缓行下来。搜山的都尉前来报告，说刺客早已逃走。

始皇紧皱双眉，厉声对都尉道："你去通知颍川郡守和齐郡郡守以及附近各地县令，迅速派人前来搜山，朕就不信捉不住这些刺客！还有，对可疑之人立即拘捕，不得放过！"

都尉领命而去，始皇问车前的赵高道："朕有何事对不住天下？竟然有人要刺杀朕！赵高，是不是朕对他们太仁慈了？"

"陛下，齐鲁之地多诸侯余孽。而他们失去了往日的荣华富贵，难平心中气恨，故有此举就不足为奇。"百姓都感激陛下统一之功，再不用受战乱之苦，应该不会刺杀陛下。赵高想起平日总在始皇面前说百姓如何感激爱戴他，现在若让始皇以为是庶民所为，那不就说明他是在说谎？所以他尽量把一切罪责推到诸侯余孽身上。

"你所说甚有道理。原先有大臣上奏说对诸侯之余要宽容，看来朕对他们太宽容了，才有今日之祸！赵高，传朕命令，凡可疑之人中有诸侯余孽者，杀无赦！"始皇满脸杀气，似乎只有杀光那些心存怨恨之人，他才能平息心中的恼怒。

秦始皇在博浪沙遇刺的消息迅速传遍天下，百姓惊骇之余，纷纷猜测是何人所为。六国遗族想起始皇对他们的苛刻，暗自兴奋不已。他们联合儒生，传言秦得水德，主阴柔刻薄，故秦法严峻，不讲仁义，如今天帝恼怒其暴虐，故降大锥以示惩戒。

始皇却听不到这类传言，他下令大索十日，仍不得刺客，只得继续东巡。一月之后，便到了芝罘。

芝罘是一座伸入海中的半岛，东西北三面临海，高于海面一百多丈，沿岸是悬崖峭壁，在此可尽情领略海之壮观与瑰奇。

上一次东巡，始皇在此地游览过，这一次因博浪沙遇刺，他心中一直不乐，并且行至此地仍无徐福归来的消息，心中更是不快。他无心再游览，便令人在此刻石颂功：

维廿九年，时在中春，阳和方起。

皇帝东游，巡登芝罘，临照于海。

从臣嘉观，原念休烈，追诵本始。

大圣作治，建定法度，显著纲纪。

外教诸侯，光施文惠，明以义理。

六国回辟，贪戾无厌，虐杀不已。

皇帝哀众，遂发讨师，奋扬武德。

义诛信行，威燀旁达，莫不宾服。

烹灭强暴，振救黔首，周定四极。

普施明法，经纬天下，永为仪则。

大矣□哉，宇县之中，承顺圣意。

群臣诵功，请刻于石，表垂常式。

这次刻石，历数六国诸侯"贪戾无厌，虐杀不已"之罪孽，颂扬了他哀怜百姓，出师剿灭六国，"振救黔首"之功。刻辞诏告秦灭六国，乃是上承天意、下顺民心之举，警告六国遗族不要犯上作难，否则是逆天行事，不得善果。

始皇觉得仅在芝罘刻辞还不够，又在芝罘东观刻辞，之后便直奔琅琊。

琅琊台下比往日热闹繁华了许多，迁来至此的三万户百姓安居乐业。因为始皇免除了此地十二年的租税，故来此耕作、经商之人越来越多。

琅琊台依旧，行宫依旧，但始皇已没有第一次东巡的心情。留守之人已向他禀告过，徐福仍然毫无音信，他不禁心中气馁。

难道徐福是在骗朕？不会的，神山分明是朕亲眼所见，怎会有假？是不是徐福取得长生之物不愿回来？但他自认是福薄之人，吃了会变成禽兽，怎敢不回来？一定是他在海上遇到了险阻，还没有寻到神山。始皇一会儿怀疑徐福，一会儿又为其开脱，心中矛盾烦乱至极。

他每日登上琅琊台，翘首东望，希望在海天之间能出现徐福的船队，但每次都是失望而归。十几日后，他便带领文武大臣取道临淄，经邯郸、上党，回到了咸阳。

不久，钜鹿郡守上报捕获荆轲好友、燕国余孽高渐离。始皇大喜，即令钜鹿郡守将他解送咸阳。

高渐离是被通缉之人，但总未抓住。本以为他已死于乱军之中或遁隐深山，没想到事隔近十年他又出现了。始皇以为自己早已忘却了那段伤心往事，但高渐离的出现又使他想起咸阳宫大殿上惊心动魄的一幕。

清扬，朕就要为你报仇了！朕要把荆轲的亲友杀绝，才能缓解失你之痛！你知道吗？宫中再没有人能与朕说心里话了，朕太寂寞了！始皇不由想起往日的时光，眼前仿佛又出现了一个巧笑嫣然的丽人。

"清扬，是你吗？"他冲口喊道。

丽人只是对着他笑，不言不语。

"你来看朕了，朕好想你！朕有许多话跟你说。"始皇站起来，向丽人走去。

丽人依然不言不语，笑吟吟地看着他，始终隔那么远。

"你怎么不理朕？你怎么不跟朕说话？"始皇向前扑去，想要捉住那丽人。谁知却扑了个空，踉踉跄跄倒在了地上。

"陛下，您这是怎么了？"这一幕恰好被进来的赵高看见，他连忙上前扶住始皇。

"没什么，朕只是感到有些头晕。"始皇在赵高的搀扶下回到座位。

唉，陛下老多了。赵高扶着始皇边走边想。

这几年纵情酒色的生活使他发生了很大的变化，原先精瘦的身体已胖得近乎臃肿，两颊下垂，嘴角下陷。如果不是薄削的嘴唇、浓黑的双眉和那双不时闪动精光、令人望而生畏的眼睛，谁会想到他就是令六国畏服的嬴政，令天下驯服的秦始皇！

"赵高，朕是不是老了？为什么总想起从前之事。"

"陛下怎会老了？只要徐福找回了长生之物，陛下就可以长生不老！"

"提起徐福，朕就生气。他是不是在骗朕，为何到现在还没有一点消息传来？"

"不会吧？那仙岛是陛下亲眼所见，不会有假。该不是他在海上遇到了什么麻烦，所以到现在还没有音信。其实天下奇人异士何止徐福一人，陛下何不让各地郡守把这种人送到咸阳，再令他们去寻仙访药，机会不是更大吗？"赵高不愿意始皇对求仙失去兴趣，因为这是他表现的机会。不管天下有没有仙人仙药，只要始皇相信，就不得不重用他，他的权势就不会失去。

有时他真希望徐福能寻回长生之物，使始皇长生不死，这样他就不用为以后的荣华富贵担心了。他自信始皇在世一天，就离不开他一天。可百年之后呢？扶苏虽没被立为太子，但他是嫡长子，是继承皇位的当然人选，可偏偏与自己合不来。他登上君位，恐怕会第一个拿自己开刀，赵高一想到这些不禁有些头疼。

始皇没想到赵高心中会有这么多盘算，他点头应道："你说得是，朕应该早点想到这些的。这件事就交给你办，以后你多留些心。"

"是，陛下！还有一事，高渐离明日就要到咸阳了，陛下准备如何处置他？"

"朕准备把他枭首，然后诏告天下，绝不放过与朕作对之人！"始皇凶狠地说道。

"陛下，像这种人就应该碎尸万段，不过现在杀他奴婢以为太便宜了！听说他的筑击得极好，曾有'仙筑'之称。陛下何不把他留在身边，一边欣赏他的筑艺一边折磨他，让他生不如死？且陛下若不杀他，会让天下庶民感到您的仁慈，使六国余孽失去戒心，以后也好缉捕。"

赵高肯为高渐离说话，并非一时心慈，而是他受了钜鹿郡守的好处。

因为高渐离筑艺高超，而钜鹿郡守也是极喜击筑之人，对高渐离甚是敬佩。他知道高渐离此去咸阳定是凶多吉少，便暗中买通赵高，让他在始皇面前进言留高渐离一条性命。

"那你说该如何折磨他，又能让他安心为朕击筑？"毕竟荆轲刺杀他已是十年前的事了，他心中的仇恨已远不如当初那样强烈。

"可以弄瞎他的眼睛，这样他想逃走就不可能了，只有安心在宫中为陛下击筑。"

"此法甚好，你就去办吧！朕倒想听听'仙筑'到底有何神奇之处！"

始皇听了赵高之言甚是兴奋。荆轲害死了自己最宠爱的夫人，那就让他的好友赎罪，每天在朕的面前苟延残喘！

赵高见始皇接受了自己的进言，心中暗暗得意。其实他并不缺钜鹿郡守进献的财物，他之所以愿意说话，就是想让这些地方官员见识一下自己的能力。为了避免高渐离有不轨之举，他想了个弄瞎眼睛的办法。反正钜鹿郡守只让留他一条性命，别的事他就可以不管了……

嬴政！你这个暴君，为何要如此折磨我？你杀了我，我并无怨言，自从重新出现的那一日，我就准备一死去会荆君和狗屠兄弟。这个世上没有他们，我活着又有什么意思？想起这十年忍辱偷生地活着，真不如当初和狗屠兄弟一起战死。

嬴政！你为什么不杀我，为什么！你弄瞎了我的眼睛，还要我为你击筑，真是欺人太甚了！你既然不让我好活，又不让我痛快一死，那我就凭着这残废之躯，刺死你这个暴君！

高渐离悲愤地在心中狂喊，心中充满了复仇的怒火，他从此便不再自哀，整日在屋中击筑，不出门半步，其筑艺越来越出神入化。

这一日，始皇召高渐离击筑。在内侍的引导下，他虔诚地向始皇跪拜道："罪臣高渐离拜见陛下，谢陛下不杀之恩！"

见高渐离身躯瘦弱、步履蹒跚的样子，始皇生出怜悯之心，便道："朕就让你做宫中乐师，免除你的罪行。"

"谢陛下隆恩。"高渐离又跪下叩首。之后又在内侍的引导下坐在一张案几后，案几之上早已准备好了筑。高渐离双手摸在筑上，熟练地摸索敲打了几下，有如有眼之人。一旁的钟鼓琴瑟一齐奏响，高渐离和着乐队的演奏敲击起筑来。

筑声时重时轻，时急时缓，使乐队的演奏顿时灵动起来。众乐师不禁对高渐离心悦诚服，乐曲也随着筑声而走。

始皇也曾学过乐，虽不精通，但也不是外行，很快听出了其中的精妙。高渐离筑声虽小，却是整个乐队之魂，诸般乐器虽声音响亮，却是筑声之体。

果不愧为"仙筑"！始皇暗自点头，随即便专心聆听起来。

一群美女缓缓鱼贯上殿，和着乐声，边舞边唱：

> 泂酌彼行潦，挹彼注兹，可以餴饎。
>
> 岂弟君子，民之父母。
>
> 泂酌彼行潦，挹彼注兹，可以濯罍。
>
> 岂弟君子，民之攸归。
>
> 泂酌彼行潦，挹彼注兹，可以濯溉。
>
> 岂弟君子，民之攸塈。

这首《泂酌》之曲赞扬了国君不忍弃人，善于用人，深得天下之心，所以民心归附。美女们歌喉婉转，歌声娓娓动听。

高渐离一心击筑，在他的引导之下，歌与乐相依相托，始皇听得如痴如醉。

一曲奏罢，始皇片刻之后才忍不住击案叫好道："好，真乃仙筑也！"

"谢陛下！"高渐离又叩首道。

"有你在身边，朕耳福不浅。听你击筑，朕可以忘记这凡间之忧啊！"始皇感叹道。

"陛下，其实罪臣的筑艺并未发挥至极致。"高渐离谦恭道。

"哦？"始皇心中甚是惊奇，筑艺还未发挥到极致就使人如痴如醉，若发挥到极致那会是什么样子呢？便颇为向往地追问道，"那如何才能发挥到极致？"

"罪臣不能发挥到极致，原因在这筑上。此筑虽是筑中佳品，但并非极品。因为其筑轻松，所以至高亢处不够清越，至低音处不够浑厚，若能寻到罪臣以前之筑就好了。可惜啊！那筑在逃亡之时已经遗失了。"高渐离看似十分留恋道。他此言是在糊弄始皇，他的筑艺是未全部发挥出来，但那是因为他在故意隐藏，并非筑的原因。

始皇显得极为可惜："原来是这样，不知还有没有补救之法？"

"只需灌铅加重稳固筑身，罪臣再略为加工即可。"高渐离就等着始皇发问，让他不知不觉坠入自己的圈套。因为高渐离每次进宫都要被搜身，他苦思冥想，才对始皇编出上述之言。筑身太轻，并不影响音质，可是不能将人一击致命。筑身灌铅，不仅重量倍增，而且筑身坚硬，足以将人一击致死。

始皇完全没想到高渐离身处此境还要谋杀他。一个瞎子，他又怎会提防？

"那好，你有何需要可直接找乐府令，只要能造出与你以前一样的筑！"始皇立即道，他极想听高渐离发挥至极致的筑艺到底如何。

"罪臣一定尽力而为，以报陛下不杀之恩！"高渐离趁叩首之机，咬牙切齿道。

始皇正得意扬扬，完全没听出高渐离语音有异。

在高渐离的策划下，只费了三日之工，就造成了一件新筑。此筑有三十多斤，是普通筑重的四五倍。为了掩人耳目，高渐离故意把筑的无关紧要处做得与众不同，以显示此筑的不凡。他用此筑为始皇演奏了几次，其效果远甚往日。始皇也以为是此筑之功，对高渐离之言便深信不疑，与之日益亲近起来。

高渐离耐心等待着，等着一个一击必中的机会。他的眼睛已被赵高熏坏，但仍能模模糊糊地看到一丝人影，他要借这一丝人影确认始皇的位置，所以每次都很认真地盯着始皇发声之处，这在外人看来他又显得极为虔诚。

始皇每日必听高渐离击筑，一日不听就觉得少了点什么。这一日在祈年宫中，王绾、隗状、李斯、赵高、蒙毅、扶苏和胡亥都被始皇招来，等待着欣赏高渐离的绝世筑艺。

高渐离怀抱驰名天下的重筑，跟随内侍缓缓而行。他知道今日有许多人要听筑，所以特别做了一番修饰。只见他一身绢制白袍，上面一尘不染，身躯虽然瘦小，却衬托得极为挺拔。

按说只有百姓才穿白袍，三品以上官员皆绿袍深衣。始皇曾问过高渐离，他自称喜穿白袍，且已习惯穿白袍击筑。始皇有些奇怪，但也不强令他改变服饰。他只需要能使他忘记烦忧的筑音，其他的都无所谓了。

"各位爱卿，这位就是有'仙筑'之称的高渐离，你们稍后就能听到非同凡响的筑音！"始皇得意地对众人宣称着，并让内侍把高渐离引到自己的右手案几上就座。

在始皇的左手旁依次坐着扶苏、胡亥、赵高，在高渐离之侧依次坐着隗状、王绾、李斯、蒙毅。

"陛下谬赞了！微臣小技不足道耳，全赖陛下赏识！"高渐离说完，又朝着始皇叩了一首。

始皇笑道："朕今日请几位大人同赏你的筑艺，你可要为朕争光，不要让他们小瞧了！"

"微臣最近又新作了一首《壮别》之曲，请陛下与诸位大人赏鉴。"高渐离道。

扶苏坐在高渐离对面，对他的风采甚是仰慕，也为他那双呆滞无光的眼睛可惜。

胡亥已有十四岁，在赵高的教导下，他只喜欢狩猎和美女，对眼前这个瞎眼的乐师并不感兴趣。在他的脑中，乐曲伴随美女的舞姿才有味道。他虽坐在那里，眼珠却不住乱转，四处打量祈年宫，羡慕不已。

赵高心中却有些后悔，早知道高渐离如此受陛下宠爱，当初真不该救他！

李斯对高渐离眼瞎之事略有所闻，现在见他的神采因双眼无光而逊色不少，暗叹赵高心机狠毒。

隗状、王绾、蒙毅都对高渐离非常敬佩，因为他们已不是第一次被招来听筑了。

高渐离向四周颔首一礼，便开始敲击起筑来。随着筑声的抑扬起伏，他高声唱道：

> 君相识兮市井间，
> 常相聚兮共饮欢。
> 君为大义兮舍生死，
> 远离去兮魂相牵。

　　　身躯残兮志不忘，

　　　吾将随君兮再欢畅。

　　　曾记得兮君高唱，

　　　今生来世兮长回荡。

　　　风萧萧兮易水寒，

　　　壮士一去兮不复还！

　　　风萧萧兮易水寒，

　　　壮士一去兮不复还！

　　歌声凄凉，将分别的凄惨悲壮用略显沙哑的嗓音和出神入化的筑艺表现得淋漓尽致，让人恨不得与他一起高歌，连不喜音乐的赵高和胡亥都听得入迷。

　　乐声缓缓而终，众人都略感心情沉重，显然是受了影响。

　　"果然是'仙筑'，竟能挑起人的七情六欲。"王绾不由自主感叹道。他在朝中以冷静而闻名，想不到也被高渐离的筑艺和歌声所感动。

　　他们谁也体会不到高渐离此时的心情，更不会想到这是他在积聚复仇的力量，准备给始皇以致命的一击！

　　"爱卿的《壮别》之曲果然非同凡响，赐酒一爵！"每次始皇觉得高渐离演奏甚好之时，都要赐酒。

　　高渐离抱起筑来，缓缓向眼前一个模糊的身影走去。内侍见到，忙立身相拦。

　　始皇丝毫没意识到危险一步步逼近，他向着内侍一摆手道："朕亲赐美酒，你等不要相阻，让他过来吧！"

　　内侍阻拦高渐离，是出于职责，并未意识到危险来临，见始皇发话，便退到了一旁。

　　高渐离走到始皇案几前停下，躬身行礼道："谢陛下赏赐。"说完，他猛然抬头，浑浊的眼睛突然冒出森森杀气，然后双手举筑向始皇扑去。

　　始皇在高渐离抬起头时就立刻感觉不对，随即把案几向前一推，顺势往一侧滚去。高渐离被案几一绊，扑势更猛，连人带筑砸在座位上，在始皇的耳边带起一阵冷风。

众人被眼前的景象惊呆了，随即明白高渐离是在行刺始皇。

扶苏离得最近，反应也最快。他一撑案几便站了起来，几大步跨到始皇身侧。

高渐离一击不中，已踉跄站起，准备再作一击。扶苏挡在始皇身前，一脚便把他踹倒。几个内侍这才反应过来，一齐将高渐离死死压倒在地。

扶苏赶紧扶起始皇，关切地问道："父皇没事吧？"

始皇摇了摇头，虚弱地答道："朕没事。"

几个内侍已缴了高渐离的筑，把他押到一旁。他仍自破口大骂道："嬴政！你这个暴君，今日是你命不该绝！我为友复仇，心志已尽，但求一死！"

始皇用怨毒的眼神盯着他道："朕如此待你，你竟不识好歹，拖下去斩了！"

几个内侍挟起高渐离向殿外行去，他仍然狂笑道："荆君、狗屠兄，我就要来会你们了！哈哈哈……"

始皇怔怔地望着前方，他心中有些不解——燕国已灭近十年，天下统一也有五年，为何这些诸侯余孽仍不肯归顺？难道自己的德行还不足以让他们心悦诚服吗？不！是朕对他们太仁慈了！朕要夺尽他们的财产，杀尽所有心有反意之人，看他们还能怎样！

赵高见扶苏在始皇最危险的时候挺身而出表现得机敏而镇静，心中羡慕不已，而胡亥仍然痴呆地坐在一旁毫无反应，他心中十分生气。

若不是扶苏与他不和，他才懒得调教胡亥。胡亥虽然年纪不大，却仗着始皇对他的宠爱，声色犬马，无所不沾，独对六艺不感兴趣。请来的太傅，除了赵高，不是被他气走就是被他赶跑。不时有风声传进始皇耳中，始皇总是看在清扬分上训斥他几句就不再怪罪。

但胡亥却对赵高既害怕又佩服，因为他亲眼见过赵高处死背叛者的阴狠和无所不能的能力，并且赵高经常为他在始皇面前遮掩，教他如何讨好始皇，使他更觉得离不开赵高。

隗状、王绾、蒙毅都是支持扶苏之人，对他今日的表现赞赏不已。

李斯却暗中犯难，他已看出赵高与扶苏水火不容，却不知该投向哪一边。

扶苏刚毅仁勇，早有贤名，又是嫡长子，始皇百年之后君位理应由他继承，并且也有很多大臣支持他。但赵高向他透露始皇有意立胡亥为太子，因为胡亥是始皇最宠爱的幼子，并且始皇曾向舍身救他的清扬夫人许过诺言，要立胡亥为太子。李斯见赵高如此尽心竭力地帮助胡亥，不能不相信他所说的。再说他曾与赵高合谋陷害韩非，也担心扶苏会记在心上。

但他并不想与赵高合伙支持胡亥，首先是他并不值得支持，其次赵高的为人也让他害怕，但他又不敢回绝赵高，因为得罪他的后果同样让人害怕。所以在这件事上，他总是含含糊糊，不敢明确表明态度。

众人各自想着心事，仿佛还未从刺杀之事中醒过来。始皇也无心歌舞，留下扶苏相陪，便让众人回去了。从此以后，始皇再不接近原先诸侯之人。

扶苏临危不乱救了始皇，此事在朝中迅速传开，声望也日益上升。才过去一月，扶苏又与蒙毅、冯去疾联合上书，向始皇进献"自实田"之策。始皇看后连声称善，让扶苏负责督办，在全国推行。

这是蒙毅、冯去疾等支持扶苏的臣子为提高他的声望，张扬其贤名而策划的一策。所谓"自实田"，内容主要有两条——

一、令黔首向官府呈报自己土地的数量。

二、国家承认其所占有的土地，并给予法律保护，以后按所占土地的亩数缴纳租税。

自商鞅变法后，秦国一直实行的是授田制——就是国家根据户口、民数授田，一般以一夫百亩为宜，并制成辕田为其恒产常制，不再更换。

与授田并存的还有大量赐田——这是对有功之人的奖赏，并随其爵位的变动而增多或减少，死后赐田收归国有。但许多赐田在主人死后，又复赐其子孙，因而也成为恒产。

授田和赐田的增多，使国家的公田大为减少，国库的收入也随之减少。还因为战争使人口大规模流动，国家掌握不了每户的土地，赋税标准也难以确定，于是就实行按户税人之策，即按人头收税。此策使穷人因交纳不起赋税而逃亡，富户也不用多交税，所以赋税也就越来越少。

扶苏等人就是针对这些弊端，提出"自实田"之策来提高国库的收入，自然大得始皇的欢心。

此法一实行，百姓便奔走相告，称赞陛下圣明，扶苏的贤名也不胫而走。

始皇见扶苏贤能，便将部分政务交给他处理，自己则把精力花在求仙和寻找美女上。徐福这么长时间没有任何消息，始皇不禁有些心灰意冷，但赵高很快又寻到令他感兴趣的事情。

在赵高的努力下，各地有名的方士纷纷来到咸阳，他们知道要想接近始皇，必须先讨好赵高，于是不少人干脆就投到赵高门下，充当门客。

赵高见扶苏的名望越来越大，如果再发展下去，被立为太子将成为必然。为了与支持扶苏的朝臣对抗，赵高与众方士合谋一策。不久，在咸阳城中的街头巷尾，到处传唱一首歌谣：

> 神仙得者茅初成，
> 驾龙上升入泰清，
> 时下玄洲戏赤城。
> 继世而往在我盈，
> 帝若学之腊嘉平。

赵高立即将此事报与始皇，始皇不明所以，就令赵高继续查探。

赵高寻来两个方士，一个名叫卢生，一个名叫侯生，自称是得道成仙之人茅初成的弟子。始皇果然大感兴趣，便问两个方士所传歌谣是为何意。

两人早已与赵高串通好，卢生不慌不忙地回答道："这首歌谣乃是臣师傅得道成仙之时留下的谶语。师傅一直在华山修道，已于上月成仙飞升而去。"

"世上真有成仙之事？"始皇圆睁双目追问道。若是能成仙，岂不比长生不老更要快活？他暗想。

"师傅成仙而去，乃是臣等亲眼所见。当时天上尽是五彩祥云，一条金龙从天而降，师傅便乘龙飞升而去，留下此段谶语。"卢生边说边比画当时情景，有如历历在目。

侯生又接着道："师傅留臣二人在凡间，就是要完成谶文所说之事，只要陛下改腊祭为嘉平，就可以学神仙之术。"

"陛下，此二人俱是有名之士，有炼丹之能。奴婢曾吃过他们所炼的丹药，顿感精神振奋，陛下何不留下一试？"这时赵高也在一旁劝道。

"就依你所言！传朕旨意，将今年腊祭改为嘉平，并每里赐米六石、羊二只以助兴！"始皇没想到这是赵高与方士所设之谋，让他陷入神仙之术，不能亲近扶苏等臣子。

赵高一边让方士用神仙之术吸引始皇，一边为其广搜美女，让他沉浸其中。

自从第一次东巡被暗中派去寻找美女，这种事就成了他的专差。开始之时还是暗地进行，以后就渐渐公开了。地方官员见了他就头疼，但又不得不笑脸相迎。百姓更是对他恨得咬牙切齿，暗中唤他为"赵阉"。

因为替皇帝选美多是由宫中寺人去做，这是为了防止有人见色起心。赵高不是寺人，为皇帝选美这么多年也没出现任何意外，令人佩服之余又有些怀疑。因此，痛恨他的人就说他是寺人，早被阉了。

赵高是始皇的耳目，这些传言多少会传入他的耳中，但他却毫不在意——只要能讨陛下的欢心，就算真把我阉了，我也不在乎。我要的是权力，只要大权在手，就算我是阉人，你们还不是对我服服帖帖。

趁始皇迷恋神仙之术之际，赵高又出巡各地，挑选了十几个美女。这些女子进宫不一定都能见到始皇，大多数被充作宫女。要见到始皇，首先得过赵高这一关。只有经过赵高的推荐，才可能被始皇召见。

那些想依靠女儿攀上皇亲国戚之人，无不尽力贿赂赵高，所以他每次出去收获都十分丰厚。有人以此事弹劾赵高，却被始皇挡了回去："赵高为朕劳碌奔波，得到这么点好处也算不了什么，朕不再赏赐就罢了。"

　　既然始皇说出此话，也就无人再以此事弹劾赵高。赵高也极为乖巧，表面上立刻收敛，不再收受贿赂，但是暗中聚敛更厉害。

　　看着这些女子有的胆战心惊，有的欢喜雀跃，赵高好不得意。因为不管她们生得如何国色天香，命运却掌握在他的手中，他就喜欢这种感觉。

　　可这次所选的美女中有一个人却让他颇为恼火。这女子名叫丹脂，是原赵氏宗族之女。因赵国被灭，随其父母被充入隐官。因为其容貌美艳，被隐官之吏看中献给了赵高。谁知这女子极为胆大，半路竟孤身逃走，费了好些功夫才把她抓了回来。

　　这是挑选美女这么多年来第一次碰到这种情况，他暴怒之下本欲将其处死，但突然又改变了主意。

　　丹脂是这十几个美女中最出色的，不仅长得花容月貌，而且有一种特殊的气质。凭经验，这种美女最易获得始皇的宠爱，所以他有些舍不得。而且丹脂也是从隐官中来，赵高每次看到她，总有一种特殊的感觉，不忍过分折磨她。

　　他心中对丹脂极为佩服，没想到一个弱女子竟有这种勇气。他望着蓬头垢面、衣衫不整的丹脂道："你为什么要逃走？要知道进宫侍候陛下，可是一般人求之不得的事。"

　　丹脂抬起头，那双明亮的眼睛狠狠地盯着赵高，一言不发。她知道被抓回来就难逃一死，所以不想多言，更不想作哀怜之态。

　　赵高又问了几遍，丹脂始终一言不发，他觉得甚是无趣。旁边的侍卫抽了她几鞭喝道："大人问话，你为何不回？"

　　丹脂用仇视的目光盯着那名侍卫，仿佛告诉他们若是有可能，她一定会报复。

　　赵高对眼前的情景有种莫名的熟悉感，他也曾受人这样骂过，鞭打过，也曾像丹脂这样愤怒地盯着那些人，却又无能为力。他曾发誓一定要取得权势，再不受人欺侮。他突然有一种想诉说的冲动，他相信自己曾受过的屈辱和痛苦这个女子一定能理解。他挥手阻止侍卫的鞭打，把他们都支走，屋里只剩下他和丹脂。

丹脂不知他是何意，只是用警惕的目光看着他。

"你起来吧。"赵高柔声道，他示意丹脂在一旁坐下，"其实我也是赵氏族人，不过我是出生在隐官之中，在那里待了十几年，这一辈子都不会忘记。"

丹脂没想到眼前这个众多侍卫前呼后拥的高官竟与她一样，也曾是隐官中人。她不明白他为何突然说起这些，但赵高的话也起了作用，她已不像刚才那样仇视赵高了，神情也渐渐缓和。

赵高见她平静地盯着自己，便不由自主地说起他在隐官时的生活。那是他所经历过的最暗淡的日子，一想起来他就揪心的痛，刻骨的恨。因此他对权势的热衷超过了一切，拼命地取悦始皇。只要能得到始皇的欢心，他就不惧任何人。

丹脂被赵高的话吸引，渐渐解除了戒备。他们有太多的相似之处了，于是，她开始回答赵高的问话，话到投机处，二人都不胜感叹。

丹脂说起隐官的情形，一切都和过去差不多，有些甚至变得比过去更为残酷暴虐。他们虽然不是囚徒，但已与囚徒相差无几。

赵高了解到丹脂之所以逃跑，是为了隐官中年迈无依的父母，因此他关切地问道："你还有没有其他的兄弟姐妹？"

丹脂流着泪幽幽道："两个兄长战死疆场，一个弟弟自从宗国被灭之后一直逃亡在外，杳无音信。如果我不回去，爹娘恐怕就……"

赵高了解隐官的残酷，他的父母就是不堪折磨而死的。想到这里，他不禁对丹脂生出一种爱怜之情，不想把她推荐给始皇。

自从清扬夫人死后，始皇对任何姬妾都失去了长久的兴趣，他需要的是刺激。丹脂进宫，了不起会得到始皇几夕欢娱，过后就会被弃之一旁再也不理。他略微考虑了一下道："名册已经上报宫中，你不可能再回去了。这样吧，我派人把你的父母接出来。你在宫中做满三年宫女，就会被放回去与父母团聚，再也不用回隐官了。"

"大人如此相助，丹脂无以为报！"丹脂跪下谢道，她一双亮晶晶的眼睛盯着赵高。

赵高躲避着这双眼睛，故作随意道："谁叫我与你一见如故呢？同是赵氏族人，理当相助。"

　　丹脂看出他有些言不由衷，但他如此相助，自己若再追问，就显得有些不知好歹了。何况她心中已做好最坏的打算——了不起一死，也就不惧怕什么了。

第十八章

始皇求仙得谶语 蒙恬出征驱匈奴

在卢生、侯生所炼丹药的帮助下，始皇果然觉得精神好了许多。特别是在享受赵高送的美女时，吃上几颗丹药，就再也没有以前那种力不从心的感觉了，所以他对卢生、侯生也日益宠爱。

卢生、侯生也听说过徐福寻仙之事，虽然百姓传说得神乎其神，但他们并不相信。可对徐福能够得到众多财物，以一个虚无缥缈的借口离去，他们却甚是羡慕，一心想效仿。

于是卢生进言道："陛下，臣的师傅在飞升之前，曾说燕地之海曾有仙踪。师傅传给臣的炼丹之方若能得仙人指点，不仅能够强身健体，而且能使人长生不死。陛下若能派臣前去寻找，相信不久就能炼得长生之丹。"

始皇一听便担心他们也同徐福一样一去不回，于是道："爱卿如若离去，谁还能再替朕炼这丹药？朕在这咸阳也待腻了，二位爱卿就同朕一起到燕地去巡游吧！"

卢生、侯生也不敢过分坚持，怕引起始皇疑心，只好等到了燕地之后再见机行事。

始皇要巡游燕地，却不能让群臣知道他此行的目的。李斯窥知他的意图后，便上奏道："北地胡人猖獗，屡屡侵扰中原，陛下应以天子之威震慑，使之不敢轻举妄动。"

"可。"始皇立即在奏章上批道。

秦始皇三十二年（公元前 215 年），始皇又带领着众多文武大臣作第三次巡游。可这一路行来远不如前两次东巡顺畅，庞大的车队时时为诸侯留下的城防所阻，这令他心中极为不快。

这次所经之地，多是魏、韩、赵、齐、燕等国的交界处及河水流经之地。各国为了防备攻伐，各自依托地势，修建城郭，阻塞交通。现在虽然各国已灭，但这些城防却依然存在。

这些城防不仅阻碍了始皇的道路，而且使他想到另一重危险——如果六国余孽复起，这些城防就又成了他们割据的屏障。不行，这些城防必须拆除，否则对社稷不利。

想到这里，他立刻吩咐赵高道："你向沿途官吏传令，各国旧有的城防全部拆除，不得留存，违令者斩！"

"是，陛下！奴婢也觉得这些城防该拆除，不然陛下的车队早就到了。"始皇暗自笑了笑，因为赵高没想到他的用意。

各地郡守、县令闻风而动，遣境内百姓迅速施工。百姓却苦不堪言，此时正值春播之际，却被赶来拆除城防。耽误播种，秋收必受影响，赋税也难以交齐，一家的生活就不好过了。可陛下有令，谁敢不听？大家虽心有怨言，却无可奈何。

自从旨意下达后，始皇就觉得一路通畅了许多，也安心了许多。

"陛下，这沿途的郡守、县令行动倒是很迅速，奴婢发现驾车也轻快多了。"赵高指着一路拆毁的城防道。

"不仅朕所行的这条路要拆，天下各地阻碍交通的城防都要拆除。朕从这里经过，他们当然要尽力了。以后这事你就不要管了，交给冯劫去办吧！"

听到这些，赵高心中不是滋味。像这类事始皇从不交给他办，仿佛他天生就只能做些见不得天日之事。

"朕有些担心卢生、侯生，若他们像徐福一样一去不返，朕该怎么办？"始皇有徐福这个前车之鉴，所以不放心他们离去。

赵高暗骂两人竟不与自己商量就向始皇进言。他明白他俩完全是一派胡言，是想骗得一些财物后溜掉。他们若是溜了，自己怎么向陛下交代？

幸亏陛下说了这事，不然等他们逃走了，自己不但不能戳穿他们，反而还要为其掩盖。既然你们不仁，就别怪我也不义！

想到这，赵高说道："陛下，卢生、侯生都是燕地之人，若找到他们的家人亲友，令当地郡守严加看管，他们到时就不会不回来了。"

始皇点头道："就依你之言。不过不要让他们以为朕是拿其家人要挟，否则他们不会安心为朕寻找仙人。"

只有这样做他们才会"安心"！赵高暗想。

赵高亲自赶往右北平郡，将他们的家人亲友全部迁到郡治无终（今天津蓟县）密押起来，然后回来狠狠训斥了他们一番。

卢生、侯生见家人亲友都落入赵高之手，只得乖乖听其摆布，再也不敢起异心。不过他们编造的寻仙之事必须继续下去，不然就无法向始皇交代。

于是赵高再次进言，派卢生、侯生出海寻仙，始皇欣然应允。

不过赵高仍然担心他俩逃走，便以保护的名义派护卫跟随他们出海。卢生、侯生在赵高的安排之下，只得出去游荡一圈再说。

始皇极为高兴，以为这次定能得到长生不老之药，一路耀武扬威，直抵碣石（今辽宁绥中）。

在碣石凭海之处，燕国原来建有宫殿，以作观海之用。始皇来后，嫌其宫殿狭小简陋，下令重新建造。

不知不觉两月已经过去，卢生、侯生仍没有消息传来。始皇每日临海而望，那碧海映天、雪浪翻涌的海景已丝毫引不起他的兴趣。这天他皱着双眉忧愁地问着赵高："他们一去两月仍毫无音信，该不会像徐福一样吧？"

赵高胸有成竹地答道："不会的，陛下！奴婢已一再嘱托，不管寻不寻得到仙人，两个月之后一定要回来复命。陛下，您看那海中的三块巨石，乃是渔人归航的识标，他们回来时一定会经过此地。"

在离海岸不远处，三块巨石耸然而立，其中一块巨石高出水面约十丈，犹如一张扬起的风帆，当地之人皆称之为天桥柱。

始皇阴沉着脸，略一点头后道："他们若不回返，朕就以欺君之罪治其家人，给他人警戒！"

"陛下圣明，他们怎敢欺瞒陛下？奴婢已派人监视，相信他们也不敢妄为。"

赵高心中有数，他们俩一定会回来的。只是回来之后，他们怎么向始皇回禀呢？仙药肯定寻不到，空手而归始皇一定不高兴，说不定还会迁怒于他。不知他们会如何蒙混过去。

"陛下，卢生、侯生之船已可看见！"一个在高处瞭望的侍卫前来禀告。

"快，快带朕去看！"始皇欢喜地大叫道。

这下好了，只要他们寻到了仙人，朕就可以长生不死了。始皇兴奋地想着，跟在侍卫后面向高处奔去。

果然在远处出现了三片白帆，隐约可见其形状，正是卢生、侯生的座船。始皇决定回宫中等待，他担心自己闻听好消息之后，会在臣子和侍卫面前失态。

卢生、侯生经过两个月的海上生活，都变得又黑又瘦。他们暗骂赵高心思恶毒，不仅扣押了他们的家人亲友，还逼迫他们在海上漂荡两个月，让他们吃尽了苦头。

两人一进宫，赵高立即笑脸相迎道："二位辛苦了，陛下已等候多时。"

两人忙赔着笑脸向赵高行礼。

始皇一见到两人，忙起身相迎："仙人可曾寻到？"

卢生、侯生行跪拜之礼后道："陛下，我俩在海中见过仙人，但仙人只给了我俩谶文，并未指点炼取不死仙丹之法。"

"那谶文写的是什么？"始皇虽有点失望，但还是急切地追问道。

"臣等也不知。要等陛下行过祭拜之礼，再由臣等行三天法事，祈祷仙人显灵之后才能显现。"侯生不慌不忙道。

"可否让朕见见那谶文是何样子？"始皇有些失望地问道。

一名侍卫捧进一块一尺见方的木板，木板黝黑锃亮，已看不出原色，上面弯弯曲曲的，有不少乱纹。赵高将木板接过呈给始皇，心中甚是疑惑。

始皇接过木板，感到颇有些沉，但看不出为何木所造。他仔细看了上面的乱纹，也看不出什么名堂，只得颓丧地放下。

卢生忙上前奏道："陛下不必泄气，此乃仙人所授，自然难以轻易显现，只要陛下行过祭礼，臣等行过法事，一定会有所显现。"

"那好吧！赵高，你通知太祝准备一下。"始皇有些无奈地吩咐道。他又仔细地看了看那块木板，一面光滑如镜，一面刻着乱纹，再不见任何奇特之处。

次日，始皇依卢生、侯生之言，在碣石一座高山之巅行过祭礼，然后只留下侯生、卢生及一些侍卫。

始皇每日来看一次，第一天见他俩跪拜在木板之前，念念有词，却听不出所念为何。第二天他又见卢生、侯生在木板前手舞足蹈，状若疯癫。第三天，始皇见他俩闭目盘坐，不言不动，便在一旁耐心等候，一个时辰过去了仍不见动静。他忍不住走到二人身边，正待开口相问，卢生忽然睁开眼睛道："陛下，仙人已显踪迹，谶文已经出现。"

始皇向那块黝黑的木板看去，只见诸多蚂蚁在木板上排成五个大字——

亡秦者胡也

始皇被眼前的景象惊呆了，蚂蚁怎会写秦人的篆书？"亡秦者胡也"是什么意思？难道这就是仙人给的旨意？

卢生和侯生忙跪拜道："陛下，臣等该死！臣等没取得不死仙药，却得此不吉之语，请大王降罪！"

始皇怔怔地望着天际，不停地思索木板上的五个字。"胡"是谁？竟要灭我大秦！难道是北方的胡人？这些蛮荒野人怎能灭我大秦？他思索着这几个字，对卢生、侯生之言一个字也没听进去。卢生、侯生暗地相视一笑，只要始皇对这五个字感兴趣，他们的目的就达到了。

其实这五个字是他们一手造的。他们暗中携带蜂蜜引来蚂蚁，又用蜂蜜写成"亡秦者胡也"五个字，蚂蚁沿着蜂蜜就排成这五个字。这是他俩经常用来哄骗的一招，看来用来对付始皇也同样有效。

当他俩再次请罪的时候，始皇才醒悟过来。他摆了摆手，示意他俩站起来，然后说道："这不怪你们。谶文虽不是炼长生不死药的，但对社稷关系重大，朕同样要重赏你们。不知二位可知这谶文是何意思？"

卢生、侯生出生在燕地，燕国被灭后，此地常受胡人骚扰。他们曾听赵高说不少边关也深受胡害，边关郡守常上奏请求始皇发兵讨伐，但不知为何却迟迟没有出兵。他们相信若借仙人之口向始皇暗示胡害之烈，他一定会感兴趣。

始皇果然被这谶文吸引，还向他俩求解其中之秘。他俩十分聪明，知道说得越清楚反而越容易引起疑心，于是便含糊地支吾道："此乃仙人授天机于陛下，臣等不敢妄解，还请陛下揣摩。"

始皇暗想，这是仙人给朕的启示，他们怎能明白其中的道理？朕受命于天，乃是上天之子，也只有朕能解其中之意了。于是他煞有介事地说道："既是仙人指引，朕已明白其中之意。赵高，传朕旨意，赏卢生、侯生各金百斤，赐大夫爵。"

赵高虽知道卢生、侯生暗中做了手脚，但也看不出所以然来，于是对他俩的手段甚是佩服。现在陛下对他二人言听计从，而他们又在自己的掌握之中，也等于间接控制了陛下。他想到这里，心中更是得意。

可一切并不像赵高所想的那样，始皇并没有听卢生、侯生的摆布。他一旦回到现实，又显出往日的精明。隗状成了他召见最为频繁之人，反而把卢生、侯生忘在了一旁。

这段时间，他详细地了解了胡人的来历、习性，并改变了原来的巡游计划，从右北平、渔阳、上谷、代郡、雁门、云中等几个与胡人交接的郡经过，一路视察边防情况。他已认定"亡秦者胡也"的"胡"是指塞外胡人，除了他们，没有人能撼动大秦江山。

胡也称匈奴，始祖是夏氏的后代，叫作淳维。他们居住在北边蛮荒之地，逐水草而居。周武王时因经营洛邑，就把戎夷放逐到泾水和洛水以北，命令他们按时向周朝进贡，命曰"荒服"。

经过二百年后，周穆王伐犬戎，得四只白狼四只白鹿而归。自此以后，戎夷不再朝贡。

周幽王时，因宠幸爱姬褒姒，烽火戏诸侯。申侯一怒之下勾结犬戎，在骊山之下杀死周幽王。周平王不得已将都城至洛邑，秦襄公派兵护送，周平王因此封其为诸侯，将岐山以西之地全部赐给秦国。

秦昭王时，义渠王与宣太后私通，宣太后用计杀了义渠王，攻破义渠戎，拥有了陇西、北地、上郡这些土地，并在此修筑长城抵挡胡人。与此同时，赵武灵王改变习俗，胡服骑射，打败林胡、楼烦二国，设置了云中郡、雁门郡、代郡。

后来燕国用秦开为将，大破东胡，使其退却一千多里。赵国又用李牧为将，屯守边防，使匈奴不敢再入赵境。

秦灭六国后，不再对外用兵。匈奴垂涎内地的财富，趁秦朝边防空虚之际，大肆入侵劫掠。各地边境郡守上书始皇，请求派大军驱除匈奴。始皇曾以此请教李斯，李斯却反对出兵，他进言道：“匈奴乃蛮荒野人，没有城郭，没有仓储，逐水草而居，随季节迁徙不定。其族中男丁皆弯弓执箭，披甲作战，喜欢攻战掠夺。若是攻打匈奴，轻兵深入，则粮饷难以为继，重兵进逼，辎重相随，则军行缓慢。而匈奴以骑卒为主，来去迅捷，有利则战，无利则退，不以逃遁为耻。我大秦即使战胜匈奴，得其土地不足为利，得其人口也不可为役，杀之又不仁。所以臣以为讨伐匈奴徒耗国力，并无实利可图。”

始皇听了也认为有理，所以一直下不了出兵的决心。可现在仙人留下谶文，这使他不得不重新考虑，那些塞外胡人对社稷的威胁。

其实刚刚统一六国之时，他就有意对付匈奴，便起用了隗状为相，但隗状并没有起到他预想的作用。后来他又耽于巡游、求仙，本身也没将匈奴侵扰之事放在心上，臣子们也就不把这当回事。

“灭秦者胡也”的谶文很快就在大臣中悄悄流传开来，他们见始皇频繁地召见隗状，对此更加确信无疑。

王绾、李斯等大臣都为方士围绕皇帝使他们不能接近而苦恼，他们都知道始皇在此事上陷入已深，听不进任何谏言。他们也亲眼见过海市蜃楼，对求仙之事半信半疑，所以无力劝服始皇。

现在始皇又回到争战之上，这无疑又是他们接近的好机会。对那些玄之又玄的神仙之术，他们自知不如方士，但对这实实在在的争战，他们自信满满。

对付匈奴无非是两种意见：一种主张讨伐，一种主张维持原状。李斯早已进献过不宜讨伐匈奴之言，所以拉拢支持他的朝臣四处游说，使始皇相信讨伐匈奴不利社稷。隗状却趁机拉拢王绾，积极进言讨伐匈奴，他已看出这是扩张势力的大好机会。朝中没有人比他更熟悉匈奴之情，若是对匈奴用兵，就必然要重用他，那时他才能真正成为一人之下、万人之上的右丞相了！

双方轮流向始皇进言，各抒己见，使始皇有些无所适从。他倾向于隗状的意见，但又担心李斯所说的后果，最后决定改变行程，先巡察边郡后再作决定。

赵高没有想到卢生、侯生所造的神仙谶文竟使始皇疏远了他们，气得把两人骂了个狗血淋头。

李斯和隗状的明争暗斗，又让赵高喜不自胜，他觉得让始皇暂时从求仙的愿望中脱离出来也未必是件坏事。如果他们长期围绕在始皇左右，必然会引起大臣的嫉妒，成了他们群起而攻的目标。而现在他可以站在一旁，看他们彼此削弱。不管他们哪一方失败，对他来说都是好事。因此，他也不急于使始皇再度热衷求仙，安心等待这些大臣斗出一个结果。

匈奴原本在阴山河套地区，与中原各国并不交界，中间隔有义渠、林胡、楼烦。后来秦国灭了义渠，赵国灭了林胡、楼烦，匈奴婢与中原相接。

始皇一路经右北平、渔阳、上谷、代郡、雁门等地，沿途所见多为荒野，难见人烟。偶尔可见一些村落，却是断壁残垣，空无一人。他很诧异，向隗状询问原因。隗状沉重地答道："陛下，这些都是遭匈奴劫掠过的村子。匈奴人不仅抢劫财物，而且掳掠人口作为奴隶。对于老弱病残则杀死，不能带走之物则毁掉，致使一些村落成为这样。"

没想到这边塞之地竟是如此荒凉，看来朕的确轻视了胡人的危害。秦人攻城拔寨之后，往往也是洗劫一空而去，没想到胡人现在也用此法对付他们，始皇听后心中甚不是滋味。

李斯颇为担心，他知道隗状此言是存心加强始皇出兵的决心，可是面对眼前的村庄，他也无从辩驳。

这时，一位虎贲军都尉禀告道："陛下，前面发现一队骑卒，看其装束似匈奴人！"

"来骑有多少？"始皇问道。

"约有一千余人。"都尉答道。

"陛下，这可能是小股匈奴骑卒劫掠之后准备回去，绝不能放过他们。"隗状听后放了心，随即谏道。他有心让始皇见识一下匈奴人的厉害和残暴，这样更能促使他下决心出兵。

始皇命令留下两千虎贲军护驾，其余三千则去迎敌。

匈奴骑卒没想到在此地会遇上秦军，但他们并没有感到害怕，以为这些秦军与边塞上的一样不堪一击，将这一仗看成是立功的机会。他们也不作阵势布置，在一名大当户（匈奴领军之官）指挥下，狂叫着向秦军迎来。

始皇命令秦军对这些匈奴人痛下杀手，救出所掳的百姓。

秦军队形整齐，而匈奴骑卒散乱，略懂兵法之人即可看出孰优孰劣。但两军交接之后却大异常情，秦军和匈奴都有人落马而死，其人数相差无几。匈奴整体攻势不如秦军，但个人作战能力却无比强悍，尽管他们面对的是秦军中的精锐。

匈奴人从小在马背上长大，个个精善马技，其灵巧令人眼花缭乱，再加上剽悍狂野的性格，令虎贲军感到十分难缠。

严密的协作能力使虎贲军抵消了匈奴骑卒的个人作战能力，渐渐占据上风。匈奴人渐觉不妙，在大当户的一连串吆喝声中，竟各奔东西分散而逃。

虎贲军都尉却不知该如何追击。在中原作战时，没哪个国家的军队会像匈奴人这样溃败，如同一群争食的鸟兽，受到惊吓之后一哄而散。

始皇远远地看见这一幕，对匈奴人的凶悍甚是心惊，他对隗状道："没想到这些蛮荒野人如此剽悍，其战法也不同于中原，难怪边塞郡守一再进言匈奴之骑难以对付，朕的虎贲军都难以占优势，可见他们所言不虚。隗爱卿，你知道匈奴的兵制是怎样的吗？"

"回禀陛下，匈奴之君主名为单于，下设左右贤王、左右谷蠡王、左右大将、左右大都尉、左右大当户、左右骨都侯。匈奴又将'贤'称为'屠耆'，并常以太子为左屠耆王。从左右贤王以下到当户，官位大的拥有数万骑，小的也有千骑。其族中共有二十四位君长，立号为'万骑'，各自设有千长、百长、什长等官员。每年正月，君长们聚会于单于庭，举行春祭。五月，集会祭祀祖先、天地、鬼神……"隗状心中暗自高兴，连忙滔滔不绝地说道。有关匈奴之事，一直在他管辖之下，其余大臣想与他一争长短也没有这个能力。

李斯已觉得始皇明显倾向于隗状，若自己再坚持只怕会引起他的不快，于是开始寻思找机会向始皇表明自己已转变了看法。

虎贲军收兵后，向始皇禀报了战情。这一仗他们死伤二百多骑，匈奴人也丢下三百多具尸首，还有两百多百姓被匈奴人杀死后遗弃。

始皇脸色阴沉地听完禀报后痛惜道："朕亲眼看见子民遭蛮荒野人屠杀而不能尽力保护，实是痛心至极。诸位爱卿，你等身为社稷大臣，难道还要坐视吗？"

"陛下，臣没有想到匈奴人如此凶残，实当天诛地灭！臣愿收回先前所进之言，与右丞相共商讨伐匈奴大计！"李斯既已表态，追随之人也随即附和，一时间君臣显示出一致讨伐匈奴的决心。

隗状没想到李斯会来个彻底转变，令他猝不及防，不仅被抢去了风头，还破坏了他准备独揽匈奴事务的大计。

始皇点了点头道："廷尉不再坚持原意，朕心甚慰！诸位爱卿要多费心思，尽快拟出一个对付匈奴之策。"

"是！"众臣哄然相应，只是有人窃喜，有人心中不快。

出巡的车队经上郡一路直奔咸阳，沿途始皇又看见几次小股匈奴骑卒进入中原烧杀掳掠，更增强了他讨伐匈奴的决心。

看来仙人的谶文不错，朕若是再容忍下去，过不了多久只怕胡人就真会抢掠到咸阳去了。他一路上愤愤地想着。

讨伐匈奴的决定易下，可到底派谁为领军之将呢？一路上为此事，他颇费脑筋。

王翦、杨端和、蒙武都已年老体衰，不宜再领兵作战。正当壮年、在秦军中颇具威望者有三人——王贲、李信和蒙恬。此三人都是能征善战之将，领兵作战各有特色。

王贲受其父王翦影响，用兵老练，有伐燕灭魏平齐之功，年纪轻轻即被封为通武侯。又因与始皇是姻亲，声名极其显赫。

李信用兵擅长奔袭，本人也勇猛善战，但其败于项燕的阴影始终在始皇心中挥之不去，始皇虽喜欢他，但是不敢大胆用他。

相较此二人来说，蒙恬声名最不显赫。在征伐六国的战争中，其战功远不如王贲、李信，所以其爵位也远低于二人，到现在也只是左庶长。但蒙家与秦军关系甚深，蒙恬凭先祖的威望和踏实稳重的性格，在军中逐步取得声望，也是三人之中唯一还在军中领兵之人。

除此三人外，还有一人也适合领兵讨伐匈奴，那就是隗状。隗状是对匈奴了如指掌，而且也通兵法，但也有最明显的缺点，就是从未带领大军作过战。

始皇想来想去，难以做出决断，只好等回了咸阳，听了群臣的意见后再作决定。

虽然始皇还没有到咸阳，但讨伐匈奴的消息已传遍朝野，因此领军之将也就成为众臣关注的焦点。众人纷纷猜测，最后不约而同地将目光集中在四个人身上。

在王翦的府邸中，祖孙三代正在商议此事。王翦已须发皆白，满脸皱纹，佝偻着身子坐在正中。右首是儿子王贲，左首是孙子王离。

王贲四十出头，沉静地坐在那里。

王离只二十左右，看上去如一翩翩公子。他幼承祖父教导，虽然年轻，但在军中已小有名气。

"大父（秦人称祖父为大父），陛下已下定决心讨伐匈奴，朝野纷纷传言隗大人、李将军、蒙将军和父亲最有可能成为领军之将，不知大父认为谁最合适？"

王翦虽已年迈，但精神仍然极好，双目闪着精光。他微微一笑后道："其实这四人之中，陛下最后难以取舍的只有两人，离儿可知是哪两人？"

"大父不要考孙儿了。"王离笑道，"依孙儿之见，恐怕是父亲和蒙将军。"

"不错！那你能否将其中原因说与大父听？"

"大父曾说过，若论奔袭突击，秦军之中以李将军为最，但他是将才而非帅才，统军作战并非其所长，且他还有败绩，陛下一定不敢大胆用他。"王离侃侃而谈，王翦捻着白须一面听着一面点头。

见祖父同意自己的看法，王离得意地继续说道："右丞相隗状，听说其精通兵法，但并无实际战功，相信陛下也不敢放心用他。"

王翦笑问道："仅此而已？"

王离挠了挠头，实在想不出别的理由，只得点了点头。

一直静候在旁、听着祖孙二人议论的王贲道："离儿到底年轻，还不懂得揣摩人君的心意啊！当年你大父若非深知陛下之心意，只怕难有今日之安乐富贵。隗状是一戎人，虽然已在此成家立业，但其宗室血亲仍在塞外，陛下怎肯放心将大军交与一异族之人？陛下要的是他对付匈奴的办法，决不会用他去统兵作战！"

王翦赞许地点了点头，然后又追问道："那你与蒙恬，谁最有可能成为领军之将呢？"

王贲迟疑片刻后道："孩儿与蒙恬各有一半机会，就看谁能取得更多朝臣的支持。"

王翦却摇头叹息道："痴儿！你若作此想，只怕一成机会也没有了！这么多年了，你难道没看出陛下对蒙家的信任已远远超过我们王家吗？看起来我们王家声名显赫，一门二侯，实际上你我父子都无领兵之权。而蒙氏兄弟却一个在军中领兵，一个出入陛下身旁，其名声虽不如我们王家，但实权却大大超过我们。若是你联络大臣支持，只怕得不到领军之任，还会惹来陛下的猜忌啊！"

王贲忙跪下道："孩儿实不知此举会惹下大祸，请父亲指教。"

"我们王家战功显赫，秦军之中再无出其右者。但坏也坏在这战功显赫上，若论灭六国之功，尽说我王家父子，如何显出陛下的功劳？功高震主，乃人臣之大忌，我儿切记！现在只有韬光养晦，表现得对此事毫无兴趣，说不定还能与蒙恬一争。"

"父亲说得甚是，孩儿一定牢记在心！"王贲答道。

王离没想到其中会有这么多曲折，不由对祖父佩服得五体投地。

王翦想了一下，又轻轻说道："其实上上之策，还是将领军之任拱手让与蒙恬。为父知道我儿雄心仍在，但为了王家后世安宁，还是不要争这领军之任。"

"为什么？"王离不解。

"为父观朝中诸臣，表面一团和气，但其中之诡诈艰险非同一般，也只有陛下能够驾驭。陛下为人果敢、独断，许多事全凭喜好，不依常理，这将为日后留下不小祸根啊！"

"父亲是指立太子之事？"王贲试探地问道。

"正是！按说立扶苏乃名正言顺之事，为何陛下却迟迟不下此诏？蒙氏兄弟及多数大臣都偏向扶苏，但为何赵高却一心服侍幼公子胡亥？他是最知陛下心意之人，这样做是否别有用意？这些都值得深思啊！一不小心，就会惹来杀身灭族之祸。最好的办法就是远离这个是非漩涡，等待局势明朗之后再作打算。我儿若是领军出征，就会将所有人的注意引至我们王家，到时想脱身自保也难了。"

王贲、王离听后，深觉其意深刻，觉得自己料事之能远远不足，也明白了王翦为何被称为继白起之后的绝世名将，却又能不遭君王所忌，安然度过这么多年。

始皇一回到咸阳，就接到王贲的上书。他以为王贲听到风声，向他讨取领兵之任，谁知王贲在上书中称身体不适，想回老家休养，其言辞之恳切大有非回不可之意。

始皇心中正难以取舍，而王贲这回却让他轻易做出选择。王贲领兵作战比蒙恬更让他放心，但王家声名显赫，其荣耀已无人可比，若再给其实权，必有更多的人依附他们，这让他感到了威胁。

而蒙家声望一直为王家所掩盖。蒙武虽是名将，但战功不如王翦显赫，蒙恬更比不上王贲。但始皇心中有些愧疚，他清楚蒙武的忠心，却没有给他相应的地位和赏赐。不过蒙家也有王家不及之处，蒙毅随侍在他身旁，蒙恬现在军中领军，蒙家的实权是王家所不能比的。

现在王贲告归，始皇只有任用蒙恬了。但他没想到隗状求战之心如此强烈，一再上书请求领兵出战，始皇又感到左右为难。讨伐匈奴离不开隗状，若是断然拒绝他，又怕他会撒手不管。但让他领兵，始皇又放心不下。

"赵高，你说朕该用隗状还是蒙恬？"始皇每遇到难断之事，总要听听赵高的意见。

"陛下，奴婢怎敢对国事妄下结论？一切还望陛下明断。只不过……"赵高迟疑着，没有说出下文。

"不过什么？"始皇不解道。

"奴婢只是有些奇怪，隗状官居右丞相，为何还如此热衷领兵作战？"赵高说得有些隐晦。

"那你就不知道了，隗状的丞相并不好当，朕用他只是为了平衡朝中势力。他的根基不如王绾、李斯，若这次能领兵出征，就是扩张势力的好时机，所以才如此热衷。"始皇忍不住向赵高炫耀了一下自己用人的权术。

赵高装作恍然大悟道："原来如此，那陛下一定会用蒙恬为将了。"

"朕却担心如此一来，隗状就会撒手不管了。即使朕逼他献计献策，恐怕他也不会尽力。"始皇说出了自己担心。

"若隗状有心要挟，说明其人极为险恶。对付这种人，奴婢却有一个办法。"

对蒙恬和隗状，不管谁领兵出战，赵高心中都不满意。因为他们都是扶苏之人，谁领兵都是增强扶苏的势力。能削弱扶苏势力的办法，就是让权势小者领兵，并借机瓦解另一人的势力。

隗状与蒙恬相比，与扶苏的关系更为密切。始皇既对隗状有些不满，这正是他对付隗状的好机会，所以他要使始皇对隗状产生疑忌之心，才好放手对付他。

"你有什么办法，说给朕听听。"始皇又问道。

"陛下不妨让隗状先献上对付匈奴之策，这样隗状就会以为陛下器重他，一定会尽全力献上胸中所藏。然后陛下将此策交给蒙将军，让其领兵讨伐匈奴，就不怕隗状撒手不管了。"赵高道出心中的计划，对于有用之人，他总是充分地利用后再一脚踢开。

"这个办法倒是不错。朕只需给隗状造成错觉，相信他会尽献胸中所学。朕最讨厌被人要挟，他以为自己精通匈奴事务就无可替代，就想夺得领兵之权，朕偏不如他所愿！"

"陛下圣明！"赵高不失时机地赞道。

在始皇的精心谋划之下，隗状果然以为自己将接过讨伐匈奴之任，他欣喜若狂，以为这是他掌握大权的开始，于是在府中苦思数日，结合诸侯以前抗击匈奴的方法，向始皇进献了一道消灭匈奴之患的策略：

一、派大军扫灭德水之南的匈奴主力，收回河套等地区。

二、自临洮至辽东渤海边筑起一道长城，阻挡匈奴骑卒深入。

三、移民实边。将罪犯贬黜塞外或以优厚条件吸引内地庶民迁往边塞，增加人口，以利今后抗击匈奴。

隗状还详细论述了具体的实施办法，他相信这一定能促使始皇让他领兵出征。

始皇接到上书之后，就再也没有音信传来，他几次进宫求见，都被内侍挡回。他预感事情不妙，果然几日之后始皇便下诏拜蒙恬为讨伐匈奴的大将军。隗状不仅没得到领兵之权，而且被始皇痛责一顿，说他居心险恶，以其才学要挟君王，故免除其右丞相之职，念及以前功劳，留其爵位，其职暂由王绾代理。

自己辛苦一番，竟落得如此下场，隗状气恨交加，一病不起，不久就去世了。

秦始皇三十二年（公元前 215 年）岁末，蒙恬率三十万大军讨伐匈奴。

匈奴单于头曼闻听秦军大举讨伐，不禁有些害怕。虽然匈奴人强悍无比，男丁皆能披甲作战，但人数远远少于秦军。若能一战而胜秦军，然后与之议和，或许能保住现有的疆域；若与秦军长期作战，中原地大物博，人多势众，拖延下去只会对他们不利。

对秦始皇的威名，头曼早已知晓，他没把握打败这个强硬的敌人。就算这次能击溃蒙恬，也难保秦始皇不重派大军来讨伐。可就此退出河套地区，不仅他不甘心，族人也会视他为懦夫，那他的单于之位就岌岌可危了。他只得召集各族君长，共商对付秦军之策。

各部君长这么多年来一直在这享受着从中原掠夺来的财物，比起到处迁徙放牧的生活，这里简直就像天堂。对他们来说，抢劫那些秦人比在野外捕猎要简单得多，他们怎会舍得退出河套！他们决定不与秦军正面交战，利用来去迅速的骑卒来分散袭击秦军，截断秦军的粮草补给，逼迫其不战自退。

蒙恬率领大军来到匈奴出没之地，时常受到袭击，却找不到匈奴主力，于是就地屯兵，派小股秦军四处出击，侦察匈奴单于所在地。但派出的人总被匈奴人袭击，每次都被打得大败而归。匈奴人见秦军如此不堪，不禁产生轻视之心，出击也越来越频繁，人数也越聚越多，气势也越来越盛。

消息传回咸阳，始皇不禁有些着急。不少臣子已向他进言谴责蒙恬作战不力，请求更换主将，但这些进言都被他压下。他不相信自己会看错人，便招来蒙毅问道："爱卿对令兄目前所为如何看待？要知道朕一直是很信任他，可现在的战况实在令朕失望。"

"陛下，臣仔细看过战报，发现这些战败都似家兄有意而为。家兄已连败十余阵，但都没有损及主力，只是粮草辎重损失多些。家兄只要尚有一战之力，就绝不会言败，相信不久就有好消息传来。"蒙毅对这些进言早已知道，所以并不显得惊讶。

始皇点头道："听你这样一说，好像也是这么回事。朕已将隗状之策都交与蒙恬，蒙恬对匈奴战法应有所准备，如此连败是不合其领兵习惯的。蒙爱卿，朕想派你为特使，代替朕前去犒军，不知你意下如何？"

"这……陛下，请恕臣直言，陛下最好另派他人前往。"蒙毅皱眉道。

"这是为何？"始皇不解地问。

"陛下，家兄在前线领军，陛下派人前去慰劳查看理所应当。哪个大臣去都可以，唯独臣去不合适。"

"爱卿是担心有人进谗言吧？"始皇微笑道。

蒙毅点头应道："臣应避此嫌疑。"

始皇哈哈大笑道："若是朕连你们蒙氏兄弟都信不过，朕还能相信何人！你把这些进言都带给令兄，就说朕相信他一定能大胜而归，让他不要忧虑。"

蒙毅知道若再推辞只会引起始皇的不快，便称谢道："陛下如此信任微臣兄弟，臣等粉身碎骨也在所不惜！"

赵高一直暗中唆使李斯等人进言治蒙恬作战不力之罪，没想到始皇竟毫不理会，反而派蒙毅前去犒军，使他的阴谋毫无作用。

隗状气死，他心中大喜，若再能扳倒蒙恬，那就再好不过了。可是看眼前的情形，始皇对蒙氏兄弟的信任好像还在他之上。赵高这才知道自己看错了形势，后悔当初不该支持蒙恬，赶走隗状。

现在蒙氏兄弟一个在外统领大军，一个在内为陛下出谋划策，朝中军中都有势力，比起隗状来要难对付得多。他们兄弟与扶苏关系密切，对自己却敬而远之，将来势必成为自己扶植胡亥的最大阻力。

要想与扶苏对抗，必须加强自己的实力。王绾一身兼二职，权势极重，但他是扶苏的岳丈，肯定不会和自己站在一边，只有李斯还可争取。但李斯精明狡猾，自从与他合伙陷害韩非之后，一直与自己保持着若即若离的关系，似乎是在观望等待。

赵高一想到这些，就觉得心中窝火。有时怀疑始皇是在愚弄他，因为许多事看起来好像是始皇听了他的话去做的，而且始皇有时还有意让臣下知道他是这样做的，实际上赵高清楚他只是说出始皇心中想说而不便说出的话而已。

他觉得心绪不佳的时候，就想到丹脂那里去坐一坐。即使丹脂不与他说什么，他在那里坐一坐之后心情就格外舒畅。有时他明知道这样做很危险，但仍然遏制不住心里的冲动，这种刺激让他有种报复的快感，虽然这快乐过后总让他感到恐惧。

自从始皇开始插手后宫之事后，紫巾就知趣地回避了。她知道自己无法与那些年轻美貌的姬妾相比，于是就整日待在高泉宫中，对所有的事不闻不问。赵高就把丹脂安排在离高泉宫不远的地方，这里也是始皇来得最少的地方。在内宫之中，他只要避着始皇和紫巾，其他人他并不在乎，内宫总管也不得不看他眼色行事。

丹脂看得出来宫女寺人们都很巴结她，但对她又暗怀恐惧。赵高每隔几日必来看她，与她聊聊天就走，这让她有些不安。她原以为赵高没安什么好心，可他一直没有什么过分举动。她暗中向周围之人打听，大家对他无不称颂备至。难道是自己看错了？丹脂不停地问自己。

赵高果然遵守诺言，将她的父母从隐官之中赎了出来，并安排她与父母见了一面。

见父母安好，丹脂既感激又惭愧。以后赵高每次来，她都很殷勤，她知道自己没什么可报答的，除了献上自己的身体。可在名分上她依然是宫中的姬妾，除了始皇，她与任何一个男子苟且都是死罪。不过在这里她没有感到始皇的威仪，反而见识了赵高的威风。每个人都对他恭恭敬敬，丝毫不敢违抗他的命令。

赵高已在这里默默地坐了半个多时辰，丹脂也不多问，只在一旁默默地为其添酒夹菜。

这么一个绝色女子被自己藏置宫中，放眼朝中，谁能做到？谁又敢做？赵高不禁有些得意。

事实上他完全有办法将丹脂弄出去，置于自己的后堂中，但他偏偏不这么做。他需要这份刺激，一种在家中无法相比的感觉，只有这种感觉才能消减他对始皇的不满，为自己的卑躬屈膝找到一些慰藉。

其实他对权势的渴望远远超过了美色，以他现在的地位，得到美女易如反掌。但是家中除了韩姬和两个小妾，再无他人。这让一些妻妾如云的大臣有些不解，也使他有了不好色的名声。

　　他做了始皇几年的选美大使，经手的美女已有数百，却始终没授人攻击的把柄，除了行事谨慎之外，他在这方面的确有过人的自制力。

　　自小在隐官中的经历使他认识到，天下除了权势，再无任何事值得冒险。有了权势就有了一切，失去权势就失去一切。所以他谨小慎微地服侍始皇，从他那里取得权势。

　　但他的欲望和野心也随着权势的增加而变强大，他不仅需要权势，而且想得到尊贵的地位，让人都心悦诚服地尊重他。可是始皇偏偏在这方面抑制他，使他只能像一个影子一样随在左右。

　　丹脂的出现让他有种隐约的冲动，他以为就像见到所有的美女最初出现时一样，自己很快就会把这点冲动压制下去。可当他得知丹脂出自隐官，一种同病相怜的感觉使这点冲动怎么也遏止不住。他从中得到一种从未有过的快乐，虽然这种快乐让他有种如临深渊的恐惧。

　　"丹脂，他今天又骂了我一顿，他当着那么多侍从把我骂得狗血淋头！"赵高总算开口说话了。

　　丹脂早就看出他心中憋着一股气，果然一开口就是如此。在这里，赵高从不称始皇为陛下，而是称他，仿佛只有这样他心中才会痛快。对丹脂来说，始皇于她有灭国灭家之恨，所以赵高这般称呼，她不仅不认为是大逆不道，还在感情上给予认同。

　　丹脂看了他一眼，并不回话，为他斟满了酒。赵高又径自说道："徐福骗了他的钱财跑了，他却拿我出气，骂我办事不力，他以为神仙是那么好求的吗？"

　　"或许他并不是因为这件事而生你的气，说不定这只是一个借口吧？"丹脂淡淡地回应道。她知道始皇有时骂赵高只是为了发泄，并不是因为某事。

　　"蒙恬征伐不力，他偏偏要装作极为信任的样子，我略说几句，他就以徐福之事责我。算了，不说这些了。丹脂，你进宫已有不少时间了，还习惯吧？"

　　丹脂深施一礼道："全赖大人之福。其实丹脂过得怎么样倒不在乎，只要父母安好，丹脂纵然身死也无憾。"

"你不会怪我没让你见到他吧?"

丹脂淡然一笑道:"他美人如云,怎么会在乎我?丹脂只盼望能在宫中做满三年,好回去侍奉父母。"

"每年都会放一些宫女出去,也许用不了三年你就能出去。"赵高暗示道。

这几个月中,丹脂已见识了赵高的权势,也听得出他话中的暗示。她抬头见赵高目光灼灼,眼睛像两团跳动的火焰,直盯着她。

现在是回报的时候了,丹脂在心中暗想。她已无可退避,既然已做好了最坏的打算,那就只有一切由他了。

第十九章

扫北平南定天下 李斯上奏欲焚书

头曼单于得意万分，他不仅打败了秦军，而且抢得了不少粮草、武器。他们最缺的就是武器，因为不会冶铜炼铁，这些东西都要用马匹与中原人交换。几仗下来所缴获的武器，比他们原先用马匹换来的要好得多。有了这些武器，他们就更有信心了。

不久前他又得到消息，始皇派特使前来犒军，随行的还有大批粮草武器，这不禁又引发了他的欲念。他招来各部君长商议，并说出了自己的计划："秦国有大批粮草武器运来，护送的人马只有五万，如果能得到这批粮草武器，秦军的士气必然低落。这次请各位君长前来，就是商议是否出兵夺取这些东西？"

他的话立即得到了众君长的赞同，众人摩拳擦掌表示："单于说得对！咱们应干它一次大的，也让秦军见识见识我们的厉害！"

他们仿佛又看到堆积如山的战利品，特别是那些锃亮锋利的刀枪更让他们欢喜不已。见识了这些武器，他们才知道原先用马匹交换来的武器都是中原人不用的东西。

左贤王冒顿却担心道："中原人向来狡猾，这恐怕是一个圈套！"

他只有十七八岁，豹头环眼，虎背熊腰，相貌甚是粗犷，有着草原男儿的气概。但他却不为单于所喜，头曼总觉得这个儿子对他威胁很大。当他所宠爱的阏氏生了一个儿子后，他一直想废掉冒顿。但冒顿却甚得族人推崇，他一直找不到机会。直到后来他才想了一个办法，他先派冒顿去月氏当人质，然后极力攻打月氏，想借月氏人之手杀掉他。谁知冒顿却盗了一匹良马，逃回了匈奴。

头曼见他如此年幼，却这么勇敢，不禁对他另眼相看，给了他一万人让他统领。

"中原人虽然狡猾，但对我们的骑士没有办法，要不然也不会龟缩不出。冒顿，你不要什么都听中原人的，他毕竟不是匈奴人！"头曼闻听此言有些不悦道。

"是，孩儿记住了！"冒顿不再多言。

"各位都回去准备吧！三日后出发，不得有误！"头曼命令道。

"是！"众君长哄然响应。

回到领地，冒顿立刻去见他的中原人师傅。那是一个干瘦的老头，已须发皆白，手脚颤巍巍的，让人看了都为其担心。

匈奴人的风俗是看重体魄健壮之人，轻视年老力衰之人。年轻人通常吃肥美的食物，而年老之人只能吃剩下的东西。族人对冒顿此举都甚是不解，但他不以为然，始终对中原老者十分礼敬。

那老人听完冒顿所言，仰天长叹道："这是秦军的陷阱，只怕这一战你们会全军覆没啊！"

"师傅，我已向单于说过，但他不听。现在命令已下，我也无力改变了。"冒顿无奈道。

"我司空马曾与蒙家同殿为臣，他家三代为将，岂是轻易可战胜之人？秦军虽小败十余阵，但无损其主力，想必是有意为之，以使你的族人心生傲慢。单于若是不察，必将中计！"

"师傅能不能去劝说单于，让他取消出兵？"冒顿对司空马极为信服，希望他能劝说单于收兵。

司空马苦笑道："当年我出走赵国，曾向赵王进抗秦之策，可惜他不听我言。后来他又杀了李牧，半年后赵国即亡。我不愿为嬴政之臣，只得出奔匈奴，为你父头曼出谋划策，助其征服周围部族，使其成为万人尊崇的单于。可后来他见我年老力衰，便将我丢在一旁不理，若不是太子收留，我只怕早已是枯骨一堆了。太子既以礼待我，我将以礼还报太子！"

冒顿忙一揖道："师傅言重了！只求师傅能救我族人！"

司空马笑道："单于一直对太子有猜忌之心，这正是一个助太子巩固地位的机会，太子又何必着急？我恐怕不久于人世，在走之前，我将为太子留下一策，助你登上单于之位。"

"师傅何出此言？冒顿只要有一口气在，就一定会保护师傅。"冒顿急道。

"秦军这一胜，你们只怕就再难以在此立足。我这一把老骨头难道还要跟你们东奔西跑？不管怎么说，这里还是中原之地，我能死于此地也算不错了。太子，你去吧，明日午后再来见我。"司空马说完遂不再言，冒顿见此情形，只得恭敬地退了出去。

次日午后，冒顿来见司空马。只见他已自尽，留下一大张羊皮信给他。冒顿看完不禁露出笑容，向司空马的遗体深施一礼道："我一定按师傅所言去做，不负您的期望。"

秦军大营中，蒙恬正紧锣密鼓地准备着，这一次他要全歼匈奴主力。

之前，当他得知始皇要征伐匈奴，就仔细看了李牧抗击匈奴的战史。后来，始皇果然将讨伐匈奴的大任交给他，并附了一份隗状所献的讨伐匈奴之策。他从中了解了匈奴人的一些习性，知道了许多他们与中原人的不同之处，特别是在交战之时，如果顺利，就不断进攻；如果失利，就迅速退却，不以逃遁为耻。

若刚一接触，就让匈奴人知道他有备而来，以后再找他们决战就困难了。所以他不断派出小股军队出战，吩咐士卒佯装败阵并丢下一些粮草武器，以勾起匈奴人的贪心。

在蒙恬有条不紊地调配完兵马后，蒙毅问道："匈奴人会不会上当？此计并非天衣无缝，只要他们先派小股军队试探，不难察出其中虚实。"

蒙恬自信地笑道："若是六国之将，恐怕难中此计，但这些匈奴人一定会中的。我一连败了十余阵，在他们眼中就是个无能的将军。敌人骄气已生，我再用如此多的粮草武器做诱饵，不怕这些蛮荒野人不中计！"

"大哥有此信心，看来我可以向陛下报喜了。"蒙毅笑道。

"此事先不忙，我虽有把握打败他们，但并无把握全歼他们。这些匈奴人个个剽悍善战，这次我宣称用五万人押运粮草，必会引来匈奴单于头曼，估计其前来劫掠的士卒最少有十万。只要能打败他们，将其赶至德水之北，就可实施下一步计划了。"蒙恬大略地说出自己的作战计划，好使蒙毅安心。

蒙毅点了点头，然后说道："我也看了隗状所献的策略，细细琢磨，发现依德水修筑长城并不比驱逐匈奴人好办啊！"

蒙恬叹道："谁说不是呢？如此浩大的工程，非百万人不足以完成，不知百姓是否能承受得起啊！"

"若无其他工程，修筑长城还勉强可为，就怕陛下率性而为。骊山陵和阿房宫都修了一半，此两处工程也颇为浩大，若是三处加在一起，百姓才真正难以承受。"蒙毅担心道。

"还是等打败了匈奴人再细细筹划吧！"蒙恬不想为此分心。

"好！记得小时候我们常作战争之戏，咸阳城中全无敌手。这么多年我还未曾见识过真正的杀伐，今日也可大开眼界了。"

蒙恬摇了摇头道："还是不见为好，战争最是惨烈无情的。"

红彤彤的旭日挂在天边，在这个季节听不到一丝风声，原野空旷得令人不安。十三万匈奴士卒在各部君长的带领下，正整装待发。他们情绪激昂，像一群饥饿难耐的野狼。头曼单于一大早就走出大帐，跪拜这东升的太阳，保佑他们此行顺利。

在几声刺耳的胡笳声中，大军出发了。冒顿望着远去的队伍，口中喃喃道："但愿师傅的预测是错的，可惜呀！"他心中矛盾万分，因为师傅的预测若是对的，那这些族人就回不来多少了，也许匈奴将会从此一蹶不振。

他听从司马空之言留下来驻守营地，族人都不理解他为何要这么做。对匈奴人而言，作战是能获得食物、美人、奴隶、武器，这些都是他们求之不得的，他们不知道勇敢的太子为什么要放弃这个机会。

头曼却一口应允下来，因为过去每经一战，族人对冒顿的信服就增加一分，他不愿去，头曼当然求之不得。他留下五万人给冒顿保护老弱妇孺，其余的人都带走了。

大军离开后，冒顿开始准备。司空马的遗言中说秦军不仅会打败头曼，还会袭击他们的营地，所以他要让老弱妇孺做好撤走的准备。他不想与秦军死战，他要听从师傅之言保存实力，为将来登上单于之位打下基础。他相信自己做单于要比父亲强得多，他要打败西边的月氏，消灭东胡，然后与中原一较高低。

头曼率领的大军没费多大功夫就找到了运送粮草的五万秦军，看着绵长的车队，匈奴人禁不住狂呼。秦军见匈奴人杀到，边战边退，还不断丢下粮草武器引诱匈奴人追击。

匈奴人见到这么多东西，本来就散乱的阵形更加没有章法，有的人甚至顾不上杀敌，一个劲地抢东西。头曼见此大怒，连杀了几个带头的士卒才稳住阵形，然后督促他们继续追赶秦军。他决心将这些人全部消灭，然后抢走所有的东西，将蒙恬的秦军困死。

匈奴人不得已又重整阵形，追击着撤退的秦军。

蒙氏兄弟看见远处的滚滚尘烟渐渐进入包围圈，不禁相视一笑。

"将军，匈奴人已经进入包围圈了！"一名都尉兴奋地前来禀报。

"听我将令，准备出击！"蒙恬高声吩咐道。

"大哥，你指挥战事，这擂鼓助威之事就交给我吧！"蒙毅笑道。

"好！就让你见识一下我军的战车阵！"蒙恬有些得意。

眼看就要追到败逃的秦军，头曼忽然感到有些不妙，因为他听见了隐隐的雷声。

如此晴好的天气怎会打雷？但这声音却越来越清晰，接着是震天的鼓声和喊杀声。

"不好！有埋伏！"有人惊呼道。

只见四面八方拥出成千上万的战车，车轮滚滚之声有如惊雷。这战车是秦国工匠集六国战车之长制造出来的，方便、灵巧、坚固。在车轴两旁伸出三尺多长的长矛，在横冲直撞时能杀伤靠近战车的骑卒。这是中原对付匈奴的一件利器，蒙恬让人制造了许多，从而训练出这震慑人心的战车阵。

头曼知道中了计，想要回撤，但后路已被秦军堵死了。

"这些狡猾的中原人！"头曼大声骂道。慌乱之中，他看见了蒙恬的中军大旗，便一挥手中的战刀狂叫，"杀！杀向那里！杀死秦军的主将！"

蒙恬见大批骑卒朝自己这边拥来，不禁冷笑道："真是自不量力！让你们见识一下我大秦的厉害！"

在以往的交战中，匈奴骑卒的冲击是所向披靡的，其万马奔腾的气势往往使秦军胆寒。但这一次他们却遭到迎头痛击，秦军大阵中忽然万弩齐发，匈奴骑卒立刻大片大片倒下。

战车这时已切入匈奴队伍之中，横冲直撞。战车上有士卒三人：一人持弩，一人持戈，一人驾车，他们远射近刺，勇悍无比。

匈奴人这才知道，秦军原来隐藏了实力，其勇猛善战并不逊色，他们的气势顿时被压制下去，双方于是混战在一起。只见到处车骑追逐，人仰马翻，厮杀声响遍原野。

秦军有备而来，其整体作战能力远强于匈奴人，不久就占据上风，匈奴人死伤越来越多。头曼见势不妙，便率先逃走，匈奴人便一哄而散。蒙恬对此早有准备，他指挥士卒猛追头曼，大有不捉住他不罢休之势。匈奴人见单于形势危急，便纷纷来救，这正好中了秦军之计，秦军趁机又杀死了不少匈奴人。

在族人的拼死掩护下，头曼总算冲出包围，但随他杀出的匈奴人只剩下二三万人了。他们向大营逃去，却迎头碰上了冒顿。一打听，原来是秦军袭击了营地，幸亏冒顿早有准备，损失并不太大。

头曼羞愤难当，欲一死以谢族人，却被属下死死劝住，冒顿也趁机劝道："中原人狡猾多端，单于若是如此，岂不正中他们诡计？我们还是先退出此地再作打算吧？"

"左贤王说得对，单于千万不可如此！"众人也纷纷劝道。他们都有些惭愧当初没有听冒顿之言，招致如此惨败。现在见冒顿保住了族中的老弱妇孺，都对他十分敬佩。

头曼却觉得冒顿的话分外刺耳，好像在讽刺他。可他现在是败军之君，说什么都是多余。被秦军打败没什么，被儿子瞧不起才让他觉得羞愤难当。这冒顿哪里是在劝他，分明是在逼他自尽。

你想让我死后好继承单于之位，我就偏不如你意！头曼狠狠瞪了冒顿一眼，故作消沉地叹道："头曼无能，累及族人受此大难。既然族人还信任我，那就听左贤王之言，先退到德水之北吧！"

冒顿闻言有些失望，不过这也在他的意料之中，他没有损失多少人马，退居德水之北后，族人之中就数他的势力最大。

蒙恬乘胜追击，尽收河套以南之地。然后以德水为界，自榆中以东，西至阴山设四十四个县，并徙罪民于此实边。但始皇并不就此罢休，他命令蒙恬继续北进，驱逐匈奴。秦军渡过德水，又相继夺取了高阙、阳山、北假等地，控制了河套地区及阴山以北的部分地区。匈奴人自此闻蒙恬之名，无不胆战心惊，远远走避。

始皇又令蒙恬就地屯守，并开始着手修筑防御匈奴的工事——万里长城。

北方战事顺利，捷报频传，始皇大为高兴。什么"灭秦者胡也"？那些蛮荒野人怎会是我大秦的对手！若不是路途险远，粮草辎重难以运送，朕就要灭掉他们！看来那神仙谶文不足为凭，对朕也不起作用！始皇越想越得意，本要下令大肆庆贺一番，却不想从南越之地传来败讯，使他大为扫兴。

当年灭掉楚国后，王翦继续向南准备平定百越之地。

百越是指分布在东南沿海之众多部族，主要有瓯越、闽越、南越、西瓯和于越五支。其中最为著名的就是于越这一支，他们分布在今浙江绍兴一带，在春秋之时建立了越国，曾一度称霸中原，后为楚国所灭。

瓯越，又称东越，分布在今浙江南部的瓯江流域，今温州一带。

闽越，在今福建福州等地。

南越和西瓯，在今广东、广西一带。

王翦灭了东越、闽越，秦国将此地收归己有，设置了会稽郡和闽中郡。后始皇召回王翦，令都尉屠睢继续领兵五十万向南进军。

屠睢将五十万人分为五路，第一路驻守在镡城（今湖南靖县）之岭，向南可达西瓯族聚居之地；第二路驻守九嶷（今湖南宁远）之要塞，由此向西南也可与西瓯人相接；第三路驻守番禺（今广东广州），此地为西瓯重镇；第四路驻守南野（今江西南康），主要任务是支援第三路军；第五路集结在余干（今江西余干）之水，此水是南越进入内地的要道，控制此水道，就可牵制闽越、东越，孤立南越。

但秦军遇到了极大的阻力。西南之地多山，南北通行的只有一些小道，秦军的粮草运送极为困难，进军缓慢。

有鉴于此，秦始皇二十八年（公元前219年），始皇命监军御史禄开凿了灵渠。此渠沟通了湘水和漓水，粮草辎重即可从水路运送，少了难行之苦。秦军也由此水路深入漓水流域，向西瓯人发起攻击，杀死了西瓯君。但岭南各部族首领并不愿就此屈服于秦人，他们凭借地形、利用山高林密的自然条件不断袭击秦军，迫使秦军屯守空旷之地，不敢随意出击。

越人的不断袭击和骚扰，使秦军疲惫至极，越人趁机出击，大破秦军，杀死了统帅屠睢。

败讯传至咸阳，始皇十分震怒。他原以为五十万人征伐百越，应该不会有多大困难，想不到却遭到惨败，连统帅都被人杀死。他遂派任嚣、赵佗为将，征逋亡人、赘婿、贾人为兵，增援南越。

任嚣、赵佗不负所望，总算占领了南越之地。始皇遂命令在此设置了桂林（今广西桂平）、象（今越南北部中部地区）、南海（今广东广州）三郡。但因此地距咸阳太远，往来极不方便，若事事等咸阳之令，将贻误时机，始皇只得在此设置南海尉，掌握此地兵权，这是他第一次不得已将手中权力放给臣下。

秦始皇三十四年（公元前213年）正月，始皇在咸阳宫大摆寿宴。群臣上下都明白，始皇之意并不在其寿诞，而是为匈奴、百越相继平定而庆贺。

驱逐匈奴，使边民少了劫掠之苦。征服南越，大大开拓了秦国的疆域，还得到了象牙、牛角、翡翠、珍珠等南越珍宝。诸多胜利，已使大秦的威名远播四方。

群臣都看出了始皇的心思，个个尽心准备。酒宴之上，颂扬之声此起彼伏，使始皇大为舒心。他的疆域之广阔，已超过三皇五帝，对群臣的赞颂，他自诩当之无愧。

轮到众博士敬酒时，博士仆射（即众博士之长官）周青臣站起来颂扬道："陛下平定天下，驱逐蛮夷，以千里之秦地扩展成万里疆域，日月所照无不臣服。如今诸侯之地皆被置为郡县，黔首都安居乐业，全赖陛下圣明。陛下之英名必将传于万世，虽上古帝王也不及陛下之德。臣代表诸博士敬陛下一爵，祝陛下万寿无疆！"

群臣纷纷起立附和，始皇满面笑容道："好！朕就喝了这爵酒！"

饮罢此酒，始皇遂赏了周青臣金百斤，这引得众博士纷纷注目。他们对周青臣以众人的名义抢去风头甚是不满，好话都让他一人说了，他们再凭什么去获得赏赐呢？论学问，他们没一个瞧得起周青臣，但秦国偏偏重武臣，周青臣以一手箭技，便成了博士仆射。

他的一番阿谀奉承使始皇很高兴，却激怒了博士淳于越。在七十多位博士之中，他以学贯古今、尽知礼仪而著称，但他性情耿直，一直受周青臣排挤。他见周青臣当面阿谀始皇，心中更是不满。

什么安定天下，使黔首安居乐业！为了方士一张谶文，便发大军讨胡；为了贪图南越之宝，就派五十万人前去讨伐。因一己之私而滥用民力，还说什么英明？不尊古之分封，将诸侯之地置为郡县，如此贪恋权势，又爱征伐，岂是社稷百姓之福？

淳于越越想越气愤难平，便顾不得进言是否扫兴，就上前说道："陛下，臣闻商周之所以统治天下达千年之久，皆是因为分封子弟镇守四疆，作枝叶之辅。而今陛下拥有万里疆域，子弟却无寸土之封，一旦出现齐国田常、晋国六卿那样的篡权之臣，外无子弟如何相救？事不师古而能长久者，臣未闻也。周青臣当面阿谀陛下，加重陛下之过错，不是忠直之臣，请陛下明察！"

见淳于越当着众多朝臣的面斥责自己，周青臣不禁气得面红耳赤。众博士见此情景，个个暗中幸灾乐祸。不管谁遭殃，对他们来说都没有什么害处，反而少了竞争对手。

分封之事早有定论，想不到事隔多年又有人旧事重提。始皇见殿中一片窃窃之声，心中十分恼怒。他记得此议当初是王绾最先提出来的，不禁向右首望去，只见他怔怔出神，仿佛是在沉思。

该不是你在背后支持这些博士来搅朕的兴致吧？始皇暗想。

王绾一听淳于越重提分封之事，心中就暗呼不妙。郡县之制已实行多年，并无什么不适之处，如今再提分封，这不是自找难堪吗？他见众臣议论纷纷，便沉默不言，想先看看形势再说。

李斯却有些心急，当初他反对分封最出力，若是现在有变故，那不是说他当初之议是错的吗？他窥探着始皇，见他向王绾望了一眼，随即露出不悦的表情，心中便已有数。他不等周青臣出言反驳，即起身奏道："陛下，臣认为淳于越所言甚谬。五帝不相复，三代不相袭，各以其具体实情而治天下。这并非前代圣人要故作不同，而是因时事变异，就要作不同的准备。如今陛下创下万古空前之伟业，建立万世之功绩，不是这些只知师古的腐儒所能了解的。淳于越妄言三代之事，何足效法？殷、周以分封之制，立国不足千年。陛下郡县之制，依据实情而制定，补古之缺漏，立国必会万世不变！"

始皇闻言连连点头，李斯见此不禁越说越得意："昔日诸侯纷争，各据一方，以优厚的俸禄广招游说之士，而今天下一统，法令出一，士应学习法令，不违禁令。诸儒生却不师今而学古，非难当今制度，惑乱黔首，应交御史治罪！"

博士们闻听李斯之言，皆义愤填膺。众人就要群起相争，却被始皇出言制止："廷尉言重了。淳于越也是为朕考虑才出此言，虽然言有不当之处，但不关众博士之事。今日是朕的寿诞之喜，众卿不要再议政事。至于分封之事，诸卿可尽抒己见，然后上奏与朕裁决！"

博士们虽心有不甘，但也不敢违抗始皇之命。咸阳宫里依然爵来盏去，不过气氛要比开始沉闷得多，一场欢宴总算维持住了。

第二日，始皇却下了一道令群臣震惊的诏令——封李斯为左丞相，王绾为右丞相，蒙毅接任李斯之职为廷尉。

这次封赏受益最大，最为高兴的就是李斯，他终于得到了梦寐以求的位置，成为秦国丞相，虽然形式上王绾还在他之上，但论实权他却无人能比。因为论与始皇的关系，他的儿子皆娶秦国公主为妻，女儿皆嫁给秦国公子，而王绾只有一个女儿嫁给了扶苏。而且他与赵高有着特殊的关系，而王绾却没有这种优势。

王绾虽然升任右丞相，但实权却被他分去一半。他知道这一切都源于淳于越又提分封，使陛下对他起了疑忌之心。

李斯一上任就提出一项令始皇赞赏不已的建议——

丞相臣斯昧死言：

古者天下散乱，莫之能一，是以诸侯并作，语皆道古以害今，饰虚言以乱实，人善其所私学，以非上之所建立。今皇帝并有天下，别黑白而定一尊。私学而相与非法教，人闻令下，则各以其学议之，入则心非，出则巷议，夸主以为名，异取以为高，率群下以造谤。如此弗禁，则主势降乎上，党与成乎下。禁之便。

臣请史官非秦记皆烧之。非博士官所职，天下敢有藏诗、书、百家语者，悉诣守、尉杂烧之。有敢偶语诗书者弃市。以古非今者族。吏见知不举者与同罪。令下三十日不烧，黥为城旦。所不去者，医药卜筮种树之书。若欲有学者，以吏为师。

看到这篇气势磅礴的奏章，始皇真想痛快地在上面批上"可"。儒生们食古不化，现在仍然对他所定的制度心怀不满，这让他觉得就应该烧掉那些教他们混乱思想的书籍。但这毕竟是关系着千万人的大事，他一时也下不了决心，于是下发给群臣商议，再作决定。

群臣得知李斯之议，顿时大哗。要知一书之成，甚为艰难。手写刀刻，凝聚几代人的辛劳智慧，若逢战乱，保存更为不易，就此轻易毁去，实在可惜。但他们都知道始皇的习惯，一般下发臣议的奏章，多是表明他偏向此举。

尽管如此，以王绾为首的诸臣及众博士还是坚决反对焚书。李斯也不甘示弱，纠集支持他的大臣坚持焚书。双方在咸阳宫大殿上摆开阵势，辩个不休。

"《诗》《书》所传，使人辨慧知礼。圣哲先贤，无不受益于此。臣受教于《诗》《书》，才知礼仪，守诚信，才登于庙堂之上辅佐陛下。一书之传，殊为不易，凝结几代人的心血智慧，一朝毁去，实是可惜。今博士淳于越以古非今，理应受到国法惩戒。但若因此而祸及天下读书之人，实难令人信服，望陛下三思！"王绾首先上前奏道。

淳于越也挺身道："臣非议上制，非因《诗》《书》之错，实是未尽知书中之意所致，请陛下治臣读书而不知书之罪！"

李斯一心要把事态扩大，故而危言耸听，他们就尽量把此事缩小，把所有罪责都归结于淳于越一人。淳于越也自愿牺牲，以挽回因他之言而造成的不利局面。

李斯看出王绾等人的策略，便胸有成竹地上前奏道："陛下，先君孝公之时，商君曾言农战之民千人，而有《诗》《书》辨慧者一人，则千人怠于农战，并把《诗》《书》列为六虱之一，谏孝公燔《诗》《书》而明法令，自此我大秦才逐渐强盛。只要《诗》《书》尚存，非议朝政者将不绝。如今天下一统，儒生应与黔首一样谨遵法令，约束己身。若以其所学惑乱百姓，扰乱上下之治，实是罪不可恕。究其根源，实是《诗》《书》之祸。昔日陛下销天下之兵以避战祸，今日应焚天下之书以绝惑民之源。请陛下恩准焚书之议，以保大秦之万世江山！"

商鞅变法奠定了秦国富强的基础，虽然他以谋反的罪名被车裂，但其功绩一直受后世景仰。李斯以商鞅焚书明法令之举来谏始皇，大出王绾等人意料。

既然早已有人为之，其效果也不坏，朕为何不能为？儒生以其所学散布不利言论，若不加以钳制，只怕会愈演愈烈。始皇想到此便道："左丞相所言，朕深有同感。焚书虽有不利之处，但为万世江山计，此实属微不足道。朕准李斯所奏，焚书之令即日起开始执行！"

李斯高声颂道："陛下圣明！"

王绾却急声阻止道："陛下不可！"

始皇不悦地看着王绾道："爱卿若再为此事进言就不必说了！"

王绾跪下道："臣已老迈，才德不足以辅佐陛下，请陛下免去臣丞相之职！"

始皇暗自恼怒——哼！竟然以去职来要挟朕，难道朕少了你就不行吗？你辞职最好，免得留在此处掣肘。于是，他毫不留恋地说道："爱卿既有此意，朕也就不再勉强。朕在城东有一座苑囿，就赐予你养老吧！"

"谢陛下隆恩！"始皇如此寡情独断，让王绾灰心不已。他只想早点离开这个是非漩涡，再也不管任何事了。

博士们不禁目瞪口呆，他们不仅没有阻止始皇，反而搭上了一直与他们亲近的王绾。淳于越更是痛心疾首，想到所有的事皆由自己一言引起，其书生之气又发，站起来指着始皇道："昏君！昏君！焚书之令，千古之罪，必遭后世唾弃！我淳于越万死不足以赎其罪啊！"

群臣呆愣在那里，始皇气得脸色铁青。这是他第一次听到有人当面辱骂自己，不禁拍案大叫道："来人！把这个狂夫拉下去砍了！"

两个侍郎应声而入，淳于越已将生死置之度外，仍自骂道："昏君！你之所为，必遭后世唾弃！"他挣脱两个侍郎的挟持，一头撞在殿柱上，脑浆迸溅，当场身亡。

殿中一阵惊呼，随即鸦雀无声。始皇气得全身发抖，不住地喘气。他威严地扫视了殿中大臣一眼，然后高声叫道："还有谁以死相谏，朕在这里等着！还有谁，站出来！好，既然没有人站出来，就执行焚书之令。谁若再反对，朕就灭他九族！"

看着始皇凶狠的样子，群臣知道他已怒到了极点，谁若惹他，势必遭杀身灭族之祸。众人都战战兢兢，不敢作声。

几日之后，焚书之令在全国实行。各地郡守接到命令虽觉得不妥，但也不敢违抗。他们深知秦法严峻，没有人敢敷衍了事。尽管如此，始皇仍派御史到各地巡视，发现执行不力者立即查办。三十日内，国内到处火光冲天，先贤的智慧结晶都随之化为灰烬。

许多读书人心中悲愤，不顾秦法严峻，私自藏书——

济南人伏胜，在夹壁中将《书》藏起来，后因兵祸起，四处流亡。一直到汉定天下，才取其书，但已遗失数十篇，只得二十九篇，教于齐、鲁之间。

孔子八代孙孔鲋，将书藏于壁中。后隐居嵩阳，传授弟子数百人。

孔腾，将《尚书》《孝经》《论语》藏于夫子的旧堂壁中。

……

即使如此，藏书也极为有限。多数人因为不舍得烧书，被贬到边塞修筑长城。

这些时日，蒙恬也忧心如焚。自从开始修筑长城，他就没有舒心过。领军打仗，他自诩能够胜任，但修筑长城却有出乎意料的困难，诸多琐碎之事，让他忙得不可开交。

最困难的就是人手不够。修筑长城之人，有边地之民，有内地每年调来服役之人，还有贬谪的犯官罪民。但长城绵延万里，从临洮直至辽东，再多人也嫌不够，而且这么多人吃饭也是难事。内地粮食虽源源不断地运来，但仍有地方免不了断粮的危险。还有就是不少城墙修筑在地势险峻之处，在这里施工，每日伤亡不断。

民夫们对此境况十分愤懑。没完没了的劳作不说，还随时面临累死饿死的危险，并且还不知道这种日子何时到头。于是开始有一两人逃跑，后来便是成群的人逃跑。蒙恬只得加派兵卒，严加监督。

他们见逃跑无望，便开始怠工，性情暴烈之人还与监工对抗。蒙恬只得让士卒严厉镇压闹事之人，希望能早日将工程完成。

内地实行焚书之令，虽然他这里无书可烧，却也受到了不小影响。这里接收了大批被贬的儒生，虽然干活的人数增加了，但工程的进度却更慢了。在他们的影响下，民夫们怠工的花样越来越多，逃跑的办法也越来越巧。

蒙恬每日奔走于各个工地之间，加强巡视。北方马上就要进入雨季，若不赶在之前将工程完成，山洪暴发必将冲毁尚未完工的长城，工期又势必延长。

按照隗状的规划，长城西起临洮，东至辽东，主要是利用原有的秦、赵、燕长城，将其加固连接而成。

上谷郡的修筑任务最重。这里是赵长城和燕长城的结合处，赵国和燕国的长城都修筑至此而止。这里山高崖陡，是抵御胡人的天然屏障，修筑城墙的意义并不大，但为了使整个工程连接为一体，此地也必须修筑城墙。

蒙恬在都尉的陪同下巡视此处工地，只见民夫们个个衣衫褴褛，面黄肌瘦，干起活来有气无力。都尉见他皱着眉头，忙解释道："将军，此处缺粮已有两日，若再不运粮进来，将会……"

蒙恬摆了摆手道："各地都有此情，我不怪你。明日就有粮运来，你要加强监督，不许监工克扣粮食！"

"是，将军！"

此时从远处传来低沉的歌声，接着整个工地像被感染似的，歌声越来越响亮。民夫们一边干活，一边用低哑的嗓音唱道：

> 生男慎勿举，生女哺用脯。
>
> 不见长城下，尸骸相支柱。

沉郁的歌声在表达民夫们心底的悲愤，监工们一边不住地暴喝："不要唱了！不要唱了！"一边挥舞鞭子朝民夫们抽去。

都尉气恼地对身后的侍卫道："立刻查出为首之人，就地严办！"

"还是算了！他们心有怨气，借此宣泄无可厚非，只要能使工程顺利完成就行了。"蒙恬又摆了摆手。

就在此时，不远处又传来喧闹之声，好像是监工与一个民夫发生争执，引来不少人过去相帮，现场一片混乱。都尉调动人手，维持秩序。过了片刻，几个民夫被带至蒙恬面前。

为首的有两个人，一老一少，都上了脚镣。老者身躯高大，须发散乱，约有五十多岁。少者与老者面貌有些相似，看情形好像是父子。蒙恬只觉老者有些面熟，但一时又想不起来。那老者似乎也不愿与蒙恬面对面，被押过来之后一直躲避着他的目光。

都尉似乎对此人极为熟悉，向蒙恬禀告道："此人名叫桓余，是齐地之人，后面的是他儿子。此二人性情强悍，多次怂恿民夫闹事，还多次逃跑，故属下用脚镣将他们锁住。"

"桓余，齐地人？"蒙恬念叨了一下，又仔细打量了一下那老者，然后吩咐道，"等会将二人带至帐中，我要亲自审问。"

"是，将军！"都尉认为蒙恬要杀鸡儆猴，兴奋地答道。

不一会儿，桓余父子被带入大帐之中，他们不由一愣，里面除了蒙恬，再无一人。

蒙恬看了看他们，然后道："桓余，你是齐地人吗？"

"是的。"桓余低声应道。

"我看你有些眼熟，似是一位故人。"

"将军怕是看错了吧，荒野之地怎会有将军故人？"桓余淡淡地答道。

蒙恬忽然哈哈大笑道："好了，桓柱成！你以为我真认不出你了吗？"

老者苦笑一下道："蒙恬，本以为天下之大，我是不会碰到你的，想不到还是在这里见到。既然被你认出，我父子也就认命了，要杀要剐，悉听尊便！"

"二十年前，陛下灭你九族，我以为你和菁露都死了，想不到还能见到你。你是怎么逃出去的？"

蒙恬曾听人说桓齮之子桓柱成和其妻菁露都逃脱了，但此后一直没有他们的消息，他以为这只是心有不平者的传言，想不到时隔二十年真又相见。他们都是将门之子，少时经常在一起玩耍。如今相见，身份却有天壤之别，令人感叹。

桓柱成似乎极不愿回忆过去的事，只是简略地答道："那一天我和菁露在岳丈大人府中。岳丈大人一回府即通知我们逃走，所以才逃得一难。"

蒙恬不想细问，毕竟这是桓家的伤心往事。对始皇处理桓齮之事，他心中虽认为过分，但也无能为力，便叹了一口气问道："菁露怎么样？她还好吗？"

　　桓柱成知道蒙恬与菁露一起长大，亲如兄妹，若不是因父辈的矛盾，他们也许早成了夫妻。对蒙恬此问，他毫不奇怪。他知道蒙恬性情忠厚，不是背后害人之人，便忧虑地说道："我父子出来已有十几个月了，家中只有小儿与她做伴，也不知近况如何。桓坚！你不是一直十分敬佩蒙伯父吗？快过来拜见！"

　　"侄儿桓坚拜见伯父！"桓坚过来向蒙恬深施一礼。因受父母影响，桓坚从小就极为仇恨始皇，但对威震匈奴的蒙恬却甚是敬仰。

　　蒙恬为他们打开脚镣，然后细谈起来。当年，桓柱成和菁露逃出秦国，四处寻找父亲。他们先去了韩国，后又至齐国，在那里听说父亲被燕丹所杀，首级献给了秦王，便绝了寻父之念。秦军攻占齐地后，他早已改了名字，因受当地之民敬重，被推为里宰。

　　因为齐地多有诸侯余孽，清议之风盛行，始皇便先调齐地之民前去修长城。于是桓柱成带着同里之人前去服役，家中只剩菁露和一个尚未成年的儿子。

　　说完之后，桓柱成问起昔日友好，得知多数已是朝中重臣，军中栋梁，心中暗自感叹。若不是命运作弄，他也许同蒙恬一样也成了威震一方的大将军。现在，他已没有什么雄心壮志了，只想与妻儿守在一起安心地过日子，但这个愿望也难以实现。

　　三个月的徭役服完之后，朝廷却迟迟不放他们回去，同里来的青壮男丁已死伤过半。桓柱成欲带领同里之人逃跑，却被人泄露行踪。监工将他们父子毒打一顿，还上了脚镣。

　　蒙恬听了他们父子的诉说，心里感到很是吃惊。在他的心中，修筑长城是保护边民、有利社稷的一件好事，百姓都应拥护响应。虽然有怠工、逃跑的，但他认为都是一些六国余孽和犯官罪民不甘心在此劳作。现在他才知道事情远不是他想象的那样简单，便长叹道："修筑长城乃陛下英明决策，是为了保护边民不受胡人侵扰之苦，想不到竟使百姓不堪忍受！"

　　桓柱成见他将过错推于百姓，便反驳道："如若只修筑长城，百姓不会觉得其苦。但自从天下归一后，田租越收越高，已二十倍于昔，赋税已至头会箕敛（官吏按每户人头数征收谷物，用簸箕装取）。徭役更是繁重，大多数人已来此一年有余，仍不见更替之人。听刚来的民夫说，现在不仅修长城在征民，还有扩建阿房宫、建造骊山陵都在征集男丁。村里往往被征发一空，只剩老弱妇孺。如此重租苛赋，滥用民力，百姓如何能承受？将军向为重臣，若为社稷百姓着想，应该向上进言。"

蒙恬根本不知此中之情，仍不相信地问道："既然百姓身受如此之若，为何不见各地官吏向陛下禀报？难道他们都不知情吗？"

桓柱成苦笑道："官吏报忧者将以治理不力之罪被贬谪，或许就要来这里修长城了。陛下自认一统之功超过三皇五帝，百姓不受战乱之苦，安居乐业，怎会相信百姓疾苦之言？"

蒙恬还是半信半疑，他认为桓柱成是对始皇怨恨未消，才有此言。因为这是他第一次听到这种言论。

这时，一个侍卫进来禀告道："将军，外面有一老妪求见。说是将军抓走了她的丈夫，请求将军让他们夫妇见面。"

一个老妪？前来寻夫？不会这么巧吧？蒙恬向桓柱成父子望去，见他们也露出惊疑之态，便对侍卫道："去请她进来！"

"难道是母亲寻到这里来了？"桓坚首先按捺不住向帐外跑去，桓柱成也紧随其后。蒙恬出来时，已见到他们父子与一老妪相拥而泣。

这难道是菁露？蒙恬怎么也无法将眼前之人与心中的菁露联系起来。

这老妪一头灰白的头发，身躯佝偻，从侧面便可见其满脸的皱纹。她身上的衣衫也很破旧，上面沾有不少污泥，看上去是一个地道的村妇。

桓柱成在她耳边低语几句，她便过来向蒙恬行礼道："民妇拜见将军。"

都老了，转眼已过二十多年！岁月已无情地将昔日的一切改变，菁露不是从前的菁露，他也不是从前的蒙恬。

"你老了！我都不敢相认了！"

菁露涩声说道："山野村妇，为生计奔波，怎能不老得快？将军一切都还好吧？"

"还好，快请到帐中去吧！"蒙恬淡淡地应答。

四人进入帐中，蒙恬却感到没有自己说话的份。菁露已泪如雨下，向他们诉说来这里的经过："自从你父子走后，我和真儿在家中艰难度日。谁知第二年真儿刚满十五岁，就被征去修骊山陵。可怜他那么瘦弱，我怎舍得他离开？征丁的郡卒强行把他抓去，两个月后就有人传信来说真儿他……他劳累过度，死在工地上了。你父子原说半年之后即可回来，可一去就是一年多。我担心再也见不到你们了，就变卖了家产前来寻你们。刚到这里就听同里之人说你父子被抓走了，我又寻到这里来，总算见到你们父子。"

桓氏父子都泪流不止，桓柱成更是哽咽道："真儿从小就体弱多病，一直担心他难以成人，想不到……"他再也说不下去，一家三口抱头痛哭。

蒙恬本想上前劝慰，却又不知该说些什么，他只好悄悄退了出去，让他们一家人畅叙离愁别绪。眼前的情景以及菁露所言，已使他不得不相信桓柱成所言之事了。

过了一会儿，桓坚出来请蒙恬进去。蒙恬已想好安置之策，便对他们道："这里有些钱物，你们拿去一路上用，早点回去吧！"

桓柱成却摇头道："将军好意，我们心领了。当初我带同里之人离开，如今孤身一人回去，遇到孤儿寡妇该如何向他们交代？恕我冒昧问一句，不知此处何时能够完工？"

"再用半年足矣。"

"那我就等工期完后，与同里之人一起回去。"桓柱成道。

蒙恬见菁露和桓坚都不作声，知道他们已商量好了，只好说道："那你们父子就留在工地吧，我会关照此地监工的。至于桓夫人不方便留在这里，就在附近安顿下来吧！"

"那一切有劳将军了。"桓柱成三人一齐向他行礼致谢。

第二十章

秦皇父子政见歧　赵高为祸害扶苏

祈年宫中，始皇正摆夜宴，并让扶苏作陪。来的几位俱是朝中最有实权的大臣——李斯、冯去疾、冯劫、蒙毅和赵高。王绾辞去相位，始皇没有让李斯独揽大权，而是提升冯去疾为右丞相，使朝中又升起一位新贵。

始皇的统御之术多出自韩非的权术论，作为同窗，李斯深知这是陛下的制衡之术。冯去疾虽然新任右丞相，但其势力也不小，并且他是蒙恬的岳丈，在朝中他与蒙毅自然会相互支持。李斯与冯劫则是另外一党，他们还有赵高的暗中支持，双方势力基本保持均衡。

近些时日是李斯最为风光的时候，始皇批准了他的焚书之奏，并将此事交给他办。他接近始皇的机会多了，自然表现的机会也就多了。

各地的郡守上报执行情况，李斯总结一番，然后上报给始皇，获得了赞赏。所以今夜之宴，实际是庆功之宴。

蒙毅、冯去疾和扶苏都是不赞成焚书的，但他们都无力阻止始皇的决定。看见李斯春风满面、扬扬得意的样子，他们心中甚不是滋味，只盼此夜宴早点结束。可始皇和李斯、冯劫、赵高的兴致却很高，他们招来乐工舞姬助兴。

殿中顿时钟鼓齐鸣，琴瑟相和，倩影穿梭，颇为热闹，一位舞姬边舞边唱：

南山有台，北山有莱。
乐只君子，邦家之基。
乐只君子，万寿无期。

南山有桑，北山有杨。
乐只君子，邦家之光。
乐只君子，万寿无疆。

南山有杞，北山有李。
乐只君子，民之父母。
乐只君子，德音不已。

南山有栲，北山有杻。
乐只君子，遐不眉寿？
乐只君子，德音是茂。

南山有枸，北山有楰。
乐只君子，遐不黄耇？
乐只君子，保艾尔后。

这是一首小雅之曲《南山有台》，原是赞颂周王广得贤才，有安邦定国之能。舞姬此时唱出此曲当然是以始皇比周王，颂扬其功德，同时将李斯等人喻为贤臣，以示嘉奖之意。

李斯听了此曲心中更是高兴，陛下将在座之臣推为贤臣，而此宴实为焚书有功而设，那自己当然是贤臣之首了，即起身颂道："陛下广纳贤才，使天下一统，其功远胜殷周之王。臣等不才，赖陛下之恩才能成此功业，臣祝陛下'德音是茂，万寿无疆'！"

始皇几爵美酒下肚，已有些热血上冲，也不管是否失礼，指着李斯大笑道："好！爱卿说得好！只要朕取得长生之药，当与尔等同享这万里江山。来人！赐酒！朕要敬爱卿一爵！"

李斯笑容满面地推辞："臣不敢，还是臣敬陛下一爵！"

"李爱卿为朕劳累辛苦，应当饮此一爵。来！诸卿也不要闲着，陪饮此爵！"始皇端起酒爵示意众人。

众人怎敢不从命？蒙毅、冯去疾和扶苏勉强端起酒爵，对李斯送来的笑脸视而不见。李斯颇为尴尬，随即装作毫不在意，举爵向冯劫、赵高微笑示意。

冯劫也端起酒爵，满脸堆笑道："丞相劳苦功高，理应饮此一爵。"

赵高也随声附和："是啊，丞相是朝廷栋梁，奴婢羡慕不已，希望以后丞相多多指点！"

"不敢，不敢！中车府令言重了。"

三人一起举爵，同时饮尽。

扶苏心中极为气愤，他对李斯焚书的后果十分清楚。如此钳制言论，只会使读书人将愤恨积压于心，而这些人往往会影响周围之人，到时秦国就会尽失民心。父皇对此毫无察觉，还为李斯庆功，实在糊涂！

这些话扶苏也只敢在心中埋怨，并不敢对始皇讲，但作为长子，他对李斯等人的用心却不能不理。他若显得懦弱，会使支持他的人失去信心。于是便对始皇说道："父皇，焚书之举虽使百姓不再惑乱，但如此一来如何使百姓知廉耻、守礼仪？防民之口甚于防川，儿臣以为不应再以暴烈手段对待藏书之人。焚书已使他们知道天威尊严，不可非议。如若将其赦免，加以安抚，则可显示天恩浩荡，使其不生怨恨之心，这才真是社稷之福。"

始皇兴致正高，听了扶苏这番话，顿时脸色一沉问道："你难道不赞成朕的焚书之举？"

"儿臣不敢。儿臣以为不应如此强制执行，使百姓心生怨气。"

李斯不由心慌，长公子的矛头指向他，分明是对他不满。可他又不便出言反驳，因为扶苏毕竟可能是未来的皇帝，他不敢过分得罪。

始皇默默地看着扶苏，发现他忽然长大了。在他的印象中，扶苏一直是个懵懂少年，而现在站在他面前的是个身材修长、气度沉稳、英气勃发的男子。

扶苏有些忐忑不安，这种压抑的气氛往往是父皇雷霆之怒的前兆。众人都注视着他们父子，没人站出来说话，似乎都在等着什么。

看着风华正茂的儿子，始皇陡然觉得自己老了。他一直寄希望于能求到长生不老之药，使自己重新年轻强壮，可是药没求到，却感觉身体一日不如一日。

他心中清楚扶苏所言有理，焚书的不利后果他也早已想过，但是与江山社稷相比，这些不利又微不足道。两害相权取其轻，正是基于这种考虑，他才同意焚书之议的。

听扶苏这么说，难道是自己判断错了？不，他还年轻，不明白其中的利害。民可使由之，不可使知之。百姓懂得越多，越不利于统治，唯一的办法就是断掉其祸乱的根源——焚书。

始皇压制住斥责扶苏的欲望，沉声问道："朕听说你喜欢儒学，经常在府中听儒生讲学，还着儒服是吗？"

扶苏一愣，低声答道："是。"他知道父皇不喜儒学，因此此事一直做得很隐蔽，没想到还是让父皇知道了。

"你记得'儒以文乱法'是谁说的吗？"始皇又追问道。

扶苏低头道："是太傅韩非。"

"难得你还记得！韩非虽已去世，但朕嘱咐你仔细研读其著作，你做到了吗？我大秦以法治国已五百余年，才有今日一统天下之局面。百姓让其知法守法即可，何需其知廉耻、守礼仪？商君曾言六虱：曰礼乐；曰诗书；曰修善孝悌；曰诚信贞廉；曰仁义；曰非兵羞战。此十二者成群，君之治不胜其臣，官之治不胜其民。是故兴国不用十二者，故其国多力，而天下莫能犯也！"始皇侃侃而谈，雄浑的声音回荡在殿中。

扶苏听得冷汗淋漓，他觉得自己在父皇面前就像一幼童，只能听命受教。

"扶苏，朕说的话你回去好好想想。你是朕的长子，要多学一些处理政事的方法，不可轻信人言。朕有些累了，你们都退下吧！"始皇虽然使扶苏屈服，却觉得兴趣索然，再也提不起寻欢作乐的兴致。

这次夜宴之争迅速在朝臣中传开，都说陛下对李斯的宠信超过了公子扶苏。李斯的声望顿时大增，但他却暗自叫苦。他知道这些传言一定是赵高散播的，这是在逼他联合。朝中的形势他很清楚，赵高是不可能与扶苏站在一起的，他在力保胡亥。

始皇没有明定谁是太子，胡亥也不是没有机会。他是始皇最宠爱的夫人所生，从小就受到宠爱，其娇纵顽劣在众公子中无人可比，但由于赵高的关照，始皇对他的宠爱并不稍减。在朝臣中，扶苏的威望却远远超过胡亥。其敦厚的品性、长于治事的才能，使大臣们都认为他将来一定是个不可多得的治世之君。

所以李斯一直很为难，不知该投靠哪一边。他想等待观望，等形势进一步明朗后再决定。可赵高却不给他时间，以种种手段迫使他与之站在一起。不论从官职或爵位来说，他都超过赵高，但他却从心底里惧怕赵高。自从他与赵高合谋陷害韩非后，这种感觉就一直盘旋在他心头。

扶苏却有些气馁，他闭门府中，谢绝一切应酬，仿佛在思索始皇对他说的话。对目前的身份他心中也很不满，不管从哪方面说，他早应被立为太子，可父皇却迟迟不下诏。难道父皇真以为可以长生不老，永远统治这万里江山？他当然不信这些鬼话，他一直认为那都是赵高等人糊弄父皇的勾当。

这些奸佞小人，引导父皇暴虐荒淫，我若掌权，一定要把他们赶尽杀绝！扶苏在心中恨恨地想着。

"公子，夫人说皇后病了，很想见你。"香质不知什么时候来到他身旁，小声地提醒道。王绾之女进府后，渐渐看出香质与扶苏的感情，心中很不是滋味。但她是个聪明的女子，知道自己若是苛刻，只会失去扶苏，所以她力劝扶苏收香质为妾。这样一来，就不用担心香质对她造成威胁了。她的宽容也赢得了香质和扶苏的好感，三人和睦相处，将府中治得井井有条。

"怎么，母后病了？唉，我早知道母后这样抑郁不乐会生出病的。你去告诉夫人，我这就进宫。"扶苏听说母后病了，很是着急，他换好衣服，便直奔高泉宫。

快到高泉宫时，他突然看见了赵高。只见他急匆匆走进一座偏殿，并没有注意到他的到来。

难道是父皇闻听母后病了也来了？扶苏心中暗想。他知道赵高一直贴身服侍父皇，通常父皇在哪里，他就在哪里。

进入高泉宫，他就知道父皇并没有来，因为这里没有父皇随身的侍卫。这个时候赵高不在父皇身边，到这里来干什么？扶苏不禁有些奇怪。

进入内殿，他听到了一阵阵轻咳之声。只见紫巾躺在床上，一个侍女正在喂药。

"母后，孩儿来看您了。"扶苏来到榻前，轻声说道。

"是扶苏吗？"紫巾微微睁开眼睛，"怎么这么长时间不进宫来看我？"

"儿臣近时有些忙乱，所以……"扶苏连忙道。由于他与儒生亲近，所以在焚书令下达之后，许多人都投到他的门下寻求庇护。可扶苏并没有多少实权，他只有求助于蒙毅等人。但他们也不敢违抗始皇之令，人可以保护，书却不能保存。

紫巾听完这些，连声叹道："真是作孽！真是作孽啊！"她也是喜爱读书之人，对焚书之举极为痛心。

"李斯有才，但是个投机取巧之辈。为了讨你父皇欢心，竟想出此等主意，实在是作孽。我儿一定要小心，此人不可重用，愈重用为害愈烈。"紫巾缓缓道。

自从李斯与赵高合谋陷害韩非之后，她就对李斯没了好感。但始皇也渐渐疏远了她，因此她也就无法影响始皇了。

对于扶苏，紫巾心中清楚始皇不满他的原因。主要是因为他认为扶苏软弱，担心其难以守住如此广大的疆域。始皇以武力征服天下，果敢独断，霸气十足，而这正是扶苏所缺少的。

紫巾明白儿子并非真的软弱，他长期处在父皇的威压下，对其过于敬服，不敢表现自己。但她却帮不上儿子的忙，因为她本身难以见到始皇。

"皇儿，你不要心急，你父皇只是一时受奸人蒙蔽。只要他长生的愿望破灭，就会知道该怎么做的。你要依靠蒙家兄弟，保持良好的声望，不要急于求成。"紫巾叮嘱着，她不能让扶苏鲁莽行事。

"儿臣知道了。"扶苏恭敬地答道。

紫巾说了这么多话，显得有些疲惫，扶苏忙吩咐侍女去请太医。紫巾摆了摆手道："不用了。我的病自己心里清楚，休养一阵就没事了。"

扶苏心疼道："母后，您也不要太苦了自己，还是让儿臣陪您到处去散散心吧？"

"兴师动众反而累人，你还是去做自己的事吧！"

"儿臣没别的事，就是来好好陪您的。对了母后，儿臣刚才进来时，在附近看见了赵高，是不是父皇来过这里了？"

"他怎会来这里？只怕早已忘了这里还有一个人。"即使在扶苏面前，紫巾也掩饰不住幽怨之心。

扶苏暗恨自己不该问这些话，戳到母亲的伤心之处。

"这附近也没有你父皇宠爱的姬妾，赵高来这里干什么呢？"紫巾心中生疑，又反问道。

是啊，如果是这样，他到这里来干什么呢？母子俩心中都很纳闷，却又不知道情况，只觉得这事太过蹊跷，决定要好好查一查。

蒙恬催运粮草的奏章一道道地摆在始皇面前，令他不胜其烦。

统一天下后，始皇曾下令兴修了两条贯通天下的驰道。一条向东直通齐燕之地，一条向南直达吴越之地。这两条大道有利于出游，但对现在运粮的任务却没有多大帮助。特别是九原郡（今内蒙古包头市）地处偏远，运一次粮极为困难，一石粮运去往往不足半石，路上就要消耗掉不少。如此下去不是办法，这不仅耗费钱粮，而且还影响修筑长城的工期。始皇在心中反复琢磨，总算想出一个办法。

他招来冯去疾、蒙毅、李斯三人问道："蒙恬已上书数道催运粮草，可这长城多修在偏远之地，无路可通。朕决定从咸阳修一条直道直到九原郡，以解决粮草运送的困难。诸卿以为如何？"

冯去疾一听就直皱眉头，他掌管天下各地工程之事，一听始皇之言就知道这又是一个浩大的工程。

现在天下主要工程有三——阿房宫、骊山陵和长城。每处需要民夫不下五十万，并且此三处都已动工，如若再加上直道，庶民怎能承受？他立即上前奏道："陛下，修筑直道是解决运粮的最根本之策。但阿房宫、骊山陵和长城三处工程已征发庶民不下二百万，如果现在修筑直道，臣担心百姓承担不起啊！"

蒙毅也站出来道："陛下，咸阳至九原多是高山深谷，修筑道路实在不易。臣估计最少也需百万民夫方能完成。"

"两位爱卿不赞成修建直道？"始皇不悦地问道。

蒙毅忙答道："臣不敢！臣只是想能否先缓一缓，两三年后再修？"

"那蒙恬的催粮奏章朕怎么答复，让他等两三年吗？"听了蒙毅的回答，始皇更是不高兴，"李斯，你有什么意见？"

李斯看出始皇修建直道的决心，便上前奏道："陛下决策圣明，实乃解决问题的根本之策。而且两位大人所言也有道理。"

始皇不耐烦道："有什么良策你就快说！"

李斯尴尬一笑后道："长城即将完工，可调部分庶民去修直道，再从阿房宫和骊山陵抽调部分人手，应该可以动工修直道了。"

始皇点头道："嗯，这个办法倒是可行。"

冯去疾急道："陛下，有些民夫早已过了徭役之期，应该放其返乡了。若再调去修直道，只怕他们心生怨气，聚众作乱啊！"

他的手上扣有不少这种报告，不敢上报给始皇。他担心始皇一怒之下，又掀起无边杀戮。

"几个刁民作乱有什么了不起的？再说朕修直道也是为他们好。传令蒙恬，让他调遣部分人修筑直道，并回朝之后朕要好好奖赏他。"始皇轻蔑地笑道。

蒙毅和冯去疾相视一眼，知道已无可挽回了，心中很是无奈。

上谷郡的长城修筑完毕，各地的民夫都欢天喜地，准备回家返乡了，而犯官罪民都羡慕地望着他们。

与征来的庶民不同，犯官罪民除非得到皇帝的赦免才能回返家乡，否则就要一直在边塞度过，从一个工地迁到另一个工地，没完没了地做着苦工。

桓柱成和菁露异常高兴，他们马上就可带着同里之人回家了。可还没等他们高兴完，监工又传下命令，让他们全部到上郡修筑直道。民夫们怨气冲天，纷纷叫道：

"怎么会这样？不是说好让我们回去的吗？"

"我已来了一年多了，早该回去了！"

"这样下去，什么时候是个尽头啊！"

……

"吵什么吵？这是陛下的命令，谁若不遵守，就以谋反罪论处！"监工大喝道。随即他吩咐士卒，将民夫都集中看管起来，准备押往上郡。

菁露看着桓柱成道："夫君，我们该怎么办？"

桓柱成咬咬牙道："逃！只有逃走才有活路！"

菁露幽幽道："普天之下，莫非王土，我们能逃到哪里去呢？不过夫君若已决定，我就随夫君同生共死！"

"其实我们不逃走也没什么，可看着乡人一个个死去，我心中难安啊！嬴政如此残暴，天下之民不知要被其奴役至何时！还不如逃入深山之中，做一个山野之民快活！"

"可是这样做会不会连累蒙恬？"菁露有些担心。这半年来，蒙恬对他们一家悉心照顾，让她很是感激。

"不会的。蒙恬独领一方，他不上报朝廷，只怕无人知晓。要不然你我能安然待到此时？"

"我总觉得这样做对不起蒙恬。夫君还是不要将事情弄大，尽量只带同里之人逃走。"

"嗯，这个我知道。"

但事情的发展大大出乎他们的意料，当民夫知道有人要逃走，心中的怨气迅速化成反抗的怒火，他们杀死监工和士卒，让桓柱成领着他们逃跑。桓柱成见事已至此，只得带领众人逃跑。

当蒙恬听说有人杀死监工士卒，带领民夫逃跑时，不由大怒道："真是胆大妄为！领头之人是谁？"

"据逃脱的士卒禀报，是桓余父子。"一个都尉禀告道。

"是他们！他们为何要如此做？"蒙恬很是吃惊，他自问对桓柱成不薄，不仅为他们隐瞒身份，还资助他们回乡，却换来如此回报，他心中十分气恼。

在蒙恬的带领下，秦军追捕尤急。一万多民夫没逃多远，就被秦军追上。

桓柱成父子和菁露领着一百多同乡仍在拼命逃亡，被杀死的士卒的武器和马匹都集中在他们手上。他们击溃了第一批追捕的秦军就只剩下二三十人了，桓柱成和菁露也负了箭伤。

他叫来儿子："坚儿，趁着天快黑，你带着他们赶快逃吧！我和你娘都受了伤，就留在这里阻截他们。"

"不，您和娘一定要同我们一起走！"桓坚话说得很焦急。

"坚儿，我们这样做对不起你的蒙伯父。他怎样待我们你也看到了，我和你娘要留下来给他一个交代，否则我桓家之人就太不讲信义了。"

"坚儿，你……你爹说得对，你领着他们快逃吧！"菁露受的伤较重，说话都显得困难。

"爹，娘，孩儿怎能看你们……"桓坚已泣不成声。

"你祖父为报家仇，割头赠荆轲，是何等的壮烈！爹怎能做个胆怯无义之人？你要记住，我桓家之人誓不为秦臣！"

"孩儿知道了！"

"把这两匹马带去，快走吧！快走吧！"

桓坚含泪叩了三个响头，就带着乡人离去了。夫妻二人便择一有利地形，等着下一拨秦军。果然没过多久，就传来隆隆的马蹄声。

"看样子是蒙恬追来了。"桓柱成望着满天的旌旗，对身旁的菁露说道。

菁露失血过多，脸色已很苍白，她只能点点头算是回答。

桓柱成看着夫人，第一次感觉到他们是如此的贴近。在菁露嫁给他时，他有些怕她，因为他有许多地方比不上她。后来两家同时落难，他俩不得不亡命天涯。漂泊不定、提心吊胆的生活将他们紧紧连在一起，直到此时他才真正感觉到彼此的依赖，也真正明白了菁露为何不远万里到边关寻他。

他握握菁露的手轻轻道："夫人，我们不用再东躲西藏了。让我们再为坚儿抵挡一阵吧。"

夫妻二人携手站在一处低矮山坡上，大队的秦军狂奔而至。夕阳将坠，将他们两人的身影映得格外真切。桓柱成弯弓搭箭，射杀了冲在最前的几骑，迫使秦军停下。

菁露笑道："我若未受伤，一定比你射得准。"

桓柱成也笑道："夫人的箭技，我一向自愧不如。"

蒙恬令大队停下，自己策马来到他们面前，气愤地问道："你们是否还要拿箭射我？"

桓柱成道："我们等候在此，就是希望能见你一面。"

菁露缓缓地说道："蒙大哥，我们……我们对不起你。"她说完之后，双眼一闭，倒在桓柱成怀中。

桓柱成惨笑道："菁露去了，这半年来多承你的照应，我桓柱成在此以命相谢！"说完，他将手中刀一横，刎颈而亡。

蒙恬见此，无心再追捕他人，吩咐士卒将他们就地安葬后，便满怀惆怅地离去了。

赵高这段时日颇为兴奋，常掩饰不住满面的春风，让那些见惯了他阴森面孔的随从很是奇怪。

他当然有高兴的理由——李斯在他的诱迫下，正一步步向他靠拢。只要拉拢了李斯，无疑会使他实力大增，将来要对付扶苏就更有把握。

更让他惊喜的是丹脂带来的喜讯。他妻妾几房，除了夫人韩姬生了个女儿，就再无所出。有时他怀疑自己是不是阴损之事做多了，老天要绝他子嗣。但丹脂竟怀孕了，毫无疑问是他的骨肉。他暗中请方士卜过——是个儿子，他不禁欣喜若狂，对丹脂更是宠爱。

随着体形的变化，丹脂怀孕之事愈来愈难以掩饰。而且这里离皇后居处太近，若不小心让她撞见，只怕难逃大祸。赵高决定将丹脂带出宫去。

听了赵高的谋划，丹脂没有说什么。她已将一身系于他，只有听命了。

"这样做会不会引起宫中之人怀疑？丹脂担心会连累大人。"

"这点事若办不好，陛下只怕也不会恩宠我到现在了。你放心，一切我都安排好了。"

丹脂想着，不由得笑了起来。赵高第一次见她如此灿烂的笑容，不觉有些呆了，问道："什么事让你如此开心？"

"马上就要离开这里了，心中不免高兴。"丹脂当然不会告诉他真正的原因。

对于始皇，她没有歉疚之情。虽然在名分上她是始皇的姬妾，但心中却从没有承认过。这样做使她产生了报复的快感，始皇灭她宗国，杀她族人，将她从尊贵之人变成一个隐官之人，与贱奴相差无几。她有时甚至希望此事能泄漏出去，让天下人都知晓，他嬴政虽然能雄霸天下，却保不住自己的女人。

两人正说着，赵高的亲随从外面推进一个人来："大人，此人不知是何处内侍，竟想混进此地，被我们发现了。"

"哦？你是哪个宫的？为何到此地来？"赵高审问着那人。

那人跪下道："大人，奴婢不小心走错了地方，请大人饶恕。"

赵高审视了他两眼，继续问道："走错地方？你是刚进宫的？在哪个宫服侍？"

"奴婢刚进宫，现正在高泉宫中服侍皇后，皇后命奴婢去找总管，小人不识路，就误入此地了。"

"原来是高泉宫的。既是如此，那你快回去吧，以后小心不要乱闯！"说完，赵高便让随从把那人送了出去。

那人走后，赵高暗骂了几句，对丹脂说道："看来皇后已有所察觉，你必须马上出宫！"

丹脂知道赵高一直与皇后和扶苏不和，若是让他们知道了此事，肯定不会放过他的："都是丹脂不好，连累了大人。丹脂请求一死，以报大人之恩！"

赵高冷笑一声道："他们想对付我也没那么容易！丹脂，你不要胡思乱想，只要他们找不到证据，就不能把我怎么样！"

看刚才那个内侍的神情，赵高知道是紫巾派人来查探的。紫巾知道了，难保她不会告诉扶苏。看来只有想办法除掉他们母子，自己才能安全。

"可是那人回去了，能不向皇后报告他所看到的一切？"丹脂知道赵高心狠手辣，却不知他刚才为何轻易放走那个内侍。

"皇后派人前来查探，可见他们已经知道此事，只是为了证实而已。我若杀了那人，无疑是告诉她这里有问题。只要你出宫藏起来，就算他们告到陛下那里，我也可以推得干干净净。既然他们母子容不下我，我也不会让他们好过！"原先他们只是彼此不和，在暗中争斗，可从现在起他们就要直接交锋了，为了将来，他必须打败扶苏。

赵高随即招来服侍丹脂的心腹，告诉他们丹脂已死，若有人盘问，该如何应对。然后他又让人溺死一个宫女，换上丹脂的衣服，上报给宫中总管，说丹脂不慎落入花园池中身亡。

做完这一切，赵高便开始对付扶苏母子。他知道皇后卧病在床，不由大喜。各宫都有他安排的心腹之人，他派人偷偷在紫巾的药中做了手脚，使她的病情急剧恶化。

不久，宫中传出消息，皇后抑郁成疾，病情日甚一日，恐怕不久于人世。

始皇闻此便无心求神问仙，寻欢作乐了。毕竟紫巾是他曾经宠爱且敬佩的一位夫人，他此时必须予以关心。

当他见到瘦弱不堪、憔悴得近于苍老的紫巾时，不禁暗自心伤。这些年他很少召见紫巾，因为一见到她总不免想起清扬，这对他来说是一种痛苦。

紫巾见始皇前来，挣扎着想要坐起来，一旁的侍女忙把她扶住。她用微弱的声音说道："陛下，您终于来看妾了。"

听到这话，始皇极为愧疚。紫巾对他帮助极大，却很少得到他的欢心。特别是统一六国后，他不仅剥夺了紫巾的权力，而且紫巾每次来见他时，都被他三言两语打发回去。正是这样，紫巾才越来越灰心。清扬去了，她还是得不到始皇的心，她不愿意再自讨没趣，每日只在宫中自怨自艾。

"朕来看看你，你要安心养病。"他不知此时该对紫巾说些什么。

紫巾凝视着始皇缓缓道："陛下，您也老多了，鬓角都有白发了。"

几年养尊处优、纵情酒色的生活，让始皇的面貌变化不小。眼角皱纹密布，脸色近于粉白。

"朕已招来太医，他们一定能将你治好的。"

其实太医已告诉他，皇后是心火郁结，不得宣泄，已侵入五脏六腑，用药没有多大用处了。不过他们心中有些怀疑，依照皇后的病情，用药应该可以维持一段时间，却不知为何会适得其反。当然这些事他们不敢向始皇禀告，怕会责怪他们诊治不力。

两日之后，紫巾去世，全国大丧三月。

扶苏完全没想到赵高会如此大胆，暗害皇后。三月之中，他忙于母丧，无暇顾及他事。

紫巾的去世让始皇一直心中不快，特别是她临死前所说的话，让他觉得岁月无情。他已不再年轻强壮，终有一日也会像这样死去。

他对方士们的讲经说法、炼丹进药也越来越没有兴趣，由于没有取得长生仙药，他对方士们也甚是不快。这一日卢生又向他进献丹药："此丹药乃臣的师傅得道飞升之前所食，具有养颜生精延年益寿之效。只是所用药材极为罕见，炼药时也要小心谨慎，所以炼制颇为不易。臣费时一月，才得此一粒，特献给陛下。"他只想从始皇那里多骗一些钱财，却并没有注意到他已失去了兴趣。

始皇听后不屑道："你说得好听！朕每次服药之后，精神只能亢奋一时，过后还是疲惫不堪。朕要的是不死仙药，你别用这些东西来骗朕！"

卢生一听，连忙跪下道："臣不敢！臣一直竭力为陛下寻找仙药，但一直却不可得，所以臣认为一定有恶鬼阻挡仙人来见陛下，也使臣难以获得仙药。"

"有这等事？"始皇不禁动容，"何以见得是恶鬼阻挡真人来见朕？"

卢生怕始皇像刚才一样对此毫无兴趣，经这么一问，他就暗中松了口气。他站起身，不慌不忙地说道："陛下，臣一直寻不到仙药和仙人，一定有恶鬼在作梗。恶鬼一般藏匿于凡人之中，陛下所接近的人之中就可能藏有恶鬼。若要见到仙人，陛下出入必须隐秘，以躲避恶鬼。如今陛下治理天下，不可能将行踪完全隐蔽起来，但希望陛下住在哪里，尽量不要让臣子知道，这样或许就能求到不死仙药。"

始皇皱眉道："朕不见臣子，如何处理政事？"

"臣之意并非是让陛下不见臣子，而是尽量让臣子不知道陛下的居处。依臣之见，陛下可将所有的宫殿用复道连接起来，陛下行于其中，也就无人能泄漏陛下的居处了。"

始皇点头道："这个办法可行。"

按照卢生进言，始皇下令将咸阳及其附近二百里内的二百七十座宫殿全部用复道连接起来。各个宫殿都设有帷帐、钟鼓、美人，供他随时走到哪里都可享用。他还下令，有谁敢说出他行幸起居之处就处以死罪。大臣若有事要见他，只能在咸阳宫中等候。

方士所献之策使群臣大为恼火，本来他们见到始皇的次数就有限，现在更是难以见到了。几位大臣联合上奏，希望能使始皇改变主意。但不久发生了一件事，使他们再也不敢进言了。

有一次，始皇带领这十几位侍从去梁山宫，在路上他们看见了李斯的车骑队伍。李斯的车队甚是庞大，走在路上威风八面。始皇看了心中很不是滋味，对身边的侍从说道："看他的威风比朕也小不了多少啊！"

不料下一次见到李斯的车骑队伍，始皇发现他减少了护从和仪仗，顿时明白有人将他的话泄露给了李斯，不由大怒。当即拷问去梁山宫的侍从，却无人承认，他一怒之下下令将所有人全部处死，并将李斯找来狠狠责骂了一通。自此以后，再也无人敢泄露始皇的行踪居处，群臣也不敢打听了。

扶苏也同大臣一样，也难以见到始皇。赵高见此心里甚是高兴，始皇这么做对他很有利。始皇可以不见其他的臣子，却不能不见他。因为只有他能投始皇所好，让始皇得到不断的新鲜刺激。而且这样他也有充裕的时间对付扶苏，而扶苏要依靠始皇对付他将更加困难。

香质没想到自己的父母和弟弟仍都健在，但都落入了赵高手中，这让她又喜又忧。她心惊胆战地来到赵高府中，赵高对她直言道："你知道我的为人，若想把你的家人接回去，就按我的吩咐去做！"

香质硬着头皮问道："不知大人要我做什么？"

"这事对你来说再简单不过。我知道扶苏的起居饮食都由你照料，只要你将这包药分三次掺入扶苏的饮食即可。三日之内，如果我听到扶苏得病的消息，我就放你的弟弟回去，否则就寄上他的人头。五日之内，我要听到扶苏病重的消息，否则我就寄上你父亲之头。八日之内，扶苏必须死，否则我就寄上你母亲的人头。你放心，这种药是特制出来的，太医查不出来。"

"不！我不会这样做的！"香质大声叫道。她没想到赵高如此大胆，竟要她去毒死扶苏。

赵高阴阴地笑道："是吗？你可要想清楚后果。这样吧，我先让你见一下他们再回答。"

他将香质带到后院，只见父母和弟弟都被绑在柱子之上，满脸都是惊诧之色，他们没想到一直友善的赵高会突然翻脸。

尽管隔了这么多年，他们还是一眼就认出了她。

"爹！娘！弟弟！"香质哭倒在他们身前。

"女儿！"两个老人也泪流满面。

"姐姐！快救救我们！"少年却大声叫道。

"你不是不愿意吗？他们会让你答应的！"赵高一使眼色，三名侍卫各提一条皮鞭，向香质的父母及弟弟抽去，他们痛得惨叫连连。

香质跪下哭泣道："求你放了他们吧！"

赵高不理，三名卫士抽得更起劲。

"我答应你就是！你放了他们吧！"香质伏地大哭道。

"停！将他们扶下去好生侍候。"赵高挥了挥手，"香质，这包药你拿好。即使扶苏出了什么事，也不会疑心到你。事成之后，我会安排你们离开这里。"

接着，赵高又向站在一旁，一直没有说话的韩姬道："你们是同村之人，你好好开导开导她！"说完，就径自离去了。

韩姬长叹了一口气，扶起香质道："妹妹，都怪我们命苦啊！也怪那个狐狸精，要不是她把大人迷住了，怎么会有这种事！"

香质慢慢止住了哭泣，静静地听韩姬述说，她想弄清楚赵高为何要急于害死扶苏。韩姬见香质愿意听，似乎要将她所受的委屈全部倾倒出来："我没有给他生儿子，他要多少妻妾我都不反对，为什么偏偏要冒着灭族的大罪去招惹那个女人！这么多年他一直对我和颜悦色，可自从那个女人来了之后，他就对我呼三喝四，像贱奴一样使唤。好歹我也是陛下赐给他的姬妾，不像那个女人是偷来的。妹妹，我真后悔告诉他见过你的父母，要不然你也不会受到连累。"

"想不到姐姐也有这么大的委屈。"香质想搞明白其中的原因，反而安慰起韩姬来。

韩姬又叹了口气道："他是怕别人泄露秘密。那个女人有孕在身，别人服侍他不放心，只有差遣我了。事情到了这一步，姐姐的身家性命都托付你了，你就按他的吩咐去做吧。两位老人家有我照料，你就放心吧。"

韩姬的劝说香质一句也没有听进去，她与扶苏的感情绝不像一般的妻妾和主仆，赵高若是知道此种情况，就不会费尽心思威逼利诱她了。

对扶苏香质是绝不忍下手的，但自己的亲人却在赵高手中，这让她左右为难。

三天，只有三天的时间必须让扶苏病倒，不然弟弟就会死，可自己怎么忍心下手？香质真想一死了之，不再为此烦恼。回到府中，她的神情引起扶苏的注意。他关切地问道："你是不是病了？我去找太医来。"

"我没有病，公子不必去。"

"那你怎么看起来气色如此不好？母后去了，我最亲近的人就是你了，我不希望你有什么事。"扶苏有些奇怪道。

"公子多心了，我没什么事。"扶苏的关心更让她心如刀绞。

"没事就好。对了，有件事我忘了告诉你，你可知道那个奸佞小人赵高？"

香质心头一震，以为扶苏听到什么风声，在那里默不作声。

可扶苏并没有发现她的怪异，继续说道："他私通宫女被我发现了，只要上报父皇，就会处以灭族之罪。可恨他太狡猾狠毒了，竟然害死了那宫女，让我抓不到证据。"

原来赵高有把柄落在公子手中！那个宫女没有死，要不要告诉公子呢？香质一时犹豫不决。只要公子知道了真相，一定会对付赵高，可是她的家人怎么办？

扶苏见香质怔怔发愣，以为她为此事感到失望，颇有些歉意道："我本想把这件事办成了再告诉你，看来只有再等机会了。"

以赵高的为人，即使自己真毒死了扶苏，事后家人也会被灭口。这种事，她在赵高身边时见得太多了。香质一咬牙，决定把一切都告诉扶苏，因为这也许是唯一能解救她和家人的机会。

她突然道："赵高私通的那个宫女还没有死，她还活着！"

"你怎么知道？"扶苏很吃惊。

香质把赵高如何威逼利诱她的过程一一向扶苏禀明，扶苏气得一拍案几大怒道："赵高，你竟如此狠毒，我绝不放过你！"

"那现在怎么办？"香质有些后怕。

扶苏冷静下来，想了一会儿后道："我虽是长公子，却没有多少权力，此事还得请蒙毅前来商议。朝中遍布赵高耳目，我们必须小心谨慎，不能让他有所察觉。你去找一个可靠之人暗中将蒙毅请来，不要惊动其他人。"

扶苏和蒙毅有同窗之谊，都曾求学于池子华门下，二人性情十分相投。蒙氏兄弟在朝中的势力也令人不敢小视，蒙毅主内，甚得始皇信任。蒙恬主外，率三十万大军北守边塞。而此时此刻，也只有蒙毅使扶苏放心，并且蒙毅官拜廷尉，许多事做起来比较方便。

蒙毅来后，听扶苏把事情一讲，也不禁为赵高的毒谋倒吸了一口冷气。不过他比扶苏想得更远，赵高迫不及待地这样做，说明扶苏的确让他觉得很危险。扶苏一死，将来最有可能继承君位的就是胡亥。而赵高是胡亥的师傅，他就可借此机会独揽大权了。

不过，蒙毅并没有将此想法告诉扶苏。因为这是帝王家事，他如果说出来，会让扶苏觉得是在挑唆其兄弟情谊。

深思片刻后，蒙毅道："公子，此事还须从长计议，不能贸然行事。"

"赵高狡猾狠毒，正因如此，我才请你前来商议。"扶苏点了点头。

"从目前的情况看，我们虽获悉他的毒谋，但并无确凿的证据。以赵高的为人和行事方法，他一定会防备香质的。到时告到陛下那里，他也会推得干干净净，还会趁机反咬一口，说我们诬陷他。"

"那如何才能使父皇相信呢？"

"那个宫女就是最好的证据。只要抓住了那个宫女，就不怕赵高抵赖了。"

"但我们不知道赵高把那个宫女藏在哪了？并且三天之内，香质如不给赵高回话，他的家人就有危险了。"

"那我们必须先查出那个宫女藏在何处！不过赵高的耳目遍布朝野，我们要查他并不容易。公子这里要善加掩饰，以免他起疑心，赵高那里由臣亲自去查。"蒙毅平静道。

"没有你，我真不知该如何办才好。"扶苏感激道。

"公子太客气了！臣这么做也是为社稷着想。臣离去后，要等到有了结果才能再与公子联系，以免引起赵高的警觉。"

二人又商谈了一些细节，直至深夜蒙毅才悄悄返回府中。

事隔一日，赵高得到香质的回话——扶苏已经病了。他担心香质骗他，便买通太医前去查证，得知扶苏的症状果然与他给香质的药相符合，才放下心来。

他却不知扶苏反而利用太医来骗他。太医得知了赵高的阴谋，又权衡了二人的身份，自然再不敢心向赵高。

扶苏每日躺在床上装病，除了香质和太医，谁也不能接近。他心中焦急万分，因为已经是第四天了，蒙毅还没有消息传来。

到了第五天，太医向赵高报告说扶苏病重，吐血不止，恐怕不久于人世。消息传出，朝野震惊。始皇也大为吃惊，令赵高代他前去慰问、查看。

赵高到了扶苏府中，见他满面苍白，有如死人一般。房中弥漫着浓重的药味，床榻上到处可见乌黑的血渍，扶苏夫人和香质已哭得两眼红肿。赵高更是放心，以为阴谋已经得逞。

直到第六日晚，蒙毅才悄悄来见扶苏。

一见面扶苏便急切地问道："怎么样？查出来了吗？"

蒙毅点了点头道："赵高的确狡猾。他确认公子病重后，才放松了警惕，和夫人一起去见那个宫女。"

"太好了！我们现在就去抓那个宫女，再去觐见父皇。"

"公子，千万不可妄动！咸阳令阎乐是他的女婿，臣管辖的尉卒多是李斯旧部，他俩关系暧昧，只怕我们这里稍有调动，赵高就会得到风声。"

"那怎么办？"

"只有陛下才能对付赵高！公子和臣应立即进宫向陛下禀明情况，陛下即使不信也会查纠。我们也可以借助陛下捉住那个宫女，使赵高无所遁形。"

"好，就依大人之计行事。"

扶苏安排好一切，就和蒙毅轻车简从，直奔咸阳宫。

第二十一章

始皇受讯怒坑儒　祖龙归天大地分

始皇正在咸阳宫中批阅奏章，听内侍传报扶苏、蒙毅二人前来觐见，不禁大为奇怪——扶苏病重，怎么会这个时候前来求见？他正在纳闷，他俩已急匆匆走了进来。

他看见扶苏好好的，不禁问道："太医告诉朕你现在病重，这是怎么回事？"

扶苏答道："请父皇原谅，儿臣实是迫不得已才如此做的，让父皇担心了。"

于是他把赵高私通宫女，又设计害他的举动一一向始皇禀告，蒙毅在一旁不时补充两句。

始皇果然不信赵高会如此胆大妄为，皱着眉头问道："会不会是下人故意诋毁赵高？你说的那个叫香质的姬妾，朕记得曾是赵高进言不让你娶她，是不是她记恨在心，才有此举？"

扶苏急忙道："父皇，儿臣敢以性命担保香质所言俱为事实，且儿臣也亲眼看见赵高私入内宫。"

蒙毅也在一旁道："陛下，臣已查出赵高将那宫女藏于城中一隐蔽处。只要能找到那个宫女，一切就不言自明了。"

始皇心中十分矛盾，他见扶苏和蒙毅言之凿凿，就知道此事十有八九是真的，如此他就不得不处置赵高。可他也实难下手，在所有的臣子中，赵高是最听话的，也是最会为他着想的。没有赵高，他就会失去很多乐趣。

可如果不处置赵高，他又如何向扶苏和蒙毅交代？赵高如此胆大妄为，私偷宫女不说，还要谋害他的爱子，如此野心如果不加遏制，只怕以后会更加猖狂。而且没有谁比他更了解赵高在朝中的势力，只怕他这边诏令一下，赵高那边就会得到消息。

始皇叫来内侍，严厉道："你去把赵高叫来！记住！这里的事不许向他透露一字。扶苏、蒙毅，你二人领家兵前去捉拿那宫女。朕倒要看看，是什么样的女人竟让赵阉都动了心！"

蒙毅和扶苏对始皇的布置大为佩服，他们带着家兵去捉人，就不会惊动太多的人。赵高被始皇困在此地，就算发现情况不对，他也无从布置反击。

内侍传见赵高，他丝毫没有怀疑这是始皇的圈套，像这种召见对他来说太平常了。始皇有时候叫他去，只是为了欣赏歌舞，听他说几句高兴的话。如果碰上始皇心情愉快，说不定能得到一些赏赐。

赵高到了咸阳宫，见始皇正低头批阅奏章，便上前参拜道："奴婢拜见陛下。"

始皇仿佛没有听见，继续低头批阅。赵高以为他没有听见，又说了声："奴婢赵高拜见陛下。"

始皇仍然没有动静，赵高觉得有些不对劲，这往往是他发怒的前兆。

赵高跪在那里，一动也不敢动。

始皇批完奏章方才抬起头，他直视赵高片刻后道："赵高，你跟随朕有二十多年了吧？朕对你怎么样？"

赵高心中一颤，不知始皇问这话是何意。他根本没想到事情已经败露，恭敬地答道："陛下恩宠之至，奴婢时刻铭记在心！"

始皇双眼一瞪，喝问道："那你为何私通宫女，暗害扶苏？"

这句话如五雷轰顶，当场将赵高震慑。他急切而慌乱地辩解道："陛下……陛下，这是……是有人诬陷奴婢，奴婢怎敢做出此事？"

"你不用再狡辩了！蒙毅和扶苏已去捉拿你私通的宫女，等会儿就会带到这里来，到时看你还怎么说！"

赵高顿时面如死灰，这才知道自己中了扶苏的蒙蔽之计。为了不使更多的人知道丹脂，赵高在她的藏身之处没有用多少人警戒，蒙毅和扶苏这一去肯定手到擒来。

他也明白了始皇的用意，他知道现在抵赖是行不通的，只有求得始皇的宽恕，他才有活命的机会。

"奴婢该死！奴婢该死！奴婢一时鬼迷心窍啊！"

看到赵高惊骇的样子，始皇叹了口气道："你喜欢哪个宫女，只要告诉朕，朕都可以赐给你，但你为什么要去害扶苏呢？那时候他就是告发了你，朕也不过责罚你一顿。后宫佳丽无数，也不在乎少她一人，可现在你叫朕怎么办？"

赵高一听，就知道始皇不一定非要他的命不可。看到活命的机会，赵高口不择言道："都是奴婢糊涂，受人蛊惑，才做出对不起陛下之事。"

"受人蛊惑？是不是那个宫女？你不是叫赵阉吗？想不到也会对女人动心！"不知为什么，始皇狠不下心来训斥赵高。平日若是在朝廷上受了气，他总会把赵高大骂一通，在他的身上出气。可赵高真正犯了事，他反而狠不下心来处置他。

始皇这一问让赵高甚是为难，若是把一切都推给丹脂，她肯定活不成。丹脂已怀上了他的骨血，而且他对丹脂已产生了依恋之情，他又怎忍心将一切推到她身上。他连忙摇头道："不，不是她！"

"不是她，那还有谁？想不到此时你还护着她！朕倒要看看她是个什么样的女子。"赵高趴在地上，灰心丧气至极。他知道越是为丹脂辩解，只怕丹脂死得越快。

始皇已渐渐平息了心中的怒火，他对赵高道："你起来吧！你要知道纵是朕宠着你，也要给扶苏一个交代。别人若是犯了你这等大罪，就不会站在这里说话了，灭了九族也不为过！"

赵高又跪下哀求道："陛下，她已有了奴婢的骨血。您也知道这么多年，奴婢只有一个女儿啊！求陛下饶恕她吧！"

"绝对不行！此事决不能泄露，所有知道此事的人都必须死！若朕听见外面有何传言，那就是你的死期。"始皇坚决地说道。

"陛下……"赵高仍不死心，继续哀求。

"你不要再求了！把你们都饶恕了，怎么对扶苏交代？别忘了他是朕的爱子，这也是给你一个教训，不要以为朕宠着你，你就可以任性胡为！"

赵高知道始皇已决定只饶恕他一人，再恳求也没有用了。他想不到自己与扶苏这一次交锋竟以惨败告终，不过唯一值得庆幸的是他没有全军覆没，还保住了这条命。

扶苏、蒙毅，只要我赵高不死，这个仇我一定会报的！赵高在心中喊道。

始皇将此事交给蒙毅处置，他早就厌恶赵高，有此机会当然不会放过。他明知道始皇不想让赵高死，可仍按照秦律判赵高死罪，灭其全家。按照始皇的授意，他将所有可能知道此事的宫女、侍从全部秘密处死。只是处置赵高的奏章，始皇一直扣住不发，这令蒙毅忧心忡忡。

赵高一夜之间土崩瓦解，全家被下大狱，等候处斩。群臣都不知原因，向廷尉蒙毅打听，他也推说不知。

不久，始皇下诏含糊地说了赵高的罪行，说他目无君上，恃宠而骄，其具体罪行却没有公布。赵高被削去一切官爵，贬为庶民，但仍留在宫中服侍始皇。

对此处置，扶苏和蒙毅心中不满，但也无可奈何。不过赵高以前的秘密权力已由蒙毅接掌，这让他们放心不少。

赵高的失势引起诸多朝臣的不安，卢生、侯生更是心怀恐惧，害怕赵高连累自己。

这些年来，他们从始皇那里骗来的财物送了不少给赵高。求神成仙本是虚无缥缈之事，若要使始皇深信不疑，沉迷其中，必须买通他的宠臣。只有这样，他们才可随时掌握始皇的心理。

赵高获罪，让他们大为担心。若是赵高把他们招供出来，他们只怕也难逃死罪。

卢生感到咸阳不能久留，他找到侯生商议道："始皇为人，天性刚愎自用。灭诸侯，并天下，意得欲从，自以为从古至今无人可及。专门亲信狱吏，博士虽然有七十多人，只是用来装点，并不任用。丞相和大臣皆受命成事，一切倚靠上意处理。君上喜欢用刑法杀戮建立威严，使天下之人都畏罪持禄，不敢尽忠。君上听不到自己的过失，日益骄狂，臣下提心吊胆说谎欺骗，博取君上的欢心。天下大小之事皆取决于君上，贪恋权势到了极点。你我久居君上身边，哪天不合其意，只怕难逃大祸，还是赶快离去为妙。"

侯生被卢生说动，二人席卷财物，悄然溜掉。

不久，卢生、侯生逃走的消息传开，引起方士、儒生街谈巷议，纷纷传言始皇贪恋权势，乐以刑杀为威，不配得到不死仙药。

始皇没想到费去如此多的财物，仙药没求到，反而招致非议，不禁大为恼怒，他对冯劫道："前些时收天下之书，不合时宜的全部烧掉，召集大量文学之士和方士前来，欲兴太平事业。方士们说能炼得仙丹求取仙药，可是徐福耗大量财物，却没有任何消息。卢生、侯生，朕尊崇他们，给他们赏赐极多，他们竟然不辞而别。那些咸阳城中的儒生方士，朕已派人暗中查过，许多人都以妖言惑乱黔首。你将他们一一究办，不得放过一人！"

冯劫心中暗暗叫苦，非议之人不是少数，难道要全部下狱法办？于是小心翼翼地劝道："陛下，此事皆由卢生、侯生二人引起，他们是罪魁祸首。是不是将他们二人缉捕严惩？这样就可震慑众人，平息流言。"

始皇不满地责问道："爱卿是不是觉得非议朕的方士儒生不该惩处？"

"臣不敢！臣是怕获罪之人太多，激起民变。"

"我大秦有百万雄兵，还怕几个庶民造反？他们欺瞒君上，妖言惑众，理应严惩！你要好好查办，不得放走一人！"始皇疾言厉色地命令道。

冯劫只得遵命而行，但他尽量控制人数，仅缉拿与卢生、侯生频繁来往之人。谁知这些人为推卸罪责，纷纷检举揭发其他人，最后被下狱的竟然有四百六十多人。

他将案情上报始皇，始皇下令将所有人都坑杀。为了使天下人以此为戒，始皇又下令各地郡守，将以下议上的方士、儒生贬去修直道。

方士、儒生都是影响一方之人，遭到始皇如此打击，更是心恨难平。

他们联合六国旧人，四处蛊惑，百姓也随之人心浮动。

扶苏心中很是忧虑，劝谏道："父皇，儒士皆是诵法孔子之人，清议之风，早已有之。现天下初定，远方黔首并未咸服，若以重法惩治儒生、方士，儿臣怕人心难安，希望父皇能重新省察。"

"皇儿不知，这些人引导一方舆论，若不惩戒他们，天下之士将到处传扬朕的不是。"

"正是如此，儿臣认为应当抚慰他们，才可安万民之心！"

始皇见扶苏竟然与他针锋相对，反对他的决定，心中甚是生气："为父十四为王，二十二时铲除奸佞，而后费十七年之功扫除六国，一统天下，使黔首安居乐业，不再受刀兵之祸。朕之功德，上追三皇五帝，他们有什么不满的？这些儒生、方士敢以下论上，非议朝政，就是对他们太过尊宠之故！皇儿，你并不真正了解天下民情，应该出去看看。朕当年在邯郸的日子，对父皇一生都有裨益，你就到上郡去协助蒙恬吧！"

扶苏没想到自己竟被父皇贬出都城，赶到边塞去协助蒙恬，不禁伤心欲泣。他是长公子，明知道有些话说了会触怒父皇，但为了社稷着想，又不能不说。现在的情形，已显示父皇对自己没有什么好感，恳求父皇让自己留下来，也只是惹父皇厌烦。他于是跪拜道："儿臣谨遵父皇之命。儿臣再也不能在父皇身边尽孝了，请父皇多保重！"

"你到蒙恬那里，有事多与他商议，他是一个值得信任的臣子。"始皇如此安排扶苏，也是一片苦心，但是他现在不能对扶苏言明。

卢生、侯生的离去，已使他认识到求取仙药已属渺茫。蒙毅接掌了赵高的权力后，天下动荡的局面已经隐现。他不时接到密报，但各地的郡守仍都极力隐瞒，报喜不报忧。他预感到山雨欲来之势，但已力不从心。他在百姓心中树立了威霸刑杀的形象，再做什么只怕也难以挽回民心，只有把希望寄托在扶苏的身上。

咸阳是风暴的中心，只有把扶苏迁出去才能保证他的安全。扶苏为人忠厚，身份特殊，自己百年之后，他所受危险必将最大。即使他顺利登上皇位，其后局势也必定不稳。蒙恬手中有三十万大军，就算将来有人不服谋反，凭此实力也无所畏惧。

始皇继续说道："至于赵高，父皇知道他骄横妄为，但他毕竟是陪伴父皇多年的老臣。父皇把他留下来，你不会见怪吧？"

"只要能使父皇高兴，儿臣不与他计较。"

"你能这样想，父皇就很高兴了。就让他再陪父皇几年吧，以后你想怎么办就怎么办。"始皇说出此话，显得无奈至极。扶苏觉得父皇言语奇怪，但也不敢胡乱猜测。

蒙毅听说扶苏被贬至上郡，心中十分不安。扶苏是他心中的明君，始皇把他贬出咸阳，会给朝臣以扶苏失势的印象，支持扶苏的人必将减少，对他以后会更加不利。

他连忙进宫谏道："陛下，公子扶苏是嫡长子，按礼不应出外戍守。陛下把他贬出咸阳，只怕会引起朝中混乱。"

"爱卿之意，朕心中明白。蒙恬和三十万大军都在扶苏的手中，朕会不相信扶苏？朕是让他避开这里，借机看看谁是真正的忠良之臣，对他日后也有好处。"

"陛下深谋远虑，微臣不及。"蒙毅佩服道。

始皇又问蒙毅："朕把赵高放了，爱卿可有意见？"

"赵高心计深沉，非一般人所及，陛下如此一定有原因，非臣所能了解。"

其实蒙毅觉得最好把赵高杀掉，给他机会，只怕他会再度为祸。但是始皇宠爱赵高，他若是过分指责赵高，不就是指责始皇无用人之明吗？

始皇叹了口气，若有所思道："天下人皆知赵高奸佞，却不知他曾陪朕出生入死。而且有许多事，他也是秉承朕的心意去做的。他于社稷无功，却对朕有功。让扶苏以后用他去平息民怨，也许比现在杀他要有用得多。"

蒙毅暗赞始皇果然厉害。始皇越是宠爱赵高，天下之人就越恨他，那么扶苏杀了他，就越容易收服人心。

始皇又嘱托蒙毅道："你们蒙家三代，俱是忠良之臣。有你兄弟二人辅佐扶苏，朕很放心。今日之事，爱卿谨记心中，不要与任何人说起，包括扶苏在内。"

"臣遵命!"蒙毅一直担心始皇被奸佞小人蒙蔽,见他作此安排,方才放心。

天下形势果然如始皇预感的那样,不祥之兆纷纷出现。

秦始皇三十六年(公元前 211 年)初,宫中观星象者向始皇禀报天象异常,出现荧惑守心之象。

荧惑,是金、木、水、火、土五行星中之火星。心,即二十八宿东方苍龙七宿中的心宿,是天帝布政的明堂。荧惑守心即火星侵犯心宿,是君主极为忌讳之事,通常代表君王身上有不吉之事发生。

始皇听了禀告,几日闷闷不乐。难道自己的所为连天帝都厌恶吗?为何此时向朕示警?他无可奈何,只有命观星象者想办法解此异象。谁知异象尚未解开,东郡郡守上报说有星坠落东郡,星落地后成石,石上刻有"始皇死而地分"。

始皇闻言大怒,这分明是有人借天象来诅咒他,遂派赵高前去查访。

赵高已被官复原职,但实权已大不如前,只管理始皇的车用和符玺。自从上次死里逃生,他收敛了许多。除了尽心服侍始皇外,大多数时日都在胡亥身旁悉心教其问案断狱之学。这次始皇派他出外查案,似乎又恢复了对他的宠信。赵高决心尽力表现,让始皇再像以前一样宠爱他。

但此事查起来实在困难,赵高尽捕石旁居住之人,一个个详细查问。人人皆知秦法严峻,像这等诅咒君王之罪更是要诛灭九族,谁敢承认与此事有关?赵高查来查去,无人招认。为了掩饰自己办事不力,他极尽诋毁之词,向始皇上奏说此地之民刁蛮不驯,应予严惩。

始皇一看赵高的上报,即知其心意。他二话没说便同意赵高之议,尽诛石旁居住之人。群臣因此暗恨赵高心肠狠毒,明明是自己办事不力,却又想讨好陛下,出此恶毒主意。

赵高奸佞之名越传越广,天下之人对他恨之入骨。始皇暗暗得意,日后扶苏除去赵高就更能收服民心。

是年秋天,始皇派出的使者在关东巡视完毕后回咸阳,夜晚经过华阴县平舒道时,有人拿着玉玺对他道:"替我把这个献与滈池君(滈池水神），明年祖龙会死。"说完，此人放下玉玺就不见了。

使者拿着玉玺回到咸阳，将此事禀告始皇。

始皇听后，默然良久后道："此必山鬼所为。山鬼只能预测一年之事，明年的事他哪能知道？"

始皇知道"祖龙"是暗指他，但嘴上仍不肯承认，他退朝之后道："祖龙大概是指人之祖先吧。"

他又将玉玺交给御府令查看，御府令禀告说这是第一次出巡时沉入江水祭祀之物。

一连出现的不祥预兆使始皇心情恶劣，不觉生出病来，太医诊治也不见明显好转。因此始皇命太卜为此卜卦，以定吉凶。

太卜祷告神祇后，以龟甲卜之，所得卦辞极为深奥。太卜解得之后，不由大惊，不敢向始皇明言，只说游徙最吉。

君可游不可徙，民可徙不可游，只有君游民徙，才能避凶趋吉。于是始皇下令将三万户百姓迁徙至北河、榆中两地，并拜爵一级。随即又下令群臣妥善准备，他要再次出游天下。

秦始皇三十六年十月癸丑，始皇感到危机日甚，决定再次巡视天下，镇抚万民。他让右丞相冯去疾留守咸阳，自己则带着李斯、蒙毅、冯劫和赵高一起出巡。

始皇身体不适，按说不应出巡天下，万一路上有什么好歹则不易应付。但群臣都知道他的禀性，因此无人敢进此言。

赵高对此次出巡最为热心，不仅忙前忙后张罗，并且极力游说幼公子胡亥跟随出游。胡亥心中极不愿意——因为父皇一出游，咸阳城中再无人可管他，他可以纵情玩乐，何必跟在父皇身边受管束？

对胡亥的纨绔之性，赵高心中清楚。小小年纪，只有两项爱好：美人和狩猎。但赵高有自己的打算，他对胡亥道："公子，你若是不跟陛下去巡游，只怕以后再也难以如此逍遥了。"

"太傅此言何意？除了父皇，谁还能管我？"胡亥满不在乎道。

"长公子扶苏。"赵高阴阴道。

"他？"胡亥对这个兄长既嫉妒又害怕，"等他继承了皇位还差不多，现在还早了些!"

"公子，不早了。这次陛下出去，说不定回来后坐在咸阳大殿的就是扶苏。公子的美人就会被夺走，而且再也不能去狩猎了。"

"为什么？他凭什么如此对我？"胡亥大叫道。

"就凭你是陛下最宠爱的公子！你的母亲与皇后争宠，最后使皇后抑郁而终，这是朝中上下皆知之事，扶苏能不报复你？再说陛下宠爱你，使他耽误多年不能册封太子，他能不怀恨在心？"

"那怎么办？"胡亥没了主意，焦虑地问道。

"那公子想不想保住现在的地位？"看到胡亥害怕焦急的样子，赵高知道他已没了主意。

"当然想了！太傅有什么主意快说！"

"最好的办法就是你跟在陛下左右，万一陛下驾崩，你就可以知道皇位将传于何人。别忘了扶苏现在还不是太子，你在陛下面前好好表现，说不定陛下会对你另眼相看，将皇位传于你，到时你就可以随心所欲玩乐，再也不用顾忌扶苏了。"

"太傅之言有理，我这就去向父皇进言。"

在赵高的授意下，胡亥一再请求始皇带他出游，以长见识。始皇心疼幼子，答应了他的请求。

浩浩荡荡的车队出武关，经丹水、汉水至云梦。在此地，始皇停驻一段时日，向九嶷山的虞舜行了望祀之祭。接着沿江水浮游而下，过丹阳（今江苏丹徒），至钱塘（今浙江杭州），登上会稽山。

会稽山曾是大禹召集天下万国计算贡赋之地，其后人少康为了使大禹的祭祀能奉守下去，将其少子封于此地。始皇在此礼祭了大禹，又望祭了南海，并立石刻辞，以示后人：

> 皇帝休烈，平壹宇内，德惠攸长。
> 卅有七年，亲巡天下，周览远方。
> 遂登会稽，宣省习俗，黔首斋庄。
> 群臣诵功，本原事迹，追道高明。

秦圣临国，始定刑名，显陈旧章。

初平法式，审别职任，以立恒常。

六王专倍，贪戾慠猛，率众自强。

暴虐恣行，负力而骄，数动甲兵。

阴通间使，以事合从，行为辟方。

内饰诈谋，外来侵边，遂起祸殃。

义威诛之，殄熄暴悖，乱贼灭亡。

圣德广密，六合之中，被泽无疆。

皇帝并宇，兼听万事，远近毕清。

运理群物，考险事实，各载其名。

贵贱并通，善否陈前，靡有隐情。

饰省宣义，有子而嫁，倍死不贞。

防隔内外，禁止淫妷，男女絜诚。

夫为寄豭，杀之无罪，男秉义程。

妻为逃嫁，子不得母，咸化廉清。

大治濯俗，天下承风，蒙被休经。

皆遵度轨，和安敦勉，莫不顺令。

黔首修絜，人乐同则，嘉保泰平。

后敬奉法，常治无极，舆舟不倾。

从臣诵烈，请刻此石，光垂休铭。

　　始皇东南之行，所见习俗极为落后，所以在刻辞中一再强调礼教，以改变当地习俗。

　　从会稽山下来，始皇的车队又回到了钱塘，一路上旌旗蔽日，引起百姓围观。人群中一威武雄壮的少年见此情景，脱口而道："彼可取而代也！"

　　旁边一年长之人忙掩其口，低声斥道："不得妄言，免生灭族之祸。"

　　年长之人为楚国大将项燕之子项梁，雄伟少年则是他的侄子项羽。

　　始皇从钱塘至吴地，从江乘（今江苏句容北）渡江水向北，往琅琊郡而去。到了琅琊郡后，其郡守派人禀告始皇，说前往海中寻仙求药的徐福回来了，但不死仙药并未求到。

始皇命琅琊郡守将徐福看押起来，他要亲自审讯。为什么这么多年耗费了那么多财物，却一无所获？若徐福不能给他一个满意的解释，他就将其酷刑处死。

徐福仍然同九年前一样，看上去神采奕奕，颇有神仙之气。自从经过卢生、侯生之事，始皇对神仙之说已不那么相信。所以一见到徐福，就厉声问道："你寻的不死仙药呢？朕给了你那么多财物，你就这么空手回来见朕吗？"

徐福在海外已寻到一地，领着三千童男童女和百工能人在那里繁衍栖息，过着逍遥自在的日子，但受到当地土人的侵扰。为了加强防卫，他这次回来是想带一些能征善战的青壮之人前去。没想到人未招到，却碰上始皇来此巡视。

在被关押的日子里，他已想好了应付之策，不慌不忙地答道："陛下，臣本来可以到达蓬莱仙岛的，但是被海中的大鲛拦阻，一直不让臣的船靠近仙岛。所以这次回来是请求陛下让一些善射之人随臣同去射杀大鲛，将它们驱逐，就可以上神山取仙药了。"

始皇对徐福之言半信半疑，他希望徐福之言属实，那取得仙药还有一些指望，但他又担心徐福仍在骗他，只好先将他押了起来。

赵高担心徐福走投无路之下，将他收受贿赂之事招供出来，便对始皇道："陛下，奴婢以为徐福之言颇有可信之处，否则他就不必回来了。陛下以前赐给他的财物和人力，他可以到任何一地安居，又何必冒险回来欺骗陛下呢？再说陛下已为此费去许多财物，就是将他处死了也追不回来，何不再赐他一些善射之人，让他继续寻药？杀了他，就绝了寻找不死仙药之路了。"

赵高之言让始皇有些心动，他已经为此耗费了大量的财物，又何必在乎多给他几个武士？若是寻到仙药，自己就不必为病痛而苦了。既然已相信过他，就再相信一次吧！

始皇命琅琊郡守拨一千武士给徐福，让他继续寻找仙药。徐福大喜过望，领着一千武士扬帆出海，他发誓这次出去就再也不回来了。

徐福走了，始皇率领众臣乘船渡海，寻找大鲛。船至芝罘，果然见到大鱼，始皇命令卫士射杀，捕得一条大鱼，因此对徐福之言深信不疑。只是他的精力一天不如一天，大多数时候只能待在金根车内，听臣子禀报沿途民情。

秦始皇三十七年（公元前 210 年）六月，始皇一行至平原津。因为一路上受风吹日晒颠簸之苦，始皇再也支持不住，终于病倒。随行太医诊治，发现他时日已经不多了。

听到太医诊治结果，始皇不由大怒。他不相信自己就要死了，他还要等徐福送来不死仙药。他下令处死太医，群臣大惊，再不敢对其言死事。

赵高知道始皇时日不多，便开始谋划。始皇身边之臣他最忌讳蒙毅，他不但心性耿直，而且极得始皇宠信，权力极大，还是扶苏的支持者。只有将蒙毅调走，他才能大胆行事。于是他向始皇进言道："陛下之病，要向神明祈福才能好转。臣听说关中山川之神最为灵验，陛下可遣心腹重臣前去代为祈祷，或许病情就会好转。"

病痛已使始皇不堪忍受，他不辨赵高所言虚实，便派蒙毅去关中代为祈祷。

蒙毅心中不安，万一自己离开，始皇驾崩该如何是好？赵高虽然权势不如往夕，但他让胡亥跟随出游，可知其用心非同一般。他于是密见始皇，说出了自己的担心。

始皇躺在金根车的床榻之上，用微弱的声音说道："爱卿放心，朕就算有不测，也只会将此位传给扶苏，你放心去吧。"

蒙毅这才放心离去，只要始皇不改变主意，将皇位传给扶苏，就没有什么可担心的。他不相信赵高会有本事，伙同所有随行大臣，篡改始皇之命。

始皇的病情越来越重，他觉得自己时日不多了，便决定遗诏给扶苏，命其继位。

赵高掌管符玺，始皇传他前来，准备写诏书盖上玉玺后，再命人交给扶苏。

赵高来到金根车内，只见里面只有始皇一人静静地躺在床上。他悄悄走到床前跪下，轻声问道："陛下，奴婢来了。"

始皇微微睁开双眼，看了看赵高，用手指了指案几上的白绢。

赵高立刻会意，将白绢在始皇面前铺好。

"你……你在上面……盖上玉玺。"始皇用微弱的声音说道。

赵高一愣，白绢上什么字都没写，盖上玉玺干什么？他以为始皇病得太重，神志有些不清了。

"陛下，上面什么都没写。"赵高小心提醒。

始皇不悦地盯了赵高一眼道："朕让你盖你就盖，不要多言！"

他知道自己时日不多了，此时他已明白那些神仙之说，实是虚妄至极。

"是，陛下。"赵高拿出玉玺，恭敬地在上面盖上玺印。

"你在上面写上……写上'以兵属蒙恬，与丧会咸阳'。"

始皇看赵高写好了之后，又吩咐道："你去把李斯叫来。"

"陛下，您这诏书是何意？"赵高好像没有听到始皇的命令，看着诏书问道。

"你不必多问，照朕的吩咐去做！"始皇双眼一瞪，对赵高的不敬之举甚是生气，不过此时他也无心计较，已感觉生命正从体内一点点逝去。

赵高却不像往常那样害怕始皇生气，他将诏书翻来覆去地看了几遍，然后轻佻道："陛下不说，奴婢也能猜到。陛下是想将诏书交给李斯，然后由他转交扶苏对吗？其实陛下何必麻烦他人，交给奴婢不是一样吗？"

"你……你……想……干什么？"始皇气得浑身颤抖，一字一句地问着。

"干什么，奴婢能干什么？陛下，您尝过心爱的女人被人当面杀死的滋味吗？对，您尝过。清扬夫人被荆轲刺死，您几天几夜都不快活，吃不下饭，睡不好觉，奴婢亲眼看见您的痛苦。可是您为什么要把这种痛苦强加在奴婢身上？您知道吗？每天奴婢睡着了，都看见丹脂绝望的眼神，她向奴婢求救，可奴婢却无能为力。奴婢跪在您的面前哀求，磕破了头仍无济于事，可怜她已有了六个月的身孕！"赵高将平日心中所积的仇恨一字一句在始皇耳边狠狠地说着，他要将每句话都化成利刃刺向始皇。

"您以为奴婢不知道这条命是怎么捡回来的吗？您什么都为扶苏想好了，奴婢没说错吧？坏事都让奴婢干尽了，扶苏当了皇帝当然要拿奴婢开刀。陛下，奴婢为您尽心尽力，累死累活这么多年，难道换得的只是这个下场？"看着始皇脸色发青的样子，赵高愈发得意。如果不是担心外面有人听见，他真想放声大笑。

"陛下，您安心去吧，奴婢会将此诏交给胡亥的，他也是您喜爱的儿子。"望着离死不远的始皇，赵高奸笑道。他的心中没有一丝害怕，只有报复的快感。

"佞臣……小人……朕悔不该……当初……没有……杀了你！"始皇拼尽最后一点力气，指着赵高骂道。他已没多余的力气传令外面的侍卫，在赵高的奸笑中不甘心地闭上了双眼。

此时，车队正行至沙丘平台（河北巨鹿县），正是秦始皇三十七年（公元前 210 年）七月丙寅日。叱咤风云的一代大帝，在奸佞小人的嘲讽中与世长辞。

赵高出了金根车，对侍卫道："陛下正在安寝，没有吩咐，不得进去！"

侍卫都知道始皇宠信赵高，一点都没有怀疑。

赵高直奔胡亥的车中，命人退下后说道："陛下已经驾崩了，没有遗命封诸子为王，只赐给扶苏遗诏。扶苏一到，就会被立为皇帝，公子你恐怕将无尺寸之地，你打算怎么办？"

胡亥听了极为沮丧。父皇到底还是将皇位传给了扶苏，这几个月算是白表现了。他丧气地说道："我能怎么办？明君知臣，明父知子，父皇当然知道哪个儿子可以继位，哪个儿子不应受封，我还有什么好说的呢？"

赵高见胡亥如此糊涂，机会到了身边仍不知抓住，只得提醒道："我看不然！诏书在我手中，天下的大权就在我手中。要别人臣服和臣服于别人，制人和受制于人，其中的滋味公子应该了解。现在陛下驾崩，除了你我还无人知晓。我们联合丞相李斯，就可以按照我们的愿望行事了。"

胡亥一听，知道赵高这是在劝他篡位。他心中虽然很想，但又很害怕。篡位之谋若是泄露，那就犯了谋逆大罪，必将遭到天下人唾弃。他摇了摇头道："废兄立弟，是不义；不奉父诏，是不孝；自己无才，依靠他人之功，是不能。这三件事都违背道德，只怕天下不服。我若如此做，不仅自己会遭不测，恐怕社稷都难以保存啊！"

没想到事到临头胡亥还推三阻四，赵高心中甚是气恼，但又不能逼他，只有循循诱导，驳倒他一切借口，让他不能退避："我听说商汤、周武杀其主，天下称义，不说其不忠。卫出公杀其父，卫国人却推重他的德望，孔子不在《春秋》上记载，这不能算不孝顺。做大事不拘小节，盛德不计较琐屑的礼让。若只顾小节而忘大体，事后必生祸患，犹豫狐疑，事后必定后悔，希望公子能听臣的安排！"

胡亥见赵高胸有成竹，也深受感染。皇位对他的诱惑实在很大，但他还有一些担心："现在父皇刚刚去世，还没发丧，怎么拿此事同丞相商议呢？"

赵高知道胡亥已经心动，心中只剩下这一点担心，便爽快地说道："公子放心，这件事交给我去办，我一定能说服丞相。现在一刻都耽误不得，公子既已同意，我现在就去找李斯！"

从胡亥那里出来，赵高就往丞相座车那里去。见了李斯，赵高开门见山道："陛下已经驾崩，赐扶苏遗诏，命他回咸阳奔丧，并继位为帝。诏书没送出去，陛下就驾崩了，除了我还没人知道。赐给扶苏的诏书和符玺都在胡亥那里，现在决定谁继承皇位，就看你我的一句话了。"

李斯大惊，他没想到始皇这么快就驾崩了，更没想到赵高会如此胆大，说出此谋逆之言。他责备道："怎能说出此亡国之言！这不是人臣所应该议论的！"

赵高对李斯的为人很清楚，否则他也不敢如此大胆，他不慌不忙地问道："丞相估量一下自己的才能可及得上蒙恬？对社稷的功劳可及得上蒙恬？深谋远虑又不失算可及得上蒙恬？使人心无怨可及得上蒙恬？与扶苏的关系深厚可及得上蒙恬？"

一连串的发问使李斯不禁气短，他没好气地答道："我自知此五者皆不及蒙恬，但你又凭什么如此苛责我呢？"

赵高笑了一下道："我并非苛责丞相，而是为丞相着想。陛下二十多个儿子，他们的为人你都清楚。长子扶苏性情刚毅，为人仁孝，与蒙氏兄弟关系密切，他继位后必定重用蒙氏兄弟，到时只怕丞相难以怀通侯之印回乡了。胡亥随我学习多年，没见他有什么过失，而且他为人慈仁笃厚，轻财重士，诸多公子没有谁能及得上他，也可以让他继承皇位。"

对赵高的用心，李斯心中很清楚。扶苏一继位，第一个要除去的人就是他，而他李斯未必有此危险。赵高不过在危言耸听，逼我与他相谋，我怎能轻易上他的当？李斯心中暗想。

他随即变色斥责道："你还是回去做你的事吧！我遵奉陛下遗诏，听从上天之命，还有什么可考虑的？"

赵高哈哈大笑道："你以为自己很安全吗？别忘了你曾与我合谋害死扶苏的太傅韩非！立胡亥为帝，看起来很危险，实际上会安然无事。此种关头，你若不能掌握时机，怎能算是出类拔萃的聪明人呢？"

李斯颓然坐下，他知道陷害韩非的事若让扶苏知晓，只怕眼前的一切都难以保住。他叹了口气道："我原来不过是上蔡布衣，陛下提拔我为丞相，封我为通侯，子孙皆被赐给尊位，我怎能有负陛下的遗诏重托呢？你不要再说了，否则就要陷我于死罪了。"

赵高看出李斯决心已经动摇，只是良心上还有些过不去，便继续劝道："聪明人都能顺势而变，见末而知本，怎能墨守常法不变？现在天下的命运都系于胡亥之手，我知道胡亥心中的想法。扶苏在外，胡亥在内，始皇在上，扶苏在下，我等以始皇之命以上制下，以内制外，谁敢不听从？一旦错过机会，上下内外形势变化，再想反对扶苏，就变成乱臣贼子了。丞相不明白这道理吗？"

李斯仍下不了决心："晋献公废申生立奚齐，结果三世不安；齐桓公与弟弟公子纠争位，公子纠身遭杀戮；商纣王杀亲戚，结果社稷危亡。这三者都有违天理，使宗庙不得祭祀。我同他们一样，违背天理也会遇到灾祸，我怎敢与你谋划呢？"

赵高道："如果你我同心协力，就可保住长久的富贵。里外呼应，做起事来就得心应手。事成之后可以传位于后世子孙，永享荣华，世人也会像对孔子、墨子两位圣贤那样传扬你的智慧。如果你不听从我计，只怕后世子孙也会遭殃，我实在是为丞相担心。"

李斯知道赵高必定已与胡亥串通好了，自己已知悉他的阴谋，如果不答应只怕会立遭横祸。他仰天长叹道："唉！我生于乱世，既然不能以死报答陛下，又能到哪里安身立命呢！"

在赵高的威逼利诱之下，李斯屈服了。他们找来几个心腹侍卫，嘱咐他们一切像始皇活着那样去服侍，并且假传始皇的命令，立幼子胡亥为太子。

上郡，扶苏和蒙恬日夜奔波于各处工地，安抚积怨于心的民夫。他们登上一座高山之顶，俯望绵延于山岭深谷之间的直道，不禁感慨万分。

"幸亏有公子前来相助，要不然末将真是难以应付。"蒙恬感叹道。

这几个月，他看到扶苏四处奔波，调人筹粮，变得又黑又瘦，但精神却极好。

"如此工程，不知耗费多少钱财，死伤多少人命啊！将军修筑长城之景，能否与此相比？"扶苏也十分感慨。

"相去无多！在上谷郡修长城时，末将曾听民夫们唱过一曲，至今仍记忆犹新。"蒙恬忘不了那一幕。

"哦，是何曲？"扶苏颇感兴趣地问道。

"此曲末将不会唱，不过其词还记得。'生男慎勿举，生女哺用脯。不见长城下，尸骸相支柱。'"

扶苏默然，他知道蒙恬是暗示他以后登上皇位，要宽以待民。

突然，一颗流星自天际划过，引起侍从一片惊呼。

流星坠地，乃不祥之兆。扶苏和蒙恬心中都一震，不安地互相望了一眼。这时一个士卒匆匆跑来禀告道："公子，将军，陛下改变路线，不经上郡，直接从九原郡回咸阳了。并派来使者，要公子和将军前去接旨。"

按照始皇先前派人传来的消息，车队要经上郡回咸阳的，如今突然改变路线，会不会出现什么不测之事。蒙恬察出扶苏的不安，安慰道："公子，不管怎样，只要有末将，有这三十万大军，就不惧怕任何人。公子只管放心。只要蒙毅传来消息，我们就可见机而动了。"

"那一切就仰仗两位了。"扶苏望着流星坠落的方向，心中不安地问道——父皇，您到底怎样了？

一见到使者，他便拿出李斯和赵高篡改的诏书念道——

朕巡天下，祷祠名山诸神以延寿命。今扶苏与将军蒙恬将师数十万以屯边，十有余年矣，不能进而前，士卒多耗，无尺寸之功，乃反数上书直言诽谤我所为，以不得罢归为太子，日夜怨望。扶苏为人子不孝，其赐剑以自裁！将军恬与扶苏居外，不匡正，宜知其谋。为人臣不忠，其赐死，以兵属裨将王离。

念完诏书，使者将一把宝剑递给扶苏。

罢，罢，父皇终究不肯原谅我！他始终是宠爱胡亥的，我活在世上还有什么意思！扶苏拿着宝剑，绝望地想着。

他哭泣着进入内室，就欲自尽，蒙恬连忙阻拦道："陛下巡游在外，未立太子。让臣率领三十万大军戍守边关，公子为监军，这是天下之重任。现在仅凭一使者之言就自杀，怎知其中不会有诈呢？请公子再向陛下请示，证实后再死也不迟啊！"

使者见势不妙，厉声对蒙恬道："难道将军怀疑这诏书有假吗？"

扶苏见诏书上朱红的玺印，不禁心灰意冷道："父赐子死，君要臣亡，还请示什么呢！"说完便拔剑自裁，鲜血溅满一地。蒙恬呆愣在地，后抚尸大哭。

蒙恬是统率三十万大军的将军，使者不敢贸然行事，逼他自裁，只得将他押走，关在阳周（今陕西长安）狱中。

赵高、李斯又假传旨意，将蒙毅囚于代地，然后才宣布始皇驾崩，立胡亥为帝，是为秦二世。

胡亥为始皇举行了盛大的葬礼，将其葬于骊山陵中，并令后宫无子女的姬妾全部殉葬。

至此，始皇创立的基业难随他的意愿留传万世，无可奈何地落入佞臣贼子之手，并很快败亡。

　　秦二世元年（公元前 209 年），赵高毁谤蒙氏兄弟，二世遂命使者杀蒙毅于代郡，蒙恬服毒死于阳周。又听信赵高之言，杀大臣及诸公子公主。始皇子女除胡亥外，都被处死。

　　七月，陈胜、吴广于大泽乡起义。

　　九月，刘邦杀沛令，起兵于沛；项梁杀会稽令，起兵于吴。

　　秦二世二年（公元前 208 年）七月，赵高阴陷李斯，使其被腰斩于咸阳。赵高为中丞相，尽掌朝中大权。

　　十二月，项羽于钜鹿城下大破秦军，俘秦将王离。

　　秦二世三年（公元前 207 年）八月，赵高杀秦二世，欲自立为皇帝，因无臣子响应，只得立始皇之孙子婴为帝。子婴不想受赵高控制，与宦者相谋，诱杀赵高，诛其三族。

　　十月，刘邦兵至灞上，子婴投降，秦国灭亡。

　　十二月，项羽入关，诛杀子婴及秦宗室，焚烧咸阳，分天下立诸侯，中原大地又展开了新一轮的角逐。